I0632675

DU MÊME AUTEUR

Aux Éditions Gallimard

AU BONHEUR DES OGRES, *Folio n° 1972.*

LA FÉE CARABINE, *Folio n° 2043.*

LA PETITE MARCHANDE DE PROSE (Prix du Livre Inter 1990), *Folio n° 2347.*

COMME UN ROMAN.

Aux Éditions Gallimard-Jeunesse

KAMO ET L'AGENCE BABEL.

L'ÉVASION DE KAMO.

KAMO ET MOI.

L'IDÉE DU SIÈCLE.

Aux Éditions Hoëbeke

LES GRANDES VACANCES, en collaboration avec Robert Doisneau.

LA VIE DE FAMILLE, en collaboration avec Robert Doisneau.

Aux Éditions Nathan

CABOT-CABOCHE.

L'ŒIL DU LOUP.

Aux Éditions Centurion-Jeunesse

LE GRAND REX.

Aux Éditions Futuropolis

LE SENS DE LA HOUPPELANDE.

Aux Éditions Grasset

PÈRE NOËL : biographie romancée, en collaboration avec Eliad Tudor.

Chez d'autres éditeurs

LE TOUR DU CIEL, Calmann-Lévy et Réunion des musées nationaux.

MONSIEUR MALAUSSÈNE

DANIEL PENNAC

MONSIEUR MALAUSSÈNE

roman

GALLIMARD

Il a été tiré de l'édition originale de cet ouvrage cinquante exemplaires sur vélin pur chiffon de Lana numérotés de 1 *à* 50.

Pour Odile Lagay-Préaux
et Christian Mounier.

A Belleville
(à ce qu'il en reste).

Dans le sourire envolé
de Robert Doisneau.

Faites vos yeux, rien ne voit plus.

Christian Mounier

Qu'une pluie de remerciements tombe sur Françoise Dousset et Jean-Philippe Postel ; s'ils ne savent pas pourquoi, l'auteur le sait. Quant à Roger Grenier, Jean-Marie Laclavetine et Didier Lamaison, grâce soit rendue à leur immmmmmmense patience.

I

EN L'HONNEUR DE LA VIE

Etes-vous capable d'écrire, Malaussène ? Non, hein ? Evidemment non... alors faites donc dans le potelé, un bébé, par exemple, ce serait joli, un beau bébé !

1

L'enfant était cloué à la porte comme un oiseau de malheur. Ses yeux pleine lune étaient ceux d'une chouette.

Eux, ils étaient sept, et montaient les escaliers quatre à quatre. Bien entendu, ils ignoraient que cette fois-ci on leur avait cloué un gosse sur la porte. Ils croyaient avoir tout vu et couraient donc vers la surprise. Deux paliers encore et un petit Jésus de six ou sept ans leur barrerait le passage. Un bébé-dieu cloué vif à une porte. Qui peut imaginer une chose pareille ?

Belleville leur avait déjà tout fait, que pouvait-on leur faire encore ? Ils avaient été accueillis à coups de viande morte et d'épluchures, des hordes de femmes leur avaient griffé le visage en poussant des youyous, un jour ils avaient eu à déblayer un troupeau de moutons sur six étages, quelques centaines de brebis énamourées flanquées de béliers jalousement polygames, une autre fois ils avaient trouvé l'immeuble désert, abandonné à reculons par une marée humaine qui, vidée pour vidée, s'était soulagée de son être sur chaque marche. Ce tapis de gloire les avait changés des petits matins où la merde tombait directement du ciel sur leurs têtes bien rangées d'officiers ministériels.

Tout, Belleville leur avait tout fait, mais il n'était jamais arrivé – pas une seule fois ! – qu'ils abandonnassent les lieux sans avoir ouvert la porte qu'ils étaient venus ouvrir, saisi les meubles qu'ils étaient venus saisir, expulsé les indésirables qu'ils avaient charge d'expulser. Ils étaient sept et n'échouaient jamais. Ils avaient le Droit pour eux. Mieux, ils étaient le Droit, les pseudopodes de la Loi, les chevaliers de la préemption, les gardiens sacrés du seuil de tolérance. Ils avaient fait de longues études pour cela, cultivé leur esprit et appris à maîtriser leurs émotions. Peu leur importaient les barouds d'honneur, cette imagination du désespoir. Ils avaient une âme pourtant. Et de bons muscles autour de l'âme. Ils distribuaient des coups ou des paroles de consolation, c'était selon le désir de la clientèle, mais ils faisaient ce qu'ils avaient à faire, toujours. Ils étaient humains, en somme, de splendides animaux sociaux.

Ils avaient même des noms. L'huissier s'appelait La Herse, maître La Herse de la rue Saint-Maur, son étudiant stagiaire se prénommait Clément, les quatre déménageurs aussi portaient des noms, et le serrurier surtout, un surnom qu'on ne prononçait qu'en crachant sur le sol de Belleville : Cissou la Neige. Cissou la Neige, le sésame de la saisie, le rossignol de l'expulsion, le passe-partout favori du cabinet La Herse.

La question de savoir comment Cissou pouvait continuer à habiter Belleville en œuvrant à toutes les expulsions traversait parfois l'esprit de maître La Herse mais ne s'y arrêtait jamais. On trouverait toujours des flics pour se faire huer, des profs pour se faire chahuter, des ténors pour se faire siffler et des huissiers pour jouir de la haine qu'ils inspirent. Pourquoi pas un serrurier-videur sur le trottoir des sans-abri ? Cissou devait y trouver son comptant d'émotions fortes. Ainsi concluait maître La Herse en son réalisme sage.

Ils montaient donc vers le petit crucifié, l'âme en paix et l'esprit en éveil. Le silence aurait dû les inquiéter, mais tout, dans ces immeubles de Belleville, commençait toujours par le silence. Ils avaient l'habitude de faire équipe, ils se fiaient à leurs réflexes. Ils montaient en courant, c'était leur marque de fabrique. Ils travaillaient vite et sans hésitation. L'étudiant Clément courait devant, suivi de son patron et des quatre déménageurs. Derrière, Cissou courait aussi, qui pesait pourtant soixante bonnes années d'infamie.

Maître La Herse ne découvrit pas l'enfant d'abord, mais le visage de l'étudiant stagiaire Clément.

Qui s'était figé sur le palier du quatrième.

Qui s'était retourné d'un bloc, cassé en deux comme un boxeur cueilli au foie.

Dont les yeux avaient chaviré aux antipodes.

Dont la bouche avait eu soudain des profondeurs de cratère.

D'où avait jailli un flot puissant, arqué, brou de noix d'une prodigieuse acidité et d'une remarquable qualité nutritionnelle.

Pas plus que le jeune homme n'avait eu le temps d'endiguer la cataracte, maître La Herse n'eut l'idée de se protéger. Son propre croissant beurre refit surface, suivi des huit cafés-calvas que les quatre déménageurs s'étaient envoyés en attendant l'heure légale de l'expulsion.

Seul le serrurier échappa à ce tir de barrage.

– Qu'est-ce que c'est encore que ce bordel ?

Ce fut tout ce que lui inspira son sens inné de la compassion. Loin de songer à fuir, Cissou la Neige se fraya un passage parmi les convulsions. Sur le palier du quatrième, l'huissier stagiaire, ratatiné au pied du mur, procédait maintenant par rafales brèves, destinées essentiellement aux chaussures de son employeur.

Alors, Cissou découvrit l'enfant.

– Nom de Dieu !

Il se retourna et, le désignant :

– Vous avez vu ça ?

Mais il comprit, à la qualité de son regard, que maître La Herse ne voyait que *ça*. C'était le visage même de la révélation. Les déménageurs aussi arboraient des mines séraphiques. Des anges médiévaux, horrifiés par l'envers des choses.

Tous maintenant regardaient l'enfant. Or, même à travers les doigts poisseux du jeune stagiaire, l'enfant n'était pas beau à voir. Les gros clous à tête pyramidale – matériel authentiquement biblique selon l'imagerie hollywoodienne –

avaient dû pulvériser les os, et la chair avait éclaté alentour. L'enfant ne semblait pas cloué, mais écrasé devant eux, précipité contre cette porte avec une force d'un autre âge.

– Il y en a partout.

Ainsi parle-t-on des morts, dont notre vie nous dit qu'ils ne sont plus que matière. Grumeleuse et sanglante, ladite matière tapissait le palier bien au-delà du chambranle de la porte.

– Ils ne lui ont même pas ôté ses lunettes.

Oui, et comme souvent, ce détail anodin ajoutait immensément à l'horreur.

Le regard dilaté de l'enfant fixait la petite troupe à travers le double cercle de ses lunettes roses. Regard de chouette sacrifiée.

– Comment ont-ils pu... comment ?

Maître La Herse se découvrait soudain hostile à toute forme de violence.

– Regardez, il respire encore.

Si l'on pouvait appeler respiration ce chuintement de poumons éparpillés. Si l'on pouvait appeler respiration cette mousse rosâtre qui perlait aux lèvres de l'enfant.

– Les mains... les pieds...

Ni mains ni pieds... probablement broyés par les clous monstrueux à l'intérieur de la djellaba. Et c'était pire que tout, cette djellaba quatre fois amputée, qui avait été blanche.

– La police, appelez immédiatement la police !

Maître La Herse avait lancé l'ordre à la cantonade, sans pouvoir détacher son regard de l'enfant supplicié.

– Pas de police !

C'était un point sur lequel Cissou la Neige ne transigerait pas :

– Depuis quand, la police ?

Un de leurs principes, en effet : ne jamais faire appel aux forces de l'ordre. Depuis quand, pour remplir sa charge, un officier ministériel compétent, dûment assermenté et parfaitement secondé, avait-il besoin du concours de la force publique ?

Sur quoi, le vieux serrurier scruta tranquillement le visage du petit martyr.

Alors, l'enfant parla. Clairement, mais comme une âme qui déjà s'envole.

L'enfant dit :

– Vous n'entrerez pas.

Cissou haussa le front.

– On peut savoir pourquoi ?

L'enfant dit :

– C'est bien pire à l'intérieur.

Difficile d'imaginer réponse plus dissuasive. Elle n'émut pas le serrurier. Promenant un regard tranquille sur la masse sanglante, il se contenta de demander :

– Je peux goûter ?

Sans attendre l'autorisation, il plongea profondément son index dans la plaie qui déchirait la djellaba sur le flanc droit de l'enfant, le lécha avec soin, émit un claquement de langue, et conclut :

– Harissa.

Ses yeux levés au ciel cherchaient des nuances.

– Harissa... Ketchup...

Il clappait du bec en vrai connaisseur.

– Une pointe de confiture de framboise...

A croire qu'il avait passé sa vie à manger du martyr.

– Mais pourquoi les oignons ?

– C'est pour faire la peau, répondit spontanément le petit, les morceaux de peau sur la porte, ça imite bien...

Cissou le regardait maintenant avec tendresse.

– Petit con, va...

Puis sa voix se replia au fond de ses entrailles :

– Tu vas avoir droit à une belle descente de croix, c'est moi qui te le dis.

Il ne souriait plus, maintenant, il grondait, il tonnait, même. Nom de Dieu, il allait vous déclouer cette petite merde en moins de temps qu'il n'en faut pour se convertir à la vraie foi ! Il tonnait et leva tout à coup deux mains crochues comme la vengeance.

C'est alors que le miracle se produisit.

Les mains du serrurier s'abattirent sur une djellaba qui venait de lâcher son âme.

L'enfant n'y était plus.

Le reste de la troupe ne sut pas, d'abord, pourquoi Cissou s'effondrait, comprimant le bas de son ventre, pas plus qu'elle ne parvint à identifier un enfant tout nu en cette chose rose et luisante qui bondissait en hurlant par-dessus le corps de l'étudiant stagiaire Clément et dévalait l'escalier sans glisser sur les restes de leurs collations matinales. Quand ils comprirent enfin que cette âme était chaussée de baskets, quand ils associèrent cet abricot dansant au petit cul d'un enfant plus que vif, il était trop tard : les portes des paliers inférieurs s'étaient ouvertes sur une clameur de gosses multicolores qui faisaient escorte au petit dieu ressuscité.

2

– Et alors ? Et alors ? La suite ! Raconte comment ils sont entrés dans l'appartement !

– Je vous l'ai déjà dit cent fois. Plus question de serrurier, ils ont enfoncé la porte à coups de pied pour soulager leur rage.

– Effraction ! Bris de porte ! Un huissier assermenté ! Il est bon, La Herse !

– Après ! Après !

– Après, ils se sont arrêtés une deuxième fois, à cause de l'odeur, forcément.

– 2 667 couches ! Nourdine, Leila et moi on a fait la collecte, tout Belleville a donné : 2 667 couches pleines à ras bord !

– Vous en avez mis dans toutes les pièces ?

– Même une dans le beurrier.

– Une tartine de merde dans le beurrier de la veuve Griffard, t'imagines ?

– Et encore, c'était pas ça, le pire...

– C'était quoi, le pire, raconte le pire, Cissou !

– Cissou, Cissou, raconte le pire !

*

Désolé, mais il est grand temps que moi, Benjamin Malaussène, frère de famille hautement responsable, j'interrompe ce récit et déclare solennellement que je désapprouve la participation de mes frères et sœurs à ce coup monté pour acculer l'huissier de justice La Herse à la faute professionnelle grave.

Quelle faute professionnelle ?

Très simple : l'appartement dont il devait saisir le mobilier n'était pas l'appartement sur la porte duquel mon plus jeune frère mimait les crucifiés, mais celui du dessus. L'étage au-dessus, parfaitement. La porte où prophétisait le micro-martyr à lunettes roses était celle de la veuve Griffard, propriétaire de l'immeuble. En sorte que ce sont les meubles de la plaignante que, sous le coup de l'émotion, l'huissier a déménagés en croyant saisir le locataire qu'elle désignait à son bras justicier, c'est la porte de la proprio que sa troupe a défoncée à coups de lattes, et, plus grave, c'est le magot en liquide de la veuve que maître La Herse a fait disparaître dans son incorruptible poche en croyant s'approprier l'argent malhonnête planqué là par un locataire d'outre-Méditerranée prétendument insolvable. Au vu de ce dossier catastrophique, moi, Benjamin Malaussène, je m'élève solennellement contre...

*

– Arrête de faire la gueule, Ben ! tu ne veux pas que Cissou raconte le pire ?

Que je le veuille ou non, le mal est fait et mon autorité a plié bagage.

– Racontez, Cissou, racontez, mais avant de continuer, passez-moi le sidi-brahim, je sens que je n'existe plus.

Cela se passe au Zèbre, le dernier cinéma de Belleville, la table est dressée sur la scène et nous sommes dix-huit autour du couscous de Yasmina. Ma propre tribu : Clara, Thérèse, Louna, Jérémy, le Petit, Verdun, C'Est Un Ange, Julius mon chien et Julie ma Julie, à quoi il faut ajouter Cissou la Neige, bien sûr, notre vieille copine Suzanne, la tenancière du Zèbre, et la smala Ben Tayeb au grand complet qui, si les choses avaient suivi leur cours légal, dormirait ce soir dans un appartement vide de tout meuble. Dix-huit convives mouillés jusqu'au cou dans une affaire gravissime, et qui s'envoient probablement le dernier couscous de la liberté, dans le dernier cinoche vivant de Belleville.

– Le pire... commence Cissou la Neige.

(J'aurai deux mots particuliers à dire sur ce convive-là...)

– Le pire, ce fut les mouches.

– Passé simple ! s'écrie le Petit derrière ses lunettes roses. « Fut » : passé simple de l'auxiliaire être ! *fut* : « f.u.t. », *ce* : « c.e. » ! Tu aurais pu dire « *ce furent* » les mouches.

– Admettons, concède Cissou la Neige. Et côté calcul mental, qu'est-ce que tu vaux, bonhomme ? Dis-moi voir combien font 2 667 couches d'une contenance moyenne de 300 grammes.

– Huit cents kilos de merde ! hurle Jérémy.

– Jérémy, on est à table, grince Thérèse en reposant sa fourchette pleine.

– Juste ! Huit cents kilos et cent grammes pour le beurrier.

*

Non, décidément Thérèse a raison. Tout cela est d'un goût exécrable. Sombrer de temps à autre dans une illégalité bon enfant, à la rigueur ; mais céder à la faute de goût, ce déni de civilisation, jamais ! Inutile, donc, de suivre Cissou la Neige dans le long calcul au terme duquel, chaque gramme de merde produisant un essaim de mouches vertes toutes les six heures, huit cents kilos de la même matière, remisée pendant les trois premières semaines d'un mois de juillet caniculissime dans un appartement de Belleville (exposition plein sud et fenêtres closes), produisent un nombre de muscidés qui décourage toutes les arithmétiques – sauf à calculer en centimètres l'épaisseur de la tapisserie vivante ainsi posée sur la totalité de la surface murale.

Le petit prophète avait raison : c'était bien pire à l'intérieur.

*

– Ah ! tu vois, Benjamin, tu te marres quand même !

– Ce n'est pas le récit, qui m'amuse, c'est le conteur. Il y a une légère différence.

– Qu'on appelle « le style », précise Suzanne, qui a toujours eu le teint rose et le mot juste.

– On sait, font les mômes, on sait... depuis tout petits il nous bassine avec le style !

(Plus d'autorité, plus la moindre influence culturelle... je ne tiens plus mes troupes. Il est temps que je passe la main à la vie...)

– Or, une mouche qui se réveille, continue Cissou la Neige, c'est une mouche qui s'envole. Et sa frangine fait pareil.

– Elles se sont toutes envolées d'un coup ?

– Quand les gros bras ont ouvert les persiennes, oui !

– Et alors ?

– Alors, ils ont montré qu'ils en avaient encore dans le ventre.

– Ils se sont remis à dégueuler partout ?

– Jérémy, bon Dieu, on mange !

*

D'autant plus navrant, ce récit, qu'il n'a pratiquement aucun rapport avec ce qui va suivre. Mais, c'est un fait, la brusque intrusion du soleil dans l'appartement de la veuve Griffard, bref éclair de vie, réveilla la tapisserie grouillante, et ce fut de nouveau la nuit, la nuit en plein soleil, la nuit paradoxale, la nuit ailée de velours noir, la nuit poilue et tournoyante, la nuit aux mille z'yeux, la nuit hurlante de tous les enfers où l'huissier de justice La Herse payait au prix fort une existence passée à confondre sciemment la justice et l'intimidation, le devoir et la torture, la morale et la loi.

Amen.

*

– La suite !

– La suite ! Cissou, la suite !

Cissou pose sur moi un œil fêlé.

– La suite... la suite... Le tragique, avec les mômes, c'est qu'ils s'imaginent que tout a toujours une suite...

Ecce Cissou la Neige : on lui croit l'humeur inoxydable et l'âme rigolarde, vouée depuis toujours à rouler les pandores, et tout à coup c'est la faille, « le malheur insondable » comme on dit dans les beaux livres.

– Est-ce que ce pauvre Thian a eu une suite, Benjamin, tu peux me le dire ? Et Stojil, on lui a réservé une belle suite, là-haut, à Stojil ?

C'est à l'enterrement du vieux Thian que nous avons rencontré Cissou pour la première fois. Et Suzanne avec. Des copains de quartier, apparemment, Thian, Suzanne et Cissou, des camarades de génération qui ne croyaient plus guère en la suite. Cissou représentait Gervaise, à l'enterrement de Thian, sœur Gervaise, la fille du vieux Thian, trop occupée à la rédemption de ses putes pour venir jeter une fleur sur la tombe de son père. « A trop bichonner tes putes, Gervaise, tu en négliges ton pauvre papa. – Mon pauvre papa préférerait-il que je néglige mes putes ? »

Trois mois plus tard, Suzanne et Cissou sont revenus pour enterrer Stojil, car Stojil est mort, lui aussi, oui, sans avoir achevé sa traduction de Virgile en serbo-croate... Parti, l'oncle Stojilkovic, juste avant que Serbes, Croates et Musulmans ne s'entre-mangent.

Après l'enterrement de Stojil, Suzanne nous avait tous rapatriés au Zèbre. Elle nous y avait offert une projection gratuite d'un petit film qu'elle avait tourné du temps où Stojil promenait les vieilles de Belleville dans un antique autobus à impériale, réquisitionné par sa somptueuse imagination.

« Suzanne O' Zyeux bleus »... Ainsi l'avait baptisée Jérémy.

– Aux yeux bleus ? avait demandé Thérèse.

– *O'* Zyeux bleus, avait insisté Jérémy.

Ce « O » majuscule et cette apostrophe célébraient la joie incorruptible et sans illusion – très irlandaise, selon Jérémy –

qui émanait des yeux de Suzanne, et ce monolithe : son caractère. Jérémy avait ajouté : « Elle n'a pas seulement des yeux qui voient, elle a des yeux qui montrent. »

– La suite..., soupire Cissou la Neige. Va pour la suite.

*

La suite, en ce qui me concerne, ce n'est pas la stupeur de La Herse découvrant dans un appartement bellevillois une authentique fortune en meubles d'époque sous une sédimentation de couches merdeuses... Non, ma suite à moi, Benjamin Malaussène, c'est ici qu'elle se tient, ici et maintenant, sur la scène du Zèbre où nous avons dressé la table, sous la lumière des projos et face à l'obscurité de la salle, ma suite à moi c'est l'autre petit moi-même qui prépare ma relève dans le giron de Julie. Comme une femme est belle en ces premiers mois où elle vous fait l'honneur d'être deux ! Mais, bon sang, Julie, crois-tu que ce soit raisonnable ? Julie, le crois-tu ? Franchement... hein ? Et toi, petit con, penses-tu vraiment que ce soit le monde, la famille, l'époque où te poser ? Pas encore là et déjà de mauvaises fréquentations ! Aucune jugeote alors, comme ta mère, la « journaliste du réel »...

*

Mais n'assombrissons pas, n'assombrissons pas. L'heure est à la rigolade. Et, comme toujours dans ces moments-là, la suite, c'est l'évocation du commencement : le désespoir d'Amar et de Yasmina débarquant la semaine dernière à la maison avec le papier de l'huissier, la résistance aussitôt proposée par Cissou, la mise en scène imaginée dans la foulée par Jérémy, l'entraînement du Petit qui en a encore les pieds cambrés, tous les après-midi, sur la scène du Zèbre (« Tu tiens quatre minutes, pas plus, et quand Cissou lève les mains, tu lâches tout, tu as compris, le Petit, tu as bien compris ? On t'enduira d'huile d'olive pour qu'ils puissent pas t'attraper »), le choix des accessoires dans la mémoire cinématographique de Suzanne O' Zyeux bleus, la composition de la bouillie humaine due au génie culinaire de Yasmina et de Clara, le doute, le doute, les exhortations à l'optimisme :

– Ça marchera, bordel de merde, hurlait Jérémy, ça ne peut pas ne pas marcher !

– Ils savent bien que mon appartement est au cinquième !

– Et le choc psychologique, Amar, qu'est-ce que tu en fais ? Thérèse, explique-lui le choc psychologique !

L'intervention de Thérèse, toujours psycho-biblique :

– Ils ouvriront cette porte, Amar, parce qu'elle sera la porte interdite.

La suite, c'est maintenant Jérémy se levant avec une dignité sénatoriale, Jérémy grimpant sur sa chaise et brandissant bien haut deux doigts de sidi-brahim.

– Mesdames, messieurs, frères, sœurs, Julius le Chien et chers amis, un peu de silence je vous prie. Toi aussi, Benjamin, ferme ta gueule, arrête de faire des messes basses avec Cissou.

Silence, donc. Et solennité.

– Famille chérie, amis très chers, je tiens à rendre un hommage tout particulier à deux d'entre nous sans qui cette victoire ne serait pas ce qu'elle est. J'ai nommé...

(L'orateur se tourne vers les deux bébés assis en bout de table entre Julie et Clara, le premier tout à fait angélique en sa blondeur souriante, et son voisin parfaitement vachard en sa fureur congénitale.)

– J'ai nommé Verdun et C'Est Un Ange, qui, de tous les Bellevillois de la même génération engagés dans ce glorieux combat, produisirent, et de loin, la merde la plus chiasseuse, la plus puante, la plus riche en larves de mouches...

La suite, c'est le bond de Thérèse.

– Jérémy !

La chaise de Thérèse qui se renverse.

– Jérémy, arrête !

Le rire clair de Suzanne.

– Il va réussir à nous faire gerber, l'immonde !

Et les coups frappés à la porte du Zèbre.

Suite et fin.

Les coups.

Terrible à voir, une rigolade saisie au bond... toutes ces bouches qui restent ouvertes, et les coups qui retentissent une deuxième fois, et le projecteur que Suzanne braque sur la porte, là-bas, au fond de la salle, et la porte qu'on regarde, comme au cinéma, justement, comme au cinéma... Plus un geste, personne : une formation d'oies sauvages qui s'est gourée d'itinéraire. En plein territoire de chasse et plus moyen de faire demi-tour.

Troisième volée de coups.

Il n'y a que les flics et les assureurs pour insister à ce point. Or les assureurs ont appris à ne plus nous fréquenter.

Pleureurs et pleureuses, vous avez raison, tout finit mal, surtout les victoires.

Voyons, voyons, restons calmes : qu'est-ce qu'on risque, après tout ? Violation de domicile, déprédations volontaires, entrave à la justice, incitation de mineur à la crucifixion... ça ne devrait pas aller chercher bien loin, tout ça.

Comme nos têtes enflent en ces muettes supputations, comme personne ne songe à traverser la salle pour aller ouvrir cette foutue porte, la porte s'ouvre d'elle-même, la porte du Zèbre, le dernier cinéma vivant de Belleville, s'ouvre.

Et maman apparaît sur le seuil.

3

Et ta future grand-mère apparut sur le seuil. Celle-là aussi, il faut que je te la présente. Elle a le cœur immédiat et l'entraille généreuse, ta future grand-mère. Benjamin-moi-même, Louna, Thérèse, Jérémy, le Petit, Verdun, nous autres de la tribu Malaussène, sommes tous les fruits de ses entrailles. Même Julius le Chien a pour elle des regards de puîné.

Qu'est-ce que tu dis de ça, toi qui es le produit d'une longue interrogation procréatoire : « Faut-il faire des enfants dans le monde où nous sommes ? Le Divin Parano mérite-t-il qu'on ajoute à son œuvre ? Ai-je le droit d'enclencher un destin ? Ne sais-je point que mettre une vie en marche c'est lancer la mort à ses trousses ? Que vaux-je comme père, et que vaujera Julie comme maman ? Pouvons-nous courir le risque de nous ressembler ?... »

Tu crois qu'elle s'est posé ce genre de question, ta grand-mère ? Rien du tout ! Un enfant par coup de cœur, telle est sa loi. L'essai chaque fois transformé et le souvenir du papa aussitôt évacué.

D'aucuns te diront que ta grand-mère est une pute. Laisse dire, c'est leur noirceur qui parle. Ta grand-mère est une vierge perpétuelle, c'est très différent. Une éternité en chacune de ses amours, voilà tout, et nous sommes la somme de ces instants éternels.

Dont elle émerge vierge comme devant.

Franchement, ce qui s'est encadré, ce soir, à la porte du Zèbre, dans l'auréole du projecteur, avait-ce l'air d'une pute ? Je te le demande : avait-ce ? Avait-ce même l'air d'une grand-mère ? Etait-ce une aïeule de mauvaise vie qui venait vers nous, sous cette pluie de paillettes, sa valise de jeune fille à la main ? Mais tu ne peux pas juger, toi, dans ton petit habitacle opalin... il paraît que vous ne voyez pas plus loin que le bout de votre nez, là-dedans, et que tout y baigne dans une lueur bleutée. Veinard... La seule chose que je t'envierai jamais : un bail de neuf mois dans le ventre de Julie.

Peut-être auras-tu noté, tout de même, la qualité du silence ? Comme notre silence a changé, tu l'as senti ? Un silence de fesses serrées qui vire à la pure extase. Quand une porte s'ouvre, ta grand-mère n'entre pas, ta grand-mère *apparaît*. Le matin, quand elle se réveille, ta grand-mère ne débarque pas dans la cuisine, l'œil chassieux et la main tâtonnante, ta grand-mère *apparaît*. Ta grand-mère n'est pas seulement une femme, ta grand-mère ne se contente pas non plus d'être une apparition, ta grand-mère est *l'apparition de la femme*. (Ça paraît con à dire comme ça, mais quand tu la verras, tu comprendras que le langage a ses limites.)

*

Maman, donc, apparut sur le seuil lumineux du Zèbre. « *On est au Zèbre.* » C'est ce que Jérémy avait épinglé à la porte de chez nous. Vingt-huit mois que Jérémy épingle, au cas où, rentrant au bercail, maman trouverait la maison vide.

Vingt-huit mois.

Vingt-huit mois d'absence, et ni « bonsoir », ni « c'est moi », ni « coucou », ni « ça va ? »... Elle a grimpé sur la scène, elle a tout de suite repéré C'Est Un Ange, et elle a dit :

– Ah ! bon, il y a un petit nouveau ?

Elle a posé sa valoche, elle s'est approchée de C'Est Un Ange. Tout en prenant Verdun dans ses bras et en passant sa main dans les cheveux du Petit, elle a dit :

– Mais c'est un ange !

Puis elle a regardé Clara.

– C'est toi qui nous l'as fait, ce bijou blond ?

C'Est Un Ange souriait, Verdun faisait un peu moins la gueule, le Petit escaladait l'autre versant de maman, Jérémy, toujours debout sur sa chaise et son verre à la main, n'arrivait pas à refermer la bouche, Julius le Chien marchait sur sa langue, le regard de Louna trouvait notre mère plus vraie que nature, Clara s'éclairait pour la première fois depuis la mort de Saint-Hiver, et Thérèse me regardait.

Comme toujours, il y avait du vrai dans le regard de Thérèse.

Quelque chose clochait.

C'était maman et ce n'était pas maman.

C'était maman sans son intérieur.

D'habitude maman n'arrive jamais seule.

Elle arrive précédée de son ventre, d'habitude... annoncée par l'ambassade de son imminente maternité.

Là, point de ventre.

Vingt-huit mois de fugue avec l'inspecteur Pastor, et vide à l'arrivée.

No future.

Juste les jambes nues de Verdun et du Petit enserrant une taille fine pour mieux se caler sur ses hanches.

Thérèse m'a regardé. C'était la première fois que nous voyions maman porter ses enfants *à l'extérieur*.

Alors, nous avons regardé le visage de notre mère, puis Thérèse a détourné les yeux, et je crois bien qu'une larme y brillait.

Thérèse, Thérèse... pourquoi Thérèse pense-t-elle toujours un poil plus vite que les autres ?

*

Inutile de te bourrer le mou, mon enfant, il faut prendre au sérieux les larmes de Thérèse. Ta famille a partie liée avec le tragique, voilà la vérité. En fait, ce qui t'attend, c'est moins une famille qu'une hécatombe. Ta future grand-mère s'est offert une passion avec le flic Pastor, un tueur de charme qui en a refroidi plus d'un, et elle rentre vide à la maison. Ta tante Clara s'est retrouvée veuve avant son mariage et C'Est Un Ange orphelin avant sa naissance : assassinat. Verdun est née à la seconde où la tristesse emportait son grand-père, l'autre Verdun (du nom de la bataille). C'Est Un Ange est apparu parce que, selon Thérèse, Thian devait disparaître. L'oncle Stojil s'est fait embastiller pour avoir voulu défendre Belleville contre les méchants trafiquants et les honnêtes promoteurs, et Stojil est mort dans sa prison. Julie, ta propre mère, a failli y passer dans cette histoire ; on a essayé de la noyer, on lui a brûlé la peau avec des cigarettes, on t'a fabriqué une mère léopard. Au volume suivant on me collait une balle dans la tête. Oui, mon enfant, ton père sonne creux : une fontanelle d'acier et le doute pardessous.

Alors, fils imprudent du bouc et de la léoparde, si l'envie te prenait de décrocher avant l'atterrissage, je ne pourrais vraiment pas t'en vouloir. Pour ce qui est de Julie, elle s'en consolera à grands coups de réel. C'est son truc, le réel, à Julie. Beaucoup de réel avec un zeste de moi. Elle a toujours un bout de réel sur le feu, ta mère.

– Mais, me diras-tu, père, puisque vous semblez d'une complexion à ce point pessimiste, puisque vous êtes vous-même le rescapé, sans doute provisoire, d'une série tragique, pourquoi, pourquoi donnâtes-vous le feu vert au petit spermato et à son baluchon génétique ?

Comment veux-tu que je te réponde ? Le monde entier gît dans cette question. Mettons qu'en matière d'existence l'optimisme l'emporte presque toujours sur la sagesse du néant. C'est un des secrets de notre espèce, la mieux renseignée du monde, pourtant. Et puis... et puis nous ne sommes jamais seuls à décider. Tu n'imagines pas le nombre d'intervenants au grand colloque de la vie ! Il y a eu Julie ta mère, bien sûr, l'œil de ta mère, l'appétit dans l'œil de ta mère quand je suis sorti de la petite mort où m'avait plongé cette balle de 22 long rifle à forte pénétration. Il y a eu le plébiscite familial, orchestré par Jérémy et le Petit : « Un p'tit frère ! un p'tit frère ! Une p'tite sœur ! une p'tite sœur ! Un bébé ! un bébé ! » Et les encouragements des amis : Amar, Yasmina, Loussa, Théo, Marty, Cissou... en français, en chinois et en arabe, s'il te plaît : « *wáwa ! wáwa !* » « *r ada*^{e} *! r ada*^{e} *!* », à croire que tu es le produit d'un conseil d'administration multinational ! Tous les sexes et toutes les tendances y ont fait « entendre leur différence », comme on dit aujourd'hui. La reine Zabo elle-même, ma patronne aux Editions du Talion, ce fruit sec, y est allée de sa petite suggestion : « Etes-vous capable d'écrire, Malaussène ? Non, hein ? Evidemment non... alors faites donc dans le potelé, un bébé, par exemple, ce serait joli, un beau bébé ! » Et Théo, l'ami Théo, qui n'a jamais aimé que les blonds : « Tu devrais savoir, Benjamin, que le drame d'une tante c'est de ne jamais se réveiller mère. Sois un frère, fais-moi un petit neveu. » Et Berthold, le chirurgien Berthold à qui je dois ma seconde vie : « Je vous ai ressuscité, Malaussène, vous me devez bien un petit coup procréatif, merde ! Allez, au boulot ! Arrêtez de tirer à blanc ! Engagez une balle dans le canon ! » Mais, celui qui a emporté le morceau, ce fut Stojil, ton oncle Stojilkovic que tu ne connaîtras pas – et c'est le premier malheur de ton existence à venir.

Je suis allé le voir dans sa cellule, deux jours avant sa mort. Il était un peu amaigri, mais j'ai pensé que c'était la faute à Virgile... tous ces va-et-vient entre le latin et le cyrillique... Il avait les traits tirés et des dictionnaires partout. Il s'est accordé une récré. Nous avons déplié notre échiquier, mis les pièces en place... Il a tiré les blancs, et nous avons commencé à jouer. Je te reproduis mot pour mot notre conversation.

LUI : ... (e2 – e4)
MOI : ... (e7 – e5)
LUI : ... (allume sa gitane)
MOI : Julie veut un enfant...

LUI : ... (Cheval f3)
MOI : ... (Cheval c7)
LUI : Tu aimes l'Australie ?
MOI : L'Australie ?
LUI : ... (le Fou en c4)
MOI : ... (le menton dans la main)
LUI : Le bush, le désert australien, tu aimes ?
MOI : Connais pas.
LUI : Alors, documente-toi très vite. Le bush australien n'est pas assez profond pour fuir une femme qui veut un enfant de toi.
MOI : ... (f7 – f6)
LUI : ... (réflexion)
MOI : ... (méditation)
LUI : Ni la Sierra Madre assez verticale.

Voilà : tu viendras au monde et je n'entendrai plus jamais la voix de Stojilkovic. Si basse, la voix de l'oncle Stojil, c'était Big Ben dans notre brouillard intime. Un phare sonore. Une corne de déprime. Ça montait de si profond, ça comblait si pleinement notre espace, nous n'avions plus peur de nos ombres...

Plus de Stojil.

Il m'a dit :

– Suis mon conseil, c'est le dernier. Laisse faire Julie.

Et de m'annoncer sans broncher qu'il arrivait en fin de parcours.

– Les poumons.

Quand, après la radiographie fatale, le docteur lui avait interdit de fumer (tu verras, la mort s'annonce de loin, par ces petites interdictions de vivre), il s'était contenté de répondre :

– Docteur, pourquoi veux-tu que je fasse ça à mes gitanes ?

Et il s'est mis à mourir doucement, la clope au bec, penché sur ses dicos.

– Oncle Stojil, ai-je dit assez stupidement, Stojil, Stojil, tu m'avais pourtant juré que tu étais immortel !

LUI : C'est vrai, mais je ne t'ai jamais juré que j'étais infaillible.

MOI : ...

LUI : ...

MOI : ...

LUI : D'ailleurs, je ne meurs pas, je roque.

*

Voilà, tu n'es pas le produit du spermato véloce et du vorace ovule ; tu es né de cette dernière visite à mon oncle Stojil.

Qui était l'honneur de la vie.

II

CISSOU LA NEIGE

La police ? Depuis quand, la police ?

4

L'huissier stagiaire Clément ne levait pas les yeux. Son stylo ne prenait aucune respiration. Il s'était immergé dans une lettre où coulait une écriture bleue, calme, d'une spontanéité parfaitement réfléchie.

21 juillet de ma première année

Chers parents,

J'ai deux nouvelles à vous annoncer : une bonne et une excellente. Commençons par la bonne : j'ai décroché haut la main mes UV de droit constitutionnel, de statistique et de comptabilité. Maintenant, l'excellente : j'abandonne le droit constitutionnel, les statistiques et la comptabilité. Et, plus généralement, toutes les ambitions que vous nourrissez à ma place depuis le jour de ma naissance.

Vous me trouverez sans doute un peu direct. Il était temps, voilà vingt-trois ans que je tourne autour de mon pot.

Il va sans dire que je lâche votre ami La Herse par la même occasion. Père pensait à juste titre qu'un stage de juillet chez le bon huissier serait formateur. Il l'a été. J'ai, suivant les conseils paternels, « ouvert les yeux sur la réalité » et « regardé le monde tel qu'il est ». Un petit metteur en scène de sept ou huit ans avec des lunettes roses m'y a beaucoup aidé. D'où la présente.

A propos de mise en scène, et pour que vous ne vous sou-

ciiez point de mon avenir, c'est au cinéma que je vais désormais me consacrer. En qualité de quoi ? Je n'en ai pas la moindre idée. Tout m'y intéresse : je pourrais faire le scénariste, le metteur en scène, le monteur, le comédien, l'ingénieur du son, l'accessoiriste, le bruiteur, l'archiviste, l'exégète, l'ouvreuse ou le critique. Je crois même que je pourrais me mettre tout nu devant une caméra, bander comme un âne et faire l'amour à une jeune fonctionnaire pour que le foutre jaillisse et qu'un peu de paix s'installe.

Vulgaire, je sais.

Mais je profite de cet adieu pour vous rendre (avec les clefs de votre studio et mon emploi de fils modèle) les trois et uniques mots que votre éducation a su mettre à ma disposition en guise d'appareil critique : « vulgaire », « médiocre » et « remarkâble ».

Voilà, je ne vous dois plus rien, si ce n'est la vie – ce que j'ai eu la délicatesse de ne jamais vous reprocher.

Clément

Clément glissa sans la relire la lettre dans son enveloppe, y ajouta son livret de caisse d'épargne, sortit, verrouilla la porte du studio paternel, envoya la clef plate rejoindre lettre et livret, cacheta, timbra, et se dirigea d'un bon pas vers le métro Châtelet. Une petite caméra super-8 battait sa hanche, fidèle comme une arme de service.

Direction porte des Lilas.

C'était à la poste de Belleville et à aucune autre qu'il voulait confier cette existence révolue.

Belleville où la veille un Lilliputien à lunettes roses l'avait remis à neuf en le plongeant sans sommation dans un film de Tod Browning. Quand la petite âme nue avait bondi au-dessus de lui en poussant son cri de guerre, l'huissier stagiaire Clément avait aussitôt compris qu'il venait de vomir vingt-trois années de peur et de soumission. Ce qu'il avait vu descendre l'escalier en courant, ce n'était pas un enfant, c'était un nain fou de Tod Browning. Et, quand la porte du dessous avait lâché le reste de la troupe, Clément n'avait eu qu'une envie, les rejoindre, se fondre en eux, devenir un de ces gnomes déments, dont seule la féroce imagination pouvait rendre ses couleurs à la réalité. (Toutes phrases un peu ronflantes, ressassées dans l'excitation de la nuit blanche qui avait suivi.)

Il n'avait pas pénétré avec les autres dans l'appartement. Le nain avait prévenu son monde : c'était bien pire à l'intérieur. Clément l'avait cru sur parole. Le fantôme de Lon Chaney devait attendre les déménageurs derrière cette porte interdite. Clément s'était donc jeté à la poursuite des poupées folles de Tod Browning, avait glissé sur la flaque des petits déjeuners répandus, dévalé l'étage à plat ventre, et, quand il s'était relevé, il s'était retrouvé face à un géant noir, flanqué d'un rouquin large comme la cage d'escalier. C'était trop beau pour être vrai.

Le Noir avait demandé :

– Où tu crois aller, bonhomme ?

– Avec eux ! Avec eux !

Le rouquin avait souri. Il avait les dents du Prophète : du vent entre les incisives.

– Tu fais partie du club ?

Deux mains l'avaient retourné.

– Remonte jouer avec les grands.

On lui avait botté les fesses. Un shoot si puissant qu'il en avait remonté la moitié de l'étage.

Là-haut, le fantôme de Lon Chaney s'en donnait à cœur joie. Pour les besoins du film, Tod Browning avait domestiqué toutes les mouches de la Création.

Quand Clément s'était retourné, la cage d'escalier était vide. L'immeuble silencieux.

*

Il marchait, maintenant, dans Belleville. Sa tête était retombée sur ses épaules. Ce n'étaient pas des nains évadés d'un cirque fou qu'il recherchait, mais des enfants. Et parmi eux, un gamin de sept ou huit ans avec des lunettes roses. Il y passerait sa vie s'il le fallait. Le gosse grandirait, deviendrait grand-père, mais il le retrouverait. Il s'était débarrassé de sa lettre dans la poste de la rue Ramponeau : il se sentait infiniment léger. Il n'avait pas un sou en poche, mais sa caméra lui battait la hanche. Une caméra et trois chargeurs de rechange. Les parfums de Belleville le portaient. C'était la toute première fois qu'il reniflait vraiment Belleville. Il s'y sentit chez lui, une existence neuve sous les pieds. Un destin, enfin un destin ! Un monde à soi et un destin ! Il ne riait pas le moins du monde en marmonnant ces sottises.

Il offrit à l'œil de sa caméra une orgie de poivrons, de dattes, de pastèques, de piments rouges et d'aubergines. Il aurait voulu filmer le parfum de la coriandre, le grésillement des merguez.

Des index se frappaient le front.

Dans l'ensemble, on trouvait qu'il gâchait la pellicule.

D'épiceries en quincailleries, de canards laqués en fringues à trente balles, il débarqua boulevard de Belleville.

Et le vit.

Juste en face de lui, à vingt mètres.

L'enfant aux lunettes roses.

Qui sortait de ce cinéma à l'enseigne du Zèbre.

Avec un autre gosse. Et une gamine.

Clément dégaina et commença à les filmer. En marchant à reculons.

Les trois gosses occupaient la largeur du trottoir.

Ils avançaient vers lui, les pieds à l'extérieur et le ventre en avant.

Ils rigolaient, le menton haut, le cou tendu.

Quand ils s'aperçurent qu'on les filmait, ils exagérèrent la cambrure de leurs reins et accentuèrent leur démarche d'oies gavées.

On aurait juré que ces gosses en étaient à leur huitième mois de grossesse.

5

O vous qui chaussez les besicles du préjugé, toujours prompts à l'extase prescrite et au scandale de commande, si vous repérez trois enfants maigres – dont un à lunettes roses – qui se traînent boulevard de Belleville, le dos cambré, les mains sur les reins et les pieds en canard, en cette attitude douloureusement repue de la femme qui porte, n'allez pas imaginer que Belleville engrosse sa jeunesse.

Non !

Regardez plutôt sur le trottoir d'en face.

C'est moi qu'ils imitent, ces petits cons.

C'est de moi qu'ils se moquent.

Si je les chope...

*

C'est un fait, dès les premières semaines de la grossesse de Julie, Benjamin Malaussène, le bouc au crâne de fer, avait été jeté hors de lui. Il déambulait, loin de sa première personne, le ventre en avant et les pieds circonflexes. Leila, Nourdine et le Petit l'imitaient. Julius le Chien semblait ne plus le comprendre.

Julie riait :

– Une crise d'empathie, Benjamin ?

Enceint, Malaussène ; inapte au travail. Il encombrait les Editions du Talion avec cette existence à naître. Il en parlait même aux auteurs qui avaient usé la leur à écrire les manuscrits qu'il leur refusait. Il se demandait à voix haute s'il n'était pas vain de créer et criminel de procréer. Il se trouvait quantité de circonstances aggravantes.

– On devrait couper les couilles aux boucs émissaires.

Il s'était mis, entre autres, cette idée dans la tête :

– Une poisse pareille, c'est certainement héréditaire... va savoir de quoi on va l'accuser, mon gosse, dès qu'il mettra le nez dehors.

Il épuisait ses plus fidèles amis.

– Tu exagères, Benjamin.

– Si j'exagère, Loussa, c'est forcément sur fond de vérité, voilà ce que tu es en train de me dire. Merci. Ça me remonte le moral. Décidément, le fond est plus noir que je croyais.

Pour la première fois de sa vie, il se faisait accusateur :

– Votre faute, Majesté ! vous m'avez envoyé à la procréation planquée derrière votre pucelage.

La reine Zabo corroborait :

– C'est mon boulot, d'envoyer les gens au casse-pipe.

Il cherchait d'autres interlocuteurs.

– Et vous, Mâcon, ça va ?

La secrétaire Mâcon le prit en pitié :

– J'ai soigneusement fait mes comptes, monsieur Malaussène, eh bien, je crois ne pas avoir connu un seul instant de bonheur dans ma vie. Pas un seul.

Calignac, le directeur commercial, intervenait :

– Arrête de saper le moral de Mâcon, Benjamin, tu commences à nous emmerder.

– Tu as un ballon de rugby à la place du cœur, Calignac, un cuir épais avec de l'air dedans.

Il déprimait à ce point son monde qu'on se demandait où on avait puisé l'énergie de naître.

Il y eut des arrêts de maladie.

La maison périclitait.

Finalement la reine Zabo trancha :

– Entendu, Malaussène, je vous colle en congé de maternité. Neuf mois à plein salaire, ça vous va ?

*

Une fois libéré de ses obligations professionnelles, Malaussène se retourna contre la médecine. Il alla trouver Marty, le docteur de la famille, qui les avait tous sauvés deux ou trois fois d’une mort certaine, et le bombarda à son tour. Il ne lui parla pas de l’enfant à naître. Il se contenta de l’engueuler.

– C’est vrai, quoi, merde, sauver les gens, sauver les gens, vous pourriez penser à l’avenir, tout de même !

Le professeur Marty écouta Malaussène broder sur ce thème. Le professeur Marty était patient avec ses patients. Il ne pratiquait pas la patience comme une vertu morale, mais comme le viatique de l’investigation clinique. Il commença par se demander si on n’avait pas collé en douce une deuxième balle dans la tête de son bouc, rejeta l’hypothèse, chercha d’un autre côté, et n’intervint qu’une fois son diagnostic au point :

– Dites-moi, Malaussène, ne seriez-vous pas en train de me pomper l’air parce que vous allez devenir papa ?

– Si.

– Bon. Cinq cents millions d’Hindous sont probablement dans votre cas. Qu’est-ce que vous voulez savoir au juste ?

– Le nom du meilleur obstétricien du monde. Vous m’entendez bien, docteur ? Du monde !

– Fraenkhel.

– Connais pas.

– Parce que non content d’être le meilleur, c’est le plus discret. Vous ne le verrez jamais à la télé, lui, ce n’est pas un Berthold. Et pourtant, il a accouché plus de stars, de monarques et de quidams que vous n’avez dit de conneries depuis que Julie est enceinte.

– Fraenkhel ?

– Matthias Fraenkhel.

*

Ce soir-là, Malaussène arriva chez lui comme s'il avait une meute aux fesses, il chopa Julie par le coude et tous deux grimpèrent jusqu'à leur chambre plus vite que s'il s'agissait d'y fabriquer un jumeau.

– Julie, dit-il, Julie, laisse tomber ton gynéco habituel et va trouver le docteur Fraenkhel.

– Je fais ce que je veux, Benjamin. Mais en l'occurrence nous voulons la même chose : c'est Fraenkhel qui s'occupe de moi depuis mes premières règles.

– Tu le connais ?

– Toi aussi, tu le connais. Rappelle-toi, il y a quelques années, cette conférence de la ligue antiavortement où se trouvait cet ogre de Léonard, je devais faire un papier, tu te souviens ? Tu étais venu avec moi, c'était notre première sortie... Fraenkhel y était aussi.

Malaussène avait lâché Julie comme s'il s'était électrocuté. Il revoyait Fraenkhel, oui, très nettement, assis derrière la table de cette conférence : un grand échalas inachevé, une construction humaine tout en cordes et en os, des tifs en fusées d'artifice et un regard égaré, comme s'il avait gobé le Saint-Esprit en personne. Non seulement Malaussène le revoyait, mais il l'entendait. Malaussène n'en croyait pas son souvenir.

– Et toi, Julie, tu te souviens de ce qu'il a *osé dire*, à cette conférence, ce type ?

Julie était la mémoire du journalisme.

– Parfaitement. Comme tous ces messieurs, il était contre l'avortement, il a cité un Père de l'Eglise, saint Thomas, je crois : « *Mieux vaut naître malsain et contrefait que de ne naître point*. » Et il a été interrompu par une grande fille qui lui a lancé un morceau de barbaque sanglante à la figure en hurlant que c'était son fœtus. C'est ça ?

Malaussène prit le temps de respirer tout l'air de la chambre.

– Et tu confies à « ça » le soin de nous mettre au monde ?

– Marty ne t'a pas dit que c'était le meilleur ?

– Le meilleur ? Un ogre à l'envers ! Un type capable de laisser passer des mômes à six têtes !

– Le mieux serait peut-être que tu voies Matthias, Benjamin, que tu lui parles.

– Matthias ? Tu l'appelles par son prénom ?

Alors, pour qui connaissait Julie, Julie fit la réponse la plus surprenante qui soit :

– Nous sommes ce qu'il est convenu d'appeler des amis.

*

Et il y eut la visite à Matthias Fraenkhel, l'accoucheur des stars et des monarques.

En effet : vaste cabinet dans le seizième, Aubusson (pur XVIe aussi) sur les murs. *Saint Georges terrassant le dragon* accroché au-dessus des patients, début XVIe : Carpaccio. Même la tête de Fraenkhel datait du XVIe. Un visage d'écorce morte à la Grünewald. Maigre comme l'Inquisition. Dans le regard, une fixité à allumer les bûchers. Et un brasier de cheveux blancs sur son crâne usagé.

– C'est bien ce que vous avez dit ? Cette citation de saint Thomas, c'est bien ce que j'ai entendu ?

– Et c'est malheureusement ce que je crois, oui... Un vieux débat, entre votre femme et moi.

(Ma femme ? Quelle femme ? Où ça, ma femme ? Julie n'est pas « ma femme », cher monsieur, mais comment appeler sa femme quand elle n'est pas sa femme et qu'on récuse les ersatz du langage amoureux ?)

– Pardonnez-moi... j'oubliais que Julie et vous... vivez dans le péché... mes pauvres enfants...

Une tête d'anachorète mangeur de racines, et hop, changement à vue : le sourire de Marx (Harpo) !

– Sérieusement, monsieur Malaussène, vous pensez que je vais vous livrer un enfant à six têtes ? Douze, si ce sont des jumeaux ?

– C'est vous qui l'avez dit, à cette conférence !

– C'est saint Thomas qui le disait... Moi... moi, j'ai été interrompu par un mou de veau sanguinolent... J'allais ajouter quelque chose.

Fraenkhel se tut. Comme on se repose d'avoir parlé. Il avait le débit saccadé. Une cadence d'asthmatique. Il regarda le dos de ses mains. Il s'excusa :

– J'ai toujours été très lent... Même pour parler il faut que je fasse un brouillon... Je cherchais mes mots quand cette jeune femme m'a envoyé cet... argument... J'allais dire... j'allais dire...

Très très lent, en effet. De longs doigts de salamandre qui ne se posent qu'avec la plus grande précaution sur les centimètres du futur. Le sourire dubitatif.

– J'allais dire... que je faisais miens les propos de saint Thomas... mais qu'en tout état de cause c'était affaire de conscience personnelle... parce qu'il n'est pas de plus grand crime que de se substituer à la conscience d'autrui.

(Assez d'accord sur ce point.)

– La seule leçon qu'il nous faille retenir de l'Histoire, à mon avis.

(Développez...)

– Cette manie de vouloir imposer son point de vue... beaucoup de morts, depuis des siècles, vous ne trouvez pas ?... Toutes ces convictions, toutes ces *identités* meurtrières... Non ?

Si... si, si. Même que le nombre aurait tendance à augmenter, ces derniers temps. Tout compte fait, il commençait à me plaire, Fraenkhel. Il ne cherchait pas seulement ses mots.

Sourire.

– En d'autres termes, monsieur Malaussène... d'ici quelques semaines, Julie saura absolument tout du petit hôte qu'elle abrite : nombre de têtes et de jambes... sexe... poids... rhésus sanguin... et la décision lui appartiendra de le garder ou non.

Bon.

– D'ailleurs qui a jamais pu imposer quoi que ce soit à Julie ?

C'est vrai.

Suivit un long silence où je compris que ce type, avec sa voix d'asthmatique et ses mains douces, était en train de me réinstaller dans mes chaussures. Baisse appréciable du niveau de l'angoisse.

Il dit encore :

– Julie m'apprécie parce qu'elle s'intéresse à tout... et que de mon côté je sais tout en matière d'obstétrique... tout ce qu'on a imaginé depuis la nuit des temps pour naître ou ne pas naître... tout ce qui se mitonne aujourd'hui... tout ce qu'on inventera demain... et croyez-moi, saint Thomas n'était pas le plus cinglé de ces messieurs.

– Mais vous, pourquoi vous intéressez-vous à Julie ?

C'est sorti comme ça.

La réponse aussi :

– Elle ne vous l'a pas dit ? C'est moi qui l'ai mise au monde, monsieur Malaussène.

(Ah ! bon. Ah ! bon... Ah !... bon...)

Ce que c'est que la vie... Tu crois t'amener chez l'accoucheur des monstres, bardé de principes comme si tu allais croiser le fer avec Torquemada en personne, et tu te retrouves devant le type à qui tu dois le bonheur de ta vie.

– Nous étions amis, le gouverneur son père et moi... Nos enfants jouaient ensemble, pendant les vacances, là-haut, dans le Vercors... C'est là que votre Julie est née. Très exactement sur la table de la cuisine, dans la ferme des Rochas... une très grande table... une table fermière.

Il me regarda, un peu essoufflé, un peu étonné d'en avoir tant dit, un peu embêté, peut-être.

Histoire de rester sur son terrain, j'ai demandé :

– Combien avez-vous d'enfants ?

– Un fils. Barnabé. Il vit en Angleterre, aujourd'hui.

Il se leva.

Il n'en finissait pas de déployer son corps d'écorce et de corde.

Debout derrière son bureau, il s'était remis à réfléchir. Un mot sur chaque plateau de sa balance :

– La tolérance, monsieur Malaussène... c'est... comment dire ?... c'est... la prudence élevée à une métaphysique.

Tour du bureau. Il marchait tordu. Un long cep de vigne rhumatisant.

– J'ai un vieux père, aussi, monsieur Malaussène, toujours vivant... Julie le connaît très bien... un très vieux père qui ne tient pas en place... beaucoup plus vert que moi... un industriel en pellicule cinématographique... (d'où ma clientèle)... toujours en voyage... mais qui a une peur bleue de l'avion.

Sa main sur mon bras, nos pas vers la sortie.

– Chaque fois qu'il doit prendre l'avion, il va dire un chapelet à l'église, un psaume au temple, une petite sourate à la mosquée, sans oublier l'escale à la synagogue...

La main sur la poignée de la porte.

– Et savez-vous ce qu'il fait, ensuite ?

Je ne savais pas.

– Il téléphone à la compagnie aérienne pour s'assurer que le pilote ne croit pas en Dieu !

Sourire timide, main tendue, porte ouverte.

– Au revoir, monsieur Malaussène, vous avez eu raison de venir me voir. On ne confie pas son bébé les yeux fermés à un commandant de bord qui croit en l'Eternité.

*

Oui, ce type m'a rendu à moi-même. Plus la moindre angoisse côté grossesse. Julie est entre de bonnes mains. Reste la question de la suite – ce qu'on appelle la vie...

C'est à quoi je méditais, boulevard de Belleville, les pieds inconsciemment circonflexes et le ventre empathiquement ballonné, lorsque Mo le Mossi et Simon le Kabyle surgirent devant moi. Le géant noir et son ombre rousse. Les âmes damnées de l'ami Hadouch Ben Tayeb.

– Arrête de gamberger, Ben, ça n'a jamais empêché de naître.

– Amène-toi plutôt, on a quelque chose à te montrer.

– Quelque chose d'important.

6

Le quelque chose d'important se trouvait dans la cave du Koutoubia, le restaurant d'Amar où Cissou était en train d'écluser son pastis en jouant aux dominos avec le patron. (« Bonjour, mon fils Benjamin, ça va ? – Ça va, Amar, et toi, ça va ? – Ça va, à la grâce de Dieu, et ta mère, depuis hier, ça va ? – Ça va, Amar, elle s'installe, et Yasmina, ça va ? – Ça va, mon petit, il y a quelque chose pour toi dans la cave... »)

Le quelque chose était ficelé parmi les casiers de sidi-brahim et n'en menait pas large. Un jeune mec saucissonné dans son costume gris souris. Un étudiant de bonne famille qu'on aurait lâché dans la tourmente. Il était tout froissé.

– On l'a trouvé en train de filmer le Petit.

– Avec ça.

Hadouch me tend une caméra super-8.

Mon joli front se plisse.

– Et alors, il est pas beau, le Petit ?

Hadouch, Mo et Simon s'offrent un regard triangulaire.

– Vous lui avez fait faire du théâtre contre votre porte, hier, il peut bien faire du cinéma dans la rue aujourd'hui !

(Histoire de leur rappeler que je n'étais pas très chaud pour le coup de la crucifixion en rouge. Il y a des symboles avec lesquels on ne chahute pas.)

– Ça dépend de l'opérateur, Ben.

Du bout de son index, Simon redresse l'étudiant et me le colle sous les yeux.

– C'est l'apprenti de La Herse.

– Graine d'huissier...

(S'il survit à l'aventure, je sens que c'est un surnom qui lui collera à la peau.)

– Il était là, hier matin, avec l'équipe de son patron.

– Il voulait déjà poursuivre les mômes mais on l'avait dissuadé.

– A coups de pompe dans le train.

– Apparemment ça n'a pas suffi.

– Un coriace.

Le « coriace » pendait au bout du doigt de Simon comme la serpillière de tous les regrets. Il se gardait bien de bouger le petit doigt. Il aurait bien voulu parler, mais une bonne grosse terreur était assise sur son lexique.

– Toute la question, maintenant, est de savoir ce qu'on en fait.

– Parce que ça doit coûter bonbon, une séquestration d'officier ministériel.

– Je veux pas risquer vingt ans de placard pour une graine d'huissier.

Simon replia son index et Graine d'Huissier retomba sur son cul, entre les bouteilles.

Mo sourit. Une explosion de dents blanches.

– Il ne sait peut-être pas ce que bouffent les couscous de Belleville ?

Simon s'accroupit et posa la question à sa façon :

– Dis voir, Graine d'Huissier, tu sais avec quoi les Arabes font les merguez ?

Ça peut paraître gros pour quelqu'un de l'extérieur, mais vu d'ici, au fond de cette cave, à la lueur du râtelier de Mo, sous l'œil affamé de Simon, et dans le retrait silencieux de Hadouch occupé à se curer les ongles à la pointe de son couteau, ça prend une certaine réalité dans l'imagination d'un fils de famille.

– On met de tout dans les merguez.

– Après, il reste plus rien.

– Et le roumi de passage digère le roumi de la veille.

Je sais, je sais, j'aurais dû intervenir avant, mais j'étais curieux de voir jusqu'à quelle profondeur ils pouvaient le descendre. Benjamin Malaussène, arpenteur des crédulités, spéléo de la terreur... Pas joli, joli... mais moi non plus je n'ai pas une sympathie démesurée pour les huissiers.

– Qu'est-ce que t'en penses, Ben ?

– Vous avez enlevé la pellicule ?

– Non, on voulait la donner à Clara pour qu'elle développe. Va savoir ce qu'il a filmé, le con.

J'ai regardé le con.

Je me suis tu.

Tout le monde s'est tu.

Et j'ai mis les pouces. Après tout, les vrais tortionnaires commencent peut-être en jouant innocemment à la torture.

– Hadouch, détache-le.

Hadouch l'a détaché. Sans trancher les liens. En dénouant tout bonnement la ficelle.

– Comment vous appelez-vous ?

Il restait là, tout ligoté, comme si on n'avait pas ouvert l'emballage.

J'ai dit :

– Du calme, c'est fini. Détendez-vous. C'était pour rigoler. Comment vous vous appelez ?

– Clément.

– Clément comment ?

– Clément Clément.

C'était probablement vrai. Il avait bien une bouille à sortir d'un papa suffisamment fier de son spermato pour en faire une tautologie.

– Pourquoi filmiez-vous mon frère ?

– Parce qu'il a bouleversé ma vie.

Et lui qui était si muet, si tellement terrorisé, voilà qu'il se lance dans un monologue vitesse grand V, comme quoi la vision du Petit déboulant cul nu dans l'escalier lui a fait opérer un virage existentiel à 180 degrés, que depuis cette révélation digne d'un pilier claudélien il n'est plus ce qu'il était, ou l'est enfin devenu, c'est selon, bref qu'il a rendu son bavoir à sa famille et son veston à son patron, que tout ce qu'il veut dorénavant dans la vie, c'est vivre à Belleville et faire du cinéma, rien que du cinéma, toujours du cinéma...

Il s'arrêta une seconde pour reprendre son souffle.

Plop ! Hadouch lui tendit une bouteille de sidi.

– Tiens, bois un coup, ça donne soif, l'autobiographie.

Il descendit d'un trait de quoi faire sauter son permis. Il s'essuya la bouche d'un revers de main. Il dit :

– Ah ! ça fait du bien.

– Où habitez-vous ?

Il sourit pour la première fois.

– Depuis ce matin, je n'habite plus.

Simon secoua une tête paternelle.

– Le cinéma, le cinéma, c'est très joli, mais avec quoi tu comptes bouffer ?

– C'est vrai, dit Mo, le sidi-brahim, c'est pas gratuit !

Et Hadouch :

– Tu sais combien il y a de mecs au chomedu, dans le cinoche ?

Ce que j'aime, chez mes amis, c'est leur aptitude à me faire rêver. Ça commence par un passage à tabac dans les règles, on s'attend à les voir sortir la gégène, et voilà qu'ils mettent la table du conseil de famille : « Il serait bon, mon garçon, que vous vous préoccupassiez sérieusement de votre avenir professionnel, croyez-en notre vieille expérience, la vie n'est vivable que bien réfléchie... »

Des arguments qui portent, d'ailleurs. Graine d'Huissier fronce les sourcils :

– Je ne sais pas. Vous pourriez peut-être me trouver du boulot ?

Et voilà !

Et voilà !

Et voilà la tribu Malaussène avec un môme de plus sur les bras ! Ce que j'ai exprimé haut et niet :

– Vous ne pouviez pas lui foutre la paix ? Le laisser filmer tranquillement et tailler la route ? Vous trouvez que ma famille ne me suffit pas ? J'ai pas assez de bouches à nourrir ?

On n'est pas assez à l'étroit, chez moi, c'est ça ? Il faut se préoccuper d'un avenir supplémentaire ? Avec Julie qui fabrique probablement des quintuplés !

Me voilà parti à mon tour. Un démarrage à la Clément : ma tirade dans la roue de son monologue. Ça aurait pu durer tout un chapitre si Hadouch ne m'avait collé d'office la bouteille de sidi dans les mains.

En disant :

– Il y a une solution.

Puis :

– Simon, va chercher Cissou.

Et, à moi :

– Il n'y arrive plus tout seul, Cissou. On n'est pas toujours libres pour lui filer un coup de main. Il a besoin d'un aide.

*

J'ai bien cru que Graine d'Huissier allait mourir de peur quand il a vu débarquer la masse énorme du serrurier dans notre cave. Un fameux bond en arrière dans son espace-temps.

Le temps de ranimer le mouflet et de redistribuer les rôles, Cissou y allait de sa première question.

– Tu t'y connais, en menuiserie ?

Graine d'Huissier nous a tous regardés, mais on ne pouvait rien pour lui.

– Bon. Et question serrurerie, tu touches ?

Que c'est terrible à voir, le désarroi dans les yeux d'un môme préparé depuis sa naissance à l'oral de l'ENA!

– D'accord. Rien en menuiserie, que dalle côté serrures. Voyons la suite. L'électricité, ça te branche ?

On a beau colmater, c'est toujours une surprise, l'étendue de notre ignorance.

– Parfait...

Cissou m'a pris la bouteille des mains et a dit :

– Je l'embauche.

Comme il remontait vers sa partie de domino, quelqu'un a demandé :

– Et pour dormir ?

Sans se retourner, Cissou a répondu :

– Au Zèbre. C'est un bon squat, le Zèbre, pour un amateur de pelloche.

Ma foi, l'idée d'une Graine d'Huissier plantée dans un squat de Belleville ne nous parut pas plus mauvaise que ça. Et que ledit squat fût le dernier cinéma du quartier, c'était un plumard au paradis pour Clément fils de Clément.

7

Ce que je te raconte là, ce sont les heures de ta préhistoire. Les pièces de ton dossier, en somme. Qu'au jour de sa livraison le petit paquet soit convenablement affranchi. D'aucuns prétendront que j'ai tort de t'en parler, que la distribution des rôles ce n'est pas de ton âge, que ce sont là des affaires de grands... mais, selon le docteur Fraenkhel, ta cigogne personnelle, la question de l'âge est des plus complexes :

– Savez-vous que d'un point de vue génétique nos enfants naissent plus âgés que nous ?... l'âge de l'espèce, plus le nôtre... génétiquement parlant, ils sont nos aînés...

A quoi Fraenkhel avait ajouté :

– J'ai toujours pensé que le « Carnet » du *Monde* se devait de publier l'âge des nouveau-nés.

D'accord avec lui : « *Madame et Monsieur Bustamentalo ont la joie de vous annoncer la naissance de leur fils Basile, âgé de 3 797 832 ans...* »

*

Bref, Graine d'Huissier fut embauché par Cissou la Neige et dormit dans le ventre d'un zèbre.

Cissou exigeait de lui le même travail que l'huissier de justice La Herse. Ce fut une surprise pour le jeune homme. Mêmes visites, aux mêmes Bellevillois. Même estimation des meubles et des biens. Mêmes déménagements. Mais personne ne résistait aux saisies de Cissou. Plus besoin de passe : Cissou pillait un Belleville grand ouvert. Un Belleville consentant. Un Belleville reconnaissant. La télé du vieil Habib dans les bras de Cissou : « Un café, Cissou mon frère, je te fais un bon café ? » Ou le frigo de Selim Sayeb sur le dos de Cissou : « Ma mère t'a préparé le thé, Cissou, avec les pignes, juste comme tu aimes. » Cissou vidait les appartements comme des cosses, mais chacun y allait de son invitation pour le méchoui du lendemain. On lui donnait des coups de main : « Moktar va t'aider pour descendre la cuisinière, Cissou. Moktar, aide Cissou pour la cuisinière ! » Oui, le même boulot que chez l'huissier La Herse, exactement. Comme quoi, en matière de travail tout est question d'atmosphère. Cela se passait la nuit. Toutes les nuits qu'Allah faisait, Cissou pillait les biens du Juste. Et lui qu'on accueillait avec des crachats dès que le soleil se levait, c'était la main sur le cœur qu'on lui ouvrait les portes de la nuit : « *Salâm' alaykoum*, mon frère Cissou », à quoi Cissou répondait, sans fioritures : « *Alaykoum Salâm*, Idrïs a emballé la vaisselle ? » et Graine d'Huissier redescendait chancelant sous les piles de tajines. Les étages ressemblaient aux étages, Graine d'Huissier y gagnait des mollets de danseuse, quelques mots d'arabe et une placidité de dromadaire. « Il est pas épais, ton petit, Cissou, mais il est fort. Il ne dort jamais ? » Clément vivait un rêve qui le tenait éveillé : descendre des frigos neufs dans le camion de Cissou et remonter avec des carcasses de frigos décédés, échanger une literie à quatre pattes contre des plumards boiteux, remplacer une vaisselle pimpante par une porcelaine ébréchée... la philosophie du commerce portée à sa perfection : tout bénef. Au petit matin, on entreposait les biens de Belleville dans les coulisses du Zèbre. Ça rutilait tout neuf, comme dans le loft d'Ali Baba. Graine d'Huissier s'effondrait sur son matelas. Suzanne O' Zyeux bleus le bordait. Graine d'Huissier coulait à pic, des étoiles dans la tête. Le zèbre veillait sur le sommeil du dromadaire.

*

Rentré chez lui, Cissou sniffait un long rail de coke (on se fait la santé qu'on a et les surnoms qu'on peut). La Sibérie se réfugiait en trombe dans les narines de Cissou la Neige qui décollait aussitôt. De l'autre côté du boulevard un zèbre bondissait avec lui dans le ciel naissant. L'œil sur l'animal, Cissou décrochait son téléphone. Il composait le numéro de Gervaise, la fille de feu l'inspecteur Van Thian.

– Debout, frangine, c'est l'heure où les zèbres s'envolent.

« Frangine » créchait rue des Abbesses. Elle œuvrait comme religieuse dans un foyer de michetonneuses repenties. Tous les matins, elle renvoyait à Cissou quelques mots ensommeillés.

Il répondait :

– Faites comme moi, frangine, ne vous couchez pas. Ça aide pour le réveil.

Le seul vrai bonheur de Cissou la Neige, ce coup de téléphone à Gervaise. Il y tenait peut-être davantage qu'à sa tornade sibérienne. A ce propos, Gervaise lui trouvait une drôle de voix.

– Le nez pris, Cissou ?

Il avouait :

– Blanc comme neige.

Gervaise le grondait.

Cissou se défendait :

– J'en connais une autre qui communie tous les matins.

Gervaise engageait un débat sur le corps mystique. Cissou y coupait court.

– Amen, frangine, amen... Comment va, côté putes ? Ça s'arrange ?

Ses putes souciaient Gervaise depuis quelques mois. Elles disparaissaient, les unes après les autres.

– Je suis sur une piste.

– Attention à vous, frangine, une pute qui disparaît c'est de la réinsertion, deux c'est une crise morale, au-delà, ça sent la mort violente...

– On m'a donné deux anges blancs, Cissou, deux inspecteurs du grand banditisme détachés pour ma protection, les inspecteurs Titus et Silistri. Ils sont très bien. Et puis j'ai les anges noirs de Pescatore.

Ainsi appelait-elle les maquereaux pénitents qui, sous la houlette de leur chef Pescatore, un barbeau toscan tatoué aux armes de saint Michel, veillaient sur son sommeil. Les inspecteurs Titus et Silistri accompagnaient ses jours.

– Et la famille, Cissou, ça va ?

C'était sa façon de s'enquérir des Malaussène. Les Malaussène avaient adopté l'inspecteur Van Thian, en un temps où, trop occupé par ses putes, Gervaise négligeait son vieux père. Elle en avait de la reconnaissance. Cissou était l'œil de Gervaise dans le nid des Malaussène.

Il y allait de son rapport quotidien. Il donnait des nouvelles de la mère qui ne mangeait toujours pas, de Julius qui mangeait trop, de Thérèse qui s'accrochait aux astres, de la tribu entière qui se portait couci-couça, mais beaucoup mieux que bien des familles millésimées. Il donnait des nouvelles de Benjamin, de Julie, suivie de près par le docteur Fraenkhel.

– Le docteur Fraenkhel ?

– La poule couveuse posée sur le ventre de Julie, l'accoucheur des stars à ce qu'il paraît, un vieux pote de la famille Corrençon. Il vient dîner, certains soirs. Ils sont devenus intimes.

Et le reste de la famille ?

Cissou ne cachait rien. Même ce qu'il aurait dû. La crucifixion du Petit, par exemple. Ça n'avait pas vraiment plu, la crucifixion du Petit.

– Y a pas d'offense, frangine ! Rien qu'une petite blague. Ça a même flanqué quelques grammes de bon Dieu dans la tête de La Herse. Mais vous savez ce que c'est... Le bon Dieu est volatil.

Elle prenait enfin de ses nouvelles à lui.

– Et vous, Cissou ?

Elle se faisait très attentive. Chaque matin, c'était comme s'ils s'appelaient une fois l'an.

– Ça boume, frangine, ça boume... ils continuent de me casser mon Belleville, mais j'organise la résistance. Ma

Graine d'Huissier met du cœur à l'ouvrage. De leur côté, les Malaussène ont pris Suzanne et son Zèbre sous leur protection.

Il l'entendait sourire. Parfaitement, *il l'entendait sourire*. Il disait :

– J'aurai bientôt des images pour vous, si vous êtes sage.

Ici, un rire comme un bruit d'eau fraîche sur son visage : elle le remerciait pour les images ; elle promettait de les ranger dans son « album préféré ».

– A votre disposition, frangine.

Elle était tout à fait réveillée, à présent. Elle se demandait comment, sans lui, elle aurait pu sortir de cette nuit-là et des précédentes. Et comment elle émergerait des sommeils à venir si d'aventure il n'appelait plus. Il faisait semblant d'y croire. Elle lui disait : « A demain, Cissou. » Elle ajoutait : « Sans faute, hein ? » Elle avait un accent de gamine, tout à coup. Il y croyait vraiment.

Il raccrochait avec le sentiment de son importance.

Après tout, c'était peut-être lui, l'ange tutélaire.

Assis dans son unique fauteuil, l'œil fixé sur le zèbre envolé, il éclusait un bon quart du seul calva susceptible de l'arracher aux cimes neigeuses. Et, pendant que le zèbre continuait son ascension, Cissou se laissait doucement redescendre vers la journée à venir.

Qui s'annonçait bientôt par le coup de sonnette de l'huissier La Herse.

*

L'huissier La Herse sonnait deux fois. Cissou sortait, le trousseau de clefs à la ceinture. Cissou repartait au boulot. Le boulot diurne. Le travail propre du citoyen méritant. Au chant du coq, Cissou la Neige se métamorphosait en rossignol. La Herse et lui remontaient dans Belleville, flanqués des quatre déménageurs. Ils s'en allaient au nom de la loi saisir des frigos morts, des télés aveugles, des plumards boiteux, des assiettes ébréchées, des fourchettes à trois dents. C'était fou ce que Belleville semblait tenir à ces loques. Les griffes poussaient aux doigts des femmes et les vieux s'arrachaient les cheveux. On lâchait des troupeaux dans les étages et on clouait des gosses à lunettes roses sur les portes. Cissou ne prenait pas la peine d'essuyer les crachats. Il ne comptait plus les éternités infernales où le vouaient les malédictions arabes. « Tu finiras merguez, Cissou, la broche du Prophète dans le cul ! » « Que la ronce te pousse, Cissou, pisse ta mort ! » « Nique ta mère et mange ta merde ! » « Honte à jamais sur les enfants de tes enfants ! » « Maudit soit l'étron qui te tient lieu de nom ! » Ça n'empêchait pas Cissou d'ouvrir les portes et de remonter le moral de ses troupes : « La police ? depuis quand, la police ? » Et de fait, il ne se passait jamais rien. Belleville ne tuait pas Cissou la Neige. Ce que l'huissier La Herse résumait en une formule qu'il répandait dans les salons : « Les Arabes, ce sont des mots. » La troupe redescendait, laissant les appartements plus désolés que la maison de Job. Cissou prenait en photo chaque immeuble frappé de la malédiction municipale. Un jour, La Herse s'en était étonné : « Vous faites dans la nostalgie, Cissou ? » Cissou avait répondu : « Non, c'est pour une frangine qui fait dans la mémoire. »

Et on attaquait l'immeuble suivant. Et le jour passait. Et la nuit revenait. Et Graine d'Huissier reprenait le collier. Il s'agissait de remettre chaque meuble à sa place. Le frigo de Selim dans la cuisine de Selim, la vaisselle d'Idrïs entre les mains d'Idrïs. Que Belleville redevienne Belleville. Et qu'à jamais, l'huissier La Herse ne soit que la poubelle de Belleville.

*

Voilà. Je te jure que ça ne se passe pas autrement.

Avant de partir en expédition, Cissou et Graine d'Huissier viennent dîner dans l'ancienne quincaillerie qui nous tient lieu de maison.

Cissou mange en se taisant, sa chemise de bougnat bien fermée au ras du cou et des poignets. De temps en temps, il donne une pellicule à Clara :

– 13×18, comme d'habitude.

Clément Graine d'Huissier raconte au lieu de manger.

Lui qui n'a connu que l'envers de Cissou, lui qui croyait avoir affaire à Eric Campbell, le colossal méchant des films de Charlot, avec ses yeux exorbités et ses sourcils en coupe-feu, voilà qu'il côtoie Willard Louis, le moine hilare de Robin des Bois, version Douglas Fairbanks.

Il sait des tas de choses, Graine d'Huissier, sa famille y a veillé, mais tout son vrai savoir, il le sort de la pellicule. C'est un producteur intarissable de métaphores celluloïd. Même Suzanne O' Zyeux bleus en est tout épatée, elle qu'on reconnaît encore parfois dans l'autobus pour avoir été le « Monsieur Cinéma » des années soixante-dix !

Tous les soirs, à l'heure du coucher, assis sur leurs plumards superposés, les plis de leur pyjama tombant droit sur leurs charentaises, les enfants écoutent Graine d'Huissier dérouler ses bobines, et, ma parole, des yeux s'ouvrent dans leurs oreilles ! C'est la mort de la littérature, ce garçon-là, ses mots éclaboussent comme des images.

Ce qui n'est pas pour déplaire à Clara, ma petite photographe, qui semble apercevoir un homme pour la première fois depuis la mort de Saint-Hiver. Elle consent même à rompre quelques lances cinéphiliques, ma Clarinette.

– Errol Flynn dans le rôle de Robin des Bois, d'accord, mais qui jouait celui de Richard Cœur de Lion ? demande-t-elle.

– Wallace Beery dans la version Allan Dwan, et Ian Hunter dans la version Michael Curtiz !

– Et dans la version de Ken Annakin ?

– Annakin ne mérite pas qu'on s'en souvienne ! répond Clément avec cette superbe résolument brutale qui ne pousse qu'en terre de cinéphilie.

L'amour n'a jamais été regardant quant à ses premiers aliments. Les premières conversations de l'amour tiennent des petits pots de bébé. Peu importent les ingrédients, c'est d'autre chose qu'on parle. L'amour défie les lois de la diététique, il se nourrit de tout et un rien le nourrit. On a vu d'authentiques passions naître de conversations si pauvres en protéines qu'elles tenaient à peine sur leurs jambes.

C'est à quoi nous assistons, ce picotage amoureux, entre Clara et Clément. Ni l'un ni l'autre ne sait encore de quoi il parle au juste, mais maman comprend parfaitement que tout ce qui fleurit dans la bouche de Clément – qu'il s'adresse à Cissou, à Jérémy, à Thérèse, à Julius le Chien, aux enfants ou à moi – s'envole en réalité vers Clara, cerfs-volants bariolés, petits émissaires d'amour que Clara saisit au vol, sans bouger un cil.

Que Clara saisit au vol.

Maman le sait, approuve et n'en dit rien.

Maman dont l'assiette reste pleine.

Je croise le regard de Thérèse.

Qui le détourne.

Pastor, Pastor, qu'as-tu fait de maman ?

8

Eh ! Oh ! tu m'écoutes, oui ? Concentre-toi un peu, bon Dieu ! Arrête de ronronner dans le ventre de ta mère. C'est ta tribu d'accueil que je te présente, après tout ! Que tu saches à qui tu auras affaire, le jour de ton avènement. Que tu n'ailles pas me reprocher de ne pas t'avoir averti. Assez de Verdun qui fait la gueule du matin au soir comme si on l'avait trompée sur notre marchandise. Il reste à peine huit mois pour te les décrire tous... Si tu t'imagines que trente-deux semaines suffisent à cerner des personnalités aussi « contrastées » (comme on dit en patois de conférence), tu te goures ! J'ai quelques décennies d'avance sur toi et je ne suis pas sûr d'avoir fait le tour d'un seul d'entre eux. Jérémy, par exemple... prends ton oncle Jérémy, ou le Petit, avec ses lunettes roses... ou les deux ensemble...

JÉRÉMY ET LE PETIT

L'autre soir avant le dîner, ton oncle Jérémy se pointe dans notre chambre. Il frappe, ce qui n'est pas dans ses habitudes. Il attend qu'on l'invite à entrer, ce qui lui ressemble encore moins. Il entre et se tait, ce qui est une franche innovation.

Alors, je dis :

– Oui, Jérémy ?

Il dit :

– Benjamin...

J'étais allongé sur notre pieu, mes deux genoux au bain-marie sous la langue de Julius, occupé à contempler ta mère assise à son bureau, tout l'or de sa tête offert au cône de sa lampe de travail. Je redistribuais ses traits sur ta bobine à venir (j'espère bien que, garçon ou fille, tu iras piocher dans ce puzzle-là pour jouer à la ressemblance, et que tu auras la charité de laisser ma palette de côté – je me suis assez vu).

– Oui, Jérémy ?

Et j'ai eu un soupçon.

Tout immobile qu'il fût (je t'apprendrai le subjonctif, aussi, un petit plaisir de bouche, tu verras...) tout immobile qu'il fût, donc, Jérémy se tortillait intérieurement. Une fois de plus, monsieur s'était pris à son propre hameçon. Je connaissais bien cette tête-là. Elle allait nous annoncer la connerie du siècle.

– Ben, je suis très emmerdé.

Confirmation.

– Je ne sais pas comment te dire ça, Ben.

Julie a posé son stylo et s'est levée. Elle a regardé Julius et lui a montré la porte :

– Les confidences d'hommes, c'est pas pour les chiens. Respect du secret de l'instruction, Julius.

Ils nous ont laissés très seuls.

– Alors ?

– Alors, j'ai une question à te poser.

– C'est que tu me supposes la réponse. Le pédagochef s'en voit très honoré.

– Arrête de déconner, Ben, c'est vraiment pas facile.

– Ce n'est facile pour personne, Jérémy.

(J'adore ce genre de réponses. Elles ne renseignent pas vraiment, mais elles réchauffent le cœur de celui qui les sort. Je t'en servirai quelques-unes quand tu m'exposeras tes soucis. Tu verras, ça me fera du bien.)

Jérémy fixait très attentivement ses godasses.

– Ben, dis-moi comment on fait.

– Comment on fait quoi ?

– Fais pas chier, tu sais très bien ce que je veux dire.

Ses doigts de pieds cherchaient à fuir le petit brasier de ses pompes et on avait mis le feu à ses oreilles. Il fallait plonger pour éteindre tout ça, alors il s'est jeté à l'eau.

– Les enfants, Ben. Dis-moi comment on fait les enfants.

La surprise est mère de tous les silences. Immédiatement après la muette explosion de la stupeur, il y eut les retombées flottantes de l'incrédulité... Mais non, Jérémy, debout, là, tout corseté de honte, ne se foutait pas de moi. Suivit le silence idiot de l'hébétude. Comment était-ce possible ? Comment un adolescent de cette fin de siècle pornophile, de ce pays hautement sexué, de cette capitale réputée la plus voluptueuse, de ce quartier hyper-couillu et d'une famille où les nouveau-nés pleuvent comme des météores, comment, dis-je, se peut-il que cet adolescent-là – mon propre frère ! – ne soit pas au fait des mécanismes élémentaires de la reproduction sexuée ? Jérémy ! Jérémy qui fabriquait des bombes à douze ans ! Jérémy qui l'année dernière projetait le meurtre collectif de tous mes employeurs ! Jérémy qui fréquente un établissement scolaire où on « nique ta mère » à la moindre engueulade ! Jérémy qui accueille les fureurs de Thérèse en lui demandant si par hasard elle n'aurait pas « une fin de mois difficile » ! Jérémy qui assista en direct à la souriante apparition de C'Est Un Ange entre les cuisses de Clara ! Troisième silence : les abysses de la consternation. Je n'ai pas fait mon boulot d'éducateur, voilà la seule explication. J'ai laissé parler l'époque, j'ai pensé comme tout le monde qu'il n'y avait plus d'enfance, qu'on naissait branché, j'ai cru au poids des mots et au choc des photos, je n'ai pas fait crédit à l'innocence, honte sur ma tête ! Et réparons ! Réparons tout de suite, crénom de Dieu !

– D'accord, Jérémy. Assieds-toi.

Il s'assied.

Je me lève.

– Jérémy...

Ici, le plus sournois de tous les silences : l'embarras pédagogique.

J'y suis allé prudemment. J'ai commencé par le commencement : je lui ai parlé gamètes mâles et gamètes femelles, cellules haploïdes et diploïdes, ADN et Léon Blum (« qui fut le premier, Jérémy, à nous autoriser la procréation comme acte réfléchi et volontaire »), ovulation, flaccidité, corps caverneux, vestibule, trompe de Fallope et cône d'attraction... Je commençais à m'admirer sincèrement quand Jérémy s'est levé d'un bond.

– Tu te fous de moi ?

Des larmes de rage au bord de ses yeux.

– Je ne te demande pas de me faire un cour d'éducation sexuelle, putain de merde, je te demande de me dire comment on fait les gosses !

La porte s'est ouverte et le Petit a fait son apparition :

– A table ! Matthias est arrivé.

Et, comme il nous voyait saisis dans le même iceberg :

– Les gosses ? Mais je sais, moi ! c'est très facile, les gosses !

Il a saisi une feuille, le stylo de Julie, et a tendu le résultat à Jérémy :

– Tiens, c'est comme ça qu'on fait !

Deux secondes plus tard, ils dévalaient les escaliers en ricanant comme un coin de récré. Le croquis bâclé par le Petit ne laissait aucun doute : c'était bien comme ça.

*

En bas, autour de la table, la conversation battait son plein à mon arrivée. Clément Graine d'Huissier était en train de faire notre panégyrique à Matthias Fraenkhel qui a beaucoup à apprendre sur la tribu Malaussène.

Selon Clément, je suis le héraut (et le héros) de Belleville, la maison Malaussène quelque chose comme la forêt de Sherwood, et l'huissier La Herse le shérif de Nottingham, l'âme damnée de cette raclure de Jean sans Terre qui a fauché son trône au gentil Cœur de Lion. Bellevillois et Bellevilloises figurent le bon peuple saxon sous domination normande, mais la troupe de Robin-moi-même veille au grain, qu'on se le dise, Jean sans Terre, gaffe à tes miches !

– Robin du bitume... ce serait un beau sujet de film, observe Matthias Fraenkhel.

– Plutôt une pièce de théâtre ! s'écrie Jérémy, saisi d'une brusque inspiration. C'est tout un bordel de faire un film. Mais une pièce, ce serait beaucoup plus facile !

– D'autant que je pourrais en faire une vidéo, approuve Graine d'Huissier qui chope au bond l'occase de son premier chef-d'œuvre.

– Suzanne, qu'est-ce que tu en dis ? Tu nous prêterais la scène du Zèbre ?

– Et qui est-ce qui l'écrira, ta pièce ? demande Thérèse, dont le scepticisme plane sur tout ce qui ne concerne pas les astres.

– Moi ! hurle Jérémy. Moi ! Avec les trois ou quatre années qu'on vient de se farcir, c'est pas la matière qui manque !

– Je jouerai dedans ? demande le Petit.

– Tu joueras, Clara jouera, Leila, Nourdine, Verdun, C'Est Un Ange, tout le monde jouera ! Même moi, je jouerai ! Je suis un très bon acteur ! Pas vrai, Benjamin, que le Petit et moi on est de très bons acteurs ?

Ma fourchette en suspension...

Bon prince, Jérémy ajoute :

– Note que t'es pas mauvais non plus, en prof de procréation. Très à l'aise... les gamètes mâles et femelles... le cône d'attraction... toi aussi, tu joueras, Ben, c'est promis !

Et les voilà repartis, le Petit et lui, en pleine rigolade privée.

– Quel jour de la semaine joueriez-vous ? demande Suzanne O' Zyeux bleus qui se sent pousser des ailes de sponsor.

– Tu acceptes ?

Le rire de Jérémy s'engargouille.

– Tu accepterais de nous prêter le Zèbre !

– Quand joueriez-vous ?

– Pour commencer, le dimanche après-midi, quand tout le monde s'emmerde. Ensuite...

– Contente-toi de commencer. Dès que tu auras écrit ta

pièce, je déprogrammerai mon dimanche après-midi, et si ça marche, on essayera de libérer des soirées.

– Suzanne !

C'est un véritable hurlement qu'a poussé Jérémy.

– Suzanne ! Suzanne ! Nom de Dieu, Suuuuuzanne !

Et le voilà qui fout le camp dans la chambre des gosses, en braillant :

– Je m'y mets tout de suite : La saga Malaussène ! Robin du bitume ! Et dans les meubles de Belleville, en plus ! Ça va chier des bulles !

Loi de la physique familiale : tout enfant quittant une table avec précipitation provoque une hémorragie. La seconde suivante, il n'y a plus que les adultes autour de la nôtre.

Maman dit :

– C'est vraiment gentil à vous, Suzanne.

Suzanne l'interrompt de son rire clair :

– Au point où en est le Zèbre... un four de plus ou de moins...

Quand je dis « clair », le rire de Suzanne l'est au sens très propre du mot. Il y a, dans ce rire-là, une lumière qui traverse la rieuse sans rencontrer la plus petite arrière-pensée, la plus légère humeur, le regret le plus ténu. Ça donne un chapelet de notes limpides, un carillon du matin dans un ciel d'Ile-de-France (si je puis me permettre), et qui vous entraîne vers le haut.

– La situation est si catastrophique ? demande Julie. Le Zèbre est réellement menacé ?

– Ni plus ni moins menacée que Belleville, dit sobrement Suzanne.

– La clef dans la poche de La Herse, comme tout le monde, tranche Cissou qui n'avait rien dit jusque-là.

Condoléances anticipées.

Que Matthias Fraenkhel interrompt, avec son bredouillement confus :

– Pardonnez-moi, Suzanne... mais si le Zèbre devenait... je ne sais pas... une sorte de... monument historique... un temple érigé à la gloire du cinématographe, par exemple... ne serait-ce pas une façon de protection... non ?

(Ainsi parle Matthias Fraenkhel : « cinématographe », « aéroplane », « tourne-disque », « chemin de fer », « té ès effe » et « façon de protection » en un petit lexique obsolète où le temps a renoncé à se poursuivre depuis bien des années.)

– Un temple à la gloire du cinématographe, docteur Fraenkhel ?

Le sourire de Suzanne attend de comprendre.

Matthias se tourne vers Julie :

– Je crois que le moment est venu... de vendre votre marchandise... ma petite Juliette.

Oui, Matthias vouvoie Julie, comme il vouvoie tous les bébés qu'il accueille à l'arrivée ; question de savoir-vivre : « Avez-vous bien voyagé ? » « Etes-vous satisfait de nos services ? » « Eh bien, ma foi, il ne nous reste plus qu'à vous souhaiter une heureuse existence... »

(Qu'en penses-tu, ça vaut mieux que le claque-fesse traditionnel, en guise de bienvenue, non ?)

– Voilà, annonce Julie. Le vieux Job, le père de Matthias, m'a désignée comme sa légataire universelle pour tout ce qui touche à sa propriété cinématographique. Probablement la cinémathèque privée la plus importante au monde, Suzanne. Il nous semble, à Matthias et à moi, que vous êtes la personne la mieux désignée pour gérer ce patrimoine, en faisant du Zèbre ce que Matthias appelle un temple au cinématographe. Les films vous appartiendraient. Matthias vous en céderait la propriété pour un franc symbolique. Charge à vous de les programmer. Qu'en pensez-vous ?

Suzanne, qui pour vouer son existence au cinématographe a dû passer sa vie à enseigner le grec et le latin dans les écoles qui en voulaient encore, est plutôt d'accord ; mais on lit clairement dans ses yeux qu'elle n'en croit guère ses oreilles.

– Ce n'est pas tout, indique Matthias. Parlez-lui donc... du Film Unique, Julie... le grand œuvre de Job et de Liesl.

– Le vieux Job a eu quatre-vingt-quinze ans cette année et sa femme Liesl, la mère de Matthias, quatre-vingt-quatorze ans, s'éteint doucement, à l'hôpital Saint-Louis. Or, voilà soixante-quinze ans qu'ils tournaient ensemble le même film : Job aux images et Liesl au son. Soixante-quinze ans de tournage secret, Suzanne ! Ils souhaitaient que ce film ne soit projeté qu'après leur mort, devant un public restreint, que le vieux Job m'a chargée de composer depuis qu'il sait Liesl condamnée. La projection pourrait avoir lieu sur l'écran du Zèbre, et nous pourrions dès maintenant sélectionner les spectateurs, qu'en pensez-vous ?

Visiblement, Suzanne n'en pense que du bien.

– Le vieux Job n'y met qu'une condition, continue Julie. Il exige que la bobine *et son négatif* soient détruits publiquement à la fin de cette projection. Oui, c'est sa conception du véritable « événement cinématographique ». Une seule et unique projection pour ce Film Unique. *Un événement, ça ne se répète pas*. J'ai entendu Job me seriner ça pendant toute mon enfance.

– N'est-ce pas en contradiction avec la constitution de sa cinémathèque ? Une cinémathèque se fonde sur le principe même de la répétition, non ?

Il n'y a pas long de l'étonnement de Suzanne au sourire de Matthias Fraenkhel.

– Mon vieux père déteste à peu près tous les films de sa collection. A ses yeux, ce sont moins des œuvres d'art que... disons... des pièces à conviction.

– Des pièces à conviction ?

– Des preuves de la dégénérescence du cinématographe depuis son exploitation publique, oui... c'est un sujet sur lequel il est intarissable.

Suzanne écoute, Suzanne apprécie, Suzanne est toute reconnaissance, mais Suzanne O' Zyeux bleus se voit mal en pilleuse d'héritage.

– Et votre fils ? Vous nous avez bien dit que vous aviez un fils, n'est-ce pas ?

– Barnabé ?

Un ange mélancolique s'offre un discret tour de table.

– Oh ! Barnabé va beaucoup plus loin que son grand-père dans la détestation du cinématographe... Là où mon père a voué son existence à la création d'un film unique, Barnabé consacre la sienne à ce qu'on pourrait appeler... le contraire du cinéma.

– Le *contraire* du cinéma ? s'exclame Suzanne avec son rire de campanile : qu'est-ce que c'est que ça, le *contraire* du cinéma ?

– Il vous en fera peut-être la démonstration... je crois savoir qu'il doit venir à Paris... un de ces jours.

(Peut-être... je crois savoir... un de ces jours... syntaxe dubitative des familles déglinguées.) L'embarras s'installerait de nouveau, si la porte des enfants ne s'ouvrait tout d'un coup.

– Suzanne, est-ce qu'on pourrait tous dormir au Zèbre, avec Clément ?

C'est Jérémy qui a posé la question en désignant l'ensemble des frères et sœurs rangés derrière lui.

– Pour faire corps avec le théâtre, tu comprends, ça faciliterait la mise en espace !

« Faciliter la mise en espace », « faire corps avec le théâtre », ça y est... il n'a pas encore écrit sa pièce, ce petit con, qu'il a déjà flanqué son vocabulaire en uniforme. Suzanne l'a pigé :

– Je ne vois personnellement aucun inconvénient à faciliter ta « mise en espace », Jérémy, mais il me semble que l'autorisation de « faire corps avec le Zèbre », ce n'est pas à moi qu'il faut la demander.

Jérémy me regarde. Je regarde Jérémy. Jérémy insiste. Je ne moufte pas. Alors, Jérémy comprend. Et se tourne vers maman.

Qui dit :

– Dormir au Zèbre pour mieux préparer votre spectacle ? Si ça ne dérange pas Suzanne, je crois que c'est une bonne idée.

*

Et voilà comment, en quelques mots souriants, prononcés au-dessus d'une assiette restée pleine, maman se sépare de toute sa famille et décide de vivre seule dans la maison de sa tribu, et dans une peine d'amour dont elle ne nous dira jamais rien.

Je cherche le regard de Thérèse.

Qui ne cherche pas le mien.

Je pense à maman.

Puis, à Clara.

Tant que mes yeux pourront larmes épandre...

Clara préparait ça, il y a quelques années, pour l'oral de son bac de français.

Tant que mes yeux pourront larmes épandre...

Louise Labé... Que disait donc le vers suivant ?

... tant que... tant que...

Chaque vers y allait de sa chanson d'amour.

Tant que mes yeux pourront larmes épandre
A l'heur passé avec toi regretter

Oui... oui oui...

Mais encore ?... la suite, la suite, ô ma fichue mémoire...

Les quatrains s'achevaient sur un décasyllabe en suspension :

Je ne souhaite encore point mourir.

A la bonne heure, maman...

A la bonheur...

III

FILS DE JOB

Je suis né par curiosité.

9

C'était cela, les soirées de ton avent. A l'heure de la séparation, Julius le Chien et moi offrions un brin de compagnie à Matthias, en quête d'un taxi.

– Alors, Benjamin... cette paternité ?

Des arrière-conversations de ce genre...

– Ça va, Matthias, je la *négocie*, comme on dit aujourd'hui.

– Vous la *gérez* ?

Nous rigolions un peu. Les habits neufs des mots, c'est toujours un bon sujet de rigolade.

– Je la digère. On cause, le petit locataire de Julie et moi... Enfin, il écoute, surtout. Je le préviens de ce qui l'attend. Vous savez, comme en 40, le briefing avant le parachutage du héros sur la patrie occupée. Pas plus tard qu'hier, je lui ai bien recommandé d'enterrer son pépin, dès qu'il aura touché le sol... En temps de paix comme à la guerre, personne ne vous pardonne la découverte d'un pépin.

(Ça me faisait un bien fou, ces petites conneries...)

– Vous êtes tout de même un homme étrange, Benjamin...

Nous n'étions pas trop pressés de trouver un taxi.

– Vous n'êtes pas mal non plus, Matthias, dans le genre particulier.

Nous en laissions même passer quelques-uns, des taxis. Leur jaune loupiote sur la tête, ils allaient, autour de leur vide. Ils payaient pour tous ceux qui ne s'arrêtent pas quand on veut les remplir.

– Sans rire, Benjamin... on vous envoie une balle dans la tête... on vous vide de tous vos organes... on vous tue deux ou trois fois... et cela ne vous fait apparemment ni chaud ni froid. Vous faites un enfant à Julie... et vous voilà dans tous vos états ! ... Un curieux préjugé, tout de même.

– Un préjugé ?

– En faveur du néant, parfaitement. D'où peut venir l'idée que le néant est plus confortable que la vie, si ce n'est d'un préjugé ?

Ça méritait quelques pas de réflexion, cette réflexion.

– Et vous, Matthias, vous et votre Eternité ?

– Oh ! mais, je ne préjuge pas de l'Eternité !

Quelques pas encore, et il avait ajouté :

– C'est bien pour ça que je ne suis pas pressé d'y renvoyer les bébés.

*

Julie passait une partie de ses nuits à me raconter ce morceau de son enfance : la période Fraenkhel.

– C'était pendant mes années de collège. Le gouverneur mon père m'avait flanquée pensionnaire à Grenoble. Les Fraenkhel étaient mes correspondants. Ils habitaient le Vercors, la vallée de Loscence.

J'aimais beaucoup ça, découvrir l'enfance de Julie en attendant la surprise de ton enfance à toi. C'est la vie : on rembobine d'un côté, on colle un chargeur neuf de l'autre. Paré pour la suite de la projection.

– Le vieux Job couvrait le monde de pellicule sans bouger de son trou ?

– Non, c'est sa résidence secrète, la maison du Vercors ! Demeure cachée, intimité, il n'a même pas le téléphone. Juste un fax, dont il est le seul à connaître le numéro. Job a un siège social à Paris, un appartement, en fait. Et puis, il voyageait beaucoup : Rome, Berlin, Vienne (sa femme, Liesl, est d'origine autrichienne), Tokyo, New York... Pourtant, Job, Liesl et Matthias sont présents à Loscence dans tous mes souvenirs, exactement comme s'ils ne sortaient jamais de cette cachette. Je suppose qu'ils s'arrangeaient pour être là quand Barnabé et moi étions en vacances.

– A propos, qu'est-ce que c'est que cette histoire de cinémathèque privée ? Tu es vraiment la légataire du vieux Job ?

– Oui, c'est même un des souvenirs les plus marrants de cette période.

Elle en riait encore, dans notre nuit. Elle en rigolait doucement, contre mon épaule.

*

Elle avait dans les treize ans. Elle était en quatrième. Un jour – c'étaient les vacances de Pâques – elle se pointe à Loscence, chez les Fraenkhel, avec un sujet de rédaction donné par un prof qui devait se croire bougrement en avance sur son temps :

Imaginez le drame d'un comédien du cinéma muet éliminé par l'avènement du parlant.

– C'est le contraire qui serait dramatique ! s'était écrié le vieux Job. Les acteurs d'aujourd'hui seraient tous éliminés par l'avènement du muet ! Ils ne sont bons qu'à gesticuler de la bouche, et la musique fait le reste ! Leur bavardage... leur musique... leurs bruitages... C'est bien simple, Juliette (toute la famille l'appelait Juliette), plus personne ne joue, au jour d'aujourd'hui, tout le monde parle. Les corps n'expriment rien du tout... il n'y a plus que des lèvres, et les mots ne suivent même pas la cadence ! Si tu veux mon avis, le cinéma muet était déjà vide, ma petite Juliette, mais le parlant, ce fut l'emballage autour du vide ! Ne ris pas, fais l'expérience, ferme-leur le museau à tous ces phraseurs, fourre-toi du chewing-gum dans les oreilles, tu verras, ils disparaîtront de l'écran ! Ils disparaîtront !

Le vieux Job avait brodé une matinée entière sur ce thème. Julie et lui étaient descendus dans l'ancienne grange qui abritait la cinémathèque et ils s'étaient envoyé deux ou trois péplums ritalo-américains en guise de confirmation. Au bout du compte, Julie avait rendu un devoir symétrique au sujet proposé :

CORRENÇON *Le 24 mars*
Julie
Quatrième 2

Rédaction

Sujet :

Racontez le drame d'un comédien du cinéma parlant *éliminé par l'avènement du cinéma* muet.

Une très jolie rédaction :

C'était l'histoire d'une grande gueule hollywoodienne, un vrai mythe du parlant, brutalement confronté à l'avènement du muet. Tous ses collègues hurlent à la régression, mais lui, l'acteur-crooner, il affirme que non non non, vive le muet, un art enfin véritable, débarrassé des scories du ciné-tintamarre, et il se déclare prêt à faire don de sa personne au silence. On le prend au mot. On l'embauche. On le super-produit. Des millions de macro-dollars. Et le voilà qui se présente devant l'œil de la caméra comme le premier chrétien sous la prunelle du lion. (C'était d'ailleurs le sujet du film.) On tourne, il prend des poses, on coupe, on développe la pellicule. (Une pelloche fournie par les laboratoires du vieux Job.) Que dalle. Vierge. Pas la plus petite trace de l'acteur-crooner. Tout le reste y est, le décor, les lions, les autres acteurs... mais pas lui. On vérifie la caméra, on touille les émulsions, on file une louche de valium au producteur et on remet ça. Rebelote : pas la plus petite trace du crooneur. Au bout d'une dizaine d'essais, il faut bien se rendre à l'évidence : *la star du parlant n'impressionne pas la pellicule du muet*. Probablement une affaire de chromosome. On a beau le filmer, il reste aussi invisible qu'un vampire dans un miroir. La suite est épouvantable. Rupture de contrat. Le producteur reprend ses billes, intente un procès qui lessive le crooneur, et part à la pêche aux descendants de Chaplin et de Keaton. Le crooneur achève de se faire rincer par le psy des stars qui l'allonge sur son divan et le soulage de sa monnaie sans pouvoir lui tirer un mot, parce que, non content de l'avoir effacé, *le muet l'a rendu muet*. Alors c'est le suicide. Réduit à néant, l'ex-mythe se noie dans une cuve de révélateur. Qui, bien entendu, ne révèle rien du tout.

*

Silence...

O les jolis silences de nos nuits éveillées...

Le nombre d'insomnies peinardes que nous nous sommes offertes, ta mère et moi, depuis que nous nous connaissons...

Le sommeil est une séparation...

Finalement, je dis :

– Pas mal.

– N'est-ce pas ? Pour une gamine de cet âge...

– Et combien tu as eu ?

– Quatre heures de colle. Tout compte fait, le prof n'était pas si en avance que ça sur son temps. Mais c'est le vieux Job qui a été content !

Le vieux Job avait lu le devoir avec des larmes de rire. Puis il s'était mis à chialer pour de bon. Sans transition. Il avait serré Julie contre lui et pleurait à gros bouillons. Elle le savait très émotif, comme tout vrai tueur d'industrie, mais elle avait tout de même été un peu surprise.

– Quelque chose qui cloche, Job ?

– Ça va très bien, au contraire, je viens de me trouver une héritière.

*

– Et Barnabé ?

Parce qu'il y avait Barnabé, aussi, le fils de Matthias, le petit-fils de Job. Il m'intéressait, Barnabé.

– Vous étiez pensionnaires ensemble ?

– Pas dans le même dortoir.

– Quel genre de Barnabé c'était ?

Le genre ami d'enfance, compagnon des premiers pas, frère de cœur, cousin de la main gauche, de ceux dont on dit, quand on les retrouve trente ans plus tard sur les albums de famille : « Regarde, c'était Barnabé ! » A ceci près que Barnabé ne se laissait jamais photographier.

– Comment ça ?

– Dès qu'il a pu donner sa dimension symbolique au langage, il a refusé de se laisser *prendre*. Une hostilité de sauvage à la photographie.

– La raison ?

– Haine fascinée pour le vieux Job, rejet radical de son univers de pellicule. Opposition farouche à la figure du grand-père. C'est un *cas*, Barnabé.

Pendant que Job et Liesl bossaient à leur Film Unique, Barnabé détruisait ses photos de bébé.

– Du point de vue de l'iconographie familiale, Barnabé, c'est un trou dans les pages. Aucune photo de lui.

– Le contraire du cinématographe ?

– Sa négation absolue.

Julie et Barnabé avaient un jeu à eux. Quand Julie allait au cinéma, à Grenoble, Barnabé ne pénétrait jamais dans la salle. Il se contentait des photos punaisées dans les halls ; à partir de ces déchets il racontait le film qu'on projetait à l'intérieur.

– Quoi ?

– Comme je te le dis. Tu montrais à Barnabé dix photos de n'importe quel film, dans n'importe quel ordre, il recomposait l'histoire sous tes yeux, début, développement et chute, à la séquence près. Il allait même jusqu'à deviner le type de musique qui soulignait les temps forts.

Talent singulier qui arrondissait leurs fins de mois. Les copains n'y croyaient pas. Julie pariait, faisait monter les enchères. On collait Barnabé devant les photos, on allait vérifier dans les salles, Barnabé et Julie empochaient la victoire.

– Il avait besoin d'argent pour acheter son matériel de spéléo.

Parce que l'été venu, quand la France entière exposait ses hectares de peau au soleil, Barnabé, lui, plongeait sous terre, dans les grottes du Vercors, acharné à sa dépigmentation, poursuivant un idéal de transparence. La rentrée des classes le retrouvait diaphane comme une salamandre. L'automne voyait au travers.

– Tu le suivais, dans les grottes ?

Question importante, ça.

– Oui, et sans lumière, encore ! La grande ambition de Barnabé : se mouvoir dans le noir absolu. Annuler toute forme. Bien sûr, je le suivais dans les grottes ! C'est toute l'histoire de mes vacances. Quand je n'étais pas devant un écran avec le vieux Job, j'étais dans le noir avec Barnabé.

Barnabé et Julie, à quinze ans, dans le noir abyssal.

– Il a décroché ta cerise ?

Ça m'a échappé. Et l'expression n'est même pas de moi. Métaphore délicate de Jérémy le soir où Clara nous a quittés pour le lit de Clarence.

Rire de Julie.

– On peut dire ça comme ça. Mais la vérité historique m'oblige à avouer que c'est plutôt moi qui aurai fait éclore sa tulipe.

Quand on pose les questions, on s'expose aux réponses.

Silence.

– Ne fais pas cette tête, Benjamin. N'oublie pas : noir absolu ; il ne m'a jamais vue nue !

C'est bien ce qui me cisaille. Se retrouver dans le noir, ta mère nue dans les bras, et ne pas céder à la tentation de craquer une allumette... si tu veux mon avis, il ne doit pas tourner bien rond, ce Barnabé...

10

Donc, la tribu a déménagé au Zèbre. Julie et moi avons conservé notre chambre, et maman est restée en bas, toute seule dans l'ex-quincaillerie. On se relayait auprès d'elle, pour essayer de la faire manger. Vaines séances de consolation muette que Jérémy appelait nos « tours de chagrin ». Maman nous préférait sa solitude. Maman bénissait ce Zèbre qui la rendait à ses amours défuntes.

– Je t'assure, Benjamin, c'est très bien comme ça. Et puis, regarde, ça amuse tellement les enfants, le théâtre !

Le fait est que Jérémy avait donné à cette migration un lustre époustouflant, façon grande compagnie en partance pour le monde, Molière et son harem, la smala Ben Fracasse... J'ai vu le moment où ils allaient atteler des charrettes boiteuses à des chevaux trop maigres et prendre le large sous des capes élimées et des chapeaux à plume. J'entendais déjà les cahots de l'attelage sur les pavés de l'aube. Clara rigolait en douce, mais elle n'a pas raté cette occasion très officielle de se rapprocher de Clément. C'Est Un Ange sur la hanche et Verdun à ses basques ajoutaient à la vérité du tableau. Thérèse était parfaite dans le rôle de la réprobation résignée, et les regards navrés de Julius le Chien ne lui donnaient pas tort ; ça les consternait d'avoir à suivre cette bande d'excommuniés.

Jérémy nous a même fait le coup des adieux déchirants, quand le Zèbre est exactement à 624 mètres de la maison !

Suzanne se marrait franchement.

– Je ne sais pas ce que vaudra la pièce de Jérémy, mais ça, là, le coup de l'exode, je n'aurais raté ça pour rien au monde.

Un qui faisait dans le réalisme, c'était le Petit.

– On est une armée. On part défendre le Zèbre !

Probable qu'il se voyait déjà brûler vif au milieu de la scène pour jeter la terreur mystique dans les troupes de l'huissier La Herse.

Même Matthias y est allé de son commentaire.

– Ne faites pas cette tête, Benjamin... ce sont les vacances, après tout... C'est très à la mode, les stages de théâtre... l'expression corporelle... même dans notre Vercors, on trouve ces sortes de choses... les universités d'été... soyez de votre temps, que diable !

Et puis, Matthias Fraenkhel est parti à son tour.

– Enterrer ma mère.

*

Oui, tu verras, on meurt. On meurt énormément, il me semble te l'avoir déjà dit. Alors, ne viens pas m'expliquer par un noir matin d'adolescence que la mort est une excellente raison de ne pas naître ; il fallait prendre tes dispositions !

Donc, Liesl, femme du vieux Job, mère de Matthias et grand-mère de Barnabé, mourut. A l'hôpital Saint-Louis, où Julie l'avait recommandée au professeur Marty.

– Qu'est-ce qu'elle a ? avait demandé Marty.

– Quatre-vingt-quatorze ans, une balle dans le col du fémur et un éclat d'obus dans l'omoplate gauche, avait répondu Julie.

– Je n'en attendais pas moins d'une malade recommandée par vous. Son cas intéressera Berthold. D'où viennent ces munitions ?

– Sarajevo.

– Qu'est-ce qu'un tromblon de cet âge fichait à Sarajevo ? Touriste en panne d'avion ?

– Non, docteur, elle se baladait dans les rues, son magnétophone en bandoulière, et le micro à l'air.

Julie m'avait raconté ça, en effet. Dans le couple Fraenkhel, si le vieux Job était l'image, Liesl était le son. Une existence entière passée à glaner les sons du monde. A en croire Julie, Liesl était l'origine même de la radio. Faire entendre ici ce qui se passe là-bas était son unique passion : la princesse Ubiquité en personne.

– Elle a mis la terre entière sur bandes magnétiques.

Nous sommes allés la voir à l'hôpital. Liesl voulait faire la connaissance de Suzanne. Julie a insisté pour que je les accompagne.

– C'est ma marraine, tu comprends ? Ma matrice baroudeuse. J'aimerais qu'elle te connaisse.

Dans son lit d'hôpital, la matrice baroudeuse n'était qu'un petit sarcophage de plâtre à tête frisottée en suspension dans un jeu complexe de treuils et de courroies. Seuls bougeaient les lèvres et les yeux. Ses mains gisaient sur les draps blancs, mais la parole était si vive qu'on croyait voir papillonner ses doigts de colibri.

– Alors, c'est vous ?

Elle regardait Suzanne.

– C'est moi.

Debout au pied du lit, en pleine lumière, Suzanne souriait à Liesl. Sur la table de chevet, un petit magnétophone tournait au vu de tous. Liesl enregistrait la vie, sans discrimination. Elle éleva la voix :

– Tu entends, Job ? Voici Suzanne, l'élue de Juliette. C'est pour elle que nous avons travaillé toute notre sainte existence. C'est elle qui projettera le Film Unique !

Un tantinet sourdingue, le vieux Job était une chose aussi minuscule que sa femme, mais sans un poil sur le globe. La jeunesse, en se retirant, y avait dessiné la carte des cinq continents.

Il leva la tête, posa sur Suzanne deux petits yeux nets, et dit :

– Elle a le regard qui convient.

A Suzanne, il précisa :

– Silence total d'ici la projection, n'est-ce pas ? Personne ne connaît l'existence de ce travail.

Suzanne promit le silence avant projection.

– Silence après aussi, ajouta le vieux Job, c'est un film, pas un sujet de conversation. Epargnez-lui les commentaires.

Le rire de Suzanne refusa tout net.

– Et puis quoi, encore ? Ne plus y penser, peut-être ? Hara-kiri général quand la salle se rallume ?

En quatre-vingt-quinze années d'existence multinationale, personne n'avait opposé un refus rieur au vieux Job. Job chercha Julie du regard. Julie eut un geste pour signifier que telle était Suzanne, à prendre ou à laisser.

– Nous en parlerons si nous avons envie d'en parler, insista Suzanne. Je réponds de la qualité des propos, c'est tout.

– Vous trouvez ça plus facile à garantir que le silence ?

– Ça dépend du choix des spectateurs.

Le vieux Job mesura cette bonne femme des yeux. Où diable Juliette avait-elle déniché une effrontée pareille ? Enfin... le vieux Job avait appris à connaître Juliette.

– Pas plus d'une douzaine, les spectateurs. Ce n'est pas que je tienne aux chiffres symboliques, mais vu vos ambitions, vous n'en trouverez pas davantage, dans le cinéma d'aujourd'hui.

– C'est bien mon avis.

– Et vous connaissez la consigne, ajouta Job : à détruire après la projection ! Un événement, ça ne se répète pas !

Suzanne promit l'autodafé.

– Pellicule et négatif, précisa le vieux Job.

– Pellicule et négatif.

– Bon, fit le vieux Job.

Ce fut tout sur le sujet. L'adoubement avait eu lieu. Suzanne venait d'hériter le Film Unique du vieux couple. Deux vies entières passées à faire le même film – quasiment deux siècles ! – et pas un mot de plus.

Liesl passa à autre chose.

– Et l'autre, là, celui qui marche comme un canard, qui est-ce ?

C'était moi.

Ce que Julie confirma avec son rire feulé des savanes.
– C'est mon Job à moi, Liesl, un peu de respect.
– Il prend les choses à cœur, on dirait.
– C'est une de ses caractéristiques, oui.
Fin de moi.
Il y eut un silence. Que le petit magnétophone enregistra. Comme toujours, dans ces cas-là, le décor s'imposa. La chambre d'hôpital, les boutons-infirmières, la météo intime et ses courbes de température, les remugles du couloir, draps froids de l'éther, parfums iodés de la survie, une toux sèche dans la chambre d'à côté... Bon Dieu, en aurai-je visité, des hôpitaux ! Et combien en sont revenus ? Ce fut le moment que Liesl choisit pour plaquer son regard sur le ventre de Julie.
– C'est pour quand ?
– Le printemps prochain, répondit Julie.
– Ce n'est pas forcément la meilleure époque, ma chérie. J'ai fait le mien au printemps, il a passé sa vie à bourgeonner.
Allusion délicate à l'eczéma et aux rhumatismes chroniques de Matthias. Lequel répondit sans s'émouvoir :
– Question d'accoucheur, maman. Si je m'étais accueilli moi-même, je serais arrivé en meilleur état. Mais en matière d'obstétrique vous n'en avez jamais fait qu'à votre tête.
Le mini-sarcophage s'offrit un accès de rigolade qui sema la panique dans son système de suspension.
– Qu'est-ce qu'il a dit ? demanda Job.
– Ne la faites pas rigoler, bon Dieu, vous trouvez qu'elle n'est pas assez émiettée comme ça ?
Tout le monde se retourna.
Berthold se tenait sur le seuil, la mine sombre perchée au sommet de sa compétence. Berthold ! Le professeur Berthold ! Mon sauveur ! Le génie de la plomberie humaine ! Celui qui m'a fait passer du statut d'alité définitif à la dignité de visiteur ! Liesl l'accueillit joyeusement.
– On vient inspecter son jouet préféré, docteur ?
Elle lui désigna le petit magnéto sur la table de nuit.
– Tenez, soyez gentil, retournez la bande ; elle est comme moi, elle arrive à son terme.

Berthold s'exécuta en lui lançant un regard noir. Sur quoi, il nous désigna la porte. Il avait à compter les petits os de Liesl.

Job fit le point, dans l'exil du couloir.

– Tu connais Liesl, Juliette, elle doit souffrir mille morts, mais elle a refusé la morphine sous le prétexte que son état *l'intéresse*. Elle ne perdra pas une miette de son agonie.

– On en est là ?

– Selon Marty, elle aurait dû mourir à Sarajevo, ou pendant son rapatriement...

– C'était compter sans sa curiosité, intervint Matthias. La mort subite n'est pas dans le tempérament de Liesl.

– Matthias sait ce dont il parle. Il est lui-même le fruit de notre curiosité.

Ce que Matthias confirma :

– Oui, je suis né par curiosité. Y a-t-il une meilleure raison de naître ?

Conversation passionnante qui fut interrompue par une gerbe de fleurs exotiques.

– Bon Dieu, Job, qu'est-ce que Liesl fichait à Sarajevo ?

La gerbe tonitruait. Une gerbe intime, apparemment.

– Prise de son, Ronald, répondit Job. Elle promenait son micro.

– Prise de son, éructa la gerbe. A son âge ! Vous ne vous arrêterez donc jamais tous les deux ?

– Je crains que si, répondit Job.

Silence. Une tête désolée jaillit des fleurs tropicales.

– Elle est si amochée que ça ?

Très blanche, la tête désolée. Avancée en âge, mais crinière flamboyante. Droit sortie d'une de ces séries américaines consacrées à la longévité des pétroliers texans.

– Fichue, répondit Job.

Qui fit les présentations.

– Ronald de Florentis, le distributeur. Pseudo-aristocrate mais ami authentique. Semeur d'images devant l'Eternel. Le meilleur et le pire dans le cinéma, c'est lui qui l'a distribué. Surtout le pire.

– Que tu as laissé coller sur tes pellicules.

– A l'origine, la pellicule est une vierge.

– Comme la mitrailleuse avant d'avoir tiré.

– Oui. Et c'est le distributeur qui appuie sur la détente.

Quelques décennies qu'ils jouaient à dialoguer, ces deux-là. Ils finirent par s'essouffler et Job nous nomma, Julie et moi, exactement pour ce que nous étions.

– Ma filleule, Juliette. Et son coquin. Il lui a fait un gosse.

– Je la connais, Job. Je l'ai vue petite. Elle ne décollait pas de ta salle de projection.

– Elle accouche au printemps, fit Job.

– Entre les mains de Matthias ? Votre gamin ne pouvait pas choisir meilleur portier, Juliette. Il glissera sur un toboggan de velours... Bonjour à toi, Matthias, comment va ?

Etc.

Jusqu'au nouvel aboiement du professeur Berthold.

– Et pourquoi pas un baobab, tant que vous y êtes ? Vous voulez lui pomper le peu d'air qui lui reste ?

La gerbe fut arrachée des bras de Ronald. Elle disparut en perdant des plumes, enlevée par un Berthold tout beuglant contre l' « incontinence florale » des familles.

– Il ne faut pas lui en vouloir, expliqua Liesl dans son pépiement, le professeur Berthold est contrarié. Je viens de l'envoyer paître. Il s'était mis dans la tête de désosser une demi-douzaine d'adolescentes pour réparer mon infrastructure et me relancer toute neuve dans le siècle qui s'annonce. Apparemment, il n'apprécie guère la jeunesse d'aujourd'hui.

Florentis ne la laissa pas développer.

– Liesl, on peut savoir ce que tu fichais à Sarajevo ?

– Sarajevo, Vukovar, Karlovac, Biograd, Mostar..., précisa Liesl.

Avant de demander :

– Est-ce que je te demande combien tu as payé ton dernier Van Gogh, Ronald ? Est-ce que je te demande ce dont tu es capable pour agrandir tes collections ? S'il y en a un qui ne sait pas écrire le mot *Fin*, ici, c'est bien toi, Florentis! Regarde-toi un peu. Tu n'as pas honte, d'être si jeune ? A ton âge !

*

Voilà. Pas besoin de nous pour maintenir l'ambiance. Nous les avons laissés se chipoter entre vieilles passions. Les derniers mots de Liesl, nous les tenons de Matthias. L'heure venue de la quitter à son tour, Matthias avait promis sa visite pour le lendemain.

Liesl lui avait répondu :

– Pas question, demain, je meurs !

– A quelle heure ? avait demandé Matthias qui n'avait pas accoutumé de contrarier les projets maternels.

– Avec le soleil, mon petit, et ne viens pas me gâcher ce moment, je l'attends depuis trop longtemps.

Sa seule émotion – presque une larme – fut pour dire :

– Si tu vois Barnabé, dis-lui...

Elle chercha quoi dire.

– Plus personne ne voit Barnabé, maman...

Matthias comprit trop tard que ce n'était pas une consolation. Il balbutia :

– Mais il doit venir à Paris, je crois... je lui écrirai... Je...

Elle mourut le lendemain, à l'heure dite.

A son chevet, le petit magnétophone avait recueilli son dernier soupir.

Matthias partit l'enterrer à Vienne, en Autriche, son pays d'origine.

– C'était la nièce de Karl Kraus, expliqua-t-il.

Et il ajouta, dans un sourire à lui seul destiné :

– La monomanie est une tradition familiale...

Nous le laissions éponger son chagrin à sa façon balbutiante et concentrée.

– Se faire inhumer en Autriche... la pauvre... elle qui a consacré sa vie à l'ubiquité... en Autriche... le seul pays sans porte ni fenêtre... le caveau de l'Europe...

Il dit encore :

– Je pars demain. Vous recevrez les résultats de vos examens par courrier postal, ma petite Juliette.

(Il s'agissait de tes examens à toi, en fait. A peine le calibre d'un haricot mexicain et on te fait déjà plancher. Autant t'y faire tout de suite, tu seras examiné toute ta vie. Faut rendre des comptes, d'un bout à l'autre. Et qu'ils soient justes ! Le médecin légiste fera le total de ton addition.)

11

Exit Matthias.

Julie et moi, donc. Ou plutôt, nous trois Julie, si tu vois ce que je veux dire. Un amour en vacances. Maman n'en avait jamais pratiqué d'autre, mais Julie et moi c'était la toute première fois. La tribu ne nous avait pas souvent fourni l'occasion de respirer seuls.

Nous avons passé les huit premiers jours au lit. C'est loin d'être un record. Ta tante Louna et ton oncle Laurent, dans le temps où leur amour se nourrissait de lui-même, avaient tenu une année entière sans mettre pied à terre. Un an de plumard ! Nous leur montions des petits plats et de gros bouquins. A la façon dont ils nous congédiaient, nous sentions bien qu'ils auraient préféré s'aimer sous perfusion et couper le contact radio... Mais, entre la famille qui les attend, la foule qui les admire, les faux culs qui les envient et les étoiles qui leur font de l'œil, les navigateurs les plus solitaires sont très accompagnés.

Huit jours entre nous, donc.

Huit jours à plonger l'un en l'autre, à émerger le souffle court, à plonger de nouveau et à explorer si longtemps notre géographie sous-marine que parfois nous nous endormions au fond de l'autre, laissant au sommeil le soin de nous séparer et de nous remonter doucement à la surface, en suivant les courbes de nos rêves...

N'insiste pas, ne fais pas ton Jérémy, tu n'obtiendras que

des métaphores sur ce chapitre. Tout commence par l'image en ce bas monde et continue par la métaphore, il faut que tu le saches. Le sens, c'est à toi de le conquérir, par la force du neurone ! Et c'est heureux, parce que si « le beau livre de la vie » (*sic*) te proposait le sens d'abord, tu serais bien fichu de le refermer d'un coup sec et de nous laisser patauger seuls dans la grande énigme métaphorique.

Tout ce que je peux te dire encore, c'est qu'aux rares moments où l'amour nous laissait sur le flanc, ta mère et moi, nous utilisions le peu de souffle qu'il nous restait à choisir ton prénom dans les catalogues disponibles. N'ayant pas la télé, nous avons délibérément écarté le martyrologe cathodique. Tu n'as aucune chance de t'appeler Apollo sous prétexte que deux allumés ont assis l'humanité sur la lune, ni Sue-Helen non plus, non, rassure-toi. Pour ce qui est du chrétien homologué, bien sûr, c'est un prénom qui se porte plus facilement, se démode moins, ne détonne pas dans une cour de récré... mais, c'est plus fort que moi, dès que j'entends prononcer le nom d'un martyr, je ne peux m'empêcher de revivre en détail les circonstances qui l'ont enlevé à notre affection.

– Blandine, disait ta mère, Blandine, si c'est une fille, c'est joli, non ?

– Livrée aux bêtes. Le taureau fonçant sur Blandine, Julie, ce taureau écumant, fonçant toutes cornes dehors sur notre petite Blandine...

– Etienne... moi j'aime beaucoup Etienne. Un prénom à diphtongue... c'est doux.

– Lapidé sur la route de Jérusalem. Le premier martyr. Il inaugurait. Tu as une idée de ce que ça représente, la lapidation ? Quand le crâne éclate, par exemple... Pourquoi pas Sébastien, tant que tu y es ? J'entends déjà siffler les flèches et je vois les peintres déplier leur chevalet... Non, Julie, cherche plutôt du côté des prophètes ou des patriarches, ils ont su se placer dans le temps, eux, ils annonçaient les catastrophes, ils ne les subissaient pas... enfin, moins.

– Isaac ?

– Pour que le Grand Parano m'ordonne de lui réexpédier le petit à coups de canif ? Pas question.

– Job ?
– Déjà pris.
– Daniel... Le Babylonien... !
Là, il s'est passé quelque chose d'étrange, que je ne peux absolument pas t'expliquer. J'ai pâli, je crois, j'ai senti la soudure gripper tous mes rouages, un grand vent glacé a momifié le reste, et, d'une voix sans timbre, j'ai murmuré :
– Non !
– Non ? pourquoi, non ? Les lions, il les a domptés, lui !
Sans bouger un cil, j'ai dit :
– Pas de Daniel dans la famille, Julie, jamais, jure-le-moi. Un seul Daniel et tous les emmerdements du monde nous tomberont sur la gueule, je le sens, je le *sais*. Tu trouves qu'on n'a pas été assez servis comme ça ?
Ma voix a dû l'alarmer, parce qu'elle s'est dressée sur un coude pour me regarder.
– Eh ! Oh ! Mais c'est la partition de Thérèse que tu nous joues là...
Je me suis contenté de répondre :
– Pas de Daniel.
Elle était trop épuisée pour insister. Elle s'est laissée retomber sur le dos et a lâché, dans un souffle qui annonçait le sommeil :
– De toute façon, c'est Jérémy qui le prénommera, ce gosse, je ne vois pas comment échapper à ça...
C'était vrai. Il a un don, Jérémy. Il baptise au premier coup d'œil. Le Petit, Verdun, C'Est Un Ange lui doivent leur étiquette. Et quand il ne prénomme pas, c'est qu'il surnomme : Cissou la Neige, Suzanne O' Zyeux bleus...

IV

SUZANNE ET LES CINÉPHILES

JÉRÉMY : *Elle n'a pas seulement des yeux qui voient, elle a des yeux qui montrent.*

12

Au matin du huitième jour, Suzanne O' Zyeux bleus frappa à leur porte.

– C'est ouvert !

Suzanne entra et vacilla. Bouffée d'amour. Julie bondit hors du lit, ouvrit la fenêtre et en approcha une chaise.

– Asseyez-vous, respirez profondément.

Elle replongea sous les draps. Suzanne nota les vieilles traces de brûlures sur la peau de Julie. Et la majesté de ses seins, objets d'adoration chez les enfants de la tribu.

Malaussène alla droit au pire.

– Jérémy a foutu le feu au Zèbre ?

Suzanne lâcha trois notes de son rire.

– Jérémy a tout en main. Je suis limogée. Le spectacle prend tournure, Monsieur Loyal mène son monde à la trique. Mais Clara veille à la douceur. C'est la photographe de plateau. Clément travaille comme un damné pour lui offrir un vrai matériel de pro. Il veut lui acheter un appareil tout neuf, le dernier cri. C'est le grand amour.

– Café ?

Benjamin chancelait vers le placard qui leur tenait lieu de cuisine. L'amour avait creusé ses yeux et dressé ses cheveux sur son crâne ; une fine cicatrice marquait les frontières de son scalp. Suzanne en fut émue : Big Nemo trépané.

– Volontiers.

– Turc ?

– Turc.

– Quel jour sommes-nous ?

Suzanne leur précisa le jour et l'heure. Pendant que Malaussène mettait à bouillir l'eau et le sucre, elle justifia son intrusion.

– Il s'agit du recrutement de notre public pour la projection unique du vieux Job. J'ai laissé passer huit jours. A présent, tous ceux que le cinéma a pourris ont quitté Paris pour Saint-Tropez, le Luberon, Belle-Ile, Cadaquès ou Saint-Paul-de-Vence... Ne restent que les purs.

La mousse brune affleura par trois fois le col étroit de la cafetière pendant que Suzanne fignolait sa conception de la pureté cinématographique. Pour autant que pouvait le comprendre Malaussène du fond de son placard, il s'agissait d'une passion d'images qui ne se laissait pas éclabousser par les sunlights, se refusait aux mariages rentables et ne jurait que par le style.

– Leur honneur, le style.

Malaussène reparut, charentaises et gandoura, le plateau sur une main, dans l'autre un peignoir chinois qui s'envola pour se poser sur les épaules de Julie.

– Café.

Depuis toujours le café se buvait en silence, dans la tribu. Tasses reposées, Suzanne en vint au fait : il n'était pas question qu'elle recrutât seule. Il lui fallait l'aval du vieux Job, et cette bénédiction ne pouvait passer que par Julie. Mais elle tenait à être claire :

– Ce sera un public de voyous.

Elle précisa :

– Des voyous éperdus de morale. Si le Film Unique du vieux Job blesse leur éthique, ils sont fichus de détruire la pellicule avant la fin de la projection.

– Combien seront-ils ? demanda Julie.

– Ils étaient deux cents, à mon époque. Il en reste une douzaine, pas davantage. L'honneur fait des ravages. Job a vu juste, sur ce point.

Julie souriait. Elle songeait à la ciné-population des magazines. Une douzaine de Justes en cette Babylone grouillante...

– Bon. Qu'attendez-vous de moi ?
– Que vous leur fassiez passer un examen.

*

Deux heures plus tard, la porte de fer que Julie ouvrait donnait sur l'entrepôt du diable. Chaleur d'enfer sur fond de tôles calcinées. Dans la cour, un terril de voitures mortes confisquait le ciel des verrières. Julie progressait dans une pénombre où pendait une jungle de chaînes et de poulies graisseuses. Elle plissait les yeux.

– Il y a quelqu'un ?

Puanteur d'huile saturée, de caoutchouc fondu.

– Monsieur Avernon ?

Le toit de fer miaulait sous l'aplomb du soleil.

Quand rien ne bouge, faire le mort. Julie devait sa vie au respect de cette loi naturelle. Elle s'immobilisa. La chaleur se referma sur elle.

Elle n'attendit pas longtemps. Une voix graillonna, juste à son oreille.

– Un beau petit lot de baroudeuse, ma foi...

Elle ne se retourna pas.

– Journaliste, hein ?

Il la regardait bien en face, à présent.

– Et du cœur à l'ouvrage, avec ça.

La soixantaine hirsute et sphérique. La moustache narquoise, les sourcils en verdict.

– Laissez-moi deviner... On est sur un coup fumant. On vient faire blinder son 4×4 pour partir à la pêche au scoop. On va risquer sa jolie peau pour l'édification morale de l'espèce ? Non ?

Elle le laissait aller.

Il n'alla pas plus loin.

– Tirez-vous, je n'envoie pas les femmes enceintes au casse-pipe.

Il tourna les talons et s'enfonça dans le hangar.

Julie en resta sur place. Qu'il l'ait retapissée comme journaliste, passe encore. Qu'il lui ait supposé un reportage fumant, ce n'était après tout qu'une erreur de date. Mais qu'il ait repéré le petit pois chiche en elle sans l'attirail télescopique de Matthias, ça...

Il roulait comme un ours et se coulait avec aisance entre les chaînes et les treuils. C'était sa forêt. Il y disparut pendant que Julie prenait racine.

Julie dont les narines frémirent.

– Je le suivrai au pastis.

Elle se reprochait cette petite mesquinerie quand une explosion muette et blanche fit danser l'ombre des chaînes. Puis vint le grésillement de la soudure.

C'était maintenant Julie qui se tenait debout derrière lui. Il soudait un arceau de protection aux côtes d'une 604 sur qui on avait dû se venger d'une sérieuse offense. Le doigt de Julie frappa la demi-sphère de son dos.

– Non, monsieur Avernon, je suis juste venue vous poser une question.

Il se retourna, le chalumeau à la main.

Julie le rassura :

– Une seule.

Il releva son heaume de fer et de mica.

– Une grande fille comme vous ? Il vous reste encore une chose à apprendre ? J'en crois pas mes yeux.

Elle pensa fugitivement : « Je te briserais bien les noix au fond de ta salopette », mais là n'était pas sa mission. Elle posa la question qu'elle était venue poser.

– Monsieur Avernon, quel est pour vous le comble de l'immoralité ?

Il lui jeta d'abord un regard incrédule, puis une bonne moitié de ses poils disparut dans les ravines de la réflexion. La flamme du chalumeau s'éteignit d'elle-même, tant il prenait le problème à cœur. Le silence dura ce que durent les revues de détails. Il hocha la tête enfin et dit :

– Un travelling latéral.

Alors Suzanne sortit de l'ombre et invita Pierre Avernon à dîner au Zèbre, pour le soir même.

*

Le deuxième candidat œuvrait aux Télécom. Il plantait des fiches dans l'ignorance en détresse. Service des Renseignements. Son pain quotidien.

– Il travaille entre 14 et 22 heures et couvre notre secteur avec trois autres collègues, avait expliqué Suzanne. Nous avons une chance sur quatre de tomber sur lui. Passez-moi l'écouteur, Benjamin, si je reconnais sa voix, je vous ferai signe.

– Comment s'appelle-t-il ?

– Inutile que vous sachiez son nom, Benjamin. Vous êtes n'importe quel usager, il s'attend à ce que vous lui demandiez de trouver un numéro de téléphone. Vous appelez, vous posez la question sur le ton de l'abonné lambda, et vous attendez la réponse, c'est tout.

– Rappelez-moi encore une fois la question, Suzanne.

Suzanne répéta, à mots bien détachés :

– *Ce Delannoy, finalement, c'est Jules ou c'est Jean ?*

Benjamin avait composé le 12 ; il marmonnait intérieurement la question. Deux ou trois tonalités, clic, c'était bien les Télécom : un disque le lui confirma en vantant les mérites de la maison et les vertus de la patience. Puis une voix masculine fit savoir qu'on était disponible.

– Service des Renseignements, oui, j'écoute...

Suzanne fit un bref hochement affirmatif à Malaussène qui posa sa question.

– Bonjour, je voudrais savoir... « *Ce Delannoy, finalement, c'est Jules ou c'est Jean ?* »

Le blanc qui précéda la réponse ne fut pas de l'hésitation mais l'éclair d'une surprise souriante, comme le confirma le rythme enjoué de la voix :

– C'est une réplique de Truffaut, ça, dans un film de Rivette : *Le Coup du berger* ! Truffaut y faisait de la figuration. Il discute dans une surboum, et il lâche sa question, mine de rien, juste au moment où la caméra passe sur lui. « *Ce Delan-*

noy, finalement, c'est Jules ou c'est Jean ? » Ça n'a pas dû plaire à Delannoy, ce petit numéro, mais nous n'aimions pas beaucoup son cinéma, nous autres. Vous avez vu *L'Eternel Retour*, ou *La Symphonie pastorale* ? Ces soupes psychologiques... Non, je vous jure, il y avait vraiment de quoi se...

Suzanne prit l'appareil et interrompit l'ascension.

– Armand ? Lekaëdec ? Suzanne, ici. Viens dîner au Zèbre ce soir ; c'est important.

*

Et Suzanne les recruta l'un après l'autre, imposant à chacun une épreuve à ce point inattendue que seul pouvait y répondre le cri du cœur : le réflexe cinéphile.

– La méthode *Sept Samouraïs*, fit observer Malaussène.

– Dieu sait pourtant que Kurosawa n'est pas ma tasse de thé, rétorqua Suzanne qui avait l'euphémisme guillotine.

Elle était du clan Mizoguchi, elle ne concevait pas qu'on pût prétendre aimer le cinématographe et poser l'œil sur une quelconque image kurosawaïenne.

Malaussène brandissait depuis toujours les étendards d'Akira. Il protesta de son adoration.

– Vous l'adorez, vous l'adorez..., explosa Suzanne. Ce n'est pas possible ! Ou alors, vous l'adorez les yeux fermés ! Vous fermez les yeux quand vous allez au cinéma, Benjamin ? Enfin, quoi, vous ne *voyez* pas que ce truqueur est le pape de la redondance ?

Les joues de Suzanne s'étaient empourprées et Malaussène jugea prudent de baisser pavillon. Son petit extincteur conceptuel n'aurait jamais eu raison d'un embrasement si soudain, et si savant.

Ce soir-là, à la table du Zèbre, les apôtres conviés par Suzanne avaient aux joues cette même couleur : le carmin cinéphile. Deux ou trois verres à peine, le ton était monté, les voix s'étaient alignées sur le diapason de la certitude, les pétitions de principe s'étaient mises à claquer comme des oriflammes. Ils n'avaient guère perdu de mots en retrouvailles.

Ils avaient sauté à pieds joints dans le vif du sujet. Ils s'étaient reconnus pour ce qu'ils avaient toujours été, les enfants du cinématographe, venus de nulle part, nés de la pellicule même, en des maternités dont ils répétaient les noms avec ferveur : il y avait ceux de la rue de Messine, ceux du Studio Parnasse, ceux du Mac-Mahon... Suzanne les avait appelés de tous leurs horizons, et voilà, maintenant ils étaient attablés au Zèbre, passionnés comme devant, hurlant leurs choix qui étaient beaucoup plus que des préférences, Parnassiens et Mac-Mahoniens s'engueulant à pleins gosiers, s'opposant tel article de *Positif* ou des *Cahiers du Cinéma* comme s'ils les tenaient encore à la main, papiers fantômes pourtant entre leurs doigts tavelés, après ces quarante années qui avaient emporté leurs cheveux, bousillé leurs ménages, éparpillé leurs familles, dissous les empires coloniaux, atomisé le grand Est, où l'Histoire avait à ce point bâclé le script quotidien de la télévision que la question de la *mémoire* était au menu de toutes les conversations.

Sauf de la leur.

Mémoire infaillible. Souvenirs intacts. Passion inentamée.

Coup d'œil furtif de Julie à Benjamin, sourire incertain de Benjamin à Julie.

A vrai dire, jamais Benjamin et Julie ne s'étaient trouvés entourés de cinglés plus sectaires, jamais ils n'avaient entendu siffler de jugements plus irrévocables, ni vu s'épanouir d'opinions plus apoplectiques. (Avernon cognait sur la table, propulsant dans les mains de Suzanne une bouteille qu'elle partageait entre les verres qui en profitaient pour se tendre. A ses condamnations tapageuses du travelling latéral, Lekaëdec opposait le sourire tranchant d'un Robespierre qui savait le sort réservé aux amateurs de plans fixes.)

Très érudits, très braillards, très carmin cinéphile, parfaitement sincères dans l'exercice de leur mauvaise foi, et surtout, au fond de cette fureur, une gaieté de nature et de conviction qui accueillait les condamnations à mort avec de formidables éclats de rire.

Ils s'engueulaient à propos de tout, des thèmes abordés par

un siècle de pellicule comme des moyens techniques utilisés pour les rendre visibles, sans épargner les personnes, bien entendu, de quelque côté de la caméra qu'elles aient eu l'imprudence de se placer.

– Les films comptent plus que les personnes, et chaque film plus que celui qui l'a fait. Le cinéma c'est la vie. Nous ne jugeons rien d'autre que la vie...

C'était bien à cela que les conviait Suzanne : juger la vie commune de Job et de Liesl. Juger l'œuvre d'une vie, eux qui avaient voué leur vie au cinématographe.

Tous connaissaient le vieux Job. C'était ce type qui, depuis près d'un siècle, fournissait de la pellicule à tout le monde, pour le meilleur et pour le pire. Le pourvoyeur impavide. Dieu le Père, en quelque sorte... et la liberté laissée aux hommes.

Tous acceptèrent.

Ils attendaient Dieu le Père au tournant de son film.

– Quand aura lieu la projection ? demanda quelqu'un.

– La femme du vieux Job est morte il y a huit jours, expliqua Julie. Job estime que c'est la fin naturelle de leur œuvre commune. J'irai chercher le film et toute la cinémathèque dès le retour de Matthias.

13

Tu vois, il ne se passait rien. Clément Graine d'Huissier et Cissou la Neige rendaient Belleville à Belleville, Jérémy Malaussène mettait les Malaussène en scène, Suzanne créait une cinémathèque en un cinéma oublié des cinéastes, et ton innocence germait dans le giron de Julie. Allitérations, harmonie imitative, la vie ronronnante, pas le plus petit symptôme de destin... Le charme sans objet d'un roman qui se refuse à commencer.

Si tu me demandes un jour à quoi ressemble le bonheur – et tu me le demanderas – je te répondrai : à ça.

Nous nous levions, ta mère et moi, sous la perpendiculaire du soleil, nous cassions une croûte légère, nous nous accordions une petite sieste, puis nous descendions le boulevard de Belleville vers l'enseigne bondissante du Zèbre.

D'une façon ou d'une autre – l'homme n'est pas étanche – la nouvelle de la projection du vieux Job s'était répandue. Les candidats spectateurs pullulaient, mais Suzanne s'en tenait à son premier choix : pas un élu de plus.

– Rien que ce matin, j'en ai fichu cinq à la porte. Si je les écoutais, il faudrait louer le Grand Rex.

Elle virait son monde avec une fermeté souriante.

– D'où sortent-ils ? demandai-je, je croyais qu'ils avaient tous quitté Paris.

– Ils sortent d'eux-mêmes, Benjamin, comme d'une tombe, si vous m'autorisez cette image. Ils nous jouent *Le*

Retour des morts-vivants. Ils ont passé leur vie à faire des simagrées autour de la caméra, ils se sont compromis dans tous les trafics de l'image, ils ont menti, ils se sont menti, mais il y a une chose qu'on ne peut pas leur enlever : à l'origine, ils avaient tous le cinéma au ventre. Des anges déchus, en quelque sorte. Des vies perdues, qui donneraient tout pour voir le film unique d'une seule vie.

Le bleu de ses yeux se fit songeur.

– Tout de même ... c'est fou la vitesse à laquelle se propagent les nouvelles dans l'univers pelliculaire !

– La vitesse de la lumière ?

Elle acquiesça.

– Multipliée par le coefficient de la concupiscence.

Sourire.

– Et puisque vous êtes là, restez donc. Vous allez voir se pointer le plus frustré de tous. Leur roi ! Tellement compromis dans toutes les manipes et bramant tellement après sa pureté originelle, que dans la profession il se fait lui-même appeler le Roi des Morts-Vivants.

*

LE ROI DES MORTS-VIVANTS

Nous n'avons pas la télévision, la tribu ne nous laisse guère le temps d'aller au cinéma, et pourtant, quand le Roi des Morts-Vivants s'encadra dans la porte de Suzanne, ce fut comme si tous les écrans du monde s'étaient allumés d'un coup. (Tu verras, on ne peut pas y échapper, même les aveugles de nos jours ont un écran allumé au fond des yeux. Aujourd'hui, on ne voit plus rien, on passe son temps à reconnaître.)

Il ressemblait tant à son image, et son image nous était si familière, que je fus surpris d'entendre le parquet grincer sous ses pieds quand il s'avança vers Suzanne, ses bras largement ouverts.

– Suzon !

Donc, ce n'était pas seulement une image, il avait un corps aussi, hauteur, largeur, épaisseur, densité, parfum, pilosité... une troisième dimension... un âge, peut-être... peut-être une existence...

– Suzon, ma grande !

En tout cas, s'il sortait de sa tombe, c'est qu'on y avait installé une fameuse lampe à bronzer !

– Après tant d'années...

Il serrait Suzanne contre son torse de taureau. L'ambre de sa peau, l'or de ses bijoux, le sel et le blé de sa toison, la santé de ses dents, l'étincelante candeur de son regard, restituaient généreusement au monde toute la lumière monopolisée sur ses tournages.

– Laisse-moi te regarder...

Il écarta Suzanne et la tint à bout de bras. Ses lèvres charnues souriaient, enfantines.

– Toujours aussi chieuse ?

Il éclata d'un rire qui ne se reprochait rien, serra de nouveau Suzanne, mais contre son épaule cette fois, puis, se tournant vers Julie et moi :

– Madame, monsieur, qui que vous soyez, je vous présente la conscience du cinématographe.

Puis, à Suzanne :

– Sans blague, cette nuit encore je relisais les notes de mes carnets, à l'heureuse époque du Studio Parnasse, qu'est-ce que tu nous mettais, bon Dieu, pendant les débats ! Tu verras, j'ai tout conservé, je te montrerai.

Et, de nouveau à nous :

– Je suis sérieux, la conscience d'une génération ! Vous l'ignorez sans doute, mais vous lui devez tout ce que le cinéma français a produit de respectable depuis les années soixante.

Petite fêlure, soudain :

– Par conséquent, rien de ce que j'ai fait moi-même... moi, je me suis quelque peu... disons... dévoyé.

C'est à ce moment précis que Suzanne plaça le carillon de son rire.

– Et qu'est-ce qui me vaut l'honneur de ta visite, dévoyé ?

Il la libéra enfin, laissa retomber ses mains qui claquèrent sur ses cuisses, haussa les épaules et lâcha, comme une évidence :

– Le remords, évidemment !

Suzanne dut estimer que cela méritait un petit développement, parce qu'elle lui proposa un siège, un whisky, et nous présenta.

– Corrençon, s'exclama-t-il, Julie Corrençon ? La journaliste ?

Julie coupa court :

– C'est Benjamin qui écrit mes articles.

Il ne s'attarda pas sur mes mensurations et entra dans le vif du sujet.

– Voilà, Suzon, il y a une petite quinzaine, Fraenkhel, le docteur, m'a appris que le vieux Job, son papa, te confiait sa cinémathèque.

J'ai compris au regard de Julie que j'aurais dû me taire, mais l'expression de ma surprise résonnait déjà à nos oreilles.

– Vous connaissez Matthias Fraenkhel ?

– Il a été le gynécologue de mes quatre premières femmes et s'occupe parfaitement de la cinquième.

Parenthèse qui ne nous dévia pas du sujet.

– Mais tu connais le bon docteur, Suzon, pas un sou de jugeote quand il s'agit de budgétiser une affaire.

(« Budgétiser une affaire »... le son des mots, leçon des mots... sourions, Matthias...)

– La donation, c'est bien beau, mais l'Etat prend son obole, là-dessus ! A combien peut-on estimer la cinémathèque du vieux Job, d'après toi ? C'est bien simple, il a tout. Enfin, tout ce qui compte. Tirages et négatifs...

Suzanne ne sortit pas sa calculette. Elle s'amusait follement. Jubilation imperceptible à des yeux éblouis par leur propre lumière.

– Bon. A part le coût de cet impôt, il y a la question du stockage et de l'entretien. L'entretien, Suzanne, et la restauration d'un bon nombre de bobines, certainement. Comment comptes-tu y faire face ?

– Les entrées, j'imagine...

– Ma chérie, les entrées couvriront à peine tes impôts locaux. Ne va pas croire qu'il y aura foule. Pas les premières années, en tout cas. Le cinéma est moribond comme art, j'en sais quelque chose, c'est moi qui l'ai enterré.

A nous, ouvrant des bras de spectre :

– Eh ! oui, le Roi des Morts-Vivants !

Retour à Suzanne :

– Alors, voilà ce que j'ai proposé à Matthias.

Il marqua la pose de l'instant crucial.

– Oui ? demanda gentiment Suzanne.

– Je prends tout à ma charge.

– Tu prends tout à ta charge ? sourit aimablement Suzanne.

– Tout. Y compris la rénovation de ta taule qui me paraît tomber en ruine. A propos, tu n'es pas frappée d'expulsion ?

– Je ne suis que gérante, je négocie...

– Tu n'auras plus à négocier et tu seras propriétaire, j'en fais mon affaire.

– Et qu'a répondu Matthias Fraenkhel ? demanda délicatement Suzanne.

– Il était ravi, tu penses, il a sauté sur l'occasion !

– L'occasion...

Le mot plaisait à Suzanne... qui répéta, lentement, sous le bleu brasier de ses yeux :

– Tu en *fais ton affaire* , et c'est une bonne *occasion*... C'est ça ?

Cette fois, tout de même, il repéra les italiques derrière le sourire de Suzanne. Et ce que nous vîmes, Julie et moi, tenait de l'éclipse : il s'éteignit.

Exactement comme je te le dis : le Roi des Morts-Vivants s'éteignit ! Gris sous-sol, tout à coup. Plus le moindre rayonnement. Gourmette en deuil, bague morte, odeur délétère. Sa voix haut perchée d'adolescent perpétuel chuta vers l'incertain, le rocailleux, le très proche de la terre. Le souffle ébréché d'un microsillon. Une mue de vieillard.

– D'accord, Suzanne... (il hésita)... je savais bien que je te retrouverais comme je t'ai laissée.

– Comme *je* t'ai laissé, corrigea poliment Suzanne.

Personne au monde n'est plus poli que Suzanne O' Zyeux bleus, tu verras. Ni plus gai. Ni plus incorruptible en sa politesse gaie.

– Comme *tu* m'as laissé, d'accord.

Eh oui, ce n'est pas en altitude que niche la vérité, c'est vers le bas. Elle gîte. Faut descendre. Faut creuser.

Julie, sentant qu'on s'enfonçait en territoire d'intimité, me tapota la main et fit mine de se lever. Suzanne lui jeta un regard suspensif, elle leva son index. Nous nous rassîmes. D'ailleurs, nous n'existions pas. C'est à Suzanne que le Roi parlait.

– Alors, écoute-moi bien, Suzanne. Je suis le Roi des Morts-Vivants, c'est une affaire entendue, j'ai gâché ma pellicule et n'ai pas pu t'embobiner. Ce n'est pas aujourd'hui que je vais essayer.

Il avait l'œil sur ses chaussures. De gros doigts courts cherchaient ses mots.

– Ce n'est pas une *affaire* que je te propose, Suzanne, ce n'est pas une *occasion* sur laquelle je me jette, non... Je paie, c'est tout. Je paie et tu gardes ta liberté.

– Qu'en penserait le vieux Job, d'après toi ? demanda Suzanne, qui ajouta : donne-moi ton verre, que je te resserve.

Il fit non de la tête.

– Le vieux Job n'est pas Matthias. Il n'a pas cette innocence. Si j'allais le trouver en lui proposant de jouer les conservateurs de son patrimoine, il ferait comme toi, il m'enverrait chier. (Sourire amer.) Pourtant, Dieu sait qu'il m'en a fourgué, de la pelloche, le salaud !

– Alors pourquoi venir ici ?

– Pour te dire que ce n'est pas de moi qu'il s'agit.

Il leva les yeux. Il voulait aller vite, à présent.

– Encore une fois, Suzanne, je raque, un point c'est tout. Le vieux Job t'a choisie toi et il a bien fait. Tu rachètes les murs du Zèbre, tu fondes une SARL, tu lui donnes les statuts que tu veux, sous la protection des avocats de ton choix, mon nom n'apparaît nulle part, tu ne me dois rien, je n'ai aucun droit et je finance tout, sans aucune contrepartie, pour la durée de ta vie, bail renouvelable après ta disparition et la mienne pour le successeur de ton choix. C'est une entreprise énorme, Suzanne, vraiment. Tu n'y arriveras pas sans argent.

– Je peux trouver un autre financement...

– Qui te laisse une liberté absolue ? Nulle part. Ils voudront tous leur part de bénef et leur morceau de gloire. Tu les connais aussi bien que moi, tu les as fuis toute ta vie : sponsors, banquiers, télévisions ou gens de la maison, ils tireront la couverture à eux et tu te retrouveras les pieds à l'air. Le vieux Job t'aura confié une mémoire qui deviendra la leur.

– Et si le vieux Job me finançait lui-même ?

– Une fondation ? J'y ai pensé. Trop cher. Il a décroché depuis vingt ans ; comme tu le sais, son fils et son petit-fils ont passé la main. Le vieux a bradé ses labos avec une indifférence qui en a surpris plus d'un. A peine au-dessus du franc symbolique. Il ne lui reste pas de quoi se survivre. Il a juste conservé son bureau de Paris.

– Le ministère de la Culture ?

– Existe pas. Seuls les ministres existent. Tu veux te mettre entre les pattes d'un ministre ? Pour combien de temps ?

Suzanne hocha sa tête souriante.

– En somme, il n'y a que toi.

– Non, il n'y a que mon argent. Encore une fois, moi, je n'en suis pas.

Il se leva brusquement.

– Ecoute-moi bien, Suzanne, le jour où un journaleux me demandera si oui ou non je suis le roi du pipe-chaud hexagonal, je répondrai « oui », même si c'est faux, histoire de ne pas faire mentir la légende du glorieux salaud, et si quelqu'un me glisse des bambous sous les ongles pour savoir si je finance le Zèbre, une des premières cinémathèques privées du monde, je répondrai « non », même si c'est vrai...

– La part de l'âme ?

– La part du jeune homme que je serais resté si tu lui avais tenu la bride.

Le coup venait de très loin. Trente ans d'accélération. Il

tomba de très haut. Il aurait dû faire très mal. Mais Suzanne leva des yeux très clairs.

– La bride n'est pas dans mon tempérament.

La tête du Roi tomba sur sa poitrine dégonflée. Nouvel effluve de mort. Sous sa carapace de parfumeur, ce type dégageait une odeur épouvantable.

– Je sais, murmura-t-il. Le respect de ma liberté, je sais...

Il était très impuissant. Il tenta de lever deux bras pesants, qui retombèrent sur ses cuisses.

– Je suis venu te voir librement.

Suzanne ne le lâchait pas des yeux.

– Alors, aucune contrepartie ?

– Aucune.

Mais elle avait senti l'hésitation. Elle attendit le temps nécessaire. Il ajouta :

– Une chose, seulement...

Elle ne lui laissa pas le temps d'aller plus loin.

– Tu aimerais assister à la projection du vieux Job, c'est ça ?

Elle enchaîna, avant même qu'il acquiesce :

– Il n'en est pas question.

Son ton s'excusait.

– Il ne s'agit pas seulement de moi. Les autres videront les lieux dès qu'ils t'apercevront, tu le sais bien. Et les autres ont la bénédiction du vieux Job.

– Cache-moi ! Fous-moi au piquet derrière un pilier du balcon !

Il se débattait.

– Je veux voir ça, Suzanne. A genoux sur une règle, un dictionnaire sur la tête... il *faut* que je voie ce film !

Lueur d'effroi dans ses yeux, tout à coup ; il tendit ses deux mains en avant, bien ouvertes.

– Mais ne va pas t'imaginer que j'en fais une condition *sine qua non* ! La subvention du Zèbre, tu l'as. Même si tu ne m'acceptes pas comme spectateur, tu l'auras ! Il ne s'agit pas de ça... cette projection, Suzanne... pour moi, c'est...

Il n'eut pas le temps de nous expliquer ce que représentait

pour lui le Film Unique du vieux Job, la porte de Suzanne venait de s'ouvrir sur un Jérémy écarlate, suivi d'un Clément hors de souffle.

– Suzanne, il y a un connard qui a garé sa chignole de merde sur le trottoir, devant la porte du Zèbre, une Rolls je crois, on peut pas décharger !

Le Roi des Morts-Vivants se retourna lourdement et ses guirlandes se rallumèrent un peu.

– C'est moi, le connard, petit, quant à la Rolls, c'est une Bentley.

Jérémy lui vota un charmant sourire de « petit ».

– Oh, pardon ! Je m'y connais davantage en connerie qu'en voiture ; j'avais pas reconnu l'auto.

Puis, à moi, très excité :

– Il faut que tu assistes à la répétition, demain après-midi, Benjamin, il y a une surprise pour toi ! Tu viens à cinq heures, ça te va ? Pas avant, hein ! Cinq heures pétantes !

Et, à Clément, tétanisé par la présence du Roi :

– Amène-toi, Graine d'Huissier, faut qu'on décharge...

La voix de Clément nous parvint encore, couvrant leur dégringolade dans l'escalier :

– Mais tu sais qui c'est, au moins, ce type ?

Et la réponse de Jérémy :

– Je ne m'intéresse qu'au théâtre, moi !

Puis le silence. Que le Roi interrompit, bon perdant :

– Un sacré tempérament, ce gosse.

A Julie et à moi :

– C'est votre fils ?

Et, sans attendre notre réponse :

– Il faudra lui tenir la bride.

Coup d'œil fatigué à Suzanne.

– Liberté ou pas.

Silence.

Le Roi pesait très lourd, à présent. Il marinait dans son invraisemblable parfum de mort. Le bas de son pantalon découvrit ses chevilles. Rouges et maigres dans le doux cuir de ses mocassins.

– Bon, il serait prudent que j'aille déplacer ma chignole de merde.

Suzanne n'avait pas refermé la porte de son appartement.

Le Roi nous regardait tous les trois comme s'il se réveillait. Son front se plissa.

– Bien... au revoir, alors.

Il dodelinait doucement. Un gros adolescent quittant la surprise-partie où on ne l'avait pas invité.

Suzanne le suivit jusqu'au palier.

La main sur le chambranle, il se retourna à demi.

– Tu m'appelleras, Suzanne ? Tu me feras signe ?

– Mais oui, ne t'inquiète pas. Je t'appellerai.

V

LA CAVERNE D'ÉPILEPSIE

Les oripeaux du diable, quelque chose comme ça ?

14

Ce n'était pas un mince honneur que me faisait le célèbre « metteur en espace », Jérémy Malaussène, en me convoquant à sa répétition. Or, il faut honorer l'honneur, ça fait plaisir à tout le monde. Je suis donc allé louer un smoking chez Boudiouf, la providence des sapeurs.

– Tu te maries, Ben mon frère ?

– Non, je me commémore.

Après tout, n'était-ce pas le démiurge en personne qu'avait invité Jérémy ? L'Objet et le Sujet ? Celui sans Qui rien ne s'accomplit ? Adonques ne s'écrit ? Ni ne se « met en espace » ? Malaussène en chair et en mythe !

Et puis, je comptais bien l'épater, ce petit con. Lui qui de sa vie ne m'avait vu cravate au cou, j'allais atterrir en queue-de-pie dans sa répétition, comme le maestro sur le sommet du gâteau.

J'étais gai, quoi.

Ta perspective me réjouissait.

Or, le bonheur fait la farce, c'est sa discrétion à lui. Nous sommes heureux, d'accord, point de prosélytisme, place à la rigolade sans objet !

– Pour les pompes, Ben mon frère, qu'est-ce que tu dirais de ces vernis ?

– Merci, j'ai ce qu'il faut.

*

Smoking et charentaises, Julie à mon bras, je me rendis au Zèbre à l'heure dite.

Enfin, pas tout à fait dite, comme me le fit observer un videur impavide, trente kilos d'os pour un bon mètre trente.

– Le patron a dit cinq heures, monsieur, vous avez six minutes d'avance.

Nourdine tapotait le cadran d'une montre étrangement adulte pour son poignet de poulet.

– Six minutes, dis-je, ce n'est pas énorme.

– Désolé, monsieur, on a des ordres, fit le second videur, les bras croisés derrière ses lunettes roses.

(Aujourd'hui, tous les belligérants te le diront, négocier c'est laisser à la guerre le temps de faire l'Histoire.)

– Ecoutez, dis-je, je suis connu dans la maison, il pourrait y avoir du suif si vous nous laissez dehors, madame et moi. Madame qui, soit dit en passant, est dans un état intéressant...

– Six minutes, fit Nourdine. Désolé, monsieur.

– Navré, madame, confirma le Petit.

– Et avec ça, dis-je, en flanquant une pièce de dix balles sous le nez de Nourdine, six minutes, ça passe en combien de temps ?

– Six minutes, fit Nourdine en empochant la pièce.

Julie et le Petit pouffèrent.

– Et si je me servais du petit roumi à lunettes roses pour aplatir le petit bougnoule sur le bitume ?

– Ça froisserait votre beau costume, dit le Petit.

– Et je crois bien que le Prophète vous niquerait le cul, monsieur, fit Nourdine... qui ajouta : – Monsieur comment, déjà ?

Les six minutes passèrent.

*

On ne devrait jamais jouer au jeu de la surprise avec Jérémy. En fait de surprise, il a toujours eu plusieurs longueurs d'avance sur la vie elle-même. Sa naissance, déjà... Maman attendait deux filles, tous les oracles convergeaient, la Faculté était formelle, le caducée unanime : des jumelles ! Mais ce fut Jérémy tout seul, tout seul et joyeusement gueulard. Il avait dû bouffer les filles.

Quand les portes du Zèbre s'ouvrirent enfin et que je m'avançai, smoking et charentaises, ma star préférée au bras, sûr de mon effet, ce fut pour recevoir en pleine figure la douche radieuse d'une batterie de projecteurs qui nous stoppèrent net Julie et moi, tout aveuglés de gloire, comme sur la dernière marche de Cannes. Rien que de la lumière, de la lumière et une marée d'applaudissements qui montaient par vagues des entrailles du vieux cinéma.

Puis la gloire s'éteignit, et la salle s'alluma.

Ils étaient tous là.

Debout. Applaudissant.

Ceux de ma vie.

Tous.

Les Malaussène et la tribu Ben Tayeb, bien sûr, Suzanne, Cissou et tout ce que Belleville m'avait offert en amitié, Semelle, Rognon, Merlan, immuables vieillards, le personnel au grand complet des Editions du Talion, évidemment, mais tous les copains du Magasin où j'avais bossé naguère aussi, Théo et ses petits vieux à blouses grises, Lehmann, lui-même, cet innocent salopard de Lehmann, et les magiciens de l'hôpital Saint-Louis, Marty qui m'avait sauvé de mille morts, Berthold le chirurgien génial qui avait vidé mon pauvre corps pour le remplir d'un autre et qui, en m'applaudissant, acclamait son chef-d'œuvre, mais d'autres encore, et les plus inattendus parmi ces autres : le commissaire divisionnaire Coudrier en personne, sa mèche impériale sur le front, son gilet brodé d'abeilles sur le ventre, l'inspecteur Caregga à ses côtés, dans son blouson à col fourré de Normandie-Niemen, tous là, si familiers qu'on sentait la présence de ceux qui n'y étaient pas, qui n'y étaient plus, Stojil sans doute perché quelque part dans les cintres, laissant planer sur nous son attentive rêverie de sentinelle, Thian, mon vieux Thian, mort pour que je survive, et le visage de Pastor flottant dans la transparence de maman... Qu'as-tu fait à maman, Pastor ? Que lui as-tu fait ?... Tiens, maman est là aussi ? Tu es venue, maman ? Quand je disais que Jérémy était doué pour les surprises !

Ils n'applaudissaient plus, à présent, ils brandissaient tous une flûte de champagne, et Jérémy montait l'allée vers nous, deux flûtes à la main, qu'il nous refila à Julie et à moi, en me gratifiant du plus ingénu de ses sourires.

– Bon anniversaire Ducon, t'es chouette dans ton costard !

– Puis, avec un sens inné de la cérémonie, pendant que la salle entonnait un happy et tonitruant birthday, Jérémy nous fit signe de bien vouloir le suivre et de nous installer à la place d'honneur : deux fauteuils qui nous attendaient au premier rang, entre la reine Zabo, ma patronne aux Editions du Talion, et le divisionnaire Coudrier, mon commissaire personnel.

– Bon anniversaire, Malaussène, répéta ma patronne, la surprise vous a plu ?

Or, la surprise...

La vraie surprise...

La surprise façon Jérémy...

C'est que *ce n'était pas mon anniversaire* !

Ma fichue naissance, j'en avais interdit la commémoration dodécamensuelle, et avec une si grande fermeté que je n'étais plus certain moi-même de m'en rappeler la date ! Interdiction absolue. Sous peine de beignes. Du coup, la tribu célébrait l'événement n'importe quand, plusieurs fois l'an si possible, et chaque fois c'était une vraie surprise.

– Oh je sais ! confirma Jérémy quand un projecteur l'épingla soudain contre le rideau de scène, debout face à la salle et me pointant d'un doigt accusateur, je sais, Ben, tu vas *encore* m'engueuler, comme quoi tu nous avais *interdit* de te souhaiter ton anniversaire, tu vas m'attendre au tournant et ton anniversaire sera ma fête, je le sais, c'est l'histoire de ma vie ! (De vraies larmes dans les yeux, le salaud, et un authentique tremblement des lèvres qui flanqua l'assistance en état de compassion aiguë...) Mais regarde donc l'honorable assemblée autour de toi, Benjamin Malaussène ! aboya-t-il dans un accès de rage accusatrice, crois-tu vraiment que ce soit la seule célébration de ton avènement qui les ait réunis, tous autant qu'ils sont ? Avènement qui, je te l'accorde, ne mérite pas la plus modeste plaque sur le plus petit édicule !

Ici, il s'accroupit sur ses talons, et, très technique tout à coup, à moi seul, comme s'il n'y avait plus que nous deux dans la salle :

– Sur mon brouillon, j'avais marqué « pissotière ». Mais ta voisine (du pouce, il désignait la reine Zabo) a remplacé par « édicule »... J'ai négocié, j'ai suggéré « urinoir », elle a tordu le nez, j'ai proposé « sanisette », elle a trouvé ça trop moderne, et chaque fois elle revenait à la charge avec son ridicule édicule, tu la connais, c'est une vraie tête de lard, y a rien eu à faire. « Edicule, elle a dit, ça fait plus romain, Montherlant aurait aimé ! »

Sur quoi, il se releva, se drapa dans une toge imaginaire et reprit sa diatribe où il l'avait laissée :

– Non, non, non, Benjamin Malaussène, si nous nous sommes tous rassemblés autour de ton insignifiante personne en ce jour de liesse, si nous avons éclusé à ta santé ces gorgeons de roteux, ô frère oublieux de ce que tu nous dois à tous, ce n'est pas en l'honneur du jour qui te vit naître, infatué d'entre les fats, *mais c'est qu'il a bien fallu que tu naisses*, bougre de toi-même, *pour qu'on te ressuscite* !

Silence, juste le temps de refaire sa provision d'air. Puis, d'une voix tonnante :

– Ce n'est pas ta naissance que nous fêtons ici, Benjamin Malaussène, ce sont tes *innombrables résurrections* !

Des cuivres retentirent, ceux-là mêmes qui accueillaient César quand il apparaissait sur les écrans.

– Grandiose, non ? hurla la reine Zabo.

– Car, je te pose la question en plongeant au plus glauque de tes yeux, reprit l'orateur une fois les cuivres couchés, serais-tu parmi nous aujourd'hui, Benjamin, si celui-ci (il désignait l'inspecteur Caregga) ne t'avait tiré des pattes assassines de tes collègues en furie, ou si celui-là (il pointait le divisionnaire Coudrier) ne t'avait sauvé des bombardiers du

Magasin, et si ces deux autres encore (il montrait Berthold et Marty) ne t'avaient arraché au confort paresseux du coma dépassé ?

Il nomma chacun de mes sauveurs, et chaque nom prononcé souleva une salve d'applaudissements, et Stojil et Thian en recueillirent la meilleure part, la salle debout scandant leurs noms, lumière allumée, éteinte, allumée, éteinte, à chaque battement de mains, et moi profitant du charivari pour chialer comme un veau, avec en tête cette seule pensée qui cherchait la sortie :

Mes amis, mes amis, pourquoi mourez-vous ? Thian, Stojil, j'arrive ! j'arrive ! La mort n'est qu'un empêchement provisoire... allumée, éteinte, allumée, éteinte... quel foutu con, ce Jérémy, essuie-toi les yeux, Benjamin, ne gâche pas la fiesta... Stojil, Thian, pourquoi ? Aaaarrête, Benjamin... J'arrive, j'arrive, mes amis, je suis là et j'arrive... D'accord, Benjamin, d'accord, nous sommes là nous aussi, nous t'attendons, tu seras le bienvenu, on ne bouge pas, mais tâche de jouir un peu d'ici là...

*

PLACE AU THÉÂTRE

Obscurité et silence revenus, larmes essuyées, je vis le rideau se lever sur une scène vide, tendue d'une toile immense.

Encore une surprise. Jérémy me plongeait quelques années en arrière, dans la petite enfance du Petit. La toile représentait un de ces « Ogres Noël » que dessinait le Petit dans ses accès de fièvre, et qui effrayaient tant son institutrice d'alors. A la qualité du silence qui régnait dans la salle, on sentait bien que l'Ogre Noël n'avait rien perdu de son pouvoir d'évocation.

LA REINE ZABO (à mon oreille) : C'est quelque chose, hein, ce dessin ?

MOI (entre mes dents et sans quitter la scène des yeux) : Alors, vous êtes dans le coup, Majesté, évidemment ?

Sa grosse tête dodelina sur la frêle tige de son cou.
– C'est excellent, Malaussène, vous verrez.
Elle se tut un instant.
– Je ne parle pas de la mise en scène proprement dite, bien entendu, ajouta-t-elle. Ces mises en scène... ce pléonasme obligatoire... ça vous a toujours un côté... si enfantin...
De part et d'autre de l'Ogre géant, les manches de la houppelande tombant des cintres jusqu'au sol figuraient les rayons d'un grand magasin. Ça débordait de marchandises qui dégringolaient en cascade jusqu'à envahir la scène au point de ne laisser libre qu'un tout petit espace où s'ébattaient les acteurs, prisonniers du grand Mercantile. Les yeux du goinfre n'en paraissaient que plus exorbités.
– Non, reprit la reine Zabo, je parle du texte !
Elle tapotait un manuscrit posé sur ses genoux.
– Un de ces talents, Benjamin !
Elle ne m'appelait Benjamin qu'en de rares occasions où son avidité littéraire se prenait pour de l'affection.
Je la dévisageais de tous mes yeux à présent.
– Vous n'allez pas...
– *Je crains que si,* comme disent nos amis anglais. Nous manquons tragiquement de jeunes auteurs, Benjamin... et votre Jérémy est foutrement doué ! A chacun son emploi, que voulez-vous... création ou procréation, vous avez fait votre choix, je crois. Vous serez un excellent père. A propos, ça boume, cette grossesse ?
Je l'aurais bien étranglée sur place, mais des hurlements me rappelèrent à la scène. Au milieu du cercle des marchandises, un type en engueulait un autre, le menaçait de le renvoyer, lui prédisait le chômage à perpète, la ruine, la déchéance, voire la prison ou l'asile. L'autre, à genoux, demandait pardon, affirmait qu'il ne recommencerait pas, réclamait le sursis en pleurant toutes les larmes de son corps. C'était Hadouch qui suppliait. Hadouch qui jouait mon rôle ! Hadouch, mon vieux pote, mon seul frère d'enfance, dans ma peau de bouc ! (« Tu comprends, m'expliqua Jérémy un peu plus tard, un Arabe dans l'emploi du bouc émissaire c'est tout

de même plus crédible, de nos jours. Cela dit, je peux te réserver un petit rôle quand même si tu veux... »)

Mais, une fois encore, la surprise était ailleurs. Debout au-dessus de Hadouch, tonnant de toute sa puissance mauvaise, Lehmann incarnait à la perfection son rôle de chef du personnel. J'y croyais si peu que je me suis retourné. Pas de doute, le siège de Lehmann était vide, Lehmann qui avait été mon tortionnaire au Magasin, *pour de vrai*, torturait maintenant Hadouch sur la scène ! (« Il se faisait chier dans sa retraite, m'expliqua Jérémy ; à part ses voisins de palier, il n'avait personne à se farcir, ça lui sapait le moral... je lui ai redonné le goût de vivre... il est au poil, tu ne trouves pas ? »)

Pris d'un affreux soupçon, je me penchai par-dessus Julie et demandai au commissaire Coudrier :

– Ne me dites pas que vous jouez aussi ?

– J'ai résisté, monsieur Malaussène. Les sollicitations furent pressantes, mais j'ai résisté.

Puis, se penchant à son tour :

– Je ne peux pas en dire autant de l'inspecteur Caregga.

En effet, le siège de Caregga était vide. (« Il s'est fait larguer par sa copine, Benjamin, une esthéticienne, elle ne supportait pas sa vie de flic, cette conne. Il commençait à tourner mal, tu sais, il se trimbale avec un chapelet, un truc de curé pour dire des prières, tu te rends compte ? C'est excellent pour ce qu'il a, le théâtre... un éponge-chagrin de première ! Je te donnerai un grand rôle quand Julie te plaquera. »)

*

L'Ogre Noël du second acte ouvrait les bras sur une chambre où se faisaient face deux rangées de lits superposés. Assis, en pyjama, une demi-douzaine de mômes de tous sexes et de tous poils laissaient pendre leurs charentaises dans le petit espace central occupé par un conteur et son chien. Même principe, les plumards étaient suspendus aux bras de l'Ogre Noël, dont les manches étaient retroussées, et tout l'espace de la scène semblait se resserrer sur la petite lampe du soir qui éclairait le visage de Hadouch et la masse attentive de Julius le Chien. Les yeux de l'ogre lui sortaient toujours de la tête, mais on y lisait une sorte de curiosité bonasse, un appétit de rêve, adoucis encore par la lumière tamisée. Hadouch lisait un épisode de *Guerre et Paix*. « La suite, la suite », quémandait l'Ogre Noël.

Or, il n'y avait plus guère de suite. Jérémy n'avait pondu que les deux premiers actes de sa pièce.

– En quinze jours, ce n'est pas si mal, commenta la reine Zabo. Il veut appeler ça *Les Ogres Noël*... Je pencherais plutôt pour démarquer Zola : *Au bonheur des ogres*, par exemple, qu'en pensez-vous ?

Je n'en pensais rien. J'étais hypnotisé par les manches de l'ogre qui étaient en train de se dérouler sans bruit, escamotant lentement les lits superposés. Profondément endormis, les enfants disparaissaient l'un après l'autre dans des abysses de soie rouge doublée de noir.

– Habile, non ? murmura la reine Zabo, et assez impressionnant, cette lenteur, sur deux notes de violon... Très... Bob Wilson...

Hadouch et Julius le Chien dormaient à présent dans une chambre sinistre, tendue d'écarlate. L'ogre pionçait audessus d'eux, ses paupières fluorescentes fermées sur une moue satisfaite. On frappa. Hadouch grogna. On frappa derechef. Julius le Chien dressa une tête vaseuse, sortie du plus profond sommeil.

– Ça c'est un acteur ! lâcha la reine Zabo.

On frappait de plus en plus fort. Hadouch se leva enfin, tâtonnant vers la porte.

La porte était découpée en fond de scène, dans la barbe de l'ogre. A la dernière volée de coups, les yeux de l'ogre s'ouvrirent soudain sur une lueur de folie meurtrière.

La salle sursauta.

– Grand Guignol, ça, soupira la reine Zabo.

Hadouch ouvrit la porte.

Debout dans l'encadrement, quatre types vêtus de noir se tenaient plantés autour d'un cercueil de bois blanc.

– C'est pour le cadavre, beugla le plus costaud des quatre types. (C'était Cissou la Neige ! Cissou soi-même ! « Un tout petit rôle, une panne, il a beaucoup trop à faire avec La Herse, mais je tenais absolument à l'avoir. Il a une sacrée présence, tu ne trouves pas ? »)

Hadouch portait un de mes pyjamas. Il se grattait la tête et la fesse droite, en une attitude indiscutablement mienne.

– Revenez dans une cinquantaine d'années, dit-il d'une voix ensommeillée, je ne suis pas tout à fait prêt.

Il referma la porte avec douceur.

Et je bondis de mon siège.

Dès que l'Ogre Noël avait ouvert ses yeux, les poils ensommeillés de Julius le Chien s'étaient dressés sur toute la surface de son corps, ses pattes et son cou s'étaient raidis, ses babines s'étaient retroussées sur les crocs de la terreur, ses yeux avaient chaviré dans le blanc, et voilà qu'il se mettait à ululer, doucement d'abord, comme un hurlement venu du fond des temps, mais qui enflait, se chargeant de toutes les douleurs rencontrées sur la route des siècles, un cri immense, d'une humanité atrocement familière, le hurlement de mon chien en pleine épilepsie ! En pleine épilepsie, bon Dieu, Jérémy, pensai-je en sautant sur la scène.

Mais Jérémy avait bondi à ma rencontre.

– Arrête, Ben, *il joue* !

Hadouch me retenait.

– C'est vrai, Ben, il joue ! Il simule ! Jérémy lui a appris ! Regarde-le, il joue l'épilepsie !

Aussi raide qu'un lion de square sur son cul de pierre, les yeux fous et les babines écumantes, Julius tenait la note avec une constance que je ne lui avais jamais connue.

– Il est bon, non ? Regarde l'effet sur le public !

Debout, tous, dans la salle. Mais ce n'était plus le garde-à-vous de l'ovation, c'était l'hésitante terreur, l'immobilité dubitative qui précède la débandade.

– Il joue ! répétait Jérémy à la salle avec de grands gestes rassurants, ce n'est pas une vraie crise, il *mime* l'épilepsie !

Pendant que Jérémy s'égosillait, Julius se mit à osciller sur sa base, amplitudes de plus en plus inquiétantes, comme une statue sur le point de s'effondrer... et c'est ce qui arriva, finalement, il tomba sur le dos d'abord, sa tête heurtant le plancher de la scène qui rendit un son de caveau, puis il bascula vers moi, poussant toujours sa note folle autour de sa langue vibrante et sèche comme une flamme. Ses yeux avaient fait le tour complet et ne ramenaient rien de bon de cette introspection. Ils me fixaient avec une charge de fureur et d'effroi que je ne leur avais jamais vue, même dans les crises les plus violentes.

– Il ne nous l'a jamais faite, celle-là..., dit Jérémy en y mettant tout de même les pointillés de l'incertitude.

Puis la langue de Julius se replia au fond de sa gorge avec un claquement de serpentin et le hurlement cessa aussitôt. Brusque coupure du son. Silence de la salle.

– Julius..., fit Jérémy inquiet, tu crois pas que t'en fais un peu trop ?

Cette fois, je me précipitai sur mon chien.

– Il s'étouffe !

J'ai enfoncé mon bras entier dans sa gorge.

– Aidez-moi, bordel !

Hadouch et Jérémy maintenaient les mâchoires de Julius ouvertes pendant que mes doigts tiraient désespérément, là-bas, tout au fond.

– Je ne comprends pas, balbutiait Jérémy, ça c'est très bien passé pendant les répétitions...

– Donne-moi ta langue, Julius, donne !

Dieu que je tirais fort sur cette foutue langue ! Comme si je voulais amener à moi toute la tripaille de Julius le Chien, mettre au jour une fois pour toutes les secrets inavouables qui le terrorisaient dans la caverne d'Epilepsie.

La langue céda enfin et j'en tombai sur le cul.

– Nom de Dieu...

Je pris la tête de mon chien dans mes bras.

– C'est moi, Julius, c'est moi.

Ses yeux n'avaient rien perdu de leur démence.

– Attention, Ben !

Trop tard. L'éclair flamboyant des crocs. La gueule de Julius s'était ouverte et refermée.

Sur ma gorge.

Il y eut le cri de Julie, dans la salle. Julie aussitôt près de moi, bousculant Hadouch et Jérémy, Julie arc-boutée sur les mâchoires de Julius. Et moi, le gosier tendu :

– Ce n'est rien, Julie, juste mon col et mon nœud papillon.

Je repoussais de toutes mes forces le poitrail de Julius. J'entendis un long déchirement et basculai pour la deuxième fois sur la scène, la main sur ma gorge nue.

Julius se tenait là, nœud papillon à la bouche, un plastron en guise de bavoir, mais toujours aussi halluciné.

– Il va se couper la langue.

Julie essayait encore d'ouvrir la gueule du chien. Rien à faire.

Nous étions entourés, à présent.

– Ça va, Malaussène ?

Marty inspectait mon cou, pendant que Berthold sortait une seringue d'une petite trousse.

Je chopai au vol le poignet du chirurgien.

– Qu'est-ce que vous allez faire ?

– Vous rendre votre nœud pap'.

Dès qu'il approcha l'aiguille de Julius, les mâchoires du chien s'ouvrirent d'elles-mêmes, et le nœud papillon tomba à nos pieds.

– Vous voyez..., fit Berthold en remballant son attirail.

– S'il joue la comédie, c'est à la perfection, murmura Marty qui soulevait maintenant la paupière de Julius.

– Attention à vous, docteur...

Marty laissa tomber son diagnostic.

– Tout ce qu'il y a d'authentique, comme crise d'épilepsie.

– Ça devait arriver, grinça Thérèse.

Le flash de Clara explosa.

15

– Et l'autre abruti qui geignait : « Ça s'est très bien passé pendant les répétitions »... non mais tu peux me dire ce qu'ils ont dans le crâne, ces gosses ?

Nous marchions vers la maison, Julie et moi, Julius le Chien renversé dans mes bras, la tête sur ma poitrine, le museau enfoui sous mon aisselle, comme pour échapper à sa propre puanteur. Il ne pesait pas plus qu'une vieille peluche calcifiée dans les greniers de l'oubli, mais il embaumait toujours autant que lui-même. La crise l'avait vidé de toute sa substance, qui faisait une odorante carapace au smoking de Boudiouf.

– Tu es sûr que ça va, ton cou ?

– Lui faire *jouer l'épilepsie,* putain de mômes ! Et ce connard de Hadouch qui donne sa bénédiction !

– Attention ! hurla Julie.

Encore trop tard. La mâchoire de Julius venait de se refermer, sur mon épaule cette fois.

– Bon Dieu !

– Attends !

Julie s'escrimait de nouveau sur l'étau.

– Laisse, dis-je.

– Comment ça, laisse ?

– Boudiouf a voulu m'étoffer un peu. Il a rembourré les épaulettes. Ça serre, mais les dents n'ont pas atteint la peau.

Puis, doucement, à l'oreille de Julius :

– C'est après le smoking que tu en as ? Les oripeaux du diable, quelque chose comme ça ? Tu as raison, c'est la dernière fois que tu me vois en uniforme, juré ! On va aller le rapporter à Boudiouf. C'est qu'il va être vachement content de le retrouver, son smoquinge, le roi des sapeurs !

La nouvelle dut soulager Julius, parce qu'il décida de libérer mon épaule.

Pour s'attaquer au revers du smoking trois minutes plus tard. Et toujours impossible de lui ouvrir les mâchoires. J'ai déchiré la tranche de soie noire et la lui ai abandonnée.

– Je crois que c'est un spasme, dit Julie.

– Un spasme ?

– Une sorte de hoquet. Toutes les trois minutes il claque des mâchoires, c'est tout. Deux fois déjà, depuis tout à l'heure.

Montre en main, c'était juste. Trois minutes plus tard, les mâchoires de Julius claquèrent sur le vide. Toutes les trois minutes, il y allait de son coup de dents contre le sort. Et ça s'ouvrait tout aussi mécaniquement au bout de trente secondes. Il suffisait de le savoir.

– On pourra toujours l'utiliser comme poinçon pour agrandir tes ceintures, dis-je.

*

Une fois dans notre chambre, j'ai tendu le hamac dans lequel nous avions fini par installer Julius pendant ses crises d'épilepsie, et je l'y ai déposé avec des précautions de démineur.

– Rien de mieux que le hamac, il épouse toutes les parties du corps, m'avait expliqué Julie qui avait épousé bien des hamacs avant moi.

Les mâchoires de Julius claquèrent. Trois nouvelles minutes venaient de s'écouler.

– Ce sera pratique pour nos œufs à la coque.

J'arrachai les derniers lambeaux du smoking. C'était comme si je m'extirpais tout fumant de la peau de mon chien.

– Benjamin ! Ton épaule...

Les crocs n'avaient pas entamé la couenne mais l'épaule était noire. Un noir violacé, complexe, tirant sur la queue de paon.

– Oui, il a de la poigne, ce chien.

Il n'y a pas plus dure à la douleur que Julie. Mais elle peut fort bien tourner de l'œil si je me coince le doigt entre deux oreillers. Je l'ai attirée contre moi.

– Je prends une douche et on va se taper le couscous de l'accalmie, d'accord ?

Elle a embrassé mon épaule.

– Va, je dépiaute mon courrier pendant ce temps.

Toujours ministériel, le courrier de Julie. Moi, c'est le gaz, les Télécom, et les tentatives d'arnaques du syndic : une correspondance chiffrée.

J'étais en train de mitiger le glacial et le bouillant quand la voix de Julie me parvint par-dessus la cataracte :

– Barnabé vient dimanche !

– Barnabé ?

– Barnabé, le fils de Matthias, il vient dimanche et il nous promet une surprise !

Qu'as-tu fait à mon épaule, Julius ? C'est tout juste si je peux me laver la tête.

J'ai laissé l'eau brûlante emporter le trop-plein de douleur et dissoudre mes projets de vengeance contre ce crétin de Jérémy. Il ne devait pas en mener large, le pauvre, dans l'attente de mon retour, les yeux de Thérèse cloués sur sa nuque. Rien de plus déprimant que d'engueuler un gosse qui s'attend à l'engueulade. Clara avait résumé la situation, un jour, quand elle était encore petite : « Mais arrête de me gronder, Ben, *tu vois bien que je pleure* ! » Clara, ma Clarinette, ma petite sœur de velours, dont le flash rédempteur a *saisi* la folie de Julius... Julius... il faudra lui glisser quelque chose dans la mâchoire pendant toute la durée de sa crise. Même s'il ne se coupe pas la langue, il va s'user les dents, à ce rythme. Un coup de clapet toutes les trois minutes pendant, disons... deux ou trois mois... ça en fait des bulletins de vote, dans son urne ! Faudra lui bricoler un protège-dents... Tout de même, ce Jérémy... faire jouer l'épilepsie à un épileptique ! Et pourquoi pas le cancer à un cancéreux, la rage à un enragé ? Metteur en scène réaliste, Jérémy... on puise à pleines mains dans le réel, on flanque le monde face au monde et tant pis pour les dégâts ! Béhavioriste ! Thérapeute de choc. Petit con, va... fruit d'époque ! Plus chaude, l'eau, s'il vous plaît, et sur l'épaule, là... Bon Dieu, Jérémy... « Arrête de me gronder, Ben, *tu vois bien que je pleure...* » D'accord, Clara, d'accord... Je me demande si Jérémy a jamais tenu le compte des raclées que lui a épargnées la seule existence de Clara... Si Clara n'était pas des nôtres, petit con, tu ne serais qu'un sac de bosses purulentes !... et on m'aurait foutu en cabane, tortionnaire d'enfant, livré à la justice des gros bras qui ont gardé l'enfance au cœur, soi-disant... Faire jouer l'épileptique à Julius...

La meilleure des douches ne nous lave pas de toutes nos humeurs.

J'ai coupé l'eau. J'ai débranché la gamberge. Quand je suis passé dans la chambre, la buée de la douche y avait installé un brouillard de Tamise.

– Comment peux-tu lire ton courrier là-dedans ?

J'ai contourné Julius – roc flottant dans un tableau de Magritte – et j'ai ouvert la fenêtre.

– Julie ?

Elle n'était pas à son bureau.

– Julie ?

Elle n'était pas non plus sur le lit.

Je me suis penché sur Julius.

– Elle est sortie ?

Julius a claqué des canines.

– Mâcheur de nuages.

Chambre vide. Porte ouverte de la douche.

– Mon amour... ai-je chantonné... mon amour vadrouilleur...

J'ai refermé la porte de la douche pour ouvrir celle du placard.

Et c'est là que je l'ai trouvée.

– Julie...

Accroupie entre les deux portes. Tassée sur elle-même. Plus immobile que Julius si c'était possible. Le regard aussi fixe. Elle tenait une lettre à la main.

– Julie ?

D'autres feuilles avaient glissé autour d'elle.

– Julie, mon cœur...

Et j'ai compris.

Couilles broyées. C'est ça, la peur, chez l'homme : couilles broyées pulvérisant la terreur jusque dans les plus petits vaisseaux, sang de sable, jambes liquides, salive sucrée...

L'en-tête du laboratoire médical, les colonnes, leurs pourcentages de ceci et de cela...

Dieu sait que je ne voulais pas comprendre... mais j'ai compris.

C'étaient les résultats de tes examens qui gisaient à ses pieds.

De tes examens ratés.

Le compte exact de ce qui te manquait pour arriver jusqu'à nous.

L'annonce de ton abandon.

Oh !...

J'aimerais dire que je me suis penché sur Julie, mais je me suis effondré. J'aimerais dire que je l'ai prise dans mes bras, que je l'ai consolée, mais je me suis effondré et suis resté tassé contre elle, entre la porte du placard et celle de la douche.

Et le temps n'a pas fait le reste. Il a tout bonnement cessé de passer. Julius avait beau jouer les horloges, de trois minutes en trois minutes, le présent demeurait le présent.

J'ai cru bon garder pour moi mes inquiétudes... elles se sont malheureusement confirmées...

L'écriture de Matthias, les tremblantes anglaises de Matthias...

Peut-être n'aurais-je pas dû vous laisser tant d'espoir...

Oh...

... le cas est si peu fréquent...

Julie...

... pratiquer l'interruption dans la semaine qui vient.

Dans la semaine...

Je sais trop la vanité des mots de consolation, mais...

Immobiles, tous les deux, comme Julius le Chien dans son filet de douleur.

Elle a posé sa tête contre mon épaule.

Le temps...

Et elle a fini par dire :

– On va essayer de ne pas faire dans le pathétique, tu veux ?

Elle s'est appuyée sur mon genou.

– Matthias avait des doutes.

Quel effort, pour seulement nous relever.

– Il s'est fait communiquer les résultats à Vienne, avant de me les renvoyer... avec cette lettre, le pauvre.

Lettre qu'elle laisse tomber sur notre lit.

Nous voilà debout. Debout de nouveau. Chancelant un peu, mais debout malgré tout. Cette manie... la vie.

– Il n'y a pas... ?

– Rien. C'est fini, Benjamin. Ce serait trop... technique... à t'expliquer. Plus tard, si tu y tiens...

Et le coup de grâce :

– J'irai trouver Berthold lundi matin.

Elle a insisté.

– Berthold, Benjamin. Personne d'autre. Ce n'est pas le plus sympathique, mais c'est lui qui t'a sauvé.

Un temps.

– Et tu es tout ce que j'ai.

Elle a bricolé un sourire.

– Tout ce que j'ai. Je ne te le dirai pas deux fois.

Sur quoi, elle m'a demandé d'aller chercher Yasmina.

16

J'ai couru jusqu'au Koutoubia, j'ai couru pour ne pas laisser à la pensée le temps de penser, mais ça s'est mis à penser tout de même, exactement comme si je courais sur place, une pensée immobile, un écheveau qui ne se déroulait pas, un nœud de pensées exorbitées grouillant dans le hamac de ma tête... c'était donc ça que nous annonçait Julius... ton départ... c'était contre ce précipice qu'il voulait nous alerter.

Ton abandon !

Et moi qui ai passé toutes ces semaines à te prévenir contre ton arrivée. Putain de moi ! A jouer les grandioses ! A te laisser croire que tu avais le choix : « Voilà la réalité telle qu'elle t'attend, mon enfant, décroche si tu ne t'en sens pas le courage, reprends tes ailes et remonte, il n'y aura personne pour t'en vouloir... » Comme si je n'avais pas mesuré dès la première seconde les profondeurs du trou que tu creuserais en remontant... la dépression de ton ascension... cet abîme qui nous avalerait vivants, Julie et moi, cet engouffrement, et ce manteau d'absence qui s'abattrait sur nos épaules tout au fond de notre trou, le manteau glacial de ton absence, sur nos épaules si nues... Oh ! courageux, Malaussène, à jouer les caïds tant que le danger n'y est pas, « va, laisse-nous seuls, si tu savais dans quoi on patauge ! retourne à la béatitude des limbes... » alors que ma vie était si pleine de toi déjà, mon adorable interlocuteur, comme tu t'étais niché en moi, comme nous déambulions ensemble, comme nous déambulions joliment toi et moi sur le boulevard de mes feintes colères... Mais tu m'as pris au mot... Tu as cru le bavard... il ne fallait pas ! ce n'était rien ! des mots, juste pour l'ironie des mots !...Une sale habitude de la langue : jouer avec le feu tant que le feu n'a pas pris... Le roulement des biceps devant le miroir à fantasmes... O putain de moi ! C'était pour conjurer le sort et tu m'as cru... Tu m'as cru ! Dis-moi, c'est la vie que tu as fuie, ou *ce père-là* dans cette vie-là ? Parce que, si c'était ce père-là, tu pourrais encore changer d'avis ! Revenir. Pour Julie ! Ce n'est rien, le père, ce pourvoyeur de casernes ! On peut très bien s'en passer, du père ! C'est une invention moderne ! Une hypothèse de travail ! Tirée d'une tragédie antique ! Du théâtre ! Un instinct qui se monte le col ! Une pompe à fric analytique ! Un fonds de commerce littéraire ! C'est très surfait, le père ! Une équation parmi tant d'autres... un nœud d'inconnues... négligeable ! négligeable !... Est-ce que j'ai eu un père, moi ? Et Louna, et Thérèse, et Clara, et Jérémy, et le Petit, et Verdun, et C'Est Un Ange, ont-ils eu des pères ? Et la reine Zabo ? Et Loussa ? Ce n'est pas le père, qui compte, c'est la suite ! C'est toi ! C'est toi qui comptes ! Reviens ! Je me ferai tout petit comme père, un micro-père, à peine un poisson-pilote, très minuscule, très peu pilote, juste de quoi t'éviter de rater les premières marches... pas vraiment absent, mais discret... tu vois ?... un père d'une très respectueuse discrétion, je te le jure, là, devant moi... juste une pâte à modeler un père ! Tu m'écoutes, oui ? Tu vas revenir, oui ? Mais reviens, putain de ta race ! Pour l'amour de Julie, reviens !

– Monsieur Malaussène ?

Toute cette force dont elle aura besoin, si tu ne reviens pas ! Cette façon de marcher droit, qui me fait déjà mal... Tu la connais, pourtant !

– Monsieur Malaussène...

Moi, je veux la voir penchée sur toi... faire la maman de tous les jours... une petite pause dans l'héroïsme... quelques années de naturel. Qu'elle se penche sur toi et laisse aller le monde... Ça ne se penche sur rien, le monde, ça tourne sur son axe, ça tourne en rond, ça ne va nulle part... une orbite... ça n'a besoin de personne, le monde...

– Monsieur Malaussène, vous parlez tout seul ?

« On va essayer de ne pas faire dans le pathétique... » Tu l'as entendue comme moi, non ? « *On va essayer de ne pas faire dans le pathétique.* » Ça ne te noue pas les tripes, une phrase pareille ? Ça ne te plume pas les ailes ? Quel genre d'ange es-tu, bordel de merde ? Et moi, quel genre d'assassin ?

*

– Monsieur Malaussène !

Réveille-toi, Benjamin, cesse de courir dans ta tête, on te cause.

– Monsieur Malaussène ?

Il est debout en face de moi. Il a posé ses mains sur mes épaules. Il me secoue. Moi, je lui dis que je promène mon chien.

– Je promène mon chien.

(Où est Julius ?)

– Vous ne me reconnaissez pas ?

(Où est mon chien ?)

– Ça va, Ben ?

Et voilà Hadouch.

Déjà les yeux de Hadouch ? Déjà la terrasse du Koutoubia ? Et Julius le Chien toujours dans son hamac ? Et toi remonté là-haut ? Chacun à sa place, quoi... Mais ça va très bien, alors... ça va très très bien.

– Ça va très bien.

– Sainclair ! Vous vous souvenez ?

– Qui ça ?

– Sainclair, du Magasin. Asseyez-vous, monsieur Malaussène.

Hadouch et ce Sainclair que je ne connais pas me collent une chaise sous les fesses. Ils font pression sur mes épaules. Ils m'assoient.

– Ça va, Ben ?

Mo et Simon, maintenant :

– Oh ! Ben, ça va ?

Mo très noir, Simon très roux. Hadouch, Mo et Simon, très inquiets.

– Qu'est-ce qui se passe ?

– Tu veux boire un coup ?

– Un sidi ?

Claquement de la commande jusqu'au fond du Koutoubia :

– Un sidi pour Benjamin !

– Vous êtes gentils.

– Vous parliez tout seul, monsieur Malaussène.

Mais qui c'est, ce mec qui me parle ? Faites voir... Je l'épingle sous ma loupiote. Je focalise. Ce fut jeune, ce fut blond, ce fut propre, ça l'est resté, mais ça feint de se négliger, barbe de trois jours, catogan, jeans élimés sur pompes impeccables... s'il fallait se souvenir de toutes les couvertures de mode...

– Sainclair, monsieur Malaussène. Sainclair, du Magasin... Vous y êtes ?

– Je n'y suis plus, non.

J'y étais, il y a quelques années, dans son Magasin, mais il m'en a si bien viré, Sainclair, l'aimable directeur, qu'il est lui-même sorti de ma mémoire.

– Moi non plus, figurez-vous, je n'y suis plus ! Histoire ancienne, jeunesse enfuie... je vous offre un verre ?

Il est déjà dans ma main, le verre. Et la main de Hadouch refermée sur la mienne le porte à mes lèvres.

– Bois.

Je bois.

J'ai bu.

– Ça va mieux ? Qu'est-ce qui se passe, Ben ?

– Julie voudrait voir ta mère, Hadouch.

Et je répète :

– Julie veut voir Yasmina. Tout de suite.

*

– Vous parliez seul, monsieur Malaussène...

Hadouch, Mo et Simon ont repris leur service. Sainclair

me regarde, il me sourit. Je le regarde, je ne lui souris pas. Et le ciel crève au-dessus de nos têtes. C'est le soir. C'est l'été. C'est l'orage. Ça se passe à Paris. Nord, nord-est : Belleville. C'est une de ces atmosphères de déluge où les Ricains de l'après-guerre grimpaient malgré tout sur les réverbères pour chanter la beauté du monde aux oreilles cinéphiles.

– A qui parliez-vous ?

Les gouttes explosent alentour. Ça tambourine ferme sur le store baissé du Koutoubia.

– Vous parliez à quelqu'un. Vous lui demandiez quel genre d'assassin vous êtes.

J'aimerais connaître le chef d'orchestre des orages. Ça vous manie le glissant d'eau avec une célérité... du tintamarre des cataractes au gazouillis des fontaines...

– Vous soliloquez souvent ?

Et le remugle de l'asphalte comme une remontée de violons...

– C'est depuis votre opération, n'est-ce pas ?

Belleville s'écoule, à présent. Sainclair me regarde, moustache attentive trempée dans l'or de sa bière.

Mon opération ?

Il serait peut-être temps que je m'intéresse à la conversation.

– De quelle opération parlez-vous ?

– Celle qui vous a rendu la vie, le miracle pratiqué sur vous par le professeur Berthold, l'année dernière.

Sourire complice.

– Inénarrable, le professeur Berthold, mais hors de pair, vous en conviendrez avec moi. Notre meilleur chirurgien, si ce n'est un des plus remarquables au monde... Nobélisable, probablement.

Je ne souris plus. « Inénarrable... hors de pair... nobélisable... » Oui, oui, c'est bien Sainclair. Tu as changé de costume, Sainclair, mais je te remets quand même. A ton style trois pièces. Le superlatif soft... L'extase de salon...

– Oh ! Veuillez m'excuser, c'est vrai, je vous dois quelques explications.

Il m'explique. Il m'explique qu'il a quitté le Magasin il y a quelques années, peu après mon propre départ (« votre départ qui, soit dit en passant, n'est pas tout à fait étranger à ma démission, monsieur Malaussène, mais il y a prescription... »), pour fonder un hebdomadaire médical : *Affection* .

– Vous connaissez ?... Un hebdo médical non pas destiné aux médecins, comme ils le sont tous, mais à leurs patients... les malades manquent tragiquement d'information et ils adorent leurs maladies... un créneau en or, et un titre excellent ! *Affection*, vous ne trouvez pas ?

Ce n'est pas le moment de me demander à quoi peut bien ressembler un « créneau en or ».

– Et de ce point de vue... (hésitation, mais brève)... je parle de l'information médicale... vous conviendrez que votre cas présente un intérêt considérable.

Comment diable mon *cas* est-il allé se nicher dans son oreille ?

– Il y a quelque temps, j'ai reçu la visite de votre frère Jérémy.

Ah...

– Figurez-vous qu'il voulait me convertir au théâtre. Me persuader de jouer dans une pièce de sa conception.

« Une pièce de sa conception »... je vois.

– Je lui en ai fait raconter l'argument... il m'a semblé y reconnaître quelques éléments communs à nos biographies respectives...

Nos seuls éléments communs, Sainclair, sont l'indifférence mutuelle et l'oubli réciproque.

– Il m'a expliqué que c'était le premier volet d'une tétralogie et je lui ai demandé de bien vouloir me raconter les trois autres pièces... Ma foi, quand il en est venu au coma dépassé et au thème de la transplantation, quand il m'a fait le portrait, d'ailleurs hilarant, du chirurgien à « tête de con et doigts de fée » (l'expression est de lui), la lumière s'est faite ! Je désespérais de retrouver jamais le patient sur lequel le professeur Berthold avait exercé son art, mais grâce à votre frère Jérémy...

J'écoute Sainclair... et je me dis que Jérémy ne fait jamais une seule connerie à la fois. Ou plutôt, chaque connerie de Jérémy tient du réacteur nucléaire. De fission en fission, ça s'enchaîne. Il ne se contente pas de baptiser, Jérémy... il libère l'énergie du destin.

– Jérémy vous a engagé ?

Ça m'étonnerait. Malgré sa barbe de trois jours et son jean baroudeur c'est un cul propre, Sainclair, froid comme une merde de poisson. Même les feux de la rampe ne le réchaufferaient pas.

– Non. Il m'a trouvé un peu trop... réservé, je crois...

(Qu'est-ce que je disais...)

– Et puis, je n'ai pas une passion pour le théâtre.

(Tant mieux.)

– Pour l'heure, ma passion, monsieur Malaussène, c'est vous.

Et de me préciser que c'est moi *tel que Berthold m'a reconstitué*. La suite des opérations, en quelque sorte. Moi et cet autre dont Berthold m'a farci... cet autre en moi qui fait que ma vie continue... notre vie commune... le partage de notre territoire mental sous ma casquette de trépané.

– Juste quelques questions à vous poser.

Nous y voilà... M. Sainclair, rédacteur en chef de l'hebdomadaire *Affection*, projette un numéro sur la transplantation et ses conséquences psychologiques. Ses lecteurs ont besoin de mon témoignage. « Un besoin vital, monsieur Malaussène... » Ça y est, j'ai compris.

– A qui parliez-vous, tout à l'heure ?

Et pour la première fois, je comprends sa question. Cet abruti s'imagine que nous jouons en double, Krämer et moi, que nous tenons régulièrement conférence, que nous faisons le compte de nos cellules respectives et mesurons nos influences réciproques... soucieux de notre cohabitation, en somme... de la permanence de notre constitution...

– C'était bien à *lui* que vous parliez, n'est-ce pas ?

Il y a un tel appétit de confirmation dans ses yeux que j'ai bien envie de confirmer... Oui, mon cher Sainclair, en effet, nous colloquions tous deux, mon donneur et moi... oh ! la routine... Jekyll et Hyde négociant leur tour de garde... vous savez ce que c'est, la vie des ménages, chacun a ses habitudes... il y faut quelques concessions...

Mais voilà, je ne suis pas d'humeur joueuse.

Vraiment pas.

Je me lève, pressé de rentrer à la maison.

– Allez vous faire foutre, Sainclair.

Je m'éloigne.

A grands pas.

– ...

– Quel genre d'assassin êtes-vous, monsieur Malaussène ?

– ...

– ...

Je m'arrête.

Je reviens.

A petits pas.

Je me rassieds.

Il sourit.

– ...

– ...

– Vous clouez souvent des enfants aux portes ?

– ...

– De façon symbolique, j'entends... mais enfin, tout de même... Une idée pareille vous serait-elle venue *avant* l'opération ?

– ...

– En revanche, ce genre de distraction, si j'en crois le professeur Berthold, était assez dans la nature de votre donneur... n'est-ce pas ? Un tueur assez redoutable, ce Krämer, non ?

– ...

– Alors, on peut légitimement se demander...

– ...

Bon. Il veut jouer le retour de Frankenstein, en somme.

Il porte sa bière à ses lèvres. Mais l'œil reste attentif.

Ma foi, puisqu'il veut jouer au tueur ressuscité....

Jouons.

Mon poing part. Comme il est pressé d'arriver, il ne fait pas le détail entre le demi de bière et le visage de Sainclair. Explosion de mousse et de verre. Sainclair bascule puis glisse sur le dos jusqu'à la première flaque. J'expédie la table loin de là, je me jette sur lui et le relève des deux mains, par le col de sa veste. Puis ma tête suit la trajectoire de mon poing. Ma fontanelle d'acier produit une basse de gong contre son nez qui éclate. Ma main gauche le maintient debout, avec une force vraiment double (de quoi étoffer son article et sa déposition : « Ils étaient deux contre moi, monsieur le juge ! »), et ma droite s'occupe à le gifler comme on applaudit l'artiste.

– Arrête, Ben, arrête, tu vas le tuer !

Ils s'y sont mis à trois pour l'enlever à mon *Affection*.

Hadouch m'a retenu pendant que Mo et Simon l'entraînaient au Koutoubia.

– Qu'est-ce qui se passe, Ben, merde ?

Hadouch, mon frère de toujours... il se passe que je me sens un peu seul, tout à coup... besoin de me payer mon bouc, moi aussi.

Dans le bar, le vieil Amar éponge un mélange de bière et de sang qui ressemble vaguement à Sainclair.

Dont le doigt me désigne :

– Il m'a frappé, vous l'avez vu ? Vous êtes témoins.

Simon dément :

– Mais non, c'est moi qui t'ai frappé.

Et le poing de Simon, son poing, sa tête et ses gifles refont le travail. En plus approfondi.

Puis, gentiment :

– Tu vois... c'est moi ! Simon, on m'appelle, Simon le Kabyle, tu te souviendras ?

Le vieil Amar doit changer de serviette pour le second ravalement.

*

A la maison, Yasmina m'a accueilli, un doigt sur la bouche.

– Elle dort, mon fils...

Puis elle m'a pris dans ses bras, m'a assis sur ses genoux, a posé ma tête contre ses seins, et elle m'a bercé à mon tour.

– Toi aussi, mon fils, tu vas dormir...

VI

BARNABOOTH

Œdipe au carré.

17

Ce même samedi, Cissou la Neige s'était lui aussi endormi, les yeux d'un chien allumés dans la tête. De tous ceux qui avaient assisté à la crise de Julius le Chien, lors de la représentation, il n'avait pas été le plus effrayé, mais, comment dire ?, le mieux *averti*. Le hululement du chien annonçait l'irréparable. Et son regard confirmait. Non que Cissou fût le moins du monde superstitieux, mais depuis quelques années il s'y connaissait en matière de certitude. Ce chien annonçait le pire. Cissou perdit les premières heures de son sommeil à chercher par où le pire allait frapper. Puis il renonça : si les prophètes consentaient à la clarté, ils se feraient politiques. Or, Cissou le savait, aucun politique n'est prophète et rien ne s'évite. Le chien prophétisait juste mais dans l'ignorance, aveuglé par la vérité, comme tous les prophètes. La dernière pensée de Cissou avant de s'endormir fut que, ce soir-là, Julius le Chien pouvait fort bien lui avoir annoncé sa propre mort... Il jugea prudent de s'endormir en s'offrant une petite « revue d'existence ». L'expression le fit sourire.

*

Tous les Arabes le connaissaient par son nom, mais « *E*smak-*e*h ? » demandaient les Arabes, « Quel est ton nom ? » pour le seul plaisir d'entendre sa réponse :

– Cissou la Neige.

Cissou, de son Auvergne natale, où cinq sous n'en ont jamais fait six. *La Neige*, parce que ce n'était un secret pour personne : Ramon de Belleville lui avait vendu les neiges éternelles.

Cissou la Neige, surtout, parce que Jérémy Malaussène en avait décidé ainsi. Jérémy Malaussène l'avait baptisé, et les plus anciens parmi les Arabes appelaient ce gosse *Jérémy m^eammed* : Jérémy le baptiste, ni plus ni moins.

– *E*smak-*e*h ?

– Cissou la Neige.

– Nín guìxìng ? demandaient les Chinois, qui, avec lui, usaient toujours de la formule de politesse.

– Cissou la Neige.

– Liù fēn Xuě, traduisaient les Chinois.

Arabes et Chinois aiment les noms qui résument une vie. Jérémy m^eammed s'y entendait pour ce genre de résumé.

*

Cissou la Neige était un fantôme de la place des Fêtes. Pas même un rescapé, un fantôme. Pendant plus de trente ans, il avait été le bougnat (bistrot-charbonnier-quincaillier-serrurier) d'un petit village rond, perché sur les toits de Paris. Puis les criminels de paix s'étaient abattus sur la place des Fêtes. Ce qu'ils avaient fait à ce village, des uniformes le faisaient un peu partout dans le monde. Bombardements ou préemptions, mitrailleuses ou marteaux piqueurs, le résultat était le même : exode, suicides. « Criminels de paix », Cissou ne les nommait jamais autrement. Criminels de paix : réducteurs de nids, fauteurs d'exil, pourvoyeurs du crime. Cissou, qui ne s'associait jamais aux grands débats publics, professait intérieurement que la seule prévention efficace contre la criminalité des banlieues passait par l'exécution capitale d'un architecte sur deux, de deux promoteurs sur trois, et d'autant de maires et de conseillers généraux qu'il faudrait pour les amener à comprendre le bien-fondé de cette politique.

Cissou avait défendu longtemps son bistrot de la place des Fêtes. Il avait opposé le papier au papier, la loi à la loi. Son Auvergne natale lui avait appris à survivre dans cette jungle. Longtemps il avait gagné. La place tombait en poudre, son café restait debout. Il photographiait chaque maison, chaque immeuble, avant sa destruction. Les menaces ne l'atteignant pas, les offres se firent pressantes. Quand la place ne fut plus qu'une collection de photos, Cissou se résolut au pire : vendre. Il fit monter les prix. Il les fit grimper à hauteur des falaises de béton qui obstruaient les fenêtres de son bistrot. On lui paierait cher l'assassinat du dernier café de la place. La loi lui avait appris que les dénis de justice peuvent se négocier à des sommets vertigineux. On le crut cupide, on l'admira : « Sacré bougnat ! » Ce malentendu fut à l'origine de sa rencontre avec l'huissier La Herse. Mandaté pour négocier le départ du cafetier, l'huissier fit bien davantage. Il le demanda en mariage. Et si vous deveniez mon serrurier à moi ? Attitré ! Un monopole. Pourcentage occulte sur chaque porte ouverte... hein ?... ristourne proportionnelle sur chaque saisie... non ?

Si.

Affaire faite, une tour de trente étages écrasa le bistrot de Cissou.

Cissou mourut les poches pleines.

Son fantôme alla trouver Ramon de Belleville, l'homme des neiges, et convertit son gain en poudre blanche. Cissou, qui ne voulait pas courir les dealers à la semaine, lui acheta le Mont-Blanc d'un seul coup. « T*a*lg *a*badi », disaient les Arabes. « Les neiges éternelles ». De quoi tenir le nez droit jusqu'à sa deuxième mort, et au-delà. (D'autres remplissent des bas de laine...)

– Dangereux de conserver toute cette coke chez toi, fit observer Ramon.

– Je ne connais que toi pour avoir l'idée de me voler, fit observer Cissou.

Qui ajouta :

– Essaye, pour voir. Ma porte est toujours ouverte.

Ramon se contenta de ricaner.
– Un charbonnier, finir dans la blanche...

*

Razziant le jour, remboursant la nuit, Cissou ne dormait que le dimanche. Le dimanche n'était pas son jour de repos, mais son jour de sommeil. Nécessité de son seul corps, le sommeil ne le reposait pas ; l'âme se réveillait aussi lucide. Il menait un combat d'arrière-garde et le savait. Les maisons continuaient à s'effondrer autour de lui, il prenait toujours plus de photos et voyait venir le jour où il n'y aurait plus de photos à prendre. Belleville et Ménilmontant se mouraient. Comment se reposer, sachant cela ? Dort-il, l'homme qui meurt ? Depuis qu'il avait cessé de vivre, Cissou dormait dans un fauteuil, assis bien droit, face à un zèbre bondissant.

Cissou avait loué un studio dans l'immeuble le moins regardable du boulevard de Belleville. Flambant neuf, l'immeuble ressemblait à un jouet de plastique métallisé, avec à sa proue une tourelle de porte-avions qui devait faire l'enfantine fierté de son architecte. Après quelques mois de navigation, la rouille s'étant mise à ses flancs, le porte-avions semblait échoué contre le trottoir, comme dans un port d'où la mer se serait retirée. Cissou habita l'immeuble pour ne pas avoir à le regarder.

De sa fenêtre, il voyait bondir un zèbre. Sa deuxième vie s'accrocha à l'encolure de ce zèbre.

S'il n'était pas mort une première fois, Cissou aurait volontiers entrepris la conquête de Suzanne, l'écuyère du bel animal, mais quelle consolation un fantôme peut-il offrir à une femme dont le zèbre est condamné ? Il s'était abstenu. Il avait aimé Suzanne de loin, en silence. Suzanne que Jérémy Malaussène avait baptisée Suzanne O'Zyeux bleus. Le fait est que l'Irlande se serait reconnue dans ses yeux.

Cissou gardait secret cet amour désarmé. Il n'en disait rien à personne. Pas même à Gervaise, la fille du vieux Thian, qu'il réveillait tous les matins au téléphone. Gervaise mettait en ordre la mémoire de Cissou. Une fois par mois, il lui confiait les photos de Belleville la morte. Gervaise en faisait un livre de vivantes images que Cissou gardait sur lui et qu'il ne se lassait pas de contempler. Une amitié elle-même si secrète, Gervaise, que Cissou n'en parlait à personne, pas même à Suzanne.

Telles étaient les deux femmes de sa deuxième vie. L'unique femme de la première, Odette, l'épouse, était morte trop pauvre pour lui léguer autre chose qu'un petit miroir serti dans du cuivre, et trop jeune pour que cette flaque de lumière conservât le souvenir de son image. Depuis des années maintenant, le miroir d'Odette ne reflétait plus que les narines de Cissou penché sur la neige du matin.

*

Les trois premiers gestes de Cissou la Neige à son réveil :

1) Priser la Sibérie sur le miroir aveugle.

2) Saluer le bond du zèbre.

3) Appeler Gervaise.

Rituel immuable en son religieux enchaînement.

*

Ce ne fut pas sans une légère surprise que Cissou se réveilla, le lendemain dimanche, sur le coup de onze heures.

Vivant.

Le chien avait donc annoncé autre chose.

Soit.

Cissou dévida une blanche chaîne de montagnes sur la surface mouchetée du miroir. Triple épaisseur le dimanche, jour de vacance. Sa main ne tremblant pas, il n'y eut ni vallons ni crêtes, mais une cordillère nette et de belle altitude. Dont il aurait raison en quatre aspirations, comme tous les dimanches.

Le miroir à portée de nez, Cissou aspira une première fois. Pendant que sa narine droite soulevait une tornade sur l'arête de la cordillère, son œil gauche perçut comme une *absence*, de l'autre côté du boulevard. Cissou leva les yeux : le zèbre n'avait plus de tête.

Allons bon.

Le chien fou lui ayant volé quelques heures de sommeil, Cissou crut à un effet de la fatigue.

Mais à la deuxième inspiration, et au fur et à mesure que la traînée blanche s'amenuisait sur la surface du miroir, le zèbre perdit son encolure, puis son corps, et ses pattes, jusqu'aux sabots de ses antérieurs.

Plus de zèbre.

Cette fois, Cissou incrimina son âge. Les effets dévastateurs de la neige. Cordillère toujours plus haute, cavernes toujours plus insatiables, personne n'aurait pu y résister, lui pas plus qu'un autre. Mais il savait déjà qu'il se mentait. Il savait qu'il se traitait de gâteux pour l'amour d'un zèbre. Au fond de son inquiétude, il se jura qu'à la troisième prise le zèbre réapparaîtrait, figé dans la splendeur vitale de son bond.

Non seulement le zèbre ne reparut pas mais le fronton du cinéma s'évanouit autour de lui, bientôt suivi par la façade qui s'effritait sans un bruit.

Couilles moulues. Cissou reconnut cette peur d'homme qui deux ou trois fois dans sa vie lui avait annoncé l'irrémédiable.

Il jeta le reste de ses forces dans ses jambes. Le fauteuil bascula et glissa sur son dossier jusqu'au milieu de la chambre. Debout dans l'encadrement de sa fenêtre, Cissou comprit enfin ce que le chien fou leur avait annoncé à tous.

La destruction du Zèbre.

Le dernier cinéma de Belleville n'existait plus.

Un cordon de police défendait le vide que le bâtiment avait creusé en disparaissant. Le cordon contenait la foule de Belleville. Cissou reconnut la smala Ben Tayeb et tous ceux que Belleville lui avait donnés à connaître. Arabes et Noirs de toutes les Afriques, Arméniens et Juifs de toutes les errances, Chinois de l'innombrable Chine, Grecs, Turcs, Serbes et Croates de l'Europe très unie, jeunes et vieux, hommes et femmes, juifs, chrétiens et musulmans, chiens et pigeons, tel était leur silence à tous, et la planète d'une telle immobilité, que seule existait la cavité laissée par le Zèbre entre les immeubles où la veille encore il était blotti. Et ce vide semblait ne pas y croire, il tremblait, stupéfié par sa propre absence.

Cissou chercha Suzanne dans cette foule de pierre. Il la découvrit entre Malaussène et Julie, le reste de la tribu pelotonnée contre ces trois-là.

A la lisière de la foule, un porteur de mallette à mine d'officiel devisait avec l'huissier La Herse et son épouse endimanchée.

Les bras de Cissou la Neige se déployèrent. Une seconde plus tard, rideaux tirés, ce fut chez lui comme si le jour ne s'était pas levé.

Il alluma sa petite lampe de bureau, décrocha le téléphone, composa le numéro de Gervaise, attendit. Il y eut un déclic. La voix qui résonna lui annonça qu'on n'y était pas.

Cissou n'en fut pas surpris.

– Quand il n'y a plus de réponse, on branche son répondeur.

Il était dit qu'il devait déposer le dernier message de sa vie dans une boîte en matière plastique où tournait une bande sans fin.

Il parla donc.

– Voilà, frangine, c'est fini. Ils avaient la loi pour eux ; quand ils ne l'avaient pas, ils avaient l'incendie. Maintenant, ils ont un nouveau système. Très propre. Très rapide. Même plus moyen de prendre une photo. Ils viennent de nous faucher le Zèbre. Alors, en ce qui me concerne...

Il hésita. Il chercha ses mots. Mais la bande tournait, il fallait penser vite. Il aurait aimé lui dire une douceur qu'elle fût la seule à comprendre, une manière d'adieu vraiment personnel.

Il dit :

– En ce qui me concerne, ma petite Gervaise, c'est l'Exposition universelle.

Il ne raccrocha pas.

Occupé.

Définitivement.

Il ouvrit le tiroir de la petite table, en sortit une enveloppe scellée depuis longtemps et la posa là, bien en évidence.

Il ôta son pantalon, ses chaussettes, ses pantoufles, déboutonna méthodiquement son gilet et son caleçon de bougnat qui, des poignets aux chevilles, n'avaient jamais rien livré de sa peau.

Quand il fut entièrement nu, il redressa le fauteuil, le plaça au centre de la pièce, devant l'armoire à glace et sous les gouttelettes du lustre. Il décrocha le lustre, descendit du fauteuil, posa le lustre à ses pieds et trouva la corde dans le bas tiroir de l'armoire. La corde ne l'avait jamais quitté depuis le massacre de la place des Fêtes. Au moment même où on les tresse, certaines cordes savent à quoi on les destine.

Il remonta sur le fauteuil.

Il noua la corde à la place du lustre. Il éprouva la solidité du piton. Il espérait que les architectes d'aujourd'hui savaient au moins réussir cela : un piton capable de supporter le poids du désespoir livré avec l'appartement.

Il exécuta le nœud coulant que le père de son père lui avait appris à passer aux cornes des vaches à l'heure de la traite. Il plaça sa tête dans le nœud qu'il resserra autour de son cou, avec une lente application, comme une cravate du dimanche.

Il regarda intensément l'image de lui-même que lui renvoyait l'armoire à glace.

– Histoire d'emporter un souvenir.

Il fit basculer le fauteuil.

Le piton ne céda pas.

La corde se tendit.

18

Le plus impressionnant, c'était le silence. Même Jérémy se taisait. Rayure après rayure, le zèbre avait bel et bien disparu. Jusqu'à laisser un trou gris ciel dans le fronton du cinéma.

Tout Belleville avait vu l'animal se dissoudre dans l'espace. Mais, après tout, le zèbre n'était qu'une effigie de bois, un dessin sans épaisseur. Quand ils s'attaqueraient à la pierre, ce serait autre chose. Ils ne pourraient tout de même pas *faire disparaître un cinéma* ! Un cinéma, c'est un immeuble ! Ce n'est pas seulement une façade, c'est un ventre, avec un hall, un balcon, une scène, des sièges, les meubles de Belleville dans ses coulisses... la tripaille des câbles et des tuyauteries, le volume de toute chose... Ça ne s'efface pas comme ça !

Entre les deux flics qui lui barraient le passage, Jérémy regardait intensément le trou laissé dans le fronton par la disparition du zèbre.

Le silence de la foule s'alourdit.

Voilà que le bleu du fronton commençait à pâlir ! La couleur se diluait ! Derrière la couleur, on s'attendait à voir apparaître la pierre nue ou la brique. Ni pierre ni brique. Tout fut emporté. Plus de fronton. Un carré de ciel nuageux à sa place. Le haut du cinéma avait tout bonnement disparu. *Effacé* ! Un bâtiment qu'on *effaçait* ! Sans plus de difficulté qu'un dessin à la craie sur un tableau de classe.

C'était beaucoup plus impressionnant qu'un effondrement,

cet évanouissement silencieux. Jérémy avait déjà vu des immeubles s'effondrer, il en avait vu se tordre dans les flammes, il avait vu des tours tomber sur elles-mêmes, aspirées par les explosifs centrifuges dont on les avait truffées. Dans tous les cas cela faisait un boucan effroyable. La terre rappelait la pierre à elle et la pierre le faisait savoir. Les immeubles hurlaient leur agonie. Des nuages de poussière ou de cendre retombaient sur les maisons environnantes qui portaient le deuil jusqu'à la prochaine pluie.

Mais ça...

Ça, c'était pire que tout.

– Merde, alors, murmura quelqu'un.

Comme un bateau qui coulerait *par le haut*, songea Jérémy. Englouti par le ciel ! Gobé par le néant ! Un naufrage à l'envers. Le Zèbre sombrait corps et biens. D'ailleurs, avec ses petits balcons latéraux aux arrondis de tourelles et ses échelles de fer qui semblaient grimper à une passerelle de commandement, le Zèbre avait toujours ressemblé à un vieux cuirassé désarmé de la guerre de 14. (« Plutôt à la canonnière du Yang-tsé, avait objecté Clément Graine d'Huissier, celle de Steve MacQueen, tu vois ? dans le film de Wise... »).

« C'est la première fois que je le *vois* vraiment », se dit encore Jérémy et, sans avoir la force de se retourner, il songea à l'immeuble de Cissou, le porte-avions amarré de l'autre côté du boulevard, juste en face.

Cissou lui avait dit un jour :

– Rien ne s'oublie plus vite qu'un immeuble devant lequel on est passé pendant cinquante ans sans y faire attention. Un matin, il y a un trou et on ne sait plus ce qui se dressait là. C'est encore pire qu'un souvenir ! Qui se rappelle *vraiment* la place des Fêtes ? Demande à ton frère.

– La place des Fêtes ? avait répondu Benjamin, un village rond...

– C'était beau ?

– C'était vivant.

Jérémy n'avait rien pu en tirer d'autre.

Le vide rongeait les affiches collées sur la façade du Zèbre, à présent. Le vide éteignait les affiches une à une et dissolvait les murs. Le vide rampait silencieusement le long du trottoir, effaçant chaque pierre, et il ne resta bientôt plus qu'une grille de fer noir dressée au pied de la façade disparue.

Cette grille de fer noir.

Seule.

Cadenassée sur le néant.

Et pas un bruit de tout ce temps.

C'est alors qu'ils se déchaînèrent, tous autant qu'ils étaient.

Exclamations, applaudissements, flashes, caméras, superlatifs des journalistes ! Trois ou quatre mille photos de cette grille, qui ferait la une des quotidiens du lendemain.

Seuls les policiers demeuraient impassibles. Le dos tourné au miracle, ils continuaient de faire face à la foule.

– Eh ! dit Jérémy au brigadier qui se dressait devant lui, il y a un cinéma qui vient de disparaître, juste derrière vous !

Le flash de Clara crépita à son tour.

Mais c'était le visage du flic qu'elle venait de prendre.

– On vient de faucher un cinéma, ça ne vous intéresse pas ? insista Jérémy.

L'Ordre eut la force de ne pas lui répondre.

– Un cinéma et un théâtre, d'un seul coup !

La Force demeura silencieuse.

– Dommage, dit Jérémy. Parce que, pendant ce temps, un petit futé est en train de vous piquer votre télé.

Les deux yeux du casque tombèrent sur lui, la bouche s'ouvrit au-dessus de la jugulaire...

Trop tard.

L'agitation de la foule était retombée.

Silence.

Ils n'avaient d'yeux que pour la grille.

La grille de fer noir était en train de perdre ses barreaux.

Un à un.

Effacés du haut vers le bas.

Jusqu'au dernier.

La grille avait disparu.

Il ne restait plus que le cadenas doré, flottant seul dans l'espace.

Pour une raison que Jérémy ne put s'expliquer, la vision de ce cadenas incongru, petite tache d'or à peine visible dans l'air tremblant, provoqua l'hilarité générale.

– Génial !

Puis le rire tomba comme le vent.

Nouveau silence.

Quelque chose d'inattendu était en train de se produire. Jérémy le comprit au regard furieux que le brigadier échangea avec le flic son voisin. Quelqu'un avait forcé le barrage. Entre ces deux-là, justement. Un moment d'inattention. Le brigadier devait penser à sa télé.

Et Jérémy reconnut le dos de Thérèse.

Thérèse traversait le no man's land qui les séparait du cinéma, à grands pas, droite comme la justice, raide comme les matraques qui auraient dû l'en empêcher, seule au monde. Sa démarche avait l'autorité de celles qui ouvrent en deux la muraille des mers. Elle se dirigeait droit vers le cadenas flottant. La flicaille elle-même, passant outre la consigne, suivait des yeux cette grande fille osseuse qui marchait sur le silence.

Là-bas, debout devant le vide, Thérèse sortit une clef de sa poche et ouvrit le cadenas. Puis on vit nettement l'effort de ses bras et chacun put entendre le grincement familier d'une grille invisible.

Thérèse fit un pas en avant et disparut à son tour.

Avalée par le néant.

Silence de mort.

Une seconde.

Deux.

Trois.

Et le cinéma reparut.

Si soudainement que la foule sursauta.

Grille ouverte, affiches criardes, fronton azur et zèbre bondissant, c'était bien lui, intact, le Zèbre, le cinéma de Suzanne O' Zyeux bleus, le dernier cinéma vivant de Belleville. Plus vivant que jamais. Rendu à la réalité par le mouchoir de l'escamoteur !

Nouvelle explosion de la foule. Applaudissement, youyous, hurlements des enfants, fuite des chiens, envol des pigeons... et que je me précipite pour tâter les murs, et que j'en cause à mon voisin, et que j'en remplisse ma musette de conversations futures, et que j'évoque déjà la disparition comme un souvenir...

– Putain de Dieu ! Vous avez vu ce que j'ai vu ? s'exclama Jérémy. Disparition, résurrection!

– On a vu la même chose, répondit le flic. Qui était la fille ?

– Ma sœur, répondit Jérémy.

*

JULIE : Quand je vous disais que Barnabé nous promettait une surprise.

SUZANNE : Ça, pour une surprise...

JULIE : Vous comprenez, maintenant, ce que voulait dire Matthias quand il disait que son fils consacre sa vie à ce qu'on pourrait appeler *le contraire du cinéma* ?

SUZANNE : Un effaceur...

JULIE : Barnabooth l'escamoteur, oui...

SUZANNE : ...

JULIE : On n'est pas près de l'oublier votre Zèbre, maintenant. C'est devenu un monument.

*

Tous cherchaient à mettre la main sur l'escamoteur Barnabooth, à présent, hommes de radio, femmes de télé, photographes et chefs de rubriques, responsables culturels dépêchés par le Maire des maires, publicitaires et directeurs de théâtres, chacun le désirant ardemment pour soi tout seul, invitations officielles, contrats en poche ou micro en avant, les photographes pressés de développer leurs films, de se pencher sur leur révélateur, de retrouver l'apparition de la disparition, cette grille debout sur le vide, ce cadenas flottant, ils enfourchaient leurs gros cubes, moteurs, Klaxons, un fameux tourbillon de convoitise, la fringale du scoop, mais la parole traînante déjà, par-ci par-là, de l'intelligence sceptique au travail :

– Pas de quoi se la mordre, c'est le contraire de l'hologramme, son truc, ni plus ni moins.

– Le même principe que Christo, en somme : escamoter pour mieux montrer, on ne peut pas dire que ce soit nouveau nouveau...

– Et pas tout à fait au point non plus, tu as vu ce tremblement à la place de l'immeuble ? une sorte de vapeur...

– Du Christo liquide...

– Très bon, ça, Georges, du Christo liquide...

– Il a fait de sacrés progrès tout de même, j'ai vu sa première exposition à Londres...

– Si on peut appeler ça une exposition...

– Et sa mise en scène d'*Hamlet*, à New York, tu te souviens ?

– Un scandale du feu de Dieu !

– Ce sont les applications, surtout qui devraient être intéressantes... tu imagines, les applications ?

– Effacer la famille de ma femme...

Et les sueurs des stagiaires :

– Comment s'appelle-t-il, déjà ? j'ai un trou.

– Barnabooth.

– Barnabooth ? C'est son vrai nom ?

– Pseudonyme, probablement.

– Escamoté son nom de famille ?

– Il s'est escamoté tout entier. N'accorde jamais d'interview. Ne se laisse pas photographier. Ne se montre à personne. Jamais. Des années qu'on ne l'a pas vu. Personne ne sait à quoi il ressemble. C'est logique, quand on y pense.

Le fait est. Ceux qui cherchaient l'escamoteur rebondissaient contre le mutisme d'un machiniste occupé à décrocher un projecteur et qui vous renvoyait du pouce vers le patron de l'équipe technique emberlificoté dans ses câbles... Tous finissaient contre le corsage strict d'une attachée de presse confite dans le secret absolu et dans un tailleur qui ne prêtait pas à la gaudriole. « Non, M. Barnabooth n'est pas visible, oui, vous pouvez déposer la liste de vos questions, non le programme de M. Barnabooth est malheureusement trop chargé pour qu'il puisse accepter votre invitation... »

Les yeux de l'attachée de presse eux-mêmes cherchaient quelqu'un par-dessus ses mots, car si M. Barnabooth ne voulait pas être vu, s'il voulait éviter les photos et couper aux pince-fesses, il tenait en revanche, *absolument*, à rencontrer une personne et une seule, celle-là même pour qui il avait traversé le Channel, choisi ce quartier impossible, ce cinéma délabré, quand, depuis des années, le ministère de la Culture, la Mairie de Paris, et la Présidence même, lui proposaient gracieusement de gommer de l'historique, d'effacer du mémorable, une brèche dans la façade du Louvre, par exemple, ou l'évaporation de la tour Saint-Jacques, mais non, il avait choisi Belleville, et ce Zèbre, grands dieux, peut-on gérer plus mal sa carrière, et pour une femme, apparemment...

– Madame Corrençon ? Julie Corrençon ?

– C'est moi, oui.

L'attachée de presse en eut le souffle coupé. Elle dut admettre qu'il ne s'agissait pas de n'importe quelle femme.

– M. Barnabooth souhaiterait vous rencontrer. J'ai un message pour vous.

L'attachée de presse tendit un petit récepteur à Julie, l'aida à visser les écouteurs dans ses oreilles et disparut dans la foule.

Julie eut un sourire, malgré tout.

– Le mystère selon Barnabé, murmura-t-elle.

Sur quoi, Barnabé parla à l'intérieur de sa tête.

– Rendez-vous demain matin, Juliette, à huit heures précises.

« Les horaires de Barnabé... », songea Julie.

Suivait l'adresse : les bureaux parisiens du vieux Job, sur les Champs-Elysées.

– A ne communiquer à personne, Juliette, je compte sur toi.

Et encore, cette précaution :

– Viens seule, sinon je n'y serai pas.

La voix n'avait pas changé.

Le bonhomme non plus.

« Il me fatigue déjà », songea Julie, qui n'avait vraiment pas besoin de cette fatigue-là.

VII

GERVAISE

Ce n'est pas ta faute, Gervaise.

19

Elle n'avait pas été là.

Pendant que Cissou la Neige confiait ses derniers mots à son répondeur, Gervaise était ailleurs. Elle se le reprocherait toujours, tout en sachant qu'elle n'avait rien à se reprocher. Mais la *culpa* était sa marque de fabrique, comme aurait dit Thian son père.

– Ce n'est pas ta faute, Gervaise.

Parmi toutes les douceurs dont Thian avait bercé son enfance, c'était cette phrase qui lui revenait le plus souvent :

– Pas ta faute, Gervaise.

– La faute à qui, alors ?

L'inspecteur Van Thian n'avait jamais su répondre à cette question. Lui-même avait passé sa vie de flic à chercher la réponse.

– La faute à qui, Thianou ?

– Un bon flic ne juge pas, Gervaise, il cherche *celui qui a fait ça*. Juger, c'est le boulot du juge.

– Et pourquoi le flic cherche-t-il ?

– Pour limiter le massacre. En principe.

A force de vouloir limiter le massacre, l'inspecteur Van Thian s'était fait massacrer à son tour.

*

Ce dimanche matin-là, onze heures précises, pendant l'escamotage du Zèbre, la nonne-flic qu'était devenue Gervaise après la mort de Thian cherchait *celui qui faisait ça*.

Celui qui lui enlevait ses putes.

Et qui les tuait.

Celui qui lui enlevait ses putes et les découpait vivantes.

« Ses putes ». Encore un mot de Thian.

– A bichonner tes putes, tu négliges ton vieux papa.

– Mon vieux papa préférerait-il que je néglige mes putes ?

Mais Thian était mort, maintenant, et Gervaise cherchait celui qui faisait *ça* : enlever ses putes, les découper vives et filmer leur agonie.

Le tueur-voyeur, le *snuffeur*.

– Encore du culturel importé des Amériques, aurait dit le vieux Thian.

Gervaise comptait bien mettre la main sur le tueur voyeur, ce matin-là.

Les inspecteurs Adrien Titus et Joseph Silistri partageaient cette impatience :

– Il est serré, ton snuffeur, Gervaise, on va se le faire.

– En plein flag !

– Il aura même pas le temps de ranger sa bite.

Les inspecteurs Titus et Silistri lui maintenaient le moral à flot.

– Et Mondine ? demandait-elle.

– Elle en sortira vivante, Mondine.

– Comme d'un plumard un peu plus chaud que les autres, c'est tout.

Grâce à Mondine, la meilleure indic de Gervaise, les inspecteurs Titus et Silistri avaient repéré les studios du snuffeur, planqué pendant des semaines, étudié les moyens d'accès, opté pour les égouts, tracé le parcours, minuté l'approche, verrouillé les sorties. Ils avaient suivi Mondine qui leur avait non seulement refilé la plupart des tuyaux mais s'était vaillamment proposée comme chèvre. Artiste-pute qu'elle était, ils avaient admiré tous ses numéros, de l'effeuillage public au strip confidentiel. Ils avaient enregistré ses cajoleries téléphoniques, épinglé des micros jusqu'au fond de son lit, envié l'extase des michetons, chaviré à l'ardeur de son souffle. Leur cœur de vieux mariés avaient battu pendant qu'ils mettaient tout ça en fiche. Elle s'était bien fait remarquer, Mondine. Finalement, les inspecteurs Titus et Silistri avaient assisté à son enlèvement par l'équipe du snuffeur. Du discret, du rapide, et du violent. Mission accomplie.

Et ce dimanche matin, ils étaient là, tous les trois, dans cette cave, pour éviter sa mise à mort.

Gervaise, le dos plaqué au mur, à droite de la porte. Sans arme.

Silistri à gauche.

Titus en face.

Titus et Silistri égrenant leurs chapelets.

La charge de plastic collée à la serrure.

Pas de talkie-walkie, pas de contact radio. Pas la plus petite onde repérable. Ne compter que sur le minutage. Espérer que l'équipe de l'inspecteur Caregga et celle du divisionnaire Coudrier tenaient les sorties du terrier. Espérer que les flics se confondent avec les réverbères et que l'ambulance ne ressemble pas à une ambulance. L'énumération des paramètres c'est l'agonie de l'espérance. Rien ne peut jamais marcher si l'on songe à tout ce qu'il faut pour que ça marche. Ils étaient près de cette porte, maintenant, à cet instant précis où il est urgent de ne plus penser. Ils n'entendaient rien de ce qui se passait à l'intérieur de la pièce, soigneusement insonorisée pour cause de hurlements. Ils espéraient seulement qu'ils ne s'étaient pas trompés dans leurs calculs, qu'ils n'arriveraient pas trop tard, qu'ils ne retrouveraient pas Mondine en morceaux. Ils égrenaient leurs chapelets en marmonnant la prière du minutage. La serrure explosa comme prévu, à la chute du troisième Pater : « Délivrez-nous du mal. »

– Ainsi soit-il !

Explosion, fumée, effondrement de la porte, irruption de Titus et Silistri, leurs canons devant eux :

– Police !

Et l'entrée de Gervaise.

Tous saisis dans leur nudité respective, dans leurs positions réciproques, le cul à l'air et l'œil hagard.

– On garde la pose !

– On laisse les queues dehors !

– On s'éloigne des portes !

– On se couche !

– On bouge, on est mort !

Titus et Silistri marchaient dans le tas, distribuaient les baffes, plaquaient les corps à terre, cherchant Mondine désespérément. Qu'ils ne trouvèrent pas, d'abord, distraits qu'ils furent par l'écran vidéo contre le mur d'en face : Mondine en train de se faire écorcher vive, un rectangle de peau, déjà, dans la main gauche du chirurgien. Un instant, ils crurent que le supplice avait lieu dans une autre pièce, ou que Mondine était déjà morte et qu'on assistait à une simple projection.

– Toi, l'enflé, laisse tourner ta caméra !

Et les deux ensemble, Titus et Silistri, se retournèrent d'un bloc pour regarder dans le sens de la caméra, pointée vers l'autre coin de la pièce, au fond, à gauche, pendant que la chose se projetait en direct sur l'écran vidéo, de ce côté-ci.

Silistri en eut le souffle coupé.

– Eh ! toi, le chirurgien...

Le « chirurgien » continuait son travail comme si de rien n'était, dépiautant l'épaule de Mondine, ligotée nue à un billot nappé de sang, Mondine, évanouie ou morte, et vers qui Gervaise se précipita, masquant le chirurgien soudain, entrant dans la ligne de mire de Silistri, et le chirurgien devait avoir des yeux dans le dos parce qu'il choisit précisément ce moment pour se retourner, lancer son scalpel en direction de Gervaise et bondir vers le commutateur.

Nuit noire, portes ouvertes, clapotement de pieds nus, débandade, le même bond de Titus et Silistri en direction de Gervaise qui avait oscillé sous l'impact du bistouri.

– Lumière, bordel !

– Laisse-les d'abord sortir.

– Gervaise, ça va ?

Et la lumière revint sur la pièce vide, sur Mondine et le billot sanglant, sur Gervaise, une sorte de couteau à manche d'acier planté au beau milieu de la poitrine.

– Merde, de merde, de merde, ça va, Gervaise ?

– Ça va...

– Fais voir.

Silistri lui ôtait son manteau, dénouait les cordons de son gilet de sécurité.

– Ça va, tu es sûre ?

– Ça n'a pas traversé.

– La pointe a forcé les mailles, tout de même.

– Mondine ?

– Vivante.

De son côté, Titus rabattait la peau de Mondine sur son épaule comme on remet un drap en place, très épaté par ce geste, regardant ailleurs mais résolu à tenir ce rectangle de peau jusqu'à l'arrivée du toubib. Qu'on lui recouse ça tout de suite. Mondine qui respirait encore. Pas d'autres blessures, apparemment, mais si profondément évanouie qu'elle devait naviguer très loin de ce qu'elle venait de subir, sans grande envie d'en revenir, songea Titus. « En tout cas, si c'était moi... »

Et il vit l'autre fille.

Entre le billot et le mur. Jetée là, en morceaux exsangues, réellement comme des restes de viande. L'inspecteur Titus ne tomba pas dans les pommes, il ne vomit pas comme il aurait dû, il se précipita dans le couloir par où il entendait encore la fuite des pieds nus, il se précipita, un tambour dans le crâne et son arme à la main, fermement décidé à abattre le premier qu'il rattraperait, puis le deuxième et le troisième jusqu'à extinction de l'espèce humaine.

20

Après l'arrivée du divisionnaire Coudrier, des brancardiers, du médecin légiste Postel-Wagner et de ses burettes, des spécialistes du labo, glaneurs de traces en tout genre – place à la science ! –, les inspecteurs Adrien Titus et Joseph Silistri étaient rentrés chez eux avec la bénédiction de Gervaise.

Dans ce même immeuble de Ménilmontant où Silistri crèchait au-dessus de Titus, ils s'étaient jetés sur leurs femmes, Hélène et Tanita, comme surpris de les trouver entières après cette boucherie. La même étreinte convulsive, qu'Hélène et Tanita connaissaient bien : c'était la marque des journées où leurs hommes avaient connu la peur – pire, sans doute. Depuis qu'on les avait détachés du grand banditisme pour jouer les anges gardiens de Gervaise, chaque fois qu'ils rentraient à la maison, Titus et Silistri revenaient de loin et, la porte à peine refermée, plongeaient dans leurs femmes, s'y enfouissaient, y disparaissaient, les engrossaient d'eux-mêmes comme s'il s'agissait d'en renaître.

– C'est exactement ça.

Hélène et Tanita en discutaient ensemble le samedi vers treize heures, autour de l'apéro qu'elles s'offraient après le marché, au bistrot des Envierges, leur cabas à leurs pieds et le nez dans le porto.

– C'est exactement ça, il revient d'*ailleurs*, il plonge de très haut, et si tu veux mon avis, je ne suis pas sûre qu'il sache dans quoi il fonce à ce moment-là, ni ce qu'il pétrit. La dernière fois, je n'ai même pas eu le temps de ranger mes copies. Il m'est rentré dedans comme on regagne son terrier.

La professeur Hélène subissait l'assaut en pleine correction de dissertations philosophiques, et Tanita, la modiste des îles, basculait dans ses coupons multicolores.

– Le mien fuit un loup-garou, un quimbois qui lui veut des misères. Il remonte comme un fou, poursuivi par les dents de la mer. Je te jure, il avale l'escalier en cherchant l'oxygène, il rentre à la maison les bras tendus.

– Pour en baver, ils doivent en baver !

Elles s'en inquiétaient sans vraiment s'en plaindre. Accoucher de leur homme durant ces retrouvailles n'était pas au-dessus de leurs forces. Elles n'étaient pas de ces femmes de flics qui font un drame de la tragédie. Elles savaient leurs hommes plus mortels que d'autres et qu'elles feraient des veuves moins consolables. Depuis quelques mois, une sorte de sainte promenait Titus et Silistri dans les sous-sols de l'enfer et les rendait à la maison, perdus d'amour et les yeux fous, Titus bricolant des mensonges pour minimiser l'horreur, Silistri muet comme la tombe d'où il semblait sortir.

– Joseph ne retrouve la parole qu'*après*, disait Hélène.

– Le mien se remet à parler *pendant*, comme à nos débuts, quand il cherchait le mode d'emploi. Et puis, il m'appelle, il m'appelle...

– Il t'appelle ?

Titus appelait Tanita. Il n'en finissait pas de l'appeler : Tanita ! ma crème ! mon cœur ! ma loupiote ! mon plumard ! ma joie ! mon lacet ! ma pomme cannelle ! mon encrier ! mon beau madras ! mon jupon blanc ! ma douce ! ma douche ! ma peau ! mon foie ! mon p'tit joint ! ma gratte ! mes glandes ! mon Dit Thé Pays ! mes acras ! mon p'tit bout de chocolat ! ma vie ! ma vie ! ma vie ! ma vie !

Parfois, Hélène ou Tanita laissait aller une question rêveuse :

– Mais qui c'est, cette Gervaise ?

Là-dessus, peu d'informations. Titus et Silistri ne parlaient jamais boulot à la maison, Silistri par égard pour les enfants, Titus pour que Tanita continuât de voir en lui « le seul flic poète en deux millénaires de flicaille et de poésie ».

– Qu'est-ce qu'elle leur *fait* pour les flanquer dans cet état d'urgence ?

Vaillantes, elles s'offraient un petit rire dans leur porto.

– Elle leur fait réciter leur chapelet ?

Parce que là, tout de même, quand les chapelets avaient fait leur apparition, elles en étaient restées comme deux ronds de flanc.

– Le tien aussi ?

– Un chapelet accroché à la ceinture, à côté de ses menottes, oui.

Pour l'heure – Titus encore en elle mais revenant lentement à lui – Tanita, du bout des doigts, caressait de la douleur. Quelqu'un avait cogné sur son homme. Près de sa tempe, la bosse lui faisait littéralement un crâne double.

– J'ai glissé sur un contretemps.

– Je t'offrirai un chapeau à deux têtes, mon amour.

Il se leva, il tituba vers la salle de bains.

Elle alla chercher deux verres, et le rhum, et le citron, et la glace, et l'absinthe, et le papier à cigarettes, et le dodu carré de shit, son « p'tit bout de chocolat ».

Sorti tout fumant de la douche, Titus déclara :

– Il faut jeter ça.

Il désignait les vêtements sanglants, morts en tas sur le parquet.

– Tout de suite, et on va faire dans le soyeux, tu veux ?

Elle avait résolu de le calmer en lui déposant trois bons salaires de fringues sur les épaules ; non qu'il fût particulièrement coquet, mais ces étoffes à patronymes japonais qui vous faisaient comme une peau sur la peau, ça l'apaisait, Titus.

A l'étage du dessus, le dimanche n'ouvrant pas encore sur le lundi et les gosses étant en vacances chez les grands-parents, Hélène proposait une récréation à Silistri. Et si on se faisait une petite toile, hein ? On descendrait à pied jusqu'à la Bastille avec Titus et Tanita, on s'offrirait l'un des deux derniers Resnais, *Smoking* ou *No smoking*, et on remonterait casser une petite graine chez Nadine, au bistrot des Envierges, non ?

– Qu'est-ce que ça raconte, ces films ?

– Ce qui se serait passé si j'avais choisi Titus et si Tanita s'était offert mon Silistri.

– Tanita serait la plus heureuse des femmes et tu serais en train de rouler un pétard. Je veux voir ça !

– Et pour casser la croûte chez Nadine ?

– Je suis d'accord aussi.

Mais le téléphone sonna.

C'était Gervaise.

*

Et en fait de film, ce fut un pendu.

Un pendu à poil devant une armoire à glace.

Un pendu caressé par la lumière fluette d'une lampe de chevet.

Gervaise connaissait le pendu. Elle eut un sanglot.

– Oh... Cissou.

Charmant dimanche.

Titus et Silistri auraient volontiers compati, mais la stupeur l'emporta. Le pendu était tatoué de la base du cou à la plante des pieds. Un village rond autour de la taille où Joseph Silistri reconnut feu la place des Fêtes, le royaume de son enfance. Partant de la place des Fêtes, un réseau serré de rues anciennes parcourait le torse du pendu, son dos, ses bras, ses jambes, les rues traçaient leurs itinéraires entre une accumulation de maisons disparues. Tandis que Gervaise répétait doucement : « Cissou, Cissou », Silistri ne pouvait s'empêcher d'égrener le nom des rues que les tatouages du pendu ressuscitaient : rue Bisson, rue Vilin, rue Piat, rue de la Mare, rue Ramponeau, rue du Pressoir et rue des Maronites, rue de Tourtille et rue de Pali-kao. L'escalier du passage Julien-Lacroix, qui grimpait le long de la colonne vertébrale, débordait de lilas à la base du cou, en ce haut croisement de la rue

Piat, de la rue du Transvaal et de la rue des Envierges, à deux pas du bistrot de Nadine où Titus et Silistri auraient dû se trouver attablés, ce même soir, avec Hélène et Tanita.

Les images s'arrêtaient là, tranchées net par le sillon de la corde.

Et Joseph Silistri découvrit le visage du pendu.

– Oh ! bon Dieu...

Titus le vit blêmir.

– Tu le connais ?

Silistri eut une voix d'avant sa voix :

– C'est M. Beaujeu.

Une voix révolue. Trente ans avaient passé.

Oh ! non... c'était le père Beaujeu !

M. Beaujeu chez qui la famille Silistri allait se réfugier le soir, par temps de raclées paternelles, le troquet du père Beaujeu où Joseph torchonnait les verres après avoir fait ses devoirs, Beaujeu le bougnat de la place des Fêtes qui n'était pas regardant sur le rab de boulets et qui changeait gratis les serrures fracassées et les carreaux descendus par le père Silistri, Beaujeu le bistrot, avec son dernier arpent de vigne que Joseph et ses copains couraient vendanger à la sortie de l'école, Beaujeu qui bouffait son fonds de commerce à gâter les mioches du quartier mais qui ne souriait jamais, et qui les prévenait contre le gaspillage : « Paumez pas vos billes, les mômes, cinq sous n'en ont jamais fait six... »

– Cissou, murmurait Gervaise, oh ! Cissou...

Titus remarqua le téléphone posé sur la table, à côté de son support.

« T'aurais pas dû brancher ton gai-pondeur, Gervaise, pensa-t-il. Il n'y a pas plus triste, quand on a besoin d'une vraie voix. Ça avait du bon, le bénéfice du silence... »

Titus raccrocha le combiné.

– Il a laissé une lettre.

Quelques mots, sur l'enveloppe.

– C'est pour toi, Gervaise.

Gervaise tendit la main. Décachetée, l'enveloppe lui donnait tout. Un héritage.

– Le lustre, dit Gervaise.

Titus et Silistri échangèrent un coup d'œil.

– Décrochez les pendeloques.

A la vérité, ce n'étaient pas des pendeloques, mais des petites salières de table, pareilles à des gouttes de cristal. Presque toutes étaient remplies jusqu'à leur exacte moitié. Titus en saupoudra le dos de sa main.

– Merde alors, admit-il après y avoir posé le bout de sa langue.

Et, passant une salière à Silistri :

– Gervaise a hérité d'une montagne de coke.

Gervaise n'écoutait pas. Elle s'était levée. Elle avait hérité d'un petit miroir, aussi, qu'elle avait glissé dans sa poche. Elle se tenait maintenant debout devant la fenêtre. Elle regardait un zèbre qui bondissait dans la nuit entre deux réverbères. Sous les pattes du zèbre se dressait le dernier cinéma vivant du quartier. A travers la poche de sa robe, le petit miroir faisait une flaque froide contre la cuisse de Gervaise.

« Mais qu'est-ce que vous avez *vu*, Cissou ? »

21

Ce qu'avait vu Cissou la Neige s'étalait à la une de quelques quotidiens, le lendemain. Un événement culturel sans précédent. Julie en faisait la lecture à Barnabé, quelque part sur les Champs-Elysées, dans les bureaux parisiens du vieux Job.

– *« Barnabooth ou le paradoxe ultime de l'expression plastique ».* C'est écrit noir sur blanc, Barnabé, quel effet ça te fait ?

– Continue.

Barnabé parlait à Julie, mais refusait de se montrer. Julie, assise dans un canapé, s'adressait à une armoire à glace. Une armoire dont le miroir reflétait tout : le canapé, la profondeur de la pièce, la fuite du couloir jusqu'à la porte d'entrée, tout sauf l'image de Julie. Un miroir rétif à l'image humaine. Retour aux tout premiers enfantillages de Barnabé en matière d'escamotage, ces glaces peintes qui vous renvoyaient le seul décor, jusqu'au moindre détail, mais refusaient votre image.

L'armoire à glace parlait toute seule, avec la voix de Barnabé, à peine changée par les ans :

– Continue de lire...

Julie continua sa revue de presse. Envol des titres. Gloses unanimement superlatives.

Barnabé ne s'y trompait pas :

– La machine à banaliser est enclenchée.

Julie en tomba d'accord. Tant d'exclamations médiatiques

auraient vite raison d'un instant de pur émerveillement. Bientôt les mêmes plumes confronteraient l'escamoteur aux limites esthétiques de son escamotage. La pression retomberait, et rien ne paraîtrait plus usé, plus « limité », que cette « non-œuvre » qu'on célébrait pour l'heure comme « le paradoxe ultime de l'expression plastique ».

– « *Le paradoxe ultime de l'expression plastique...* » Encore !

Julie chercha la signature de l'article.

– M'étonne pas, marmonna-t-elle. Tu veux voir les photos ?

Elle présenta le journal au faux miroir.

– Non, répondit l'armoire avec humeur. Tu sais bien que les photos et moi...

– Ne m'emmerde pas, Barnabé.

Un instant, Julie rêva seule sur les photos. Le même vide s'étalait autour de la grille de fer noir ou du cadenas volant. Du vide, en première page...

– C'est curieux, ce vide... comme des pages pleines de silence !

– Continue. Lis.

– C'est ton attachée de presse qui te lit tout ça, d'habitude ?

– Lis.

Julie eut un sourire.

– Ça t'intéresse tout de même, hein ?

On avait interviewé des politiques. Ils tiraient à eux la couverture de tous les mérites. La Mairie portait à son crédit la visite de Barnabooth, réputé ne jamais sortir de ses studios – thèse discrètement contredite par le ministère de la Culture qui affirmait avoir monté l'opération. De son côté, un esthète proche de la Présidence se félicitait d'avoir découvert Barnabooth lors de sa mise en scène d'*Hamlet*, à New York. Querelles de cabinets. Barnabooth, l'escamoteur invisible, appartenait à tout le monde.

– Le Saint-Esprit, en somme... C'est ton ambition, Barnabé, devenir le Saint-Esprit ? Tu veux nous retomber dessus en flammèches omniscientes ?

– Ne m'emmerde pas, Juliette.

Un titre arrêta l'attention de Julie. « *Au Zèbre immortel* ». Pas fameux comme titre, mais l'article posait un problème qui intéresserait Suzanne : *« On y regardera à deux fois avant de détruire un bâtiment qui fut quelques secondes invisible... De même que le Pont-Neuf nous est une nouveauté depuis le déballage de Christo, la Mairie ne touchera pas à un petit cinéma de plâtre blanc qui connut dix secondes de néant sous l'œil des caméras... »*

– Bien vu, admit Barnabé. Sauver le Zèbre, c'était le but de l'opération.

– La survie du Zèbre ? Tu t'intéresses à la survie du Zèbre, Barnabé ?

– Puisque c'est le tombeau que s'est choisi le vieux Job...

– Tu t'intéresses au tombeau du vieux Job ?

– En tant que fossoyeur, oui...

Julie posa la pile de journaux sur le canapé.

– Assez rigolé, Barnabé... Sors de là qu'on discute.

– Pas question.

– Tu ne veux pas te montrer ? Même à moi ?

– Surtout pas à toi. Tu n'es pas venue seule. Tu as amené la journaliste avec toi.

« La journaliste... le journalisme... On dirait une passe d'armes avec Benjamin », pensa Julie. Soudain, elle cessa d'être là. Elle se foutait du mystère Barnabooth. Résidu d'adolescence... L'époque défunte où ils jouaient à s'aimer en Valery Larbaud. Elle portait un enfant mort, à présent, qui était l'enfant de Benjamin. Un Benjamin qui s'appliquait pathétiquement à ne pas faire dans le pathétique. L'exaspérante empathie malaussénienne ! (Leur deuxième champ de bataille, avec les méfaits du journalisme.) Un jour qu'elle l'engueulait à propos de son empathie, Benjamin avait promis de changer, de flanquer le monde et ses douleurs au placard et de *changer*. Elle s'était mise à gesticuler : « Mais non, justement, je ne veux pas que tu changes, je veux que tu restes comme tu es, c'est bien ce qui me déglingue ! » Il avait répondu : « Ça tombe bien, moi aussi je veux que tu restes comme je suis... » Ils avaient ri. Elle l'aimait. Dès qu'elle en aurait fini avec Barnabé, elle irait trouver Berthold, le chirurgien, puis elle se collerait une serviette entre les jambes et rentrerait droit à la maison. Elle se foutait de Barnabé. Elle se leva.

– Julie, je ne veux pas que tu projettes le film de Job !

Ce ne fut pas tant la nouvelle qui l'arrêta que le ton. Un bond de trente années. Haine stridente. Barnabé précisa :

– Il ne faut pas !

Bon. C'était un début.

– Alors, pourquoi avoir sauvé le Zèbre, puisque c'est là que la projection aura lieu ?

– La projection n'aura pas lieu, fais-moi confiance ! J'ai sauvé le Zèbre pour que vous en fassiez la cinémathèque de Job. J'ai promis à Matthias que je vous aiderais. Bon, je l'ai fait. Et Dieu sait que j'avais autre chose à faire ! Je veux bien que Job donne ses films à qui lui plaît... encore qu'en tant qu'héritier je pourrais m'y opposer ! En contrepartie, je ne veux pas que la projection de son Film Unique ait lieu, c'est tout. Et elle n'aura pas lieu !

Julie ne répondit pas.

Il dit encore :

– Donnant donnant !

Elle se taisait toujours.

– Si tu projettes ce film, Julie, tu le regretteras dès les premières images.

Elle regardait le miroir.

– Sors de là, Barnabé, et parlons.

– Non. Je reste où je suis et tu écoutes.

Elle eut un soupir et s'assit sur le bras du canapé. Elle écouta. Tant d'années sans le voir, mais la lassitude, déjà, de l'entendre tel qu'en lui-même. Barnabé ou la haine du grand-père. Cette haine si palpable des adolescents à perpétuité... On émarge sa vie durant au budget de l'aïeul détesté, on vit le calque inversé de sa passion d'images, on squatte son appartement parisien quand tout le monde vous croit dans un hôtel de luxe... on passe sa vie lié à ce vieillard honni... on crèverait de n'être rien sans le cordon de cette haine... La haine du grand-père ! Œdipe au carré... un objet de curiosité analytique, sans doute... mais d'indifférence profonde en ce qui concernait Julie.

Ce qu'elle résuma, à sa façon :

– Vingt ans que je ne t'ai pas vu, Barnabooth, et vingt que tu as cessé de me surprendre.

– Mais tu m'as vu, Juliette ! Pas plus tard qu'hier, devant le Zèbre ! et tu m'as vu à l'hôpital, pendant ta visite à Liesl... tu m'as vu plusieurs fois, et tu ne m'as pas reconnu.

Allons bon...

– Tu vois, je peux encore te surprendre !

Elle se tut.

– Liesl m'a vu, elle aussi, quelques minutes avant sa mort... Et Job ! Et Ronald de Florentis, ce collectionneur boulimique, avec ses gerbes de fleurs ! Et toi ! Comme je te vois ! Votre regard a glissé sur moi... je n'étais personne. Même pour Liesl ! Eh oui, j'étais là quand elle a décidé de partir ! J'étais là, le jour où tu y étais, et j'étais là, le jour de sa mort ! Pauvre Liesl, partie sans me reconnaître, elle qui regrettait tant que je n'assiste pas à son départ !

« Bon, ça commence à bien faire », pensa Julie.

Mais il était lancé.

– Ce n'est pas le Saint-Esprit, mon idéal, Juliette, c'est *personne*.

Il répéta :

– Personne, *nobody*, *ninguém*, *nessuno*, *niemand*, *không ai*... la *persona*, Juliette, le masque ! A force de ne pas me voir, vous m'avez tous perdu de vue. Mais je suis là, moi, bien visible, je me balade dans les rues, j'entre dans les théâtres, j'entre dans les hôpitaux... je regarde !

– Et Matthias ?

– Matthias m'a perdu de vue à l'âge de trois mois ! Matthias n'a jamais vu que les nouveau-nés. Matthias n'a jamais eu qu'*un* bébé viable dans le placenta de son crâne : le petit Job-son-père ! Un joli fibrome !

Elle se leva.

– Ne projette pas ce film, Julie !

– C'est Suzanne que ça regarde, à présent.

– Non c'est toi. C'est toi et c'est moi. J'empêcherai cette projection !

« Il s'attend à ce que je lui demande ce qu'il y a dans ce putain de film, pensa-t-elle, pour le plaisir de me répondre que ça ne me regarde pas... mais je m'en fous, Barnabé... je m'en fous à un point !... »

Elle se dirigea vers la porte.

– J'en parlerai à Suzanne et aux autres, dit-elle. Si tu veux assister à la conversation, viens.

Elle se retourna.

– Viens. Ce soir. Avec ou sans bandelettes, je m'en fous.

Quand elle fut sur le seuil, il cria :

– Où vas-tu ?

– Avorter.

22

Dans l'aube naissante de son bureau Empire, le commissaire divisionnaire Coudrier songeait à Guernica. Non pas au bombardement de la petite ville basque et à ses deux mille victimes, mais au tableau, évidemment. Non pas à la toile en sa totalité, mais au cheval fou. Le commissaire divisionnaire Coudrier abritait au centre de son crâne une tête de cheval qui tirait une *langue exorbitée*. Bien qu'il ne fût pas d'humeur à sourire, Coudrier songea que l'expression n'aurait pas déplu à feu Pablo Picasso. Dans l'esprit du commissaire, cette langue sortait bel et bien des yeux de la bête. « A moins qu'elle ne sorte de mes propres yeux... » Une langue tendue qu'il imaginait de pierre. Incandescente, pourtant. Quand l'homme s'applique, même les pierres flambent.

Oui.

Ainsi méditait le divisionnaire Coudrier.

Dans l'aube naissante de son bureau Empire.

Les photos d'une jeune fille en morceaux sur son maroquin.

Une religieuse devenue flic, assise devant lui. Et silencieuse.

Gervaise se taisait.

Le commissaire méditait.

Son oreille accompagna le passage chuinté d'une voiture-brosse sur le trottoir humide.

En fait, à y regarder de plus près, il y avait du chien dans ce cheval. Du chien épileptique, en l'occurrence. Un chien épileptique tirait une langue de pierre dans la tête du divisionnaire Coudrier.

Et sur le maroquin, cette jeune fille éparpillée.

Le commissaire leva les yeux sur Gervaise. Il reprit le fil de leur entretien où sa rêverie l'avait interrompu. Ah ! oui... le suicide du vieux Beaujeu, l'indic bellevillois de l'inspecteur Gervaise Van Thian.

– Couvert de tatouages, m'a dit Silistri... de la base du cou à la plante des pieds.

– Oui, Monsieur.

– L'auteur de ces tatouages ?

Mais Coudrier connaissait la réponse.

– Moi, Monsieur, répondit Gervaise.

Qui expliqua :

– Du temps où mon père enquêtait sur les meurtres des vieilles dames à Belleville, j'avais chargé Cissou de sa protection. Cissou avait de l'influence sur la jeunesse du quartier. On ne toucherait pas à mon père tant que Cissou veillerait sur lui. Ces derniers temps, il me donnait des nouvelles des Malaussène...

Elle dit encore :

– En échange, il voulait le souvenir de Belleville sur sa peau. C'était son unique salaire. Il m'apportait les photos des maisons disparues.

La porte à soufflet s'ouvrit sur le plateau à café d'Elisabeth, secrétaire à vie du commissaire divisionnaire Coudrier. Et qui prendrait silencieusement sa retraite dans trois jours. Comme lui.

– Je vous remercie, Elisabeth.

La voiture-brosse tournait au coin du quai. Toilette de l'aube.

– Gervaise, je sais que vous n'êtes pas café, mais quand on a veillé un mort toute la nuit, on en boit deux tasses au matin, sans sucre. C'est ma règle.

– Bien, Monsieur.

« Elle m'appelle Monsieur, songea brièvement le commissaire. Avec la majuscule qu'y mettait Pastor. »

Dans trois jours, la retraite aurait raison de cette majuscule.

– Je ne vous ai jamais posé la question, Gervaise, mais où avez-vous appris l'art du tatouage ?

– En Italie, Monsieur, à Notre-Dame de Lorette, pendant les fêtes de Marie. Les pèlerins s'y font tatouer.

Le commissaire divisionnaire Coudrier connaissait la suite. Religieuse à Nanterre dans un foyer de michetonneuses repenties (l'expression était de l'inspecteur Van Thian son père), Gervaise convertissait les dames et leurs tatouages. Il n'y avait qu'elle au monde pour métamorphoser une érection sanguine en Sacré-Cœur radieux, les armoiries d'un maquereau en Colombe de l'Arche, une bacchanale sur peau de jeune fille en plafond de la Sixtine.

Bien entendu, la hiérarchie de sœur Gervaise avait élevé des protestations horrifiées : ces pratiques, non, vraiment... répulsion à quoi sœur Gervaise avait opposé les tatouages des premiers chrétiens, sainte Jeanne de Chantal, fondatrice de la Visitation, tatouée au nom de Jésus, et tous les Croisés de la vraie foi tombés en terre infidèle, une croix tatouée sur le cœur.

Vaincue par l'Histoire, la hiérarchie de sœur Gervaise lui avait reproché ses fréquentations, sa garde prétorienne de maquereaux pénitents, et qu'elle logeât rue des Abbesses, à Pigalle, un quartier maudit de Dieu. A quoi sœur Gervaise avait répondu qu'on ne surveille pas l'enfer du paradis, et que si les anges peuvent déchoir, c'est que les anges déchus peuvent se sauver. Sœur Gervaise parlait peu, mais ses réponses étaient toujours des réponses.

Pour l'heure, Gervaise et le commissaire se taisaient.

Café.

Petites tasses cerclées d'or, frappées du N impérial.

Le commissaire et son inspecteur se brûlaient le bout des lèvres.

Gervaise s'était assise pour la première fois dans ce même bureau deux jours après la mort de son père, l'inspecteur Van Thian, abattu dans un hôpital, l'année précédente. Religieuse en rupture avec sa mère supérieure, sœur Gervaise était venue le trouver lui, le commissaire divisionnaire Coudrier, chef direct de son père mort, pour s'enrôler dans les forces de police. Elle avait exhibé à cet effet une licence en droit quelque peu défraîchie mais dûment homologuée. Le divisionnaire Coudrier, qui avait d'abord soupçonné un syndrome de filiation (lubie d'orpheline, continuation de l'œuvre paternelle...), avait entrepris d'examiner la vocation de la postulante. Point de vocation. Juste de la détermination. Sœur Gervaise était déterminée : on lui enlevait ses putes, ses repenties disparaissaient les unes après les autres. Pourquoi les siennes ? Il fallait les retrouver. Elle avait quelques pistes qui, toutes, menaient au pire. Elle se déclarait prête à les suivre jusqu'au bout. Sœur Gervaise ne demandait pas la protection de la police, elle demandait à *devenir* la police.

Le commissaire divisionnaire Coudrier avait fait subir une épreuve orale à la candidate. Sœur Gervaise avait écarté d'emblée les questions théoriques pour annoncer ce qu'elle *savait* en matière de délinquance urbaine. Le commissaire l'avait écoutée. Et il avait entendu une religieuse lui apporter la solution d'une demi-douzaine d'affaires irrésolues, qu'il avait lui-même classées : la disparition du fourgon de Rungis, octobre 89, le triple assassinat de la rue Froidevaux, juin de la même année, l'enlèvement et la mort de l'enfant Frémieux février 90, l'assassinat de l'avocat Champfort, mai 93... Nature des crimes, nom des coupables, mobiles et prolongements, tout y était, sœur Gervaise connaissait l'enfer comme sa poche. Mais pourquoi ne pas avoir alerté la police en temps voulu ? C'était un délit, cela ! Parce que les coupables avaient eux-mêmes disparu dans d'autres chaudrons, ou qu'ils s'étaient amendés, voilà pourquoi. Et sœur Gervaise de citer deux ou trois monastères qui abritaient ces rédemptions dans l'éternel secret de leur silence. Tout bien examiné, le divisionnaire Coudrier ne voyait pas d'inconvénient à ce que les assassins se condamnassent eux-mêmes à la perpétuité. Certes... mais sœur Gervaise savait la différence entre les murs incompressibles de la perpète et les horizons de l'Eternel. La plus ouverte des prisons est hermétique comme une tabatière, quand le plus hermétique des monastères donne tout entier sur le ciel. La conversation avait pris un tour crypto-théologique, et le commissaire divisionnaire Coudrier, insensiblement, s'était senti moins seul. L'inspecteur Pastor lui manquait. Le vieil inspecteur Van Thian, père putatif de Gervaise, lui manquait davantage encore.

Bref, le commissaire divisionnaire Coudrier avait usé de son influence pour que Gervaise Van Thian accédât dans la semaine à la dignité d'inspecteur stagiaire, et qu'elle fût versée dans son service. Le divisionnaire Coudrier était devenu la mère supérieure de sœur Gervaise.

La *frangine*, comme l'appelait le vieux Beaujeu.

Le vieux Beaujeu.

Cissou la Neige.

Victime d'une illusion d'optique... autosacrifié au « paradoxe ultime de l'art plastique » (l'expression était dans le journal).

Le divisionnaire Coudrier s'en excusa auprès de feu Cissou la Neige, mais penser à son suicide le distrayait de la jeune fille découpée sur son maroquin.

– Triste affaire, ce suicide... un affreux quiproquo... une victime de l'Art...

Gervaise approuva de la tête.

– Le suicide est une imprudence.

Cela dit sans sourire. Un propos de l'âme.

– Et ce n'est jamais un argument, ajouta le divisionnaire.

Ils laissèrent le silence retomber.

Le commissaire demanda :

– Vous avez trouvé le temps de prévenir les Malaussène ?

– Oui, Monsieur, j'y suis allée avec l'inspecteur Titus, pendant que Silistri attendait l'ambulance.

*

COUDRIER : Comment se porte le crâne de Titus ?

GERVAISE : Un gros hématome. Il est resté chez lui, aujourd'hui. Il doit passer une radio, je crois.

COUDRIER : ...

GERVAISE : Envisagez-vous une sanction, Monsieur ?

COUDRIER : J'envisage une engueulade. Si Caregga ne l'avait pas assommé à temps, Titus aurait assaisonné deux ou trois de ces cinglés, et il serait en prison pour meurtre, à l'heure qu'il est.

GERVAISE : ...

COUDRIER : Je ne supporte pas l'idée que mes hommes prennent le risque de se faire embastiller.

GERVAISE : ...

COUDRIER : Trop besoin d'eux.

GERVAISE : ...

COUDRIER : J'ai détaché Titus et Silistri du grand banditisme pour votre protection personnelle, Gervaise... Charge à vous de les tenir un peu.

GERVAISE : ...

COUDRIER : ...

GERVAISE : ...

COUDRIER : Votre deuxième tasse.

*

C'était sa sanction à elle. Le café d'Elisabeth tenait du rituel de passage. Une coupe d'allégeance au commissaire divisionnaire Coudrier. Celui qui buvait cela expiait tout. Et pouvait affronter tous les dangers.

Le jour s'était levé. Le divisionnaire Coudrier, dont la double fenêtre restait ouverte sur toutes les nuits de la ville, alla fermer les lourds rideaux de velours vert où butinaient les abeilles impériales et alluma sa lampe à rhéostat. L'or des abeilles et le liseré des tasses rutilèrent dans la pénombre. Le bronze de l'Empereur se mit à luire d'un éclat sombre. Les membres de la jeune fille dépecée explosèrent sous les yeux du commissaire. Cette blancheur !

Il faudrait pourtant y venir.

Coudrier s'offrit un dernier détour en regardant Gervaise boire son café. Il songea aux chapelets. Ses hommes s'étaient mis à égrener des chapelets pendant les briefings, ces derniers temps. Les uns après les autres. Pourtant, l'inspecteur Gervaise Van Thian, infiniment respectueuse de la laïcité républicaine, s'interdisait tout prosélytisme religieux. Elle en avait fait le serment en prenant ses fonctions. Elle avait juré sur la Sainte Croix. Une sorte d'épidémie, donc. Blouson de cuir, santiagues, gourmettes, holster, menottes... et chapelets. Bien. « Les Templiers de Gervaise ». L'expression courait dans les autres étages de la Maison. Coudrier ne comprenait pas... Si ce n'était... peut-être... oui... cette démangeaison au bout de ses propres doigts...

Suffit.

Allons-y.

Il regarda franchement la photo de la jeune fille morte. Cette blancheur... Bouillie ! Le rapport du médecin légiste Postel-Wagner était formel. De la chair bouillie. On l'avait fait bouillir... vivante.

*

COUDRIER : De vous à moi, Gervaise, j'aurais préféré que Titus les élimine tous.

GERVAISE : ...

COUDRIER : Il y a, parmi ces « témoins » appréhendés, deux ou trois personnalités...

GERVAISE : ...

COUDRIER : ... *incontournables*, comme diraient mes petits-enfants.

GERVAISE : ...

COUDRIER : Mortes, elles eussent été plus... digestes... pour la Chancellerie.

GERVAISE : Et l'inspecteur Titus aurait été condamné à leur place.

COUDRIER : ...

GERVAISE : ...

COUDRIER : Ces gens-là ne seront pas jugés, Gervaise.

GERVAISE : ...

COUDRIER : On jugera les rabatteurs, l'homme à la caméra, les techniciens du laboratoire de duplication, les fourgueurs de films, tout le réseau sur qui votre action nous a permis de mettre la main... mais, parmi les voyeurs...

GERVAISE : ...

COUDRIER : On ne jugera que les voyeurs les moins voyants. La psychiatrie effacera les autres.

GERVAISE : Et le chirurgien ?

COUDRIER : Introuvable.

GERVAISE : ...

COUDRIER : Ni dans la maison ni dans le quartier qui était soigneusement bouclé, vous pouvez me croire.

GERVAISE : ...

COUDRIER : Nous avons obtenu des aveux, Gervaise...

GERVAISE : ...

COUDRIER : ...

GERVAISE : Des aveux, Monsieur ?

COUDRIER : Les rabatteurs et le cameraman ont parlé. Six de vos filles sont mortes.

GERVAISE : ...

COUDRIER : Le chirurgien en a tué six. En un an.

GERVAISE : ...

COUDRIER : ...

GERVAISE : ...

COUDRIER : Nous avons retrouvé les corps.

GERVAISE : ...

COUDRIER : Je suis désolé.

GERVAISE : Vous avez leurs noms ?

COUDRIER : Marie-Ange Courrier, Séverine Albani, Thérèse Barbezien, Melissa Kopt, Annie Belledone et Solange Coutard, la plus jeune.

GERVAISE : ...

COUDRIER : ...

GERVAISE : Je voudrais encore un peu de café...

*

C'était elle qui lui accordait un répit, cette fois-ci, en s'infligeant cette troisième tasse. Elle lui laissait le temps de trouver les mots pour lui annoncer la suite. Elle but son café à petites gorgées silencieuses. On avait retrouvé les corps, oui. Dépecées vivantes sous l'œil d'une caméra, les protégées de sœur Gervaise, toutes. Cela, elle pouvait l'imaginer seule, il n'aurait pas à le lui expliquer. Une histoire de snuffeurs... En matière de criminalité, rien ne dépasse l'imagination. Qui ne se lasse pas de se dépasser elle-même. A trois jours de sa retraite, il semblait au divisionnaire Coudrier que la République l'avait salarié toute sa vie pour apprendre cela, cela seulement : *pas de limite !* A chaque jour sa petite surprise. On ne peut pas parler de monotonie... « Vu de l'extérieur, je ne me suis pas ennuyé, en somme... » Le commissaire divisionnaire Coudrier aurait aimé se voir de l'extérieur. Mais, chaque fois, c'était en lui que cela se passait. Et c'était en lui qu'il tournait en rond, maintenant. A la recherche des mots... Les mots justes... De quoi s'agissait-il, après tout ? Oh, trois fois rien... Apprendre à Gervaise Van Thian qu'en cherchant à les sauver de leur vie dissolue, elle avait elle-même envoyé ces filles à la mort.

*

COUDRIER : Et nous savons pourquoi le « chirurgien » choisit surtout vos filles.

GERVAISE : Pourquoi ?

COUDRIER : ...

GERVAISE : Pourquoi, Monsieur ?

COUDRIER : ...

GERVAISE : ...

COUDRIER : ...

GERVAISE : ...

COUDRIER : Pour vos tatouages, Gervaise. Il découpe vos tatouages, et il les vend à un collectionneur.

GERVAISE : ...

COUDRIER : ...

GERVAISE : ...
COUDRIER : ...

*

Eh bien, voilà... Ce n'était pas plus difficile que ça... Toujours surprenant, les conséquences immédiates d'une mauvaise nouvelle. Dans le cas présent, le tremblement léger d'une tasse à café contre sa soucoupe. Rien d'autre que ce tintement. « *On a toujours assez de force pour supporter les maux d'autrui.* » Allons bon, voilà que La Rochefoucauld en profitait pour s'asseoir sur le coin du bureau. Comme si c'était le moment ! Le divisionnaire Coudrier envoya paître La Rochefoucauld : « Vous et vos aphorismes, mon cher duc, vous n'êtes qu'un réducteur de têtes. »

Gervaise reposa tasse et soucoupe, le plus doucement possible.

– Continuez, Monsieur.

*

COUDRIER : Combien avez-vous tatoué de filles, Gervaise ?

GERVAISE : Toutes celles qui le souhaitaient. Je leur proposais aussi le détatouage. Mais la plupart préféraient un dessin modifié à une vilaine cicatrice.

COUDRIER : Combien ?

GERVAISE : Cent cinquante, un peu plus, peut-être.

COUDRIER : Vous gardez le contact avec toutes ?

GERVAISE : Non, Monsieur. Beaucoup reprennent leur liberté. Elles changent de vie et de région.

COUDRIER : Une seule chose arrête un collectionneur, Gervaise : la fin de sa collection.

GERVAISE : ...

COUDRIER : Tant que nous n'aurons pas mis la main sur cet esthète, vos filles seront en danger.

GERVAISE : Le chirurgien est traqué. Les choses vont se calmer un certain temps.

COUDRIER : Oui.

GERVAISE : ...

COUDRIER : D'un autre côté, le danger lui permettra d'augmenter ses tarifs. La logique de tous les marchés.

GERVAISE : Alors, il n'en deviendra que plus dangereux.

COUDRIER : Je le crains. Comme tout bon spéculateur.

GERVAISE : ...

COUDRIER : ...

GERVAISE : En Bourse comme ailleurs, on ne spécule que sur la mort des autres. Mon père me répétait souvent cela.

COUDRIER : ...

GERVAISE : ...

COUDRIER : Nous ne votions pas du même côté, votre père et moi, mais il m'aidait à penser.

GERVAISE : ...

COUDRIER : Reste une autre inconnue.

GERVAISE : Oui, Monsieur ?

COUDRIER : L'identité de la dernière victime. La jeune fille, sur cette photo. Ce n'était pas une des vôtres, n'est-ce pas ?

GERVAISE : Non, Monsieur. Mondine la connaissait peut-être. Je vais l'interroger.

COUDRIER : Prenez garde à vous, Gervaise, vous êtes dans leur ligne de mire. Surtout, surtout, que Titus et Silistri ne vous lâchent pas d'un poil. Ni vos maquereaux non plus.

GERVAISE : Bien, Monsieur. Est-ce tout ?

COUDRIER : C'est tout. Et si vous voulez mon avis, c'est assez.

*

Ce n'était pas assez. Dès que Gervaise Van Thian eut refermé sur elle la double porte à soufflet, le chien épileptique refit son apparition dans la tête du commissaire. En plein centre. Le divisionnaire Coudrier eut à peine le temps de s'en étonner que le téléphone sonna.

Et le força à repousser encore les frontières du pire.

– Oh, non !

On lui confirma que si.

Il se tut un instant, reprit son souffle et dit enfin :

– Apportez-moi ces lettres, et convoquez immédiatement Benjamin Malaussène et Julie Corrençon. « Malaussène », répéta-t-il. Et « Corrençon ». Envoyez l'inspecteur Caregga les chercher, il les connaît. Faites vite.

23

Silistri conduisait Gervaise vers l'hôpital Saint-Louis où Mondine s'était réveillée sous la protection des Templiers.

– Elle dormait quand je l'ai vue. Le chirurgien qui a recousu son épaule doit la visiter tout à l'heure. Tu vois, elle s'en est sortie...

Gervaise se taisait. Silistri demanda :

– Et comment ça s'est passé, avec les Malaussène ?

Il conduisait calmement. Comme après deux nuits blanches. Il laissait glisser la voiture.

– Comment ont-ils pris la chose ? La mort du père Beaujeu, je veux dire...

Les Malaussène. Cissou la Neige.

Gervaise lui fut reconnaissante de cette diversion.

– Mieux que prévu.

– Raconte.

*

Dans le ventre du Zèbre, Titus et Gervaise avaient été submergés par la tribu avant de pouvoir placer un mot. C'était l'heure du dîner, apparemment, et tout débordait dans les coulisses du vieux cinéma : la passion de Clément pour Clara, la colère de Thérèse contre Jérémy, l'affection de Suzanne pour la tribu, les casseroles sur la cuisinière, et la fureur de Verdun qui ne supportait pas le moindre retard en matière de dîner. Jérémy, qui prétendait diriger l'orchestre, ajoutait extraordinairement à la confusion.

– Arrête de me regarder comme ça, Thérèse ! C'était une connerie, le coup de l'épilepsie, d'accord ! Je suis le roi des cons, d'accord ! De toute façon, sans Julius le spectacle est foutu, tu es contente ?

– « Contente » n'est pas le mot...

– Comme si on avait le temps de choisir nos mots... Clément, merde, donne-moi un coup de main, tu vois pas que ça déborde ?

– J'ai un cadeau pour Clara !

– Plus tard, les cadeaux, plus tard ! Clara, arrête de regarder Clément avec des yeux de merlan frit, et tâche de calmer Verdun !

Qui hurlait, la petite Verdun, qui hurlait démesurément. « Foutue journée, décidément », pensa l'inspecteur Titus.

Mais Clara démaillotait bel et bien le cadeau de Clément en un bouillonnement de papier qui finit par révéler un appareil photo dernier cri, nipponnerie électronique, un essaim de cellules clignotantes noué comme un poing autour d'un œil de batracien (« Oh, Clément, tu n'aurais pas dû ! – Une occasion, ma chérie ! – Ça a dû te coûter les yeux de la tête ! – Exactement ce qu'il te faut pour la photo de plateau ! ») pendant que Jérémy cherchait à se débarrasser d'une Verdun ivre de rage.

– Putain, on ne peut rien poser nulle part ici, Suzanne, c'est un vrai bordel, cette taule ! Il faut absolument nourrir C'Est Un Ange, si on veut que Verdun la ferme. Où est C'Est Un Ange ? Où est C'Est Un Ange, merde !

– Ici !

L'inspecteur Adrien Titus sentit enfler sa bosse quand il vit s'avancer vers lui un masque d'ogre aux yeux exorbités et aux lèvres sanglantes.

– Ici, répondait l'ogre de sa voix caverneuse, il est ici, C'Est Un Ange ! Je l'ai mangé !

– Le Petit ! hurla Jérémy, je t'ai *interdit* de jouer avec l'Ogre Noël ! Il fait partie du *décor*, l'Ogre Noël, on ne *joue pas* avec les éléments du *décor* !

L'Ogre Noël avait basculé sur le côté, pour révéler un garçonnet frisé, aux lunettes roses embuées de larmes.

– C'est moi qui l'ai dessiné, c'est *mon* ogre, et tu fais chier, Jérémy, à toujours commander, commander, commander ! Un grand con qui sait même pas comment on fait les gosses !

Tout en braillant presque plus fort que la nommée Verdun, le Petit à lunettes roses pressait contre sa poitrine un bébé d'une blondeur d'étoile qui affichait un sourire parfaitement inexplicable.

– Donne-moi C'Est Un Ange ! Tu ne vois pas qu'il a faim ?

Mais, hurlante et tétanisée dans les bras de Jérémy, Verdun rendait tout échange de bébé impossible.

Alors, Gervaise fit un pas en avant, tapota l'épaule de Jérémy, tendit les mains et dit :

– Donnez.

Jérémy, qui n'avait pas vu entrer les deux flics derrière Suzanne, jeta Verdun dans les bras de l'inconnue sans se poser de questions.

Et ce fut le silence.

Le silence de Verdun.

Le plus inattendu de tous les silences.

De ceux qui figent les astres.

Au point que l'inspecteur Titus chancela, assourdi soudain par les battements du sang contre la rotonde de sa bosse.

Immobilité totale.

Les têtes se tournant une à une vers la nouvelle venue.

Qui souriait à Verdun.

A qui Verdun souriait.

« Oui, un de ces silences, pensa l'inspecteur Titus, où chacun, dans l'obscurité de la salle, attend la réplique qui va changer le cours du film. »

Réplique que Jérémy laissa tomber mot à mot, soigneusement, ses yeux dans les yeux de Gervaise :

– Il n'y avait qu'un seul type au monde capable de réussir un truc pareil.

A quoi Gervaise avait répondu :

– C'était mon père.

Le flash de Clara avait saisi la phrase au vol.

Jérémy avait laissé s'évanouir la gerbe de lumière.

– La fille de Thian ? Vous êtes la fille d'oncle Thian ?

Pur plaisir de se l'entendre confirmer.

– Et tu es Jérémy.

« Allons bon, pensa l'inspecteur Titus, voilà que cette journée de cauchemar finit en péplum néo-biblique. »

– Gervaise ? demanda encore Jérémy.

– Oui, fit la tête de Gervaise.

– Et celle qui vient de nous photographier, Verdun et moi, c'est Clara, précisa-t-elle.

« Pas de doute, songea l'inspecteur Titus, ça sent la Terre promise. »

– Gervaise..., murmura Jérémy.

Il étirait le prénom à plaisir, il en testait l'élasticité.

– Geeervaizzze...

Mais dans le même temps l'inspecteur Titus pouvait voir mûrir une idée sous le crâne du gosse. « Pas le genre de môme à s'accorder un répit », se dit-il.

– Si vous êtes bien Gervaise, la fille d'oncle Thian, reprit Jérémy, vous êtes la seule personne au monde capable de nous expliquer pourquoi Verdun chiale quand C'Est Un Ange a faim. A tous les coups, ça ne rate jamais : C'Est Un Ange a faim, crac ! C'est Verdun qui chiale. Pourquoi ? Deux mômes qui ne sont même pas frère et sœur, je vous le rappelle, mais tante et neveu ! Tous les pédiatres à qui on a soumis le problème ont disjoncté. Même Matthias ! Une pointure, pourtant, Matthias Fraenkhel !

– C'est que Verdun *aussi* est un ange, répondit Gervaise.

Silence.

Elle y était allée à l'instinct. C'était le genre de réponse que Thian lui faisait quand, petite, elle le bombardait de questions. Mais Thian ne se contentait pas de répondre. Il développait.

– Les anges s'ennuient parfois, développa Gervaise, ils sont attirés vers nous par la chaleur et le tourbillon des sentiments. Vous ne manquez ni de chaleur ni de sentiments, dans votre tribu. Verdun vous a choisis.

– Alors, pourquoi elle fait la gueule, si elle nous a choisis ? demanda le Petit.

– Elle avait le même caractère là-haut, répondit Gervaise. Et puis, ce n'est pas à vous qu'elle fait la gueule, c'est aux malheurs du monde. Il y a des anges, comme ça... et des gens.

– Et C'Est Un Ange ?

– C'était son ami, là-haut. Il est venu la rejoindre un an après sa naissance pour lui remonter le moral. Depuis, Verdun croit avoir une dette envers lui : elle pleure quand C'Est Un Ange a faim. Elle pleure quand C'Est Un Ange se salit. Elle pleurera au premier chagrin de C'Est Un Ange. Ça s'appelle la compassion. Et la compassion ne nous met pas forcément de bonne humeur.

– La solidarité des anges, murmura Jérémy dans le silence revenu... il ne nous manquait plus que ça !

Ce fut une grande fille maigre à la voix osseuse qui ramena tout le monde sur terre en demandant à l'inspecteur Titus que personne ne semblait avoir remarqué :

– Vous êtes de la police, n'est-ce pas ? Qu'est-ce que vous faites ici ?

*

– Et alors ? demanda Silistri.

Alors, Titus et Gervaise leur avaient annoncé la mort de Cissou. Alors, les enfants s'étaient mis à pleurer, bien sûr, et plus personne n'avait eu d'appétit, et on avait éteint le feu sous les casseroles du dîner, alors, Gervaise avait assisté au deuil des Malaussène, cette « aptitude à la digestion des pires vacheries », comme disait Thian quand il essayait de décrire la tribu à Gervaise, et cette fois-ci les choses s'étaient passées de la façon suivante : Clément qui leur racontait un film tous les soirs à l'heure du coucher, Clément qui ce soir-là avait choisi Mankiewicz, *Le Fantôme de Madame Muyr*, Clément avait changé son fusil d'épaule et décidé de leur raconter la vie de Cissou la Neige, très proche du personnage central de ce film selon lui, et Titus arguant des douleurs de sa double tête s'était esbigné discrètement, et Gervaise qu'ils avaient retenue s'était assise dans le cercle des lits superposés où la marmaille en pyjama laissait pendre des charentaises attentives (la scène exacte que Thian lui avait si souvent décrite) et Clément, assis sur le tabouret du conteur, avait commencé : « On l'appelait Cissou, en lointain souvenir de son Auvergne natale où cinq sous n'en ont jamais fait six... » et Verdun s'était endormie sur la ronde poitrine de Gervaise comme elle l'avait fait tant de fois contre les côtes aiguës de Thian, et Gervaise avait eu un frémissement de crainte, presque de terreur, quand, tout occupée au récit de Clément, elle avait senti les doigts rêches de Thérèse lui prendre la main, la déplier avec soin, en lisser la paume comme s'il se fut agi d'une feuille à défroisser, et Gervaise ne pouvait plus la retirer cette main car la grande fille maigre, plongée en sa lecture, hochait une tête savante, et on a beau, religieuse que nous sommes, décréter que la superstition est le viatique des sans-foi sur une terre privée de Ciel, on veut savoir, tout de même, on veut savoir – sait-on jamais ? – ce que vont révéler ces hochements-là, ce sourire attendri sur cette mine si revêche, cette soudaine lumière des yeux (« Tu me connais, disait Thian à Gervaise, et tu sais que je respecte trop tes bondieuseries pour te faire avaler que Thérèse est le passe-partout du futur, mais je sais une chose, moi, c'est que cette fille-là ne se trompe jamais »), et si Gervaise ne retirait pas sa main c'était histoire aussi de prolonger ce souvenir de Thian, ce vieux débat (« Allons, Thianou, c'est de la blague, tout le monde se trompe, et il se pourrait même que nous soyons une erreur du bon Dieu ! »), oui, si Gervaise laissait aller sa main, c'était pour le plaisir d'avoir raison sur Thian, d'entendre la grande fille lui annoncer de l'invraisemblable, du parfaitement impossible, ce qu'elle fit, la grande fille, en repliant précautionneusement les doigts de Gervaise comme si elle venait de déposer un louis d'or au creux de sa main : « *Vous êtes une femme heureuse, Gervaise, vous allez être mère.* »

Silistri en grilla un feu rouge.

– Quoi ? Elle t'a annoncé que tu attendais un gosse ?

– Que j'allais être mère.
– Par l'opération du Saint-Esprit ?
– C'est exactement la question que je me suis posée.
Et elle s'en était excusée auprès de la Trinité, sœur Gervaise, d'associer l'Esprit-Saint à cette blague – « un jeu de mots, rien d'autre, ne vous formalisez pas » –, mais la grande fille, qui l'avait suivie dans ses pensées, persistait et signait : « Je suis très sérieuse, Gervaise : avant un an vous aurez accouché. Aussi sûrement que Cissou nous a quittés ce matin. »

*

– Bon, conclut Silistri en se garant dans la cour de l'hôpital, il va falloir que je surveille Titus.
– Et que Titus te surveille, répondit Gervaise.
Qui ajouta, en ouvrant la portière :
– Pendant ce temps, je surveillerai le Saint-Esprit.
Elle posa un pied hors de la voiture.
– Attends.
Silistri lui saisit le poignet.
– Attends, Gervaise.
Ils venaient de s'accorder le droit au sourire, de s'offrir un petit quart d'heure malaussénien, une tranche de paradis dans la tourmente. La poigne de Silistri lui indiqua clairement que c'était fini : retour à l'enfer.
– Regarde.
Il lui montrait une photo.
Elle la reçut comme un coup. C'était le corps nu de Cissou. Cissou et son tatouage. Du buste jusqu'à la base du cou. Une carte de Belleville sur la peau froide d'un fax. Quelqu'un avait photographié le cadavre de Cissou la Neige. Le corps sans la tête. Le corps jusqu'à la frontière de la corde.
– La médico-légale ? demanda Gervaise.
Silistri fit non de la tête.
– Quand tu m'as remplacé, à la morgue, cette nuit, j'ai mis France Info dans ma bagnole. Ils parlaient de l'escamotage

du Zèbre. Occupés comme nous l'avons été, on était les seuls à ne pas avoir entendu parler de ça. Alors je suis passé chez mon amie Coppet, la journaliste, avant de rentrer chez moi. Elle m'a filé des détails sur la séance de ce Barnabooth. Elle a ajouté en rigolant : « Il y a ceux qui effacent et ceux qui se souviennent », et elle m'a sorti cette photo qui venait de tomber sur son fax. Belleville sur le torse de Cissou. Sa rédaction voulait qu'elle torche vite fait un papier sur ce thème : la mémoire vivante contre les esthètes de l'oubli, ce genre de connerie...

– Qui leur a vendu cette photo ?

– Personne. C'est une photo d'agence. Elle doit se balader dans toutes les rédactions, à l'heure qu'il est.

– Et demain elle sera dans tous les journaux.

– Oui.

Elle repliait le fax. Elle pliait en quatre le buste de Cissou. Sans y songer, ses ongles avivaient les arêtes.

– Je veux savoir qui a fait ça.

– Moi aussi. Je repasse te prendre dans deux heures.

24

Dans le couloir sonore de l'hôpital, les deux Templiers de garde accueillirent Gervaise avec un certain soulagement. Le premier flic désigna la chambre de son pouce.

– Il y a un toubib qui fait le mariole dans la piaule à Mondine depuis une plombe.

Il hocha la tête.

– Je l'aurais bien lourdé à coups de pompes dans le train, mais t'avais raison, Gervaise, ça calme, ton truc.

Il montrait le chapelet qui pendait à son pouce. Son collègue opina.

– Et ça empêche de fumer. Economie appréciable.

Ils retinrent Gervaise quand elle posa la main sur la poignée de la porte.

– Il s'appelle Berthold, le toubib. Fais gaffe, Gervaise, il veut qu'on lui balance du « professeur ».

– Professeur Berthold, n'oublie pas...

Porte refermée derrière elle, Gervaise se trouva le nez contre un dos très blanc qui tonitruait à l'intention d'un cercle de blouses tout aussi blanches :

– Dès qu'on veut du boulot propre, il n'y a pas d'opération simple, bande de nains ! Une appendicectomie réussie, *vraiment réussie,* vous m'entendez, exige des doigts de brodeuse comme on n'en fait plus depuis la brodeuse qui mit votre grand-mère au monde.

Les « nains » prenaient des notes où il était question de grands-mères et de brodeuses.

Berthold désignait Mondine.

– Le salopard qui a découpé cette enfant est le scalpel le plus précis que j'aie rencontré depuis moi-même ! Il s'est attaqué avec des doigts de fée au tatouage qu'elle porte sur l'épaule. Il a d'abord voulu la désosser, enlever l'omoplate tout entière – un amateur de cendrier, probable – et il a taillé par l'intérieur, mais il a été dérangé dans son ouvrage et s'est rabattu direct sur la peau. Une incision éclair ! Parfaite ! Rien d'un trembleur. Une seconde de plus, il se tirait avec un chef-d'œuvre. Et quel chef-d'œuvre, mes enfants ! *La Déposition de croix*, du Pontormo ! Ce qui s'est peint de plus vivant dans tout le XVIe florentin. La vie même ! Vous verrez quand je déballerai l'épaule de la petite ! Vous verrez ! Les lèvres de la Vierge gonflées de larmes, le poids de ses yeux au-dessus de son fils mort, la densité de ce chagrin dans la froideur de cette lumière ! Mais vous ne connaissez pas le Pontormo, bien sûr, Jacopo Carrucci ! Il était comme moi, Jacopo, il ne déléguait pas son génie aux arpètes ! Il faisait tout par lui-même, et jamais deux fois la même manière, s'il vous plaît ! L'invention ! L'invention et la vie ! Il faut voir cette *Déposition* dans le retable de la chapelle Capponi, à Santa Felicità, pour croire au vivant ! La vérité de la chair dans la dissolution de ces bleus... Vous n'avez pas idée de la valeur que ça prend, tatoué sur sa peau de bébé ! L'épaule de cette enfant, c'est le Pontormo réincarné !

Le professeur Berthold avait pris feu.

– La peinture est la seule culture permise au chirurgien, bande de nains ! Pas pour l'amour de l'art, entendons-nous bien, pour l'intuition anatomique ! Faites comme moi à votre âge, larguez vos amphis et foncez au Louvre, vous avez tout à y gagner.

Il se pencha soudain sur Mondine.

– Pas vous !

Il la clouait du doigt sur son lit d'hôpital.

– Pas vous le Louvre, mon petit, hein ! N'y mettez jamais les pieds. Ce sera dans mon ordonnance. Avec un chef-d'œuvre pareil sur l'épaule, vous finiriez dans un cadre ! Qui est-ce qui vous a fait ça ? Je veux le même ! En plus grand ! La *Déposition* tout entière ! Hein, qui a fait ça ?

Un battement de cils, les yeux de Mondine croisèrent le regard de Gervaise qui venait de faire un pas de côté. Mondine répondit :

– J'en ai rêvé, docteur. J'en ai rêvé en m'endormant, et je me suis réveillée avec.

– Mais non, ma petite, c'est le cancer qui marche comme ça !

Deux ou trois blouses sursautèrent.

Gervaise intervint, sa carte de flic en avant.

– Professeur Berthold ? Inspecteur Van Thian. Je suis responsable de l'enquête. Vous dites que, pour l'épaule de Mondine, c'est un spécialiste qui...

– Un spécialiste ? Un orfèvre, madame ! Un doreur sur tranche ! Des doigts de faux-monnayeur ! Tenez, ça aurait pu être moi, c'est tout dire ! Seulement, moi, je n'assassine pas, je ressuscite. Affaire d'orientation scolaire.

Gervaise aurait volontiers pris le temps d'un sourire si une infirmière, hissée sur la pointe des pieds, n'avait confisqué l'oreille du professeur Berthold.

– L'avortement ? Quel avortement ? hurla Berthold.

L'infirmière insista, agrippée à l'épaule du chirurgien.

– Dites à Marty que je l'emmerde ! C'est pas ce petit con qui va me dicter mes horaires !

L'infirmière plongea sa tête dans l'oreille du chirurgien.

– D'accord, j'arrive, capitula-t-il. Cette famille Malaussène, c'est un sac d'emmerdes.

Gervaise retint le nom des Malaussène au passage, mais Berthold lui avait déjà saisi la main pour y déposer un baiser de Prussien.

– Navré, inspectrice, moi qui parlais résurrection, il faut que j'avorte.

Puis, aux blouses blanches :

– Quant à vous, reprenez vos services. L'ivégé, c'est de l'intime, ça se passera entre cette dame et moi !

La chambre de Mondine se vida, comme aspirée par le départ du professeur Berthold.

Dans le silence qui retombait, Gervaise entendit clairement Mondine murmurer :

– Il est chou, non ?

Gervaise sut que ce n'était pas seulement une question d'adjectif.

– Je vais me le faire, continua Mondine.

Gervaise s'assit au bord du lit. Mondine regardait toujours la porte.

– C'est comme je te le dis, Gervaise, tu vas me voir professeuse dès que je tiendrai sur mes cannes.

Gervaise écoutait. Mondine lui avait pris la main.

– Des comme lui, il y en a dans tous les métiers. Ils commencent tout petits et ils changent jamais. Trop pleins de sève, c'est tout. Des agneaux, quand ils ont dégorgé. Ils gueulent très fort, mais ils en disent jamais plus qu'ils n'en pensent. Y a pas une seule idée derrière leur tête. Pas d'âme mais pas de malice. Et ils peuvent pleurer sur une image, j'aime ça. Tous ceux de passage, je me les suis faits. Ils avaient de la reconnaissance, mais en ce temps-là moi aussi j'étais de passage. Celui-ci, il est là, et je passe plus. Ça se fera.

Gervaise écoutait.

– On ira à l'hôtel et à l'autel. Je suis pas comme toi, Gervaise, j'ai toujours confondu les deux. C'est ce qui m'a ôtée de l'école. On n'y supportait pas la confusion. Je te le dis, Gervaise, parce que tu es toi, cet aboyeur-là je vais me le prendre et je vais le garder. Et si ça peut te faire plaisir que ton copain du haut bénisse l'union, comme vous dites vous autres, Il bénira. Et tu seras témouine qu'Il aura béni.

Elle parlait à la porte restée ouverte. Elle broyait la main de Gervaise.

– Je vais faire une fin, Gervaise. En blanc de blanc, comme un vrai début. Je vais me fixer le Berthold et j'en toucherai plus jamais d'autres. Même gratos.

Ses yeux sautèrent sur Gervaise.

– Je suis pas morte, Gervaise.

Gervaise prit ce regard pour ce qu'il était.

– Et je suis pas dingue. C'est un vrai miracle !

C'était bien le regard qu'elle attendait de Mondine au réveil.

– Tu peux pas savoir d'où tu m'as sortie...

Le regard de Verdun devenue grande.

– J'étais en bonne compagnie, Gervaise. Des gens très bien. Pas des aboyeurs. Ils faisaient des phrases, eux. Ils y mettaient de la grammaire et plein de mots. C'était pas des Berthold, ils avaient des manières. Toutes leurs idées étaient derrière leurs têtes. Très loin derrière. A des distances où plus rien ne pousse. Devant, y avait que des mots. Des mots pur sucre. Ils vous enroulaient ça comme de la barbe à papa. De la politesse extrême.

Elle se tut un long moment.

– Je suis pas morte, Gervaise, mais j'aurais dû. Ils se méfiaient. Ils avaient changé les horaires. Si tout s'était passé comme prévu, vous seriez arrivés deux heures trop tard, tes anges gardiens et toi. Vous auriez trouvé le carreau lavé, la salle vide, et Mondine en sacs poubelle. Et puis il y a eu un contretemps. Ils ont amené la petite rousse. Une Américaine montée du Japon à Paris comme fille au pair, soi-disant. Un produit du Yakusa par la filière à Madame Mère, tu connais, pas la peine que je te fasse un dessin. De la gagneuse à demeure qui fait pas tache dans la famille. Propre sur elle, piano, multilingue et littérature. Bobonne est d'accord. On peut même lui confier la marmaille le mercredi après-midi. Ça sait se tenir, c'est juste pour les glandes à Monseigneur. Une infirmière, en somme.

Son regard chavira, tout à coup.

– S'il y a un bon Dieu, Gervaise, il est pas là pour tout le monde. Ou alors, il aime le jeu et nous sommes ses brèmes. Un tricheur. Le roi du bonneteau. Parce qu'au lieu de commencer par moi comme prévu, c'est par la petite rousse qu'ils ont commencé. Ça pouvait pas attendre. Elle avait un truc qui les rendait dingues. Un de ces tatouages qu'on peut pas voir, Gervaise. Un *irozuma* à la poudre de riz, invisible sur sa peau très blanche, et c'était tout son corps ! Ils ont voulu s'offrir ça tout de suite. Tu connais le principe ? On chauffe, et l'image apparaît en couleurs pâles sur la peau qui rougit. Alors, ils ont rempli l'aquarium. La pauvre, elle y est allée en riant. Elle croyait à une exposition comme une autre. Ils ne l'avaient pas enlevée, elle. Elle était venue librement, avec le grossium qui l'avait engagée, et j'ai d'abord cru que c'était une voyeuse, comme eux. Elle s'est laissé déshabiller et plonger dans l'eau tiède sans se méfier, ils lui ont collé les bracelets et ils ont rabattu le couvercle. Avec la chaleur qui montait, l'irozuma est apparu, lentement, et, pendant qu'il apparaissait, le grossium s'est mis à raconter la vie de la nana, très gentiment, comme si c'était sa propre fille... c'est comme ça que je sais d'où elle vient... Le cameraman filmait. Ils voulaient que je regarde, moi aussi... juste pour la terreur.

Elle avait retiré sa main, à présent.

– Parce que, tout en parlant gentiment d'elle, ils ont continué à chauffer l'eau, Gervaise...

Elle hochait la tête.

– Ils ont continué à chauffer...

Elle se taisait, maintenant. Ou plutôt, elle poursuivait son récit au-delà de la frontière des mots. En hochant la tête, sans fin. Un long récit muet que Gervaise suivait sans bouger.

Finalement, ses yeux revinrent.

Elle dit :

– Tu sais le pire ?

Elle lui avait repris la main. Elle la regardait de tous ses yeux.

– Le pire c'est que je vais oublier. Je vais oublier, Gervaise. Et je vais monter à l'assaut du grand Berthold. Et quand je serai de l'autre côté de ses remparts, je vais me faire emmener à l'église. Une cathédrale, si ça se trouve. Notre-Dame, pourquoi pas ? Et il faudra bien que ton bon Dieu, cet enfant de salaud, nous bénisse. Puisqu'Il nous a faits comme ça, c'est justice qu'Il nous bénisse comme nous sommes.

*

Et Mondine avait congédié Gervaise.

– Combien de nuits que tu dors pas, avec tout ça ?

Elle l'avait renvoyée à dame Charité.

– Une nuit ? deux ? Ton répondeur doit déborder !

Mondine connaissait le répondeur de Gervaise. Elle s'était souvent confiée à cette oreille.

– T'as pas que moi, dans la vie, Gervaise, il y a les autres oubliés du bon Dieu...

Mondine savait les réveils de Gervaise. Cissou la Neige n'était que le premier appel. Les autres suivaient. Au secours, Gervaise ! Sa ration matinale de détresse. Sans compter les appels du soir. Toutes ces nuits à apaiser... dormez en paix, je suis là... je veille... il n'y a pas de scorpion sous vos oreillers... Gervaise veille...

« A bichonner tes putes, Gervaise, tu négliges ton vieux papa... – Mon vieux papa préférerait-il que je néglige mes putes ? »

Mais le vieux papa s'était fait abattre dans ce même hôpital, loin de la protection de Cissou, et Gervaise avait tatoué la mort sur la peau de ses putes. « Ce n'est pas ta faute, Gervaise... »

Elle sortit de la chambre.

– Où tu vas ?

Elle écarta les Templiers en leur mentant.

– Je reviens.

Elle quitta l'hôpital Saint-Louis à grandes enjambées. « Si Tu veux m'éprouver, Seigneur, pourquoi le faire dans la chair d'autrui ? » Elle voulait être seule. « Si Tu veux me punir, pourquoi par la douleur des autres ? » D'aussi loin qu'elle se souvenait, il lui semblait qu'Il ne s'en prenait qu'aux autres autour d'elle, qu'Il faisait de sa foi une forteresse de simplicité au pied de laquelle on souffrait, on mourait, on se torturait, on se perdait... que pour lui avoir épargné les affres des contradictions humaines, Il l'avait placée au sommet d'un donjon planté dans un charnier ; vigie de la douleur universelle. Et quand elle se portait au secours de l'un ou de l'autre, Il faisait d'elle l'innocent instrument de leur destin. « Pourquoi ? » Elle ne décolérait pas. « Pourquoi *les autres* ! Et pourquoi *par ma faute* ? Pour me forcer à T'aimer malgré Toi ? »

Cela avait commencé quand Thian, le petit flic tonkinois, avait enlevé Gervaise avec sa mère, la grande Janine, et qu'ils avaient dû fuir Toulon, poursuivis par une armée de maquereaux à principes qui réprouvaient cet amour asiatique. Les maquereaux réclamaient la mère et l'enfant. Thian portait Gervaise contre sa poitrine maigre, dans une sorte de harnais. Les balles sifflaient à leurs oreilles. Mais Thian tirait vite et visait juste. Les maquereaux mouraient un à un. C'étaient les cousins corses de Janine. Le bonheur familial prenait racine dans leurs cadavres. Pourquoi ? Puis la grande Janine était morte. Pourquoi ? Puis Thian était mort à son tour. Pourquoi ? Puis les putes de Gervaise mouraient une à une, pourquoi ? « Pourquoi *les autres* ? Toujours les autres ! Pourquoi ? »

Le rugissement de la voiture apprit à Gervaise que cette fois, peut-être, Il l'exaucerait. Deux roues dans le caniveau, deux autres sur le trottoir, une calandre de Mercedes, un pare-brise au verre fumé... Une poubelle vola en épluchures et le monstre fut sur elle. Elle l'esquiva en tournoyant trois ou quatre fois sur ses pointes, ballerine-matador. Mais ce fut pour se retrouver au milieu de la rue, face à une autre calandre qui fonçait en sens inverse. « Deux voitures », se dit-elle. « Saute, Gervaise ! hurla Thian dans sa mémoire. Si elle te chope les pieds au sol, elle t'écrasera ! » Gervaise sauta, genoux pliés, les deux pieds rassemblés sous ses fesses. Ce fut le haut du pare-brise qui la projeta dans l'espace.

VIII

LA LOI DU PIRE

COUDRIER : *Je vois se profiler à l'horizon une affaire épouvantable dont vous serez l'épicentre, monsieur Malaussène... Ne protestez pas, c'est à peu près inévitable.*

25

Le sucre semble tournoyer très blanc dans un ciel très noir. Il tombe sans bruit dans mon café. Le commissaire divisionnaire Coudrier entame son homélie.

– Les raisons de vous convoquer sont innombrables, monsieur Malaussène.

Eclaboussures. Une mare dans ma soucoupe. Ça va goutter.

– Je récapitule : entraves aux saisies de l'huissier La Herse, violations de domicile et déprédations volontaires, incitations de justiciables à la désobéissance civile, recel de meubles, coups et blessures sur la personne de M. Sainclair, rédacteur en chef du mensuel *Affection*...

Le bureau du commissaire divisionnaire Coudrier n'a pas changé depuis ma dernière visite : mêmes abeilles brodées sur ses rideaux tirés, même lampe à rhéostat, même café d'Elisabeth, même bronze de Napoléon...

– Six chefs d'inculpation pour les trois seules dernières semaines !

Sur sa cheminée, l'Empereur fait la gueule. Il faut le comprendre : tourner le dos au miroir ad vitam aeternam, c'est un vrai châtiment pour ce Narcisse à petit chapeau. Ils devraient y songer, ceux qui se font embuster.

– En matière de délits, votre famille et vous-même constituez une véritable PME, monsieur Malaussène !

D'un autre côté, dans ce monde effréné, qu'y a-t-il de plus rassurant qu'un buste de bronze sur une cheminée de marbre ? Fût-ce celui d'un tueur en série.

– Sans parler de votre aptitude à faire converger sur vous tous les soupçons disponibles dès qu'une affaire abominable se présente...

Il bout d'une rage secrète, le divisionnaire Coudrier. Il gronde et la lumière s'accroît sous la pression de son pied. Il répète « abominable », mais pour lui-même. Et, sans transition, chute de la lumière, plongeon de la fureur vers l'angoisse :

– Comment se porte votre chien ?

Comme un cauchemar pétrifié au-dessus d'un lit conjugal, monsieur le commissaire. Et vous, comment vous portez-vous ? Ça ne vous ressemble pas de me demander des nouvelles de Julius comme s'il y allait de votre vie.

Mais il n'attend pas ma réponse.

– Entendons-nous bien, monsieur Malaussène, que vous taquiniez l'huissier La Herse, je ne peux pas vraiment vous le reprocher... il a lui-même une fâcheuse tendance à se passer du concours de la Loi. Quant à ce M. Sainclair...

Il fait la moue. Il cherche les mots du mépris :

– Ce Sainclair n'a jamais été fréquentable. Déjà au temps du Magasin... Et son *Affection* ne le rehausse pas dans mon estime. Vous l'avez lue, cette revue ? Non ? Vous devriez. Rien qu'une fois. C'est édifiant ! Et ça se prétend de la médecine ! Pourquoi lui avez-vous flanqué cette raclée ?

Parce que je suis une tombe, monsieur le commissaire. Parce que j'abrite les organes et la mémoire d'un certain Krämer et que Sainclair se proposait de ressusciter Krämer dans ses colonnes. Or, Krämer a bien gagné son repos, je ne veux pas qu'on le réveille. Je suis sa tombe et son gardien, le petit angelot de stuc et la dalle de marbre noir... Nous avons tous besoin de repos... Les morts un peu plus que nous : Krämer, Thian, Cissou, Stojil... C'est un petit mort qui m'a passé la consigne ce soir-là, le plus petit d'entre les morts... disparu à la seule perspective de naître.

– Peu importe, d'ailleurs, là n'est pas la question... A vous parler franchement...

A me parler franchement, vous cherchez vos mots, monsieur le commissaire. Qu'avez-vous donc à m'annoncer ? L'abomination des abominations ? Cissou s'est pendu, le savez-vous ? Mon enfant a renoncé, le savez-vous ? Mon chien mord la poussière et maman se meurt d'amour pour l'inspecteur Pastor, le savez-vous ? Si vous avez pis à m'apprendre, n'hésitez pas. Tapez fort, ça me distraira des cauchemars du Petit. Parce que le Petit est retourné en cauchemar, le savez-vous ? Ses hurlements nocturnes hérissent la crinière du zèbre !

– Je vais prendre ma retraite, monsieur Malaussène.

– Où ça ?

C'est la première question qui m'est venue. Tellement scié par cet ex-abrupto que je n'ai su que dire. La retraite... Doit-on présenter nos condoléances ? Doit-on voter des félicitations ?

Il s'autorise un très léger sourire.

– Dans un petit village de l'arrière-pays niçois qui porte votre nom, figurez-vous.

Malaussène ?

– Avec deux « s », oui. J'y suis né. Vous connaissez ?

– Je ne suis jamais sorti de Paris.

– Un vœu ?

– Une nécessité.

Avec maman qui cavale et Julie qui baroude, il faut bien que quelqu'un garde la boutique. Pas de renard sans terrier, et pas de terrier sans concierge.

– Ma femme et moi retournons à Malaussène, auprès de nos amis Sanchez, qui tiennent le café.

Son sourire le précède. Il y est déjà. Oui, il donnerait volontiers ses trois dernières journées de boulot pour ne pas avoir à m'annoncer la nouvelle qui le travaille.

– J'ai toujours aimé les abeilles, et ma femme a toujours adoré le miel.

Se peut-il qu'il m'ait fait venir pour m'entretenir de ses ruches ?

– Mon successeur ne vous appréciera pas, monsieur Malaussène.

Bon. Ce n'est pas pour me parler de ruches.

– Il vous ferait incarcérer pour le tiers des motifs que je viens d'énoncer.

En somme, il me reste trois jours de liberté.

– Pas que ce soit un mauvais bougre, notez, mais c'est, comment dire ? un fonctionnaire irréprochable. Dépourvu de romanesque à un point que vous n'imaginez pas.

Ses yeux planent un instant sur la verte prairie de son maroquin.

– Le romanesque, monsieur Malaussène... la morale de tous les possibles. Une aptitude à ne pas préjuger du crime d'après la gueule, à ne pas prendre des présomptions pour des preuves, à considérer que dix coupables en liberté valent mieux qu'un innocent en prison...

Il lève sur moi un regard de fin de carrière.

– Très controversé, chez nous, le romanesque.

Et cette information :

– Je connais très bien mon remplaçant.

Si j'en juge par le poids de ses paupières et le net accroissement de la lumière, cette connaissance doit lui peser.

– C'est mon gendre.

Allons bon. Ça marche comme ça dans l'administration ? Elevage de dauphins ? Népotisme ? Le petit caporal distribuant ses duchés ?

– Non, n'imaginez pas que j'y sois pour quelque chose. Un hasard de carrière. Enfin, je suppose... Peut-être la volonté secrète de s'asseoir dans le fauteuil du beau-père... Allez savoir... Depuis que M. Freud a distribué ce genre de cartes... Et le désir de grimper plus haut, bien sûr. La préfecture de police... le cabinet du ministre... Les glorieuses abstractions de l'altitude ! C'est un polytechnicien, mon gendre...

La lumière s'accroît encore sous la pression de son pied.

– Mais, pour réaliser ce genre d'ambitions, il faut des résultats spectaculaires, dignes des honneurs de la presse.

Regard entendu.

– Or, vous et les vôtres, monsieur Malaussène, constituez une banque inépuisable en matière de résultats télégéniques !

Bon. J'ai compris. Il prend sa retraite, il me laisse derrière lui, il se fait du mouron pour ma petite famille parce qu'il connaît trop bien la sienne. Pour un peu, il nous emmènerait butiner avec sa femme dans le village qui porte mon nom. C'est que nous avons tissé des liens, lui et moi, ces dernières années. Tous les pétrins dont il m'a sorti... toutes ces conversations à rhéostat... Et c'est vrai que j'ai fini par m'attacher à lui, moi aussi. Moi aussi, je me suis attaché à vous, monsieur le commissaire... Ce n'est pas parce qu'on n'a rien à lui dire qu'on peut se passer d'un confesseur. Je me suis attaché à ses questions, à son bureau, à son gilet, à sa silhouette, à son cheveu plat, à son front trop blanc. Je sais déjà que son départ creusera un trou dans mon décor.

Lente décrue de la lumière. Aimable pénombre.

– Café ?

Va pour un petit rabe de café. La tasse de l'étrier. Je me suis attaché au café d'Elisabeth, aussi. A la ronde de la petite cuillère dans la mélodieuse porcelaine. Au silence de cette pièce. Aux rideaux tirés sur la bonté de cet homme. Voilà. J'ai pris plaisir à la fréquentation d'un commissaire, ne nous le cachons pas. Honte sur ma tête, joie dans mon cœur : j'ai aimé un flic ! Preuve qu'il n'y a pas d'amour contre nature. Et son chagrin me peine.

– Mon gendre..., répète-t-il, comme s'il doutait encore de sa fille.

Il repose sa tasse. Il hausse la lumière. Il me regarde bien droit.

– Et il s'appelle *Legendre*, monsieur Malaussène ! C'est vous dire vos chances, si vous tombez entre ses mains.

Va savoir pourquoi, cette tautologie, en effet, me glace le sang. Au point que j'improvise une défense panique.

– Enfin, ce n'est pas un La Herse ni un Sainclair qui peuvent aider à la carrière de votre gendre ! Je ne les ai pas tués, tout de même ! Ces broutilles...

Il m'interrompt de la voix et du geste.

– Ne vous faites aucune illusion, mon garçon, tout vous sera compté, absolument *tout* !

Silence. Puis, désolé :

– D'ailleurs, vous avez raison. Il ne s'agit pas de cela.

Un temps.

– Ecoutez-moi bien, maintenant.

J'écoute.

– Je vois se profiler à l'horizon une affaire épouvantable qui va défrayer la chronique et dont vous serez l'épicentre. Vous allez vous en mêler, en toute innocence, comme d'habitude. Mais cette fois-ci, je ne serai pas là pour la prouver, cette innocence. Ne protestez pas, je vous connais, c'est à peu près inévitable.

Il s'interrompt.

– J'aurais préféré que vous veniez avec Mlle Corrençon.

– Moi aussi.

Moi aussi, j'aurais préféré venir avec Julie... Mais qui a jamais tenu compte de nos préférences ?

Il respire profondément. Il n'y tient plus.

– Benjamin...

Oui. « Benjamin ». Il me prénomme ! Et de me supplier, soudain, comme au seuil de l'Eternité.

– Je vais vous annoncer une nouvelle qui va vous bouleverser. Il faut pourtant me promettre de ne pas réagir. De laisser faire la police. Sinon...

Il s'interrompt. Explosion de lumière. Bureau a giorno. La moitié de son corps jetée sur moi.

– Promettez, nom de Dieu !

Je balbutie quelque chose qui doit passer pour une promesse, parce qu'il se rassied, malgré tout, dans la lumière aveuglante.

*

LUI : Je sais que Julie s'est rendue à l'hôpital.

MOI : ...

LUI : Et je sais pourquoi.

MOI : ...

LUI : Je sais autre chose, aussi.

MOI : ...

LUI : ...

MOI : ...

LUI : Avez-vous reçu cette lettre ?

*

Il me colle sous les yeux une feuille où tremblent des anglaises qui me sautent au visage.

J'ai cru bon garder pour moi mes inquiétudes... elles se sont malheureusement confirmées...

Oui, nous avons reçu cette lettre, oui.

... le cas est si peu fréquent...

La lettre de Matthias à Julie.

... pratiquer l'interruption dans la semaine qui vient.

Au mot près.

Je sais trop la vanité des mots de consolation...

– Pourquoi possédez-vous le double de cette lettre ?

– Ce n'est pas un double, monsieur Malaussène.

Il cherche ses mots.

– Matthias Fraenkhel en a envoyé *onze*, toutes semblables, à ses onze dernières patientes ! Et toutes postées de Vienne. Le même jour.

Peut-être n'aurais-je pas dû vous laisser tant d'espoir...

– Benjamin, il ne s'agit pas d'un avortement thérapeutique. Fraenkhel a décidé d'éliminer les enfants de toutes ses dernières clientes. Systématiquement. Fausses analyses. Echograhies trafiquées. Des fœtus parfaitement normaux. On m'a apporté les preuves ce matin.

– ...

– Et ces femmes avaient une telle confiance en lui... Aucune d'entre elles n'a douté une seconde. Les chirurgiens ont opéré de bonne foi. Sept avortements ont déjà eu lieu.

– Dont celui de Julie ?

– Malheureusement, oui. J'ai appelé l'hôpital quand Caregga m'a dit que vous veniez seul. Le professeur Berthold avait déjà opéré.

*

La suite, il l'a hurlée dans le couloir. Je n'ai pas tout entendu. Il m'a ordonné de revenir, de ne pas m'en mêler. « Vous avez promis ! » « Vous avez promis ! » L'avenir, c'est la trahison des promesses, monsieur le commissaire, le dernier des députés et le meilleur des amis vous le confirmeront !

J'ai avalé des couloirs et dévalé des escaliers, quelques flics se sont aplatis contre les murs, des dossiers se sont envolés, des têtes ont jailli, leurs portes ne s'étaient pas encore refermées que je sautais déjà par-dessus la Seine. Prenez un Malaussène, faites-lui mal, il court. Il pourrait réquisitionner un taxi, plonger dans le métro, s'accrocher à la queue d'un avion, non, il court ! Il met le trottoir en branle, engloutit l'asphalte, fait défiler les balcons au-dessus de sa tête. Les passants qui se retournent l'ont déjà perdu de vue, les marronniers n'ont pas le temps de se compter... il court, Malaussène, il court le plus droit possible et saute le plus haut qu'il peut, les chiens le sentent passer au-dessus de leurs truffes et les flics ne le voient pas traverser les carrefours, il développe sa foulée parmi les coups de gueule et de klaxon, le hurlement de la gomme et la stridulation des sifflets, l'envolée des pigeons et le coulé des chats au dos creux, il court, Malaussène, et on ne voit pas trop qui pourrait courir plus vite, faire ainsi tourner le monde sous ses pieds, si ce n'est un autre Malaussène peut-être, un autre malheur en mouvement, et tout compte fait ils doivent être nombreux ces coureurs affligés, si on en juge par la rotation de la terre, car elle tourne sous les pieds de l'homme qui court, la terre, il n'y a pas d'autre explication... et ces idées rondes sont les seules qui puissent venir à l'esprit de l'homme qui court à la surface du globe, il court sur une boule qui tourne, l'homme, condamné au surplace, à l'idée circulaire, renvoyé aux origines par chaque pas qui le rapproche du but, car enfin quoi, Malaussène, par exemple, prenons Malaussène qui vient d'atteindre le boulevard de Sébastopol et qui le remonte d'un seul jet, cap sur l'hôpital Saint-Louis, c'est ça, prenons Malaussène, prenons-moi ! Ne suis-je pas en train de courir vers le début de cette histoire ? Vers cet instant où, penché sur le bureau de

Fraenkhel, je lui demandais, l'œil en feu, de clarifier sa position vis-à-vis des propos de saint Thomas ? « *Mieux vaut naître malsain et contrefait que de ne naître point,* c'est bien ce que vous avez dit, à cette conférence, non ? Cette citation de saint Thomas, c'est bien ce que j'ai entendu ? – Et c'est malheureusement ce que je crois, oui... » Alors... alors... alors comment se peut-il que Thomas se soit métamorphosé en Hérode, le sabreur d'innocents ? Comment expliquer cela ? Et pourquoi l'homme qui mit Julie au monde assassine-t-il l'enfant de Julie ? Et que cette vie nous soit innocemment arrachée par les mains de Berthold à qui je dois ma propre résurrection ! Berthold que j'entends encore me dire : « Un petit coup procréatif, Malaussène, vous me devez bien ça, merde ! » Cours, Malaussène, la terre est ronde et il n'y a pas de réponse, il n'y a que les êtres, la seule réponse s'appelle Julie, il n'y a que Julie, Julie à l'hôpital, Julie le ventre vide, Julie à ramener à la maison, et depuis quand a-t-on besoin de réponses quand on court vers Julie ? Celui qui court vers la femme qu'il aime, celui-là aussi fait tourner le monde !

26

– Vous l'avez laissée sortir seule ?

Les talons de Silistri claquaient dans le couloir de l'hôpital.

– Elle avait dit qu'elle reviendrait, Joseph !

Silistri fonçait vers la salle d'opération. Les Templiers essayaient de suivre. Ils se défendaient comme ils pouvaient.

– Tu connais Gervaise ! On peut pas imaginer qu'elle mente !

– Vous l'avez perdue de vue.

– On a cru qu'elle était allée acheter quelque chose à Mondine.

– Elle nous a dit : « je reviens tout de suite » !

– Oui. Et on vous l'a ramenée sur un brancard.

Quand Silistri parlait avec cette basse de broyeur, la peur faisait monter les voix autour de lui.

– Joseph, merde, on ne pensait pas qu'elle sortirait de l'hôpital !

– On pensait qu'elle était juste descendue à la boutique.

– Vous pensiez...

Silistri s'arrêta pile et plaqua les deux hommes contre le mur qui en résonna jusqu'au dernier étage.

– Si elle meurt...

Un index tapota l'épaule de Silistri.

– Si elle meurt, vous passez la main, inspecteur, c'est moi qui me les fais, ces deux connards.

Silistri ne se retourna pas. Il savait que l'index appartenait à deux bons mètres de costard croisé sur une voix d'enfant de chœur. Toussaint Pescatore. Ce qui se faisait de plus voyant en matière de maquereau, dans l'entourage de Gervaise. Une autre espèce d'ange gardien. Un peu désuet, peut-être : rayures, borsalino et chevalière. Du jeunot qui donnait dans la permanence des valeurs.

– Et c'est pas sûr que je vous épargne, si elle cane, Silistri.

Le dernier argument sous la pression d'un canon court, que les côtes de Silistri identifièrent en connaisseuses : Smith et Wesson. Ses doigts se relâchèrent au cou des Templiers. Silistri parla, toujours de la même voix basse, et toujours sans se retourner.

– Range ton outil de puceau, Pescatore.

Il y eut du mou dans le canon.

– Ou je te le confisque.

Smith et Wesson regagnèrent la chaleur de leur niche, sous l'aisselle du maquereau.

– Et maintenant casse-toi.

Là, ce fut moins facile.

– On peut savoir qui gardera la piaule à Mondine, si, mon équipe et moi, on se tire ?

Les flics regardèrent dans la même direction. Trois autres jeunots à l'œil aigu égrenaient leurs chapelets devant la porte de Mondine, abandonnée par les Templiers. Fabio Pasquetti, Emilio Zamone, Tristan Longemain, les trois gâchettes de Pescatore. Les anges noirs de Gervaise.

Silistri ébaucha un sourire conciliant.

– Tu as raison, Pescatore, on est vraiment mauvais, sur ce coup.

Sans modifier son sourire, il laissa jaillir sa main gauche par en dessous et broya du mou dans l'entrejambe du mac.

– Braque-moi encore une fois, mon petit Toussaint...

Vert pâle, les murs du couloir, vert pâle le visage du petit Toussaint.

– Sors ton feu encore une seule fois, fils de pute, et je te les arrache.

– Dans ce cas, ne comptez pas sur moi pour les lui recoudre !

Berthold avait aboyé ça à leurs oreilles. Malgré la surprise, Silistri ne lâcha pas son étreinte.

– Chaud devant ! insista le chirurgien. Lâchez cette paire de couilles, bougre de con, vous allez l'asphyxier !

Les lèvres du mac viraient au bleu cobalt. Ses larmes coulaient.

– Vous voyez pas qu'on a du monde ?

Berthold montrait la double porte du bloc opératoire qui venait de s'ouvrir sur une civière pneumatique poussée par une infirmière blanche et noire. Gervaise y gisait, rose et blanche. Elle semblait jouir d'un repos pris ailleurs, loin de son visage, une moue sceptique aux lèvres, vaguement amusée, mélange de surprise et d'acceptation.

Silistri ouvrit sa main.

Les larmes de Pescatore refluèrent.

– Qu'est-ce qu'elle a ? demandèrent les deux hommes.

– Elle dort, voilà ce qu'elle a. Et maintenant taillez la route. Mon hosto n'est pas un ring pour flicards et malfrats.

Silistri n'éleva pas le ton.

– Ne me faites pas trop chier, docteur. Dites-moi *exactement* ce qu'elle a.

Berthold le considéra sans émotion.

– On voudrait me faire un serre-couilles à moi aussi ?

Avant que Silistri ait pu réagir, Berthold lui retroussait la paupière et lui examinait le blanc de l'œil.

– Elle a la même chose que vous, *exactement*. Elle tombe de sommeil, voilà tout.

– Rien de cassé ?

– Un gros hématome sur le cul, rien d'autre. Elle s'est endormie en plein vol et ça l'a sauvée. Elle est retombée comme dans un rêve, mollement, sur le store du fleuriste d'abord, sur le toit et le capot d'une voiture en stationnement ensuite. Par terre, elle dormait déjà. Ni plus ni moins.

Il les écarta du bras et fit signe à la civière de le suivre. La suite eut lieu à grandes enjambées.

– Qu'est-ce que vous allez en faire ?

– Trois jours de sommeil et d'observation. Ne jamais

perdre la tripaille de vue dans ces cas-là. Risque d'hémorragie interne.

– Quelle chambre ?

– A côté de Mondine. Va falloir vous activer du chapelet, messieurs ! Double ration de Pater et d'Ave !

Dans la chambre où Pescatore et Silistri avaient suivi Berthold, l'infirmière rabattit drap et couverture, Gervaise s'éleva dans l'espace pour épouser le lit en douceur, tout cela en un seul et même mouvement de Berthold, presque une chorégraphie, et Silistri sentit sur sa propre peau la fraîcheur du drap qui retombait sur le corps de Gervaise.

– Vous feriez bien d'en faire autant, conseilla Berthold à Silistri. Dans l'état d'épuisement où vous êtes, vous allez descendre le premier venu. Vous êtes marié ?

Sans saisir la transition, Silistri répondit par l'affirmative.

– Alors une bonne pipe et une couette par-dessus, ça vaut tous les somnifères.

Sitôt dit, sitôt sorti de la chambre. Pescatore et Silistri l'entendirent claironner dans la chambre de Mondine.

« Comment ça va, mon tout petit ?

– Ça tire sur les coutures, professeur...

– Bon signe, c'est la viande qui se réveille ! »

La porte de Mondine claqua.

Pescatore et Silistri s'abandonnèrent au même silence. Le drap glissa. Un rayon de soleil caressa le bras nu de Gervaise. Toutes les couleurs du spectre y déployaient un arc-en-ciel extraordinairement lumineux. Silistri crut à un mirage, d'abord. Pescatore le détrompa.

– C'est sa palette, expliqua-t-il. Elle s'est tatoué toutes les couleurs du monde sur son bras.

Pescatore ouvrit la main de Gervaise.

– Et elle les a résumées sur le gras de son petit doigt. Regardez.

Oui, Gervaise avait tatoué le ciel sur la pulpe de son petit doigt gauche. Une minuscule cocarde que Silistri n'avait jamais remarquée.

– C'est là qu'elle choisit ses nuances, continua Pescatore. Tu veux que je te montre ?

Le jeune mac avait déjà ouvert sa chemise. Saint Michel terrassait un dragon sur toute la largeur de sa poitrine.

– Domenico Beccafumi, lâcha Pescatore sobrement. Santa Maria del Carmine. A Sienne. Un caïd du maniérisme... 1530, par là.

Silistri remonta le drap de Gervaise et alla fermer les rideaux de la chambre.

– Moi aussi, je suis de Sienne, continuait Pescatore dans la pénombre. Ma mère m'emmenait voir saint Michel, quand je faisais le con.

Silistri laissait dire. Il ne croyait pas à la piété des maquereaux. Et pourtant, il arrivait qu'un maquereau rencontrât une Gervaise et se métamorphosât en chef-d'œuvre.

– Excusez-moi, pour tout à l'heure, inspecteur, j'étais plus moi-même.

Des excuses... C'était le but de ce détour biographique. Silistri les accepta.

– Vous êtes un peu rital, vous aussi, non ?

– Si on veut. Un Rital des Antilles, mâtiné d'Alsacienne.

Pescatore hocha gravement la tête.

– C'est le bâtard qui fait l'homme, dès qu'on y pense. Le métis, c'est le croisé de l'avenir...

Pescatore, visiblement, pensait.

Silistri s'accroupit au chevet de Gervaise. Il lui dit ce qu'il était venu lui dire :

– Pour la photo de Cissou, Gervaise, je sais qui l'a prise et je sais quand. Je ne sais pas pourquoi mais je le saurai. Ça peut avoir un rapport avec notre collectionneur : je vais lui en toucher un mot dès ce soir.

Gervaise recevait-elle son courrier ? Son visage ne manifesta aucune émotion. Elle donnait vraiment l'impression de douter de tout, et d'accepter ce doute avec une sorte d'indifférence amusée. Silistri ne lui connaissait pas cette expression.

– Vous feriez mieux de pioncer une heure ou deux avant de cuisiner quelqu'un, intervint Pescatore. Le toubib a raison, nerveux comme vous êtes, vous allez droit à la bavure.

Silistri leva les yeux vers le mac.

– Croyez-en mes couilles, insista Pescatore.

Silistri allait le remercier, s'excuser, même, peut-être. Mais un bruit de cavalcade dans le couloir, un prénom hurlé et le vacarme d'une chute les précipitèrent tous les deux sur la porte.

Les Templiers de Silistri et les anges noirs de Pescatore plaquaient un homme à terre, bras et jambes écartelés, leurs quatre revolvers pointés sur une tête qui hurlait un prénom de femme.

– Juuuuulie !

Le professeur Berthold jaillit à son tour de la chambre de Mondine, bouscula flics et voyous, releva leur prisonnier par les pans de sa veste et le maintint devant lui.

– Qu'est-ce que vous foutez ici, Malaussène ? Et qu'est-ce qui vous prend de gueuler comme un veau ? Vous ne trouvez pas que vous m'avez assez emmerdé comme ça ? Dès que vous entrez dans cet hôpital, c'est un carnage !

– Où est Julie ? J'ai ouvert toutes les portes, je ne l'ai vue nulle part ! Qu'est-ce que vous avez fait de Julie ?

– Elle est aussi dingue que vous, votre Julie, elle s'est tirée après l'opération, dès que j'ai eu le dos tourné !

– Et vous l'avez laissée partir ? Vous l'avez laissée partir ? Mais vous êtes encore plus con que votre légende, Berthold ! C'est pas possible ! Où est-elle allée ?

– Chez vous ! Elle est rentrée chez vous ! Où voulez-vous qu'elle aille ?

– Seule ? Dans l'état où vous l'avez mise ?

– Mais non, pas seule ! Ce con de Marty a foncé derrière elle quand je lui ai dit qu'elle s'était barrée ! Il doit jouer les saint-bernard, à l'heure qu'il est. Je serais vous, Malaussène, je me précipiterais, ça sent la piaule !

– Vous n'êtes qu'un videur d'huîtres, Berthold, c'est pas le bistouri, votre outil de travail, c'est la petite cuillère ! Un jour vos conneries vous retomberont sur la gueule et vous vous retrouverez à la porte d'une brasserie à cureter les oursins, c'est ça votre vraie vocation !

Berthold hésita une seconde, puis, comme on renonce à tout, il poussa un profond soupir et rejeta le nommé Malaussène dans les bras d'où il venait de le sortir.

– Vous aviez raison, les gars, descendez-le. Ensuite, entretuez-vous. Dès que ça cessera de tirer, je convoquerai les serpillières.

27

Julie était rentrée à la maison, oui, mais la tribu l'avait enlevée. Jérémy et sa bande la couvaient dans leur tanière. Julie jouait la Belle Endormie dans le ventre du Zèbre. Ils lui avaient confectionné un lit à baldaquin au beau milieu de la scène. Un grand lit carré, bordé de toile blanche, comme dans la chanson. Et quatre bouquets de pervenches, je n'invente rien. Une cascade de tulle tombait de la nuit des cintres pour s'évaser en bouillonnant autour du lit. L'ensemble, immaculé, rutilait doucement dans la pénombre. Tout autour de la scène, sur des cordes à linge, séchaient des photos de ce lit blanc tombé du ciel : la ronde des anges saisie par l'œil de Clara. Julie dormait. Les sentinelles veillaient dans les coulisses. Julius le Chien, transbordé lui aussi dans son hamac, croquait l'ombre toutes les trois minutes.

– On a pensé que vous seriez mieux avec nous, Ben, pendant que Julie fait son travail de deuil.

Son « travail de deuil »... J'ai regardé Jérémy. Décidément, ce môme attrape les jargons comme d'autres chopent les microbes.

– Le docteur Marty est d'accord. Suzanne a décidé de fermer le Zèbre aussi longtemps qu'il le faudra. Hein, docteur, que vous êtes d'accord ?

Marty a confirmé :

– Et je suis d'accord aussi pour parler seul avec ton frère. Retourne à tes affaires, Jérémy.

Marty... le seul homme au monde devant qui Jérémy s'incline sans ausculter les fondations de l'obéissance.

Tout de même, juste avant de sortir, il a dit :

– Je voudrais pas abuser, docteur, mais quand vous en aurez fini avec Ben, ce serait gentil à vous d'aller voir maman.

Marty a levé les yeux de l'interrogation.

– Elle mange plus, a expliqué Jérémy. J'ai fait ma corvée de chagrin auprès d'elle, aujourd'hui, j'ai rien pu lui faire avaler.

– Qu'est-ce qu'elle a, d'après toi ? a demandé Marty.

– Le cœur, docteur. Pas la pompe, le vrai. Nous autres on n'ose pas lui poser des questions. C'est trop personnel. Mais, vous, c'est autre chose, vous, elle s'en fout, elle vous répondra peut-être...

Marty a promis. Jérémy est sorti.

Nous nous sommes assis sur l'avant-scène, Marty et moi. Nous avons laissé nos pieds tremper dans le vide du cinéma. Le grand silence a fait les premiers pas. Puis Marty a dit :

– Julie sera sur pied demain. Aucun risque d'infection avec Berthold.

J'ai pensé : « Avec Fraenkhel non plus, nous ne courions aucun risque », mais je me suis abstenu. Nous entendions la respiration paisible de Julie et les claquements ivoire de Julius. Les photos gouttaient dans une légère odeur de révélateur.

– Il ne faut pas que vous vous racontiez d'histoire, Malaussène. Vous n'y êtes pour rien. L'enfant ne vous a pas été enlevé parce que vous lésiniez sur la paternité.

J'ai regardé Marty.

Il m'a regardé.

– Je suis sûr que vous vous racontez ce genre de trucs.

Difficile de le contredire. Nous avons reporté nos regards sur les sièges du cinéma.

– Quant à Fraenkhel...

Je n'avais guère envie d'entendre parler de Matthias Fraenkhel.

– Il ne peut pas avoir fait ça.

Mais je n'avais pas envie non plus de voir partir Marty. Je l'ai donc écouté me dire toute l'estime qu'il portait au bon docteur Fraenkhel. Qui avait été son professeur, rue des Saints-Pères, un des rares êtres humains qu'il eût rencontrés sur son chemin d'Hippocrate, une bonne raison de devenir médecin.

– Nous sommes tous des mécaniques sociales, comparés à Fraenkhel. Quand je dis nous, je parle du corps médical tout entier. C'est à des médecins comme lui que nous devons le peu d'humanité dont nous sommes capables avec nos patients.

L'humanité de Matthias Fraenkhel... Je me suis autorisé une discrète objection :

– Il a tout de même écrit ces onze lettres...

Marty a hoché la tête.

– Je sais. Nous en avons parlé avec Coudrier, au téléphone, et avec mon ami Postel-Wagner, le médecin légiste. Postel-Wagner aussi a été l'élève de Fraenkhel. Il est comme moi. Il ne comprend pas.

Dans le silence qui a suivi, j'ai demandé :

– Est-ce qu'un médecin peut devenir fou ? Pour cause de métier, je veux dire...

Il a réfléchi.

– Nous sommes tous un peu cinglés, dans la profession. Soit que la douleur nous attire, soit qu'elle nous révolte. Dans les deux cas, nous finissons par préférer la maladie à nos malades, c'est notre forme de folie... avec Berthold comme point culminant. Dans le duel permanent que se livrent l'investigation clinique et l'émotion humaine, la seconde ne peut pas gagner. Elle emporterait le médecin avec son malade. Certains renoncent à soigner par excès de compassion... J'en ai vu. Postel-Wagner s'est reconverti dans la médico-légale. Il affirme que c'est le meilleur observatoire pour veiller sur les vivants. J'en connais aussi qui spéculent sur la douleur en connaissance de cause : ceux-là deviennent de gros contribuables. Mais, pour la plupart, nous faisons ce que nous pouvons, nous craquons, nous remontons la pente, nous craquons de nouveau, et nous vieillissons. Nous ne sommes pas très sympathiques. Nous perdons notre gaieté factice de carabins. Pas par compassion. Par épuisement... La maladie, c'est le rocher de Sisyphe. Seulement, on ne peut pas imaginer Sisyphe heureux contre une sclérose en plaques.

Nous parlions au brouillon, comme deux comédiens en quête des mots justes, devant la salle qui va bientôt se remplir.

– C'est peut-être ce qui est arrivé à Fraenkhel, dis-je.

– Quoi donc ?

– Un coup de grisou. Une émotion trop forte...

– Peut-être...

Oui, sous le coup d'une émotion violente, Fraenkhel s'était peut-être attribué le rôle que je faisais semblant de jouer depuis la grossesse de Julie. A quoi bon naître, vu l'état de l'homme et la santé du monde ? Un retour de flamme adolescent, d'autant plus ravageur qu'il aurait été plus longtemps contenu... et le voilà qui se met à interrompre en chaîne les enfants à venir.

Marty restait sceptique.

– Je ne vois pas ce qui aurait pu provoquer une pareille mutation chez un homme comme lui. Il n'aimait vraiment pas la mort.

Il y eut un silence. Puis Marty lâcha une formule qui sonna comme une épitaphe :

– Sa vie, c'était *la vie*.

Dieu sait que je n'avais pas envie d'entendre ce genre de choses, si près de Julie à qui Matthias venait justement de voler une raison de vivre... Mais je me suis rappelé tout à coup l'irruption de Clara dans notre chambre, ce matin, après le départ de Julie et avant l'arrivée de l'inspecteur Caregga. « Benjamin, Benjamin, le Petit a fait un rêve épouvantable ! – Assieds-toi, ma Clarinette, calme-toi, de quoi a-t-il rêvé ? – De Matthias ! » Le cœur de Clara en bondissait encore. Le Petit avait *vu* Matthias s'avancer vers lui dans l'allée centrale du Zèbre, couvert de sang, les yeux écarquillés, candeur effrayante, apparition de l'Innocence martyre... non pas l'image de la douleur, mais *la Douleur personnifiée*. Je connaissais bien cette expression chez Matthias Fraenkhel, c'était celle que je lui avais vue moi-même le jour de cette conférence où la grande fille enceinte lui avait lancé un mou de veau qui s'était écrasé contre sa poitrine. Le rêve du Petit était une *vision* authentique. J'entendais encore le mou de veau passer au-dessus de ma tête en un sifflement spongieux. C'était tout de suite après que Matthias eut cité la phrase de saint Thomas : « *Mieux vaut naître malsain et contrefait que de ne naître point.* » J'entendais le hurlement de la fille : « Tiens, en voilà du contrefait, eh, connard ! » Je revoyais le regard de Matthias ensanglanté. Matthias qui s'était avancé vers le Petit, cette nuit, droit venu de ce moment-là. Il prononçait mon nom en marchant. « Il t'appelait, Benjamin. Le Petit dit que Matthias t'appelait. » Matthias marchant dans la tête du Petit, couvert de sang, tordu par les rhumatismes... victime inachevée... douleur qui s'excuse... et m'appelant, moi... moi...

Il a fallu que j'entende la voix de Julie pour revenir ici et maintenant.

– C'est toi, Benjamin ? Avec qui parles-tu ?

Nous nous sommes retournés, Marty et moi.

*

Elle n'avait pas dit un mot en arrivant au Zèbre. Elle s'était laissé déshabiller et coucher sans protester dans le grand lit carré, elle s'était laissé border comme l'enfance. Tandis que tout le monde quittait la scène sur la pointe des pieds, elle avait retenu Suzanne. Suzanne s'était assise au bord du lit, avec cette patiente pesanteur de qui attend une confidence. Mais Julie lui avait juste raconté son entrevue avec Barnabé. Son refus de voir projeter le Film Unique. Elle avait demandé à Suzanne de convoquer le collège des cinéphiles pour le soir même. « Barnabé viendra. Il y aura probablement une décision à prendre. » Et elle s'était endormie.

Après le départ de Marty, elle ne me parla pas davantage. Ni de l'enfant, ni de Matthias, ni de Berthold. Pas un mot. Le silence de Julie, c'est la guérison de la bête. L'âme gîte. Le cœur dégorge. Le cerveau colmate. « Après la mort de mon père, je n'ai pas prononcé un mot pendant six mois. » Avis aux amateurs de chagrin : il serait malvenu de consoler. A la rigueur, être là. S'étendre et attendre. C'est ce que j'ai fait. Je me suis allongé près d'elle. Elle a posé la tête sur mon épaule. Nous nous sommes endormis.

*

Pour nous réveiller quelques heures plus tard dans un cercle de regards attentifs. La tribu Malaussène et les allumés du cinématographe nous entouraient. Du gros Avernon (la pythie du plan fixe) jusqu'à Lekaëdec (le Saint-Just du travelling), pas un ne manquait à l'appel. Assis autour de nous, droits sur leurs chaises, les blanches photos du lit déployées dans leur dos, ils nous fixaient sans broncher. C'était comme ouvrir l'œil dans la couveuse des anges ! Notre lit trônait sur une estrade d'ombre, mais les projecteurs dardaient sur chacun d'eux une lumière de vitrail. J'ai donné un discret coup de coude à Julie. Comme si j'avais déclenché un signal, le tulle s'est soulevé par saccades, libérant le lit dans un criaillement de poulie. Un cône de lumière pailletée tomba des nuées pour nous mettre sous cloche.

La mise en scène selon Jérémy...

Julie s'est redressée, toute blanche dans la chemise de nuit de Suzanne. Sa crinière vénitienne honorée par la pluie des paillettes et le poids de ses seins qu'un sillon de sueur collait à la toile de lin modifièrent la nature du silence.

Elle eut un sourire.

– Décidément, tu es le roi du kitsch, Jérémy. A côté de toi, Walt Disney est un apprenti.

Il y eut quelques rires, dont celui de Jérémy aux oreilles soudain phosphorescentes, puis Julie entra dans le vif du sujet. Elle remercia les séraphins du Cinéma d'être venus si vite et leur exposa brièvement son entrevue avec Barnabooth l'escamoteur, petit-fils du vieux Job et de Liesl, résolument hostile à ce que le Film Unique de Job fût projeté, même une seule fois.

– A quel titre, cette censure ? demanda Lekaëdec.

– C'est ce que vous lui demanderez quand il arrivera, répondit Julie.

Mais ce n'était pas aussi simple qu'elle le pensait.

– Je ne vois pas l'utilité d'une pareille entrevue, objecta Lekaëdec. Cette projection regarde le vieux Job, non ? Il s'agit de *son* film, n'est-ce pas ?

– Pour une fois Lekaëdec a raison, gronda Avernon. On ne va certainement pas se laisser baver sur les rouleaux par un héritier.

– Le fait est qu'il n'y a pas d'art moins généalogique que le cinématographe, fit observer Suzanne.

– Les réalisateurs qui comptent vraiment n'ont jamais produit de dynasties à la Bach, à la Strauss...

– A la Bruegel...

– A la Dumas...

– A la Debré...

– A la Leclerc...

– A part les Tourneur, peut-être, ou les Ophüls, non ?

– C'est l'exception qui confirme la règle.

– Il n'y a que les acteurs pour se reproduire !

Le débat était engagé. Julius le Chien distribuait les temps de parole. Trois minutes par tête.

– Un film unique ! Un homme brûle sa vie aux sunlights d'un film *unique* et on laisserait son héritier en confisquer les bobines ?

– Et quel héritier ! Le négateur d'un siècle d'images !

– Si ce Barnabooth a un compte à régler avec le cinématographe, ce n'est pas au vieux Job d'en faire les frais.

– Et s'il a un compte à régler avec le vieux Job, ce n'est pas au cinéma de morfler.

A chaque tour de piste, la pression montait d'une octave.

– C'est *la vie même*, le cinéma ! Le petit-fils veut tuer le grand-père, ou quoi ?

– Vous imaginez Mizoguchi avec un héritier ?

– Welles avec une descendance ?

– Et Capra ?

– Et Fellini ?

– Et Godard ? Vous voyez un héritier confisquer les films de Godard ?

– Pas de blasphème, Avernon !

Tout à coup, je me suis vu à la place de l'héritier en question, le Barnabooth qui, d'ici peu, allait pénétrer dans l'arène pour se retrouver face à la meute cinéphile. Ça m'a fait du bien. C'était un de ces moments où, malgré nos tourments intimes, nous sommes secrètement contents de ne pas être l'autre. C'est ainsi que se tissent les deuils. Petits instants de félicité entre les assauts du désespoir, un point à l'endroit un point à l'envers, jusqu'au bonheur retrouvé d'être soi... Oui, ce doit être ça, après tout, le bonheur : la satisfaction de ne pas être l'autre.

J'en étais là de cette généreuse réflexion, quand l'« autre » s'est manifesté, justement. En frappant à la porte du Zèbre, comme l'avait fait maman quelques semaines plus tôt. Mais cette fois-ci nous savions qui nous attendions, et avec tous nos yeux ! Ses coups ne couvrirent pas l'ardeur des conversations. Seule Suzanne l'entendit.

Elle leva la main.

– Le voilà.

La nouvelle installa un silence d'embuscade.

On frappa de nouveau.

Jérémy claqua des doigts.

La scène fut instantanément plongée dans l'obscurité. Seules les veilleuses luisaient dans la salle.

– Vas-y, Clément ! souffla Jérémy.

Clément courut silencieusement à la porte.

Les yeux de Julie en brillaient presque dans la pénombre. A quoi allait-il ressembler, ce souvenir d'enfance ? Qu'était-il devenu, le Barnabé du pensionnat, l'amant originel des grottes du Vercors, le candidat à la transparence des salamandres, le négateur d'un siècle d'images ? Evidemment, ce n'était pas Julie qui se posait ces questions, c'était moi. Tout ce que je savais de ce Barnabé, c'est qu'il avait eu quinze ans à ma place.

Clément était arrivé à la porte. Il regarda Jérémy qui se tenait un bras levé, debout sur l'avant-scène.

Jérémy abaissa son bras.

Les veilleuses s'éteignirent et le feu croisé de deux projecteurs saisit la porte au moment où Clément l'ouvrait en se plaquant contre le mur. (« On va le faire *apparaître*, l'escamoteur », avait décidé Jérémy.)

Rien du tout. La porte s'ouvrit sur une silhouette qui porta une main à son visage, et l'autre à son cœur.

Deux détonations retentirent.

Les projecteurs explosèrent.

Cela fit une pluie d'étincelles dans la nuit du cinéma. Une seconde plus tard, quand Suzanne eut rallumé la salle et la scène, un grand brun au regard fou se tenait debout à l'autre bout de l'allée centrale. D'une main, il tenait un flingue braqué sur nous. De l'autre, il plaquait contre sa poitrine un Clément qui lui servait de bouclier.

28

Silistri sentait le cœur du garçon battre contre la paume de sa main. Il vit une scène, un lit, un cercle de visages blêmes autour du lit, un gamin pétrifié sur l'avant-scène et, parmi les draps défaits du lit, une Desdémone qui jetait sur lui des regards d'Othello, crinière en feu, réellement prête à bondir. Malaussène se tenait à côté d'elle. En retrait. Silistri pensa aussitôt : « Théâtre. Une répétition. Merde, je suis tombé dans une de leurs répétitions. » Il se dit aussi : « Berthold et Pescatore avaient raison, je vais finir par flinguer quelqu'un. » Le cœur affolé du jeune homme cognait jusque dans la poitrine de Silistri. L'inspecteur libéra son prisonnier et rengaina son outil. Le jeune homme demeura debout devant lui.

– Ça va ? demanda Silistri.

Le jeune homme ne répondit pas.

– Oh ! ça va ?

Silistri prit la tête du jeune homme dans ses mains. Il le gifla doucement.

– Excusez-moi... les projecteurs... ils m'éblouissaient...

« Tu parles d'une explication rassurante, pensa-t-il en même temps. Si on devait tirer sur tout ce qui vous éblouit. »

– Inspecteur Silistri... je suis de la police... ça va mieux ?

– Un flic ? Le roi de la bavure, alors ! s'écria le gamin debout sur l'avant-scène.

– Jérémy, tais-toi !

L'ordre avait claqué sec dans la bouche de Desdémone. Le

gamin la ferma aussitôt. Silistri reconnut en lui le genre de petit emmerdeur qu'il était au même âge. « Jérémy Malaussène », pensa-t-il.

– Rejoignez la scène, dit-il au jeune homme. Je vous suis.

Elle lui parut longue, la traversée du petit cinéma. Grimpé sur scène, il renouvela ses excuses. Devant Suzanne, qui s'était présentée, il bafouilla :

– Vous me direz ce que je vous dois... pour les projecteurs... enfin... je veux dire...

Une voix sèche l'interrompit.

– La police ? Qu'est-ce que vous nous voulez, encore ?

Ce n'était pas Desdémone, c'était une grande fille toute en os, cette fois-ci. Vu la description que lui en avait fait Gervaise, Silistri supposa que cette voix de procès-verbal appartenait à Thérèse Malaussène.

– Je voudrais poser quelques questions à M. Clément.

Silence.

– M. Clément Clément, précisa Silistri.

Aux regards qui convergèrent sur lui, Silistri sut que le Clément en question n'était autre que son bouclier au cœur battant.

– C'est vous ?

Il hésita une seconde. Tout à coup, il se dit qu'il n'avait rien à glaner ici, qu'il se trouvait en terre d'innocence. Rien à voir avec les filles mortes. Mais la machine, en lui, était lancée.

– Juste deux ou trois questions, vraiment. Excusez-moi encore pour tout à l'heure.

Il choisit de ne pas isoler Clément. De l'interroger publiquement. Cela aussi, il devait se le reprocher, par la suite.

– Connaissez-vous cette jeune femme ? demanda-t-il en exhibant une photo de Mondine.

Jérémy jeta un coup d'œil par-dessus l'épaule de Clément, mais se retira vivement.

– Vous pouvez regarder aussi.

Silistri tendit la photo à Jérémy.

– Regardez et faites circuler.

Puis, à Clément :

– Vous ne la connaissez pas ?

Clément fit non de la tête. La photo passait de main en main. Personne ne connaissait Mondine. Silistri n'en fut pas surpris. Julius le Chien claqua des dents. Silistri lui jeta un regard incrédule, puis, de nouveau à Clément :

– Et celle-ci ?

C'était une photo de la petite rousse. Pas à l'état de cadavre bouilli. Un agrandissement de son passeport, trouvé au domicile de son employeur.

– Non, fit Clément, non, je ne la connais pas...

Silistri la tendit à Jérémy.

– Faites tourner.

La petite rousse s'offrit un tour de piste en pure perte. Elle ne pratiquait pas le même genre de théâtre.

– Et cette photo, ça vous dit quelque chose ?

Le peu de couleur regagné par Clément disparut instantanément de ses joues. Silistri regretta aussitôt. Son enquête n'y gagnerait rien, il le savait.

– Réfléchissez bien.

Clément n'arrivait pas à dépêtrer son regard de l'entrelacs des rues qui sillonnaient le buste sans tête de Cissou la Neige, là, entre ses doigts. Quand Jérémy voulut prendre la photo à son tour, Clément la retint convulsivement. Silistri ordonna :

– Faites passer.

Tout en se demandant encore : « Qu'est-ce que je suis en train de faire ? »

– Alors, ça vous dit quelque chose ?

« Je n'ai pas besoin de cet aveu », se répétait-il.

– C'est des tatouages ! s'exclama Jérémy Malaussène. C'est Belleville !

– Vous connaissez ? insista Silistri, sans lâcher Clément des yeux.

« À leur âge, je ne faisais pas de théâtre, pensa-t-il dans une bouffée de colère, à leur âge je fauchais des bagnoles. Je fauchais des bagnoles mais je ne photographiais pas de cadavres. »

– C'est le corps de M. Beaujeu, précisa Silistri. Cissou la Neige, si vous préférez.

A sa troisième DS-19, le père Beaujeu avait flanqué la branlée de sa vie au petit Silistri.

– Pourquoi avez-vous pris cette photo ?

Silistri devait sa vocation de flic à cette raclée salutaire. Epuisé, tout à coup, il décida de laisser parler la machine.

– *Article 225 du Code pénal*, récita-t-il, *paragraphe 17 : toute atteinte à l'intégrité du cadavre, par quelque moyen que ce soit, est punie d'un an d'emprisonnement et de 100 000 francs d'amende.*

La photo passait de main en main.

– Pourquoi avez-vous pris cette photo et pourquoi l'avez-vous vendue ?

On ne pouvait même plus parler de silence. Ni d'immobilité. Un théâtre de statues.

– Je crois savoir, ajouta-t-il en s'adressant à la tribu Malaussène tout entière, je crois savoir que vous étiez la seule famille de Cissou la Neige...

Et soudain, dans la douleur générale, il *sut* ce qu'il allait en faire, lui, Silistri, de la photo du père Beaujeu ! Une telle révélation, qu'il en chancela. Pour un peu, il aurait fichu le camp immédiatement, il se serait rué chez Titus pour lui exposer son idée. Il resta, pourtant. Quelque chose, en lui, s'acharnait sur ce gosse qui, en fait de cadavre, se décomposait sous ses yeux.

– Vous êtes entré dans sa chambre peu après son suicide. Vous en êtes ressorti sans prévenir personne pour aller chercher un appareil-photo. Vous êtes revenu et vous l'avez photographié sous tous les angles. Une heure plus tard, à quinze heures trente, vous avez négocié les clichés à l'agence Photem auprès d'un ami.

La photo passait de main en main. Julius le Chien avait beau claquer des mâchoires, les horloges n'ont jamais arrêté le temps. Brusquement, Silistri changea de ton.

– Vous ne serez pas poursuivi, dit-il doucement. Je veux juste partir d'ici en sachant *pourquoi* vous avez fait une chose pareille.

Immobilité. Silence. Et du temps... du temps. Et les

regards refermés sur Clément Graine d'Huissier. Puis, parce que la photo aboutissait entre ses doigts, la voix chaude d'une jeune femme au visage ovale s'éleva, oui, une voix ronde dans un visage ovale, qui déclarait :

– Moi, je sais.

« Clara Malaussène », pensa Silistri.

Clara avait rompu le silence et l'immobilité. Elle était venue près de Clément. Elle tenait son nouvel appareil-photo à la main. Elle avait juste dit :

– Oh ! Clément...

Sans élever le ton. Mais en allant chercher ce prénom au fond d'une douleur stupéfaite, ce prénom si lourd à remonter à la surface.

– Oh ! Clément...

Elle avait ouvert le boîtier de l'appareil, elle en avait extrait la pellicule. Elle disait à l'inspecteur avec un pauvre sourire d'excuse :

– C'est pour pouvoir m'offrir cet appareil, qu'il a fait ça.

Elle dévidait la pellicule qui s'entortillait à ses pieds. Quand l'appareil fut vide, elle le colla entre les mains de Clément.

– Va-t'en.

Sans élever la voix.

– Va-t'en vite, maintenant.

Elle-même quitta la scène en décrochant toutes les photos du lit blanc.

*

Dehors, l'appareil photographique explosa contre le mur du Zèbre. D'un coup de pied Clément envoya ses restes traverser le boulevard. Un convoi de fruits et légumes venu de Rungis pour le marché du lendemain tenta de les agglomérer à l'asphalte. Puis le jet d'une voiture verte projeta la galette métallique dans la saignée du trottoir. La mise en bière proprement dite eut lieu dans une bouche d'égout, au coin de la rue Ramponeau, sous la bruyère d'un balai phosphorescent.

Clément fuyait. Il ne se souciait d'aucune destination, il fuyait dans la nuit, cassé de chagrin, de rage et de honte. Un fuyard expressionniste qui projetait sur les murs une ombre de sycophante. Le Maudit de Fritz Lang, le Mouchard de John Ford, Clément fuyait dans un aveuglant tintamarre d'images accusatrices, il poussait les portes de la nuit, poursuivi par les mains détruites de Raymond Bussières : « *Regarde mes pognes, mon p'tit gars, t'es rien qu'un dégueulasse...* » Et il entendait gémir en lui la voix de Sénéchal avec les accents de Reggiani : « *Je voudrais pas être un dégueulasse.* » Mais Clément avait trahi un mort, et dégueulasse il l'était bien plus que Sénéchal ou Gypo qui n'avaient après tout balancé que des vivants, à la guerre comme à la guerre... Clément fuyait comme un pilleur de sépulture poursuivi par la malédiction de la momie. Dans leur fureur vengeresse les pharaons lui dépêchaient les plus mauvaises images de sa mémoire pelliculaire : un vent de sable où se découpait l'ombre du ventilateur, la démarche grotesque de Christopher Lee, la courte résonance des studios où l'on prétendait enfermer le désert, et lui-même, Clément, détalant dans un short monstrueux et sous un casque de carton bouilli... Il était le monstre absolu, l'objet d'un opprobre universel et millénaire. Les derniers volets de Belleville se fermaient sur son passage. Il fuyait comme on s'efface. Il ne remettrait plus jamais les pieds dans le quartier de son bonheur. « C'était par amour ! hurlait-il dans le silence de son crâne. Par amour ! » Il sanglotait dans sa fuite, « par amour », répétait-il, et les images y gagnaient en qualité : la caméra de Grémillon et la voix de Charles Vanel, *Le ciel est à vous* ! Clément fuyait en hurlant son amour pour Madeleine Renaud et que le ciel était à eux, à Clara et à lui, mais non ! trop de différence ! trop de différence ! Clara l'avait chassé pour cause de différence radicale ! Il était l'enfant aux cheveux verts ! le cœur broyé d'Elephant Man ! Il n'avait rien à espérer ! Jusqu'où seraitelle allée, pour lui prouver son amour ? Il avait été capable, lui, de toutes les transgressions. Pour Clara ! Pour l'amour d'elle ! Il était la différence absolue, et eux tous, embusqués derrière leur regard, n'étaient rien d'autre que ce regard unique ! Le regard unique des maquereaux du réel, des curés de l'image, braqué sur son irréconciliable différence ! Ils le jugeaient ! Ils s'autorisaient la morale par défaut de sentiment ! Ils l'avaient tenu sous le feu de leur regard unique par carence de corps et de cœur ! Ils l'avaient maudit !

– Monsieur !

Il en était revenu à Fritz Lang et avait atteint la place de la République, quand le gamin, enfin, le rattrapa.

– Monsieur.

Ce n'était pas un gosse de la bande Malaussène. C'était un petit Vietnamien qu'il n'avait jamais vu, et qui avait perdu son souffle en chemin.

– Monsieur ! Le monsieur m'a dit de te donner ça !

Un petit magnétophone. Haletant, Clément scruta le Faubourg du Temple. Le gosse avait disparu. Clément examina l'engin en reprenant son souffle. Du métal satiné qui tenait au creux de sa main... Clément chercha l'ombre d'une porte cochère, s'y rencogna, déclencha la ronde de la bande et plaqua l'appareil contre son oreille.

La voix était douce, persuasive, un peu nasale.

– Vous avez suffisamment fui comme ça. Arrêtez-vous et réfléchissez. Ils vous accusent d'avoir souillé une image mais ils s'apprêtent à faire bien pire. Ne vous reprochez rien. Soyez chez moi dans une heure. Nous en parlerons tranquillement.

Clément écouta le message une deuxième fois. Et une troisième. Comme on se désaltère. C'était la voix de la consolation. Elle lui donnait rendez-vous quelque part sur les Champs-Elysées. Elle affirmait appartenir à Barnabooth, l'escamoteur. *« Barnabooth, vous savez, celui qui a fait disparaître le Zèbre ! »*

*

A la même seconde, Silistri pénétrait en coup de vent dans la chambre de Titus et Tanita.

– Un cadeau pour toi, Titus.

La tête bossue de l'inspecteur Adrien Titus émergea du devoir conjugal.

– On n'a pas le temps de conclure ?

– Le temps que je te prépare un punch.

– Un cadeau professionnel ? demanda Tanita.

Silistri s'en excusa.

Tanita refoula ses excuses.

– Passe à côté et attends ton tour. Mon cadeau à moi, il est sur le feu.

Une demi-heure plus tard, quand Titus fit irruption dans le salon, il y découvrit un Silistri profondément endormi.

– Je te réveille, ou j'appelle Hélène ?

Silistri ouvrit un œil.

– Bon, ce cadeau ? demanda Titus.

– Le chirurgien. Je t'offre le chirurgien.

Titus parcourut la pièce des yeux, en quête du tueur de putes.

– Il est là ?

– C'est tout comme. Cette fois, on va se le faire, Titus.

– Sans blague ? Tu as la recette ?

– Oui.

Le regard de Silistri se rembrunit.

– Et ça m'a coûté cher.

IX

ENTRACTE

Benjamin, dis-moi la vérité.

29

Beaucoup plus tard dans la nuit, Julie m'a dit :

– Benjamin, dis-moi la vérité.

C'était la première fois qu'elle me demandait une chose pareille. J'ai fini par murmurer :

– Oui, mon amour ?

Quelques secondes ont passé de son côté. Puis elle a demandé :

– Le cinéma, au fond, tu t'en fous, hein ?

Je ne me suis pas posé la question de cette question. C'est une habitude que j'ai perdue avec Julie. Je me suis contenté de réfléchir. Le cinéma... voyons voir...

– Tu t'en fous complètement, non ?

– Pas vraiment. Pas complètement. Je m'en fous un peu, quoi...

– C'est pire que tout, comme réponse pour un cinéphile. Imagine la tête d'Avernon, si tu lui répondais ça. Autant lui annoncer que tu préfères les entractes.

Nous murmurions dans le noir, allongés sur le dos, bras contre bras, sous le baldaquin, dans le théâtre abandonné. Sans transition, Julie m'a posé une deuxième question :

– Et le vin ?

– Quoi, le vin ?

– En dehors du sidi-brahim, tu t'intéresses au vin ?

– Tu veux dire... si je m'y connais ?

On aurait dit une première rencontre.

– Oui. Tu t'y connais en vin ?

– Pas du tout.

Alors, toujours sans bouger d'un millimètre, elle a dit :

– J'ai quelque chose à te proposer.

Son idée était simple. Elle me l'a exposée simplement.

– On va soigner notre chagrin en s'occupant de trucs dont on se fout complètement.

Elle allait louer un camion, m'emmener dans son Vercors natal où nous déménagerions la cinémathèque du vieux Job. Par la même occasion nous prendrions livraison de son Film Unique, quelle que fût l'opinion de Barnabé sur la question.

– Le vieux Job m'a envoyé un fax, il nous attend. On en profitera pour faire *ma* route des vins.

On rapporterait toute cette pellicule à Suzanne et aux cinéphiles. Nous taillerions le bonheur de leurs vies dans le chagrin de la nôtre. Vive le cinéma.

J'ai demandé :

– Et Clara ?

– Clara a décidé de prendre une semaine de chagrin avec ta mère.

Bon.

– Quand partons-nous ?

– Demain.

*

– Alors ?

J'ai fait tourner le vin dans mon verre, humé un long coup, bu une larme, gargouillé et mâchonné, tout comme je l'avais vu faire. Puis j'ai levé les yeux au ciel, hoché la tête, froncé les sourcils... j'ai regretté de ne pas savoir bouger les oreilles. Finalement, j'ai dit :

– Pas dégueulasse.

Dehors, le grand camion blanc attendait gentiment la fin de la dégustation.

Julie me singeait :

– Pas dégueulasse...

Toute son amoureuse pitié dans cette imitation... un zeste de mépris... Et le monstrueux iceberg de sa connaissance barbotant dans ce cocktail.

– Le vin d'Irancy, Benjamin, est beaucoup mieux que « pas dégueulasse ». C'est un rouge de haute tenue et de longue garde. Celui qui se désole dans ton verre est issu d'un cépage en voie de disparition, aussi rare qu'une baleine dans les eaux territoriales japonaises : un *tressot*, mon chéri, et d'une année exceptionnelle : 1961 ! Un vin de vigueur et de belle robe ! Regarde-le, au moins, si ton palais est sourd !

– Julie, d'où ça te vient, cette science ?

Dans le camion qui nous conduisait vers l'escale suivante, elle souriait.

– Du gouverneur mon père.

Le gouverneur avait tenu à lui former le goût.

– A six ans, il m'a plongée dans le pinard comme on vous colle au piano. Je regimbais, comme tous les gosses devant leur instrument, mais il refusait de négocier. Aujourd'hui encore le vin m'indiffère, mais savante je suis. Tu vas voir ce que tu vas voir !

Elle se vengeait sur moi de cette enfance œnologue.

– C'est tout ce que tu peux m'en dire, de ce chablis, Benjamin ? Rien sur son corps, sa finesse, sa robe, sa limpidité ? Bon, parlons clair : quel *goût* il a ? J'attends... Qu'est-ce que tu as dans la bouche ?

– Un goût d'herbe... non ?... un goût vert ?

– Pas si mal. Pierre et foin coupé, en fait. Cépage chardonnay. *La montée du Tonnerre,* 1976. Un premier cru. Tu te souviendras ? *Mille neuf cent soixante-seize* ! Retiens bien, au retour, je t'interrogerai.

Le camion reprenait l'asphalte. Julie dépassait sans broncher les gendarmes en embuscade. Pourtant, du crémant de Bourgogne aux coteaux rares de Vézelay, en passant par les petits sauvignons de Saint-Bris et le chablis aux reflets verts, notre sang devenait encyclopédique, et si l'un de ces pandores nous avait fait souffler dans son ballon, nous aurions fini le voyage en montgolfière. De mon côté, ça m'arrangeait, ce voile d'ivresse. C'était la toute première fois que je sortais de Paris et la nostalgie m'avait entrepris dès les premiers tours de roues. Il fallait combattre. Je me suis installé au chaud, dans les vapeurs de cépages et dans la voix de Julie. Je voyageais en moi-même.

Au-delà de Dijon, Julie négligea les côtes-de-beaune et autres côtes-de-nuits. Le camion enjamba la Saône et mit le cap sur le Jura. D'après la carte, ce n'était pas l'itinéraire le plus simple.

– Le gouverneur mon père ne prenait que cette route. Du coup, je n'ai jamais bu de beaujolais, et pas une seule goutte de bordeaux.

Elle ricana :

– Mais tu vas voir, les vins du Jura, c'est quelque chose !

*

Elle me parlait de son père. Elle me parlait de son enfance. Elle me parlait du vieux Job. En fait, elle parlait. Elle parlait en conduisant. Elle parlait un demi-ton au-dessus du moteur. Elle parlait interminablement. Du vieux Job, du Vercors et de la vallée de Loscence, des grottes, de Barnabé, de Liesl et de Job encore, du pinard et du cinéma, dans le ronronnement du camion... On ne sait jamais comment le chagrin va faire sa pelote. Elle qui, dans le malheur, était abonnée au silence, voilà qu'elle parlait pour nous deux à présent. Un peu comme on raconte des histoires. Avec un titre pour chacune d'elles. Souvent tiré d'une de mes questions, le titre. Celle-ci, par exemple :

– Comment Job est-il venu au cinéma ?

*

L'ENFANT JOB ET LE CINÉMATOGRAPHE

– Par son père. A l'âge de cinq ans, son père l'a emmené à une séance très particulière. Chez l'empereur François-

Joseph en personne. A Vienne, dans le palais de la Hofburg. Près d'un siècle plus tard, Job se souvient encore parfaitement de cette séance. Tu verras, on la lui fera raconter, il adore ça.

Elle aussi, elle adorait cette histoire.

Elle raconta.

L'empereur François-Joseph ne croyait pas au cinématographe. L'empereur était hostile à l'électricité aussi, et à la machine à écrire, et au téléphone, et à l'automobile, et au chemin de fer. Comme son grand-père François, il soupçonnait le rail d'accélérer la propagation des idées révolutionnaires. Il allait pisser une chandelle à la main quand Vienne faisait le jour et la nuit en appuyant sur une poire électrique. L'empereur François-Joseph était un souverain buté mais consciencieux. En matière de progrès, il pesait toujours le pour et le contre. Quand le pour faisait pencher la balance, il s'asseyait dans le plateau du contre. Il convoqua donc tout ce que Vienne comptait d'industriels industrieux pour qu'ils « opinionassent » (l'expression est de Job) sur cette invention des frères Lumière : le cinématographe. Les parents du vieux Job étaient de la fête. Ils avaient emmené le petit.

Trois films au programme : *La Sortie des usines Lumière, Le Jubilé de la reine Victoria* et *L'Arrivée d'un train en gare de La Ciotat.*

Julie me racontait ce que Job lui avait raconté.

Moi, j'écoutais Julie et j'étais au cinéma. Je voyais – nettement – le rayon magique traverser l'ombre immémoriale de la Hofburg, passer par-dessus les têtes aristocratiques et leur plaquer la réalité sur le mur d'en face : *La Sortie des usines Lumière*. Une invasion de prolos ! Les femmes en jupe-cloche, et les hommes en chemise et chapeau de paille. Exactement comme s'ils jaillissaient du mur.

– Pour comble de beauté dramatique, disait Julie, le projecteur s'est enrayé, juste avant que le concierge ne ferme les portes de l'usine.

Et tous les ouvriers Lumière se retrouvèrent figés en une brusque immobilité de spectateurs ! Scandale ! Non contente de se présenter le chapeau sur la tête et la bicyclette à la main dans une soirée où elle n'était pas conviée, voilà que cette racaille se conduisait comme si la projection eût été donnée pour elle, et que le sujet des frères Lumière en eût été : *La Famille impériale des Habsbourg, ses collatéraux et ses courtisans, en leur palais de la Hofburg, occupés à scruter le vide.*

Fut-ce la fureur concentrée du public ? Il y eut d'abord une petite auréole au milieu de l'écran, puis des cloques irisées crevèrent çà et là, dévorant ouvriers et ouvrières, et on se retrouva enfin entre soi, dans une odeur épouvantable, assez semblable à celle de la chair brûlée. L'opérateur bredouilla des excuses. Un deuxième projecteur envoya aussitôt *Le Jubilé de la reine Victoria.* Cette fois, la noble assemblée fut stupéfaite de se voir *de part et d'autre* de l'écran. Tout le monde jouait à se chercher parmi les adulateurs de la grande cousine podagre. Et quand ils se trouvaient, ils se pinçaient, ils se tâtaient le pouls, pour s'assurer que c'était bien leur image qui faisait des courbettes, là-bas, dans les profondeurs de l'écran. Sur quoi, une locomotive fit exploser le mur de la Hofburg, culbutant plusieurs spectateurs dans la salle de projection. C'était *L'Arrivée du train* de Louis Lumière. (Ce soir-là, le petit Job se découvrit des yeux.) Enfin immobile, le train accueillit dans ses flancs de bois un couple de jeunes paysans provençaux – allons bon, des paysans, maintenant ! –, la jeune fille, toutefois, fort intimidée de sentir peser sur elle tant de nobles regards. Au point qu'elle hésita une seconde aux marches de son wagon, comme si elle s'était trompée de classe.

– Difficile de t'expliquer ça, Juliette, commentait le vieux Job, mais aucun des spectateurs de la Hofburg ne pensa spontanément que c'était *la présence de la caméra* qui intriguait cette jeune paysanne.

– Vous voulez dire... ils croyaient qu'elle les *voyait* ?

– Non, bien sûr, non, non, pas plus qu'ils ne s'étaient réellement crus envahis par les ouvriers Lumière, ou doués d'ubiquité devant le jubilé de la reine. Mais... comment te dire ? Ils avaient *le regard aristocratique,* comprends-tu ? Ils étaient habitués à considérer le monde comme un livre d'images, et voilà qu'on leur présentait des images qui, justement, *étaient le monde*. Tu comprends, Juliette ? Fais-moi plaisir, dis-moi que tu comprends.

Elle faisait oui de la tête. Le vieux Job avait une voix de projecteur. Elle aimait le crépitement de cette voix.

– Leur regard avait perdu le pouvoir de modifier le spectacle. J'étais petit, mais je les ai bien observés, tu sais. Cela se déroulait sous leurs yeux, malgré eux, comme beaucoup d'autres choses, désormais, dont ils n'avaient pas conscience. Et ils continuaient d'avoir le regard aristocratique. C'était très distrayant. Très distrayant...

– Et l'opinion des industriels ? avait demandé Julie.

– Sur le cinématographe ? Unanime : aucun intérêt ! « On n'industrialise pas la lanterne magique. » Le chœur des crétins. En 1908, quand ils ont commencé à se réveiller, il était trop tard : les usines de mon père avaient dévidé tant de millions de kilomètres de pellicule celluloïd que la terre, depuis ce temps-là, ressemble à un gros œil de mouche tournant dans le cosmos.

*

L'auberge était une image d'auberge, la chambre était lambrissée de bois brut, le lit recouvert d'un édredon de grand-mère, la fenêtre ouverte sur le mauve couchant d'une montagne, le camion blanc à l'écurie, devant sa ration d'avoine, Julie et moi penchés sur un vin couleur d'ambre.

– « Savagnin », Benjamin, c'est le nom du cépage. Tu te souviendras ?

– Savagnin.

– Trèèès bien. Un vin mythique. On l'appelle le *vin de voile*. Grand prince des vins du Jura. Vendanges tardives, mise en fûts de chêne avinés, tu laisses mariner six ans au moins, jusqu'à ce qu'un voile de levure se forme à la surface, d'où son nom. Et sa couleur ambrée. On l'appelle aussi *le vin jaune*.

– Le vin jaune...

Les noms de vins, de villes et de cépages bourdonnaient dans mon crâne. Dégustations à Salin-les-Bains, à Poligny, à Château-Chalon, à L'Etoile, à Lons-le-Saunier, à Saint-Amour, les jus pourpres et corsés du trousseau, les rosés délicats du poulsard, et maintenant le vin jaune du savagnin, « grand prince des vins du Jura ».

– Alliance de noix verte, d'amande grillée, de noisette...

(Noix verte, amande grillée, noisette...)

– A ne pas confondre avec *le vin de paille,* Benjamin, célèbre, le vin de paille, et très rare... mais nous verrons ça demain...

(C'est ça... demain... demain...)

Il y avait un petit boîtier noir sur la table de nuit. En se glissant dans les draps, Julie s'en est saisie et l'a dirigé comme une arme devant nous. Aussitôt un cube de plastique s'est allumé au pied du lit. Ça s'appelle une télévision. Une fenêtre sur le monde, soi-disant. Tu parles... En s'ouvrant, la fenêtre a directement donné sur nous-mêmes. Sur une carte de Belleville, en l'occurrence. Une carte tatouée sur une peau d'homme. La voix du commentateur disait :

– *Il y a ceux qui emballent ou qui effacent, les Christo et les Barnabooth, esthétique de l'oubli dans un monde en perte de valeurs, mais il y a aussi les anonymes acharnés à se souvenir, qui vont jusqu'à graver leur mémoire sur leur peau... M. Beaujeu, le serrurier de Belleville, était de ceux-là... On l'appelait Cissou, dans son quartier...*

La voix du commentateur guidait la caméra, le long de la rue du Transvaal sur la poitrine de Cissou, vers le croisement de la rue Piat et de la rue des Envierges, en cette plate-forme qui offre une vue imprenable sur la destruction de Belleville. Et j'ai brusquement senti entre mes doigts le froid mortel de la photo arrachée aux mains de Clément, froide comme la peau d'un mort, froide comme l'absence de Cissou, et, dans la chaleur de notre lit commun, j'ai compris qu'avec le départ de Cissou nous avions perdu une autre raison de vivre, qu'après l'oncle Stojil et le vieux Thian, Cissou avait levé l'ancre à son tour, Cissou que je n'avais pas pleuré sur le moment, levé l'ancre, arraché une de mes attaches au monde, car ce n'était pas un ami que j'avais perdu là, c'était la meilleure part de moi-même, comme toujours quand un ami s'en va, une ancre arrachée au cœur de mon être, un morceau de mon cœur sanglant au bout de cette ancre enlevée, et ce n'était pas seulement du vin qui coulait de mes yeux, c'étaient les larmes de mes larmes, cette inépuisable cuvée de souffrance, le cépage si productif de la douleur de vivre, si profondément enraciné en notre terre de deuil.

J'ai sangloté dans les bras de Julie, et Julie s'y est mise à son tour, on s'est vidés jusqu'à cette sorte d'évanouissement qu'on appelle le sommeil, ce répit dont on se réveille avec un enfant perdu, un ami en moins, une guerre en plus, et tout le reste de la route à faire malgré tout, car il paraît que nous aussi nous sommes des raisons de vivre, qu'il ne faut pas ajouter le départ au départ, que le suicide est fatal au cœur des survivants, qu'il faut s'accrocher, s'accrocher quand même, s'accrocher avec les ongles, s'accrocher avec les dents.

30

– *La famille de M. Beaujeu est invitée à se faire connaître. Le corps sera à sa disposition pendant une semaine.*

Suivaient l'adresse de la morgue et son numéro de téléphone.

Le divisionnaire Coudrier éteignit le téléviseur.

L'inspecteur Titus prit la parole :

– Voilà. L'annonce est publiée dans tous les journaux, elle passera jusqu'à demain soir aux informations de toutes les chaînes. C'est la recette de Silistri.

Le médecin légiste Postel-Wagner leva des yeux sincèrement surpris.

– La recette ?

– Le vieux Beaujeu n'avait plus de famille, expliqua l'inspecteur Silistri. On a vérifié, jusqu'au fin fond de son Auvergne natale. Plus personne. Il n'y a qu'un type au monde pour vouloir son corps. Un grand amateur de tatouages, si vous voyez ce que je veux dire. Une sorte de chirurgien...

Les trois hommes baignaient dans une odeur de formol et de pipe froide. Les mots rebondissaient sur le carrelage et contre les murs blanc de la morgue. Le médecin légiste Postel-Wagner parlait avec prudence. Un peu comme on s'adresse à des enfants avant qu'ils n'allument la mèche d'un bâton de dynamite.

– Et vous croyez *vraiment* que ça va marcher ?

Titus et Silistri échangèrent un regard fatigué.

– C'est une hypothèse de travail, docteur, intervint le divisionnaire Coudrier, un diagnostic.

Le médecin légiste Postel-Wagner eut un sourire des yeux.

– Si les diagnostics étaient infaillibles, les morgues seraient moins pleines, monsieur le divisionnaire.

– Et la médico-légale plus rapide dans ses conclusions, fit observer Titus.

Le médecin légiste Postel-Wagner prit le temps de bourrer une pipe d'écume au foyer monstrueux. L'allumette y déclencha un incendie. Les trois hommes se perdirent de vue. Ne demeurait que la voix du médecin :

– Les morts méritent notre patience, inspecteur. On trouve des tas de choses dignes d'intérêt, dans leurs corps. Il n'y a pas que les enquêtes policières dans la vie. Il y a les enquêtes vitales.

Quand il eut chassé à grands moulinets la fumée de sa pipe, le docteur Postel-Wagner découvrit sans plaisir que ses interlocuteurs étaient toujours présents.

– Si je vous comprends bien, reprit-il, le corps du père Beaujeu jouerait la chèvre et moi le piquet, c'est ça ?

Le commissaire divisionnaire Coudrier toussota.

– En quelque sorte, oui.

– Je refuse.

Silence. Fumée.

– Ecoutez, Wagner... commença Titus.

– Appelez-moi docteur. Ce n'est pas que je tienne au titre, mais il n'est pas certain que nous devenions intimes.

Cela dit avec une sorte de candeur qui flanqua Titus au repos. Le médecin légiste Postel-Wagner parlait d'une voix rieuse, doucement nasale.

– Je refuse pour plusieurs raisons, expliqua-t-il. La première étant que dès demain, grâce à votre matraquage médiatique, nous allons voir débarquer une foule d'amateurs qui feront la queue pour admirer les tatouages de Cissou la Neige, et qui n'auront rien à voir avec le tueur que vous recherchez.

L'argument porta pendant une longue seconde.

– On fera le tri, intervint l'inspecteur Titus, et on virera les cinglés à coups de pied au cul.

– Une morgue n'est pas une gare de triage, objecta le médecin légiste Postel-Wagner. Par ailleurs je ne vois pas ce qui vous autorise à traiter de cinglés les amateurs de tatouages, ajouta-t-il doucement. Ce n'est pas une maladie, que je sache.

« Compris. Cul tatoué », pensa Titus.

– Et je ne suis pas tatoué, murmura le docteur en tirant sur sa pipe.

Le divisionnaire Coudrier relança le débat.

– Les autres raisons de votre refus ?

– Le danger, d'abord. Je ne travaille pas seul. Si j'en crois le dossier, ce type ne recule devant rien. Une des filles a été enlevée en plein jour, sous les yeux de sa famille, et son mari a été abattu. Je ne veux pas faire courir ce risque à mon personnel.

– Il y aura trop de flics dans cette morgue pour qu'il puisse tenter quoi que ce soit, objecta l'inspecteur Silistri.

– Il vous a déjà échappé une fois et vous aviez mis tous vos effectifs sur le coup. Il a pratiquement découpé une fille sous vos yeux.

C'était vrai.

C'était vrai.

C'était vrai.

Silistri essaya les arguments du cœur.

– Docteur, il nous faut ce type. On veut l'offrir à Gervaise pour son réveil.

Le médecin légiste lui sourit gentiment.

– Nous ferions tous des tas de choses pour Gervaise, inspecteur. Vous n'avez pas le monopole de la dévotion. Je la connais depuis beaucoup plus longtemps que vous. Elle a fait son droit avec ma femme. Vieille copine, sœur Gervaise. Je suis le plus ancien de ses Templiers.

« Il commence à faire chier », pensa l'inspecteur Titus.

– Et je ne suis pas certain que Gervaise apprécierait le procédé, ajouta le médecin.

– Ah ! bon ? Pourquoi ?

Titus et Silistri en avaient sursauté.

– Le repos des morts, peut-être. Les morts ont droit au repos.

« Exactement les mots prononcés par Malaussène à propos de Krämer », songea le divisionnaire Coudrier. Coudrier s'interrogeait parfois sur les raisons de sa sympathie pour le médecin légiste Postel-Wagner, cette exaspérante estime. Il venait de trouver la réponse : le médecin légiste Postel-Wagner était un tantinet malaussénien. D'ailleurs ce travail d'ouvre-morts dont il parlait avec tendresse n'était pas moins incongru que les cornes de bouc sur la tête de Malaussène. « Il faudra que je lui demande un jour pourquoi il a choisi la médico-légale », pensa le divisionnaire. Mais l'imminence de sa retraite lui sauta au cœur. « Je n'aurai pas le temps, se dit-il ; après-demain, c'est fini. »

Le ton du divisionnaire se durcit.

– Navré, docteur, mais vous n'avez pas le choix.

Il leva la main pour parer à toute interruption. Il montra le poste de télévision.

– A présent, même si nous repartions avec le corps de M. Beaujeu, notre client le croirait chez vous et viendrait le chercher. A votre place, je ne courrais pas le risque de sa visite sans la protection de la police.

– Et sans le corps de Cissou, ajouta Titus.

– Ces types ont tendance à se fâcher, quand ils ne trouvent pas ce qu'ils cherchent, expliqua Silistri.

– Ce serait trop bête... fit Titus.

Le médecin légiste Postel-Wagner craqua une deuxième allumette. Nouvelle disparition des trois flics.

– Epargnez-moi votre ping-pong d'interrogatoire, messieurs...

Et, au divisionnaire Coudrier :

– Encore une fois, je ne ferai courir aucun risque à mon personnel.

Le divisionnaire se renfrogna.

– Bon. Vous direz à vos gens de rester chez eux jusqu'à la fin des opérations.

– Ce n'est pas si simple, j'ai beaucoup de travail sur la planche.

L'Empereur se sentait fatigué, tout à coup.

– Ne me posez pas de problèmes insolubles, docteur.

– La médico-légale offre des solutions aux problèmes insolubles, monsieur le divisionnaire. Aux problèmes qui ne se posent plus.

« Malaussène, pensa le divisionnaire. L'horripilante manie de la formule... »

– Je vous écoute, docteur.

Postel-Wagner déploya une longue carcasse un peu voûtée, frappa sa pipe contre la paume de sa main, au-dessus d'un bac de zinc qui lui servait de cendrier, et proposa sa solution :

– Je travaille habituellement avec un infirmier et deux stagiaires. Il me paraît important de ne rien changer à cet effectif. Notre visiteur se méfierait du surnuméraire. Il me faut donc trois hommes en blouses blanches pour remplacer mon petit monde. Un qui jouera le rôle de l'infirmier et restera à la porte pour refouler les curieux, et deux stagiaires qui travailleront normalement avec moi à la salle d'opération.

– Entendu, docteur. Le reste de mes effectifs planquera dans les alentours.

Le médecin légiste Postel-Wagner eut un sourire apaisant à l'adresse de Titus et de Silistri.

– Vous verrez, ce n'est pas bien difficile. Vous aurez juste à m'assister pour l'incision des corps.

Quelque chose cessa de circuler dans le sang des deux inspecteurs.

– Et vous serez chargés de remettre les viscères en place après leur analyse. Nous commençons dès ce soir, j'ai pris un peu de retard.

Titus et Silistri cherchèrent en vain le regard de leur hiérarchie.

– Parfait, fit le divisionnaire Coudrier, puisque nous sommes tous d'accord...

Et il lança sur ses épaules la lourde capote qui donnait son air de solitude à l'Empereur en campagne. Il tendit une main potelée au docteur.

– Vous verrez, ça marchera très bien.

– Une chance sur dix, estima le médecin légiste.

– Je vous trouve pessimiste.

Postel-Wagner eut un sourire paisible.

– Mettons que je sois un optimiste bien informé.

Il désigna les casiers métalliques qui abritaient les corps en attente, dans les parois de son laboratoire.

– Je vis au milieu de mes informateurs.

« Malausséneries », pensa le divisionnaire Coudrier en se dirigeant vers la sortie. Postel-Wagner le retint.

– Non, passez par-derrière. Si notre client est déjà au courant, il surveille peut-être la boutique. Venez, je vous accompagne.

Pour la deuxième fois de leur existence, les inspecteurs Titus et Silistri venaient de perdre leur mère.

A son retour, le médecin légiste Postel-Wagner leur vota un sourire de condoléances.

– Vous aviez raison, dit-il, on doit bien ça à Gervaise.

31

– AAAh !... fit Julie en s'étirant. On a bien pleuré, hier soir !

Elle me sourit. Un rayon de carte postale montagnarde léchait la courtepointe de notre lit comme une caresse d'aquarelle.

– Longtemps que ça ne m'était pas arrivé, ajouta-t-elle.

Elle chercha dans sa tête.

– La dernière fois, c'était... Non, je préfère ne pas me souvenir de la dernière fois.

Elle promenait son index sur la cicatrice-frontière de mon crâne.

– On a chialé comme des ivrognes à la santé de Cissou, dis-je.

– On a pleuré sur tout ce qui mérite une larme.

– Et toutes nos larmes y sont passées. Putain de vin jaune !

– Putain de télévision, corrigea-t-elle.

*

Trente kilomètres plus loin, dans le camion blanc, j'ai demandé à mon tour :

– Dis-moi la vérité, Julie.

Oui, deux jours que nous divaguions autour de l'essentiel.

– Tu nous emmènes là-haut pour mettre la main sur Matthias, non ?

Elle a répondu carrément :

– Matthias n'a pas pu faire ça.

Ça résonnait comme une certitude. Elle ajouta tout de même :

– Bien sûr, si on le trouve chez Job, on lui demandera ce qui s'est passé.

– Si Matthias était chez le vieux Job, dis-je, les flics l'auraient déjà alpagué. Les Fraenkhel doivent être connus comme le loup blanc, dans le Vercors.

– Parfaitement inconnus sous ce nom, répondit Julie. Le vieux Job est un Bernardin. C'est leur nom. Les Bernardin de Loscence.

– Ils ne s'appellent pas Fraenkhel ?

– Bernardin.

Le moteur ronronna un bon moment dans le silence.

– Seul Matthias s'appelle Fraenkhel.

Elle conclut :

– Et c'est bien pour ça qu'il ne peut pas avoir fait ce dont on l'accuse.

*

MATTHIAS FRAENKHEL OU L'HONNEUR DE TOUS

C'était une histoire simple, vieille de cinquante ans. L'histoire d'un choix élémentaire.

– En 1939, Matthias a épousé Sarah Fraenkhel, fraîchement émigrée de Cracovie, et qui allait devenir la mère de Barnabé. En 40, dès la parution des lois antijuives, il a caché Sarah dans la maison de Loscence. Après quoi, il est retourné à Paris et s'est rendu à la mairie du 7e arrondissement, son quartier de naissance, pour y faire changer son nom.

– Changer son nom ?

– De Bernardin, il est devenu Fraenkhel. Il a fait tranquillement ce que quarante-cinq millions de citoyens auraient dû faire.

Oh ! Matthias... Matthias ou l'honneur de tous.

– Et Sarah ? A quoi ressemblait-elle, la petite Sarah ?

– Ne rêve pas, Benjamin. Je ne crois même pas que Matthias ait fait ça par amour. Pas seulement, en tout cas. S'il n'avait pas rencontré Sarah, s'il avait été célibataire ou marié à une fille de gentil, il se serait fait appeler Cohen ou Israël... La résistance douce, façon Matthias. Douce et silencieuse. Tu le connais : pas prosélyte pour deux ronds.

– On l'a laissé faire ?

– Le fonctionnaire de l'état civil qu'il a soudoyé a dû jouir, en s'imaginant qu'il se faisait graisser la patte par un idéaliste suicidaire...

– Et Matthias a pu continuer à exercer ?

– Sa salle d'attente regorgeait déjà de hautes dames. Il était le plus jeune obstétricien de France. Elles adoraient accoucher entre les mains d'un ange. Du beau monde qui prenait les principes pour des caprices. On lui a passé ce caprice-là. Il était follement à la mode. On continua donc d'enfanter chez le docteur Fraenkhel. C'était gravé noir sur cuivre à la porte de son cabinet : *Fraenkhel.* Les jolies aryennes au ventre rond poussaient, poussaient, en évitant de prononcer son nom.

Julie suivait la route et le fil de l'Histoire.

– Ça s'est gâté au printemps 44, quand ils sont tous devenus fous. Ils lui ont donné le choix : Sarah ou lui. Quand on l'a sorti d'Auschwitz, il pesait la moitié de son poids. Il ramenait un numéro, tatoué sur l'avant-bras.

– Et Sarah ?

– Je ne l'ai pas connue. En dehors de ça, c'était un couple comme beaucoup d'autres, tu sais. Ils ont divorcé à la fin des années cinquante, peu après la naissance de Barnabé.

*

Rare et célèbre, le vin suivant. Nous le bûmes au-dessus d'une vallée d'Arbois qui fleurait bon l'apaisement. C'était le fameux vin de paille.

– Je t'écoute, Malaussène.

Elle m'en avait tout dit avant d'en remplir mon verre. Grappes soigneusement triées, mises à sécher sur un lit de paille pendant deux ou trois mois. Le raisin se momifie, le sucre se concentre. On laisse le moût fermenter pendant un ou deux ans et le vin vieillir en fût pendant les quatre années suivantes.

– Alors ?

Alors, c'était bon.

Mais il fallait lui en dire plus sur ce genre de bonté.

– C'est un vin blanc, liquoreux bien sûr, très fin...

Julie eut un sourire.

– Très très fin, Benjamin... et comme on dit par ici : « Plus on en boit, plus on va droit ! »

*

Le grand camion blanc alla droit au cépage suivant.

Julie parlait moins.

J'en ai déduit qu'elle ruminait davantage.

Et que c'était nuisible au moral des troupes.

J'ai rallumé nos conversations de la veille avec les braises du jour.

– Mais qu'est-ce que ces Bernardin fichaient en Autriche au début du siècle ?

– Ils descendaient de l'aïeul Octave Bernardin, un déserteur de l'armée impériale, la nôtre. Un Bernadotte au petit pied. Traître à Buonaparte. Qui a fait souche à Vienne. Et fortune sous la Restauration.

Silence.

Ne pas laisser germer certains silences.

– A propos, quelle conséquence a eue sur le petit Job cette projection des films Lumière dans le palais de la Hofburg ?

*

L'ORACLE DU CAFÉ CENTRAL

Après la soirée donnée à la Hofburg, on avait autorisé quelques séances publiques, à Vienne. Le petit Job les avait boudées. Il inaugurait son principe de ne jamais revoir un film.

– Un événement ne se répète pas. Un film digne de respect ne se voit qu'une fois. Ce qui fait son être, Juliette, c'est le souvenir qu'il te laisse.

Au lieu de courir ces projections viennoises, le petit Job préférait boire son chocolat dans les salles du Café Central. Sa nourrice allemande l'y déposait tous les jours à quatre heures pour l'y reprendre à six. (Un accord secret entre eux deux, éventé un jour par le père de Job, qui négocia sa clémence contre deux heures de nourrice allemande.) Le Café Central bourdonnait d'intelligence. Le petit Job en était l'attraction. Il circulait parmi les tables en pontifiant comme un grand. Chaque fois que sa tête émergeait de la fumée des cigares et des pipes, il se trouvait quelqu'un pour lui poser une question sur l'actualité du moment.

– Et toi, Jobchen, que penses-tu du cinématographe ?

– Que voulez-vous qu'on pense d'une invention ? Il faut attendre.

L'idée généralement admise par cette jeunesse viennoise était que, si la nature avait doté l'homme d'une paire d'yeux, le cinématographe lui offrait un *regard*.

– Reste à savoir comment vous l'utiliserez, ce regard.

– A célébrer le mouvement, Jobchen ! Le cinématographe, c'est la célébration du Mouvement, la vie même !

– Foutaise, votre mouvement, s'exclama le petit Job, foutaise ! (C'était l'exclamation favorite de son père, il adorait ce mot-là.) Triple foutaise ! Le mouvement, ici, ne sert qu'à exprimer la durée ! Le mouvement n'est qu'un moyen, rien d'autre qu'un moyen, un ustensile ! Avec le cinématographe, les frères Lumière nous ont donné beaucoup plus que le mouvement : ils nous ont offert le moyen de *saisir le cours du temps*.

– Vraiment ? Explique-nous ça, Jobchen !

On l'enleva. Il fut transporté dans les airs et déposé sur le bar. C'était généralement là que sa nourrice allemande le retrouvait : debout sur le bar.

– Alors, Jobchen, qu'est-ce que c'est que cette histoire de temps ?

Comme un vrai tribun, le petit Job établit le silence en écartant les bras.

– Vous avez tous vu les ouvriers sortir des usines Lumière, vous les avez vus s'approcher de vous, vous avez battu des mains comme des enfants en vous écriant : « Ils bougent ! Ils bougent ! » La belle découverte : les ouvriers bougent ! Fallait-il attendre l'invention du cinématographe pour apprendre que les ouvriers bougent ? que les bicyclettes roulent ? que les portes s'ouvrent et se referment ? que les trains entrent en gare ? que les aristocrates font la révérence ? que les vieilles reines se déplacent moins vite que les jeunes ? Est-ce vraiment là tout ce que vous avez vu ?

L'argument porta si fort que plus rien ne bougea dans le Café Central. Puis une voix de femme s'éleva :

– Et toi, Jobchen, qu'as-tu vu ?

Job chercha la femme du regard. Elle fumait une longue pipe. Elle tenait une enfant assise sur ses genoux. Sous le sourire amusé de sa mère, l'enfant levait sur Job des yeux de ciel où il lut une promesse d'éternité.

– Entre l'instant où les portes se sont ouvertes, reprit-il en rendant son regard à la petite fille, et celui où le projecteur s'est enrayé, il s'est écoulé trente-sept secondes... Trente-sept, répéta-t-il en faisant mine de compter sur ses doigts pour que l'enfant comprenne bien.

Une émotion soudaine l'arrêta, ses yeux se brouillèrent. Ce fut presque dans un murmure qu'il acheva :

– Le cinématographe m'a offert trente-sept secondes de la vie de ces hommes et de ces femmes. De chacun de ces hommes... de chacune de ces femmes... trente-sept secondes de leur existence. Je ne les oublierai pas.

Puis, dans un regard qui embrassait la seule petite fille :

– Nous ne les oublierons jamais.

*

– La gamine, c'était Liesl ?

– Comment as-tu deviné, Benjamin ? Tu sais que tu es très fort !

Tout en se foutant de moi, Julie débouchait une bouteille de roussette. A nos pieds, là-bas, un soleil blanc donnait au lac d'Annecy des luisances de zinc : un fameux bar ! Où nous attendait une belle collection de verres.

– Après cette roussette de Savoie, je te ferai goûter le vin d'Abymes, une petite chose légèrement perlante, pas désagréable du tout. Ensuite on s'attaquera à la mondeuse rouge. Beau nom, hein ? Tu verras, c'est un cépage qui donne un rouge puissant, bien coloré...

32

– Essayez de ne pas trop respirer, j'en ai pour une seconde. Tenez droit votre plat, monsieur Silistri. Et vous, inspecteur Titus, épargnez-moi vos commentaires, un peu de respect, n'oubliez pas qu'il s'agit d'un sénateur.

Le sénateur en question s'était laissé ouvrir sans façon, du maxillaire inférieur jusqu'au pubis. Silistri avait hérité d'un foie énorme, granuleux, dur comme le bois, rosé à taches blanches, un chef-d'œuvre cirrhotique arraché au sénateur dans un affreux bruit de succion. Puis le sénateur lui avait fait don de sa rate, de ses reins et de son pancréas. Silistri passait à Titus qui rangeait dans des petits plats de zinc, pour examen. Le sénateur laissait faire. Il répandait une odeur fade, sur laquelle planait autre chose.

– Vous ne sentez rien de particulier ? demandait Postel-Wagner.

Titus et Silistri s'efforçaient de goûter l'air.

– Une odeur de vieux fût, hasarda l'inspecteur Titus. Vieux chêne, je dirais, de ceux où on conserve ce genre de foie.

– Bien senti, mais il y a autre chose. Un parfum qui va avec le rosé de viscères.

Le sénateur se laissa renifler.

– Amande verte, vous ne trouvez pas ? Souvenez-vous de vos premières confitures d'abricots.

La mère de Silistri ne faisait pas de confiture.

– Cyanure, conclut le médecin légiste.

Postel-Wagner hocha la tête.

– Mauvaise nouvelle, sénateur, on a coupé votre Djinn.

Le docteur Postel-Wagner parlait à son mort, à présent.

– Quelqu'un lorgnait votre héritage. Ou votre fauteuil à la présidence du conseil général. La famille et la politique, deux jolies causes de mortalité, avec la cirrhose...

Entre deux lamelles de verre et sous un microscope, le sénateur confirma. Il consentait enfin au dialogue.

– Je suis bien d'accord avec vous, sénateur : travail bâclé, empoisonnement rudimentaire. Ou vous dérangiez quelqu'un depuis peu, ou vous encombriez votre monde depuis trop longtemps. D'où la précipitation. Ils comptaient sur votre cirrhose pour obtenir le permis d'inhumer. Mort publique, à une table de banquet, avec un foie pareil, et à votre âge... quoi de plus naturel ?

Le médecin légiste Postel-Wagner se reporta à son dossier.

– Oui... oui, oui... mais c'était compter sans la présence à ces agapes du docteur...

Il tournait les pages.

– Le docteur... Fustec ! un fameux diagnostic, cher collègue. Bravo !

Sans se retourner, le médecin légiste Postel-Wagner appela :

– Inspecteur Titus ? Voudriez-vous prendre en dictée une lettre de félicitations pour ce confrère, le docteur Fustec...

Il reporta son œil droit au microscope.

– Pendant ce temps, M. Silistri peut rendre ses organes au sénateur, il nous a tout dit.

Comme rien ne bougeait dans son dos, le médecin légiste Postel-Wagner se retourna.

– Ça ne va pas ?

Debout devant un sénateur grand ouvert, les deux inspecteurs pouvaient aller mieux. Titus tenta bravement de résumer la situation.

– Pas trop, non. La vie n'est pas cirrhose...

Silistri ne se sentait pas d'humeur à composer.

– On vous revaudra ça, Postel. Dès que l'occasion se présentera, je vous attacherai sur une chaise devant certaines vidéos qui vous feront regretter d'être né. Si vous autopsiez les corps, nous, c'est les âmes. Et croyez-moi, les cirrhoses de l'âme...

Le médecin légiste interrompit la diatribe de l'inspecteur en soulevant sa blouse blanche et en lui tendant un flacon gainé de cuir qui avait l'arrondi de sa fesse droite.

– Buvez un coup et reprenez pied, c'est fini.

Le parfum du whisky s'insinua parmi les odeurs irrévocables.

Silistri ne broncha pas. Il retenait son cœur au seuil de ses lèvres.

– Non ? Vous avez tort, c'est du meilleur. Ma femme est irlandaise.

Le médecin légiste vida la moitié de la fiasque, passa le reste à Titus et ouvrit la porte de la salle d'opération qui donnait sur le couloir d'entrée.

Un enfant attendait, assis sur un banc de bois.

– Qui tu es, toi ? demanda Postel-Wagner dans un éclat de joie.

– Thomas. J'ai mal au doigt, ajouta l'enfant sans transition.

– Thomas Jaimalodoigt ?

En faction à la porte d'entrée, l'inspecteur Caregga leva les yeux de son chapelet et désigna l'enfant d'un hochement de tête.

– Il dit que sa grand-mère vous connaît.

– Qui est-ce, ta grand-mère ?

– Mme Bougenot.

– Ah ! Mme Bougenot ! Mais oui ! Ça va, sa hanche ?

– Ça va, docteur. Elle m'a dit de venir. J'ai mal au doigt.

Deux secondes plus tard, la mine réjouie du médecin légiste surgissait par la porte entrebâillée.

– Rangez le sénateur, messieurs, nous allons faire dans le petit vivant. Un panaris exceptionnel !

Le sénateur retourna sans protester à la fraîcheur des limbes ; Titus et Silistri avaient acquis certains automatismes.

Trois fois depuis le matin qu'ils alternaient le mort et le vivant.

*

– Vous direz ce que vous voudrez, objecta Titus, mais une morgue avec une salle d'attente, ça perturbe.

Les trois hommes dressaient la table du déjeuner dans le bureau du médecin légiste.

– Il n'y a pas que les morts dans la vie.

Postel-Wagner plaçait les fourchettes à la française, à gauche des assiettes, les pointes contre la nappe.

– Peut-être, mais ça ne nous facilite pas le travail, gronda Silistri.

Les couteaux prirent leur place en vis-à-vis, le tranchant vers l'intérieur.

– Nous sommes tombés d'accord qu'il ne fallait rien changer à nos habitudes, rappela Postel-Wagner. Or tout le quartier sait que je soigne à l'œil et que mon équipe et moi déjeunons dans mon bureau.

Il tendit une bouteille et un tire-bouchon à Silistri.

– D'ailleurs, mes patients n'abusent pas. Rien que des urgences.

– Le panaris du gosse, une urgence ?

– J'ai un enfant du même âge dans le tiroir B6. Septicémie. Un panaris négligé, ça ne pardonne pas. On soupçonne la mère d'avoir laissé courir le pus.

Et, sans transition :

– Ne chahutez pas cette bouteille, monsieur Silistri. C'est un Baron Pichon Longueville 75. Ça ne vous dit peut-être rien, mais le foie du sénateur y a mariné pendant de longues années.

Avant que Silistri eût pu répondre, la porte s'ouvrait sur l'inspecteur Caregga, chargé du plateau commandé comme chaque jour au restaurateur voisin.

*

Toujours selon la coutume établie par le médecin légiste, ils s'accordèrent une sieste de trois quarts d'heure pendant laquelle ils firent le point. Les curieux avaient été moins nombreux que ne le craignait Postel-Wagner. Une demi-douzaine seulement. La carrure de l'infirmier Caregga les avait dissuadés de jouer à la famille. Cissou la Neige dormait en paix. La question restait entière : qui viendrait le réclamer ? Et quand ?

– Si on vient.

Postel-Wagner tirait paisiblement sur sa pipe d'écume en ouvrant son courrier.

– Le chirurgien viendra, affirma Titus.

– Le temps de se bricoler une fausse carte d'identité, confirma Silistri.

– Un gros risque, tout de même, objecta Postel-Wagner.

– Un gros paquet de fric à la clef, expliqua Titus.

– Mettez-vous à la place du collectionneur pour qui travaille notre chirurgien, suggéra Silistri. Deux jours qu'il bave devant sa télévision sur le Belleville du père Beaujeu. Le chef-d'œuvre des chefs-d'œuvre en matière de tatouage. Quelque chose comme la réplique vivante du plan de Turgot.

– Vivante...

– C'était façon de parler. Notre collectionneur a fait découper des filles pour beaucoup moins que ça... son chirurgien a pris des risques inimaginables... et justement, voilà qu'on leur propose un mort. Un mort conservé au frais, à cueillir dans une morgue...

– Du gâteau, par rapport à ce qu'ils ont eu à faire jusqu'à présent.

– Si ce n'est pas le collectionneur qui a l'idée, ce sera le chirurgien. Le chirurgien lui proposera l'affaire.

Les deux inspecteurs se renvoyaient la balle. A chaque échange elle devenait plus convaincante.

– Et s'ils flairent un piège ? demanda Postel-Wagner. Après tout, vous leur avez déjà fait le coup de la chèvre, avec Mondine.

– Ils commenceront par se renseigner à Belleville. Ils

apprendront que le père Beaujeu y est bel et bien mort. A l'adresse indiquée. Et sans famille. Ils recouperont point par point les informations données par la télévision et les journaux. La vérité vraie. Aucune raison pour qu'ils se méfient.

– Si ce n'est leur méfiance...

Silistri eut son premier sourire à l'adresse de Postel-Wagner.

– Raison de plus, Postel.

« L'intimité, pensa le médecin légiste, que je le veuille ou non, nous gagnons en intimité... »

Silistri se pencha sur lui.

– Chez un type comme notre chirurgien, la méfiance est le carburant de l'excitation. Là où elle nous ferait renoncer, elle le chauffe à blanc. Le goût du risque et la passion de la prudence, c'est un cocktail auquel ce genre de salaud ne résiste pas.

– A se demander pourquoi nous prenons tant de précautions, ironisa Postel-Wagner.

– Parce que s'il voyait une armada de flics déployée autour de votre morgue, le chirurgien renoncerait malgré tout. Il n'est pas fou.

– Pas fou ?

– Pervers, docteur, mais pas fou.

Les yeux de Silistri gagnaient en fixité. Titus, lui, s'était insensiblement retiré. Assis près de la fenêtre, il écossait son chapelet. Postel-Wagner se retrancha dans la lecture de son courrier. Ainsi meurent les conversations.

Un journal tomba d'une enveloppe tranchée. Postel-Wagner le ramassa. L'hebdomadaire pseudoprofessionnel *Affection*.

Enorme titre – LA BACTÉRIE MANGEUSE D'HOMMES – suivi d'un article sur la fasciite nécrosante, streptocoque facétieux qui, de temps à autre, vous dévore un corps en quelques heures – exceptionnel, largement endigué depuis le XIXe siècle –, mais l'article, signé par Sainclair, le directeur en personne, annonçait la chose comme une toute nouvelle colère divine, prédisait une épidémie mondiale, détails suintants, adjectifs délétères, exemples juteux : décomposition nocturne d'un mari à côté de sa femme, d'un bébé dans son berceau... horreur à l'état pur. Postel-Wagner tourna la page. L'ACCOUCHEUR FOU DES BEAUX QUARTIERS. Photo : l'obstétricien Fraenkhel. Tonalité de l'article : hystérie vengeresse au nom de l'honneur médical. Postel-Wagner hocha la tête. Matthias Fraenkhel avait été son maître.

– Une infection, cette *Affection*.

Poubelle.

Aucun doute, pourtant. Postel-Wagner avait lui-même pratiqué deux autopsies sur les onze interruptions abusives. Les conclusions qu'il avait envoyées à Coudrier étaient formelles : fœtus parfaitement viables.

Le médecin légiste ralluma une pipe songeuse. De loin, Titus demanda :

– Qu'est-ce que vous mettez, comme tue-mouches, dans votre pipe ?

Postel-Wagner dissipa le nuage.

– Et qu'est-ce qu'il vous inspire, comme prières, votre chapelet ?

Un revolver jaillit dans la main droite de l'inspecteur.

– Le pardon des offenses.

La sonnerie du téléphone retentit à la même seconde.

Postel-Wagner décrocha s'annonça, écouta, hocha deux fois la tête, raccrocha et déclara :

– C'est le divisionnaire Coudrier. Un type est passé par Belleville. Il a posé des questions à propos de Cissou la Neige. Il prétend être son neveu. Il va y avoir de l'offense à pardonner, Titus.

33

– Si je calcule bien, dis-je, Liesl et le vieux Job se sont offert dans les quatre-vingts années de vie commune, c'est ça ?

– Quatre-vingt-sept exactement. Ils ne se sont plus quittés depuis cette rencontre, au Café Central.

Nous avions vidé le lac d'Annecy avec nos petits verres. Le grand camion blanc tanguait sur la route de Grenoble.

– La belle amour, dis-je.

Le camion blanc fit un écart nerveux.

– L'amour, toujours l'amour, tu nous pompes l'air avec ton amour, Benjamin !

(Ouh là... humeur.)

Mains crispées sur le volant, regard-horizon, Julie s'était mise à conduire comme on s'acharne.

– Tu me donnerais presque envie de repiquer au cul pour le cul.

Ecrasement du champignon. Bond de la bête blanche. Je me suis tenu à la poignée de la portière et au sujet de la conversation.

– Ah ! bon, quatre-vingt-sept années de vie commune sans amour, alors ?

Hurlement des virages.

– Le monde selon Malaussène : avec amour ou sans amour ! Pas d'alternative. Le devoir d'amour ! L'obligation au bonheur ! La garantie-félicité ! L'autre dans le blanc des yeux ! Un univers de merlans frits ! Je t'aime tu m'aimes, qu'est-ce qu'on va faire de tout cet amour ? La nausée ! De quoi s'enrôler dans la horde des veuveurs !

– Les veuveurs ?

– Les veuveurs ! Les faiseurs de veuves ! Qui nous libèrent de l'amour ! Pour donner au moins une chance à la vie ! Telle qu'elle est ! Pas aimable !

J'ai regardé le ciel. Pas le moindre nuage. Une colère bleue.

– D'où ça te vient, cette religion de l'amour, Benjamin ? Où est-ce que tu l'as chopée, cette vérole rose ? Petits cœurs qui puent la fleur ! Ce que tu appelles l'amour... au mieux, des appétits ! Au pis, des habitudes ! Dans tous les cas, une mise en scène ! De l'imposture de la séduction jusqu'aux mensonges de la rupture, en passant par les regrets inexprimés et les remords inavouables, rien que des rôles de composition ! De la trouille, des combines, des recettes, la voilà la belle amour ! Cette sale cuisine pour oublier ce qu'on est ! Et remettre la table tous les jours ! Tu nous emmerdes, Malaussène, avec l'amour ! Change tes yeux ! Ouvre la fenêtre ! Offre-toi une télé ! Lis le journal ! Apprends la statistique ! Entre en politique ! Travaille ! Et tu nous en reparleras de la belle amour !

Je l'écoute. Je l'écoute. Le ciel est bleu. Le moteur s'est emballé. Je suis loin de Paris. En voyage. Prisonnier de l'extérieur. Pas de siège éjectable.

Elle s'est mise à grommeler, en espagnol :

– *No se puede vivir sin amar...*

Elle ricane. Elle tape sur le volant. A pleines paumes. Pied au plancher, elle gueule :

– *No se puede vivir sin amar ! Ah ! Ah !*

Un vrai cri de guerre.

Le camion pique à droite, fait une embardée sur un promontoire de terre brune. Poussière. Frein à main. Pare-brise. Immobilité. A une roue du précipice. Souffle court.

Elle ouvre la porte. Elle saute. Elle se découpe sur fond de vallée bossue. Elle shoote dans un caillou. Le silence tombe, tombe.

Tombe.

Elle s'accroupit au-dessus du vide.
Eternité.
Elle se relève.
Le ciel sur les épaules. Les bras le long du corps. Ses yeux à ses pieds.
Elle souffle un bon coup.
Elle se retourne.
Elle remonte sur son siège.
Elle dit :
– Excuse-moi.
Elle ajoute :
– Ce n'est rien.
Elle ne me regarde pas. Ne me touche pas.
Contact.
– C'est passé.
Elle répète :
– Excuse-moi.
Marche arrière.
Le camion blanc reprend la route.
Elle me raconte l'histoire de Liesl et de Job.
Liesl d'abord. L'enfance de Liesl.

*

LIESL OU LES BRUITS DU MONDE

1) *Les notes* : Lorsque Herma, la mère de Liesl, se mettait au piano, les petits doigts de l'enfant butinaient l'espace en une sorte de vol immobile. Si on lui demandait à quoi rimait cet acharnement de colibri, Liesl répondait :
– J'attrape les notes.

2) *Les mots* : Il en fut des mots comme des notes : papillons épinglés sur le coussinet de sa mémoire. « Herma » et « Stefan », d'abord, les prénoms de ses parents. Liesl ne leur donnait pas du « papa » ou du « maman » ; d'emblée, elle les *nomma*. Sourcils froncés, un peu comme si elle confirmait un souvenir.

Herma s'en amusait :

– Cette enfant se demande où elle nous a rencontrés.

Les premiers mots de son langage ne durent rien à l'enfance : « Österreich », « Zollverein », « Neue Freie Presse », « Die Fackel », « Darstellung », « Gesamtkunstwerk »... ils s'envolaient des conversations adultes pour nicher dans sa mémoire parmi les patronymes de ceux qui les prononçaient : « Schnitzler, Loos, Kokoschka, Schönberg, Karl Kraus ».

– L'éthique et l'esthétique ne sont qu'un ! s'exclamait l'oncle Kraus pour fustiger le théâtre de Reinhardt.

– *L'éthique et l'esthétique ne sont qu'un*, répétait Liesl, en repoussant son assiette restée pleine.

– Vous ne me ferez pas croire que cette enfant comprend ce qu'elle dit !

– Non ? ironisait Karl Kraus. Eh bien, regardez son assiette ! Ma nièce ne retient que les mots justes.

3) *Les bruits*. Le premier bruit à s'installer en Liesl fut celui de la pendule, au-dessus de son berceau. Les tics et les tacs... Cette pendule Junghans dont Liesl ne se sépara jamais.

– Ecoute la pendule, disait-elle à Julie. Ecoute-la de tout ton corps. Autant de « tics » différents que de « tacs » distincts. Chacun d'eux m'a laissé un souvenir entier.

*

– Tu crois ça possible ?

Le camion blanc avait retrouvé son rythme de récit au long cours.

– Quoi donc ?

– Les « tics » et les « tacs », le souvenir des « tics » et des « tacs », tu crois que c'est vrai ?

Julie m'a regardé. Une question pareille, elle n'en revenait pas.

– Tu es un enfant, Benjamin. Fais-moi penser à te donner un cours sur le mythe.

Pendant quelque temps, il y eut le silence de la route. Puis Julie demanda :

– Tu sais quels ont été ses derniers mots ?

– Ses derniers mots ?

– Les dernières paroles de Liesl, sur la bande du magnétophone.

– Les derniers mots enregistrés avant sa mort ?

– *Lasset mich in meinem Gedächtnis begraben.*

– Traduction ?

– *Qu'on m'enterre dans ma mémoire.*

*

LA MÉMOIRE DE LIESL

Tous les jours, et plusieurs fois dans la journée, après leur rencontre au Café Central, Liesl téléphonait au petit Job. Liesl adorait le téléphone. Magie moderne : on était ici et on était ailleurs ! Liesl ou l'ubiquité.

– Tu n'es pas là et nous sommes ensemble, disait-elle au cornet d'ébonite.

– Nous sommes ensemble mais tu n'es pas là, répondait poliment la voix du petit Job.

Mais le choc, l'émerveillement des émerveillements, eut lieu quinze jours après leur rencontre. Ce soir-là, Herma et Stefan emmenèrent Liesl et Job au théâtre. On y jouait, en français, *La main passe* de M. Feydeau. Dès le lever de rideau, un homme (Chanal) seul dans son salon (mais bientôt surpris par sa femme, Francine) parlait à une machine. Et la machine *répétait mot pour mot ce que l'homme venait de lui dire* ! La machine possédait une mémoire plus fidèle encore que la mémoire de Liesl. Une mémoire *qui ne triait pas*.

– Qu'est-ce que c'est que ça ? demanda Liesl à son père.

– Magnétophone, répondit Stefan.

– Qui l'a inventé ? demanda Liesl.

– Valdemar Poulsen, répondit Stefan. Un Danois.

– Il y a longtemps ? demanda Liesl.

– 1898, répondit Stefan.

– Comment ça marche ? demanda Liesl.

– Aimantation rémanente d'un fil d'acier, répondit Stefan.

– Je veux le même, déclara Liesl.

– Ecoute la pièce, répondit Stefan.

« *... que ma voix traverse les mers...* » récitait la machine avec la voix du comédien.

– Je veux le même, répéta Liesl.

Dans la seconde où on lui offrit son premier magnétophone, Liesl entreprit de fixer la mémoire du monde.

Et ce fut d'abord la voix de l'oncle Kraus.

– Répète, oncle Karl, répète pour le magnétophone, ce que tu viens de dire.

L'oncle Kraus se penchait sur l'orifice du pavillon et répétait ce qu'il venait de dire :

– Vienne est un terrain d'essai pour la destruction du monde.

– Ecoute, maintenant.

La machine répétait, sur un ton nasillard :

« *Vienne est un terrain d'essai pour la destruction du monde.* »

Suivirent l'annexion de la Bosnie-Herzégovine, l'assassinat de l'archiduc François-Ferdinand à Sarajevo, quatre années de guerre mondiale, des millions de morts, l'effondrement du Grand Empire, la révolution d'Octobre, le retour des Bernardin en France, le mariage de Liesl et de Job, la naissance de Matthias et la création du Film Unique.

*

– La naissance de Matthias *et* la création du Film Unique ? Le film unique est venu après Matthias ?

Le camion blanc avait fini par découvrir une autoroute. Il se laissait glisser le long du fleuve.

– Matthias les a beaucoup aidés dans l'élaboration de ce film. J'ai toujours vu Matthias consacrer son temps libre à Liesl et à Job. Quand Liesl revenait de ses voyages, et quand

Job se reposait de ses affaires, Matthias s'enfermait des heures avec eux. Tout le problème vient de là, justement.

– Le problème ?

– *Les* problèmes. Le divorce de Matthias et de Sarah, le sentiment d'exclusion de Barnabé... Ce qui liait Job et Liesl n'a pas grand-chose à voir avec l'amour comme tu l'entends, Malaussène.

– Je vois.

– Qu'est-ce que tu vois ?

– Le projet commun, l'amour rentable. « *Aimer ce n'est pas se regarder l'un l'autre, mais regarder ensemble dans la même direction* », ce genre de salades productivistes. L'amour créatif et performant. La manufacture d'amour : *Aux Destins Associés.* Le regard bleu horizon : en avant pour l'œuvre commune et pas de quartier pour ce qui gêne ! A gerber ! Evidemment, Barnabé n'a pas pu y trouver son compte. On ne fait pas son bonheur dans un plan quinquennal ; encore moins dans un plan séculaire ! En ce qui me concerne, Julie, je n'ai pas d'œuvre à te proposer, pas le plus petit projet, et s'il t'en venait un à l'esprit, préviens-moi vite que je saute en marche.

Une bouffée de réponse à son monologue de tout à l'heure. Mais je n'ai pas développé. J'ai juste dit :

– Arrête-toi au parking, là-bas.

– Ça ne peut pas attendre ?

– Je veux téléphoner. Arrête-toi.

Elle s'est arrêtée. La porte du camion s'est ouverte en chuintant devant la porte d'une cabine téléphonique. J'ai glissé toutes mes pièces dans la machine à consoler.

– Allô, maman ?

– C'est moi, mon grand, oui.

– Ça va ?

– Ça va, mon petit. La route est belle ?

– Elle tourne. Tu manges ?

– Je fais manger ta sœur.

– Elle mange ?

– Je te la passe.

– Benjamin ?

– Clara ? Ça va, ma Clarinette ? Tu manges ?

– J'ai deux nouvelles pour toi, Ben. Une bonne et une mauvaise. Je commence par laquelle ?

– Tu manges ?

– Julius est guéri, Benjamin.

– Comment ça, guéri ?

– Guéri. Frais et rose. Descendu de son hamac tout frétillant. En vadrouille dans Belleville. Une crise assez courte, cette fois-ci.

– Pas de séquelles ?

– Une petite.

– Quel genre ?

– Le claquement des mâchoires. Il continue à claquer des mâchoires toutes les trois minutes.

– Jérémy doit être content, il va pouvoir lui rendre son rôle.

– Non, ça, c'est la mauvaise nouvelle.

– Jérémy ? Qu'est-ce qu'il a fait ? Qu'est-ce qui lui est arrivé, encore ?

– Rien. C'est le Zèbre.

– Quoi, le Zèbre ?

– Suzanne a reçu un avis d'expulsion du cabinet La Herse. Elle doit quitter le Zèbre dans un délai de quinze jours. Il faut déménager le décor et les meubles. On a pensé à la cave du Koutoubia...

– Suzanne ne risque rien, elle est sous la protection du Roi.

– Du roi ?

– Le Roi des Morts-Vivants.

– Ah, oui !... Eh bien non, justement. Suzanne lui a téléphoné. Personne ne sait où il est. Impossible de mettre la main dessus.

– Ecoute, Clara...

– C'est important, pour Suzanne.

– Ecoute...

– Mais elle est courageuse, tu sais, elle a ameuté tout le quartier ; je crois que ça va faire du bruit.

– Clara...

– On ne peut pas détruire le Zèbre, c'est un monument historique, Benjamin ! Il y a déjà une pétition qui circule...

J'ai renoncé à interrompre Clara, je ne l'avais jamais entendue parler autant, je l'ai laissée substituer un chagrin à un autre, ce qui est un commencement de guérison, je l'ai laissée m'expliquer que les monuments de la petite histoire sont les plus beaux des monuments historiques, qu'en ce qui la concernait elle donnerait dix Arcs de Triomphe pour sauver la moitié d'un Zèbre, que la disparition de Cissou ne laisserait pas le champ libre à cette crevure de La Herse (elle n'a pas dit « cette crevure », ce n'est pas dans son dictionnaire, même pas dans le dico de sa tristesse). A propos de Cissou, elle a ajouté :

– Et puis, tu sais, la police s'est trompée. Il avait encore de la famille.

– Ah ! bon ?

– Un jeune homme est passé chez Amar, un neveu de Cissou. Il va récupérer le corps. Il voudrait l'enterrer dans son village natal, à côté de son père à lui, le frère de Cissou.

Clara trouvait ça très bien, que Cissou bénéficiât de funérailles familiales. Retrouver les siens sous terre après une vie d'exil en surface, elle estimait que c'était une bonne façon d'accoster l'Eternité, c'était d'ailleurs le souhait d'Amar aussi, d'être enterré en Algérie, Amar en avait longuement parlé avec le neveu de Cissou.

– C'est presque un privilège, aujourd'hui, Benjamin, une tombe familiale dans un cimetière de village, tu ne trouves pas ?

Je l'ai laissée parler, je me suis dit que se nourrir de mots c'était déjà manger quelque chose, et pendant qu'elle sustentait son âme je surveillais la machine qui bouffait mes pièces une à une, et pendant que la machine gobait du métal guilloché, moi, lové dans mon écouteur comme dans ces coquillages où bat le cœur de la mer, je m'offrais un festin d'amour gratuit.

*

Silence.

Allongés dans notre chambre d'hôtel, fenêtre grande ouverte sur le massif du Vercors, Julie et moi buvions sans un mot.

Juste l'essentiel, à propos des malheurs du Zèbre.

– On verra ça avec Job, avait répondu Julie.

Rideau.

Les bulles de la clairette occupaient notre silence.

Clairette de Die, à boire fraîche, le Vercors au-dessus de la tête.

Le dernier soleil incendiait les falaises. Nous buvions. Clairette *Tradition*. Un petit vin de plaine au pied du mur. Un raisin très gai pour une humeur très sombre.

Lits jumeaux.

Chacun le sien.

Table de nuit entre les deux.

Et le Vercors se tenait là, formidablement échoué dans notre crépuscule.

J'ai pensé aux malheureux qui s'y étaient crus en sécurité, pendant la guerre. Debout, seuls, sur une île abrupte, avec vue sur le monde. Ils avaient oublié que le malheur tombe toujours du ciel.

Nous avons laissé l'incendie consumer les falaises. Le massif s'est endormi de tout son poids.

Pour dire quelque chose, j'ai dit :

– Les flics se sont trompés, Cissou avait de la famille. Un neveu, au moins.

– Vive la famille, a marmonné Julie.

X

L'ENTRACTE EST FINI

L'entracte est fini, ma petite fille. Il va falloir regagner votre place dans le grand merdier

34

– Mais qu'est-ce qu'il attend, ce neveu ?

Les collègues de Belleville leur avaient fourni le signalement du « neveu ». Titus et Silistri savaient l'imminence de sa visite. Ils avaient veillé toute la nuit, se relayant toutes les deux heures auprès de Cissou, le médecin légiste Postel-Wagner ne dormant que d'un œil. Et voilà qu'ils venaient de passer une nouvelle journée d'attente, ouvrant, vidant, analysant et recousant les cadavres comme si de rien n'était.

– Qu'est-ce qu'il fout, bordel de Dieu ?

– Ce n'est peut-être pas le chirurgien. C'est peut-être un vrai neveu...

– Si c'était un vrai neveu, on l'aurait déjà vu. Le père Beaujeu n'avait plus de famille.

– Alors ?

– Alors, tu ouvres les yeux et tu le repères.

– Et s'il nous envoie quelqu'un d'autre ?

Ce n'était pas l'attente qui épuisait Titus et Silistri, c'était de continuer à jouer les infirmiers en défrimant les visiteurs avec leurs yeux de flics. Dix-sept depuis le matin. Qui eux aussi se faisaient passer pour la famille de Cissou. Titus et Silistri les éconduisaient en douceur. Ils se disaient que le neveu enverrait quelqu'un tâter le terrain. Un truand, probablement. C'était cette mouche-là qu'il fallait repérer, sans la brusquer, et sans se faire retapisser comme flics. Des fichiers entiers défilaient dans leur tête d'infirmiers. Cette gymnastique mentale les avait mis à cran. Même les nouveaux morts leur paraissaient suspects.

– Distinguer le faux du vrai, passe encore... mais le faux faux du vrai faux...

– Dilemme symptomatique de notre époque, fit observer Postel-Wagner.

Titus et Silistri avaient fini par s'attacher au médecin des morts. Lorsque Postel-Wagner les quittait pour aller soigner à l'extérieur – car il faisait aussi dans l'impotent nécessiteux –, les deux inspecteurs se sentaient vaguement abandonnés. Ils accueillaient son retour avec soulagement. La vie de ce type était un perpétuel aller-retour entre morts et vivants, comme s'il se dépêchait d'appliquer aux seconds ce que les premiers venaient de lui apprendre.

– Il y a de ça, admettait le médecin légiste. Ouvrir un mort, c'est parler d'avenir à un nouveau-né.

La journée s'était écoulée.

Pas de neveu.

Cissou la Neige dormait en paix.

– C'est foutu, lâcha Silistri.

– Il a dû nous flairer, approuva Titus.

– Whisky ? proposa le médecin légiste.

La fiasque tourna.

– Qu'est-ce qu'on bouffe, ce soir ? demanda Titus.

Une routine de casernement.

Ils en étaient à composer leur menu sur la carte du restaurateur voisin, quand on frappa à la porte du bureau. C'était l'inspecteur Caregga. Il désignait le couloir de son pouce.

– Le môme d'hier, docteur. Il est dans un sale état.

Caregga s'effaça.

Si loin que se tînt l'enfant dans le couloir, Postel-Wagner lut toute la terreur du monde dans ses yeux dilatés.

– Thomas Jaimalodoigt ? Qu'est-ce qui se passe ?

– Vite, docteur, vite !

L'enfant hoquetait. Postel-Wagner marcha vers lui.

– Qu'est-ce qui t'arrive ?

– C'est grand-mère, docteur ! Elle est tombée !

Postel-Wagner s'immobilisa.

– Tombée ? Elle s'est fait mal ?

– Elle bouge plus.

L'enfant tremblait de tous ses membres.

– J'arrive.

Quand il décrocha sa trousse du portemanteau, les inspecteurs étaient toujours penchés sur le menu.

– Choisissez du froid, pour moi, ça risque de durer.

– Et pour boire ? demanda Titus.

– Un château-bonbourg 87.

– Je croyais que c'était une mauvaise année.

– Jamais de mauvaise année pour le château-bonbourg.

*

Il n'y avait que le boulevard à traverser. La main de l'enfant était glacée dans celle de Postel-Wagner. Il marchait à petits pas raides, les genoux soudés par la peur.

– Et ton panaris ?

L'enfant ne répondit pas.

– Tu as baigné ton doigt, comme je te l'ai dit ?

L'enfant ne répondit pas.

– N'aie pas peur, dit encore Postel-Wagner en appuyant sur le bouton de l'ascenseur.

Mais l'enfant avait peur.

– Elle est solide, ta grand-mère. C'est moi qui l'ai réparée.

L'ascenseur s'immobilisa au troisième étage. Lorsque Postel-Wagner se retrouva sur le palier, il ne tenait plus la main de l'enfant dans la sienne. L'enfant s'était recroquevillé au fond de l'ascenseur, absolument tétanisé. Postel-Wagner s'accroupit sur ses chevilles. Il parla le plus doucement possible.

– D'accord, Thomas. Retourne à l'hôpital. Reste avec les infirmiers. J'irai te chercher tout à l'heure. Donne-moi la clef de l'appartement.

L'enfant fit non de la tête. Un non spasmodique.

– Tu as oublié la clef ?

Non, fit la tête de l'enfant. Non, non, non, non, comme s'il ne contrôlait plus les mouvements de son cou.

Postel-Wagner tendit la main. Il souriait.

– Donne, Thomas.

Une porte s'ouvrit dans le dos du médecin. Tout près de lui, une voix tremblotante appela :

– Docteur ?

Postel-Wagner se retourna sans se relever. La grand-mère de Thomas était penchée sur lui. Très vieille, très grise, très frêle, très livide. Ses yeux exprimaient la même terreur que ceux de son petit-fils. Postel-Wagner se redressa d'un bond.

Une grande femme dans un tailleur rose se tenait debout derrière la vieille. La grande femme appela lentement l'enfant, sur un ton de menace souriante :

– Thooomas...

L'enfant se précipita dans les bras de sa grand-mère.

– Voilà, fit la grande femme.

Elle tira brutalement la grand-mère et l'enfant vers elle et pénétra dans l'appartement à reculons. Elle se tenait droit dans son tailleur rose Diana. Une grande femme Neuilly-Chanel dont les bracelets tintinnabulaient.

– Entrez donc, docteur, dit-elle aimablement, et fermez la porte derrière vous.

Postel-Wagner fit ce qu'elle disait.

Ce ne fut qu'une fois la porte refermée qu'il vit le revolver dans la main de la femme.

– Eh ! oui, dit la femme, on s'attend à un neveu, et on tombe sur une nièce. Je ne pouvais pas être à la fois à Belleville et ici. La police progresse dans l'art du signalement.

La nièce était grande, vraiment, et large, un air guilleret sur un visage parsemé de taches de rousseur qu'éclairaient deux yeux verts, étrangement lumineux. Blonde permanente, larges épaules, muscles longs et denses, poignets de lutteur, jambes musclées. « Travesti ? se demanda Postel-Wagner. Non, de la hanche et pas de pomme : femme battante », décida-t-il.

La nièce tira la grand-mère et l'enfant jusqu'à un petit salon, et leur fit signe de s'asseoir dans un vieux canapé.

Puis elle se laissa tomber dans un fauteuil, croisa ses longues jambes et, du bout de son arme, désigna un siège au médecin légiste.

Quand Postel-Wagner se fut assis, la nièce regarda longuement l'enfant et dit enfin, d'une voix sincèrement désolée :

– Ce n'est pas bien, ce que tu as fait là, Thomas.

Elle avait une voix aigrelette de garçonnet.

– Attirer le docteur dans un traquenard, c'est vraiment pas bien.

Elle hochait une tête pédagogue.

– Pourquoi as-tu fait ça ?

La grand-mère serrait l'enfant contre elle, la tête du petit était enfouie sous son aisselle.

– Regarde-moi, quand je te parle, Thomas. Pourquoi as-tu fait ça ?

L'enfant dégagea son visage et Postel-Wagner fut stupéfait d'y lire de la surprise mêlée à la terreur.

La nièce lui souriait.

– Parce que je te l'ai demandé ?

L'enfant fit oui de la tête.

– Oui ? s'étonna la nièce dont le regard prit tout à coup le médecin à témoin. Oui ? Alors si je t'avais demandé de te jeter dans la Seine, tu te serais jeté dans la Seine ? Tu fais tout ce qu'on te demande de faire, Thomas ?

– Vous avez dit... balbutia l'enfant... grand-mère...

– J'ai dit que je tuerais ta grand-mère si tu ne ramenais pas le docteur, c'est ça ?

L'enfant acquiesça en reniflant.

– Bien sûr que je l'aurais tuée, admit gravement la nièce.

Puis, se penchant vers l'enfant :

– Mais ce n'était pas une raison pour trahir le docteur. Un héros, un vrai, aurait sacrifié sa grand-mère plutôt que de trahir un ami. Ils faisaient ça les héros, pendant la Résistance. Le docteur est ton ami ! Il a sauvé ta grand-mère ! Il a soigné ton panaris ! C'est un ami ! Un vrai ! Hein ?

– Oui, lâcha l'enfant.

– Et tu l'as trahi ! Je suis très déçue, Thomas. Et je suis sûre que ta grand-mère ne t'approuve pas. N'est-ce pas, madame ?

« Je lui saute dessus, pensa Postel-Wagner, je les jette par la fenêtre, elle, son flingue et son fauteuil. » Il s'en sentait la force, tout à coup.

Mais la nièce lui fit un clin d'œil.

– Bougez seulement un doigt, docteur, et je loge une balle dans la hanche de grand-mère. Après tout, c'est pour ça que vous êtes venu, non ?

Elle eut un petit rire. Une explosion charmante.

– Ça soulagerait la conscience de Thomas.

Elle se tut un instant. Puis, navrée :

– Ça ne fait rien, c'est tout de même une drôle de jeunesse que nous avons là. Et dire qu'il faut parler d'avenir avec ça...

– Justement, intervint Postel-Wagner, si nous parlions d'avenir ?

La nièce le regarda comme si elle ne l'avait pas compris. Elle réfléchit un long moment, puis, sans quitter Postel-Wagner des yeux, elle continua de s'adresser à l'enfant :

– Tu sais, Thomas, il n'est pas si bien que ça, comme ami, le docteur.

L'enfant regarda brièvement Postel-Wagner.

– Il a enfermé mon oncle dans un frigo, dit la nièce.

L'enfant ne répondit pas.

– Qu'est-ce que tu dis de ça ? Enfermer mon oncle dans un frigo...

– Il est peut-être mort ? dit l'enfant dans un sursaut.

– Mort ? répéta la nièce. Mon oncle ? Non, non, il n'est pas mort. Pourquoi dis-tu ça ?

Elle ajouta :

– Les gens ne meurent jamais quand on les aime vraiment.

Puis, de nouveau penchée sur l'enfant, et détachant chacun de ses mots :

– Si ta grand-mère meurt un jour, mon petit Thomas, c'est que tu ne l'auras pas assez aimée.

Les mains de Postel-Wagner se crispèrent sur les accoudoirs de son fauteuil.

– Ce n'est pas vrai ? lui demanda la nièce avec une pointe de candeur. C'est toujours d'amour blessé qu'on meurt, non ?

– Votre « oncle » vous attend depuis deux jours, coupa Postel-Wagner.

– Il m'attend ?

Le visage de la nièce s'illumina d'une joie enfantine.

– Alors, on y va ?

Elle sauta sur ses pieds et battit des mains.

– On y va ?

Une seconde, Postel-Wagner demeura interdit. Puis, se levant lentement :

– Allons-y.

– Formidable ! dit la nièce.

Et, comme ils sortaient du salon pour gagner le couloir de l'entrée, elle s'exclama gaiement :

– Vous restez assis dans le canapé, tous les deux, hein ? Vous ne bougez pas, surtout. Sinon, je tue le docteur. D'accord ?

La grand-mère et le petit-fils la regardèrent sans un mot.

– Je le jure sur vos deux têtes !

Elle désigna les deux têtes du bout de son canon. La grand-mère et le petit-fils étaient incapables du moindre mouvement.

– Bon, allons-y.

Postel-Wagner entendit le parquet craquer sur toute la longueur du couloir. Il sentit le canon du revolver s'enfoncer dans ses côtes quand il posa la main sur la poignée de la porte d'entrée.

– On ne bouge plus, docteur.

Postel-Wagner suspendit le mouvement et fit mine de se retourner.

– Ne vous retournez pas, je vous ai assez vu, fit la nièce sèchement.

Postel-Wagner garda la pose.

– Le père Beaujeu à la télé en quête de famille, ce n'était pas mal, admit-elle. Je me suis laissé avoir. Sinon, je n'aurais pas envoyé quelqu'un se renseigner à Belleville. Mais avec vos voitures banalisées, vous m'avez vraiment prise pour une conne. Vous ne savez donc pas que ça pue, un flic ? Même à travers une voiture ? Même à travers un cercueil, je reconnaîtrais une odeur de flic ! Combien en avez-vous, dans votre morgue, qui jouent les infirmiers ? Deux ? Trois ? Plus ?

Postel-Wagner ne répondit pas.

– Bon, fit la nièce, vous en avez.

« Eh, merde ! » pensa Postel-Wagner.

– Heureusement que j'ai rencontré le petit Thomas et son panaris, hier...

– Hier ?

Postel-Wagner avait sursauté.

La bouche de la nièce vint se coller à son oreille.

– Hier, à midi, oui ! Un enfant qui sort d'une morgue, ce n'est pas courant. Je lui ai posé deux ou trois questions...

Silence.

– Et je me suis occupée d'eux toute la nuit. La vieille et lui. Je les ai un peu préparés...

« Oh ! non... » gémit intérieurement le médecin.

– Alors, voilà mes instructions. Je vous veux ici à deux heures du matin, avec une ambulance et le père Beaujeu à l'intérieur. Deux heures du matin. Question de circulation. Je ne veux pas être prise dans des encombrements et je ne veux pas être suivie. Il me faudra du matériel pour dépiauter le corps aussi, je suis loin de mes bases. Vous savez ce dont j'ai besoin, après tout nous sommes dans la même partie.

– Vous ne préférez pas que je le fasse moi-même à la morgue ? demanda Postel-Wagner.

Un petit rire courut sur la peau de son cou.

– Non, docteur, murmura la nièce à son oreille. Primo, vous saloperiez le boulot, secundo, vous me priveriez d'un grand plaisir. Tertio, je tiens à vous emmener en promenade tous les trois, avec mon oncle.

Changement de ton.

– Deux heures précises. Vous vous garerez tout contre la porte de l'immeuble. Vous ouvrirez la portière du passager sans sortir de l'ambulance. Je descendrai avec la vieille et le panaris. A la moindre embrouille, je les abats tous les deux.

Elle fit une pause et reprit :

– Ne réfléchissez pas. N'essayez pas de trouver une autre solution. Déconseillez à vos amis de tenter un siège. Ça prend du temps un fort Chabrol. La grand-mère et le petit-fils y mourraient... de terreur.

Postel-Wagner se taisait.

– Compris ?

– Compris.

La nièce émit un soupir de soulagement. Puis, sur un ton badin :

– Et pas de flic allongé sur une civière qui jouerait les morts à la place de mon oncle, hein ? Evitez ce genre de bêtise. Vous et mon oncle. Rien que la famille.

Silence.

– Vous conduirez et nous suivrons l'itinéraire de mon choix. Si on nous file, vous êtes morts tous les trois. Si on s'en sort, je vous lâche dans la nature quand tout sera fini. Correct ?

Postel-Wagner ne répondit pas.

– Autre chose. Dites-vous que jusqu'à deux heures du matin je vais continuer à leur parler. Vous avez entendu ce que je suis capable de faire *avec des mots* ? Alors soyez à l'heure, ne prolongez pas leurs souffrances. Un peu d'humanité, quoi. Sinon, vous récupérerez deux cinglés qui n'oseront plus jamais écouter qui que ce soit. Et tel que je vous devine, vous vous en voudrez pour le reste de vos jours.

35

A deux heures du matin précises, l'ambulance vint se ranger contre la porte de l'immeuble. Postel-Wagner se pencha, ouvrit la portière du passager sur l'obscurité du hall.

Et son cœur commença d'égrener les secondes.

La porte de l'ascenseur claqua, quelque part dans les étages. Les câbles vibrèrent. La cage descendit en chuintant. Elle s'annonça par un halo de lumière qui se répandit comme une flaque sur le carrelage du hall. Puis la cage s'immobilisa dans un soubresaut. Postel-Wagner vit sortir l'enfant d'abord, petite silhouette rigide sur le carrelage irisé. La grand-mère suivait, tête soudée sur son cou. Postel-Wagner sursauta. On parlait, derrière la vieille femme.

– Mais non, s'exclamait la voix aigrelette de la nièce, ce n'est pas vraiment grave... Une petite semaine de repos après l'opération et il n'y paraîtra plus.

Le volume du hall étouffa les quelques mots prononcés par la seconde voix.

– Indispensable ! claironna la nièce, elle pourrait en mourir si on attendait encore.

Le ton de la nièce était celui de la compétence.

– C'est souvent le cas pour ces opérations bénignes. Trois fois rien, et si on traîne... hop !

L'enfant atteignit le premier la porte du hall. Il s'immobilisa comme un jouet téléguidé, le regard vide, les membres raides. La vieille femme s'arrêta derrière lui. Ses deux mains s'agrippèrent aux épaules de son petit-fils. Postel-Wagner se demanda si c'était un geste de protection ou un réflexe de noyée.

– Si elle avait été mieux conseillée... continuait la voix de la nièce.

Et Postel la vit enfin.

Elle portait une blouse blanche. Elle affichait un sourire professionnel. Elle parlait en gesticulant avec un homme âgé. Le vieil homme approuvait timidement.

– Je suis ravie que vous soyez d'accord avec nous ! affirma la nièce en s'immobilisant à son tour dans l'encadrement de la grande porte.

– A nos âges, nous avons besoin de repos, c'est un fait, admit le vieil homme.

– Et de voisins discrets, enchaîna la nièce.

Elle regardait franchement son interlocuteur. Ses yeux verts souriaient.

– A son retour, dit-elle en désignant la grand-mère de Thomas, soyez gentil, faites-vous moins encombrant... comme voisin, je veux dire... ne la dérangez pas à tout bout de champ.

Le vieil homme eut un mouvement de surprise.

– Je ne vous dis pas de ne plus lui rendre visite, corrigea la nièce, sur un ton compréhensif, je vous demande juste de ne pas trop la fatiguer.

– Oui, bien sûr, docteur... balbutia le vieil homme.

– Oh ! non, protesta la nièce dans un rire clair, moi, je ne suis que l'infirmière ! Le docteur, c'est lui, dans l'ambulance. Regardez...

Le vieil homme se pencha. Postel-Wagner croisa un regard chargé de surprise, de timidité et de gratitude.

– Allons, laissez-nous monter, à présent.

La nièce redressa l'homme et le poussa de côté, mais sans lâcher son épaule.

– Monte, Thomas.

Son autre main flanqua une tape sèche sur le crâne de l'enfant qui vint se blottir contre Postel-Wagner.

– Pas si près, corrigea la nièce, il faut que le docteur puisse passer les vitesses. Réfléchis un peu.

Thomas recula, comme sous l'effet d'une décharge électrique.

– Voilà, fit la nièce. A vous, maintenant.

Deux doigts dans les côtes – une frappe de serpent –, la vieille femme cassée en deux fut jetée sur le siège, à côté de son petit-fils. Dans le même mouvement, la nièce se retrouva derrière le vieil homme et le plaqua contre la porte arrière.

– Où alliez-vous, à une heure pareille ?

L'homme voulut répondre, mais la pression et la douleur de son bras retourné lui coupèrent le souffle.

– A votre âge ! Vous n'avez pas honte ?

Le vieil homme eut un sanglot de frayeur. La nièce relâcha un peu son étreinte.

– Ouvrez la portière.

Les doigts du vieil homme tâtonnèrent, il trouva la poignée et parvint à ouvrir. Il fut arraché à la voiture, repoussé violemment, et pendant qu'il s'affalait sur le carrelage du hall, la portière arrière de l'ambulance claqua et la crosse du revolver s'abattit sur le crâne de Cissou que recouvrait un drap blanc.

– Bon, fit la nièce, ce n'est pas un flic et il est très mort.

Elle arracha le drap, exposant le corps tatoué à la lueur des réverbères.

– Et c'est bien mon oncle... murmura-t-elle.

Puis, toute joyeuse :

– Regarde, Thomas, comme c'est beau, un oncle à héritage.

L'enfant ne se retourna pas. Postel-Wagner sentait les ondes de sa frayeur à travers le dossier unique de la banquette.

– Fouette cocher, c'est parti ! s'exclama la nièce en tapotant l'épaule du docteur.

Le médecin légiste embraya et l'ambulance s'engagea doucement dans l'avenue déserte.

La nièce continuait dans la joie.

– Vous avez remarqué, docteur ? Je ne me suis pas trouvée exposée une seule fois pendant toute l'opération. Toujours couverte par le corps d'un autre. L'art du bouclier !

Elle s'était penchée sur le dossier du siège avant.

– Retiens bien ça, mon petit Thomas. L'homme doit être un bouclier pour la femme.

Postel-Wagner enclencha la seconde en douceur.

Une deuxième fois, la crosse du revolver siffla. En trois coups secs elle pulvérisa le système radio de l'ambulance.

– Pas de radio pour les enfants. Guerres, meurtres, musique de sauvage, scandales en tout genre... très mauvais, très mauvais.

Le premier embranchement se trouvait à une cinquantaine de mètres. Postel-Wagner demanda :

– Je prends à droite, à gauche, ou je continue tout droit ?

La nièce eut un petit rire.

– Vous avez de bons nerfs, docteur. Ledru-Rollin. A gauche.

Puis :

– Tu aimais la radio, Thomas ? Non ? Tu préférais la télé ?

Postel-Wagner nota l'imparfait. Quelque chose se figea dans son crâne. L'enfant ne répondit pas. Postel-Wagner roulait toujours en seconde. Il conduisait sans la moindre secousse.

– Vous ne dépassez jamais le trente à l'heure, docteur ?

La nièce jeta un coup d'œil par-dessus son épaule. Elle eut son rire frais de garçonnet.

– Pour qu'on nous suive plus facilement ?

Mais l'avenue Ledru-Rollin était vide dans la lunette arrière.

– Ce n'est pas un enterrement, tout de même ! Accélérez.

Postel-Wagner accéléra en douceur.

– Pas mal, l'idée de la blouse, non ? Le grand-père de Thomas était coiffeur, figurez-vous. Et puis il est mort.

Postel-Wagner ralentit de nouveau, comme s'il prêtait une attention particulière à ce qui se disait.

– Encore un que Thomas n'a pas dû aimer beaucoup beaucoup, poursuivait la nièce.

– Vous ne vous taisez jamais ? demanda Postel-Wagner sur le ton de la conversation.

La nièce réfléchit en silence à la question. Elle posa sur ses lèvres un doigt ostensiblement réfléchi.

– Non, répondit-elle enfin. Vous savez pourquoi ?

– Pourquoi ? demanda Postel-Wagner.

– Parce que le jour où je me tairai, je ne dirai plus rien du tout.

L'ambulance roulait presque au pas.

– Et quand une femme se tait à ce point, c'est la fin du monde.

Elle plaça sa bouche contre l'oreille de Postel-Wagner.

– A propos de fin, si vous continuez à jouer au con avec moi, docteur, ce sera la vôtre. Tournez à droite, rue de Charenton, et, pour la dernière fois, accélérez.

Postel-Wagner prit le virage à la même vitesse exactement.

– Foncez ! hurla tout à coup la nièce en plaçant le canon de son arme sous la mâchoire du médecin.

Le pied droit de Postel-Wagner écrasa le champignon et l'ambulance fit un bond en avant. Agrippée au dossier, la nièce ne broncha pas. Mais il y eut un claquement. Le hayon s'ouvrit sous le choc de la civière qui venait de rompre les amarres.

Et le corps de Cissou la Neige fut expulsé dans la nuit.

– Merde !

L'ambulance s'immobilisa en hurlant.

Les yeux écarquillés, face au hayon ouvert, la nièce et le docteur regardaient la civière glisser dans une gerbe d'étincelles.

– Nom de Dieu !

La nièce se retourna, pupilles dilatées.

– Vous l'avez fait exprès ?

– Ce n'est pas moi qui ai voulu accélérer, objecta le médecin légiste sans lâcher la civière des yeux.

– Juste, fit la nièce. Marche arrière. Reculez. Vite.

Le médecin obéit. Le hayon grand ouvert se rapprochait de la civière comme une mâchoire de cachalot.

– Stop !

Ils n'étaient plus qu'à quelques mètres du corps, à présent.

– Descendez. Faites le tour, et remontez cette civière.

– Il pèse quatre-vingt-douze kilos, fit observer Postel-Wagner.

Le regard de la nièce glissa le long de la rue déserte. Elle eut une hésitation, mais se reprit.

– Non, docteur, je ne sortirai pas de cette ambulance. Descendez, tirez la civière jusqu'ici. Je resterai à l'intérieur pour vous aider à remettre mon oncle en place. A part vous tuer, c'est tout ce que je peux faire pour vous.

Le médecin légiste ouvrit la portière de l'ambulance, fit le tour et saisit les poignées du brancard. Pendant que Postel-Wagner se rapprochait à reculons, ses épaules ployant sous le poids de Cissou, la nièce se retourna vers Thomas et sa grand-mère.

– Vous voyez, dit-elle en souriant gentiment, il voulait vous laisser seuls, mais je suis restée avec vous.

Quand elle se retourna de nouveau, le dos du médecin s'encadrait dans le hayon.

– Bravo ! fit la nièce, vous n'êtes pas très costaud, mais vous y êtes arrivé ! Maintenant, écoutez-moi bien.

Un temps.

– Vous m'écoutez ?

Postel-Wagner fit signe qu'il écoutait.

– Vous allez vous agenouiller en tendant le brancard le plus haut possible. Je saisirai les poignées et vous ferez le tour pour le soulever de l'autre côté. D'accord ?

Nouveau signe de tête.

– Je mets mon arme dans ma poche, docteur. Au moindre mouvement suspect, je lâche mon oncle et vous êtes mort. Ça vous va ?

– Parfaitement, articula le docteur.

– Bien. Alors, attention ; à trois, flexion des genoux, extension des bras. Un... deux... trois !

Flexion, extension. Les poignées du brancard passèrent des mains de Postel-Wagner à celles de la nièce.

– Bien. Allez soulever derrière, maintenant. Vite !

Dès que le médecin légiste eut saisi les deux autres poignées du brancard, la nièce recula à petits pas. Elle marchait, voûtée par l'effort et le plafond bas de l'ambulance.

– Les roulettes ont morflé ! Ça ne coulisse plus !

L'un poussant, l'autre tirant, la civière retrouva finalement sa place.

– Voilà, fit la nièce.

– Voilà, fit Postel-Wagner.

Et la nièce fut surprise, en relevant la tête, de trouver sur les lèvres du docteur le sourire de l'effort partagé. Un bon franc sourire complice !

Dont elle comprit le vrai sens, quand, en se redressant, elle sentit la bouche froide d'une arme contre sa nuque.

– Voilà, fit en écho une troisième voix.

A la même seconde, une main glissait dans la poche de sa blouse blanche et la soulageait de son revolver.

– Ça va. Tu peux te retourner.

Ce que vit la nièce en se retournant avait à peine forme humaine. Une sorte de matelas vivant. Sombre, souple et dangereux. Une image qu'elle connaissait trop bien. Une vision redoutée, qui s'était glissée dans l'ambulance par la portière avant restée ouverte, sans faire plus de bruit que si elle avait éclos dans son crâne. Une tête sans regard et qui pourtant la fixait derrière une visière où ne se reflétaient que les lueurs de la nuit.

C'était l'Etat.

Comme pour confirmer cette révélation, les sirènes retentirent et la nuit ne fut plus qu'un éblouissement. Isolée au milieu de la rue, l'ambulance devint une sorte de joyau sous les projecteurs. La portière gauche s'ouvrit. Une forme identique à celle qui tenait la nièce en respect saisit la grand-mère de Thomas dans ses bras molletonnés.

– C'est fini, madame. Venez.

Il en sortait de presque tous les porches avoisinants. Il en sortait des voitures en stationnement. La nièce ne se retourna pas. Elle savait que d'autres armes automatiques la fixaient, par la mâchoire béante du cachalot.

– Tu ne parles plus ? demanda soudain une voix d'enfant.

Agenouillé sur le siège avant, Thomas regardait la nièce.

– Tu ne dis plus rien ? insista-t-il.

La nièce ne disait plus rien, en effet.

– Regarde-moi, quand je te parle.

La nièce croisa le regard de Thomas. Elle crut voir son propre sourire sur les lèvres du garçon. Impression qui se confirma lorsque l'enfant, haussant un sourcil fatidique, déclara d'une voix douce et raisonneuse, un rien vipérine :

– Eh bien tu vois, tu ne parles plus, mais ce n'est pas la fin du monde.

36

Gervaise devait se souvenir longtemps de son réveil.

– C'était – dirait-elle plus tard – comme si j'étais attirée vers la surface par une bouée, ou par un ballon, aspirée par la lumière ! Le rêve planait au fond, et moi je remontais. Je n'étais pas pressée de remonter, mais le ballon n'en faisait qu'à sa tête. L'eau glissait sur ma peau à une vitesse extraordinaire.

Elle émergea comme un bouchon parmi les applaudissements et les geysers de champagne.

– On l'a eu, Gervaise !

Elle ouvrait les yeux dans une chambre d'hôpital, entourée par sa garde de macs et de Templiers. Tous parlaient en même temps et tous fêtaient son ami, le médecin légiste Postel-Wagner, qui, ne sachant trop où se mettre, s'abritait derrière la fumée de sa pipe monstrueuse.

– Le chirurgien, Gervaise, on l'a eu !

– On s'est fait le neveu !

Elle crut comprendre que Postel-Wagner avait contribué à l'arrestation du « chirurgien ». (Qu'ils appelaient aussi le « neveu », ou la « nièce », ce qui l'embrouillait un peu plus.)

Titus et Silistri avaient déployé une carte de Paris sur le sol de la chambre. Ils expliquaient aux maquereaux de Pescatore comment ils avaient baisé la nièce en piégeant tous les carrefours sur un rayon de huit cents mètres. Ils parlaient en même temps à Gervaise, lui vantaient le courage de Postel-

Wagner, la façon magistrale dont le toubib avait foutu le coup d'accélérateur décisif, au coin Charenton-Ledru-Rollin, l'une des dix-sept souricières mises en place avant deux heures du matin.

– Une sacrée paire de couilles, ce mec !

Et comment l'amarre sabotée de la civière avait lâché, comme prévu, au bond de la voiture, et ouvert le hayon qu'un simple fil maintenait fermé.

Ils lui disaient aussi que, pendant les quarante-huit heures qu'avait duré la traque, elle, Gervaise, avait dormi comme un ange sous la protection des maquereaux de Pescatore. Manque d'effectifs. Mais service parfait. La plus petite mouche n'aurait pu se glisser dans la chambre de Gervaise. Les barbeaux étaient dignes d'entrer dans la rousse. Sans blague. Ça c'était de la réinsertion !

Les anges déchus et les archanges réconciliés ! La Sainte Alliance du Temps d'avant le Temps. Gervaise se réveillait en paradis recomposé. Son premier mouvement fut d'en rendre grâce à Celui que Mondine appelait son « copain du haut », mais, pour une fois, Gervaise retint sa prière. Elle rendit grâce aux hommes.

Ce qu'elle commençait à comprendre, c'était que flics et voyous venaient de sauver ses putes. En arrêtant le chirurgien (qui se révélait être une chirurgienne), ils avaient tout à la fois coincé le cerveau et le bistouri. Restait à mettre la main sur le collectionneur. Mais, sans le chirurgien, le collectionneur n'était plus une menace pour ses filles. Elles pouvaient dormir tranquilles à l'ombre de leurs tatouages.

Elle comprit encore que le stratège de l'affaire avait été ce gros homme à la mèche graisseuse qui penchait sur elle son gilet constellé d'abeilles impériales.

– Je n'aurais pas aimé prendre ma retraite en sachant cette demoiselle dehors.

Gervaise le regardait sans comprendre.

– Eh ! oui, Gervaise, la retraite, depuis ce matin huit heures.

Le commissaire divisionnaire Coudrier désignait ses hommes :

– Ils m'ont offert une batterie de cannes à pêche. C'est la retraite de Tartarin, Gervaise.

Cela faisait un nombre d'informations considérable. Mais si Gervaise assimilait petit à petit l'arrestation de la nièce, l'héroïsme de Postel-Wagner, la retraite de Coudrier, la chasse au collectionneur... ce qu'elle ne parvenait toujours pas à s'expliquer, c'était la raison pour laquelle cette troisième mi-temps qui sentait l'homme et le champagne se déroulait dans une chambre d'hôpital, et ce qu'elle-même fichait dans ce lit aux draps verts qui sentait sa propre sueur.

La réponse lui fut donnée par un ouragan en blouse blanche.

– Vous allez fermer vos gueules et me foutre le camp, oui ?

Elle reconnut le professeur Berthold au son de la voix et à la qualité du propos.

– Qui est le patron dans ce bordel ? C'est vous ? demanda-t-il à Coudrier.

– Plus depuis un quart d'heure, répondit l'ex-commissaire.

– Je vous prolonge de cinq minutes, décréta le chirurgien. Virez-moi vos sportifs avant que la petite ne replonge !

Et, découvrant Postel-Wagner derrière le nuage de sa pipe :

– Qu'est-ce que tu fous là, toi ? Tes frigos ont faim ? Tu recrutes ?

– Tu me manquais, Berthold, je suis venu t'aimer.

Berthold, Marty, Postel-Wagner : des camarades d'université...

Quand ils eurent tous vidé les lieux, Gervaise obtint la dernière information de son réveil.

– Vous avez été mise sur orbite par une bagnole qui voulait votre peau, lui expliqua le professeur Berthold, mais vous êtes une fille solide et ça vous a rapporté trois jours de sommeil. Croyez-moi, c'est bon à prendre dans nos métiers, trois jours. Retournez-vous, ordonna-t-il en lui retroussant sa chemise de nuit.

Les mains du chirurgien l'auscultèrent. Chevilles, genoux,

hanches, colonne, épaules, cervicales, torsions, flexions, rotations. Il grognait.

– Bon. Du solide, tout ça... belle bête. La charpente a tenu le choc.

Il lui claqua la fesse.

– Revenez sur le dos.

Il lui palpait le ventre, à présent.

– Je vous fais mal, là ? Et là ? Non ? Là non plus ? Ni là ?

Il ne lui faisait mal nulle part.

– Parfait. La tripaille est en place. Vous n'avez même pas fait la plus petite hémorragie.

Il rabattit la chemise de nuit et se redressa.

– Bon.

Il eut l'air embarrassé, tout à coup. Il jeta un œil à la porte fermée, tira une chaise sous lui et regarda Gervaise intensément.

– Dites-moi... la petite d'à côté... Mondine...

« Deja ? » se dit Gervaise.

– Elle vous adore, la petite Mondine, elle m'a tout dit sur vous, votre bon Dieu, votre répondeur, vos putes délivrées, vos maquereaux repentis, vos flicards en extase... tout.

Il se pencha davantage.

– Mais vous... vous ne pourriez pas me dire deux ou trois petites choses sur elle ?

– Quoi, par exemple ? demanda Gervaise.

– Elle a vécu, non ?

– Trente et un ans, répondit Gervaise.

Berthold la regarda longuement en se mâchonnant les lèvres.

– Bon, fit-il enfin.

Il répéta.

– Bon.

Il se leva.

– Je vois ce que c'est.

Il secoua la tête.

– L'ange veille ! Jeanne garde ses brebis.

Il ne se décidait pas à partir.

– Pas le plus petit renseignement sur Mondine, alors ? Bien... Bien, bien, bien.

« Grandi trop vite, pensa Gervaise, comme la plupart des gars. » (Elle ne disait pas les « hommes », elle disait les « gars ». Un héritage de la grande Janine, sa mère.)

Berthold se dandinait.

« Mondine n'a rien eu à me demander sur vous, professeur, pensait encore Gervaise. En trois secondes, elle vous a fait passer un scanner complet. »

Il se décida enfin à quitter la chambre. Sa main s'abattit sur la poignée de la porte.

– Vous pouvez sortir aujourd'hui même, après la radio de contrôle. L'entracte est fini, ma petite. Il va falloir regagner votre place dans le grand merdier.

Gervaise l'arrêta sur le pas de la porte.

– Professeur Berthold ?

Il se retourna.

– Mouais ?

Et Gervaise lâcha enfin la seule chose qu'il souhaitait entendre :

– Tout ce que je sais de Mondine, c'est que si j'étais un gars, j'aimerais bien me réveiller à côté d'elle.

37

– Les jumeaux se fabriquent dans les lits du même nom.

Moi aussi, je devais me souvenir longtemps de notre réveil, au pied du Vercors, ce matin-là.

Julie s'était glissée dans mon lit. Elle avait murmuré ça, en guise de réconciliation :

– Les jumeaux se fabriquent dans les lits du même nom.

Ça sonnait comme un message de Londres, cette jolie phrase, les Français parlaient aux Français, un message de libération dans ma radio brouillée.

– Je répète : Les jumeaux se fabriquent dans les lits du même nom.

Nos mains pétrissaient déjà l'avenir, quand une volée de coups, frappés à notre porte, interrompit l'événement.

– Madame, monsieur, descendez, vite ! Il y a la police dans la maison. Elle demande après vous !

Julie aurait volontiers laissé poireauter l'Ordre, mais quelque chose en moi refusait d'engendrer sous la protection de la police. Je suis descendu vite vite, enfilant ma liquette et lustrant ma conscience.

Un client beuglait dans le hall de l'auberge. La soubrette, gardienne de la nuit, essayait d'endiguer.

– Plus bas, monsieur ! Il n'est pas sept heures ! Vous allez réveiller la clientèle ! Je suis toute seule, je veux pas d'ennui !

Conciliant, le gueulard continua de beugler, mais en chuchotant.

Un flic bleu transcrivait ses hurlements dans le calepin de tous les dangers.

– Vous êtes monsieur Malaussène ? me demanda l'inévitable deuxième flic en me voyant débouler.

J'ai dit que j'étais moi.

Le deuxième flic sortit son propre calepin.

– Chambre 25 ?

C'était le bon numéro.

– Vous aviez un camion blanc ?

– Oui.

– Eh bien, vous ne l'avez plus, on vous l'a volé.

– Ainsi que le véhicule de ce monsieur, ajouta le premier flic, en désignant le gueulard qui improvisait sur les thèmes de l'insécurité, de l'immigration, des valeurs enfuies, de la gauche corrompue, de la droite corruptible, des lendemains qui promettent, des gardiens de nuit qui dorment, de la poigne qui s'annonce et des lenteurs policières.

– Une demi-heure, vous avez mis ! Montre en main, une demi-heure !

– On n'a pas que vous, dans la vie, commenta le premier flic.

– Malheureusement, ajouta le second.

– C'est pas une façon de répondre au contribuable ! explosa le citoyen.

– Plus bas, monsieur, supplia la soubrette.

Sur quoi, Julie a fait son apparition. Les deux stylos billes ont suspendu leur course et la bouche du gueulard est restée ouverte. Moi-même, je dois dire, moi-même je ne m'y fais pas. Chaque fois que Julie paraît, c'est Julie que je vois.

– On nous a fauché notre camion, dis-je, pour rompre le charme.

– Vous avez les papiers afférents à l'identification du véhicule ? demanda notre flic à nous, comme s'il se réveillait.

– Ils étaient à l'intérieur, répondit Julie.

Qui ajouta :

– C'était un camion de location.

Le stylo s'immobilisa.

– Vous avez laissé les papiers dedans ?

Et voilà qu'il se met à nous défrimer avec un certain appétit.

– Pas prudent, ça. C'est souvent un indice de complicité, dans ce genre d'affaires.

(Et Dieu sait si je me méfie des indices de complicité !)

– Où alliez-vous ?

Julie a pris les réponses en main.

– Dans le Vercors.

– Un déménagement ?

– Nous allions prendre livraison d'une collection de films.

– Chez ?

– M. Bernardin. Dans la vallée de Loscence.

– Facile à vérifier, dis-je.

La bille roulait sur le carnet du destin. Elle s'immobilisa, tout à coup. Le flic leva les yeux. J'y vis un sourire vert. (Un flic aux yeux verts, oui.)

– Le Bernardin de Loscence ? Le vieux Job ?

Il pencha une tête d'oiseau curieux et demanda :

– Vous êtes du plateau ?

– J'y suis née.

Le sourire s'élargit.

– Je suis de Saint-Martin. Où êtes-vous née, exactement ?

– A La Chapelle. Aux Rochas.

– La ferme, derrière les Revoux ? Celle du gouverneur colonial ?

– Le gouverneur Corrençon, oui. C'était mon père.

– Ah ! bon, c'est vous la Juliette ?

– C'est moi.

*

Le destin des indices... Il suffit que le flicard au stylo bille soit natif de votre bled pour que le plus suspect d'entre les indices devienne sujet à fraterniser. C'était un samedi matin. L'aube, encore. Notre flic s'apprêtait justement à vouikender dans son Vercors natal quand cette plainte pour vol était tombée sur sa radio.

– Sept minutes avant la fin de mon service !

Tout excité d'avoir trouvé une payse, il expédie l'affaire en trois coups de cuiller à pot, prie son collègue de bien vouloir déposer pour lui son rapport au commissariat de Valence et nous propose l'ascension dans sa voiture personnelle.

– De toute façon, il n'y a rien à faire. A l'heure qu'il est, votre bahut doit franchir la frontière italienne...

Nous voilà donc tous les trois, grimpant les falaises du Vercors par la route dite des Goulets, celle qui vous pénètre le massif comme le tunnel de tous les songes. Va savoir pourquoi, dans ces boyaux suintants où le hêtre jaillit de la pierre, où la liane dégringole sur des toisons de mousse, j'ai eu la vision très nette de Clément Graine d'Huissier. Il aurait pensé à *La Belle et la Bête*, en voyant ça, Clément – le film de Cocteau. Il aurait vu des bras musculeux sortir de la muraille pour nous indiquer la route, chandeliers au poing. Il se serait mis à raconter aux enfants qui auraient allumé leurs quinquets. Qu'est-ce que nous promet cette muraille qui pleure ? Vers quel destin nous poussent ses chandeliers jaillis de la pierre ? Quelle route miraculeuse ponctue cette brochette de saints dont nous avons traversé les villages : Saint-Nazaire, Saint-Thomas, Saint-Laurent, Saint-Jean, Sainte-Eulalie, saintes sentinelles du Vercors, où nous conduisez-vous ? Dans les entrailles du diable ? Et, comme toujours quand Clément racontait ses films préférés, c'est le silence que j'aurais entendu, le silence des mouflets extatiques, le silence amoureux de Clara, oui, à l'origine des origines, bien avant le bavardage universitaire, c'est le silence qui célèbre la beauté du récit... Oh ! Clément... Pauvre de toi... Qu'as-tu fait ?... Aller flirter avec la mort au plus chaud de l'amour... Mais c'est comme ça... L'amour ne nous sauve même pas de nous-mêmes... Voilà pourquoi l'homme est mortel... et toi ma Clarinette... la plus candide d'entre les amoureuses... déclencher des passions si passionnément dénuées de scrupules !... fille de ta mère... si menacée en ses amours naïves... innocent ravage...

– A quoi penses-tu, Benjamin ?

La question de Julie m'a cueilli au plus obscur des Grands-Goulets. On entendait un torrent gronder loin sous nos roues. Un petit chemin descendait vers ces abysses : « *très dangereux* », annonçait une pancarte.

– Une gamine s'est tuée en descendant par là, il y a deux ans, expliqua le flic aux yeux verts. Et quelques autres touristes avant elle.

– Votre Vercors est une mâchoire, dis-je.

Le flic eut un rire de citadelle.

– Et encore, c'est la route la plus facile !

Ma chérie renchérit :

– Le Vercors se mérite, Benjamin !

L'incorrigible fierté des racines.

– Et, tout au fond, les urines du diable..., marmonnai-je. J'ai peur du vide et je hais les voyages. Belleville, où es-tu ?

La moitié de mon corps penché par la fenêtre, j'ai hurlé ça, au plus profond du précipice :

– Où es-tu Bellevi-i-i-i-l-lle ?

Le jeune flic a éclaté de rire, puis il a écrasé le champignon en bloquant son klaxon, la voiture a bondi et nous avons tout à coup jailli en pleine lumière céleste.

– Dieu de Dieu !

Une explosion phosphorescente ! Les boyaux du diable ouvrant sur les herbages du paradis ! Les saints ne nous avaient pas menti : les verts pâturages de l'Eden ! Le toit du monde !

J'en suis resté muet.

Eux aussi.

– C'est chaque fois la même impression, confirma Julie.

*

La première chose que je vis dans l'ombre des Rochas fut la table de la cuisine. Le soleil y a déposé une nappe dorée dès que Julie eut ouvert le premier volet.

La table de Julie.

– Alors, c'est là-dessus que tu es née ?

– Par la grâce de Matthias et le fil du laguiole, oui. Césarienne. Le gouverneur mon père avait mis l'eau à bouillir sur cette cuisinière.

Une antique Godin, des feuilles de houx courant en frise sur l'émail blanc. Le numéro 603 de sa série. Louée sois-tu, vieille chose.

– L'eau venait de la source et le bois du jardin. Tu peux avoir confiance, Benjamin, je suis un produit naturel.

– Elle marche encore ?

– Suffisamment pour te nourrir et te chauffer. C'est un rêve de phalanstère, cette vieille Godin. Elle en réchauffera d'autres !

Le flic aux yeux verts nous avait laissés à la jonction de la route et du chemin. Julie avait insisté pour faire le reste à pied. Elle aimait arriver seule dans cette solitude, et que personne ne le sût, à part les roses trémières qui faisaient le siège de la ferme. Elle parlait de loin, maintenant, ouvrant les volets d'une autre pièce, et d'une autre encore, dévoilant un à un les périmètres de son enfance. La lumière du Vercors ne se faisait pas prier. C'était un nid d'ombre tressé dans la lumière, cette ferme des Rochas. Feu de bois, draps de lin et pommes surettes : un parfum de génération.

– Qui était originaire du Vercors, ton père ou ta mère ?

– Mon père. Il y a même un village qui porte son nom, c'est dire ! Ma mère était italienne. Severina Boccaldi. Il y en a beaucoup par ici. Des émigrés de Bergame, en Lombardie. Ils sont venus faire les bûcherons.

Sa voix traversait le silence des siècles et des pièces.

– Les Allemands n'ont pas brûlé la ferme ?

– Même avec la pire volonté du monde, on ne peut pas tout brûler... Ils ont fait sauter l'école, plus bas, à Tourtre. On a retrouvé des cahiers dans les arbres, jusqu'ici.

Je la suivais de loin. J'entrais dans chaque pièce qu'elle venait de quitter. J'y retrouvais l'odeur de ses douze ans. Dans la chambre à coucher, je fus pris entre les père et mère de son visage. Elle, la Lombarde, belle à décourager, prise toute jeune dans son cadre, et qui le regardait, lui, accroché sur le mur d'en face, debout parmi les roses trémières, la veille de sa mort, squelette flottant dans son uniforme blanc de gouverneur colonial, avec, dans le regard, un amour planté droit sur le mur d'en face. Debout entre eux, j'ai fait un pas en arrière. Comme il la regardait ! Comme il la regardait à travers toutes ces années !

– Ta conception de l'amour, Benjamin... Il ne s'est jamais remarié.

La voix de Julie dans mon oreille. Qui ajoute :

– D'où mes fureurs.

– De quoi est-elle morte ?

– Cancer.

Nous murmurions.

– Il en parlait beaucoup ?

– Par-ci, par-là... des expressions... « sainte patronne des roses trémières »... « douce comme ta bûcheronne de mère »... ou, quand je piquais une crise : « Oui, Julie ! Encore ! Encore une colère lombarde ! »

– Pas d'autres femmes, alors ?

– Quelques putes.

Pris dans son cadre, le Gouverneur nous écoutait, à présent, impuissance amusée, ses mains ouvertes, plates comme les feuilles des roses trémières.

– Quand elle lui manquait trop, il allait massacrer les roses trémières.

Julie m'avait déjà parlé de ces accès rosicides. Combat contre le chagrin. Perdu d'avance. Rien de plus vivace que la rose d'outre-mer.

– Un type dans ton genre, Benjamin : une femme ou une cause. La femme morte, il a choisi sa cause : la décolonisation. Il disait ouvertement : « Je travaille à l'hexagonie de l'Empire. » C'est à Saigon qu'il a rencontré Liesl, d'ailleurs. Liesl a traîné son magnétophone dans toutes les batailles d'Indochine.

Et la petite Julie pensionnaire à Grenoble.

– Tu sais de quoi je rêvais, moi ?

– Dis toujours.

– D'une marâtre. Que j'aurais poussée au suicide. Ou dont j'aurais fait ma copine. J'ai manqué de femme dans mon enfance.

– Et chez les Fraenkhel ?

– Matthias avait déjà divorcé quand j'allais chez eux. Et Liesl n'était pas une femme. Liesl n'était qu'une oreille.

38

Le vieux Job avait ses horaires. Nous les avons respectés.

– Ne jamais le déranger le matin, disait Julie, c'est un oiseau de nuit.

– On y va après le déjeuner ?

– Et la sieste, qu'est-ce que tu en fais ? Tu verras la pancarte sur la porte de son bureau : « *Sieste : 16 heures à 17 heures 05. Ne pas interrompre, sous peine de mort !* » Il ne l'a pas décrochée depuis mon enfance.

– Après la sieste, alors.

– C'est ça. Vers les cinq heures. C'était l'heure où j'abandonnais Barnabé dans ses grottes pour aller visionner les nouveaux arrivages de Job.

– Barnabé n'était pas jaloux ?

– Barnabé est l'incarnation de la jalousie.

– Tu n'avais que lui comme copain ?

– Tous les garçons du plateau étaient mes copains, les Chapays, les Mazet, les Bourguignon, les Malsang...

– A quoi jouiez-vous ?

– Ça ne te regarde pas.

Cela dit en remplissant le sac à dos des provisions achetées à Sainte-Eulalie, parce que Julie avait décidé de passer la journée sur les arêtes dentelées des falaises.

– On va te refaire des poumons et des jambes, Benjamin.

Et la suite de la conversation en longeant ces remparts giflés par le vent.

– Que tu es bête ! A quoi voulais-tu qu'on joue ? Les grottes, le ski, les veillées, la chasse, la varappe, le braconnage, les concours de bûcherons...

– Et la cinémathèque du vieux Job...

– Non, Liesl et Job tenaient à leur solitude. Mes camarades aussi, d'ailleurs. C'étaient deux univers distincts.

Et, soudain :

– Regarde !

Doigt tendu au-dessus du vide.

J'ai cru qu'elle me montrait le paysage, le monde très en bas, assagi comme une carte routière, sans autre limite que le massicot de l'horizon.

– Non, là !

C'était un aigle. Une dizaine de mètres, *au-dessous* de nous, un aigle, large immensément, et diablement sérieux. Il mettait un point d'honneur à rester immobile dans les rafales. Maître du vent ! La terre entière entre les ailes.

– Il guette.

J'ai tout de suite pensé au lapinot convoité, deux ou trois cents mètres plus bas, fouillant l'herbe rase, très actif, amoureux, peut-être, une famille à fonder, des projets de carrière, œil d'agate et poil de soie, oreilles transparentes et truffe vive, un chef-d'œuvre de la nature, lui aussi...

– On casse la croûte ?

*

Cinq ou six heures plus loin, vent tombé, soleil de plomb, mes poumons dans les mollets, nous sommes enfin arrivés au-dessus de la vallée de Loscence. Julie a de nouveau pointé son doigt.

Une grande ferme nous attendait sous ses tuiles. Seule dans toute la vallée d'où montait jusqu'à nous l'ample parfum de l'herbe fauchée.

– La maison de Job ?

Une des cinq cheminées lâchait son ruban de fumée droit dans le ciel. Julie eut un sourire.

– Job nous attend dans son bureau. Près de son feu.

– Par cette chaleur ?

– Les étés sont courts, ici. D'un hiver à l'autre, Job n'a pas le temps de se réchauffer.

Nous sommes descendus, palier par palier, comme on remonte du fond des mers. A chaque pause, un commentaire de Julie.

– L'aile droite, aux murs aveugles, c'est la cinémathèque. Trois cents mètres carrés de grange où Barnabé sabotait en cachette des kilomètres de pellicule.

– Quel genre de sabotages ?

– Des montages inspirés. Couper-coller. Une théorie de Barnabé : le ciné-syncrétisme ! Le comte Dracula rencontre King Kong dans les salons de Marienbad... ce genre de trouvailles. Suzanne va au-devant de belles surprises.

– Le vieux Job vous laissait faire ?

– Je te répète que Job ne voyait jamais deux fois le même film. On descend ?

*

Je connaissais cette porte. C'était une grosse porte de bois clouté, enchâssée dans une ogive de pierre. En guise de heurtoir, un centaure de bronze au visage grimaçant, une flèche plantée dans la poitrine, et qui tenait dans ses bras une femme évanouie, dont les membres pendaient.

– Je connais cette porte !

– Oui, c'est la porte du comte Zaroff. Schœdsack l'a offerte à Matthias après l'accouchement de sa nièce, et Matthias l'a offerte à Job, évidemment.

– Pourquoi évidemment ?

– C'est tout juste si Matthias ne ramenait pas son salaire à ses parents. Quant aux cadeaux de comédiens, de réalisateurs ou de producteurs, Job et lui ne savaient qu'en faire. De vrais chefs d'Etat. A chaque mètre de pellicule vendu, à chaque accouchement, ils y avaient droit. Tu vas voir, cette maison est le musée des illusions.

Je n'écoutais plus Julie. Je n'aimais pas le regard du centaure. Pour la première fois depuis le début du voyage, comme si toutes les vapeurs du pinard ingurgité se dissipaient d'un coup, je me suis souvenu clairement d'où nous venions, où nous étions, la raison réelle de ce voyage, et qui nous risquions de rencontrer derrière cette porte. J'ai saisi le poignet de Julie au moment où ses doigts s'enroulaient au heurtoir.

– Arrête. Tu es sûre que tu veux voir Matthias ?

Bref regard.

– A mon avis, il n'est pas là. Et s'il y est, il me semble que nous avons quelques questions à lui poser, non ?

Deux coups proches, un coup éloigné, comme frappés au cœur même de la maison.

– C'est mon code. Ça évite à Job de descendre.

En effet, la porte du comte Zaroff n'était pas verrouillée. Elle grinça – comme il se doit –, révélant un carrelage vaste et luisant, où la lumière glissait jusqu'aux lourds balustres d'un escalier de chêne qui ne faisait pas dans la sobriété.

– Et l'escalier, tu le reconnais ?

Non. Je ne reconnaissais pas l'escalier. Nous ne faisions pas partie du même monde.

– Renoir ! L'escalier de *La Règle du jeu.* Le carrelage, aussi, et le trophée de chasse, au fond.

– Et le cheval de manège ?

Un cheval de bois au regard exorbité, à la denture folle, cabré dans l'ombre à gauche de la porte, comme jeté sur le visiteur.

– Un clin d'œil de Buñuel : *Los Olvidados*.

Pour la deuxième fois en un jour, j'ai pensé à Clément Graine d'Huissier. Mieux, j'ai *vu* la tête de Clément s'il avait franchi cette porte ! Clément au paradis ! Il n'aurait eu aucun mal, lui, à identifier les poupées de Trnka, ses poupées du *Brave Soldat Chveik*, posées sur une console Victor Louis – cadeau de Guitry au vieux Job, la console – ou l'épée honnie de Rashomon pendue au-dessus de l'harmonium de Lon Chaney, et il aurait reconnu la galerie de portraits qui ponctuait l'ascension de l'escalier sous l'invraisemblable lustre de Topkapi.

– La famille ? demandai-je à Julie en désignant les portraits. Générations de Bernardin ?

Julie montait devant moi.

– Chuuut ! Non, Bergman ! murmura-t-elle, portraits et médaillons des *Sourires d'une nuit d'été.* Toute la collection.

– C'est ici qu'il faut faire votre cinémathèque... démonter le Zèbre pierre par pierre et le remonter dans la grange.

– Tais-toi donc...

Elle souriait. Elle montait devant moi. Elle rajeunissait à chaque marche. Signe de la main : « Reste là. » Index sur les lèvres : « Silence ! » Rituel d'enfance. Faire semblant de surprendre le vieux Job qui, à cette heure de l'été, n'attendait qu'elle. Elle entrerait sans frapper : « Quoi de neuf, vieille chose ? » Impertinence de gamine qui lui vaudrait une réponse tout aussi rituelle : « Je hais la jeunesse ! Cet amour des jeunes pour les vieux... c'est dégoûtant ! » Et ce serait le début d'une longue soirée.

Porte atteinte, Julie me montre la pancarte. Effectivement : « *Sieste : 16 heures à 17 heures 05. Ne pas interrompre, sous peine de mort !* » En anglaises violettes et soignées. Elle replace la pancarte sans le moindre bruit, m'envoie un dernier sourire d'enfance, tourne la poignée de la porte, ouvre, entre.

Et le bureau du vieux Job explose.

Explose.

Presque sans bruit.

Plutôt un grand souffle.

Julie projetée contre le mur du couloir, comme au ralenti.

Propulsée hors du bureau par une haleine de dragon qui l'auréole de flammes.

C'est alors seulement que j'entends l'explosion.

Et que je vois les cheveux de Julie s'enflammer. Je hurle. Je bondis. Ma chemise arrachée autour de sa tête, je nous précipite dans l'escalier. Les trois portes dépassées en montant explosent une à une. Maison piégée. Nous nous ramassons comme nous pouvons sur le carrelage de Renoir, et nous fuyons le brasier, cassés en deux, trébuchant, roulant dans l'herbe, le plus loin possible, sous une pluie de vitres brisées, ma chemise toujours autour de la tête de Julie que je protège de mon bras. C'est alors que la porte d'entrée vomit elle aussi sa portion d'enfer.

– Attention !

Un quart de tour sur le côté et le centaure de bronze s'enfonce dans le sol à l'endroit même où nous reprenions souffle.

– Plus loin ! Vite !

La main de Julie dans la mienne, je fonce droit devant.

– Cours !

– Je n'y vois rien !

– Lève les pieds ! Cours ! Je suis là ! Je te tiens !

Explosion sur explosion. Qui soufflent une fenêtre ou une volée de tuiles. Chaque fois suivies de flammes éruptives, vibrantes et tout à coup repliées sur elles-mêmes, en une dévoration ronronnante.

Plongeon derrière un tilleul.

– Fais voir !

J'ai déroulé la chemise. Julie a poussé un cri.

– Doucement !

Les sourcils sont venus avec.

– Oh ! bon Dieu !

Elle se cache les yeux. Mains noircies par le feu. Poignets gonflés.

– Retire tes mains, Julie, enlève-les que je voie !

Elle écarte les mains, vaillamment. Les cheveux, les sourcils et les cils !

– Essaie d'ouvrir les yeux.

Cet effort ! Elle essaie. Paupières boursouflées. Tout le visage vibre, levé au ciel, marbré de brûlures. Je me place entre le soleil et elle. L'ombre de mon visage sur sa peau brûlée.

– Je n'y arrive pas !

Une nouvelle explosion. Pluie de tuiles dans les frondaisons du tilleul. Effondrement de la charpente. Gerbe d'étincelles.

– Qui a fait ça ?

Des larmes soudain. Des larmes de rage entre ses paupières closes. Les yeux qui s'ouvrent. Elle me repousse. Elle saute sur ses pieds. Face à la maison. Les yeux grands ouverts !

– Qui leur a fait ça ?

– Planque-toi, Julie.

Il pleut des tuiles. Je la colle au tronc du tilleul. Mais elle ne quitte pas la maison des yeux.

– C'est méthodique. Une pièce après l'autre. Un système incendiaire !

39

Mot pour mot ce qu'elle a répété au sergent-chef, patron de la gendarmerie locale.

– C'était méthodique. Une pièce après l'autre.

Elle a ajouté :

– J'ai dû déclencher un système de mise à feu en entrant dans le bureau.

Le képi tenait sa visière bien droite au-dessus du désastre.

– Vous y avez vu quelqu'un, dans ce bureau ?

– Je ne crois pas, non. Mais ça s'est passé si vite ! La première explosion a créé une réaction en chaîne.

– D'où veniez-vous ?

– Des Rochas, derrière les Revoux.

– A pied ?

– A pied. On nous a volé notre camion.

– Quel camion ?

– Un camion de location. Nous devions déménager les films.

– En accord avec le propriétaire ?

– Oui. M. Bernardin a fait de moi sa légataire, pour ce qui concerne le fonds de sa cinémathèque.

– Legs enregistré ?

– Oui. J'avais un fax, dans le camion. M. Bernardin devait me remettre l'acte avec les bobines.

– Et monsieur ?

– C'est mon ami. Il m'accompagnait. Il m'a sortie de la maison.

– Vous confirmez ?

– Point par point.

Questions sans arrière-pensée. Interrogatoire sans ton. La voix ? Tenue par l'uniforme. Correcte. A peine un timbre. Les autres gendarmes photographiant et fouillant les alentours, les pompiers épuisant l'eau de la région dans ce cratère en fusion.

– Voilà le docteur.

Un blond médecin qui se penche sur le visage de Julie et déclare que ce n'est pas trop grave.

– Plus impressionnant que grave.

Pommade, gaze, bandes. Ma Julie momifiée.

– Je ne vous fais pas mal ?

– Ça va.

– Vous avez dû avoir peur pour vos yeux.

– Un peu. Benjamin m'a enroulé la tête dans sa chemise.

– Bon réflexe. Tendez vos mains. Ce sont les poignets, surtout, qui sont brûlés... Vous avez dû vous protéger le visage en fermant les poings et en croisant les bras.

Le pays tout entier qui converge dans la vallée de Loscence. Et les copains de Julie, attirés comme les autres par l'incendie d'abord, puis la découvrant elle, debout, à côté de l'estafette. Emus, mais connaissant la musique : pas d'émotion apparente avec la Juliette.

CHAPAYS (à propos des bandages) : Tu sais que ça te va bien ?

MAZET : Un rien l'habille, la Juliette.

JULIE (faisant les présentations) : Robert, Aimé. Benjamin.

Paluches. Solides, les paluches. Passablement burinées par les hivers, les trognes amicales.

CHAPAYS (regardant l'incendie) : Saloperie. Tu parles d'un feu de la Saint-Jean. Il y a quelqu'un à l'intérieur ?

JULIE : Je ne crois pas, je n'ai vu personne.

MAZET : D'un autre côté, ça a du bon. Chaque fois que des Parisiens montent jusqu'ici, ça nous fait trente ans de conversations.

Malgré les circonstances, ce qui secoue Julie sous la ouate et les bandages ressemble à un rire bref.

LE DOCTEUR : Ne bougez pas.

LE GENDARME : Vous vous connaissez ?

CHAPAYS : Depuis tout petits. C'est la Juliette. Tu vas pas lui faire des misères, au moins ?

LE GENDARME : A priori, non.

Chapays et Mazet échangent un regard qui condamne en bloc les a priori et autres a posteriori. Les a fortiori ne s'en sortent pas mieux. On sent que la Juliette relève du sacré, et que la maréchaussée serait bien venue de communier sous ses auspices.

CHAPAYS : Si tu as besoin de quelque chose, Juliette...

MAZET : On est là.

Et de redescendre donner la main aux pompiers qui s'activent autour de l'éruption.

– Voilà, dit le docteur en nouant le dernier pansement. Quand la douleur se réveillera, vous prendrez ça, deux cachets toutes les trois heures, et ça.

Exit le docteur. Le vent du nord s'est réveillé, affolant les colonnes d'étincelles. Frisson bref du sergent, sous sa chemise bleue.

– Vous êtes du pays ? demande Julie.

L'adjudant-chef s'autorise un sourire.

– Ni moi ni aucun de mes hommes. C'est un principe dans la gendarmerie. Ce serait impossible, autrement. Non, je suis alsacien.

La grange s'effondre à son tour. Une brochette de sièges est projetée dans l'espace.

– C'était leur cinémathèque, explique Julie.

– Vous avez une idée ? demande l'adjudant-chef. Je veux dire... Qui pouvait leur en vouloir à ce point ?

Julie hésite une seconde.

– Non... Je ne vois pas.

Conversation presque rêveuse, interrompue par l'irruption d'un autre képi.

– Venez voir, chef ! Venez ! On a trouvé quelque chose.

Et, à nous :

– Venez aussi, vous pourrez peut-être nous aider.

Il passe devant.

– C'est là-haut, sur le chemin de Maupas.

Il grimpe à travers la broussaille. Nous suivons. Il passe un chemin pierreux et s'enfonce dans une forêt d'épicéas dont les basses branches tombent en poussière.

– Regardez !

Pour regarder, nous regardons.

Je crois même n'avoir jamais tant regardé.

Ni tant vu.

Là, devant nous, au beau milieu d'une clairière, à demi camouflé par des branches coupées : notre camion.

Le camion blanc de notre voyage.

Aucun doute possible.

– C'est notre camion, dit Julie.

– Celui qu'on vous a volé ?

– Oui.

Un troisième gendarme a ouvert les doubles battants de la porte arrière. Le camion est rempli de bobines.

L'adjudant-chef ne bronche pas. Il se contente de grimper en invitant Julie à le suivre. Il lit à voix haute des titres de films sur des boîtes de fer-blanc.

– C'est la cinémathèque de M. Bernardin ?

– Oui, dit Julie.

– Et c'est bien le camion qu'on vous a volé ?

– Oui, répond un de ses hommes. On a retrouvé les papiers de location dans la boîte à gants. Corrençon, c'est ça ? Mademoiselle Julie Corrençon ?

– C'est ça, dit Julie.

Question de l'adjudant-chef à son subalterne :

– Vous avez trouvé un fax, signé Bernardin ?

Réponse :

– Pas de fax, chef.

L'adjudant-chef à Julie :

– Où l'aviez-vous rangé ?

Julie secoue une tête sans illusions.

– Avec les papiers, dans la boîte à gants.

– Pas de fax dans la boîte à gants, chef, répète le subalterne.

Moi, à toute allure :

– Le vol du camion a été enregistré par deux agents qui ont déposé leur rapport au commissariat central de Valence.

Comme c'est étrange, cette sensation de ne pas croire soi-même ce qu'on dit, tout en sachant que c'est la vérité vraie. Le sol qui s'ouvre sous vos pieds... La chute libre sous la terre ferme...

*

– Je suis désolé, dit l'adjudant-chef en raccrochant.

Et je sais ce qu'il va nous annoncer entre les quatre murs de sa gendarmerie de montagne : le commissariat de Valence ne confirme pas. La main encore posée sur le téléphone, le gendarme secoue la tête négativement. Il a vraiment l'air désolé. Ce n'est pas un de ces flics qui justifie son existence de flic en préférant le mensonge à la vérité. Il aime les citoyens innocents. Il aurait préféré que le commissariat de Valence confirme. Mais le commissariat de Valence ne confirme pas.

– Aucune plainte n'a été déposée ce matin pour vol de camion.

Julie se tait.

Julie a compris.

Julie mesure la perfidie de l'arnaque.

La profondeur du gouffre.

Moi seul continue à me débattre. Mais en nourrissant autant d'illusions qu'un hareng dans un filet de la Baltique.

– Il y avait un autre client de l'hôtel à qui on a volé sa voiture ! Et la jeune fille de garde, qui peut en témoigner. Celle qui nous a accueillis le soir, et réveillés le matin, à l'arrivée des deux inspecteurs.

– Nous allons vérifier cela aussi, naturellement, répond l'adjudant-chef, avec un hochement affirmatif. Quel hôtel dites-vous ?

Je le redis.

Tout en minitélisant, il demande :

– Vous aviez réservé ? Il y avait une trace écrite ?

– Non, dis-je, c'était une escale. Mais nous avons payé par chèque.

– A la jeune employée de garde ?

– Oui.

– Bon. On va les appeler. Je rappellerai aussi le commissariat de Valence pour le vol de la voiture. Vous connaissez la marque du véhicule ?

Mémoire, ô ma mémoire... je fouille les tirades du petit gros furibard. Un vrai feu d'artifice autour du vol de sa bagnole. Mais non... non... pas la moindre trace de la marque. Dieu sait qu'il y tenait, pourtant, le con !

– Ça devait être une grosse, dis-je à tout hasard. Et neuve.

– Aucune importance. Si la plainte a été enregistrée, nous aurons la marque et le nom du propriétaire.

*

Bon. Inutile de poursuivre dans le détail. J'ai cessé de me débattre à mon tour. Non seulement le commissariat de Valence nia toute déclaration relative à un vol de voiture enregistré le matin entre sept et huit, mais, en revanche, sur le coup de dix heures, le même commissariat central reçut un avis de disparition émanant de la propriétaire de l'auberge. La jeune étudiante engagée jusqu'à la fin du mois pour tenir la permanence de nuit avait mystérieusement disparu, et la clientèle s'était réveillée dans un hôtel vide. Affolement de la propriétaire. Une jeune fille sérieuse, oui. Sa propre nièce, confiée à sa protection pour gagner l'argent de son mois d'août. Elle projetait un voyage en Islande avec des amis, étudiants comme elle. Aucune trace de mon chèque, bien entendu, et pas le moindre souvenir de notre passage, vu que nous étions arrivés tard, accueillis par la jeune fille en question, et que nous avions tout de suite gagné notre chambre. Les neuf clients présents cette nuit-là avaient retrouvé leurs neuf véhicules en se réveillant. Pas de dixième client. Quant au jeune flic aux yeux verts, soi-disant natif de Saint-Martin-en-Vercors... aucun flic de cet âge dans la micro-population de Saint-Martin, ni le moindre jeune homme aux yeux verts, d'ailleurs.

Ce n'était plus un gouffre.

C'était un siphon.

Julie et moi tournoyant comme deux mouches, prêts à être éjectés d'une seconde à l'autre, aux antipodes, par le trou du cul de la terre.

Lequel trou s'ouvre grand, tout à coup.

– Chef ! Il y a des corps !

– Des corps ? demande l'adjudant-chef en se retournant vers le brigadier qui vient de faire irruption dans son bureau.

– Dans la maison. Trois. Carbonisés.

XI

LE RETOUR DU BOUC

Vous maintenez votre version des faits ?

40

– Vous maintenez votre version des faits ?

Le commissaire divisionnaire Legendre veut bien répéter ladite version, pour que je prenne les mesures de son extravagance et que je puisse y renoncer en toute sérénité.

– S'il faut vous croire, monsieur Malaussène, Mlle Corrençon et vous-même auriez loué un camion pour prendre possession d'une cinémathèque dont elle serait légataire (ce qu'aucun document n'atteste), camion qu'on vous aurait volé (vol enregistré par un policier inexistant) dans la cour d'une auberge (où personne ne vous a vus) pour le cacher sur le lieu même de sa destination afin de vous impliquer dans le double assassinat de M. Bernardin et de son fils, le docteur Matthias Fraenkhel, c'est exact ?

Hélas ! Le vieux Job, oui... et Matthias... retrouvés morts sous les décombres... avec un autre corps non identifié.

– Un traquenard passablement alambiqué, et qui exige beaucoup de personnel, vous ne trouvez pas ?

Si.

Il récapitule tout de même :

– Un voleur de camion, un client postiche pour hurler au vol de sa propre voiture, deux autres hommes pour jouer les policiers, au moins deux autres encore pour piéger la maison... Qui peut vous haïr au point de lever une armée entière contre vous, monsieur Malaussène ?

C'est la grande question de ma vie, ça. Qui peut me haïr ? Et pourquoi à ce point-là ? Qu'est-ce que je vous ai fait ?

Le commissaire divisionnaire Legendre ne veut pas croire à tant de haine.

– D'un autre côté, vous connaissiez le docteur Fraenkhel.

D'un autre côté, oui.

– Il était le gynécologue de Mlle Corrençon.

C'est vrai.

– Un ami intime de sa famille.

C'est vrai.

– Vous aviez une absolue confiance en lui.

C'est vrai.

– Après ce qu'il vous a fait, il n'est pas absurde de penser que vous ayez pu souhaiter sa mort.

C'est faux.

– Cela s'appelle un mobile, monsieur Malaussène.

Et ça s'appellera bientôt une erreur judiciaire.

Mais que dire ? Que dire quand on est le malheureux détenteur de la vérité vraie ? L'homme ne se nourrit pas de vérité, l'homme se nourrit de réponses ! Or, Legendre est un homme. Jeunes hommes des générations à venir, écoutez-moi : ne sachez rien, ayez réponse à tout. Dieu est né de cette préférence ! Dieu et la Statistique ! Dieu et la Statistique sont des réponses qui se portent de mieux en mieux.

– Non, monsieur Malaussène, votre histoire est incroyable.

S'il n'y avait que ça, d'incroyable, dans la vie... Ce bureau, par exemple, l'ex-bureau du divisionnaire Coudrier... Comment peut-on, en si peu de temps, modifier si radicalement le décor d'une pièce ? Comment peut-on, en quelques jours, transformer cette mémoire du Premier Empire – pénombre vert et or jalousement close sur la méditation de son hôte – en une pièce à ce point *transparente* : large baie ouverte sur la ville, blanche moquette et lumière halogène, double porte vitrée derrière laquelle coule le fleuve luisant du couloir, fauteuils translucides qui semblent maintenir le prévenu en suspension dans l'atmosphère, bureau de verre opalin... Qu'a-t-on fait de l'ébène sombre et du velours épinard ? de la porte de cuir et du parquet grinçant ? de la lampe à rhéostat et du divan Récamier ? du tueur impérial et de sa cheminée ? Où se sont envolées les abeilles ? Elisabeth, où êtes-vous ? Café, Elisabeth ! Un petit café...

– Si mon opinion vous importe, monsieur Malaussène, je vais vous la donner.

Le commissaire divisionnaire Legendre est un gendre sans haine. Sa voix est posée. Il entasse sans préjugé les petits cubes de ses raisonnements. Ses yeux sont fixés sur des ongles nets. Le commissaire Legendre s'applique à être un homme net.

– Je crois en effet que vous avez loué ce camion pour prendre livraison de cette cinémathèque et de ce... « Film Unique » (que nous cherchons toujours parmi les films). Vous l'aviez annoncé, vos amis cinéphiles en témoignent, ce point ne semble pas contestable. Que ces films constituent une sorte d'héritage pour Mlle Corrençon, c'est fort possible aussi. Cela reste à vérifier, mais c'est possible.

Les yeux sur ses mains impeccables, le commissaire Legendre regarde peu. Sa calvitie miroir reflète la conscience du prévenu. On est censé se voir penser dans le crâne du penseur. Il a dû faire craquer plus d'un malfrat, ce miroir !

– Mais il y a autre chose, monsieur Malaussène. Je crois que ni vous ni Mlle Corrençon n'avez supporté l'assassinat – oui, on peut appeler cela un assassinat – de l'enfant que vous attendiez.

Le commissaire est un homme délicat. Il place les silences où il le faut. Et ne les fait pas durer plus qu'il ne se doit.

– C'est à partir d'ici que ma version des faits diffère de la vôtre.

De ces différences négligeables qui remplissent les prisons.

– Une question, d'abord. Mlle Corrençon et vous étiez les seuls à savoir que le docteur Fraenkhel avait trouvé refuge dans le Vercors, auprès de son vieux père. Pourquoi ne pas en avoir averti mes services ?

Affaire de culture, monsieur le commissaire... Et d'ailleurs, à l'époque, « vos services » étaient encore ceux de votre beau-père Coudrier.

– C'est là que le bât blesse, monsieur Malaussène. Au lieu d'alerter la police, vous avez pris la décision de vous rendre vous-mêmes sur place et de demander des comptes au docteur, ce qui somme toute est parfaitement compréhensible.

Matthias était bien la dernière personne que je souhaitais rencontrer sur le plateau du Vercors. Mais essayez de glisser cette donnée *humaine* dans une suite *logique*. Essayez, pour voir...

– Officiellement, vous partiez donc prendre livraison de ces films et du Film Unique. En réalité, vous alliez interroger le docteur Fraenkhel. Et il y a eu meurtre. Double meurtre. Triple, avec le cadavre non identifié.

Qui es-tu, ô mon autre mort ? Quelle surprise me réserves-tu ?

LEGENDRE : Qui est cette autre victime, monsieur Malaussène ?

MOI : ...

LEGENDRE : Nous le saurons tôt ou tard. La médico-légale...

MOI : Julie et moi pensions que la maison était vide.

LEGENDRE : Tout à fait impossible. Un écriteau, retrouvé sur la porte de son bureau, indiquait que M. Bernardin faisait la sieste, et qu'il ne souhaitait pas être dérangé. Or, selon vos propres dires, c'est l'ouverture de cette porte qui a provoqué la première explosion.

MOI : Cet écriteau date de vingt ans.

LEGENDRE : Peut-être, mais M. Bernardin l'avait placé sur sa porte, cet après-midi-là.

MOI : Il l'y plaçait tous les jours.

LEGENDRE : Dans une maison où il vivait seul depuis la mort de sa femme ? Peu probable.

MOI : C'était en souvenir du temps où il y avait des enfants dans la maison.

LEGENDRE : Monsieur Malaussène... On a retrouvé Job Bernardin carbonisé dans son bureau, assis dans son fauteuil, le crâne défoncé, face à sa cheminée, et l'écriteau sur la partie de sa porte qui n'a pas brûlé.

MOI : Si Julie n'a pas vu le vieux Job, c'est que le fauteuil devait tourner le dos à la porte.

LEGENDRE : Malheureusement, l'évasion de Mlle Corrençon ne nous a pas permis de l'interroger.

*

L'ÉVASION DE JULIE

Roulement de nuages et de tambours. Le ciel bleu soudain couleur d'asphalte. Une colère du Vercors. Instantanée. Une de ses fureurs estivales, qu'il joue rideau fermé. La foudre perpendiculaire et le grêlon horizontal. Bombardement. Le ciel explose. La terre encaisse. La R-25 de la brigade criminelle, venue nous chercher de Valence, Julie et moi, prise dans la tourmente. Humeur des deux flics : c'est Beyrouth ! C'est Sarajevo ! C'est le Vercors. La dernière fois c'était pareil ! On vient tranquillement se balader, en famille, tu vois, on vient aux myrtilles et ça finit en opération survie. Putain de Vercors ! On va péter le pare-brise si ça continue. L'essuie-glace gauche a morflé. Tu vois le croisement ? Fais gaffe, là, devant, devant... Devant ! Ça vient vers nous ! Freiiiiine ! Jusqu'au choc. Mou, le choc. Lourd et mou. Merde ! Qu'est-ce que c'est ? Du foin ! Une avalanche de bottes rondes qui déboulent du haut de la côte. Putain de Dieu ! Sémaphore du paysan à la vitre de la voiture : pas ma faute, un éclair ! Le cul qui a lâché dans la montée. La foudre, oui, sur le verrouillage. Pas trop affolé, le paysan. Vertical sous l'orage. Une belle gueule burinée aux grêlons. Visage familier. Je ne dirai pas qui. Je l'aurais bien embrassé, mais... menottes. Menottes accrochées à la portière. Dangereux criminel, Malaussène ! Pas de menottes pour Julie. Poignets brûlés. Juste un mastard à côté d'elle. Bouge seulement, ma pouliche... Pauvre mastard. Connaît pas Julie. Son estomac digère mal le coude de la pouliche et sa nuque couine sous le tranchant de sa main. Portière ouverte, bond de Julie dans les fourrés. Course de Julie vers la liberté. Eclair, tonnerre, splendide ! Merde ! L'autre flic, à côté de moi qui dégaine. Merde ! Merde ! Ne tirez pas ! Mon pied dans ses côtes. Coup de feu dans les arbres. Cours, Julie ! Coup de crosse sur ma gueule. Rideau.

*

SYNTHÈSE IRRÉFUTABLE DANS UN BUREAU TRANSPARENT

COMMISSAIRE DIVISIONNAIRE LEGENDRE : Voilà ce qui s'est passé, monsieur Malaussène. Mlle Corrençon et vous-même vous êtes officiellement rendus dans le Vercors pour prendre possession de cette cinémathèque et de ce Film Unique. Votre but réel était de retrouver le docteur Fraenkhel afin de l'interroger. Vous l'avez fait. La conversation a mal tourné. Il y a eu mort d'homme. Deux témoins gênants – ou deux personnes que vous estimiez complices du médecin – ont subi le même sort que lui : son père et un inconnu. Affolés, vous avez maquillé l'affaire en attentat à l'explosif. Vous avez vous-mêmes dissimulé votre camion dans la forêt de Loscence. Vous avez tenté de vous faire passer pour les victimes d'un traquenard.

BENJAMIN MALAUSSÈNE : Mais enfin, bon Dieu, qui aurait pu croire un truc pareil ?

LEGENDRE : Précisément, monsieur Malaussène. Pour que votre thèse fût crédible, il fallait qu'elle fût difficile à croire. Vous êtes allés jusqu'à laisser traîner dans le camion des éléments qui vous accusaient davantage : un bâton de dynamite et un système de mise à feu. Mlle Corrençon connaissait bien cet explosif. C'est celui que tous les spéléologues de la région utilisent pour élargir les boyaux des grottes.

MOI : Pourquoi aurions-nous fait ça ?

LUI : Je vous l'ai dit, monsieur Malaussène. Vous avez accumulé les signes de votre culpabilité pour donner à penser que *d'autres* les avaient semés. Vous avez spéculé sur le raisonnement suivant : la police ne croira jamais que deux assassins puissent être si maladroits dans la dissimulation de leur crime. En revanche, quelqu'un qui chercherait à leur faire porter le chapeau ne s'y prendrait pas autrement.

MOI : ...

LUI : À dire vrai, c'était intelligemment pensé.

MOI : ...

LUI : Et d'une certaine façon, cette comédie plaide en votre faveur.

MOI : ... ?

LUI : Mais si ! Elle exclut la préméditation. Il n'y a que l'affolement pour vous avoir acculés à une pareille mise en scène. Vous n'êtes donc pas venus *pour* tuer le docteur Fraenkhel. Mais vous avez monté ce scénario *parce que* vous l'avez tué.

MOI : ...

LUI : ...

MOI : Mais... la jeune fille de l'auberge ? L'étudiante ? Elle sait bien, elle, que nous y avons passé la nuit et que notre camion a été volé !

LUI : L'étudiante disparue... C'est une bonne question, en effet.

MOI : ...

LUI : ...

MOI : ...

LUI : Vous ne seriez pas redescendus pour l'éliminer, tout de même ? Pour supprimer ce témoin ?

MOI : ... !

LUI : Si c'était le cas, cela changerait les données du problème, évidemment.

MOI : ... ! !

LUI : Eh oui ! Sur ce meurtre, au moins, la préméditation ne ferait aucun doute. Mais vous n'avez pas fait ça, n'est-ce pas ? Vous n'êtes pas allés jusque-là ?

*

On peut se tirer de toutes les situations. On a vu des nageurs imprudents ressortir vivants du garde-manger où les avait entraînés un crocodile en maraude. Si, on a vu ça ! Au Cameroun ! En Floride ! On a vu des parachutistes distraits sauter sans parachute et mourir dans leur lit. Chaque jour des taulards réussissent à s'évader de prison et des promoteurs immobiliers à ne pas y entrer. On a même vu des assurés arriver à se faire rembourser. Mais personne, jamais, n'est sorti indemne des mains d'un gendre acharné à s'émanciper de son beau-père. C'est ce qui m'est apparu clairement lorsque le divisionnaire Legendre a enfin levé sur moi son regard franc.

– Les temps ne sont plus ce qu'ils étaient, monsieur Malaussène.

Je n'ai pas compris, d'abord. Mais il a vite allumé ma chandelle.

– Mon prédécesseur se serait emparé de ce faisceau de présomptions pour démontrer votre innocence. Il prétendait que vous étiez un cas d'école, le déni vivant des apparences. Bouc émissaire. Victime expiatoire. Vous lui aviez vissé cette idée dans la tête. Grâce à vous, il a formé – ou déformé – des générations de policiers. Il leur a inoculé une telle prévention contre les évidences que plus un seul d'entre eux ne serait capable de reconnaître un flagrant délit sur la voie publique. Le virus de la subtilité... *Si le coupable paraît à ce point coupable, c'est que, précisément, il est innocent*. Cela flatte l'intelligence du flic de base, mais personnellement je récuse ce théorème, monsieur Malaussène. Tout au plus une recette de romancier. Dans la vie, les faits sont des faits, les méfaits des méfaits, et la plupart désignent clairement leur auteur.

J'ai cessé d'écouter Legendre. J'ai soudain compris la métamorphose du bureau. Syndrome du *successeur*. L'Homme Nouveau est arrivé ! Et avec lui, la relève de l'Humanité. Evidemment, ça ne va pas sans casse pour l'humanité relevée : éviction des uns, retraite anticipée des autres, placard, exil, mélancolie, démission... solitude. Solitude. On succède ! On efface, on éradique, on s'assied sur le passé, l'œil rivé sur l'avenir. M'est avis que l'ancienne équipe de Coudrier a suivi les meubles à la casse. Mais c'est ainsi : à homme nouveau, politique nouvelle. L'hymne imbécile du successeur. On croit en sa modernité. On ignore que la modernité date de la nuit des temps. Qu'il n'y a pas plus ringard, en fait de tradition. Ma tête à couper qu'on est allé jusqu'à changer la marque des agrafes qui rassembleront les feuilles de mon dossier. Il y croit dur comme fer, à sa nouveauté, le commissaire Legendre. Avec lui, on va voir ce qu'on va voir. Les graphiques placardés au mur en témoignent, classification des délits, répartition géographique, courbes de la criminalité nationale, pourcentages, ce sont les feuilles de la température sociale. Fini, la police à l'estime. On fait dans le scientifique, désormais. « Or il n'y a de science, monsieur Malaussène, que science des faits ! » Il croit parler calmement, Legendre, ses lèvres polytechniciennes prennent la mesure de chaque mot, oui, mais derrière le bleu fonctionnaire de ses yeux, c'est un cocotier qu'il secoue. Et avec quelle fureur ! Arrête, connard ! Arrête, frénétique connard ! Ce n'est pas Coudrier qui s'accroche aux branches, là-haut, c'est moi ! Il est à la pêche, Coudrier ! Il s'en branle, Coudrier ! A la pêche ! Avec son pote Sanchez ! A Malaussène ! Le village qui porte mon nom ! Il ne met pas sa vie dans son gendre, Coudrier ! Il accroche un vermisseau à son hameçon ! Une bouteille de rosé au frais dans la rivière...

Et, comme pour confirmer mes pires soupçons, la voix mesurée du divisionnaire Legendre conclut :

– Il va de soi que je n'en fais pas une affaire personnelle, monsieur Malaussène. En ce qui me concerne, vous êtes un prévenu comme un autre. Vos droits sont les droits de tous. Ni plus ni moins. Et votre cas sera examiné méthodiquement et sans passion. S'il y a doute, comptez sur moi pour que ce doute, lui aussi, soit méthodique.

Elisabeth, où êtes-vous ? Vous ne m'avez pas entendu, tout à l'heure ? Café, Elisabeth ! Je vous en prie. Un petit café. C'est bien le moins, quand on vient d'ouvrir sous mes yeux les portes de la perpète.

Mais ce n'est pas Elisabeth qui s'annonce à l'interphone, et ce n'est pas Elisabeth qui profile sa silhouette dans la porte de verre. Encore un miracle de l'Homme Nouveau : la métamorphose d'une antique et protectrice bonne de curé en une secrétaire toute neuve qui n'a rien d'autre à offrir qu'un sourire nerveux sur une compétence à jupe courte.

Et ce n'est pas une tasse de café qu'elle tient à la main.

C'est un fax.

Qu'elle pose en minaudant sur le bureau.

– Merci, mademoiselle.

Si transparent, le bureau du divisionnaire Legendre, que mademoiselle semble sortir en traversant les murs.

Un fax.

Le temps de le lire.

– Voilà qui devrait vous intéresser, monsieur Malaussène.

Le temps de finir sa lecture.

– L'identité de la troisième victime.

Le temps de relever sur moi un regard neutre.

– « Marie-Hélène Desgranges... », monsieur Malaussène. Ça vous dit quelque chose ?

Rien. Par bonheur, ça ne me dit rien.

– Vous en êtes certain ?

Rien de rien, désolé. Je ne connais aucune Marie-Hélène Desgranges.

– Dix-neuf ans, monsieur Malaussène... étudiante... gardienne de nuit intérimaire dans une auberge où vous prétendez avoir passé la nuit... Dois-je rappeler le nom de l'auberge ?

– ...

C'est dans mon propre silence que j'ai entendu les dernières rafales de la machine à écrire qui collait les mots au mur depuis le début de l'interrogatoire.

41

Un groupe de touristes japonais, assis dans l'espace, jambes ballant sur le vide... C'est ce que voyait Julie dans le miroir.

– Sors de là, Barnabé !

Seule dans l'appartement parisien de feu le vieux Job, Julie parlait à une armoire à glace.

– Sors de là ou je vais te chercher.

L'armoire lui répondait.

– Tais-toi donc, Juliette, et fais comme moi, regarde le spectacle.

La glace de l'armoire ne renvoyait pas son image, à Julie. La glace de l'armoire lui proposait l'image inversée du téléviseur. Et, dans le téléviseur, ce groupe de Japonais, place du Palais-Royal, assis dans le vide, croisant et décroisant les jambes, se relevant et sautillant au-dessus du sol, grimpant et descendant d'invisibles escaliers sans jamais réussir à toucher terre, pour la plus grande joie de la foule alentour.

Julie n'était pas d'humeur.

– Pour la dernière fois, sors de cette armoire, Barnabé, ou je fous tout en l'air.

– Ecoute le baratin du commentateur, Juliette, et sois sage. C'est de mon art qu'il s'agit, après tout.

Les Japonais en lévitation au-dessus de la place du Palais-Royal s'imposèrent de nouveau à Julie. Malgré tous leurs efforts, ils n'arrivaient décidément pas à atteindre le sol. Ils mimaient le découragement, comme si la pesanteur terrestre leur interdisait, à eux seuls, le plancher des vaches. Tout autour, la place du Palais-Royal, japonaise elle aussi, riait.

Et la voix du commentateur :

– *Si les colonnes de Buren ont alimenté la polémique durant le règne du Président-Architecte, nul doute que le regard facétieux de Barnabooth n'inaugure dès aujourd'hui les querelles de demain. Etait-ce de l'art, les pyjamas rayés de Buren ? Est-ce de l'art, la disparition de Buren sous le regard de Barnabooth ? Une attraction pour touristes, les escamotages de Barnabooth, ou le verdict esthétique d'un vengeur masqué ? Une coqueluche passagère, Barnabooth, ou le paroxysme du regard critique ? Qui osera créer, désormais, sous cet œil qui efface ?*

– Qui, je vous le demande ? fit en écho la voix ironique de Barnabé dans le secret de l'armoire.

« Et merde, se dit Julie. Ce type massacre sa famille, brûle mes souvenirs d'enfance, nous envoie en taule Benjamin et moi, m'oblige à assommer un flic, me force à m'évader, me plonge dans la clandestinité, et je reste là, comme une conne, à le regarder effacer les colonnes de Buren ! A l'écouter ironiser sur les retombées de son art ! »

Elle arracha le téléviseur de son socle et le précipita dans l'armoire à glace. Implosion, explosion, fracas divers, éclats lumineux, retombées étincelantes. Fumerolles. Silence, enfin.

Et tête de Julie.

L'armoire était vide.

Mais la voix toujours présente :

– Qu'est-ce que tu as fait, Juliette ? Tu as bousillé l'armoire ? Tu croyais sérieusement que je t'attendais dans une armoire à glace ?

Bouche ouverte, bras pendants.

– Je te tuerai, dit-elle enfin.

– La destruction de Loscence ne te suffit pas ? Il faut massacrer aussi le mobilier parisien du vieux Job ?

– Je te tuerai.

– C'est bien pour ça que je ne suis pas dans cette armoire.

– Où es-tu ?

– Où veux-tu que je sois ? Place du Palais-Royal, pardi ! C'est du direct, l'émission ! L'escamotage des colonnes de Buren exige ma présence, et du doigté. Un gros contrat en perspective, avec les Japonais. Ils sont épatants, ces danseurs, tu ne trouves pas ?

– J'en viens, du Palais-Royal !

– Et tu ne m'as pas trouvé, je sais. Juliette, il te faut un émetteur, dehors, si tu veux parler avec moi. Quant à me voir, il n'en est pas question. Renonces-y une fois pour toutes. Personne ne peut me voir. Je ne ferai pas d'exception pour toi, journaliste !

Et ce cri :

– J'y suis arrivé, Juliette ! J'y suis arrivé !

Oh, cette voix ! Julie n'en finissait pas de reconnaître Barnabé dans cette voix. Moins elle le voyait, plus elle le reconnaissait. Cette voix... un écho à peine déformé d'une très lointaine et criarde voix d'enfant : « J'y arriverai ! Juliette, j'y arriverai ! »

*

Il y avait des siècles de cela, un après-midi de leur toute neuve adolescence, Barnabé l'avait convoquée dans sa chambre.

– Dans ma chambre. A quinze heures pétantes, Juliette. Une petite minute de retard et c'est foutu.

L'heure exacte à laquelle Liesl, Matthias et Job s'enfermaient dans ce qu'ils appelaient pompeusement leur « laboratoire ». Barnabé proposait toujours quelque chose à Julie, quand les trois autres se retiraient. Et Julie acceptait toujours.

– Quinze heures pile ? Dans ta chambre ? D'accord.

Julie et Barnabé avaient réglé leur montre.

– Tu vas voir ce que tu vas voir, Juliette.

En ouvrant la porte de la chambre, Julie avait poussé un cri. La porte donnait sur le vide. Ou sur le néant. La porte était ouverte et il n'y avait rien derrière. Plus de lit, plus de commode, plus de mur, plus de plafond, plus de poutres, plus de sol, plus d'angles, plus de volume, plus de surfaces. Rien. Une opacité blanche. Elle avait battu des bras, elle s'était adossée à la porte refermée – qui avait disparu à son tour. Perte d'équilibre, haut-le-cœur, tout comme dans le noir absolu de leurs grottes. Elle s'était laissée glisser sur ses talons. Tout en elle était devenu cotonneux, comme si, ouvrant cette porte, c'était en elle qu'elle avait fait le vide, mais un vide saturé de ouate, un néant irrespirable. Elle cherchait son souffle, le cœur au bord des lèvres.

La surprise passée, elle l'avait vu enfin. Quelque part dans cet espace sans espace, en un lieu qu'elle supposa être le coin gauche supérieur de la chambre, elle avait vu le visage de Barnabé. Le visage seul. Comme découpé au rasoir et collé sur une feuille blanche. Un visage aux paupières closes. Sans le corps. Elle aurait aimé détourner les yeux, mais toute cette blancheur la rappelait à ce masque flottant. Sa première pensée avait été pour la fragilité de Barnabé. Dieu que c'est petit, un visage sans rien autour ! Et comme c'est ovale ! Irréel ! Et périssable, pourtant !

Puis un livre ouvert était apparu comme par enchantement devant le visage. Un livre sans doigts pour le tenir. Un livre que Julie reconnut pour être leur passion du moment : le *Barnabooth* de Valery Larbaud. Et Julie entendit la voix de Barnabé – une voix grêle, privée de corps – lire des vers qu'ils connaissaient tous deux par cœur. Le visage lisait, paupières toujours closes. Mais, derrière ces paupières, Julie voyait nettement les yeux de Barnabé rouler dans le sillage des vers de Barnabooth :

Allez dire à la Honte que je meurs d'amour pour elle ;
Je veux me plonger dans l'infamie
Comme dans un lit très doux ;
Je veux faire tout ce qui est justement défendu ;
Je veux être abreuvé de dérision et de ridicule ;
Je veux être le plus ignoble des hommes.

Puis il y eut le pet sec d'un court-circuit et tout un pan de la pièce réapparut dans une odeur de fil brûlé et de cuivre fondu : la fenêtre, le lit, la commode, que camouflaient des draps blancs. Là-haut à gauche, le visage écarquillait les yeux. Le visage disait : « Merde ! merde ! merde ! merde ! » Dans la pétarade qui avait suivi, le corps de Barnabé se recomposait par saccades. Pieds, jambes, mains, coudes, épaules remontaient à l'assaut du visage dans une atmosphère de foire mexicaine. Une myriade de minuscules projecteurs explosaient les uns après les autres selon un itinéraire complexe. Et Barnabé apparut finalement tout entier, Pierrot lunaire, suspendu à quelques centimètres du plafond, blanc dans sa chambre blanche – longue chemise de nuit volée à Liesl, pieds et mains gantés de chaussettes qui lui faisaient des pattes de lapin, bonnet de nuit enfoncé jusqu'aux oreilles –, blanche chauve-souris prise dans la toile d'araignée de ses cordes de rappel, le *Barnabooth* de Valery Larbaud maintenu devant ses yeux par des fils de nylon punaisés au plafond : « Merde, merde, merde, merde, ça n'a même pas tenu une minute ! » Et la rigolade compulsive de Julie qui se roulait par terre en frappant le parquet du plat de sa main, et la fureur de Barnabé qui lui jeta le livre à la figure.

– Ma pauvre fille, tu ne seras jamais qu'un cartoon !

Sa fureur et sa résolution, tandis que Valery Larbaud rebondissait contre le mur.

– Un jour, j'y arriverai ! Tu verras, j'y arriverai !

*

Il y était arrivé. Il n'était plus que sa voix, désormais. Julie écoutait le cadavre d'une armoire à glace.

– Non, Juliette, je n'ai tué ni mon père, ni mon grand-père ! Et je n'ai pas foutu le feu à la maison de Loscence. Et je n'ai pas farci votre camion de preuves accablantes.

– C'était toi, Barnabé ! Chaque pièce qui explosait, c'était toi ! On a suffisamment élargi de galeries ensemble ! Mêmes doses d'explosif, mêmes intervalles.

– Un bon indice, Juliette. Ça prouve qu'il doit y avoir dans cette bande un amateur de spéléo qui connaît son travail.

Un instant elle fut tentée de le croire.

– Ose dire que tu n'y étais pas.

– Pourquoi aurais-je fait ça ?

– Tu y étais ?

– Par vengeance ? C'est la première idée qui t'est venue, hein, Juliette ? La vengeance ! Barnabé aura assassiné le vieux Job parce que le vieux Job l'a privé de papa, c'est ça ? Et pour faire bonne mesure Barnabé a massacré le papa et le reste de la maison.

– Tu y étais, oui ou non ?

– La vengeance ! C'est toujours la première idée qui vous vient, à vous autres. Mais je ne me venge pas, moi ! Barnabooth ne se venge pas ! Tu as entendu parler de ma mise en scène d'*Hamlet*, à New York ?

– Ne m'emmerde pas avec *Hamlet*, Barnabé.

– Un scandale du feu de Dieu. Parce qu'au lieu de se venger, mon Hamlet n'a qu'un désir : annuler cet univers d'assassins et de tricheurs. Qu'ils disparaissent, tous ces menteurs ! Le mensonge et la dissimulation nous transforment en spectres. Le roi, la reine, Polonius, Ophélie elle-même, dissous dans le mensonge social, n'ont pas plus de réalité pour Hamlet que le spectre de son père assassiné. Pourquoi Hamlet vengerait-il un père aussi pourri que l'oncle ? Pourquoi Hamlet tuerait-il un oncle aussi spectral que le père ?

Julie n'avait plus d'autre solution qu'attendre. Barnabé avait toujours eu ça en commun avec Hamlet, oui : le goût des monologues.

– *Annuler*, Juliette. Pas éliminer, *annuler*. Effacer les images trompeuses. Tu sais encore ce que les mots veulent dire ? J'annule, moi ! Je ne tue pas, j'annule ! J'ai effacé tout le royaume de Danemark pendant plus de trois actes. Le regard de mon Hamlet annulait tous les personnages. Les acteurs disparaissaient les uns après les autres dès qu'Hamlet posait les yeux sur eux. Trois actes de dialogues flottant dans le vide absolu. Glapissements de la critique, tu penses !

– Barnabé...

– Je ne me venge pas, moi, je ne me mesure pas aux autres, je romps la chaîne ! Tu entends ? *Annuler* ! *Annuler* ! Tout est là. Et surtout, pas de souvenir ! Je ne commémore pas ! Je ne suis allé ni à l'enterrement de Liesl ni à celui de Job et de Matthias. Je me suis interdit de commémoration ! Je croirai aux commémorations quand les Allemands viendront pleurer *nos* morts et que nous irons nous agenouiller sur les tombes d'Algérie, quand les Arabes pleureront les Juifs égorgés, et les Juifs les Palestiniens abattus, quand les Amerloques se recueilleront sur les ruines japonaises et que les Nippons demanderont pardon aux dépouilles chinoises et aux femmes coréennes... Alors là, seulement, moi aussi j'irai pleurer les morts...

Il se tut brusquement.

– Bon. Tu veux savoir si j'étais à Loscence ?

Elle n'eut même pas le temps d'être surprise.

– J'y étais, Juliette. Je t'avais prévenue que je ne te laisserais pas projeter le Film Unique. Je suis allé chercher la bobine.

– Seul ?

– Non. Avec votre Clément. Vous lui aviez flanqué une telle mauvaise conscience, à propos de Cissou la Neige, qu'il ne demandait qu'à se racheter, le pauvre. Il a accepté de m'aider.

– Tu avais besoin d'aide, Barnabé, toi ?

– Je ne voulais pas entrer dans la maison de Loscence. Trop de souvenirs... Et ce gosse voulait sauver sa conscience. Quand je lui ai dit que la projection de ce film constituerait un crime autrement grave que l'exposition des tatouages de Cissou, il s'est porté volontaire.

– Alors ?

Il y eut une hésitation dans la voix.

– C'était un gosse attachant, Juliette. Il ne vivait que pour le cinéma. Mais vous lui avez flanqué une Ophélie dans les pattes.

– Barnabé, merde ! Ne recommence pas avec Hamlet !

– Il me demandait : « Où me conduisez-vous, Barnabooth, chez la Belle ou chez la Bête ? »

– Il t'a vu ? Tu t'es montré à lui ?

– Je te répète que je ne me montre à personne. Non. Deux voitures. Lui devant, moi derrière. Je l'avais équipé. Je lui indiquais le chemin au fur et à mesure.

– Alors ?

– « Alors ? » « Alors ? » « Alors ? » Il faudrait que tu t'entendes poser tes questions, Juliette.

– Ne commence pas, Barnabé...

– Ce n'est déjà plus pour sauver ton Malaussène que tu m'interroges... je m'y connais, en arrière-voix... « Alors ! » « Alors ! » L'obscène appétit du scoop ! Vous êtes tous bâtis sur le même modèle, journalistes ! Les « comment ? » vous intéressent beaucoup plus que les « pourquoi ? ». Parce que la seule vraie question qui compte, au fond, c'est « combien ? », hein ? Combien d'exemplaires ? Combien d'auditeurs ? Combien de collègues sur le coup avant moi ? Combien de fois a-t-on traité le même sujet ?

– Barnabé, tu les as tués avant ou après l'arrivée de Clément ?

Ce coup d'arrêt pour abréger la tirade sur le journalisme. Mais Julie avait dû frapper trop fort. Le silence qui suivit fut presque aussi long qu'une tirade. Elle se retrouvait assise devant une armoire obstinément muette. Elle savait qu'il attendait une nouvelle question et que cette question prolongerait son silence. Il savait qu'elle s'abstiendrait, et dit, finalement :

– Quand Clément est entré dans la maison, il y avait au moins deux personnes à l'intérieur. Un homme et une femme.

« C'est donc ça... », pensa Julie.

– Ils lui ont sauté dessus ?

– Pas tout de suite. Ils ne l'ont pas vu tout de suite. Il est allé directement dans le bureau de Job. Je lui avais fait un plan de la maison pour qu'il ne perde pas de temps à s'extasier sur les bibelots. C'est en entrant dans le bureau qu'ils l'ont vu.

Nouveau silence de Barnabooth.
– Vous l'aviez vraiment rempli de honte, ce pauvre gosse.
Et encore :
– Parce qu'il s'est cru obligé de se comporter en héros.
Puis :
– Il a fait illusion un certain temps. Mais les deux autres ont fini par comprendre.
Silence.
– Ils l'ont tué ?
– Clément a dû bondir vers la porte. La femme a crié : « Arrête-le ! » Il y a eu un choc, et je n'ai plus rien entendu.
– Où étais-tu, toi ?
– Derrière, sur la route forestière, tu vois ?
– Et qu'est-ce que tu as fait ?
– J'ai hésité. J'ai commencé à descendre vers la maison, et je les ai vus sortir. Une grande fille et un gros type. Le type portait Clément sur son épaule. La fille est montée dans une Fiat rouge et le gros type a récupéré la voiture de Clément sur le chemin de Maupas. Cinq minutes après, ils sont passés devant moi. J'ai couru à ma voiture. En sortant des bois ils ont pris à droite, par la route du col de Carri. Je les ai suivis de loin. De trop loin. Parce que quand je suis arrivé au col de la Machine, je n'ai plus vu que la Fiat rouge. Elle démarrait sur les chapeaux de roue. Ils avaient jeté la voiture de Clément du haut de la falaise. Elle doit être encore en bas, dans les bois de la combe Laval.
– Quel genre de voiture ?
– Une petite Renault blanche, de location.
– Et ensuite, qu'as-tu fait ?
– J'ai descendu le rocher de Laval. J'avais ma corde de rappel dans le coffre.
– Alors ?
– Il était mort, Juliette.
Silence.
– Barnabé ?
– Oui ?
– Je te crois.

BARNABÉ : ...

JULIE : Mais, dis-moi...

BARNABÉ : Oui ?

JULIE : ...

BARNABÉ : Oui, Juliette ?

JULIE : Pourquoi n'es-tu pas retourné à Loscence, après ? Tu savais que nous allions arriver, non ?

BARNABÉ : Je ne savais pas quand.

JULIE : Ça ne valait pas le coup de nous attendre ? De nous prévenir ? Ou de prévenir la gendarmerie à propos de Clément ?

BARNABÉ : Pour qu'ils me collent le meurtre sur le dos ? Pas question.

JULIE : Au fond tu as préféré qu'ils nous alpaguent à ta place, c'est ça ?

BARNABÉ : Mais non ! Je ne pouvais pas savoir que la maison était piégée !

JULIE : Tu veux que je te dise pourquoi tu es remonté à Paris ? La vraie raison ?

BARNABÉ : ...

JULIE : Pour préparer ton exposition, Barnabooth.

BARNABÉ : ...

JULIE : La pureté selon Barnabooth. La morale de Barnabooth, l'universel donneur de leçons... Des tueurs occupent la maison du vieux Job, un jeune homme meurt pratiquement sous ses yeux, sa petite sœur d'enfance risque d'être impliquée dans l'affaire... Que fait Barnabooth, celui qui ne se venge pas, celui qui annule et ne commémore jamais, le Barnabooth unique, Barnabooth le pur, Noé sauvé de l'espèce humaine, que fait le nouvel Hamlet en cette triste occurrence ? Vous croyez qu'il va s'enquérir de la santé des siens ? Ou qu'il se soucie de la sépulture du jeune Clément ? Du tout ! Il ferme la parenthèse. Il annule... Il remonte à Paris préparer l'escamotage des colonnes de Buren !

BARNABÉ : ...

JULIE : Un contrat est un contrat.

BARNABÉ : ...

JULIE : Une carrière est une carrière...

BARNABÉ : ...

JULIE : Et une pareille manifestation se prépare avec soin.

BARNABÉ : ...

JULIE : Pas question de la compromettre en traînant dans un fait divers.

BARNABÉ : ...

JULIE : Barnabé, tu m'écoutes ?

BARNABÉ : ...

JULIE : Quand tu es descendu constater la mort de Clément, tu n'avais qu'une idée en tête.

BARNABÉ : ...

JULIE : Récupérer l'émetteur-récepteur. Ne pas laisser de trace.

BARNABÉ : ...

JULIE : ...

BARNABÉ : ...

JULIE : Inutile de te rendre invisible, Barnabooth. On te repère de loin. Tu es la merde la plus puante que la terre ait jamais chiée !

*

« Bon, qu'est-ce que je fais, maintenant ? » Julie avait installé un silence d'escamoteur dans les ruines de l'armoire à glace. « Qu'est-ce que je fais ? »

Elle jeta un regard autour d'elle. Hormis ses deux visites à Barnabé, elle n'avait jamais mis les pieds dans les bureaux parisiens de Job. Elle n'y reconnut rien de son vieux mentor. Pas la moindre trace de Liesl non plus. Un de ces bureaux élyséens qui ont pour seule fonction de dire la « surface » d'une entreprise. A part le coup du miroir qui ne vous reflète pas, Barnabé s'était bien gardé d'y apporter la moindre touche personnelle. Et l'armoire à glace, désormais, se portait mal. « Bon, je m'en vais », se dit Julie en restant assise.

– Je m'en vais.

Elle se leva enfin.

– Où vas-tu ?

L'armoire à glace reprenait du poil de la bête.

Julie se dirigea sans répondre vers le couloir de la sortie.

– Ne fais pas l'idiote, Juliette. Reviens et ouvre le faux plancher de l'armoire.

Elle s'arrêta. Elle jeta un coup d'œil incrédule à l'armoire. Le faux plancher ?

– Il s'ouvre en glissant ta main par-dessous. Tu trouveras une targette. Ça coulisse. A moins que tu n'aies tout cassé, ça devrait coulisser.

Elle revint sur ses pas et fit ce que l'armoire lui disait. Ça coulissait.

– Prends l'enveloppe.

Une petite enveloppe de papier kraft.

– C'est la conversation entre Clément et ses agresseurs. J'ai tout enregistré.

L'enveloppe contenait un minuscule magnétophone chargé d'une cassette.

– Assieds-toi. Ecoute ça tranquillement. Et tu comprendras pourquoi je suis rentré à Paris.

Julie retourna s'asseoir en face de l'armoire. Tout en sortant le magnétophone de l'enveloppe, elle entendit Barnabé conclure :

– On a volé le film de Job et de Liesl, Juliette.

42

La bande commençait sur une exclamation étouffée :

« Mais c'est la porte du comte Zaroff ! »

Aussitôt réprimandée par la voix de Barnabé :

« Ne perdez pas de temps en extase, Clément. »

Dans le hall, pourtant, Clément n'avait pu contenir un deuxième cri d'émerveillement :

« Les poupées de Trnka ! C'est ça que vous appelez des bibelots, Barnabooth ? »

Furieux chuchotis de Barnabé :

« Vous tenez à réveiller la maison ? Montez en vitesse, et je ne veux aucun commentaire sur les médaillons de Bergman. »

Clément taquinait Barnabé.

« Je m'intéresse davantage à Renoir qu'à Bergman.

– Montez ! »

Julie entendit le poids de Clément sur les marches. Elle imagina l'ascension du garçon vers le bureau du vieux Job, Clément précédé du faisceau de sa lampe torche, follement excité par le caractère cinématographique de la situation. Clément grimpant vers son destin sur l'escalier de *La Règle du jeu*. Ce qu'il avait dû se raconter ! Elle l'entendit murmurer :

« Voilà, j'y suis. C'est le bureau. Avec l'écriteau, pour la sieste. »

Et la réponse agacée de Barnabé :

« Eh bien, entrez, puisque vous y êtes ! »

Julie entendit nettement la poignée tourner.

Les chuchotements de Barnabé et de Clément s'étaient faits à peine audibles : orientation dans la jungle du bureau, repérage des trois cachettes possibles. « Non, chuchotait Clément, non ce n'est pas là. – Bon, essayez la tablette de la cheminée... »

Jusqu'à l'explosion d'une voix de femme :

« Qu'est-ce que vous faites ici ? »

Et l'incroyable réflexe de Clément :

« Putain que vous êtes belle ! Il m'avait dit que vous étiez belle, mais je ne pensais pas que c'était à ce point-là ! Rangez votre arme, vous allez vous blesser. »

Arrêt sur son. Marche arrière. Reprise.

« *Putain que vous êtes belle ! Il m'avait dit que vous étiez belle, mais je ne pensais pas que c'était à ce point-là ! Rangez votre arme, vous allez vous blesser.* »

« Incroyable, pensa Julie. Clément avait fait mine de *reconnaître* cette fille. Réponse instantanée. Sans la moindre surprise. »

Intriguée par ce « il », la fille avait hésité.

« Qui êtes-vous ? »

Même jeu de Clément :

« Je ne sais pas si je devrais vous le dire, mais ce sont vos taches de rousseur qu'il aime, surtout. »

Ricanement de la fille.

« Je sais mieux que toi ce qu'il aime, va... Qu'est-ce que tu fous là ? »

Encore une réponse instantanée :

« Je viens chercher le film, bien sûr ! »

A quelques minutes de sa mort, Clément jouait. Clément jouait à jouer. Clément tournait dans son propre film. Clément Graine d'Huissier s'offrait le rôle de sa vie. Tous les sens aiguisés par le danger, il alignait les répliques plausibles dans un scénario dont il ignorait tout. Ce faisant, il communiquait à Barnabé le plus grand nombre d'informations possibles. Il décrivait son interlocutrice !

« Vous boitez ? Vous vous êtes fait mal au genou ? Il ne m'a pas dit que vous boitiez.

– Le film est parti avant-hier.

– Parti, mais pas arrivé. Alors me voilà.

– Comment ça, pas arrivé ? Cazo est remonté avec, avant-hier. »

Stop. Marche arrière :

« Cazo est remonté avec, avant-hier. »

La suite. Durcissement du ton chez Clément :

« Alors, pourquoi êtes-vous encore ici ? Si le film est parti, vous devriez être rentrée. On vous attend là-bas ! Vous ne seriez pas en train de nous doubler, des fois ? »

Incroyable !

« C'est nos affaires à nous. Ça ne regarde pas le Roi, ça. »

Arrière !

« Ça ne regarde pas le Roi, ça. »

« pas le Roi, ça. »

Puis, une voix d'homme, soudain :

« Avec qui tu parles ? »

Voix de Clément, troublé, tout à coup :

« Tiens ! On ne fait plus dans le théâtre ? »

Voix de l'homme :

« Tu es dans le coup, toi ? »

Voix de la femme :

« Paraît que Cazo n'est pas arrivé. »

Enchaînement immédiat de Clément :

« Le Roi m'a envoyé chercher le film. »

Stop ! Stop ! Arrière ! Reprise ! Reprise !

« Tiens ! On ne fait plus dans le théâtre ?

– Tu es dans le coup, toi ? »

Encore !

« Tiens ! On ne fait plus dans le théâtre ? »

Il le connaît. Clément connaît ce type !

« Tu es dans le coup, toi ? »

Et le type reconnaît Clément.

« Tiens ! On ne fait plus dans le théâtre ? »

Clément le connaît, mais pas suffisamment pour se rappeler son nom.

Voix de la fille :

« *Paraît que Cazo n'est pas arrivé.* »

Enchaînement immédiat de Clément :

« *Le Roi m'a envoyé chercher le film.* »

Mais le trouble perceptible dans sa voix. Il ne s'attendait pas à trouver cet homme ici. Or, si on l'avait envoyé chercher le film, il aurait dû savoir que ce type était là. Ce que l'autre a compris aussitôt.

Voix de l'homme :

« Ah ! oui ? Avec une lampe torche ? Et sans nous prévenir ? »

Voix panique de Clément :

« On croyait que vous étiez partis. C'était prévu comme ça, non ? »

Voix de l'homme.

« Prévu par qui ? »

Exclamation de Clément :

« Touche-moi, et je balance tout à la fille du Viet ! »

Cri de la fille :

« Arrête-le ! »

Puis une série de chocs sourds.

Puis le silence.

Puis Julie, penchée, seule sur l'appareil. Dernier retour en arrière.

« Avec qui tu parles ?

– Tiens ! On ne fait plus dans le théâtre ?

– Tu es dans le coup, toi ?

– Paraît que Cazo n'est pas arrivé.

– Le Roi m'a envoyé chercher le film.

– Ah ! oui ? Avec une lampe torche ? Et sans nous prévenir ?

– On croyait que vous étiez partis. C'était prévu comme ça, non ?

– Prévu par qui ?

– Touche-moi, et je balance tout à la fille du Viet !

– Arrête-le ! »

« La fille du Viet ? pensa Julie. Gervaise ? Gervaise... Qu'est-ce que Gervaise vient faire là-dedans ? »

*

– Juliette ? D'après toi, qui est la fille du Viet ?

Julie se leva.

– Cette fois, il faut que j'y aille, Barnabé.

– Prends un émetteur, il faut que nous puissions parler, dehors. Regarde dans le coussin gauche du canapé, j'en ai préparé un pour toi.

Et, pendant que Juliette s'appareillait :

– Et le Roi ? Juliette, qui est ce Roi ?

43

Il n'y avait pas trente-six mille rois pour s'intéresser à ce point au travail du vieux Job. Il n'y en avait qu'un et Julie se représentait parfaitement Sa Majesté : rire de bon aloi sur râtelier de porcelaine, chemise ouverte sur toison de blé oxygénée, chaîne, gourmette et chevalière accordées, embrassade franche et propos direct. Quarante années d'idéal trahi décomposées en une flaque de repentir aux pieds de Suzanne : « Je suis le Roi des Morts-Vivants, c'est une affaire entendue, j'ai gâché ma pellicule et n'ai pas pu t'embobiner... » Puis ce cri : « Je veux voir ça, Suzanne ! A genoux sur une règle, un dictionnaire sur la tête... il *faut* que je voie ce film ! » Ni Suzanne ni Julie n'avaient évalué l'ampleur de ce besoin. Le Roi voulait voir le Film Unique du vieux Job. A tout prix. Le fantôme d'un cinéphile errait sous ces décombres, il réclamait sa vérité. Suzanne avait éconduit le Roi des Morts-Vivants, et le Roi s'était servi par ses propres moyens. Considérables, les moyens...

Barnabé avait insisté :

– Alors, ce Roi, tu as une idée ?

Julie avait échangé l'identité du Roi contre son adresse parisienne, que Barnabé avait dégotée en un tournemain.

Dans le taxi qui conduisait Julie vers le Roi des Morts-Vivants, Barnabé continuait de marchander.

– Et la fille du Viet ?

Julie se promenait avec un Barnabooth dans la tête. Le bandeau qui dissimulait ses brûlures et lui faisait un visage aigu de femme-serpent cachait les écouteurs fichés dans ses oreilles. De gigantesques lunettes noires et bombées donnaient un regard de mouche à la femme-serpent.

– La fille du Viet ? Connais pas.

Barnabé grésillait de rage.

– Juliette, je t'ai donné l'adresse du Roi.

– Et moi son identité.

– Juliette. Qui est la fille du Viet ?

– Barnabé, qu'est-ce que raconte ce film ?

– Si je ne veux pas qu'on le voie, ce n'est pas pour le raconter.

– Même à moi ?

– Surtout à toi.

– Je ne sais pas qui est la fille du Viet, Barnabé.

– Vous parlez toute seule ?

Cette question venait de l'extérieur. Le chauffeur de taxi s'inquiétait dans son rétroviseur.

– Vous parlez seule ?

La femme aux yeux de mouche lui fichait vaguement la trouille.

– Je suis folle, répondit Julie.

– Folle comment ? demanda le chauffeur de taxi.

– Folle dingue. Un interlocuteur planté dans la tête, précisa Julie.

– Un quoi ? demanda le chauffeur de taxi.

– Avec qui parles-tu ? demanda Barnabé.

– Un interlocuteur, répéta Julie au chauffeur de taxi. Il me demande avec qui je parle. Comment vous appelez-vous ?

– Je m'appelle Raymond.

– Je parle avec Raymond, répondit Julie à Barnabé, en fixant la nuque du chauffeur derrière ses lunettes noires.

– Enfin... on ne parle pas vraiment, corrigea le chauffeur en regardant droit devant lui. On peut pas vraiment dire qu'on parle...

– Qu'est-ce que c'est, « parler vraiment » ? demanda Julie avec une pointe d'agressivité.

– C'est à moi que tu poses cette question ? demanda Barnabé.

– Toi, Hamlet, on t'a pas sonné ! répondit Julie. Couché, ou je t'annule !

Le chauffeur, qui espérait promener un peu cette touriste enturbannée, changea de cap et coupa au plus court.

*

En descendant devant chez lui – un hôtel platement particulier de l'avenue Henri-Martin – Julie sut qu'elle n'aurait plus jamais l'occasion de parler au Roi des Morts-Vivants. Elle repéra immédiatement les journalistes disséminés parmi la foule. Elle sut pourquoi ils étaient là, leurs appareils et leurs micros en batterie. Et la foule contenue par la police. Et tous ces sanglots rentrés. Ça sentait le décès de star, la mort lucrative. A en juger par ce que Julie entendait, la nécro de l'acteur-producteur devait être prête de longue date.

– Avec ce qu'il picolait, ça devait arriver.

– Il a même tenu longtemps.

– Une sorte de record.

– Paraît qu'il ne se lavait plus depuis sept ans.

– Oh ?

– Je te jure. Talqué, parfumé, bronzé par-dessus la crasse.

– Un vrai roi, en somme.

– Des oripeaux de nabab sur une peau de clodo.

– C'était dans sa dernière interview, ça... oui : la tentation de la cloche.

– Bon, alors, il est mort ou pas, finalement ?

– Il est perdu. Sauf complications.

– « Il est perdu, sauf complications. » Flers et Caillavet, cette réplique : *L'Habit vert*.

– Bravo, Jeannot !

Julie, qui avait annulé Barnabé, promenait ses oreilles et ses yeux. Le Roi se mourait à l'Hôpital américain de Neuilly. De quoi était-il atteint ? Nul ne le savait. Hospitalisé d'urgence. Un grand secret qui avait tenu une nuit entière. Il était peut-être déjà mort. On attendait son corps d'une minute à l'autre.

– *Quelle que soit la maladie qui l'emporte, c'est une étoile qu'elle nous enlève, oui, c'est une étoile qui s'éteint... et la foule assemblée...*

Le type qui murmurait ça dans son micro avec les derniers accents de la compassion tenait un pain au chocolat dans l'autre main.

Julie rebrancha Barnabé.

– Barnabooth ?

– Qui est la fille du Viet ? demanda Barnabé.

– La question n'est plus là, Barnabé, le Roi se meurt.

Elle décrivit la foule devant chez le Roi, répéta les propos entendus.

– La boîte de Pandore, commenta Barnabé. Il a vu le film et il en est mort.

« Non, Barnabé, pensa Julie, je ne te demanderai pas une deuxième fois ce que contient cette bobine pour laquelle on s'étripe. »

– J'y vais, dit-elle, j'entre. Je vais voir ça de plus près. Je te rebrancherai plus tard.

– Inutile, je suis là.

Elle sursauta.

– Quoi ?

– Je suis là. Près de toi.

Elle ne put empêcher ses yeux de le chercher dans la foule.

– Ton imperméable te va très bien, Juliette.

– Je te rends ton jouet, Barnabooth.

Elle arracha les écouteurs et jeta le minuscule boîtier dans une poubelle. Elle respira profondément, serra autour de sa taille la ceinture de son imperméable mastic, releva son col, mouilla son doigt, macula ses joues de rimmel, gonfla ses lèvres de chagrin, arrima ses lunettes sous son turban, et ainsi travestie en photo inconsolable entreprit la traversée de la foule. Les appareils des confrères ne s'y trompèrent pas. Cela crépitait sur son passage. Elle avançait, le cou rentré, la tête basse, mais les hanches expressives. On s'effaçait devant elle. La police fit comme tout le monde.

Dans le hall, un maître d'hôtel voulut la « défaire ». Elle lui opposa un refus convulsif et marcha droit devant. D'une silencieuse glissade, le maître d'hôtel atteignit avant elle une porte monumentale qu'il ouvrit toute grande.

Le gotha se retourna. Comme les veuves inconsolables ne manquaient pas, les regards lâchèrent aussitôt Julie et les conversations reprirent, chacun regardant par-dessus l'épaule de chacun en quête d'un interlocuteur plus rentable. Regards fuyants, regards lointains, regards en coin, regards avides, Julie glissait entre les yeux du cinématographe. Elle cherchait. Elle trouva. Suzanne, d'abord. Seule, près d'une fenêtre, fagotée comme l'as de pique, l'œil perdu dans le jardin, lourde d'un vrai chagrin, mais qui se serait transformé en rire clair si on avait eu l'indécence de le débusquer. Suzanne... Bon, Suzanne est là. Julie lui en fut reconnaissante. Un peu de chaleur dans cet été glacial. Elle poursuivit ses recherches. Et, loin devant elle, au bout d'une diagonale de parquet luisant, ses yeux tombèrent sur Ronald de Florentis. Tel qu'à l'hôpital Saint-Louis, au chevet de Liesl : crinière léonine, carrure de Zeus, mais assis sur une bergère, tout de même. Vieil homme. Quel âge peut-il avoir ? Même génération que Job ? Mais toujours aux affaires, lui. Bon, j'y vais. Parvenue à la hauteur du vieux producteur, Julie le contourna. Elle se pencha sur son oreille.

– Ronald ?

Il eut un sursaut d'endormi.

– Qui est-ce ?

Vieil homme, oui. Il dormait bel et bien.

– C'est moi, Ronald, c'est Juliette.

Il se retourna, incrédule.

– Juliette ? La filleule de Job ?

– C'est moi, oui.

– Qu'est-ce que tu fais là, ma petite Juliette ? Des semaines que la police te cherche partout !

– Je sais, Ronald, je sais. Et ce n'est pas moi qui ai tué Job. Je peux vous parler cinq minutes ?

– Bien sûr ! Bien sûr !

– Seul, Ronald.

Geste d'impatience.

– Je n'ai jamais parlé ni couché avec deux personnes à la fois.

Le secret de sa carrière.

– Ronald... de quoi le Roi est-il mort ?

– Impossible à savoir.

– Comment ça, impossible ?

– Sa femme l'a retrouvé ici, hier soir, dans un certain état. Elle a aussitôt appelé l'Hôpital américain.

– Dans un certain état ?

– Elle était horrifiée. Muette d'horreur. On a dû l'endormir. Et silence total de l'hôpital sur le sujet.

– Meurtre ?

– Non. Le médecin a délivré le permis d'inhumer. Il est mort il y a deux heures. Tu vois, on attend le corps.

– Suicide ?

– Non plus.

– Vous l'aviez vu récemment ?

– Chaque jour de la semaine jusqu'à mardi soir.

– Vous prépariez quelque chose ?

– Un achat et une diffusion. Difficile à monter. Compliqué. Ça m'a épuisé. Un machin international. Tout le monde est dans le coup. Les Américains, les Japonais, l'Europe... Un événement mondial. Une exception culturelle pour tous. L'œuvre des œuvres.

– Vous pouvez m'en dire davantage ?

Un grand garçon s'était avancé, une coupe à la main, où dansaient des bulles médicamenteuses. Ronald le cloua sur place.

– Je parle.

Le grand garçon disparut. Un secrétaire escamotable.

Ronald regarda Julie.

– Tu savais que Job faisait un film depuis la nuit des temps ?

« O bon Dieu... », pensa Julie. Qui répondit :

– Bien sûr !

Colère de Ronald :

– Bien sûr ! Comment ça, bien sûr ? Je ne le savais pas, moi !

– Il n'y avait que la famille, je crois...

– La famille ! Soixante-quinze ans d'amitié, ça ne vaut pas toutes les familles, peut-être ?

Quelques têtes se retournèrent. Le regard du lion les remit à l'endroit.

– Quel rapport avec le Roi ? demanda Julie.

– C'est le film de Job qu'il nous a vendu.

« Et voilà, pensa Julie. Voilà... » Elle hasarda la question suivante.

– Avec l'accord de Job ?

Ronald de Florentis la regarda comme si elle était tombée de la lune.

– Evidemment, avec son accord. Un contrat de deux cents pages. Verrouillé par tous les bouts. Tu connaissais Job !

« Justement, pensa Julie, je connaissais Job. »

– Qu'est-ce que ça raconte, ce film ? demanda-t-elle d'une voix détachée.

– C'est ce que personne ne peut savoir jusqu'à l'heure de sa diffusion, coupa Ronald. Personne, c'est dans le contrat, justement. Le secret, ici, est le nerf de la promotion. Si l'on veut que tout le monde le voie, il faut d'abord que personne ne sache.

– Pourquoi achetez-vous à prix d'or un film dont personne ou presque ne sait rien ?

– Avant de venir me trouver, le Roi a démarché. Trois ou quatre décideurs l'ont vu. Sur le terrain, ce sont ces quatre-là qui comptent.

– Vous en faites partie ?

– Non, moi je ne suis qu'un intermédiaire. Je boucle le financement avec les éléments qu'on veut bien me donner, c'est tout. Et crois-moi, ce n'est pas la curiosité qui me manque. Un ami de soixante-quinze ans ! Une œuvre unique ! Ne me parler de rien ! Ne rien me montrer ! Vendre ça à ce... à ce...

Mais il se souvint tout à coup qu'il était dans la maison de ce... qu'il attendait le cadavre de ce...
Julie eut pitié.
– Vous avez acheté quelque chose que vous n'avez pas vu ?
– Par voie de commanditaires, oui. Et pas les moindres. Toutes les vannes de l'argent légal se sont ouvertes d'un coup. Ils veulent en faire l'événement du centenaire.

*

Puis le Roi fit son entrée. Dans un cercueil. Vissé. Qui ressemblait à son autel particulier. On fit la ronde. Suzanne exceptée.
Julie la suivit vers la sortie.
Dehors, elle la suivit de loin.
Pour la dépasser dans l'escalier du métro Pompe.
Et se fouler la cheville devant elle, en poussant un cri de douleur italien.
Suzanne se précipita.
– Comment vont les enfants ? demanda Julie entre deux bordées de jurons importés de Rome.
– Julie ? murmura Suzanne penchée sur sa cheville.
– Comment vont les enfants ? répéta Julie à son oreille.
– Bien, chuchota Suzanne, très bien. Quelqu'un a déposé une cassette chez la mère de Benjamin. On y certifie que vous êtes innocents et qu'on en a la preuve. Ils ne s'en font pas trop. Vous les connaissez...
– Une cassette ?
Un autre voyageur se pencha, en se déclarant docteur. A peine eut-il effleuré la cheville de Julie qu'il se releva d'un bond.
Julie hurlait :
– Ma che vvole 'sto stronzo ? Guarda che me la rompe davvero la caviglia ! Aòh !... A'ncefalitico ! Ma vvedi d'anna affanculo ! Le mani addosso le metti a quella pompinara de tu' sorella !
Fuite du guérisseur sous la furie romaine.

– Il faut que je voie Gervaise, enchaîna Julie à toute allure.

– C'est facile. Elle nous rend visite de temps en temps. Elle s'est attachée à Verdun, je crois.

– Vous êtes filée, Suzanne.

– Nous le sommes tous. Ils vous cherchent.

– Le prétendu docteur, là...

– C'était un flic ?

– Ou un amoureux. Il vous suit depuis dix minutes.

– Mettons que vous m'avez fait rater une occasion.

– Suzanne, il faut que je voie Gervaise. Très vite.

44

Flanquée des inspecteurs Titus et Silistri, Gervaise était occupée à suivre un trousseau de clefs dans le couloir sonore d'une prison pour femmes. Le trousseau se balançait à une hanche de catcheuse.

La catcheuse disait :

– Elle ne parle à personne, jamais. Depuis qu'elle est ici, pas un seul mot.

Les mains de la catcheuse étaient de celles qui accrochent sans peine les bœufs aux portemanteaux.

– Et mauvaise, avec ça.

La catcheuse hochait une tête de buffle.

– Pas d'autre solution que l'isolement.

Gervaise sentait la peur dans le ton de la catcheuse.

*

La nièce avait agressé ses trois codétenues. Un œil crevé, une joue fendue jusqu'à l'os, un bras cassé. Brusquement, sans la moindre raison, et dans un silence de Sphinx. Beaucoup de sang dans la cellule. Pas une seule tache sur son tailleur rose.

Isolement.

– Les types de Legendre n'ont pas pu lui sortir le moindre mot. Après toutes ces semaines, ils ne savent pas encore qui elle est.

Les inspecteurs Titus et Silistri en tiraient ce que Titus appelait « un petit plaisir de placard ». Interdits d'interrogatoire par le divisionnaire Legendre, Titus et Silistri avaient passé la main aux machines logiques du nouveau patron. « Interrogatoires méthodiques ». Legendre en avait été pour ses frais. Ses inspecteurs revenaient exsangues. Apparemment, la prisonnière ne dormait jamais. Elle avait des yeux d'inquisiteur, mais qui disaient la vanité des interrogatoires, l'équivoque de toute vérité. Le regard de la prisonnière vous renvoyait à vos propres mensonges. Les inspecteurs rentraient avec des cernes et des envies de confession. Ils doutaient – méthodiquement, certes –, mais de leur méthode. En désespoir de cause, le divisionnaire Legendre avait dû se rabattre sur le trio de son beau-père. Une fois de plus Gervaise avait tiré Titus des bras de Tanita, Silistri des draps d'Hélène, et maintenant tous trois suivaient la surveillante-catcheuse sur les dalles d'une prison qui rendaient le son clos de toutes les prisons.

– Tu entends ça ? demanda Silistri.

– Quoi, ça ? demanda Titus.

– L'écho de nos pas sur ce béton, tu entends ?

– J'entends.

– C'est ce bruit qui m'a rendu honnête.

C'était vrai. A sa dernière voiture volée, après lui avoir fichu une raclée durable, le père Beaujeu avait conduit lui-même le petit Silistri en prison. Un ami gardien les avait laissés debout dans un couloir une journée entière. Cissou avait juste dit : « Ecoute. »

*

– C'est ici.

La surveillante désignait la porte de la cellule.

Titus fut le premier à coller son œil au judas.

La nièce se tenait assise, égale à elle-même, sur l'arête de son lit, droite, les yeux rivés à la porte, impeccable dans son tailleur rose. La première impression de Titus fut confirmée.

Décidément il lui trouvait l'air amidonné de ces pétasses des boutiques de mode qui venaient inspecter le travail de Tanita, sa modiste à lui. Hâlées et blondes, tombées droites dans leurs tailleurs de classe, le bracelet clinquant, la jambe fuselée et le mot sec, elles pontifiaient sur les calicots délicieusement futiles de Tanita, elles s'ingéniaient à changer la légèreté en plomb. Elles exigeaient que le monde ressemblât à leurs permanentes. Plaqué derrière elles, Titus faisait mine de les enculer pendant que Tanita exposait ses dessins en soutenant avec candeur leur regard de marbre.

Silistri voyait autre chose en cette femme assise droit dans l'armure de son tailleur : chasseuse de têtes, chef du personnel, directrice des ressources humaines, froide pourvoyeuse du chômage qui vous dégraisse une entreprise avec autant de sentiment qu'un boucher son gigot. Une de ces tueuses amidonnées qui faisaient dire à Hélène, les soirs de lassitude philosophique : « Tout compte fait, je préfère les femmes battues aux femmes battantes. »

En somme, Titus et Silistri s'accordaient à trouver la nièce parfaitement ordinaire. Chaque époque se fait la norme qu'elle mérite. Et la norme devenait sereinement assassine.

Silistri s'effaça pour laisser la place à Gervaise.

– Non.

Gervaise refusa l'œilleton.

– Ouvrez, dit-elle à la surveillante.

La catcheuse ouvrit. Non sans hésitation, mais elle ouvrit.

– Restez dehors.

Les deux inspecteurs obéirent à Gervaise.

– Fermez derrière moi, dit-elle à la catcheuse. L'œilleton aussi, précisa-t-elle.

*

Outre le lit rivé au mur, la cellule disposait d'un tabouret, rivé au sol, et d'une petite table, rivée à l'autre mur. « Enchaîner les objets c'est emprisonner l'homme », pensa Gervaise. Un bloc de feuilles et un stylo bille avaient été laissés là, à l'intention de la nièce, par les inspecteurs méthodiques du commissaire Legendre. « Au cas où vous préféreriez nous écrire. »

Les feuilles étaient restées vierges.

Gervaise s'assit sur le tabouret.

Ses genoux effleuraient ceux de la nièce.

Gervaise se tut.

Deux éternités.

Ce ne fut pas pour rompre le silence que Gervaise parla enfin. Ce fut juste pour lever le voile qui cachait les mots. Libre aux mots de s'envoler alors, ou de rester au fond.

– Bonjour, Marie-Ange, dit Gervaise.

La nièce ne broncha pas. La révélation de son identité pulvérisait son silence, mais elle accusa bravement le coup.

– Je ne voulais pas penser que c'était toi, dit encore Gervaise, mais quand ils m'ont montré les photos anthropométriques...

A vrai dire, Gervaise ne l'avait pas reconnue immédiatement sur ces photos. Une sensation de banalité absolue, d'abord. Un visage trop semblable aux visages. « On ne peut pas être normal à ce point-là », s'était dit Gervaise. Et elle avait éprouvé le besoin d'emmener un jeu de photos chez elle. Elle les avait regardées une nuit entière sans y trouver rien d'autre que le masque d'une femme d'entreprise. Mais ce masque ne tenait pas à ce visage. Gervaise avait résolu de faire photographier ces photographies. Elle avait fait ce que Thian son père aurait fait à sa place. Elle était allée trouver Clara Malaussène. Gervaise et Clara s'étaient enfermées sous une lampe rouge. Dans les bras de Gervaise, Verdun prêtait aux deux femmes son regard-projecteur. On commença par agrandir la nièce. Agrandissements des yeux, des lèvres, des oreilles, des maxillaires. En vain. Le nez avait été refait, les sourcils épilés, la bouche mangeait volontairement les lèvres. Si ce visage avait un jour été connu de quelqu'un, la nièce s'était acharnée à le rendre méconnaissable. « Et si nous y mettions un peu de flou ? » avait suggéré Clara. Gervaise avait jeté un coup d'œil surpris au profil de Clara, penché sur son bac. « Flou comme la vérité », disait parfois le divisionnaire Coudrier. « Nous sommes les spécialistes du flou. » Clara avait dilué le visage de la femme. Et voilà qu'en s'estompant dans la lumière du projecteur, le visage avait pris consistance dans le souvenir de Gervaise. Oui, ce fut là, devant cette forme maintenant lointaine et flottante, que Gervaise eut une intuition. Le large et beau visage de Marie-Ange ! « Pourrait-on la décoiffer ? » avait demandé Gervaise. En quelques aplats de gouache, Clara avait rendu leur liberté aux cheveux de la femme. « Accuser le nez ? »... « Epaissir les sourcils ? » avait suggéré Gervaise. « Ressortir les lèvres... » « Plus charnues... » Et le souvenir s'était précisé sous le pinceau de Clara. « Marie-Ange... oui. »

En quittant Clara Malaussène, Gervaise avait juste dit : « Faites-moi plaisir, Clara, mangez un peu. » Et, à Verdun : « Je reviendrai bientôt. »

Dehors, Gervaise s'était répété inlassablement la liste des filles mortes, égrenées par le divisionnaire Coudrier : *Marie-Ange Courrier, Séverine Albani, Thérèse Barbezien, Melissa Kopt, Annie Belledone et Solange Coutard.* Comment les avait-on identifiées ?

Pour répondre à cette question, Gervaise était allée trouver son ami Postel-Wagner. Le médecin des morts lui avait offert un demi-litre de café. « Identification habituelle, les empreintes dentaires, le plus souvent... – Et le corps de Marie-Ange Courrier ? avait-elle demandé. – Ah ! Celle-là, ils ne l'ont pas tuée, ils l'ont complètement détruite. On a retrouvé ses papiers dans ses vêtements. – Ça ne vous a pas paru bizarre ? demanda Gervaise. Rendre un corps méconnaissable et laisser traîner ses papiers... » Non, ça n'avait pas éveillé leurs soupçons. « Coudrier a dû mettre ça sur le compte d'un acharnement sadique. Ces cinglés n'ont pas pris de précautions particulières pour dissimuler l'identité des autres victimes, tu sais... » Sur quoi Postel-Wagner avait demandé : « Ça va bien, toi ? Je te trouve piètre mine... Passe me voir, à l'occasion, que je te fasse un petit bilan. »

*

Et maintenant, voilà, Gervaise se trouvait seule dans une cellule, assise devant Judas, en quelque sorte : la plus ancienne de ses putes repenties. Le premier disciple. La préférée. Et qui avait massacré les autres, en se faisant passer pour morte.

– Ça n'a pas dû être bien difficile, pour toi, après ce tour de passe-passe. Tu connaissais toutes les filles, et tu connaissais leurs tatouages.

Puis Gervaise se tut. Elle n'avait pas envie de poser de questions. Connaissant Marie-Ange, elle imaginait ses réponses. Elle les lisait déjà dans son regard. Elle se souvint d'une autre phrase de Postel-Wagner à propos de la nièce : « Raisonneuse et moraliste comme une paranoïaque, très *construite*. Tu vois ? » Oui, Marie-Ange avait réponse à tout, expliquait tout, justifiait tout. En quelques mots, elle vous faisait une éthique de la prostitution. Elle amusait Gervaise : « La morale est une question de syntaxe, Gervaise, tous nos ministres apprennent ça au berceau. On devrait me refiler le ministère de la Morale. » Aujourd'hui, Gervaise trouvait Marie-Ange moins amusante. Dans les yeux de Marie-Ange, Gervaise lisait les silencieuses réponses aux questions qu'elle ne lui posait pas :

– Je m'en suis sortie, Gervaise ! Je suis devenue ce que tu voulais que je devienne. Je me suis « intégrée ». Tu voulais que je retourne en médecine, n'est-ce pas ? Que je finisse mes études ? Que j'accomplisse la volonté paternelle, non ? Chirurgien, comme papa ! « Soigner l'homme, disais-tu, c'est lui ôter une occasion d'être méchant. » Eh bien, je t'ai écoutée, Gervaise, j'ai soigné, j'ai tranché dans le vif ! Chirurgien ! J'ai ôté d'un coup *toutes* les occasions d'être méchant. Grâce à toi ! Merci, Gervaise ! Pourquoi j'ai fait ça ? Mais pour l'amour de l'Art, voyons ! Pour l'amour de *ton* art !

Etc.

La rhétorique du mal. « Ils cherchent toujours à nous mouiller, disait Thian en parlant des vrais criminels. – Ils installent *leurs* crimes dans *notre* logique, expliquait le divisionnaire Coudrier. – Ils n'ont pas d'autre solution, convenait Thian : c'est ça ou s'avouer qu'ils sont dingues. – Extraordinaire, à quel point les vrais tueurs se ressemblent dans leur désir de paraître uniques, rêvait le divisionnaire Coudrier. – C'est pour ça qu'on s'emmerde tant en prison », concluait Thian.

– Ce n'est pas bien de m'avoir fait ça, dit tout à coup Marie-Ange.

Gervaise ne comprit pas, d'abord.

Le son de la voix lui était arrivé avant le sens des mots.

Marie-Ange et sa fraîche voix de garçonnet.

– Ce n'est vraiment pas gentil, Gervaise.

Le garçonnet avait du chagrin.

– Me faire mettre en prison...

Gervaise ne répondit pas.

– Qu'est-ce que tu veux que je devienne, en prison ?

Marie-Ange levait sur elle un regard désemparé.

– Tu crois que c'est une solution, la prison ?

Elle s'était penchée vers Gervaise.

– Franchement... hein ?

Elle essaya un timide sourire.

– A l'isolement, en plus !

Elle hocha la tête.

– Juste au moment où j'avais trouvé ma voie...

Elle fronça les sourcils.

– Qui est-ce que je vais pouvoir tuer, maintenant ?

Elle levait des yeux convaincants.

– Tuer, c'était ma vie, Gervaise ! C'est ma vie, tuer ! Comprends-moi, bon Dieu. Un peu d'humanité, quoi ! Qui veux-tu que je tue, ici ?

Gervaise dut changer de tête tout de même, parce que l'autre éclata de rire.

– Ce que tu peux être conne, ma pauvre fille !

C'était vraiment de la gaieté. Un joyeux fou rire. Qui la secouait tout entière. Qui la décoiffait un peu, même.

– Ma pauvre Gervaise ! Ce que tu devais te raconter, en me regardant ! Tu m'avais mise en carte, hein ? Dans tes petits registres perforés ! La parano de service qui raisonne tous ses crimes. Qui accuse papa, maman, la société et le système, hein ? Mais non, Gervaise, ce n'est pas ça, le meurtre. C'est un métier, pas davantage. Et d'un bon rapport, comme la Charité !

Gervaise demanda :

– A qui vendais-tu les tatouages, Marie-Ange ?

Le rire tomba comme il était venu. Ce fut sur un ton de collaboratrice dévouée que Marie-Ange répondit :

– Tu veux le nom du commanditaire ou celui du collectionneur ?

– A qui vendais-tu les tatouages ?

Marie-Ange eut l'air soulagé.

– Bon, le nom du commanditaire. Ça tombe bien, parce que le collectionneur, lui, je ne le connais pas.

Elle hésita une seconde.

– Tu es sûre que tu veux ce nom, Gervaise ? Tu sais, ça ne va pas te faire plaisir.

Gervaise écoutait.

– Ça a déjà dû te flanquer un coup de savoir que c'était moi qui faisais le travail... je suis désolée, vraiment. Tu ne méritais pas ça. Pas toi. Ça me gênait, quelquefois, de penser à toi, pendant le boulot. Je me disais...

Elle s'interrompit.

– Tu veux vraiment savoir à qui je vendais ces tatouages ?

Gervaise ne répéta pas sa question.

– Tu es sûre, Gervaise ?

Gervaise attendait.

– Il s'appelle Malaussène, répondit enfin Marie-Ange.

Gervaise se tendit.

– Benjamin Malaussène, Gervaise, tu sais ? Le saint. Avec sa petite famille, Louna, Thérèse, Clara, Jérémy, le Petit, Verdun, C'Est Un Ange, et ce gros chien dégueulasse, et cette mère qui s'est envoyée en l'air au moins autant que moi, mais à qui, va savoir pourquoi, personne ne le reproche.

Gervaise se taisait. Marie-Ange lui envoya un regard compatissant.

– Je te comprends, Gervaise, ça fait toujours un bruit répugnant, un Jésus qui tombe de sa croix.

Gervaise ne s'expliqua pas d'abord la réaction de tout son corps. Ce fut comme une vague. Cela monta du fond de son être comme un geyser absolument irrépressible, cela jaillit par sa bouche, et le tailleur rose en fut entièrement éclaboussé.

Contre toute attente, Marie-Ange ne fit pas le moindre geste pour se protéger. Ni le corps, ni le visage, ni les cheveux, ni les jambes. Quand Gervaise se redressa enfin, la bouche acide et les yeux brouillés de larmes, l'autre s'était reculée sur sa couchette, et, adossée contre le mur, elle regardait Gervaise de loin. Un regard qui l'englobait tout entière. Ce fut d'une voix vraiment comblée qu'elle dit, finalement, en se léchant les lèvres :

– Et enceinte, par-dessus le marché. Je n'en demandais vraiment pas tant.

45

– Malaussène ? fit Silistri. Le Malaussène qu'on connaît ?

– Le Malaussène de Belleville ? demanda Titus. Avec des mouflets partout ? Le Malaussène du Zèbre ?

– Malaussène, répéta Gervaise en montant dans la voiture de service.

– Tu crois ça possible ?

– Possible ou pas, c'est ce qu'elle dit, c'est ce que Legendre s'empressera de croire, et c'est ce qu'elle répétera à l'instruction.

– Malaussène..., murmura Titus.

Qui ajouta :

– Avec ce Clément Clément qui photographiait les tatouages des pendus, ça ne va pas arranger ses bidons, au Malaussène.

– ...

Gervaise se taisait.

Silistri lui jeta un regard en coin.

– Ça t'a flanqué un coup, cette nouvelle, hein ?

La gorge acide, le nez en feu, Gervaise ne souhaitait qu'une chose : arriver chez elle.

– C'est pour ça que tu as dégueulé sur son beau tailleur ? demanda Titus. Le choc ?

– Non.

– Non ? Qu'est-ce que c'est alors ? Tu es malade, Gervaise ?

Les deux hommes la couvaient des yeux. Ils ne supportaient pas l'idée que Gervaise fût malade.

– Je suis enceinte, dit-elle.

*

Titus et Silistri soufflèrent littéralement la porte du tripot. Sous le choc, le videur roula parmi les tables. Les descentes de flics n'étaient pas une coutume à l'As de trèfle. En tout cas, ces deux-là, un Créole et un Tatar qui brandissaient leurs cartes en gueulant le nom de Pescatore, on ne les avait jamais vus.

– Pescatore. Il est là, le nommé Pescatore ?

Et Pescatore qui dresse ses deux mètres au ralenti, son costard bien croisé, ses brèmes encore à la main, et qui, en bon indic, fait semblant de ne pas reconnaître les deux flics :

– Qu'est-ce que vous lui voulez, à Pescatore ?

Lui parler d'amour, susurra le Tatar en retroussant ses babines.

– C'est vous, Pescatore ? demanda l'Antillais.

– Pour mes amis, quelquefois.

– On vous attend dehors.

– Et si je reste dedans ?

– Si tu restes dedans, plus personne ne sort, pépère, fit le Tatar aux yeux bleus. On a un gros cadenas.

*

– Qu'est-ce qui vous prend, de venir me chercher ici ? demanda Pescatore, en rejoignant Titus et Silistri dans la rue.

– Tu es chargé ? demanda Silistri.

Les trois hommes marchaient à grands pas dans la nuit.

– J'ai ce qu'il faut. Pourquoi ? Vous avez besoin d'un coup de main ?

– Donne, fit Silistri en claquant des doigts.

– Quoi ?

– Donne.

– Aie confiance, ajouta Titus, on ne te le rendra pas.

– Qu'est-ce que j'ai fait ?

Pescatore poussa un soupir d'enfant puni en déposant son Smith et Wesson dans la main de Silistri.

– Garde ça au chaud, fit Silistri en confiant Smith et Wesson à Titus.

Puis, poussant Pescatore dans une porte cochère :

– Tes trois soldats qui gardaient Gervaise à l'hosto, quand elle était dans les vapes, t'as confiance en eux ?

– Garantis hermétiques ! Personne aurait pu entrer dans sa piaule. Pas plus que dans la piaule à Mondine.

Les deux bons mètres de Pescatore se réduisirent à un petit tas sous le poing de Silistri. Quelque chose au foie. Suivi d'une solide migraine. Quand la tête de Pescatore eut fini de résonner, il entendit nettement Silistri lui dire :

– Gervaise est enceinte.

Et Titus conclure :

– On te rendra ton feu quand tu nous amèneras celui qui a fait ça.

*

– Fabio ! Emilio ! Tristan !

Penchés sur le même billard, les trois barbeaux se demandaient s'il fallait attaquer la rouge par la bande ou la prendre pleine bille avec un léger effet à gauche, quand la voix du patron explosa derrière eux. Il y avait une certaine urgence dans le ton. Ils se retournèrent comme un seul visage. Le poing de Pescatore cueillit les trois mentons en enfilade.

– Gervaise est enceinte !

Ils auraient aimé pouvoir se relever mais les pieds de Pescatore avaient pris le relais.

– Qui a fait ça ?

Ils croyaient avoir trouvé refuge sous le billard, et voilà que le billard s'élevait au-dessus de leurs têtes. Pis, le billard menaçait de retomber.

– Qui ?

*

De la cellule où elle avait éclos en passant par la gardienne-catcheuse, par les flics de l'entrée et par les chauffeurs de fourgons, la nouvelle sortit de prison et se répandit jusque dans les couloirs de la Maison mère.

– Gervaise est enceinte.

– Arrête...

– Je te jure.

L'auréole des Templiers en fut brutalement oxydée.

– Les Templiers se sont fait la sainte.

– Non ?

– Si.

Des rires.

– C'est peut-être la sainte qui s'est farci les Templiers.

Et des coups.

– Répète, connard ? Répète-moi ça une seule fois, fils de pute !

– C'était pour causer.

*

Ainsi vont les nouvelles qui nuisent.

Lorsque le professeur Berthold pénétra dans la chambre de Mondine ce soir-là (une Mondine cicatrisée depuis belle lurette, mais devenue indispensable au corps hospitalier), il lui trouva le teint brouillé.

– Qu'est-ce qui chiffonne mon petit Pontormo ?

– Gervaise est enceinte.

Ces trois seuls mots. Mais prononcés avec un regard de femme, un de ces rayons ultraviolets qui vous débusquent le mensonge au plus noir de la nuit menteuse.

– C'est toi qu'as fait ça, professeur ? demanda Mondine.

– Une patiente endormie ! explosa Berthold. J'aurais... moi... une patiente endormie ! Putain de merde, Mondine, si c'était pas toi qui me posais cette question, je te jure que je...

– Justement, coupa Mondine, c'est moi. Alors, pas de crise.

Mais l'explosion de Berthold l'avait convaincue.

– En amour, y a pas de morale, professeur, y a que des questions.

Elle plongea sa main dans la tignasse de Berthold. Elle secoua sa grosse tête d'aboyeur.

– Et je suis contente de ta réponse.

Fin de l'épisode. Retour à la fureur.

– Ça ne fait rien, dit-elle sombrement, je le sectionnerai, celui qui a fait ça.

Elle dit encore :

– Gervaise, c'était Gervaise.

*

Rentrée chez elle, le premier mouvement de Gervaise fut pour son répondeur.

– Il y a cinq messages, fit une voix de femme derrière elle.

Gervaise se retourna. La femme se tenait debout dans l'embrasure de sa chambre.

– Je vous ai entendue entrer. Je me suis cachée. Je n'étais pas sûre que ce soit vous.

– Vous êtes Julie ? demanda Gervaise.

Julie fit oui de la tête.

– J'avais peur que Suzanne n'arrive pas à vous faire parvenir ma clef, dit Gervaise. Ils sont tellement surveillés, là-bas...

– Elle m'a envoyé Nourdine, le plus jeune garçon des Ben Tayeb.

– Bon, fit Gervaise. On se fait un thé ?

Elles s'activèrent en silence dans la cuisine, chacune intimidée d'avoir tant entendu parler de l'autre.

– C'est bien d'être venue, dit Gervaise. Personne n'aura l'idée de vous chercher ici.

– Non, non, je ne reste pas. Trop compromettant pour vous.

Gervaise retint son rire. En fait de compromission, le petit clandestin qui squattait dans son ventre se posait un peu là !

– Ne vous préoccupez pas de mon honneur, Julie. Je vous garde.

Assises devant leur thé, elles résumèrent leurs deux affaires. Julie fit écouter la bande de Clément à Gervaise. Elle lui expliqua que le cri de Clément : « Je balance tout à la fille du Viet » lui semblait une sorte de testament. Clément souhaitait que Gervaise entendît cette bande. Gervaise fut d'avis que la bande innocentait Benjamin. Sur quoi, Gervaise montra les photos de Marie-Ange à Julie.

– Non, nous ne connaissons pas cette femme, ni Benjamin ni moi, dit Julie en lui rendant les photos. Pourquoi ?

– Elle prétend que c'est Benjamin qui lui achetait les tatouages.

– Oh, bon Dieu ! murmura Julie.

– Vous ne la connaissez pas, mais *elle* vous connaît, conclut Gervaise. Elle fera tout pour enfoncer Benjamin.

– Oh, bon Dieu ! répéta Julie. Mais pour quelle raison ?

– C'est ce qu'il nous faudra découvrir, dit Gervaise, et arrêtez de répéter que Dieu est bon, ajouta-t-elle, ça Lui gâte le caractère.

Sur quoi Gervaise se retourna vers le répondeur.

– Qu'est-ce que tu nous racontes, toi ?

Le répondeur racontait la même chose que le reste de la ville.

– Il paraît que tu serais enceinte, Gervaise ? Qu'est-ce que c'est que cette histoire ? Viens me voir tout de suite, que je t'examine.

*

Une demi-heure plus tard, Gervaise se trouvait étendue sur une table à cadavres fraîchement nettoyée, et son ami Postel-Wagner constatait que oui, elle était bel et bien porteuse d'avenir.

– Tu ne t'en étais pas aperçue, jusqu'ici ?

– Un retard de règles à la sortie de l'hôpital, expliqua Gervaise, mais j'ai pensé que c'était le choc... que la machine allait se remettre en route.

Elle eut un sourire.

– Le plus drôle, c'est que Thérèse Malaussène me l'avait prédit.

– Quand ça ? demanda Postel-Wagner en bourrant sa pipe, avant ou après ton entrée à l'hôpital ?

– Avant. La veille de mon accident. Quand je suis allée leur annoncer la mort de Cissou.

Deux ou trois bouffées de réflexion, et Postel demanda :

– Tu y crois, à ces prédictions ?

– Je n'y croyais pas, mais il faut bien admettre...

– Rien du tout, Gervaise. Quand Thérèse t'a annoncé ça, tu étais *déjà* enceinte.

– Ah ! non, ça je suis certaine que non.

– Depuis deux mois minimum, confirma le médecin en tirant sur sa pipe.

– Mais j'étais réglée comme une honnête religieuse, et régulière ! protesta Gervaise.

– Des hémorragies, que tu as dû prendre pour des règles. Ton enquête t'a beaucoup fatiguée, mine de rien. Trop de nuits blanches, beaucoup d'émotions... Qui as-tu rencontré, il y a trois ou quatre mois ?

– Rencontré ? demanda Gervaise.

– Avec qui as-tu fait connaissance, si tu préfères ? Des nouvelles têtes. D'autres types que ta garde de maquereaux incorruptibles...

Gervaise fronça les sourcils.

– Les deux inspecteurs avec lesquels tu as coincé Marie-Ange, dit-elle enfin.

– Titus et Silistri ?

– Oui. Le commissaire Coudrier les avait détachés du grand banditisme pour qu'ils veillent sur moi.

Postel-Wagner hocha une tête navrée.

– Si improbable que ça me paraisse, c'est malgré tout dans cette direction-là qu'il va falloir chercher, Gervaise...

*

Dans la nuit du samedi au dimanche, la porte de l'As de trèfle s'ouvrit de nouveau. Le grand flic antillais était seul, cette fois-ci.

– Pescatore !

Le maquereau suivit une seconde fois le flic à l'extérieur.

– Je te rends ton feu, Pescatore, tes hommes n'y sont pour rien.

*

Le lendemain, aux alentours de treize heures, courses faites, Hélène et Tanita s'asseyaient au bistrot des Envierges.

Elles laissèrent passer un silence gêné après que Nadine eut déposé devant elles leur porto dominical.

– Alors, demanda finalement Hélène, d'après toi, c'est le tien, c'est le mien, ou c'est les deux ?

– C'est elle, répondit Tanita la mine sombre.

*

Ce fut le divisionnaire Legendre qui eut le mot de la fin.

– Vous me connaissez, Gervaise, je ne suis pas bégueule. Votre vie privée est votre vie privée. Mais votre... état... suscite une telle fièvre dans les services... tous ces soupçons mutuels... l'efficacité s'en ressent... vous voyez ?... la cohésion... c'est indispensable, la cohésion... il ne s'agit pas de prendre des mesures disciplinaires, bien entendu... vous êtes un bon élément... un travail... remarquable... excellent même à bien des égards... mais... je veux dire... la santé de la Maison... enfin... pour être net, si vous me remettiez votre démission, je ne la refuserais pas.

46

« *Arrête-le !* » crie la fille. Suit une série de chocs sourds. Une lutte brève. Clément ne fait pas le poids. Silence. Le micro a dû être débranché dans la bagarre. Ce qui reste dans ma tête, c'est la haine, dans ce cri de femme : « Arrête-le ! » Clément ! Clément ! Dire que je t'ai imaginé dans cette maison de Loscence comme en ton paradis ! Oh ! Clément... Le paradis n'est pas un endroit pour mourir !

– Et voilà.

La voix du commissaire divisionnaire Legendre me rappelle à la transparente réalité de son bureau. Il m'observe depuis la fin de la bande. Il voit les larmes dans mes yeux. Il me laisse, pour les sécher, le temps de rembobiner. Claquement. Ejection de la cassette. Que le commissaire divisionnaire Legendre me montre entre deux doigts.

– C'est la confirmation de ce que je vous expliquais la dernière fois, monsieur Malaussène.

Qu'est-ce qu'il m'expliquait, la dernière fois, ce con ?

– La crédulité des enquêteurs formés par mon prédécesseur est sans bornes, et votre crédit auprès d'eux sans limite.

Il me regarde. Il a l'air de ne pas en revenir. Il regarde la cassette.

– Cet enregistrement devrait vous innocenter, selon eux.

Ce n'est pas le cas ? La mort de Clément ne m'innocente pas ? Après tous les efforts qu'il a faits pour permettre l'identification des tueurs ? Il est mort pour rien ?

Le commissaire divisionnaire Legendre dépose soigneusement la cassette dans un tiroir, croise les mains et m'offre à nouveau l'irréprochable miroir de son crâne.

– Essayons de réfléchir méthodiquement, voulez-vous ? Qu'est-ce que nous apprend cette bande magnétique ?

Il se ravise aussitôt :

– Ou plutôt non. Procédons par ordre. D'abord ceci : d'où *provient* cette bande magnétique ?

De Barnabé ! Au début, on y entend nettement Clément dialoguer avec Barnabé.

– D'un certain Barnabooth. Connaissez-vous ce Barnabooth, monsieur Malaussène ?

– De nom.

– Et pour cause. Il se souhaite invisible. Nos services l'ont interrogé en qualité de fils et petit-fils des victimes, et nous n'avons pas eu l'honneur de le voir. Dans notre République amoureuse des Arts, les artistes officiels semblent bénéficier de certains privilèges...

Il laisse l'agacement filer sur un fin sourire.

– Or, ce Barnabooth remplit auprès de notre élite plasticienne la fonction d'escamoteur. Le dernier chic... On efface la *Joconde* et le Tout-Paris s'y rue. La preuve de votre innocence nous serait donc fournie par un illusionniste professionnel, monsieur Malaussène !

Puis, très pédagogue :

– Outre que les enregistrements comme les photographies ne font pas preuves devant la loi, il va de soi que cette bande peut avoir été enregistrée par n'importe qui et n'importe où. La présence de cet invisible Barnabooth sur les lieux du meurtre, juste avant votre arrivée, et enregistrant ce qui se passait à l'intérieur de cette maison est non seulement fort improbable, monsieur Malaussène, mais tout à fait impossible à prouver. D'autant que nous n'avons trouvé d'émetteur-récepteur ni sur le corps de M. Clément, ni dans la carcasse de sa voiture, ni dans les ruines de la maison. C'est un premier point. Deuxièmement, que nous apprend-elle, cette bande ?

Que Clément a été assassiné, monsieur le divisionnaire, et que vous n'en avez rien à foutre – ou plutôt, que le sacrifice héroïque de ce pauvre môme n'entre pas dans la construction logique de votre enquête.

– Elle nous apprend qu'on aurait *volé* le Film Unique de M. Job Bernardin. Or, d'autres informations, et beaucoup plus crédibles, attestent que ce long métrage de cent quatre-vingts minutes a fait l'objet d'une transaction contractuelle légalement enregistrée. Un contrat que nous avons étudié à la loupe, monsieur Malaussène, et dans lequel les desiderata de M. Bernardin sont on ne peut plus clairement exprimés. Le bénéficiaire de cet achat étant récemment décédé, nous n'avons bien entendu pas eu le loisir de l'interroger. Nous nous sommes rendus auprès de son épouse, très affectée par le décès de son conjoint...

Il ronronne, le divisionnaire Legendre. Il parle la langue de ces contrées glaciales où l'on *décède* au lieu de mourir, où les femmes sont des *épouses* et les maris des *conjoints* que la douleur *affecte* mais ne bouleverse pas, le commissaire divisionnaire Legendre parle la langue vernie de ces registres où l'on accroche les prénoms au cul des patronymes – lesquels deviennent des matricules quand le temps se gâte.

– Vous m'écoutez, monsieur Malaussène ?

Il me semble que je vous entends depuis le jour de mon enregistrement à l'état civil.

– Est-il exact que M. Bernardin vous ait promis ce Film Unique, comme l'affirment vos amis cinéphiles ?

– Oui.

– C'est bien ce que je craignais.

Il ouvre la bouche pour me révéler l'objet de sa crainte, mais le téléphone l'interrompt.

Décrochage.

– Oui ? Bien, très bien. Non, non, je n'en ai plus que pour une petite minute. C'est ça. Je vous appellerai.

Raccrochage.

– Où en étions-nous ?... Ah, oui. C'est embêtant, que M. Bernardin ait trahi sa promesse.

Il se tait.
– Très embêtant.
Il lève les yeux sur moi.
– Vous maintenez que vous vous êtes rendus chez M. Bernardin pour prendre livraison de sa cinémathèque *et* de ce Film Unique ?
– Oui.
– Film qu'il avait en réalité vendu à quelqu'un d'autre.
– Nous ne le savions pas.
– Mais vous l'avez appris en arrivant.
– Nous n'avons vu personne en arrivant. Le bureau a explosé quand Julie a ouvert la porte.
– S'il vous plaît, monsieur Malaussène, ne revenons pas sur cette fable... elle est aussi peu crédible que cet enregistrement.
Je me tais.
Il se tait.
Nous nous taisons.
Et je lui laisse le plaisir d'une conclusion logique.
– Je ne vous cache pas que la mort du vieux Bernardin me chiffonnait, avoue-t-il. Je n'en voyais pas la raison. Le mobile de l'assassinat du docteur Fraenkhel était clair. Celui de la jeune étudiante aussi. Et pour peu que vous ayez trouvé Clément sur place...
Silence.
– Mais aujourd'hui je m'explique mieux la mort de M. Bernardin. Il vous a trahi, vous vous êtes vengé. Un mobile parfaitement compréhensible. Surtout lorsque l'on considère le prix de vente du film en question. Celui qui figure sur le contrat. Et dont a été crédité le compte de M. Bernardin... oui, nous avons vérifié cela aussi.
Silence.
– Considérable, le prix de vente... Ce n'était pas un film, monsieur Malaussène, c'était un magot que vous convoitiez !
Il s'est tu.
Puis il a dit, sur un ton rêveur :
– Vous vous rendez compte ? Des inspecteurs de la police

judiciaire qui déposent entre mes mains une prétendue preuve de votre innocence... et qui me fournissent le mobile réel de ce carnage ! Faut-il qu'ils aient été mal formés...

*

Il m'a flanqué sous les yeux ce que la machine avait tapé dans mon dos.

Je n'ai pas signé.

Je me suis levé et j'ai tendu mes poignets au gendarme qui me servait d'ange.

Legendre m'a retenu d'un geste de la main.

– Encore une petite chose, monsieur Malaussène.

Il a appuyé sur son interphone.

– Faites entrer, a-t-il dit à la machine.

Et, à moi :

– Quelqu'un qui a beaucoup insisté pour vous revoir.

Est entrée une grande fille en tailleur rose, menottée mais soigneusement permanentée. Le tailleur n'était pas de première fraîcheur, mais il lui allait comme un de ces diplômes qui ne s'usent pas. En me voyant, la grande fille s'est fendue d'un sourire salonnard.

– Benjamin ! comment va depuis la dernière fois ?

Elle avait une voix de petit garçon.

– Et la famille ? Tu as des visites ?

Je ne la connaissais ni d'Eve ni d'Adam.

– Verdun pleure toujours quand C'Est Un Ange a faim ? Julius est sorti de son épilepsie ?

Et, sur le ton de la vraie compassion :

– Est-ce que ta maman s'est remise à manger ?

XII

EN PRISON
(AU PRÉSENT)

Une erreur judiciaire est toujours un chef-d'œuvre de cohérence.

47

Mon geôlier

La prison, c'est le présent. Le présent, c'est ce que cherchaient à fuir ceux qui sont en prison. Il n'y a pas d'autre punition.

Il s'y connaît, Faucigny, le directeur de ma prison, pour lui faire rendre tout son indicatif, au présent ! Il a des idées simples. C'est un éducateur-né.

– Content de retrouver Champrond, monsieur Malaussène ?

Malignité de Legendre ou hasard de l'Administration, c'est bien à la prison de Champrond que je me retrouve, celle-là même où notre vieil oncle Stojil est venu finir sa vie en compagnie de Virgile.

– On m'a laissé entendre que vous appréciez les explosifs, Malaussène ?

Faucigny est large d'épaules, gris des yeux, épais du sourcil. Il vous dit des choses terribles qu'un accent de garrigue arrondit benoîtement.

– Les bombes du Magasin, il y a quelques années, celles du Vercors aujourd'hui... bombes artisanales, bombes à retardement, bombes incendiaires... ce sont les bombes qui vous plaisent, et depuis tout petit, je suppose.

Faucigny sourit aimablement sous des yeux qui vous tiennent.

– Le goût des bombes... Je comprends ça, notez... le battement du cœur pendant la mise à feu, la surprise de l'éclair, le fracas de l'explosion, la propulsion dans l'espace, la pluie des débris quand remonte le bol de fumée, le crépitement des flammes... c'est assez beau.

Faucigny, c'est Monsieur Météo qui vous annonce la fin du monde avec du soleil dans la voix.

– Je vais vous guérir, Malaussène...

Je ne sais plus quand Faucigny m'a tenu ce discours roboratif. Hier ? Un mois ? Dix ans ? Aux neuf temps habituels du mode indicatif, Faucigny en a ajouté un dixième, qu'on pourrait appeler le *plus-que-présent*. C'est le temps rêvé des gardiens de prison, le présent du regret perpétuel, l'éternité de la molaire sous la roulette du remords, l'instant sans fin de l'agonie, le bout du temps sans bout, quand tout espoir est mort, y compris celui de mourir... le plus-que-présent selon Faucigny, c'est le temps de la torture.

Je ne sais plus quand Faucigny m'a parlé.

Je ne sais que ma cellule.

Elle ferait envie aux citoyens honnêtes, ma cellule de Champrond. Je l'entends d'ici, l'honnête citoyen. Gabegie ! Pensez donc, voilà qu'on installe les grands criminels dans des demeures classées, à présent ! De la pierre séculaire et voûtée ! Même plus de barreaux aux fenêtres. Des vitres incassables ! Une cellule avec vue sur les blés, songez un peu ! La douceur des champs offerte aux yeux des assassins... Avec des rideaux de cretonne à tirer sur le soleil. Et la télévision, par-dessus le marché !

– J'ai hérité d'une prison culturelle, Malaussène, j'en ai fait une prison éducative. Une culture qui n'éduque pas est un redoutable facteur criminogène ! Voyez Julien Sorel, Raskolnikov... Mon prédécesseur, M. de Saint-Hiver, que vous connaissiez bien, avait négligé cet aspect de la question. Un idéaliste...

Faucigny n'est pas comme Saint-Hiver – feu l'ancien directeur de la prison de Champrond et premier amoureux de Clara –, il a les pieds sur terre, et les yeux dans vos yeux.

– Aujourd'hui, l'essentiel de notre culture, qu'on le veuille ou non, passe par la télévision. Hors de nos murs, la télévision est le premier agent du crime. Intra-muros, j'en ai fait un objet pédagogique. Vous aimez la télévision, Malaussène ?

Un prisonnier par cellule et un poste de télévision par prisonnier. Sur les deniers publics ! Avec *votre* argent ! Oui, madame. Oui, monsieur. Et c'est votre argent qui a scellé ce poste au mur de ma cellule. C'est votre argent qui a coulé ce poste dans une gangue de plastique qui le rend indestructible. C'est votre argent qui relie tous les postes au tableau de commande de Faucigny. Et c'est Faucigny, votre salarié, qui déclenche le programme à tout moment du jour ou de la nuit, de la veille ou du sommeil, pour quelques secondes ou quelques heures, sans aucun moyen de baisser le son, de changer de chaîne ou de couper le contact.

La première fois, la surprise m'a plaqué au mur. J'ai cru que la prison de Champrond explosait. Qu'on l'avait bâtie sur un volcan, que c'était l'heure de l'éruption et que les murs s'effondraient sur nos têtes pécheresses. Mais non. Ce n'était que ma télévision qui s'allumait. Une formidable explosion, là-haut, dans le cube de mon poste, infiniment répercutée sur les quatre murs de ma geôle. Depuis, il n'y a eu que des premières fois. Le présent selon Faucigny. Ma cellule explose à tout moment. C'est la grande idée de Faucigny. Vous aimez les explosions, Malaussène ? Va pour les explosions. Ma cellule est l'épicentre d'un bombardement perpétuel. Prière d'occuper les instants d'accalmie à craindre la reprise des hostilités. On peut, évidemment, ne pas regarder l'écran, mais il est impossible d'échapper au son, même en vivant avec un matelas autour des oreilles. Tout ce qui explose sur pellicule depuis que le cinéma fait du bruit explose dans ma cellule. Dépôts de munitions, maisons particulières, raffineries de pétrole, coffres-forts, voitures piégées, pont de la rivière Kwaï, île du capitaine Nemo, Pierrot le Fou, ma cellule explose vingt-quatre heures sur vingt-quatre. L'idée simple de Faucigny. Le mal par le mal. La thérapie de l'overdose. Je suppose que les violeurs ont droit à des hurlements de femmes déchirées, les égorgeurs à des borborygmes d'égorgés, les massacreurs à des avalanches de massacrés...

Le résultat est le même pour tous les détenus : téléphobie, regards de pierre et démarche mécanique à l'heure de la promenade, tremblement continu de tout le corps, épilepsie, par-ci par-là, et les assiettes du réfectoire qui restent pleines.

Il y a bien quelques scènes de panique, pendant le retour aux cellules, des refus arc-boutés, mais la persuasion des matons de Faucigny concourt efficacement à son projet pédagogique.

Claquements de la porte.

Du pêne dans la gâche.

De l'œilleton.

Silence.

Moi.

Et le poste, là-haut.

48

Parfum de sentinelle

Je devrais être fou à l'heure qu'il est, ou m'être pendu, comme certains, au montant de mon lit, au verrou de la fenêtre, au tuyau du radiateur. Seulement voilà, Faucigny a voulu trop bien faire.

– Je vous ai réservé une cellule particulière, Malaussène, celle de votre ami Stojilkovic. Vous vous souvenez de Stojilkovic ? Celui qui avait armé les vieilles dames de Belleville et voulait traduire Virgile en serbo-croate ? Il est mort chez nous, l'année dernière.

Ils ont retiré la table, la chaise, les dictionnaires et la corbeille à papiers, mais j'ai tout de suite reconnu la cellule. Et mon oncle Stojil s'est installé en moi dès que je me suis installé chez lui. Ce n'est pas le souvenir de Stojil qui m'a brusquement envahi, non, c'est Stojil en personne. Ce n'est pas son image, ni le son de sa voix (Faucigny a confisqué mes yeux et mes oreilles), non, c'est l'être même de Stojil qui s'est insinué en moi, la subtile et prégnante émanation de son être, son *odeur*, ce fumet qui le suivait comme une ombre et lui faisait une guérite dès qu'il s'immobilisait quelque part. A dire vrai, j'ai reconnu la cellule du vieux Stojil au premier coup de narine. Stojil m'a prêté sa guérite. Je m'y suis enfermé après la surprise des premières explosions. Et c'est alors que sa voix est venue, une voix intérieure que la plus volcanique des éruptions ne pourrait recouvrir.

– Tu ne trouves pas que ça sent les pieds, ici ?

Une question qu'il aimait poser. Quand vos oreilles étaient rouges à point, il corrigeait :

– Ne t'excuse pas, ce sont les miens.

Et, gravement :

– Parfum de sentinelle.

Mon vieil oncle Stojil avait dressé sa jeunesse sentinelle face à l'hydre nazie, puis face à l'ogre stalinien, tout près de chez nous, derrière les portes balkaniques, en un temps où je n'étais pas encore.

– Une sentinelle digne de ce nom ne regarde jamais ses pieds.

O la voix de Stojil, si chaude, si puissante et si basse qu'elle semble remonter de vos propres entrailles.

– On pousse le bois ?

Cela voulait dire jouer aux échecs, dans son langage. Et de toutes les parties que nous avons faites, pas une qui ne me revienne maintenant, pendant que là-haut ma télévision s'acharne à exploser.

– d5 ! ! mon petit. Si ton Fou prend d5, ma Dame prend c3 ! ! et si tu crois t'en sortir en me fauchant la Dame, mon Fou noir te mate en a3. C'est le mat de Boden contre Schulder, en 1860, un mat d'anthologie. Je t'ai pourtant dit de te méfier des diagonales ! Tu n'es pas au meilleur de ta forme, aujourd'hui.

Combien de fois m'a-t-il battu dans la pénombre du Magasin, le veilleur de nuit Stojilkovic ? Les bombes explosaient le jour. La nuit, Stojil dynamitait mes défenses.

Et les bombes du Magasin m'ont rendu sourd.

Faucigny ignore ce détail.

Les explosions du Magasin me rendaient sourd.

Faucigny, les bombes m'ôtent l'ouïe ! Montez le son, je n'entends plus votre télé !

Le même phénomène, exactement, qu'à l'époque du Magasin : stridulation au centre géodésique de mon cerveau. Une douleur folle qui tourne sur elle-même pour jaillir soudain hors de mes oreilles. Pendant quelques secondes, je me retrouve suspendu dans la cellule par un fil d'acier chauffé à blanc qui traverse mon crâne.

Puis la douleur se calme.

Et je suis sourd.

Désolé, Faucigny, les armes blanches me foutent la chiasse, les fusils me font gerber et les bombes m'assourdissent. On a beau être rétif aux convictions, quand le corps refuse, il refuse.

Détail non négligeable, ces accès de surdité réveillent en moi le joueur d'échecs extralucide.

– Mon Fou te fait échec en d5, Stojil, et si ton Cheval le prend, ma Dame remet ça en f8. Bien sûr, ton Roi peut s'envoyer ma Dame, mais alors ma Tour descend t'achever en c8. Echec et mat ! Je t'avais pourtant dit de te méfier des perpendiculaires.

– Je n'irai pas jusqu'à affirmer que tu joues bien, petit, mais tu progresses, tu progresses...

49

Mes visites

Légitime défense ? Esprit de contradiction ? Dès que je sors de ma cellule, le silence des couloirs me rend l'ouïe. La migraine persiste, mais les oreilles s'ouvrent sur le tintement des menottes, le claquement des serrures et le rythme des semelles dans le grand silence des pierres.

– Elle mange, Ben ! Maman s'est remise à manger.

C'est une des bonnes nouvelles apportées par Jérémy dans la cave qui sert de parloir à la prison de Champrond. Ils me visitent chacun à leur tour : Jérémy, Clara, Thérèse, Louna, le Petit... Mais, le plus souvent, Jérémy prend la place de Louna, trop occupée à l'hôpital, de Thérèse trop prise par les astres, de Clara trop chagrine, et du Petit trop petit.

Bref, je ne vois que Jérémy.

– Maman s'est remise à manger. On ne peut pas dire qu'elle engloutisse, mais elle mange, quoi. Et elle parle, aussi.

– Qu'est-ce qu'elle dit ?

– Difficile à savoir, elle parle toute seule. Elle parle dans son corsage, on dirait. Comme si elle berçait quelqu'un sur son cœur, tu vois ? Entre ses... bon. Elle se tait quand on arrive.

– Tu as prévenu Marty ?

– Pas la peine, elle n'est pas malade, tu sais ! A part ça, elle est tout à fait normale. C'est maman. Elle se lève à onze heures, elle fait sa toilette jusqu'à midi, elle ressort de là belle comme avant, elle aide Clara à la cuisine, elle rate les plats, c'est maman, je te dis. Heureuse comme en amour. Depuis qu'elle mange, elle arrive même à faire manger Clara. Ça baigne, Ben. La vie reprend. Et Julius est guéri. Mais tu le savais, ça... que Julius est guéri. Il claque encore des mâchoires toutes les trois minutes, mais il est guéri. Ah ! et puis, il y a Gervaise, aussi. Gervaise a remplacé Thian dans le cœur de Verdun. C'est le changement dans la continuité, comme ils disent...

Une pause.

– Et toi, Ben, ça va ?

Le parloir de Champrond est un ancien confessionnal de lépreux. Deux voûtes croisées divisent en quatre une vaste et haute cave de tuffeau. On se place à un des quatre coins, le maton de service verrouille sur vous une grille de fer noire, et on parle face au mur, le dos tourné à l'interlocuteur. Depuis le XVIIe siècle, les confidences de l'un courent le long de la voûte et parviennent en diagonale jusqu'à l'oreille de l'autre, aussi nettes que si les mots avaient été murmurés près de lui. Oui, le murmure suffit. Ça repose. Comme une promesse d'absolution.

– C'est Clément qui aurait aimé voir ça ! s'est exclamé Jérémy à sa première visite. Il y a un machin de ce genre dans *La Dolce Vita* de Fellini. Tu sais, quand Marcello avoue son amour à Anouk Aimée pendant qu'elle se fait embrasser par un autre, un blond.

Jérémy n'est jamais à court de conversation. Il n'est pas de ces visiteurs que l'habitude assèche. Les mots lui viennent dès qu'il arrive et c'est toujours lui que le maton interrompt quand sonne la fin de la visite.

– J'ai de l'entraînement, Ben. C'est un peu comme quand je te visitais à l'hôpital et que tu ne pouvais pas répondre. Fallait bien fournir...

Il pénètre dans le parloir, il se colle dans son coin, et d'entrée de jeu :

– Salut, c'est encore moi, mais tu n'as qu'à imaginer que c'est Clara, ta sœur préférée.

Il me sert la chronique familiale, du bienveillant point de vue de Clara.

Ou encore :

– Bonjour, Benjamin, c'est Thérèse.

Et c'est Thérèse.

– Gervaise s'arrondit joliment, Benjamin. Je sais que la radiesthésie te laisse froid, mais mon pendule est formel : ce sera un garçon.

– Toujours pas de nouvelles du père ?

– Elle est sage, elle ne cherche pas à savoir qui c'est. Un bon thème astral vaut mieux qu'un mauvais père.

Mais, le plus souvent, Jérémy vient en son propre nom. Il me fait la lecture. Depuis la mort de Clément, la saisie du Zèbre et l'occupation des locaux par les comités de soutien, il a définitivement renoncé au théâtre. Il a converti sa pièce en roman. Il a décidé de narrer par le menu les aventures du bouc son frère. Il s'est mis dans la tête qu'il n'y avait pas meilleur plaidoyer pour ma défense. Il utilise les mois qui passent à me tricoter une apologie qui me tiendra chaud pendant ma perpète.

– Ça fera quatre bouquins en tout. Un pour les bombes du Magasin, un pour les grands-pères toxicos de Belleville, un troisième pour ton coma dépassé, et le dernier pour ce qui t'arrive maintenant. Je ne les écris pas l'un après l'autre, j'écris tout ensemble, comme ça me vient. Un peu comme on fait les films, tu vois ? On tourne la séquence de son choix, en fonction de la météo ou des coquelicots de madame la star, et on met le tout en ordre au montage. Qu'est-ce que tu en penses, Ben ?

J'en pense que la reine Zabo ne doit pas être loin derrière.

– Excellente méthode, Jérémy.

– Tu veux que je t'en lise un bout ?

Personne n'a jamais trouvé le courage de répondre non à ce genre de question.

– Volontiers, c'est très gentil à toi.

– Après toutes les histoires que tu nous as racontées quand on était mômes c'est la moindre des choses, Ben...

Tricote, Jérémy, tricote... invente-toi un héros de roman, un frère irréprochable fourvoyé dans la culpabilité des autres... tricote... et donne-toi un joli rôle, tant que tu y es. Quand la vie est ce qu'elle est, le roman se doit d'être ce qu'il veut. Si tu as besoin de matériel humain, consulte-moi, j'ai ce qu'il faut, ces temps-ci.

50

Madame mon instruction

Un spécimen d'humanité, par exemple : Madame mon juge d'instruction. Madame mon instruction est un petit être frisotté aux yeux limpides, au teint de jeune fille. Elle m'a envoyé aux assises les yeux brouillés de larmes.

– Faut-il que vous ayez souffert, pour en arriver là !

Texto.

– La perte de cet enfant...

Je ne plaisante pas. C'est une *mère* qui instruit mon dossier.

– Je suis une mère, monsieur Malaussène.

Ce qui lui permet de *comprendre* mon acte. (Et, par conséquent, de ne pas en douter !)

De mon côté, j'ai mis un certain temps à piger comment fonctionnait cette tête-là. Quand j'ai compris qu'elle battait comme un cœur, j'ai su que j'étais perdu.

Un cœur de mère.

Qui semble trouver parfaitement normal (sinon légitime) qu'on dynamite une famille entière et quelques amis de passage parce qu'on vous a privé du petit être tant désiré.

– J'aurais peut-être agi comme vous.

Sic ! Sur ma tête, *sic* !

Résultat, les assises.

*

En attendant ce couronnement, retour au plus-que-présent de Faucigny... à la guérite de Stojil... à nos parties d'échecs.

– Tu crois me mater en un coup, petit, mais regarde : je descends ma tour en c8, tu interposes ton Cheval, ma Dame te fait échec en h7, ton Roi la prend, mon Fou rebelote, ton Monarque redescend, et c'est un échec perpétuel. Partie nulle, Benjamin ! C'est comme ça que se défendent les ours dans nos montagnes, quand ils sont blessés.

O Stojil, comme je t'ai aimé !

Mais voilà que Madame mon instruction me convoque de nouveau.

*

– Monsieur Malaussène...

Ses grands yeux innocents (tout à fait un dessin de Walt Disney, oui) brillent d'une imminente larme tandis qu'on m'ôte les menottes et qu'elle me désigne un siège. Je ne sais pas ce qui m'attend mais elle me comprend déjà, c'est mauvais signe.

– Monsieur Malaussène...

Elle cherche le courage des premiers mots dans le regard de mon avocat, qui se tait.

– J'ai dû, par commission rogatoire, demander au commissaire divisionnaire Legendre d'ouvrir une enquête concernant des faits antérieurs à ceux qui vous sont aujourd'hui reprochés.

Tremblements des doigts qui feuillettent mon dossier.

– Et ce n'est pas bon, monsieur Malaussène.

Salive.

– Pas bon du tout.

Bref, elle finit par me lire le rapport de Legendre. Il ne me faut pas trois lignes pour comprendre ce qui s'est passé. Après avoir secoué le cocotier de Coudrier jusqu'à ce que je tombe à ses pieds, Legendre en arrache les racines. Une à une, méthodiquement. Il est venu trouver Madame mon instruction pour lui parler de mes antécédents. Il a ressorti l'une après l'autre toutes les affaires qui ont fleuri autour de moi depuis quelques années. L'affaire du Magasin, d'abord : cinq bombes, six morts, et moi. L'affaire des vieux toxicos de Belleville : assassinat d'un inspecteur en pleine rue, suicide douteux d'un commissaire divisionnaire, un libraire piqué à la soude, et moi au même moment, dans le même quartier, dans la même maison. L'affaire J.L.B. : tentative de meurtre sur la personne du prisonnier Krämer, assassinat du directeur de Champrond, prétendant de ma sœur, et moi, farci de mobiles, avant qu'une balle de 22 long rifle à forte pénétration ne m'envoie dépasser le coma. A quoi s'ajoutent les six prostituées assassinées ces derniers mois, sur mes ordres, d'après une grande fille en tailleur rose qui n'en démord pas. Total : 6 et 3 qui font 9 plus 2 qui font 11 et 6 qui nous font 17. Si on y ajoute les 4 morts de Loscence, ça nous mène à 21 meurtres, sans préjuger de ce que révélera une fouille plus exhaustive.

– Ce n'est pas bon, monsieur Malaussène, pas bon du tout.

D'autant moins que là encore Madame mon instruction *comprend* parfaitement mes mobiles. Ce qui ne signifie pas qu'elle approuve les actes (« je suis mère mais je suis juge »), non, elle se contente de comprendre... Au Magasin je vengeais déjà l'enfance martyrisée, à Belleville je combattais le racisme et volais au secours du troisième âge, en massacrant Saint-Hiver je protégeais la virginité de Clara, et dans la peau de J.L.B. je me battais pour la Littérature... Quant aux six prostituées assassinées... Madame mon instruction ne nourrit aucun préjugé contre la prostitution, certes... mais elle comprend parfaitement qu'un esprit tant soit peu religieux puisse réagir violemment à la vue d'images saintes greffées sur la peau du vice.

– Ce qui vous perd, monsieur Malaussène, c'est le sens du sacré. Vos mobiles sont si limpides...

Moralité : fais ce que voudras, mais surtout, surtout, pas de mobile !

*

Si on me sort de là, je jure de vivre immobile.

*

Je pense à la Justice, évidemment. A la Justice de mon pays. J'ai toujours approuvé ceux qui déclarent publiquement leur confiance en la Justice de leur pays. Ils sortent du bureau du juge, ils se tiennent bien droit sur le perron, ils lissent le pan intérieur de leur veston, et ils déclarent aux micros tendus : « J'ai confiance en la Justice de mon pays. » Ils ont raison. La Justice leur en est reconnaissante. Moi, je revois le petit Mahmoud, dix-huit ans, le cousin des Ben Tayeb, celui qui s'est fait ramasser sur un parking où d'autres que lui fauchaient des bagnoles : cinq ans, dont zéro avec sursis. Bien fait pour lui. Il n'avait qu'à avoir confiance en la Justice de son pays.

52

Messieurs ma défense

– Ils se bousculent pour vous défendre, Malaussène, et pas des moindres ! Les plus somptueuses manches du barreau ! Il y a même eu bagarre à l'entrée de la prison. Ces messieurs se vous arrachent.

Faucigny est épaté.

– D'une certaine façon vous faites honneur à notre établissement.

Il n'oublie pas le démocrate en lui.

– J'espère que vous mesurez à sa juste valeur le privilège de vivre dans un Etat de droit !

Comme je n'ai pas l'air de mesurer.

– Mais non, évidemment, ça vous paraît naturel que la société défende des crapules de votre acabit. Bon. Lequel voulez-vous recevoir en premier ? Bien que ce ne soit pas l'usage, je préfère que vous les receviez dans votre cellule plutôt qu'au parloir. Moins ils vous verront, mieux mes pensionnaires se porteront.

*

Maître Ragaud exulte :

– Coupable, Malaussène ! Nous allons plaider coupable ! Et tête haute, encore !

« Nous », c'est lui.

Et lui, c'est moi.

Enfin, tel qu'il me voit.

– Qu'avons-nous fait, après tout ? Nous avons châtié les tueurs de notre enfant ! Nous avons défendu notre droit légitime à donner la vie ! Nous nous sommes battu pour l'imprescriptible droit de naître ! Ils nous ont ôté une toute petite vie, une innocence palpitante, et nous avons interrompu le cours de leur existence criminelle. Nous n'en avions pas le droit, certes ! Mais les temps sont venus de réconcilier enfin légalité et légitimité ! En cette fin de siècle où nos valeurs les plus élémentaires sont la risée des esprits forts, je vais faire de vous le champion de cette défense légitime ! Tête haute, Malaussène ! Je ne vois en vous qu'un immense sujet de fierté.

Je le regarde.

Je me lève.

Je cogne à ma porte.

Le maton ouvre.

Je dis :

– J'en veux pas.

Maître Ragaud ne se frappe pas. Il range ses petits papiers. Il se lève à son tour.

– Vous préférez m'avoir en face de vous, Malaussène ? Vous avez tort. Je me connais. Je n'aimerais pas m'avoir en face de moi. D'autant que la tâche sera plus facile. S'il y a une urgence, aujourd'hui, une priorité absolue, c'est de débarrasser la société des criminels qui ne croient en rien : ça vit en marge de tout, ça cloue les enfants aux portes, ça tue à la moindre contrariété, ça ne connaît pas le nom de son père et ça a la prétention de se reproduire ! Sans parler de vos amitiés cosmopolites... Croyez-moi, se dresser contre un homme comme vous, c'est pain bénit pour un avocat tel que moi.

Avant que le maton ne referme la porte sur lui, maître Ragaud tord le nez. Sa moustache se hérisse.

– Ça sent les pieds, ici, vous ne trouvez pas ?

Et maître Gervier fait son entrée.

*

– Vous l'avez viré, Malaussène ? Vous avez bien fait. On va l'avoir dans l'autre camp, mais ce ne sera pas la première fois que je lui ferai boire le bouillon, à ce facho. Il est nul quand il a une vraie pointure en face de lui.

Maître Gervier, regard aigu, parole électrique, mouvement perpétuel, s'interrompt brusquement.

– Dites donc, ça schlingue, ici... On peut aérer ?

On ne peut pas.

A défaut, il remue l'air, va et vient à petites enjambées rapides.

– Vous avez dynamité le Grand Mercantile, Malaussène, bravo ! Vous vous êtes envoyé un directeur de prison, c'est justice ! Aujourd'hui, vous jetez la panique dans la République des Images, très bien, vous avez le sens de l'urgence. Du boulot irréprochable. Et dix ans sans tomber ! C'est un record.

Maître Gervier s'échauffe tellement que ses lunettes en sont tout embuées. Il penche sur moi ses carreaux devenus aveugles. Il murmure :

– Je connais la musique avec les assises, on va s'amuser, Malaussène. Le procès n'aura pas lieu de sitôt, c'est moi qui vous le dis ! Puisqu'ils y tiennent à leur préventive, on va la faire durer jusqu'au ridicule ! Je vous promets une existence préventive !

Je ne suis pas sûr d'avoir compris.

Alors, il m'explique :

– Mais si ! J'irai devant la chambre d'accusation. Je vais déposer des montagnes de conclusions en annulation de procédure. Nous irons en cassation. Je plaiderai l'incompétence de la cour et l'irrecevabilité des plaintes. Ils s'en foutront mais ça nous permettra de gagner du temps. Le temps de les déconsidérer aux yeux de l'opinion. Je les connais bien, ces juges. Tous aux ordres, avec de grandes casseroles au bout de leurs petites queues. Avant de trouver celui qui aura les couilles de monter au créneau, vous allez avoir tout le temps nécessaire pour planter la Révolution au cœur de l'institution pénitentiaire !

Il arpente encore la cellule alors que le maton passe déjà la tête par ma porte entrouverte.

– Lui non plus, dis-je.

Gervier s'arrête, surpris.

– Ah ! bon ?

Puis, pas contrariant :

– Ah, bon.

Et, sur le pas de ma porte :

– Bon. Tant pis. Je vais voir ce que je peux faire contre vous.

*

Maître Rabutin voit les choses différemment. Bien que son nez fasse, d'entrée de jeu, le même diagnostic.

– Elle empeste, cette cellule.

Son admirable visage n'a pas sourcillé. Il ne s'assied pas. Il se tient beau et droit dans son costume impeccable.

– Je ne vous raconterai pas d'histoire, monsieur Malaussène, votre dossier est indéfendable.

Et, avant que je puisse répondre :

– Ce n'est pas une raison pour vous faire subir ces conditions de détention.

Il ajoute :

– Même un criminel multirécidiviste a droit à la dignité.

Comme le multirécidiviste se tait :

– S'il y a un dossier à plaider dans cette affaire, c'est celui-là, monsieur Malaussène : l'amélioration des conditions carcérales.

*

– Pardon, maître.

– Pardon.

– Après vous, maître.

– Je vous en prie.

– Merci.

– Merci.
– A vous revoir bientôt, cher maître.
– Au Palais ?
– Jeudi, oui. J'ai retenu une table chez Félicien, pour midi, vous serez des nôtres ?
– Volontiers.
– A jeudi, donc.
– Au Palais.
– Au Palais.

Maître Rabutin et maître Bronlard se courtoisent à la porte de ma cellule. Et que je te m'efface pour te mieux m'avancer. Finalement l'un sort, l'autre entre, la porte se referme et nous voici entre Bronlard et moi.

– Vous avez eu raison de renvoyer tous ces idéologues à leurs chères causes, Benjamin, les convictions sont mauvaises conseillères en matière de défense ; elles font écran.

Il s'assied.

– Vous permettez que je vous appelle Benjamin ?

Brushing impeccable. Sourire fraternel. Il ouvre un attaché-case qui sent bon ses honoraires.

– A propos d'écran...

Il sort une liasse de papiers qu'il dépose sur mon lit.

– A propos d'écran, j'ai décidé de demander à la cour l'autorisation de filmer les audiences.

Pardon ?

– Un procès public, oui. Télévisé. Et je suis sur le point de l'obtenir. Une grande première, en France. Absolument interdit, jusqu'à présent. Seulement vous n'êtes pas un prévenu ordinaire, Benjamin. Il n'est pas question qu'on vous juge à la sauvette. J'y emploierai toute ma vigilance. Croyez-moi, ce sera le procès du siècle. Plusieurs chaînes sont partantes. Praïme taïme, évidemment. Les Américains sont d'ores et déjà en train de fictionner votre aventure...

Les Américains me fictionnent ?

– Je vous ai donc apporté une première batterie de contrats...

Il lève soudain les narines.

– Dommage qu'on ne puisse pas filmer les odeurs, votre cellule est intéressante...

*

J'ai fini par demander au maton :

– Vous n'en connaîtriez pas un qui pourrait juste s'occuper de moi ?

– Un quoi ?

– Un avocat. Un qui croirait en mon innocence. Enfin, un tout petit peu...

Le maton a réfléchi. Ce n'est pas un mauvais bougre. Il a réfléchi vraiment.

– Il y a bien le cousin de mon beau-frère... Mais c'est un tout jeune. Il commence. Il apprend.

– Ce sera parfait.

53

Mon procès

Non, non, non, pas un mot sur mon procès. Reportez-vous à votre journal habituel. C'est lui qui a tiré le premier, d'ailleurs. La préparation d'artillerie de la presse... Ce bombardement continu des journaux contre les remparts de ma défense... Les obus chargés au conditionnel pour qu'ils ne risquent pas de péter à la gueule des canonniers. Il paraît que ce Malaussène (photo) et sa « diabolique » compagne (photo) *auraient* fait exploser une maison et tous ses habitants. Il paraît que la vengeance ne *serait* pas leur principal mobile mais le vol. Il *semblerait* qu'ils aient éliminé une jeune soubrette (photo, c'est bien elle, la pauvre) et un jeune étudiant (photo de Clément, hélas !), deux témoins gênants. Il paraît qu'on lui *aurait*, à lui, Malaussène, greffé les organes d'un tueur en série (photo de Krämer) et que ça l'*aurait* rendu complètement dingue.

Oui, tout a commencé par cet article de Sainclair dans la revue *Affection*, sous le titre : « La greffe criminelle ». Explosion des tirages, *Affection* promu illico journal de référence, les autres plumes le suivant comme un seul piaf. A la hune des unes, le cas Malaussène ! Tout le papier en parle ! Et les images, donc ! Le crime transplanté, l'aubaine était trop bonne ! Télé-débats, tables rondes et rigodon des psy. Le cas mérite qu'on s'y arrête. On a bien passé des années à transfuser la mort par voie sanguine, pourquoi ne transplanterait-on pas le crime avec le cœur d'un assassin ? Mary

Shelley aurait-elle vu juste ? Malaussène = le monstre de Frankenstein ? Une de ces fameuses intuitions du XIXe ? *Affection* menant la danse, Sainclair soutient sa thèse sur tous les écrans le plus sérieusement du monde. Hurlements de Berthold, bien entendu : la transplantation des comportements ? Et puis quoi, encore ! Des conneries ! La vérité vraie est que lui, Berthold, a réussi un authentique exploit chirurgical que j'ai, moi, Malaussène, sciemment bousillé en mettant le feu à mon prochain. Je suis comme ça. Ce genre de type. Capable de cramer une ville entière pour porter tort à mon sauveur. Les méchants se comportent-ils différemment depuis deux mille ans ? Il s'est rangé dans le camp des martyrs, Berthold ; cloué tout en haut de son caducée, il me déplore.

Cette thèse du tueur greffé a séduit mon avocat. (Le maton avait raison : c'est un jeune, il commence.)

– Si nous n'arrivons pas à convaincre de votre innocence, nous pourrons toujours nous retrancher derrière la thèse de l'irresponsabilité.

Tu parles. J'entends encore la voix de maître Ragaud, sur le banc d'en face.

– On voudrait nous faire accroire, hurle-t-il (il hurle sans élever la voix, maître Ragaud, et ça porte un nom : puissance de conviction), que l'esprit du crime aurait été *implanté* dans la poitrine de cet homme. Ce n'est pas lui qui tue, ce serait *un autre en lui* !

Silence. Long hochement de tête.

– Le mépris où la défense tient votre intelligence, mesdames et messieurs les jurés, m'accable.

Silence. Moustaches consternées. Fureur palpable du jury méprisé.

– Quoique...

Quoiquequoi ? Maître Ragaud lève le sourcil du doute, celui qui marche avec les épaules.

– C'est peut-être vrai, après tout...

Stupeur incrédule de mon avocat.

– La défense a peut-être raison, continue maître Ragaud sur le même ton pensif.

Demi-tour de mon avocat qui me tapote la main, en signe de « vous voyez, ça marche ». (Il commence... Il a dû voir ce geste dans un téléfilm.)

Maître Ragaud laisse tomber son menton dans sa main.

– En matière de greffe, il en va peut-être des hommes comme des plantes...

Auto-approbation de sa tête blanche.

– C'est très probable, même.

Il semble de plus en plus convaincu.

– Il est peut-être vrai que l'accusé, par réaction mimétique, s'est cru obligé d'attenter à la vie de son prochain... certains psychiatres pourraient conclure dans ce sens...

Sourire de mon avocat, qui s'adosse, bras étendus, victoire étalée (une petite culture télévisuelle, oui, pas de doute...)

– Un homme-plante, en somme, poursuit maître Ragaud toujours sur le même ton pensif.

Puis, aux jurés :

– La plupart d'entre vous, mesdames et messieurs les jurés, êtes comme moi, gens de ville... ni botanistes ni jardiniers...

C'est vrai : des faces de bitume, incontestablement, et des regards de balcon.

– Tout comme moi, vous êtes très ignorants en matière de greffe, greffon, plantard, rejet, surgeon et autres scions... nous ne savons ni bouturer, ni marcotter, ni provigner... mais s'il y a une chose que nous savons, dans ce domaine, une seule, mesdames et messieurs...

Les douze dressent l'oreille, avides de savoir ce qu'ils savent.

– ... C'est que les poiriers ne donnent pas des figues ! Et que les chiens ne font pas des chats ! Même greffés les uns aux autres !

Hurle maître Ragaud. (En hurlant pour de bon, cette fois.)

– Et que le secret de cette splendide réussite botanique (il me pointe du doigt) tient à ce qu'on a greffé les organes d'un tueur sur l'âme d'un assassin !

Réveil brutal de ma défense.

– Un assassin, parfaitement ! renchérit maître Ragaud. Et qui n'en était pas à son coup d'essai lorsqu'il brûlait vif les malheureux habitants de cette paisible maison alpestre !

Ma défense qui bondit :

– Je... Nous... Ces allusions... !

– Dix-sept ! rugit maître Ragaud. Dix-sept allusions à dix-sept meurtres ! bombes, couteau, seringue, revolver, avant les quatre exécutions par le feu de Loscence ! Sans parler de ces pauvres filles découpées au profit d'on ne sait qui...

– C'est pas vrai !

(Je le jure, mon avocat s'est écrié : « *C'est pas vrai !* » Ma défense a objecté que c'était « *pas vrai !* » L'unique objection de ma défense : *« C'est pas vrai ! »*)

Maître Ragaud lui-même en est sincèrement affligé.

*

Non, non, non, on ne raconte pas son propre procès. Raconte-t-on son agonie ? On enregistre deux ou trois impressions, tout au plus. On s'engourdit au fil des audiences, on sent son innocence filer comme la vie d'un suicidé dans la chaleur de son bain. On consent vaguement à cette perte... une sorte de lassitude, une stupeur sereine quant à la variété, à la multiplicité, à l'originalité des coups portés par la partie adverse.

J'entends encore la première question de maître Gervier. Une question gourmande, d'entrée de jeu :

– Que pensez-vous du vin d'Irancy, monsieur Malaussène ?

Et moi, comme si c'était Julie qui m'interrogeait, surpris, même, de m'en souvenir :

– Excellent, surtout le cru 61 !

– C'est bien mon avis, un cru exceptionnel. Et le chablis, monsieur Malaussène ? Le goût du chablis ?

– Pierre et foin coupé.

– Un nom de cépage ?

– Chardonnay.

– La date d'un premier cru ?

– *La montée du Tonnerre,* 1976.

Maître Gervier approuve. C'est un regard de convive honoré qu'il pose sur moi en me posant la question suivante :

– Que pouvez-vous m'apprendre sur le vin de voile, à présent ?

– Le vin de voile ?

– Le vin jaune, si vous préférez.

– Ah ! oui...

J'essaye honnêtement de me rappeler ce que Julie m'a appris sur ce vin du Jura.

– Le nom du cépage, d'abord.

– Savagnin, je crois.

– Juste. Pourriez-vous nous dire deux ou trois mots quant au secret de sa fabrication ?

Je peux. Pour une fois qu'on m'interroge sur une de mes vérités, je peux.

– Vendanges tardives... mise en fûts de chêne avinés... on laisse mariner cinq ou six ans... et un voile de levure se forme à la surface.

– Parfaitement, d'où son nom, le vin de voile. C'est bon ?

– Une saveur de noix verte, d'amande grillée, de noisette... oui, c'est bon.

Maître Gervier se fend d'un large sourire.

– Nous aimons les mêmes vins, monsieur Malaussène.

Puis, se tournant vers le jury :

– Ainsi va la vie, mesdames et messieurs. L'avocat de la partie civile et l'accusé peuvent avoir des goûts communs. Si nous creusions un peu, monsieur Malaussène et moi, nous en trouverions d'autres... Peut-être aimons-nous les mêmes livres, la même musique... Et c'est pourquoi...

Il réfléchit une seconde.

– ... C'est pourquoi les assassins n'ont pas de visage.

Quelques secondes encore.

– Ou le vôtre, ou le mien, ou celui de tout un chacun.

Puis, à moi :

– Une chose encore, monsieur Malaussène. De quand date cette prodigieuse maîtrise de l'œnologie ?

J'ai immédiatement compris le sens de cette question. Mes cheveux auraient dû se dresser autour de mon cœur, mais la fatalité en moi a souri, et j'ai répondu la vérité à la question posée.

Mon avocat s'est retourné tout d'une pièce.

– Vous êtes complètement malade ?

(Ça y est, il commence à apprendre...)

Maître Gervier me regarde longuement, puis :

– Je vous remercie, monsieur Malaussène.

Sur quoi, il s'adresse aux jurés. Ce n'est plus le ton d'un convive comblé, c'est celui d'une indigestion de l'âme.

– Non, mesdames et messieurs, je ne représente pas ici les intérêts de quelque grand vignoble. Non...

Silence.

– Je suis une étudiante morte.

Il a dit ça du fond de son ventre et derrière les verres épais de ses lunettes – *je suis une étudiante morte* – et tout le monde l'a cru.

– Une étudiante qui travaillait en juillet pour vivre un peu en août.

Il s'est tu, de nouveau.

– Une étudiante pas trop riche qui, un certain soir de l'été dernier, a monté une bouteille de clairette *Tradition* dans la chambre d'un couple très savant en matière de grands et petits vins.

Silence.

– Vingt-cinq caves visitées sur le joyeux chemin du crime... un pèlerinage mémorable, mesdames et messieurs les jurés... soixante-quatre crus lentement dégustés avant de faire d'une jeune étudiante – qui ne demandait qu'à vivre d'amour et d'eau fraîche – une étudiante morte.

Puis, cette dernière question :

– Que pensez-vous de la clairette *Tradition*, monsieur Malaussène ?

*

– Il faut dire que mon jeune confrère n'a pas la tâche facile...

Maître Bronlard secoue son splendide casque noir aux reflets gris. Comme maître Gervier, maître Bronlard incarne la mémoire d'un étudiant. La mémoire de ce pauvre Clément, presque un enfant encore, et que j'ai précipité du haut d'une falaise dans un cercueil à quatre roues.

– Mort violente, comme celle de M. de Saint-Hiver, ex-directeur de la prison de Champrond, le premier amoureux de Clara...

Points de suspension...

– Il est dangereux d'aimer, dans l'entourage de M. Malaussène.

Point final.

Maître Bronlard a pris en réelle pitié la jeunesse de ma défense.

– Mon jeune confrère se bat vaillamment pour défendre l'indéfendable. Et cela, mesdames et messieurs les jurés, c'est l'honneur même de notre profession.

Oui, maître Bronlard s'offre la défense de ma défense.

Maître Bronlard se penche sur mon avocat.

C'est à lui qu'il s'adresse.

A lui seul.

Il lui explique.

Calmement.

Sans effet de manches.

Le bon profil offert à la bonne caméra.

Parce qu'il a réussi à le faire filmer, mon procès, maître Bronlard !

D'où la mesure de ses effets.

Il sait que la caméra amplifie le mouvement et qu'elle accentue le mot.

Pas de gestes inutiles.

Pas de propos intempestifs.

– Non, Malaussène n'est pas monté dans le Vercors pour y venger son enfant mort. Ce n'est malheureusement pas un père blessé que vous avez à défendre...

Mon avocat écoute, de toutes ses oreilles rougissantes, et les bancs de justice se font bancs de classe, et la voix de maître Bronlard se fait voix d'école.

– Il vous faut comprendre une chose simple : votre client n'est pas un meurtrier occasionnel. Ce n'est ni un impulsif ni, je crois, un sentimental. Quel père ferait la tournée des grands chais après la perte d'un enfant ? Non, votre client est un tueur paisible et réfléchi, qui a franchi depuis des années la porte du premier crime, la seule réellement difficile à ouvrir. Une fois ce seuil passé, seul l'intérêt commande. On tue gratuitement la première fois. Dès la seconde, on tue pour le profit. Or le profit, ici, cher jeune confrère, l'objet de convoitise, c'était un film... un film qui sera le film du siècle ! Et qu'un étudiant amoureux du cinématographe cherchait à protéger de toutes les convoitises.

Silence.

– L'étudiant en est mort.

Silence.

– Il était à peine plus jeune que vous, maître...

Quelle pitié, dans les yeux de maître Bronlard, penché sur mon débutant !

– Votre client... murmure-t-il.

Il cherche ses mots, il réfléchit. Il murmure dans le noir micro qui ne fait pas tache sur sa robe noire :

– Votre client est un effaceur de vies.

Plan fixe sur l' « effaceur de vies », dont le regard est hypnotisé par un écran moniteur. C'est la première fois que je me vois à la télé. C'est moi, là, en face de moi. Deux gendarmes à mes côtés, qui regardent droit devant eux, puis – zoom – moi tout seul, en plan rapproché – et rezoom ! –, toujours moi, en gros plan, perdu dans la contemplation de moi.

– Un effaceur de vies qui ne déteste pas son image, conclut maître Bronlard.

Cette petite phrase met un certain temps à traverser ma stupeur avant d'exploser dans mon cerveau. Quand je relève la tête, ils sont tous occupés à me regarder. *A me regarder me regardant*.

*

Cette implacable logique que les honnêtes gens prêtent aux criminels.

Comme ils vous emboîtent la petite enfance, le caractère, les mobiles, la préméditation, les moyens mis en œuvre, l'assassinat proprement dit et le service après crime... Tout se tient ! Tenons et mortaises ! Tout « fait sens »... paroles et silences...

Ce qu'ils veulent, ce n'est pas la vérité, voyez-vous, c'est la cohérence.

Une erreur judiciaire est toujours un chef-d'œuvre de cohérence.

Et vous voudriez que je vous raconte mon procès ?

*

Maître Rabutin a été le plus sobre. Il prêchait pour la mémoire de Matthias, lui. Mais c'est de moi qu'il a parlé, d'abord. Une sorte de synthèse. Adressée aux jurés.

– Comme vous, mesdames et messieurs du jury, j'ai prêté la plus grande attention aux propos de mes éminents confrères. Et j'en suis arrivé à une conclusion qui ne vous surprendra pas.

Maître Rabutin... Je n'ai jamais vu un type aussi vertical. Le visage dans le prolongement parfait du corps. Deux rides exactes, tombant comme du fil à plomb dans les plis impeccables de sa toge. Une conscience, quoi.

– Cet homme...

Il me désigne d'un regard perpendiculaire.

– Cet homme est un homme.

Voilà sa conclusion.

– Un homme, tout bonnement, comme vous et moi.

Il développe.

– Bien portant un jour, hospitalisé le lendemain, transplanté comme cela peut nous arriver à tous, traumatisé comme cela arrive à certains ; un homme de goût choisissant les meilleurs vins, mais une banalité d'homme épris de son image ; un homme amoureux qui n'a pas révélé la cachette de sa compagne à la police – l'aurions-nous fait à sa place ? – mais, avant tout, un homme qui allait être père...

Pause.

– Une paternité interrompue.

Regard panoramique sur le jury.

– Peut-être se trouve-t-il quelqu'un parmi vous, mesdames et messieurs du jury, pour avoir connu cette douleur ?

Deux d'entre eux lèvent un doigt instinctif qu'ils rabaissent aussitôt.

– Terrible, n'est-ce pas ?

Et quel silence, dans la salle d'audience, à l'évocation de ce malheur !

– Imaginez à présent qu'on vous ait arraché cette vie de force.

Sursaut général. Ragaud debout, tout soudain, sur son banc, Bronlard aux aguets sur le sien, Gervier derrière ses lunettes, prêt à frapper comme un naja, et ma toute jeune défense qui fait un oui frénétique de la tête, stupéfaite par ce soutien inespéré.

Car c'est bien cela qui est en train de se produire.

Un miracle.

Un renversement d'alliances.

Blücher au secours de Grouchy.

Rabutin plaidant la cause de mon malheur.

Et qui continue, d'une voix rêveuse.

– On se vengerait à moins... tous autant que nous sommes.

Cette fois maître Ragaud a bondi dans l'arène. Mais Rabutin le cloue sur place.

– Surtout vous, maître, qui avez si souvent plaidé dans ce sens ! Quoi de surprenant à ce que l'accusé soit un de vos adeptes ? C'est un homme, après tout, un vrai ! L'autodéfense près du bonnet ! Qui accomplit *légitimement* une vengeance que la légalité réprouve ! Ce sont vos propres termes, cher maître. Je ne fais ici que vous suivre sur votre champ sémantique... lequel couvre rigoureusement le terrain de vos principes !

Maître Ragaud bouche ouverte.

Maître Gervier hilare.

Et l'œil de maître Bronlard cherchant la bonne caméra pour lui glisser un sourire connaisseur.

Ce qui permet à maître Rabutin de poursuivre.

– Pour ce qui nous concerne, nous n'exclurons donc pas l'hypothèse de la vengeance. Supposons que le docteur Matthias Fraenkhel soit tombé sous les coups d'un vengeur.

Geste négligent de la main.

– Dans cette hypothèse, les témoins éliminés, la maison brûlée, le film volé, cela ne vient qu'*après* cette cause initiale. Vannes ouvertes à la violence, autopunition du meurtrier qui s'acharne contre lui-même en aggravant son acte...

Le changement du jury est immédiat. Je lis dans leurs yeux que je suis devenu un assassin potable. Pas encore fréquentable, certes, mais excusable, presque, compréhensible, à tout le moins.

– C'est toujours ce que j'ai soutenu !

On avait oublié mon avocat. C'est sa voix d'enfant qui vient de lancer cette petite phrase par-dessus les créneaux.

– C'est toujours ce que j'ai soutenu !

Il y a quelques rires.

Qui n'entament pas le sérieux de maître Rabutin.

– Et c'était plausible, maître.

Il n'appelle pas mon avocat jeune homme, il ne le regarde pas avec condescendance, non : « maître ».

– Plausible, mais regrettable, ajoute-t-il aussitôt.

Un temps.

Et ceci :

– Parce que le docteur Fraenkhel *n'était pour rien* dans cette interruption de grossesse.

Quoi ?

(Un des rares moments où je me sois intéressé réellement à ce procès.)

Quoi ? Matthias innocent ? Merci, cher maître, c'était la

conviction de Julie et rien ne pourrait me faire plus plaisir. Mais comment le savez-vous ? Quelle preuve ?

– La lettre reçue par Mlle Correnҫon était un faux.

Ce qui s'appelle une révélation de dernière minute.

Maître Rabutin explique. Il explique qu'une négligence de l'enquête a authentifié l'écriture de Matthias sur *une seule* des onze lettres embryonnicides. Et le hasard a voulu que celle-ci, cliniquement justifiée, fût de la main du docteur ! Toutes les autres sont des copies. Maître Rabutin en a exigé l'expertise. Dix faux sur onze lettres ! Dont celui qui envoya Julie entre les pattes de Berthold.

Qui a fait ça ? Qui a fait ça à Matthias ? Qui nous a fait ça à nous ? Qu'on me l'amène ! Qu'on me laisse cinq petites minutes seul avec lui. Qui a fait ça ? Qui ?

La question de maître Rabutin fait écho à ma pensée :

– Toute la question étant de savoir *qui* est l'auteur de ces faux.

Oui, qui ? Dites-moi qui ?

Dans l'écran moniteur, mes yeux ont hurlé la question.

Effrayante tension dans le visage de Benjamin Malaussène.

Et cette question de maître Rabutin :

– Monsieur Malaussène, désiriez-vous *vraiment* cet enfant ?

Toute la salle suspendue à ma réponse.

Et Rabutin, de sa voix égale :

– Je vous pose cette question parce que tous les témoignages recueillis, tant auprès de votre employeur que du corps médical ou de vos amis, semblent indiquer le contraire. Tous !

Un iceberg.

Une salle d'audience changée en iceberg.

Mon silence.

Le silence de mon avocat.

Leur silence.

O l'immobile vacarme du silence !

– Mesdames et messieurs du jury, cet homme est un homme. Et qui connaît les hommes.

Bref, voici la conclusion de maître Rabutin : moi, Benjamin Malaussène, j'aurais écrit ces faux pour éliminer un enfant non voulu. Puis j'aurais assassiné le docteur Fraenkhel au nom de la vengeance paternelle – circonstance atténuante s'il en est – pour dissimuler le véritable mobile de ce meurtre : le vol du Film Unique ! En sorte que le docteur Fraenkhel s'est trouvé par moi assassiné deux fois : une première fois dans son honneur de médecin, avant de l'être dans sa personne même. Ce n'est qu'une hypothèse, certes, mais huit des dix analyses graphologiques exigées par maître Rabutin concluent dans le même sens. L'auteur des faux ne serait autre que Benjamin Malaussène, ici présent dans le box des accusés !

– Mesdames et messieurs du jury...

Maître Rabutin n'est pas un méchant homme. Juste un peu plus cohérent que les autres, c'est tout. Et meilleur, peut-être, si j'en juge par la conclusion de sa conclusion.

– Nul ne peut préjuger de la décision que vous rendrez... Mais s'il advenait que cet homme, après que vous en aurez délibéré, devait retourner en prison, il est de votre devoir, comme du mien, de veiller à ce qu'il y soit traité en être humain.

*

Et vous voudriez vraiment que je vous raconte mon procès ?

54

Le verdict

S'il existe un record de vitesse en matière de délibération, je l'ai battu.

4 minutes, 31 secondes, chrono !

271 secondes égrenées par les battements de mon cœur.

271 secondes passées à espérer.

L'espoir !

L'espoir...

Causons-z-en.

Tu rentres chez toi, ton amour n'y est plus depuis dix ans. Partie avec ton cœur, tes meubles, ta moquette et ton meilleur ami. Il y a dix ans de ça. Pendant les quatre premières années, tu prenais chaque soir un bain de pied dans tes larmes. Et puis le temps... Et puis dix ans... Le bain de pied a refroidi, les larmes se sont évaporées, le cœur a refait sa pelote... Tu rentres, ce soir-là, dans un chez-toi remis à neuf par une autre. Dix années ont passé. Bonjour, ma chérie, bonjour, mon amour. Apéro tranquille. Dîner peinard. Mais voilà qu'on sonne à la porte. Ton cœur bondit dans ta soupe, tu le vois sauter de la table sur le plancher, tu ne peux pas le retenir, il se précipite pour aller ouvrir. Et si c'était elle ! Et si c'était elle !

L'espoir...

Tu es là, sur ton lit d'hôpital, ton corps s'est depuis longtemps débiné dans les bassines environnantes, ton encéphalogramme est aussi plat qu'un discours de circonstance, il ne reste plus que ton nez posé sur l'oreiller. Les blanches blouses regardent ce nez. Les blanches blouses n'en reviennent pas : tes narines palpitent ! Ton nez espère encore !

L'espoir...

C'est la grande truanderie politicarde, la course aux mandats qui remplissent les poches. Il va falloir choisir entre les perpétuels, les sans-vergogne, les increvables et les affreusement inénarrables, et tu y vas pourtant, et tu choisis un nom parmi leurs noms, et ton bulletin hésite au-dessus de la fente, mais tu finis par lâcher ta voix, qui crie, ta voix, en tombant dans la nuit close de l'urne...

L'espoir...

Fou comme l'espoir...

Tu te retrouves devant une cour d'assises, chargé de vingt et un chefs d'accusation. Un âne de Judée croulant sous tous les péchés du monde ! Pas la moindre circonstance atténuante. Les journaux t'ont bombardé monstre du siècle. A côté de toi, Jack l'Eventreur est l'image du gendre idéal. Tu es le cauchemar des familles, la terreur qui fermente au cœur de l'homme, le mal absolu, bien plus ancien que tout. Les avocats t'ont massacré comme on se purge. Après le réquisitoire, les jurés seraient volontiers restés pour te bouffer sur place. Ils se sont retirés comme on prend son élan.

Et pourtant, tu espères !

Tu es innocent, après tout.

Il se trouvera bien un Juste pour clamer cette innocence !

Tu as toujours cru à l'existence d'un Juste.

Ou un témoignage de dernière seconde.

Le sursaut d'une conscience repentie.

Le surgissement de la vérité !

C'est pas lui, c'est moi !

Tu espères...

Chaque seconde du procès t'enfonçait davantage, chaque mot creusait sous tes pieds, le silence de ton propre avocat planait comme une pierre tombale au-dessus des débats. Tu sais bien que les pierres tombales ne planent pas longtemps. Tu le sais.

Et pourtant tu espères...

Dans le couloir de ton attente, les deux gendarmes qui t'encadrent ont des visages de bois. Attendent-ils, eux ? Comptent-ils les secondes ? Tu les regardes un peu. Qu'espère un militaire ? Le sergent espère passer sergent-chef, l'adjudant, adjudant-chef. O sagesse des armées. Les tranches d'espoir dans le distributeur automatique de la carrière. Et qu'espère-t-il, le maréchal de France, après avoir avalé sa dernière tranche ? Le maréchal espère l'Académie. Car seul l'Immortel est dispensé de la corvée d'espoir.

Ce qu'on peut s'offrir de pensées bêtes en 271 secondes d'espérance folle...

Bêtes et futiles, si l'on songe à ce qui se joue dans la salle des délibérations.

Les jurés allaient me rendre à ma liberté, voilà tout simplement ce que j'espérais. C'étaient de braves gens que les avocats avaient retournés mais que le président de la cour remettrait à l'endroit. Il en a vu des coupables, lui, des vrais ! Il saura faire la différence, lui, entre un coupable et un Malaussène. Il sait bien, lui, que les plus grands avocats ne vous défendent ou ne vous chargent que pour plaider leur propre cause ! Il les connaît, les fonds de commerce du barreau, monsieur le président ! Il sait bien que personne ne peut être coupable *à ce point-là* ! C'est un homme sérieux, monsieur le président, un Juste, peut-être.

Assis sur le bois de mon banc, je confiais tout mon capital d'espoir au président de cette cour, les yeux fermés. Je ne lui demandais même pas d'intérêts. Qu'il me rende ma liberté, rien de plus. Ce n'était pas grand-chose ! Qui pourrait me l'envier, cette liberté ? Un chien épileptique régnant sur une famille de cinglés, est-ce trop demander qu'on vous rende ça ? Et d'ailleurs, va savoir ce qu'ils sont capables de faire, ceux de ma liberté, si on me garde trop longtemps loin d'eux ? C'est pour le coup qu'il y aurait à craindre pour la société. (Pardon, la Société.) Cet aspect de la question n'est pas négligeable, monsieur le président. Il faut me renvoyer de toute urgence dans mes foyers. C'est le meilleur service que vous puissiez rendre à la Société. Condamner, condamner, toujours condamner, soyez préventif, bordel ! *De quoi sera capable une Verdun si elle grandit sans moi ?* Vous êtes-vous posé cette question, monsieur le président ? Moi, si ! L'avez-vous vue *naître*, Verdun ? Moi si. Ce n'est pas un bébé, c'est un baril de poudre que ma mère a expulsé, cette année-là ! Une bombe atomique qui pétera sous votre auguste cul si vous la laissez bouillir loin de moi... Sortez-moi de là, bordel de Dieu !

Ça suppliait à l'intérieur de ma tête, ça suppliait et ça menaçait... Ça menaçait et ça pleurnichait : ce n'est pas moi, ce n'est pas moi... mais vous voyez bien que *ça ne peut pas être moi* !

271 secondes...

La lampe rouge s'est mise à clignoter au-dessus de la porte.

– Record battu, a dit le gendarme de droite.

– Félicitations, a fait le gendarme de gauche.

– Allons-y, a fait le gendarme de droite.

– C'est l'heure de l'addition, a fait le gendarme de gauche.

*

C'est fou ce qu'ils attendaient mon retour dans la salle d'audience ! On ne se rassasie pas de la tête d'un assassin. De sa toute première tête anthropométrique à sa tête de verdict, en passant par ses têtes d'audience, on l'interroge sans relâche, la tête de l'assassin ! On y traque la *différence*, avec cette même avidité qu'on met à exiger la ressemblance sur la bouille du nouveau-né.

C'est cette expression-là, exactement, que j'ai lue sur le visage des jurés quand j'ai regagné ma place : neuf visages penchés sur le berceau de ma monstruosité. Celui-ci n'est pas des nôtres. Nous sommes autres que celui-ci. Cet enfantement n'est pas de notre espèce... Et l'innombrable regard de la salle confirmait.

– Accusé, levez-vous.

Le gendarme de gauche m'a donné un léger coup de coude.

Celui de droite m'a lancé un coup d'œil ascensionnel.

Je me suis retrouvé debout.

– Après en avoir délibéré, la cour a répondu « oui » à la première question posée...

J'ai mis un certain temps à comprendre le sens des trois questions posées par ma cour à messieurs mes jurés dans le secret des délibérations, mais j'ai fini par saisir, tout de même :

Messieurs les jurés m'avaient-ils déclaré coupable des faits qui m'étaient reprochés ?

– Oui.

Les avais-je prémédités ?

– Oui.

Circonstances atténuantes ?

– Aucune.

Voilà ce qu'ils s'étaient dit pendant mes deux cent soixante et onze secondes d'espoir. Il y eut un frémissement dans la salle, aussitôt réprimé par le marteau présidentiel.

Comme les trois coups du dernier acte.

Sentence !

– En conséquence, la cour vous condamne à la réclusion criminelle à perpétuité, assortie d'une peine de sécurité de trente années incompressible.

Explosion de joie universelle. Je n'ai jamais fait un tel plaisir à tant de gens en même temps. Monsieur Quatorze Juillet soi-même ! Il ne manquait que les fusées d'artifice. Le voisin embrassait la voisine. Délivrés du mal, tous autant qu'ils étaient. Alléluia !

Le dernier souvenir qui me reste de cette fiesta est le visage du président en qui j'avais mis tout mon espoir. Tendu vers moi – tout en martelant sa caisse comme un furieux – il hurlait par-dessus le tumulte :

– Estimez-vous heureux d'être français, Malaussène, aux Etats-Unis vous en preniez pour trois millénaires ! Ou une petite piqûre !

XIII

TOUT LE CIMETIÈRE EN PARLE

Foutu film, gronda Marty, tout le cimetière en parle !

55

– Je veux pas ! hurle le Petit, tu vas supprimer ça tout de suite !

Ses larmes ont jailli si brusquement qu'il est trempé jusqu'à la taille avant d'avoir songé à les essuyer.

– Attends !

– J'attends pas, j'attends pas, j'attends rien ! Tu supprimes !

– Mais c'est pas fini !

– Je m'en fous ! Tu supprimes ! Tu supprimes ! Tu déchires !

– Ça va s'arranger, je te dis ! Ça finit bien ! Il va y avoir un coup de théâtre !

– Rien du tout ! Il y aura pas de coup de théâtre. Il a été condamné !

– On va l'aider à s'évader. J'ai trouvé un truc géant !

– Même si on y arrive il sera toujours condamné !

– Le Petit a raison, intervient Thérèse. Et si tu veux mon avis, je trouve assez louche que tu mettes Benjamin dans une situation pareille.

– Tu sais où tu peux te le coller, ton avis ?

– Jérémy, doucement, dit Clara, ne parle pas sur ce ton à Thérèse.

– Elle m'emmerde, Thérèse ! Thérèse, c'est l'huile sur le feu ! Depuis toujours ! Non mais, regarde-la ! Sainte Justice de mes deux !

C'est vrai que, tout là-haut, sur son lit, assise dans les angles droits de sa chemise de nuit, le regard plongeant sur Jérémy, Thérèse est une allégorie de la Justice, modèle inoxydable.

– Tu peux dire ce que tu veux, mais symboliquement parlant, c'est très suspect que tu fasses ça à ton frère aîné.

– Mais je ne lui *fais* rien, putain de merde, je *raconte* ! Tu es quand même foutue de faire la différence, non ?

– Et le Petit, tu crois qu'il fait la différence ?

Les larmes du Petit jaillissent de plus belle. Ce n'est plus du chagrin, c'est une rupture de barrage.

– Et Verdun, tu crois qu'elle fera la différence, quand elle sera grande ?

Comme si elle n'avait attendu que le feu vert de Thérèse pour participer, Verdun ouvre à la fois ses yeux de braise et sa bouche de volcan. Fureur abyssale qui réveille Julius le Chien dont les ululements étoffent le concert. Il ne manque plus que le rythme de base gracieusement fourni par les balais des voisins – c'est fait – et les premières vocalises dans la cour de l'immeuble – voilà.

– D'accord, j'ai compris ! J'ai compris ! J'ai compris !

D'un coup de tatane vengeur, Jérémy expédie son tabouret de conteur à l'autre bout de la chambre et jette ses pages à la figure de Thérèse. Il sort en claquant la porte. Le sourire de C'Est Un Ange a beau juger l'événement négligeable, il me semble que le moment d'intervenir est arrivé.

– Clara, dis-je en me levant, essaie de sauver ce qui peut l'être, moi je vais rattraper Jérémy avant qu'il se foute sous le métro.

*

Je l'ai retrouvé dans la cuisine, sa tête de poète maudit plongée dans ses bras repliés, parmi les assiettes sales, les pelures de pomme et autres reliquats que nous n'avons pas eu le temps de débarrasser, tellement il était pressé de nous lire ses cinquante dernières pages, le pauvre.

J'ai choisi la manière directe :

– Arrête ton char, Rimbaud, et donne-moi un coup de main pour la vaisselle.

Tout en empilant, j'ai demandé :

– Comment ça finissait, ton chapitre ? C'était quoi, ton coup de théâtre ?

Sollicitez l'auteur et vous vaincrez le chagrin. Il m'a expliqué le topo en rassemblant les couverts.

– A la dernière réplique du président, tu sais : « Estimez-vous heureux d'être français, Malaussène... »

– Oui « ... aux Etats-Unis vous en auriez pris pour trois millénaires... »

– « ... ou une petite piqûre. » C'est ça. Eh bien, juste à ce moment-là, je surgis derrière ce gros con, je lui colle un flingue sur la tempe et je brandis une grenade dégoupillée dans l'autre main en ordonnant aux gendarmes de te filer leur artillerie et de se mettre à plat ventre.

– Merde alors. Et ensuite ?

– Il y a pas de suite. Je me suis arrêté là. C'est une chute, tu vois ?

– Je vois.

Il dépose ses verres dans la mousse, à côté de mes assiettes, et ouvre le robinet du deuxième bac. Il aime bien faire la vaisselle avec moi, Jérémy, surtout depuis ma sortie de prison. Il appelle ça « jouer du double Bach ». Je fais des bulles, il rince et il torchonne. Ça nous permet de causer critique.

– Réponds-moi franchement, Ben.

– Oui ?

– Tu aimes ?

– Oui.

– Tu me le dis pour me faire plaisir ?

– Je te le dis comme je le pense.

– Tu trouves que c'est une bonne idée de t'avoir collé dans la prison de Champrond ?

– C'est sympa d'avoir ressuscité le parfum d'oncle Stojil.

– Pour l'unité de lieu, j'ai fait ça. Et les avocats, comment tu les trouves ?

– Plus vrais que nature.

– Ils sont pas un peu trop... « trop » ?

– Ils sont ce qu'ils sont. D'où ça te vient, cette connaissance du barreau ?

– C'est Zabo, elle a quelques copains, là-dedans.

Zabo... Depuis qu'avec la disparition du Zèbre, la reine Zabo a décidé de métamorphoser l'homme de théâtre en romancier, elle le chouchoute, notre Jérémy ! Il lui fourgue sa production tous les deux jours. La Reine et l'apprenti s'enferment dans le bureau directorial et ça négocie ferme à ce qu'il paraît. L'apprenti défend son bout de gras, il cède facile sur les fautes d'orthographe, de syntaxe, de composition, sur les accès d'enfantillage et autres scories de l'immaturité, mais il se bat comme un communard pour la sauvegarde de la péripétie. La Reine estime qu'il en fait trop. Le feutre crisse, les ciseaux claquent. Les Editions du Talion en retentissent. On rase les murs dans les couloirs. Ruptures et réconciliations. La Reine approfondit les thèmes, Jérémy fignole le pathétique. La Reine voudrait une écriture plus ronde. Jérémy s'en tient à la façon Malaussène : « C'est comme ça qu'il parle, Benjamin, c'est comme ça qu'il nous raconte, et c'est même comme ça qu'il pense ! Je le connais mieux que vous, quand même ! – Penser, parler, écrire sont choses différentes ! » rétorque la Reine, plume en main et preuves à l'appui. La bataille des styles dans la guerre du roman. La Reine sait ce qu'elle veut. Et elle l'obtient, tout en s'arrangeant pour que Jérémy continue de s'en croire l'auteur. Le plus jeune romancier de France !

– Et la juge d'instruction « maternelle », celle qui te fait plonger parce qu'elle te comprend trop, qu'est-ce que tu en penses ?

– C'est une idée marrante, oui, elle est rigolote.

– C'est une idée de Zabo. Tu crois que ça peut exister ?

– Une mère ? Oui, ça existe. Fais gaffe, tu débordes.

Il ferme le robinet. Il se perd quelques secondes dans la contemplation du bac.

– Dis-moi la vérité, Ben, le procès, le verdict, on y croit *vraiment* ?

– J'y ai presque cru moi-même.

– Et *toi*, tu te trouves ressemblant, toi ?

– On ne se reconnaît jamais vraiment, tu sais, mais j'ai l'impression que tu ne m'as pas raté...

Le silence est revenu dans la chambre. La porte s'entrouvre. La tête de Clara apparaît. Elle m'interroge du regard et je la rassure de la moue. La porte se referme en douceur.

– Est-ce que je peux te poser une question, Ben ?

Toujours accoudé au-dessus de son bac, les manches retroussées sur ses avant-bras, Jérémy m'offre son profil éthique.

– Rapport à ce que disait Thérèse... Tu crois qu'on a le droit de *tout dire* dans le roman ?

*

Je sais, je sais, on peut tout dire, mais on n'a pas le droit de trimballer le lecteur sur une profondeur de huit chapitres en lui annonçant à l'orée du huitième que toute cette tension tragique, ce sentiment d'injustice qui croissait à chaque mot, cet effroyable verdict enfin, que tout cela était une blague, et que les choses se sont passées différemment. Ça relève de l'abus de confiance, ce genre de procédé, ça devrait être puni. Défenestration du bouquin, pour le moins ! C'est vrai, c'est vrai, mea culpa, et maxima, encore ! Mais *qui* est assez courageux pour aller se glisser entre la reine Zabo et son tiroir-caisse ? Qui aurait les couilles de se dresser sur la route d'un Jérémy en état d'ébullition romanesque ? Qui est assez héroïque pour l'empêcher de nous fourguer chaque soir sa ration de récit ? Qui est prêt à se sacrifier sur cet autel-là ? Il y a un candidat ? Qu'il se présente, je lui confie volontiers les clefs de la boutique.

Et puis qu'est-ce que ça veut dire, cette déception ?

Qu'est-ce que ça cache, *au fond* ? (Comme dirait Thérèse.)

Est-ce à dire qu'on aurait préféré me voir condamné à perpète *pour de bon* ? (Comme dirait le Petit.)

Trente ans incompressibles ?

Merci.

Je n'ai qu'un mot à dire : Merci.

Si ceux-là mêmes qui sont les mieux avertis de mon innocence en sont à souhaiter que je plonge, alors oui, c'est qu'il y a quelque chose de pourri dans le royaume du réel.

Besoin de cohérence, hein ! Comme les juges ! Vous sacrifieriez un innocent à votre besoin de cohérence... Plutôt une bonne erreur judiciaire qu'un mauvais procédé littéraire, c'est ça ?

Bravo.

Et encore merci.

O l'humanité...

*

Sans compter que tout n'est pas absolument faux dans le récit Zabo-Jérémy. Beaucoup d'invention, certes, et de la meilleure ! Mais du vrai, aussi, du vrai. On peut faire le tri, d'ailleurs. En deux parties distinctes : le faux et le vrai.

1°) LE FAUX

Mon incarcération à la prison de Champrond. Faux. Jérémiesque besoin d'étendre sur nos misères l'ombre odoriférante de Stojil, voilà tout. C'est qu'elle nous manque furieusement, ces temps-ci, l'ombre de notre oncle Stojil !

Aurait-on préféré la description de la maison d'arrêt où j'ai *pour de bon* passé ces derniers mois ? Aucun intérêt. Les maisons d'arrêt sont indescriptibles. Elles ressemblent très exactement à l'idée qu'on s'en fait. Tout s'y arrête. Même la volonté de les décrire.

Pas de Champrond, donc, et pas de Faucigny. Pas d'avocats non plus, ni de procès, ni de verdict. Qui pourrait y croire, d'ailleurs ? Beaucoup trop invraisemblable ! Un directeur de prison abonné au sadisme éducatif ? Allons donc ! Des avocats réversibles, aussi brillants d'un côté que de l'autre ? Malveillance ! Des jurés intoxiqués par la déferlante médiatique ? Foutaise ! Libres arbitres, les jurés ! Le sifflet bien en bouche ! Quant aux erreurs judiciaires... Où ça ? Chez nous ? Quand ? Hein ? Vous plaisantez... Il n'y a que les protestations des coupables pour faire croire aux erreurs judiciaires !

2°) LE VRAI

Il est parfaitement vrai, en revanche, que je viens de me cogner plusieurs mois de cabane, loin des miens et de la mienne.

Parfaitement vrai aussi que le commissaire divisionnaire Legendre s'est acharné à me coller mon passé sur le dos, et qu'il a bien failli y réussir.

Parfaitement vrai encore qu'un juge d'instruction s'est chargé de mon dossier. Le juge Képlin, pour ne pas le nommer. Aucun intérêt romanesque, ce juge, une machine à instruire. Et si ça n'avait tenu qu'à lui, il y aurait eu procès, tout de bon, et perpète, à coup sûr.

Non moins exact, enfin, qu'un avocat a consenti à endosser ma défense. Un ami d'ami d'ami, un jeune, qui commence, et qui – bon point pour lui – tient à son anonymat. Je le remercie au passage. Il a fait ce qu'il a pu. Vous avez fait ce que vous avez pu, maître. Ce n'était pas facile.

Pendant tout ce présent, je n'ai compté ni les semaines ni les mois. Je sais seulement que ce fut long. Le soir, dans ma cellule, ça me réconfortait de savoir que Jérémy avait pris la tribu en main, à l'heure des cauchemars. Une lecture au parloir de la prison, l'après-midi, histoire de se mettre en confiance, et il retournait à la maison avec ma bénédiction. « Epatant, Jérémy, formidable ! Continue. » J'en voulais bien un peu à la reine Zabo de le maintenir dans l'illusion de son génie après avoir entièrement réécrit son texte, mais je me disais que cela, du moins, c'était la vie...

Ce fut long, et ça aurait pu l'être bien davantage...

Mais croire au pire, c'était admettre que ma tribu puisse envisager, ne fût-ce qu'une seconde, mon innocence assise aux assises. Croire au pire, c'était imaginer un monde où les Coudrier ne surveillent pas leurs gendres. Croire au pire, c'était compter sans Gervaise, ses anges noirs et ses Templiers. Croire au pire, c'était oublier que Julie ne s'évade jamais pour rien.

Croire au pire, c'était accepter que cela finisse.

Pas mon genre.

56

« Tiens ! On ne fait plus dans le théâtre ?
– Tu es dans le coup, toi ?
– Paraît que Cazo n'est pas arrivé.
– Le Roi m'a envoyé chercher le film.
– Ah ! oui ? Avec une lampe torche ? Et sans nous prévenir ?
– On croyait que vous étiez partis. C'était prévu comme ça, non ?
– Prévu par qui ?
– Touche-moi, et je balance tout à la fille du Viet !
– Arrête-le ! »

L'inspecteur Joseph Silistri avait interrompu le cours de la bande avant la série des chocs.

– Tu connais ces voix ?
– Je connais les deux hommes. La fille, je vois pas.
– Alors ?
– Le plus jeune, c'est Clément.
– L'autre ?
– L'autre, je ne voudrais pas dire de conneries, mais...
– Tu veux les entendre encore ?
– J'aimerais bien, oui.
– C'est Lehmann, avait répondu Jérémy. C'est la voix de Lehmann. Je la reconnais, oui.

C'est ainsi que l'inspecteur Silistri avait identifié la voix de Lehmann. En faisant écouter l'enregistrement à Jérémy Malaussène, le « metteur en espace » de la saga familiale.

– Tu es sûr ?

– Tout ce qu'il y a de.

L'inspecteur Silistri lui en avait demandé davantage sur le Lehmann en question.

– Il bossait au Magasin du temps où Benjamin y jouait les boucs. C'est avec Lehmann que Ben faisait son numéro de pleureuse.

– Ce Lehmann, tu l'avais embauché pour jouer son propre rôle dans ta pièce ?

– Oui. C'est sans doute pour ça que Clément lui parle de théâtre.

– « Cazo », ça te dit quelque chose, comme nom ?

– Rien du tout.

– Et la voix de la fille ? Décidément, non ?

– Non.

– Ça ne fait rien, tu viens de rendre un fameux service à ton frère.

– Ça va le faire sortir ?

– Pas tout de suite. Il n'a pas que la mort de Clément sur les épaules.

– Cet enregistrement suffit pour faire tomber Lehmann ?

– Non, ce n'est pas une preuve.

– Qu'est-ce que vous allez faire ?

– Pas grand-chose. Je ne suis plus en charge de l'enquête. Je vais juste compliquer un peu la vie de ce M. Lehmann. Tu as son téléphone ?

*

Dans les semaines qui avaient suivi, la vie de ce M. Lehmann s'était compliquée. Cela commença par un coup de téléphone nocturne, au plus profond de son meilleur sommeil. Lehmann avait décroché en jurant. Une voix qu'il reconnut immédiatement lui dit :

– *Tiens ! On ne fait plus dans le théâtre ?*

Lehmann n'avait même pas eu la présence d'esprit de poser une question. Il avait raccroché comme on se brûle.

Nuit blanche. L'inspecteur Joseph Silistri l'avait laissé dormir paisiblement les nuits suivantes. Le souvenir s'était estompé. Une illusion, sans doute. Oui, sans doute une illusion.

Et le téléphone avait sonné de nouveau.

– *Tiens! On ne fait plus dans le théâtre ?*

– Qui c'est ? qu'est-ce que c'est ?

Du fond de sa terreur, Lehmann s'attendait à tout. Mais ce qu'il entendit était plus terrifiant que tout. Il entendit sa propre voix lui répondre :

– *Tu es dans le coup, toi ?*

– Qu'est-ce que c'est ? Qu'est-ce que c'est ? Qui parle ?

Plus personne ne parlait. Le silence syncopé des téléphones qu'on raccroche.

Et ainsi de suite.

Jusqu'à ce que M. Lehmann bousille son téléphone.

Ce fut le parlophone qui le réveilla une semaine plus tard. On sonnait chez lui, six étages plus bas. Quelqu'un, dans le hall de son immeuble, l'appelait. Quelle heure pouvait-il être ? Bon Dieu, quelle heure ? Il s'était cogné aux meubles en allant répondre.

– Qu'est-ce que c'est ?

– *Le Roi m'a envoyé chercher le film...* répondit la voix de Clément.

M. Lehmann quitta son domicile.

Il se réfugia dans un hôtel de la rue des Martyrs. Il payait en liquide et n'avait pas donné son nom. Il crut mourir, un soir qu'il passait devant la réception, en entendant le gardien de nuit l'appeler :

– Monsieur Lehmann ?

Il n'eut pas le réflexe de répondre qu'il n'était pas M. Lehmann.

– Une lettre pour vous.

Sur la lettre, ces seuls mots :

« *Touche-moi, et je balance tout à la fille du Viet.* »

*

– Pourquoi fais-tu ça, Joseph ? Pourquoi ne l'interroges-tu pas directement ?

Gervaise s'étonnait. Ce n'étaient pas des manières de flic. Le vieux Thian n'aurait pas approuvé.

Silistri défendait sa méthode.

– Il n'est pas mauvais qu'un type pareil croie aux fantômes. Quand Lehmann aura suffisamment mariné dans sa peur, il nous balancera tout ce qu'on voudra.

Gervaise ne croyait pas Silistri.

– Je ne te crois pas. Il te suffirait de l'interroger pour qu'il parle, tu le sais très bien. Pourquoi fais-tu ça ?

– Il ne s'allongerait pas comme ça. C'est un coriace.

– Je ne te crois toujours pas. Tu travailles comme on se venge, Joseph.

Gervaise développa :

– Tu es en colère. Tu es en colère et tu t'acharnes sur ce Lehmann parce que tu l'as sous la main. Qu'est-ce qui te fiche en rogne à ce point-là ?

Mais on ne faisait pas parler Silistri si facilement. Il fallait lui dire ce qu'il avait à dire. Gervaise le lui dit.

– Arrête, Silistri. Titus n'est pas le père de mon enfant.

– Qu'est-ce que tu en sais ?

– Aussi sûre que ce n'est pas toi.

L'argument avait porté.

– Il faut bien que ce soit quelqu'un !

– Est-ce bien nécessaire ?

– Quoi ?

Silistri avait regardé Gervaise. Puis il avait regardé la femme de Malaussène qui assistait au match en arbitre impartiale.

– Est-ce bien nécessaire de savoir qui c'est ? précisa Gervaise.

Silistri prit l'arbitre à témoin.

– Vous avez entendu ce que je viens d'entendre ?

La femme de Malaussène avait entendu.

– Gervaise n'a pas tout à fait tort. Il y a tellement d'inconnues dans la naissance d'un gosse. Une de plus, une de moins...

« La sainte alliance entre la calotte et le féminisme... » pensa l'inspecteur Joseph Silistri une fois seul dans la rue. Il ne manquait plus que ça ! Des mois qu'il protégeait Gervaise... pour s'entendre dire au bout du parcours que l'identité de son violeur n'avait pas la moindre importance. « Une paire de couilles est une paire de couilles, Gervaise. J'arracherai les couilles de Titus ! » La rage qui aveuglait l'inspecteur Silistri lui maintenait les yeux ouverts. Il ne dormait pas plus que Lehmann, ces temps-ci. Tiens, Lehmann ! Si on s'occupait un peu de Lehmann... Il se dirigea en somnambule vers la nouvelle planque de Lehmann.

57

– Marie-Ange, Marie-Ange, vous avez déconné en balançant ce pauvre Malaussène.

Deux fois par semaine, l'inspecteur Adrien Titus passait une bonne demi-heure dans la cellule de la nièce au tailleur rose. A la même heure de l'après-midi, toujours.

– Très démodés, nous sommes. Tenir salon, ça ne se fait plus depuis quatorzedizuit'.

Il sortait un Thermos des profondeurs de son blouson, il servait le thé, il offrait des petits fours qu'il tirait d'un panier d'osier.

– Dalloyau, siouplaît. Je soigne la chalande.

Les premières fois, elle ne toucha pas au thé. Elle dédaigna les petits fours. Elle restait très attentive, à l'abri de son armure rose.

– Il sent pas un peu la marée, ce tailleur, depuis le temps ?

Un après-midi, il était arrivé avec un tailleur de rechange, le même rose Diana.

– Essayez ça.

Elle n'avait pas bronché.

– De la part de ma femme. Elle fait dans le chiffon.

La fois suivante, Marie-Ange portait le tailleur propre.

– Donnez l'autre, qu'on vous le pressinge.

*

Il avait joué cartes sur table dès les premiers mots de sa première visite.

– Marie-Ange, Marie-Ange, vous avez eu tort de balancer ce pauvre Malaussène. Vous ne le connaissez pas. Vous ne l'avez jamais vu. Du coup, on ne peut pas vous croire et ça devient très passionnant. Pourquoi balancer un glandu que vous ne connaissez ni des lèvres ni des dents ?

Elle s'était tue.

– Je m'interroge, je m'interroge... marmonnait l'inspecteur Titus en servant le thé au-dessus des napperons.

Elle suivait chacun de ses gestes.

– S'il était célèbre, encore, on comprendrait. Pisser sur une statue, c'est distrayant. Les statues ne sèchent jamais. Toujours une petite goutte de suspicion en suspension : « *Il paraît qu'Untel n'est pas tel qu'il paraît...* » La petite joie des renifleurs de cul et autres leveurs de pattes.

Petit à petit elle s'était rapprochée du thé. Puis elle en avait bu une tasse. Puis elle mangea les petits fours. Sans le lâcher des yeux. Elle se taisait.

– Seulement voilà, Malaussène n'est pas une célébrité. Tout juste connu des siens et de son chien.

Ils avalaient de menues bouchées de gâteaux trempés.

– Une famille que vous ne connaissez pas, mais dont vous parlez très bien aux flics de Legendre... Le chien, la mère, les frères, les sœurs, tout y est.

Le plus souvent, leur entrevue s'achevait sur un commun silence.

*

– Alors voilà ce que je me suis dit...

L'inspecteur Adrien Titus reprenait la conversation où il l'avait interrompue.

– Je me suis dit que si vous ne connaissiez pas Malaussène, c'est que vous connaissez *quelqu'un d'autre* qui le connaît. Un quelqu'un qui ne le porte pas dans son cœur. Un quelqu'un qui vous en a beaucoup parlé.

Il lui souriait.

– Menteuse, va...

Il portait son panier d'osier. Il en sortait deux petites boîtes de polystyrène blanches.

– Je vous ai apporté des glaces, aujourd'hui.

Elle jetait malgré elle un coup d'œil au nom du traiteur, sur l'étiquette. Elle n'était jamais déçue.

– Par conséquent, ce n'est pas à Malaussène que vous fourguiez vos tatouages, mais à ce quelqu'un d'autre, qui vous a beaucoup parlé de lui.

Cet après-midi-là, ils dégustèrent leurs glaces sans un mot de plus.

*

La fois suivante, il parla plus longuement.

– Donc, vous ne connaissez pas Malaussène. Vous l'avez balancé à la place d'un autre à qui vous fourguiez vos tatouages, et qui le connaît, lui. C'est là l'erreur, Marie-Ange. Puisqu'il connaît Malaussène, cet autre, et qu'il le connaît bien – le chien, la mère, les frères, les sœurs –, on va le retrouver vite fait.

Elle avait reposé sa tasse sans la finir.

Titus avait léché le sucre au fond de la sienne.

– Une initiative à vous, pas vrai ? Il ne vous avait pas donné la consigne de balancer Malaussène, l'autre, au cas où vous vous feriez gauler. Il avait raison. Ce n'est pas une piste que vous nous avez ouverte, Marie-Ange, c'est une autoroute.

Et, juste avant de sortir :

– Tenez. De la part de ma femme.

Il avait déposé trois rectangles de soie sur sa couche de Justice.

*

– Ah ! l'amour, l'amour ! L'amour et le mensonge... Il faut que vous l'ayez sacrément dans la peau, ce type, pour faire une erreur pareille, vous, si contrôlée. Ça ne vous suffisait pas de le couvrir par votre silence, il fallait encore dénoncer quelqu'un à sa place. Et que ce cadeau lui fasse plaisir. Malaussène... Il le déteste tant que ça ?

Elle continuait de boire son thé, bravement.

– Alors, je me suis dit autre chose. Si vous êtes capable de faire un truc pareil pour ce chanceux, c'est que vous pouvez beaucoup plus.

Elle n'avait plus d'autre solution que cette bravoure : boire son thé, manger les petits fours en se léchant le bout des doigts.

– Vous accuser à sa place, par exemple.

Là, elle avait reposé la tasse et la soucoupe avant qu'elles ne tremblent dans ses mains.

– Vous n'êtes pas le chirurgien, Marie-Ange. Ce n'est pas vous.

Ses yeux ne livraient toujours rien, mais elle ne savait plus que faire de ses mains. Elle les essuya, dans un carré de batiste blanche.

– C'est lui, le chirurgien. C'est l'autre, là. C'est à lui que vous apportiez le corps de Cissou la Neige, la nuit où on vous a cravatée. Le plan de Belleville sur la peau d'un homme : un chouette cadeau pour un amateur. C'était son anniversaire, ou quoi ?

Titus remplissait la tasse dès que Marie-Ange la reposait.

– Vous êtes sa rabatteuse, Marie-Ange, c'est tout.

Il ajouta, par une sorte de sympathie :

– Sa rabatteuse préférée.

Titus avait longuement hoché la tête.

– Il a le cœur bordé de nouilles, ce salaud !

*

L'inspecteur Adrien Titus suivait les ravages de la vérité dans le regard de Marie-Ange. De petits obus explosaient dans le ciel de ces yeux, des flammèches retombaient, qui incendiaient ce cœur. Elle aurait sauté à la gorge de tout autre que lui, mais lui, là, ce flic, tout à coup, s'était mis à lui parler de l'homme qu'elle aimait. Sacré flicard ! Un adversaire à leur mesure. Elle ne lui avait rien dit, pas lâché le plus petit renseignement, et voilà que par la seule logique de ses déductions il lui parlait de son amour à elle ! Qu'il remplissait sa cellule de cette passion-là ! Grand devin, le flic au regard de Tatar !

L'inspecteur Adrien Titus aurait volontiers partagé cette opinion. Mais l'inspecteur Adrien Titus se savait un flic de base, nourri de vérité prosaïque. Rien d'un devin, Marie-Ange, non, non, non, désolé... Tout son savoir, toute sa science déductive, il les tenait d'une lettre anonyme, cachée, là, dans la poche intérieure de son blouson, contre sa poitrine.

Que disait cette lettre ?

Cette lettre disait ce que l'inspecteur Titus répétait sous une autre forme à Marie-Ange.

Messieurs de la police,

J'ai le regret de vous informer que vous détenez, en la personne de Mlle Marie-Ange Courrier, la menteuse la plus douée de sa génération et de son sexe. Rien de ce qu'elle vous a dit n'est vrai. Elle n'est responsable d'aucun des crimes dont elle s'accuse. Ses mensonges ne visent qu'à en protéger le véritable auteur.

Si vous ne me rendez pas ma menteuse dans un délai de quinze jours (le cachet de la poste fera foi), je tuerai dès le seizième, et dans vos rangs cette fois-ci. Vous n'imaginez pas comme je m'ennuie sans ma menteuse. Nos vérités sont si déprimantes, messieurs de la police... Toutefois puisque vous y tenez tant, c'est la vérité que je vous propose en échange de Mlle Courrier. Des aveux complets et circonstanciés. Tels sont les termes du marché : libérez le mensonge, et vous glanerez la vérité. Gardez-le aux fers et je tuerai parmi vous. Dès le seizième jour.

Veuillez considérer cette lettre comme un ultimatum.

L'inspecteur Adrien Titus connaissait cette lettre par cœur et n'en aimait pas le style. « Messieurs de la police »... « Mademoiselle Courrier »... « Libérez le mensonge et vous glanerez la vérité »... Un cul propre qui se gargarise. Telle était l'opinion de l'inspecteur Titus. Il ne put s'empêcher de la faire connaître à Marie-Ange. Par des voies détournées.

– C'est lui qui vous habille ?

Oui, ce tailleur rose, c'était lui, et elle ne le portait que pour lui.

– Et la permanente ? C'est une idée à lui, aussi ?

Un casque de respectabilité sur une libre tête de pute. Quelle pitié...

– Du Cacharel revisité... Je suis sûr qu'il parle comme il vous habille, ce gommeux.

Là, tout de même, elle en avait presque sursauté.

– Bon. Voilà qui restreint le champ des investigations, comme on dit : un cul propre qui parle comme il vous habille.

*

Titus faisait son rapport hebdomadaire à Gervaise, en prenant soin de ne choisir ni le jour ni l'heure de Silistri.

– Au début, elle s'est demandé s'il fallait boire le thé avec moi et puis elle s'est dit : pourquoi pas ? Menteuse et joueuse ; tu avais raison, Gervaise, elle aime les duels. Seulement voilà, elle a fait le mauvais choix en acceptant les petits fours. On contrôle moins ses émotions la bouche pleine. L'estomac rejette ce que la cervelle encaisse.

Titus parlait en regardant sans vergogne le ventre de Gervaise. Non, décidément ce n'était pas l'Esprit-Saint qui soufflait dans cette montgolfière.

– Gervaise, fais-moi penser à interroger Silistri quand il aura la bouche pleine.

– Arrête, Adrien. Tu sais bien que ce n'est pas Joseph.

– Je ne sais rien, Gervaise. Mais puisque ce n'est pas moi...

– On dirait que vous le regrettez.

Cette dernière réflexion sortait de la femme de Malaussène. Depuis qu'elle se planquait chez Gervaise, la femme de

Malaussène était devenue son double. A elle seule, elle remplaçait tous les anges gardiens de Gervaise. Titus lui demanda :

– Vous voulez mon poing sur la gueule ?

*

L'après-midi suivant, il avait embrayé sur un autre sujet, en entrant dans la cellule de Marie-Ange.

– Vous savez que je n'ai pas le droit de venir vous emmerder ?

Un point de règlement.

– Je suis interdit d'enquête, Marie-Ange. Vous appartenez à Legendre. Je viens vous trouver en clandé.

Elle l'aidait à mettre le couvert, à présent. Napperons, soucoupes, tasses, petites cuillers, mignonnes serviettes de batiste ouvragées... Tous ces après-midi, ils jouaient à la dînette.

– Et depuis quand les inspecteurs visitent-ils les prévenus dans leur cellule, hein ? Du jamais vu.

Il avait apporté tout un assortiment de confitures rares.

– Ça me coûte un Pascal la visite, notre liaison. Corruption de fonctionnaire. Le prix d'une passe ou d'un psy.

Il remplissait les tasses.

– Le prix de la vérité...

Il avait la délicatesse de ne pas y ajouter ce que lui coûtaient leurs petites agapes.

– Tout ça pour vous dire que vous pouvez me virer si vous voulez.

Apparemment, elle ne le voulait pas.

– D'autant plus que les « méthodiques de Legendre » ne me croient pas. C'est vous qu'ils croient.

Mais ils parlèrent d'autre chose, cet après-midi-là.

– Comment avez-vous deviné que Gervaise était enceinte, Marie-Ange ? Uniquement parce qu'elle a dégueulé sur vous ? Ou bien est-ce que les femmes reniflent la maternité chez leurs concurrentes ?

Elle esquissa un sourire dégoûté.

– J'ai un problème, avoua-t-il.

Ce fut à lui de reposer sa tasse. Il réfléchit longuement.

– Je me demande qui est le père.

Elle saisit la théière et le servit. Elle avait les doigts idoines. Elle maintenait le couvercle avec délicatesse.

– Merci, dit-il.

Il demanda :

– Vous n'auriez pas une petite idée sur la question ?

Elle le regardait.

– Moi si, dit-il enfin.

Elle était très intéressée. Soulagée qu'il s'occupât enfin de quelqu'un d'autre.

– Un soupçon atroce. J'en dors pas la nuit.

C'était vrai : les traits tirés, le teint bistre, les paupières plus fendues que d'habitude, le regard plus fiévreux, plus méchant aussi. Une fureur d'insomniaque.

– Comment expliquez-vous ça, Marie-Ange ? J'enquête depuis des mois sur un snuffer qui coupe les putes en morceaux, j'ai entendu les cris, j'ai vu les cadavres, j'ai visionné des kilomètres d'horreur, j'ai fait ma provision de cauchemars pour le reste de mes jours, et ce qui m'empêche de dormir, c'est de ne pas coincer le propriétaire d'un spermato !

Il leva brusquement la tête.

– Vous voulez que je vous dise qui c'est, ce fumier ?

Mais il partit sans lâcher le nom, suffoquant de rage. La porte de la cellule claqua derrière lui.

58

Le matin du seizième jour, en quittant son domicile de la rue Labat pour se rendre au quai des Orfèvres, l'inspecteur principal Julien Perret, enquêteur méthodique du commissaire divisionnaire Legendre, comme il offrait son dos à un ciel lourd de nuages pour introduire une clef dans la serrure de sa Quinze Citroën (il aimait les voitures de collection), sentit la morsure glacée d'une lame qui lui tranchait la moelle épinière juste au-dessus de la cinquième vertèbre cervicale. L'inspecteur fut instantanément privé de l'usage de ses bras, de ses jambes, et d'ailleurs de toute sensation nouvelle. Aussi n'eut-il pas conscience de ce qui suivit, à savoir son coup de grâce et le transport de son corps dans le coffre de son automobile, laquelle était conduite, non sans une certaine brutalité, par un inconnu auquel il n'aurait jamais consenti à la prêter.

*

Pendant ce temps, et sans rapport avec cette nouvelle affaire, le commissaire divisionnaire Coudrier faisait antichambre devant la porte de son ancien bureau. Une bonne demi-heure qu'il attendait d'être reçu par son gendre. C'était long pour un beau-père, mais pas excessif pour un jeune retraité voué à la patience de la pêche. Ce qui le surprenait dans le nouveau décor, ce n'était pas la disparition du mobilier Empire, ni l'ampleur des modifications apportées par Xavier (c'était le prénom du gendre), mais que tout cela fût à ce point prévisible. Xavier serait toujours Xavier. Baie vitrée, portes de verre, encadrements d'aluminium, lumière, lumière, lumière, et plus un seul visage familier à cet étage de la Maison... Le commissaire divisionnaire Coudrier avait prévu tout cela sur le chemin qui le menait de son hôtel au quai des Orfèvres.

– Vous n'allez pas dormir à l'hôtel, monsieur le divisionnaire, venez à la maison, avait proposé l'inspecteur Caregga en le ramenant de l'aéroport.

– Vous n'êtes pas amoureux, ces temps-ci, Caregga ?

Le cou de l'inspecteur Caregga avait rougi dans son blouson de Normandie-Niemen.

– Alors ne gâchez pas vos chances. C'est déjà bien bon que vous soyez venu me chercher.

Et, avant que l'inspecteur Caregga ne réitérât son invitation :

– A quoi vous emploie-t-on, ces temps-ci ?

– Au service du contentieux, monsieur.

– Le contentieux...

Le commissaire divisionnaire Coudrier avait lui-même connu deux ou trois fois cet incident de carrière, et toujours dans les mêmes circonstances historiques : changement de patron.

– Si vous voulez mon avis, c'est très provisoire, Caregga.

*

– Père, je suis désolé, vraiment, débordé... Les élections, les précautions antiterrorisme, tout ce fatras politique qui vient s'ajouter aux affaires courantes, mais vous connaissez tout ça mieux que moi, asseyez-vous, je vous en prie.

Le commissaire divisionnaire Legendre désignait à son beau-père une sorte de baquet translucide monté sur tubulure de chrome.

« Il me propose un bidet ? »

Le commissaire divisionnaire Coudrier s'y assit avec précaution. Sensation déplaisante. Comme s'il glissait au fond de quelque chose. Il s'accrocha vaillamment à sa vieille serviette de cuir.

– Comment vont Martine et les enfants ?

– Au mieux, père, au mieux. Les jumeaux progressent en allemand. Nous avons fini par opter pour la solution du répétiteur. Cela occasionne quelques frais, bien entendu, mais c'était indispensable. La situation devenait catastrophique.

– Et Malaussène ?

Le commissaire divisionnaire Coudrier avait posé la question exactement comme s'il se fût agi d'un troisième petit-fils.

Silence de l'autre côté du bureau de verre.

– Combien de chefs d'inculpation sur les épaules, cette fois-ci ? insista le divisionnaire Coudrier.

Ce n'était pas suffisant pour briser la glace.

– La dernière fois que j'ai eu à m'occuper de Malaussène, continua-t-il, on le soupçonnait d'avoir éliminé le fiancé de sa sœur Clara et d'avoir envoyé une lame trancher la gorge d'un certain Krämer à la prison de Champrond. C'était un tout petit score pour lui. Les fois précédentes...

– Père !

– Oui ?

Le commissaire divisionnaire Legendre plaça beaucoup d'espoir dans la phrase qui suivit.

– Je n'ai pas l'intention de vous parler de Malaussène.

– Pourquoi non ?

L'espoir ne suffirait pas.

– Ecoutez, père...

– Oui, Xavier ?

– Je n'ai pas le temps. Vraiment pas.

Si loin que se portassent les souvenirs du divisionnaire Coudrier, Xavier n'avait jamais eu de temps à lui consacrer. Pas de temps non plus pour Martine. Et pas davantage pour les enfants. A croire que Xavier s'était laissé avaler par le temps en sortant du ventre de sa mère. Entrait-on dans une pièce où il se trouvait seul, il se dressait d'un bond, comme si on venait de le surprendre aux chiottes. Pas le temps... Un gros rêve de carrière avait dévoré tout son temps. Pas de temps, mais un solide appétit.

– Et moi qui ai fait tout ce voyage pour vous apporter quelques informations...

– Le dossier Malaussène est parfaitement bouclé, père. Mes services n'ont plus besoin d'informations.

– Des services de police qui n'auraient pas besoin d'informations ? Une authentique révolution ! Félicitations, Xavier !

Le divisionnaire Legendre aurait voulu retenir les gouttelettes de sueur qui pétillaient sur son front. Rien à faire. Depuis toujours le regard de ce beau-père au ventre rond et à la mèche graisseuse le faisait suer. « C'est lui l'obèse, et c'est moi qui transpire ! » L'impeccable calvitie de Xavier abritait ce genre de pensée, oui. « Tant pis, se dit-il enfin, tant pis, puisqu'il y tient tant, allons-y. »

*

LEGENDRE : Ecoutez, père, le cas Malaussène ne se limite pas à l'affaire du Vercors. Le juge Képlin a décidé de déterrer les anciens dossiers et de diligenter de nouvelles enquêtes.

COUDRIER : Je vois.

LEGENDRE : Je suis navré.

COUDRIER : Navré ? Pourquoi donc, grand Dieu ?

LEGENDRE : Je veux dire... ce n'est pas à mon initiative...

COUDRIER : Je n'en doute pas une seconde, Xavier. Alors ? Du nouveau ?

LEGENDRE : Pas précisément. Mais de sérieuses zones d'ombre...

COUDRIER : Par exemple ?

LEGENDRE : Le suicide du divisionnaire Cercaire, il y a quelques années. Malaussène se trouvait dans la maison de l'architecte, à ce moment-là. Il y a des témoins parmi ses collègues de bureau.

COUDRIER : Autre chose ?

LEGENDRE : Père, croyez-moi...

COUDRIER : Autre chose, Xavier ?

LEGENDRE : ...

COUDRIER : ...

LEGENDRE : L'affaire des bombes dans le Magasin. Pas trace de coupable dans vos conclusions. Or, Malaussène se trouvait sur place à chaque meurtre. Six morts, père !

COUDRIER : Et puis ?

LEGENDRE : Père, je vous en prie, la liste est longue et le temps me manque, sincèrement.

COUDRIER : ...

LEGENDRE : ...

COUDRIER : ...

LEGENDRE : ...

COUDRIER : ...

LEGENDRE : Ecoutez, père, je ferai ce que je pourrai, mais il faut que vous compreniez une chose : les temps ne sont plus ce qu'ils étaient. Beaucoup trop d'« affaires » accumulées, ces dernières années, beaucoup trop de coupables couverts ou miraculeusement dédouanés. Cela jette un tel discrédit sur nos institutions que la démocratie elle-même s'en trouve menacée... Les exigences de transparence...

COUDRIER : Comment dites-vous ?

LEGENDRE : Quoi donc ?

COUDRIER : Ce dernier mot...

LEGENDRE : La transparence ?

COUDRIER : Oui, la transparence, qu'est-ce que c'est que ça, la transparence ?

LEGENDRE : ...

*

– La transparence est un concept imbécile, mon garçon. Inopérant, à tout le moins, quand on l'applique à la recherche de la vérité. Imaginez-vous un monde transparent ? Sur quoi se découperait-elle, votre transparente vérité ? Seriez-vous un admirateur de ce... Barnabooth... Xavier ? La transparence est un concept d'escamoteur !

– Père...

– Foutez-moi la paix et écoutez-moi jusqu'au bout, je suis en train de vous rendre un service inestimable. Ce n'est pas votre vocabulaire de panoplie qui changera les mœurs de ce pays. La vérité humaine est opaque, Xavier, voilà la vérité ! Vous vous ridiculisez, avec votre *transparence* ! Si je vous laisse faire, vous pleurnicherez bientôt sur l'*exclusion*, après avoir flanqué tous mes hommes au rancard ! Il ne suffit pas d'être du bon côté des nouveaux mots, mon gendre ! Il en faut un peu plus pour éviter les gros emmerdements...

Le commissaire divisionnaire Coudrier s'interrompit net.

– Il y a du café dans votre turne ? Non ? Vous avez exclu ma cafetière avec le reste ? Trouvez-moi un café ! Non, deux. Vous en boirez avec moi ! Sans sucre !

L'ordre fut passé au dictaphone. Une pièce tomba quelque part dans la fente d'une machine automatique.

L'œil du beau-père flamboyait.

– Vous imaginez que je ne vous ressemble pas, Xavier ? La première fois que j'ai vu débarquer ce Malaussène dans mon bureau, vous croyez que je n'ai pas eu la même réaction que vous ? L'aubaine ! Un vrai tueur en série ! Je serai bientôt assis à la droite du ministre ! C'est bien ce qui vous anime, pas vrai ? La droite du ministre... dites le contraire !

Le divisionnaire Legendre cligna des yeux.

– Qu'est-ce que c'est que cette lampe sur votre bureau ?

– Halogène.

– Halogène... Il ne fait pas assez clair comme ça ? *Mehr Licht, Mehr Licht*, toujours plus de lumière, monsieur le germaniste ? D'accord. Pour qui allez-vous voter ?

– Pardon ?

– A la présidentielle. Pour qui voterez-vous ?

Interrogé sur tous les sujets par une brusque multiplication de beaux-pères, le divisionnaire Legendre cherchait un deuxième souffle. L'arrivée du café sonna la fin du round.

– Taisons-nous pendant le café.

Ils se turent. La cafetière n'était pas Elisabeth. La cafetière portait sa jupe très au-dessus de ses jambes.

Le divisionnaire Coudrier reposa le gobelet vide sur le bureau de son gendre.

– C'était du café ? demanda-t-il.

Et, de nouveau :

– Alors, pour qui voterez-vous ?

– Eh bien, c'est-à-dire, je n'ai pas encore tout à fait...

– Compris. Ne sortez pas de votre isoloir, mon petit Xavier, il y a risque de transparence...

Puis, sans transition :

– Vous avez repéré des « zones d'ombre » dans mes dossiers, dites-vous ? Vous avez raison. Pour ce qui est du coupable dans l'affaire des bombes au Magasin, par exemple... le nom du coupable ne figure pas au dossier, c'est vrai.

Il débouclait les sangles de sa vieille serviette.

– Et ce n'est pas Malaussène.

Il en sortait une chemise de carton vert Empire.

– Vous tenez à savoir qui c'est ?

Avant que Legendre ait pu répondre, le nom tombait sous ses yeux, éclatantes anglaises dans l'éblouissement halogène.

Le silence qui suivit ouvrit sur un murmure à peine audible :

– Non ! Ce n'est tout de même pas... le... notre...

– Votre candidat ? Non, mon garçon, c'est son oncle... côté paternel ! Même famille. Même nom. Vous trouverez tous les détails dans le dossier.

Mais les doigts du commissaire divisionnaire Legendre se tenaient à distance respectueuse de ce dossier.

– Une petite envie de transparence, Xavier ? Décrochez votre téléphone et appelez votre ministre. Vous ne lui apprendrez rien, il sait tout ça par cœur. Mais ce n'est pas à sa droite que vous vous retrouverez, ni à sa gauche, mon cher, ni même ici, c'est à la trappe. *L'exclusion*. Comme mes hommes et ma cafetière ! Allez, appelez-le !

Le divisionnaire Coudrier avait aboyé ce dernier ordre.

– Appelez-le, Xavier. Un peu de transparence, que diable !

– Père...

– Appelez-le !

Ce fut le téléphone qui appela le divisionnaire Legendre. Une sonnerie qui le figea sur place.

– C'est peut-être lui ! C'est peut-être votre ministre de tutelle. Décrochez.

Sonneries.

– Décrochez, bon Dieu ! Ces appareils nous cassent les tympans !

Ce n'était pas le ministre. A en juger par la décomposition du divisionnaire Legendre, c'était pire, ou presque.

– Quand ?... Où ?... La médico-légale est sur place ?

Puis, téléphone raccroché, et se levant précipitamment :

– On vient de tuer un de mes hommes. Excusez-moi, père, il faut que j'y aille.

– Je vous accompagne.

*

Décidément le temps ne souhaitait pas se lever. Une brume filandreuse traînassait entre les quais de la Seine. La tête du médecin légiste Postel-Wagner émergea du coffre de la Citroën noire.

– Tiens, vous êtes là, Postel ? Vous n'avez pas été exclu ? Vous avez eu plus de chance que le buste de mon Empereur.

Il y avait un cadavre dans le coffre de la voiture. Mais un discret sourire, malgré tout, sous la moustache du médecin légiste Postel-Wagner.

– Heureux de vous revoir, monsieur le divisionnaire.

On avait bloqué les accès au quai. Les gyrophares distribuaient une lueur de deuil. Pas une sirène. Pas un mot. La consternation de la Maison à la perte d'un des siens.

– Qui était-ce ? demanda le divisionnaire Coudrier.

– L'inspecteur Perret, répondit le divisionnaire Legendre.

– Perret ? demanda le divisionnaire Coudrier.

– Un nouveau, admit le divisionnaire Legendre.

– Section de la moelle épinière au niveau de la cinquième cervicale, expliqua le médecin légiste. Le coup de grâce a été donné par perforation du cœur, sous l'omoplate, là. Un seul coup. Ça s'est passé il y a une heure environ.

– Et l'assassin a garé la voiture juste devant la Maison... commenta le divisionnaire Coudrier. Un froid salaud.

– Qui nous a prévenus ? demanda le divisionnaire Legendre.

– Téléphone, patron, une voix au téléphone, répondit un jeune inspecteur sans quitter le cadavre des yeux.

– Sur quoi travaillait-il, ce Perret ? demanda le divisionnaire Coudrier.

– Sur l'affaire Malaussène, répondit le divisionnaire Legendre.

– Laquelle ? demanda le divisionnaire Coudrier.

– Père, je vous en prie...

– Il y a autre chose, fit le jeune inspecteur, un message épinglé à sa veste.

– Donnez.

Coudrier avait tendu la main – simple réflexe professionnel – mais Legendre intercepta.

Messieurs de la police, nous voici au matin du seizième jour. Le cachet de la poste fait foi. Considérez la présente comme le renouvellement de mon ultimatum. Même durée.

Le divisionnaire Legendre ne semblait pas en croire ses yeux.

– Eh oui, il va peut-être falloir vous résoudre à lui rendre sa menteuse, murmura le divisionnaire Coudrier à son oreille.

Les quelques mots prononcés par son beau-père mirent un certain temps à traverser la stupeur du divisionnaire Legendre.

– Qu'est-ce que vous venez de dire ?

– La suite dans votre bureau, Xavier. Croyez-moi, c'est préférable pour tout le monde.

*

Les éclats de voix traversaient la porte de verre, se répercutaient sur les murs, au point qu'on dut bloquer les accès de l'étage, comme tout à l'heure ceux du quai.

Le divisionnaire Coudrier brandissait sous le nez de son gendre la lettre qui annonçait on ne peut plus clairement l'assassinat d'un policier.

– Vous avez reçu cette lettre de menace et vous n'en avez tenu aucun compte, c'est tout ce que je vois ! tonnait le divisionnaire Coudrier. Et un de vos hommes vient de payer l'addition !

– Père, pour la dernière fois, comment connaissez-vous l'existence de cette lettre ? Dois-je penser...

– Oui ? murmura tout à coup le divisionnaire Coudrier, penser quoi ? Que devriez-vous penser, mon gendre ?

Le divisionnaire Legendre en eut le souffle coupé. Suffoqué par la nature même de ses soupçons.

– Penser que je manie le bistouri, par exemple ? Penser que j'ai remisé mes cannes à pêche et que je suis venu vous trouver au volant d'une Quinze Citroën ? C'est ça ?

– Non évidemment, non, père...

– Pourquoi, évidemment ? Depuis quand une tête de flic abriterait-elle une évidence ? Ça pourrait très bien être le cas, après tout ! J'y tiens, moi, à ce Malaussène ! Il aurait fait un gendre idéal, ce Malaussène ! Je serais bien fichu de zigouiller toute votre équipe pour le faire sortir de taule !

– Père, ce n'est pas ce que je voulais...

Le poing du divisionnaire Coudrier s'abattit sur le bureau de verre.

– Mais si, c'est ce que vous vouliez dire ! C'est *ce que vous auriez voulu vouloir* !

Il se calma, tout à coup. Il s'était fait mal en cognant sur ce foutu bureau. Il ajouta, mezza voce :

– Seulement il faut de la volonté, pour ça.

*

LEGENDRE : ...

COUDRIER : ...

LEGENDRE : ...

COUDRIER : Je ne vous aime pas, Legendre ; cela tient moins

au malheur de ma fille et à la solitude morale de mes petits-enfants qu'au fait que vous m'ayez contraint à endosser l'uniforme grotesque de beau-père.

LEGENDRE : ...

COUDRIER : C'est quelqu'un de chez vous qui m'a fait parvenir la photocopie de cette lettre. Un effet de la *transparence*, mon cher.

LEGENDRE : ...

COUDRIER : Avez-vous au moins songé à en faire analyser l'écriture ?

LEGENDRE : ...

COUDRIER : Non, évidemment. Vous avez tout de même remarqué qu'elle était manuscrite ? Une écriture intéressante, Legendre...

LEGENDRE : ...

COUDRIER : Le même genre d'écriture traficotée qu'on a utilisé pour écrire les lettres du docteur Fraenkhel... en imitant grossièrement celle de Malaussène.

LEGENDRE : ...

COUDRIER : ...

LEGENDRE : ...

COUDRIER : Il faudra vous y faire, mon pauvre, ce Malaussène est d'une innocence déprimante. Et si vous voulez arrêter votre tueur en série, le vrai, vous avez tout intérêt à mouiller la chemise. Faute de quoi, il dégommera votre fine équipe comme à la foire.

LEGENDRE : ...

COUDRIER : ... et votre carrière s'en ressentira.

LEGENDRE : ...

COUDRIER : À supposer que vous en sortiez vivant.

LEGENDRE : ...

COUDRIER : Je n'ai pas de conseils à vous donner, Legendre, mais, dans votre situation, il me paraît suicidaire de maintenir les inspecteurs Titus, Caregga et Silistri au fond de votre tiroir.

*

Sur le pas de la porte, il dit encore :

– Ah ! oui, j'allais oublier cette affaire : le suicide du divisionnaire Cercaire.

Il ouvrit de nouveau la vieille serviette en peau de vache et en sortit une enveloppe.

– Tenez.

Il tendit l'enveloppe sans faire un pas en avant. Le divisionnaire Legendre mit sa dernière énergie à se porter au niveau de son beau-père.

– Qu'est-ce que c'est ?

– Les aveux de l'inspecteur Pastor.

– L'inspecteur Pastor ?

– Oui, l'inspecteur Pastor... un autre caractère que le vôtre, mon pauvre.

59

La vie de M. Lehmann se compliqua de plus en plus. Les fantômes s'acharnaient. Les fantômes lui adressaient la parole à toute heure du jour ou de la nuit, avec une préférence marquée pour les lieux les moins prévisibles. Lehmann demandait-il l'addition de ses pastis dans un bar, une main y avait tracé trois mots, presque rien :

« *Paraît que Cazo n'est pas arrivé.* »

Lehmann se ruait sur le garçon, son addition à la main.

– Qui a écrit ça ?

Le garçon se dégageait.

– Calme ! C'est votre copain, là, près du flippeur.

– Où ça ?

Pas de copain, évidemment.

– Il s'est taillé. Il voulait vous faire une surprise.

Lehmann allait-il restituer sa peur contre la céramique des toilettes, son regard, errant parmi les graffiti prometteurs, tombait sur une question anodine :

« *Ah ! oui ? Avec une lampe torche ?* »

Dans la rue, des enfants monstrueux surgissaient devant lui :

– *Tu es dans le coup, toi ? Tu es dans le coup, toi ? Tu es dans le coup, toi ?*

Il renonça vite à poursuivre les enfants.

Il ne fréquenta plus les cafés.

Il ne fréquenta plus les latrines.

Il compissait les murs de la ville.

Il ne fréquentait plus rien.

Il envisageait de ne plus se fréquenter lui-même.

Un maquereau italien s'en inquiéta auprès d'un inspecteur de police à moitié italien lui-même.

– Arrêtez le massacre, Silistri, il va se flinguer, votre client.

L'inspecteur Silistri n'envisageait pas cette hypothèse.

– Ce n'est pas souhaitable pour toi, Pescatore.

– Je n'y pourrai rien. Il devient dingue. S'il ne trouve pas une corde pour se pendre, il va s'arrêter de respirer, tout simplement.

L'inspecteur Silistri tenait à l'existence de ce M. Lehmann.

– Bon. On va essayer un dernier truc.

Le dernier truc offrit une résistance aux pieds de Lehmann lorsqu'il se glissa, ce soir-là, dans le sac de couchage qui lui tenait lieu de lit, sous la cage d'escalier d'un immeuble condamné, rue de Tourtille. Lehmann marmonna, sortit du sac pour y plonger sa tête et ses mains. Il en ramena un boîtier de plastique, froid sous ses doigts. Il dut sortir, en quête d'un réverbère, pour identifier la chose. C'était une cassette de magnétophone. L'étiquette était on ne peut plus explicite : « *L'exécution du gosse a été enregistrée, il faut prévenir les autres.* »

*

L'effet fut immédiat. Soudainement libéré de ses fantômes, oubliant toutes les consignes de prudence qu'il avait respectées jusque-là, songeant peut-être que ses amis couraient un danger immense s'il ne les prévenait pas, ou pensant peut-être aussi que ce mot manuscrit émanait de quelqu'un de la bande, Lehmann se rua dans Paris.

En cas de panique, on ne s'accroche plus aux sonnettes, de nos jours, on presse sur le bouton des parlophones jusqu'à enfoncer son bras dans une bouillie de plastique et de béton.

Une drôle de voix répondit à la sonnerie de Lehmann.

– Qu'est-ce que c'est ?

Une voix peu amène et pourtant roucoulante. Féminine, aussi.

– C'est moi, c'est Lehmann !

– Qu'est-ce que tu fous là, on avait dit...

– C'est toi qui m'as envoyé la cassette ?

– Quelle cassette ? Je ne...

– Ouvre, c'est grave ! Il faut l'écouter, il faut...

Il y eut un déclic.

Lehmann disparut dans l'obscurité du hall.

A côté du bouton sur lequel Lehmann venait de se jeter, l'inspecteur Silistri lut un nom curieusement inoffensif, un nom médiéval, une aubaine pour troubadour : Pernette Dutilleul.

*

L'inspecteur Silistri n'avait rien d'un troubadour. Une fois appréhendée, Pernette Dutilleul livra assez vite le nom d'un certain Cazeneuve (autrement appelé Cazo) qui crut devoir résister aux inspecteurs Caregga et Silistri, ce qui lui valut une balle dans le coude droit – rébellion armée – et une autre dans la saignée du genou gauche – délit de fuite. Si Lehmann était retraité, Dutilleul et Cazo travaillaient au mensuel *Affection*, organe de la presse médicale, dirigé par un certain Sainclair. Sainclair, Cazeneuve, Lehmann et Dutilleul avaient un point commun : tous les quatre officiaient au Magasin, du temps où Benjamin Malaussène y remplissait la fonction controversée de bouc émissaire. Lorsque les inspecteurs Caregga et Silistri se présentèrent au domicile de M. Sainclair, l'appartement était vide. Lorsqu'ils perquisitionnèrent au siège du mensuel, Sainclair ne s'y trouvait pas davantage. Le magazine ne devait guère souffrir de cette vacance directoriale : les numéros des quatre mois suivants étaient bouclés, et les sujets ne manquaient pas pour l'avenir. Entre autres articles prévus, l'inspecteur Silistri releva la liste suivante :

« Les maladies dans l'histoire du cinéma », numéro spécialement conçu pour célébrer le centenaire de cet art.

« Le tatouage et ses motivations. »
« La chirurgie plastique comme un des beaux-arts. »
« Le mensonge, pathologie ou art de vivre ? »
« La greffe criminelle. » (Où l'on étudiait les effets psychologiques des transplantations d'organe, sur fond d'une affaire récente dont un certain Malaussène était le héros peu recommandable.) L'article, préparé à l'avance, anticipait largement sur un procès qui n'avait pas encore eu lieu.

Chacun de ces sujets passionna l'inspecteur Silistri. Les deux derniers tout particulièrement. D'autant plus qu'une autre perquisition, effectuée au domicile de Sainclair, livra aux inspecteurs la photo d'une belle fille aux yeux verts et au tailleur rose, connue des services de police sous le nom de Marie-Ange Courrier et dotée d'une solide réputation de menteuse.

*

Le télégraphe étant coupé entre Titus et Silistri, les informations transitaient par Gervaise. En sorte que l'inspecteur Titus savait beaucoup de choses en pénétrant dans la cellule de Marie-Ange, cet après-midi-là.

– J'ai une mauvaise nouvelle, Marie-Ange.

L'inspecteur Titus ne savait comment s'y prendre.

– C'est embêtant pour vous.

Il posa le Thermos sur la petite table scellée.

– Du chocolat, aujourd'hui. Du meilleur ! Tablette fondue dans la patience du maître queux. Avec la petite pointe de café, juste à la fin.

Et les cuillers étaient en vermeil.

– Je suis rentré en grâce, Marie-Ange.

Elle le regarda très fixement.

– Oui, ça ne gazait plus entre Legendre et ses méthodiques. Alors on m'a sorti du trou.

Il voulut la rassurer.

– Mais je suis à l'essai, hein ! Période probatoire. Encore faut-il que je résulte.

Pour accompagner le chocolat, il avait apporté une collection de petits sablés flamands, blonds comme des plages.

– L'intérêt de la chose c'est que je vous visite gratis, à présent. J'économise du Pascal. Et vous ne pouvez plus me jeter. Préférez-vous qu'on se rencontre à la salle d'interrogatoire ? Conformément au règlement, je veux dire...

Visiblement, elle ne préférait pas. Une petite salière entre les doigts, Titus saupoudrait le bol de Marie-Ange.

– Un voile de chocolat amer par là-dessus...

Il la servait avec application. Il aurait aimé qu'elle s'imaginât assise à une terrasse qui aurait donné sur le jardin du Luxembourg, par exemple.

– Je n'aime pas la prison.

Titus disait vrai. Mais ça lui avait échappé. Il décida de profiter de cette étourderie.

– Et je n'aime pas vous savoir en taule à la place d'un autre.

Complètement raté. Il n'aurait jamais pensé qu'une femme pût mettre tant de mépris dans un sourire. Il corrigea aussitôt le tir :

– Je veux dire que je préférerais vous savoir tous les deux dans la même cellule.

Le sourire de Marie-Ange changea de nature.

– Vous croyez qu'un amour résisterait à ça ? Vieillir en cellule ?

Le sourire de Marie-Ange s'estompa.

– Ma cousette et moi on n'y résisterait pas, en tout cas. Même nous ! Et c'est tout dire, on a résisté à tout.

Le sourire de Marie-Ange avait disparu. Marie-Ange se foutait des amours de Titus.

– Non, non, vous avez raison, tout compte fait, il vaut mieux qu'il soit dehors et vous dedans.

Elle respira profondément. Elle se retenait pour ne pas lui mordre les yeux.

– Notez, il y a pire ! Se retrouver en cabane pour rien, par exemple. Comme ce Malaussène... que vous ne connaissez pas.

L'évocation de Malaussène en taule la calma, un peu. Et puis elle devait se forcer à la patience avec l'inspecteur Titus. Ce type lui avait appris pas mal de choses.

Il lui en apprit d'autres.

– Il a vraiment pas de pot, le Malaussène ! Il est tombé dedans à la naissance, c'est pas possible ! Figurez-vous que vous n'êtes pas la seule à vouloir le faire plonger. Une autre équipe lui a collé un tombereau de cadavres sur les endosses. Comme quoi il aurait dynamité une famille, dans le Vercors, haut lieu de la Résistance. Eh bien, c'était pas vrai, dites donc ! C'était faux, même. C'était eux, quoi. On les a cravatés, la semaine dernière. Deux hommes et une femme. Ils bossaient pour le mensuel *Affection*. Vous connaissez ?

Elle respirait à peine.

– Il paraîtrait que le patron est dans le coup, lui aussi. Sainclair, il se nomme...

Quelque chose en elle se tendit.

– Mais il a réussi à se tailler.

Quelque chose en elle se détendit.

Titus la regardait, par-dessus une bouchée.

– Parce que j'ai fait le lien, évidemment. J'arrive pas à croire que des gens qui ne se connaissent pas entre eux cherchent à faire plonger le même inoffensif glandu à tête de bouc. Le hasard ferait trop mal les choses. Il y a forcément un lien entre les deux affaires. La vôtre et la leur, je veux dire. D'autant plus qu'eux, ils le connaissent bien, Malaussène. Alors, ces dynamiteurs du Vercors, ce serait pas des amis à vous, des fois, Marie-Ange ? Sincèrement... Même de vagues connaissances ? Non ?

Non, non, elle ne voyait pas, non.

– Lehmann, Dutilleul, Cazeneuve et Sainclair, ça ne vous dit rien ?

Non, pas davantage avec leurs noms.

Titus se fendit d'un large sourire de soulagement.

– Eh bien, tant mieux ! Parce que si vous voulez mon avis, c'est du pas fréquentable.

Le chocolat était plus épais au fond du Thermos. Un fond

de tasse pour chacun d'eux. Et un dernier petit sablé. Qu'il lui donna. Mais qu'elle partagea, en deux parts égales.

– Merci, dit-il.

Puis :

– Ça ne fait rien, je reste avec mon problème sur les bras, moi.

Une pause.

– Vous savez, le père du spermato...

Il se rembrunit.

– Ce qui me déglingue, c'est que j'ai beau tourner autour du pot, je ne vois qu'un papa possible. Un seul.

Son front devenait lisse, dans la fureur.

– Je ne comprends pas comment ce salaud a pu faire ça à Gervaise ! Lui ! A Gervaise ! Merde !

Elle avait une croûte de chocolat à la commissure des lèvres.

– Excusez-moi. Je casse l'ambiance dès que j'imagine ce spermatozoïde à tête chercheuse. Vous avez du chocolat, là, au coin de...

Il avança le bras, essuya la trace du bout de son pouce. Elle ne recula pas. Depuis toutes ces semaines, c'était la première fois qu'il la touchait.

– Il faut que j'y aille.

Il se leva.

– L'inconvénient, dans ma nouvelle situation, c'est que j'ai un rapport à pondre après chaque visite.

Elle l'aida à ranger la vaisselle sale dans le panier d'osier.

Au seuil de la cellule, la porte venant de s'entrouvrir, il dit encore :

– Ah ! J'oubliais. On va bientôt libérer Malaussène. Legendre et le juge Képlin ne sont pas trop d'accord, mais on est en train de leur faire une raison.

60

C'est Coudrier en personne qui est venu me chercher à la maison d'arrêt, jusque dans ma cellule. Le fait n'est pas courant et le petit caporal devait être redouté dans la boutique si j'en juge par les câlineries dont j'ai bénéficié une semaine avant sa visite : cellule individuelle, décor fraîchement repeint, literie de palace, ordinaire gastronomique, lecture à gogo, vitamines à toute heure, un vrai cauchemar de contribuable méritant. Quand on frappait à ma porte, c'était pour me demander si je ne manquais de rien. Il a fallu que j'insiste pour refuser la télé, la lampe à bronzer et l'attirail body-buildeur.

– Si je vous avais su dorloté à ce point, je ne serais pas sorti de ma retraite pour vous tirer de là, a ironisé Coudrier en m'extrayant de mon cocon.

Et aussi, pendant que l'inspecteur Caregga nous conduisait vers la liberté :

– J'ai toujours pensé que vous aviez le bras long, Malaussène...

Le monde n'avait guère changé pendant ces mois d'ombre. Des têtes présidentiables défilaient sur les affiches électorales, mais c'étaient les mêmes depuis toujours. Combien aurait-il fallu que je prenne pour trouver cette basse-cour renouvelée ? Trente ans incompressibles ? Très insuffisant. D'un autre côté, je n'étais pas mécontent de les revoir, ces gueules d'affiches : elles n'avaient toujours rien dans les yeux, mais le ciel était vaste au-dessus de leurs têtes.

– Caregga et Silistri ont arrêté l'équipe du Vercors, annonça Coudrier au milieu de ma rêverie. Ils œuvraient pour Sainclair.

J'ai demandé, mais comme en songe :

– Sainclair ? Le Sainclair du Magasin ?

– Oui, et le Sainclair d'*Affection*, développa Coudrier. Celui à qui vous avez fait perdre sa place au Magasin il y a quelques années, et celui que vous avez dérouillé il y a quelques mois. On dirait que l'inspecteur Caregga est entré dans la police uniquement pour vous tirer des pattes de Sainclair, Malaussène. Dites merci à l'inspecteur Caregga.

– Merci, Caregga.

– Pas de quoi, a répondu Caregga dans son rétroviseur, vous m'avez sorti du service contentieux.

Les promesses électorales continuaient à défiler. Les murs de Paris célébraient aussi le premier centenaire du cinématographe. Le soleil ensoleillait. Les bourgeons bourgeonnaient. Sur les trottoirs, les pigeons pigeonnaient.

Coudrier y est allé de son explication.

– Vous avez été infiltré, Malaussène. Quand votre frère Jérémy a embauché Lehmann pour jouer son propre rôle dans sa pièce de théâtre, il a introduit le loup dans la bergerie. Lehmann a appris des choses, chez vous. En particulier que Julie était l'héritière du vieux Job Bernardin. Cette histoire de Film Unique l'a beaucoup intéressé.

Alors comme ça, c'est l'heure du dénouement ? J'ai ressenti une immense lassitude, tout à coup. Qui ? Pourquoi ? Comment ? Quelle importance... Il faudra que j'en touche un mot à Jérémy. Voilà ce que je me disais dans la voiture qui me ramenait chez moi... Mettre Jérémy en garde contre les séductions du dénouement.

– Tout a commencé quand votre amie Suzanne, la patronne du Zèbre, a exclu le Roi des Morts-Vivants, quand elle lui a interdit d'assister à la projection du Film Unique, si vous préférez.

Etrange indifférence, tout de même. Moi qui venais de passer des mois à baratter cette infamie dans la prison de ma tête, j'avais juste besoin de sommeil, à présent. Dormir. Chez moi. Entre les seins de Julie. La fenêtre ouverte sur les marronniers.

– Vous m'écoutez, Malaussène ?

Je lui ai fait signe que j'écoutais, mais je ne pouvais lâcher des yeux le défilé du grand extérieur.

– Lehmann a pensé qu'il y avait de l'argent à se faire en proposant une projection privée au Roi des Morts-Vivants, continuait Coudrier. Il s'en est ouvert à Sainclair qui est allé trouver le Roi. Le Roi n'a pas dit non. Lehmann, Cazeneuve et Dutilleul ont cambriolé la maison du Vercors pendant que le vieux Bernardin et son fils enterraient Liesl en Autriche. Quand le Roi a vu le film, il en a voulu davantage : l'acheter, tout simplement, mais en toute légalité, contrat dûment signé. Sainclair s'est fait fort de régler la transaction. Le Roi n'a pas cherché à en savoir davantage. Quelque temps plus tard, il était propriétaire du Film Unique. Un acte de vente tout ce qu'il y a de légal.

Oui...

Oui, oui...

Et je préfère ne pas savoir comment Sainclair s'y est pris pour faire signer le vieux Job.

– Tout le reste est une initiative de la bande. Ils avaient rempli leur contrat, ils avaient empoché leur salaire, ils auraient pu rentrer chez eux. Ils ont choisi de rester là-haut, exprès pour vous, Malaussène ! En écrivant ces fausses lettres de Fraenkhel avec votre écriture, ils vous ont collé un fameux mobile sur le dos. Ils vous attendaient. Ils savaient que Julie et vous monteriez chercher le Film Unique. Le fax du vieux Job, ce sont eux qui vous l'ont envoyé. Ce sont eux qui vous ont volé le camion. La petite de l'auberge et l'étudiant Clément, encore eux. Sainclair avait décrété la mobilisation générale contre vous. Son bras droit, le nommé Cazeneuve, sous-traitait avec deux ou trois bandes amies. C'est fou ce que Sainclair vous apprécie. Il a écrit un long article sur vous : « La greffe criminelle »...

Sans quitter Paris des yeux, j'ai demandé :

– Mais qu'est-ce qu'il a donc de si passionnant, ce sacré film, pour avoir fait tant de morts ?

– Vous l'auriez su, si vous aviez accepté la télévision dans votre cellule, a répondu Coudrier.

– La télé ? Ils ont passé le Film Unique à la télé ?

Cette fois-ci, je m'étais retourné. (En un éclair j'ai vu l'horreur ravager le visage des cinéphiles. Le Film Unique à la télé... Le film du vieux Job chez les réducteurs de tête ! Suzanne, Avernon, Lekaëdec, pauvres de vous !)

Coudrier a confirmé :

– Avant-hier soir, à vingt heures trente sur toutes les chaînes, oui. Pour le centenaire du cinématographe. Il paraît que c'était le vœu de Job Bernardin. Faire de ce Film Unique un événement planétaire... une seule projection, mais pour la terre entière. Le projet a enthousiasmé les Américains autant que les Européens ou les Japonais. Voilà des semaines que la publicité nous présente la chose comme le symbole de la fraternité universelle en cette fin de siècle tourmentée.

J'ai demandé :

– Vous l'avez vu ?

– Par obligation professionnelle.

– Alors ?

– Alors, tout Paris vous en parlera, mon petit. Il n'y a pas d'autre sujet de conversation.

Caregga venait de se garer devant l'ancienne quincaillerie qui nous tient lieu de maison. J'ai regardé la vitrine de la boutique. J'ai posé la main sur la poignée de la portière, mais je suis resté assis à côté de Coudrier. Caregga me regardait, dans le rétroviseur. Coudrier s'est penché. Il a ouvert la portière pour moi.

– Ils vous attendent.

*

Tout le monde m'attendait, oui. Il y avait C'Est Un Ange et Verdun, Jérémy, Julius et le Petit, Thérèse, Louna, Clara, maman et Yasmina, il y avait Amar et la smala Ben Tayeb, il y avait Marty, bien sûr, il y avait Julie, Suzanne et Gervaise. Il y avait quelqu'un dans le ventre de Gervaise, et il y avait du champagne.

Je suis resté debout sur le pas de la porte.

J'ai juste dit :

– Je voudrais dormir. Je peux ?

*

Je pleurais depuis longtemps quand je me suis réveillé.

– Ce n'est rien, Benjamin, murmurait Julie à mon oreille, c'est une petite déprime.

Je pleurais à gros sanglots dans les frondaisons de Julie.

– Il y a des tas de bonnes raisons pour faire une déprime.

Elle me berçait.

– Passer de la taule au bonheur, par exemple.

Elle m'expliquait le phénomène.

– C'est la *pororoca*, Benjamin, la rencontre du fleuve Amazone et de l'océan Atlantique, la collision des sentiments... un raz de marée épouvantable, un boucan inouï !

Je m'accrochais désespérément à ses branches.

– Tu veux que je te raconte ma plus jolie déprime ?

Je me suis endormi une deuxième fois, dans le récit de sa *pororoca* personnelle.

– C'était le lendemain de notre rencontre, Benjamin. Je ne t'ai pas revu pendant des semaines, tu te souviens ? Des semaines de *pororoca*... Ma liberté se cabrait contre mon bonheur. J'ai beaucoup pleuré, beaucoup baisé, beaucoup cassé... et puis tu es venu me chercher... tu as forcé le barrage... tu es remonté jusqu'à ma source... très heureuse, je suis devenue...

Elle riait en silence. Je l'entendais de très loin.

– Très heureuse et très conne...

La reine Zabo censurerait cette métaphore de l'Amazone et de l'Atlantique si elle la trouvait sous la plume de Jérémy. Je l'entends d'ici : « Ce mélange des eaux, mon garçon, c'est de la métaphore saumâtre ! »

61

J'ai fini par sécher mes larmes et la tribu m'a refait une santé. Il y eut les seins de Julie, la voix de Clara, le rire du Petit, la chronique de Jérémy, les bons augures de Thérèse, la langue de Julius, le valium de Louna, le sidi-brahim des Ben Tayeb, le couscous de Yasmina, les compliments de maman – « tu es un bon fils, Benjamin » –, l'amour des aimés, l'amitié des amis... (O le compte de ce qu'on doit!)

Ma guérison n'allait pas de soi. Elle provoqua un conflit de recettes.

– Faut sortir Benjamin, affirmait Jérémy.

– Fokivoidumonde ! renchérissait le Petit.

– Fokisrepose ! objectait Thérèse.

Quant à moi, j'avais pris le parti de me laisser faire. (Un parti qu'on prend facilement, en prison.) A vrai dire, j'aurais volontiers planté ma tente en Julie, mais Julie veillait sur le ventre de Gervaise.

– Je préfère passer les nuits chez Gervaise, on ne sait jamais. Elle se fatigue beaucoup. Elle pourrait bien accoucher d'une seconde à l'autre.

Il fallait compter avec deux Julie, désormais, la mienne et celle de Gervaise.

– Elle est incroyable, tu sais. Ses Templiers sont sur le point de s'entre-tuer, et pourtant elle ne manifeste pas le plus petit désir de savoir qui lui a fait cet enfant, ni comment. Elle s'occupe de ses putes comme si de rien n'était, et ses putes la regardent comme si le propre des vierges était de tomber enceintes. Ce gosse est une étrange évidence, Benjamin. Il a quelque chose de céleste.

Julie me quittait. Elle se levait. Elle se redressait, les deux mains sur les reins, la bouche tordue par une douleur soudaine.

– A demain.

Elle sortait de notre chambre le ventre en avant et les pieds en canard. Elle descendait l'escalier avec prudence, elle traversait la quincaillerie comme lourde de huit mois. Personne ne riait à son passage. Ce n'était plus la risible caricature de Benjamin moi-même en état d'empathie maternelle, c'était la silhouette de Julie lestée par le mystère de Gervaise.

*

Jérémy étant ce qu'il est, on m'a sorti en ville, autant pour me faire oublier mon séjour en prison que pour meubler l'absence de Julie : dîners chez Amar, chez Zabo, chez Marty, chez Théo, chez Loussa, chez Gervaise, chez Suzanne et chez les cinéphiles, restaurant avec Coudrier, soirée silistrienne, rencontre de nouveaux amis à ces tables amies, nouvelles invitations, exponentielle de la sympathie, variété des visages, mais un plat unique au menu de toutes les conversations : le film du vieux Job !

Coudrier avait raison, Paris ne parlait que de ça.

Jérémy ne s'en étonnait pas.

– De quoi veux-tu qu'on cause ? Des élections ? Qui à droite baisera la droite ? Qui à gauche enfoncera la gauche ? Quel écolo bouffera son écolo ? A qui le centre vendra le centre ? Et lequel de ces truqueurs nous en collera pour sept ans ? Des mois que ça dure, Ben, on y a eu droit tout le temps que tu étais embastillé ! Tu veux que je te dise à quoi tu as échappé ? Aux anthropophages associés !

– Le fait est que ce film a sauvé la France de la présidentielle, approuvait la reine Zabo. Ça, au moins, c'était un événement !

Thèse violemment contestée par Suzanne et les cinéphiles.

– Le contraire même d'un événement ! hurlait Avernon. Complètement dénaturé, votre événement. Monté en neige par des mois de pub ! Depuis quand les événements s'annoncent-ils, chère madame ?

– Un *a*vènement, alors...

– Tous les magnétoscopes se sont déclenchés d'un coup à la première seconde de cet avènement, fit observer Lekaëdec. A l'heure qu'il est, le film du vieux Job est un avènement à répétition !

– Un fait culturel, à tout le moins, insistait la reine Zabo.

– Réduit à un produit de culture, corrigeait Suzanne.

– Voulez-vous que je vous dise où est le véritable événement, chère madame ? concluait Avernon : *le véritable événement est que nous soyons les seuls à ne pas l'avoir vu, ce film !*

*

Pas un d'entre eux n'avait consenti à le voir, en effet. Ni Suzanne ni aucun des douze élus. Ils en avaient fait une question de principe. Une forme de fidélité à la mémoire de Liesl et de Job. Eux à qui ce film était destiné, eux qui étaient les seuls regards autorisés par le vieux Job, ils avaient fermé leurs yeux et bouché leurs oreilles à l'heure où la terre entière avalait cette pellicule. Ce soir-là ils avaient retourné leur poste contre le mur et ils s'étaient offert une cuite sauvage dont ils n'avaient émergé qu'une fois les images étouffées par le sommeil de la ville. Ils savaient qu'ils passeraient le reste de leur existence à lutter contre la tentation du magnétoscope, mais ils acceptaient bravement l'épreuve. Cette frustration serait l'ultime combat mené par leur honneur de cinéphiles. Ils ne sauraient jamais rien de ce film : ils en faisaient le serment !

Oui, oui, oui... mais dès le lendemain, ils s'étaient trouvés submergés par les conversations. Un raz de marée qui les surprit derrière chaque porte poussée. Des exclamations d'amis, des commentaires de restaurant, des bavardages de collègues, jusqu'à des opinions de banquiers, des considérations de coiffeur, un morceau du film dans chaque bouche de rencontre. Et dans la presse qu'ils fréquentaient, pas une revue de cinéma, pas un supplément culturel qui leur parlât d'autre chose. Et pas une émission de radio digne de ce nom qui ne commentât l'événement. En une seule représentation, le film du vieux Job était devenu ce que le vieux Job redoutait le plus au monde : un sujet de conversation !

*

Ce fut Julie qui m'en dit l'essentiel.

– Job a filmé l'existence entière de Matthias, c'est tout.

– Comment ça, l'existence entière ?

– Toute la vie de Matthias. De sa naissance à sa mort. De l'accouchement de Liesl...

– A sa mort ? Job a filmé la mort de Matthias ?

– Oui. Et l'accouchement de Liesl.

– Job a filmé l'assassinat de Matthias ?

– Matthias n'a pas été assassiné, il est mort pendant une séance de tournage. Un œdème de Quincke, probablement. Il devait déjà être mort quand l'équipe de Sainclair est venue voler le film.

– Qu'est-ce que ça veut dire, filmer la vie de Matthias ?

– Rien de plus que ce que je te dis. On voit le bébé sortir du ventre de Liesl sur un lit étroit, qui tient de la couchette, presque de la civière, puis on le voit devenir un enfant, toujours nu, sur le même lit rudimentaire, et l'enfant un adolescent, et l'adolescent un adulte, toujours sur le même lit, et l'adulte devient Matthias tel que tu l'as connu, à soixante-quinze ans, au seuil de la grande vieillesse. On ne voit rien d'autre. Personne autour du lit. Le film montre l'évolution de ce corps nu, en un seul plan unique et fixe, sans montage, pour ainsi dire, une seule coulée de pellicules collées bout à bout, sur une profondeur de soixante-quinze années.

– La démonstration de ce que Job enfant voulait dire

quand il affirmait que le cinéma offre le moyen de *saisir le cours du temps*.

– A la lettre. Il a filmé le bébé tous les jours au début (peut-être même plusieurs fois par jour, quelques secondes à chaque prise) puis des séances moins fréquentes mais rapprochées tout de même, pendant la croissance du corps, séances qu'il a dû espacer, la maturité venue, et rapprocher de nouveau, la vieillesse s'annonçant. Un corps qui s'épanouit et qui décline, soixante-quinze années de vie réduites à trois heures de pellicule.

– Alors, c'est ça, le Film Unique ?

– C'est ça, avec le commentaire de Liesl.

– Liesl commente ?

– Un commentaire décalé, où elle ne parle pas une seule fois de Matthias.

Oui. Tout était là. Là était le Film. La voix de Liesl mêlée à l'image de son enfant, et qui racontait le monde tel qu'il évoluait pendant que se métamorphosait le corps de Matthias sous l'œil immobile de la caméra.

– Elle a arpenté les champs de bataille et les salons pendant que Matthias grandissait, elle a tout enregistré, ce n'est pas seulement sa voix, c'est le monde entier qui parle autour de Matthias pendant ces trois heures de film.

– Par exemple ?

– Par exemple, en vrac, la colère de la foule allemande, le 2 avril 1920 pendant l'occupation de Düsseldorf par nos Sénégalais, les hurlements de ces gens pendant que nos troupes désarmaient leur police, la mort de Georges Feydeau, le 5 juin 1921, à Rueil (Feydeau à qui Liesl devait la découverte du magnétophone, je te le rappelle), l'interview d'un certain Adolf Hitler, le 27 janvier 1923, pendant le premier congrès du parti national socialiste à Munich, la déclaration pacifiste d'Einstein, le 23 juillet de la même année, l'enterrement de Lénine en janvier 24, quelques phrases de Breton sur le premier *Manifeste du surréalisme*... Elle était partout, Benjamin, elle a tout saisi de ce qui devait faire l'histoire de ce siècle, jusqu'à notre Sarajevo d'aujourd'hui. Et là, cet après-midi-là, quand elle s'est fait abattre à Sarajevo, on entend le choc des balles dans ses os, un craquement très net, un cri, puis cette phrase : « *Tenez, soyez gentil, retournez la bande ; elle est comme moi, elle arrive à son terme...* » Tu te souviens de cette phrase, non ? A l'hôpital ! Avec Berthold, le chirurgien, quand il est entré dans sa chambre...

*

Tel était le Film Unique de Liesl et du vieux Job, et l'enthousiasme si varié que chacun y allait de son commentaire superlatif. Théo, mon vieux Théo, dans son extase d'homme si femme :

– C'était incroyable, l'éclosion de ce corps, Ben, cet homme fleur qui s'épanouissait et se fanait sous tes yeux, c'était presque insupportable... d'une fragilité d'abord... d'une tendresse... d'un érotisme, cet épanouissement... et ce lent glissement vers l'imprécision de la fin... ces rides, la vieillesse, cette image qui se brouille en se concentrant... j'ai pleuré comme une jouvencelle en entendant cette maman qui parlait d'autre chose...

Une voix qui laissait Loussa de Casamance hors de voix.

– Inimaginable qu'une femme ait à ce point anticipé l'histoire ! D'avoir compris dès les années vingt que le traité de Versailles nous précipitait vers 40, d'avoir senti que la victoire de Monte Cassino (où j'ai perdu ma couille gauche, petit con, je te le rappelle) hâterait la crise algérienne, et comme le bombardement de Haiphong amènerait la boucherie de Diên Biên Phu... d'avoir été présente au coup d'envoi de ces absurdités et à leur point d'aboutissement, sur les champs de bataille et sous les tables de négociations... Ah ! ces interviews de Poincaré l'infiniment stupide ! Ah ! l'européenne humanité de Briand... Ah ! ce hurlement de Hitler : « *Mein Vorhaben, junge Frau ? Das Siegen der Rasse über die Nationen !* » (« Mon projet, ma petite dame ? Le triomphe de la race sur les nations ! »)... Non ce n'était pas quelqu'un d'ordinaire, votre amie autrichienne... C'était la nièce de Karl Kraus, dis-tu ? *Die Falke* en images ! Son mari et elle ont découvert le langage du siècle, il n'y a pas de doute !

Hadouch, lui, ne décolérait pas.

– Vous êtes complètement cintrés, vous autres roumis, votre culte de l'image vous perdra ! Tu me connais, Ben, je ne fais pas dans l'intégrisme et je me tape mon pastaga comme n'importe quel mauvais chrétien, mais l'opinion d'Allah mise à part, c'est offenser l'homme que de montrer l'homme à ce point ! C'est rouler un patin à la mort ! Ma mère en a tourné de l'œil ! Qu'une maman puisse exposer comme ça son enfant au regard de Dieu, ma maman à moi ça l'a fait pleurer sur tous les enfants du monde. Et dire que c'est nous qui vous faisons peur... Vous êtes complètement jetés... vraiment !

La reine Zabo, que la psychanalyse avait privée de son corps au profit de sa tête, en était toute retournée, elle aussi.

– Le plus troublant c'est la façon dont ce corps nu semble réagir aux événements du monde. Ses maladies infantiles, la rougeole, la varicelle, sont comme des réactions cutanées à la folie universelle, et son asthme, ensuite, toutes ces manifestations allergiques, sa peau si volcanique... impossible de dissocier les péripéties de l'Histoire des tourments de ce corps, les mots de la mère des maux du fils... il a beaucoup souffert, votre ami Matthias... autant que notre siècle.

Ce que le professeur Berthold exprimait de façon plus technique :

– Ça, on peut dire que de l'eczéma à l'œdème de Quincke, en passant par l'érythème noueux, l'asthme, l'urticaire et le rhumatisme articulaire, il aura fait toutes les formes d'allergies possibles et imaginables, votre patient du siècle ! Et j'oublie pas les bricoles : impétigo, perlèche, gerçure, orgelets, pelade, un véritable inventaire pour ces feignants de dermatologues !

Florentis et sa crinière de lion approuvaient la Reine.

– La souffrance du siècle, pour moi, c'est ce lit vide que la caméra continue à filmer pendant le passage de Matthias à

Auschwitz... ce lit vide et les aboiements de Hitler dans le micro de Liesl : « *Ihr Sohn ist da, wo er sein muß ! Er hat sich schlecht verheiratet ! Ich werde nicht zulassen, daß die jüdische Pest die Rasse verseucht !* », avec leur traduction inscrite en blanc sur le lit vide : « Votre fils est là où il doit être, madame ! Il a fait un mauvais mariage ! Je ne laisserai pas la peste juive gangrener la race ! » Et c'est la réapparition de Matthias sur ce lit, quelques minutes plus tard, Matthias si maigre... la moitié de Matthias, à vrai dire...

*

– On comprend mieux Barnabé à présent, murmurait Julie dans le creux de mon épaule, un père confisqué à ce point par le cinéma, il y a vraiment de quoi vous coller la phobie des images !

– Et on comprend le divorce de Matthias et de Sarah, aussi...

– Oui, a répondu Julie.

Puis, comme tous les soirs à la même heure :

– Bon, il faut que j'y aille.

*

La nuit tombait sur mon lit vide et sur l'écho de ces conversations. Le souvenir de Matthias planait dans l'obscurité. J'ai repensé à toi, mon petit envolé, ma blessure très intime, mon doux interlocuteur. Et je n'ai pas pleuré ton absence, cette fois, non. Tu es mieux là où tu es, crois-moi. En tout cas, mieux qu'ici, où tu n'es pas. Parce que... de quoi s'agit-il, après tout ? Soyons lucides, toi et moi, dans notre commune insomnie... Que raconte-t-elle, cette histoire ? *C'est l'histoire de deux cinglés qui font un enfant pour faire un film...* Qui font un enfant *dans le seul but* de faire un film. Tu aurais pu imaginer une chose pareille, toi ? Moi, non. Et que se passe-t-il d'après toi, quand un homme et une femme mettent au monde le sujet de leur film ? Ils filment jusqu'au bout, voilà ce qui se passe. Et quelle peut être la fin logique d'un film qui commence par une naissance, d'après toi ?

...

La mort, oui.

...

Alors dis-moi, franchement, ça t'aurait plu de naître dans un monde où l'ambition des pères est de survivre à leurs enfants ?

62

Le médecin légiste Postel-Wagner pointa la télécommande vers le poste. La voix de Liesl se tut et le corps de Matthias Fraenkhel se figea sur l'écran.

– Alors, la cause du décès, d'après toi ?

Le professeur Marty hocha la tête.

– Je ne pense pas que ce soit l'œdème de Quincke. Je dirais que l'œdème est secondaire, réactif si tu préfères...

– A quoi ?

– Je ne sais pas. A une agression bactérienne, peut-être.

– C'est aussi l'avis de Postel-Wagner, intervint le divisionnaire Coudrier. Wagner, pourriez-vous montrer la suite au professeur Marty ?

– Il y a une suite ? s'étonna Marty. Le film ne finit pas sur l'œdème ?

– Une suite que nous avons trouvée en perquisitionnant chez Sainclair, précisa le commissaire. Une suite que Sainclair n'a pas pu ou voulu négocier... elle était trop...

Ce qui se greffa alors sur l'écran installa entre les trois hommes un silence si profond que le souvenir même du langage pouvait s'y perdre. Le corps de Matthias Fraenkhel se décomposait sous leurs yeux. Ils assistèrent, muets, à cet effondrement de la chair qu'aucune voix ne commentait, puis l'écran retrouva son tremblement originel.

Ce fut Marty qui réinventa le langage.

– Fasciite nécrosante, dit-il enfin.

– C'était aussi votre diagnostic, Postel ? demanda Coudrier.

– Oui. La gangrène part du bras droit, un peu au-dessus du poignet, confirma Postel.

– On pourrait revoir cet avant-bras ? demanda Marty. J'ai cru remarquer... après l'interruption d'Auschwitz...

– Le tatouage ? Tu as bien vu, il est revenu avec un matricule tatoué au-dessus du poignet.

– Mais je n'ai pas l'impression que le tatouage soit toujours visible dans les dernières images. On pourrait vérifier ça ?

Ils vérifièrent. Ils étaient la vérité au travail. Ils découvrirent que le tatouage ne figurait plus sur les dernières images. Qu'on l'avait découpé avant le décès de la victime. Qu'on avait dû inoculer à cet endroit précis une saloperie quelconque – streptocoques ? – qui avait provoqué une réaction immédiate sur cette peau enflammée. Ils surent alors que ce film – universellement célébré au nom du devoir de mémoire – s'achevait sur un assassinat. Matthias Fraenkhel était mort de cette même putréfaction qui avait emporté en une nuit le Roi des Morts-Vivants sous les yeux horrifiés de sa femme. Fasciite nécrosante. Quant au tatouage de Matthias Fraenkhel, Coudrier leur confirma qu'on l'avait retrouvé chez Sainclair. Le même numéro, oui.

Sainclair avait achevé à sa façon le film du vieux Job Bernardin.

Sainclair, qui était toujours en liberté.

– Allons respirer, supplia Marty. Allons respirer un bon bordeaux...

– On vous emmène, monsieur le divisionnaire ? proposa Postel.

– Merci, non, j'ai rendez-vous avec Malaussène, répondit Coudrier. Encore deux ou trois choses à lui expliquer.

*

Même dans le bordeaux, Postel-Wagner et Marty ne purent changer de sujet. Ils avaient un cadavre dans la tête. Leurs assiettes restaient pleines.

– Une chose m'étonne, marmonna Postel-Wagner, c'est que Fraenkhel ait pu exercer si longtemps en souffrant ce qu'il a souffert.

La réponse de Marty fut immédiate.

– Il ne faisait pas d'allergie en exerçant. Il ne souffrait pas non plus en nous faisant cours. Nous étions sa santé, nous autres. Les parturientes étaient sa joie de vivre, et il avait pour les nouveau-nés la passion que tu nourris pour les macchabées.

La deuxième bouteille ressuscita le corps de leur bon maître. Ils revirent Fraenkhel pénétrer dans l'amphithéâtre de leur jeunesse... ce sourire, quand il s'avançait vers les gradins... l'explosion de ses cheveux hirsutes à l'envolée de son chapeau... l'hésitation éthique de cette voix... cet invincible enthousiasme de timide... ce regard qui avait décidé de leur vie...

– Alors tu crois qu'il réservait ses crises à sa petite famille ?

– Peut-être même aux seules séances de tournage. Le film y gagnait en valeur symbolique.

– Il doit plaire aux curés, ce film. Je les entends d'ici : « Ce corps qui prend sur lui tous les tourments du monde, mes frères... » La mort du fils, ils adorent ça... sauf avant la naissance.

– Foutu film, gronda Marty. Tout le cimetière en parle !

– On se fusille une troisième bouteille ? proposa Postel.

– Whisky, plutôt. Tu portes toujours ton irlandais sur ton cul ?

Ils avaient résolu de s'achever. Quitte à rouler sous la table, ils devaient sortir de ce film. Il fallait descendre de cette civière. Il fallait éteindre ce poste. Ce fut Postel-Wagner qui trouva l'interrupteur.

– A propos de curés et de pathologies tordues... Une religieuse enceinte par l'opération du Saint-Esprit, tu crois ça possible, toi ?

– Ça dépend de ce qu'ils mettent dans leurs hosties, répondit Marty, mais ils n'ont pas un pape très inventif, dans ce domaine.

Postel-Wagner fit rendre sa dernière goutte à la fiasque de whisky.

– Une sainte authentique, Marty, docteur ès putes, qui sait tout de la queue et de son usage, mais qui a su se garder vierge comme d'autres sont sortis vivants de Stalingrad... Enceinte de huit mois... tu n'aurais pas une explication ?

– Ça demande un petit cognac. Non ?

– Deux.

Verres retombés, Marty demanda :

– D'où tu la sors, ta nonne ?

Et le médecin légiste Postel-Wagner raconta son amie Gervaise à son ami Marty. Quand il en fut au chapitre des prédictions de Thérèse Malaussène, Marty l'interrompit brutalement.

– Ne cherche pas plus loin, c'est là.

– Où, là ?

– Dans la prédiction de Thérèse. Si Thérèse a prédit un polichinelle à ta copine Gervaise, tu es le seul que le résultat étonne. Elle a tout simplement été engrossée par la prédiction de Thérèse, rien de plus normal.

– Perdu. Elle était déjà enceinte quand Thérèse a lu la nouvelle dans sa main.

Marty puisa son diagnostic dans la dernière goutte du cognac.

– Alors, c'est qu'elle s'est fait baiser.

– Exclu.

Ils se turent.

– Un autre ?

– Calva, plutôt. Nous ne sortirons pas d'ici avant de savoir pourquoi cette nonnette est en cloque. C'est pas toi, Postel ? Tu me le jures ?

– Sur la tête de la prochaine bouteille !

– Alors, dis-moi tout. De sa naissance au jour d'aujourd'hui, je veux tout savoir d'elle, n'oublie rien.

Postel raconta tout ce qu'il savait de Gervaise, fille du vieux Thian, compagne d'université de sa femme Géraldine, sainte rédemptrice des putes, Jean-Baptiste des barbeaux, tatoueuse de génie...

– Eugenie ? demanda Marty.

– De génie, tatoueuse *de* génie... tatoueuse de génie et flic de Coudrier, lancée très tôt sur la piste de Sainclair avec les inspecteurs Titus et Silistri, renversée par une voiture, hospitalisée à Saint-Louis...

– A Saint-Louis ? Chez qui ?

– Berthold.

– Quand ?

Postel-Wagner, qui avait la mémoire des chiffres, des dates de naissance et des heures de décès, annonça le jour de l'accident, l'heure exacte de l'hospitalisation... et Marty bondit sur ses pieds.

– Nom de Dieu !

Postel rattrapa la bouteille de calva au vol.

– Nom de Dieu de nom de Dieu ! hurlait Marty. Putain de lui ! J'y crois pas ! Le con ! L'extravagant connard ! Je ne *veux* pas y croire ! mais il n'en rate pas une, bordel ! La totale, putain de Dieu ! Il nous aura tout fait ! Tout !

Puis, saisissant Postel par le col :

– Qu'est-ce que tu fais, là, maintenant, tout de suite ? Ne cherche pas, tu ne fais rien. Tes morts peuvent attendre. J'ai la solution de ton énigme ! Le diagnostic du siècle ! Viens vite, tu ne vas pas être déçu ! Tu vas apprendre comment on fait des enfants aux nonnes ! Viens, je te dis, je t'emmène sur mon scooter. On va vérifier mon diag... mon diagnostic !

– Sur ton scoutaire ?

63

Il y eut un soir, il y eut un matin, et le Grand Ogre créa les grandes orgues. Il vit que c'était bon et nappa de musique les travées de ses cathédrales. Mondine ne la trouvait pas mal non plus, cette musique d'avenir qui dégringolait des vitraux sur sa traîne de mariée. Mondine glissait sur un fleuve sonore, portée vers l'autel par le grand flux des notes. Une rivière pareille... ça ne pouvait que se jeter dans l'océan du bonheur. Mondine et Berthold voguaient vers la béatitude. Mondine l'avait briqué des pieds à la tête, son professeur, récuré comme jamais, cosmétiqué, vêtu, fallait voir ! Tout en rayures sur gris souris. Et de la chaussure qui chantait. Le cuir de ces godasses, c'était le grincement des gréements dans le grand souffle du ciel. Berthold le magnifique ! Un vaisseau splendide. La dignité en marche vers la félicité.

– Tu seras sage, au moins ?

Mondine avait pris toutes sortes de précautions oratoires.

– Hein, dis ? Tu seras sage ? Tu vas pas planter le souk dans la maison du bon Dieu ? Une cathédrale c'est pas une salle de garde !

C'était elle qui avait décidé de célébrer leurs noces sous le divin chapiteau.

– En latin, en soutane et en cathédrale, je le veux, notre mariage !

Il avait bien regimbé un peu :

– Mais Dieu est une connerie, mon p'tit Pontormo, t'y crois pas plus que moi.

Elle avait été catégorique.

– Là n'est pas la couèchtionne, professeur. C'est à Lui de croire en nous !

On ne raisonnait pas, avec Mondine. On épousait Mondine avec ses raisonnements.

– Il y aura du beau monde, faut que tu te tiennes. Je veux pas passer pour une quelconque, maintenant que tu m'as fait professeuse.

Le beau monde regardait passer le vaisseau du mariage. Ils étaient deux. Ils étaient superbes. Ils émigraient vers le bonheur. Le beau monde se pressait de part et d'autre de l'allée centrale comme sur le quai des derniers adieux. Il y avait Gervaise, bien sûr, il y avait la compagne de Malaussène, aussi, il y avait Titus et Silistri séparés par leurs épouses, il y avait la troupe des Templiers, les forces de la Loi, et de l'autre côté de l'allée, il y avait les forces de la rue, Pescatore et ses trois lieutenants, Fabio, Emilio, Tristan, il y avait de la femme aussi, nombreuse et belle, de la collègue d'asphalte, de la femme tatouée et reconnaissante, venue célébrer la gloire de Mondine qui les avait sauvées du scalpel, œuvres d'art qu'elles étaient toutes, un Titien au creux des reins, un Del Sarto sur le doux du ventre, un Konrad Witz dans le Saint des seins, petitement vêtues car c'était un mariage de printemps, il y avait la Faculté, bien sûr, tout ce que le caducée comptait d'éminences, il y avait les malades ressuscités par le scalpel magique du grand Berthold, il y avait de quoi remplir deux églises, au moins, et la presse, et les flashes, ces instruments de l'immortalité.

– Du beau monde et du nombreux, avait prévenu Mondine, alors pas d'outrance, professeur.

Pour plus de sécurité, Mondine avait donné du corps quatre ou cinq fois depuis le matin, et sans économie, laissant son Berthold sage et flottant comme un rêve rassasié.

Et les grandes orgues par là-dessus...

Quand le bonheur s'y met, il perd le sens de la mesure, tout autant que la tragédie. Et comme il attire les regards ! Mondine et son professeur voguaient, seuls au monde, mais le monde n'avait d'yeux que pour cette double solitude. Ça convergeait du regard et du cœur. Bien des mouchoirs en témoignaient.

Inutile de s'étonner dès lors que personne n'eût entendu le dérapage du scooter sur le parvis de l'église, ni sa chute ferrailleuse, ni les jurons du pilote et de son passager, et que personne n'eût remarqué l'entrée de ces dépenaillés sous le Niagara musical, et leur progression titubante dans le sillage du couple, ni que personne ne se fût offusqué de l'étrange équipage qu'ils formaient à présent parmi les enfants d'honneur accrochés à la traîne de la mariée... Tout au plus devait-on les prendre pour des très intimes, essoufflés par un contretemps. Et s'ils tanguaient un peu, c'était sans doute qu'ils avaient trop couru. Et si leurs yeux brillaient, ce devait être l'émotion.

Ils s'agrégèrent naturellement au cortège, pour ainsi dire. Et le bonheur marchait devant, captant de nouveau tous les regards, comme si ces deux retardataires n'étaient, avec les enfants d'honneur, que la queue très lointaine de cette radieuse comète.

Ni Berthold ni Mondine ne se savaient suivis. Leurs regards portaient loin au-delà des horizons de l'éternité. Aussi Berthold mit-il un certain temps à reconnaître la voix qui l'interpellait par-dessus les accords célestes.

– Eh ! Berthold !

La voix dut s'y reprendre :

– Oh ! Berthold ! Vous ne m'entendez pas, ou vous faites comme si ?

Berthold reconnut cette voix. Mais il avait promis d'être sage.

– Marty, je ne vous ai pas invité à mon mariage, répondit-il sans se retourner.

Mondine, qui avait jeté un œil par-dessus son épaule, l'encouragea dans cette voie.

– T'occupe, ils sont complètement bourrés. Pescatore va les virer.

– Mon ami et moi on voudrait savoir comment vous faites les mômes aux nonnes ! demanda Marty.

« Momononne »... « Momononne »... ça ne disait rien à Berthold.

– Comment tu engrosses les bonnes sœurs, précisa une deuxième voix.

Que Berthold reconnut également.

– Pas de croque-mort à mon mariage, Postel, ça porte malheur. Sois mignon, taille-toi. Et emmène le nabot avec toi !

Fut-ce l'organiste ou l'oreille de Dieu ? Quelqu'un entendit en haut lieu et les grandes orgues enflèrent démesurément.

– Qu'est-ce que c'est que cette histoire de bonne sœur ? hurla Mondine par-dessus Jean-Sébastien Bach.

– Est-ce que je sais ? hurla Berthold en regardant droit devant, ils sont fin pétés, tu l'as dit toi-même !

– Gervaise ! hurla Marty. Qu'as-tu fait à Gervaise, Berthold ? Sonde ta conscience !

– Gervaise ! hurla Postel-Wagner. T'as fait quoi à Gervaise ? Fouille ton âme !

– Gervaise ? hurla Mondine, tu m'avais juré que c'était pas toi, pour Gervaise !

– Gervaise ? demanda Gervaise. Ils parlent de moi ?

– Ger-vaise ! Ger-vaise ! scandaient à présent Postel et Marty, en piétinant le dallage de l'église.

– Vos gueules ! tonna Berthold en se retournant d'un bloc. Si fort que les grandes orgues se turent, et que les enfants enrubannés s'envolèrent dans les travées.

Berthold franchit en une enjambée les quatre pas qui le séparaient de Marty.

– Qu'est-ce qu'il y a, Marty ? Qu'est-ce que vous voulez ? Foutre mon mariage en l'air ? Jaloux de mon scalpel jusqu'ici, et maintenant jaloux de mon bonheur, c'est ça ?

Le tout murmuré d'homme à homme, du haut de Berthold au bas de Marty, qui ne se laissa pas démonter.

– Je suis juste venu vérifier un diagnostic, Berthold. Plus vite vous vous mettrez à table, plus vite j'irai me coucher. Je suis bourré comme un orphelin ! Il faut que je cuve mon chagrin.

– On voudrait savoir pourquoi Gervaise est enceinte, expliqua Postel-Wagner. Après on va pleurer notre maître Fraenkhel, c'est promis.

– Vous avez fait ça à Gervaise, Berthold, vraiment ?

– Pas pu faire autrement, chuchota Berthold.

– Qu'est-ce que t'as dit ? demanda Mondine. C'était toi ? C'était toi ?

(Oui, elle est bien ténue, la frontière qui sépare le bonheur de la tragédie...)

– Mais non, c'était pas moi ! Enfin, c'était moi et c'était pas moi ! Encore la faute à ce connard de Malaussène, comme d'habitude !

– Alors c'est ça ? s'exclama Marty. J'ai vu juste ? Nom de Dieu, Berthold, mais qu'est-ce qui va vous arrêter sur le chemin de la connerie ? Vous vous rendez compte de ce que vous avez fait ? Vous vous rendez compte de la catastrophe, le jour où vous vous planterez ?

– Qu'est-ce que t'as fait ? Qu'est-ce que t'as fait à Gervaise ? Tu vas le cracher, dis, fils de menteur !

Mondine grimpait à l'assaut de son homme, mais c'était comme si elle n'existait plus, comme si elle s'acharnait contre le flanc d'une montagne insensible à ses poings, à ses griffes et à ses pieds. Mondine ne le savait pas encore, mais elle prenait sa mesure d'épouse face à l'homme de science... quantité négligeable, l'épouse, quand le génie s'exprime. Or le génie s'exprimait. Le génie beuglait :

– Et qu'est-ce que vous auriez fait, à ma place, Marty ? Ce con de Malaussène envoie sa Julie avorter entre mes mains, je m'apprête à l'ivéger, et qu'est-ce que je trouve ? Un col de l'utérus ouvert comme un rond de fourneau et un embryon qui se rue vers la sortie en traînant son placenta comme Mondine sa robe de mariée... Un petit machin plein de vie et les yeux écarquillés par la terreur, tellement était épouvantable ce que lui annonçait la fausse lettre de Fraenkhel... Sur ces entrefaites, on m'amène Gervaise dans un sommeil de trépassée... le temps que je donne mes instructions de ce côté-là, Julie Malaussène se casse sans attendre la suite, et quand je retourne au bloc, il n'y a plus que le petit machin, affreusement vivant, un embryon sauteur, tout ce qu'il y a de normal, beaucoup plus normal que vous, Marty, incroyablement en avance pour ses dix semaines d'existence, conscient de son erreur, le pauvret, emberlificoté dans son cordon et qui ne demandait qu'à regagner son casernement, mais la caserne s'était tirée, la femme Malaussène avait foutu le camp, poussée dehors par un trop-plein de douleur, comme ça arrive souvent chez les émotives ! Alors, qu'est-ce qu'il fallait que je fasse ? Que je tire la chasse ? Vous auriez tiré la chasse, vous, Marty ?

Les grandes orgues avaient une voix, à présent. Une voix qui ne dégringolait pas du ciel mais qui montait des poumons de Berthold jusqu'au plus haut de la nef pour chanter la gloire de la science au service de la vie.

– Putain de génie de mes deux, hurlait Marty à l'unisson, alors c'est bien ce que je pensais, vous avez fourgué le bébé à Gervaise ! Réimplanté le mouflet de Julie dans le ventre de Gervaise !

– Il y avait une autre solution ?

– Comment avez-vous réussi un truc pareil, Berthold ?

– Et vous, Marty, comment avez-vous réussi un pareil diagnostic ?Je pensais être peinard, sur ce coup-là ! Mais un jour, je vous surprendrai ! Je vous surprendrai un jour, Marty ! Foi de moi, je vous surprendrai !

– Surprenez-moi, Berthold ! Je veux savoir comment vous avez réussi ce tour de passe-passe !

– Ça, mon petit pote, c'est le secret de ma communication aux prochains entretiens de Bichat, je vous enverrai un bristol... Bon, on peut se marier, maintenant ?

Marty vota son plus beau sourire à Mondine et donna sa bénédiction :

– Epousez-le, madame, vous faites l'affaire du siècle. C'est le génie le plus con que la terre ait porté ! Le connard le plus génial ! Croyez-moi, je le pratique depuis vingt ans. Vous n'aurez pas assez d'une vie pour en faire le tour.

– Fraenkhel aurait été fier de lui, lâcha Postel-Wagner dans une brusque crise de sanglots.

Et le mariage aurait repris son cours normal si les inspecteurs Titus et Silistri, comme brutalement tirés d'un double cauchemar, ne s'étaient avisés que chacun des deux avait été ignoblement soupçonné par l'autre pendant cette interminable gestation. Avant que Julie et Gervaise aient pu faire le moindre geste pour les retenir, ils roulaient parmi les chaises renversées, leurs poings faisaient des ravages épouvantables... On crut d'abord que Pescatore et ses hommes se ruaient sur les deux flics pour les séparer, mais eux aussi avaient une offense impardonnable à leur faire payer. Ce que voyant, les Templiers de Gervaise coururent au secours de leurs patrons. La fidélité de la rue n'est pas un vain mot : les dames tatouées entrèrent à leur tour dans la danse. Ce n'est pas parce qu'on s'est émancipé de son mac qu'on doit le laisser bastonner par le premier flicard venu. Et, les femmes valant bien les femmes, Hélène et Tanita se jetèrent dans la mêlée pour sortir leurs hommes de ces griffes-là.

Faut-il y voir une preuve de l'existence de Dieu ? Pas un revolver ne quitta son holster pendant toute la rencontre. Faut-il y voir un signe du déclin de l'Eglise ? Le mobilier et les statues de saints n'offrirent pas la résistance escomptée. Faut-il y voir un effet de l'art ? C'était beau.

Ce que Mondine, enroulée comme une tendre liane autour de son génie, exprima avec simplicité :

– Tu veux que je te dise, professeur ? C'est le plus beau mariage que j'aie jamais vu, et en plus c'est le mien !

Julie, dont le regard et le bras avaient enveloppé Gervaise, y alla elle aussi de sa conclusion :

– Pas de doute, Gervaise, un gosse capable de déclencher une guerre civile avant sa naissance, c'est bien le fils de Benjamin.

64

C'est à la même seconde, évidemment, que j'ai confessé à Coudrier ce que je ne m'étais même pas avoué à moi-même :

– Tout compte fait, je suis heureux de ne pas avoir enfanté dans ce merdier...

Coudrier a juste répondu :

– Curieuse conception du bonheur...

Puis il a pointé son doigt vers le milieu de la Seine et il a dit :

– La trois, Benjamin, soyez à ce que vous faites !

J'ai porté mon regard sur la troisième canne à pêche. Pas de doute, ça mordait. Le bouchon soubresautait. Quelque chose, au fond du fleuve, se laissait tenter.

– Qu'est-ce que je fais ?

Coudrier s'est rapproché de moi, et, tout en surveillant ses propres bouchons :

– Vous ne cédez pas à la panique. Vous attendez que le poisson confirme pour le ferrer. Un franc plongeon du bouchon, et hop ! un petit coup sec de votre poignet. Pas de geste théâtral, surtout, vous casseriez le fil. Maintenant ! Bieeeeen.

J'ai senti que ça s'était accroché, en effet. Il y avait de la vie furieuse à l'autre bout de ma ligne.

– Ne tirez pas. Respectez sa mauvaise humeur, mais sans le laisser en faire à sa tête. Vous l'accompagnez, pour ainsi dire. S'il veut du fil, donnez-lui du fil. Mais jamais mou. La technique de la filature, en somme.

Le moulinet moulinait furieusement.

– Stop ! Pas trop long. Obligez-le à faire ses abdominaux entre deux eaux, qu'il n'aille pas se cacher derrière une épave. Voiaaaaaalà. C'est lui le muscle et vous le cerveau, Benjamin, n'oubliez jamais ça. Quand il sera bien fatigué, il sera content de venir vous trouver, comme un coupable soulagé de se faire prendre. C'est Lehmann et vous êtes Silistri...

Au bout d'un certain temps, j'ai vu émerger la nageoire dorsale de ce Lehmann aquatique. La beauté même ! Une voile de sampan sous notre ciel de printemps. Il a fait un bond... Fuselé doré, oblique et beau comme un rayon de vie.

– Un sandre, a dit Coudrier. Huit ou dix livres. Félicitations. Au beurre blanc et avec un petit chablis, je ne vous dis que ça. Ramenez-le, maintenant. Où est votre épuisette ? A portée de main, l'épuisette, toujours ! Le pêcheur a un devoir d'optimisme, comme le flic !

J'ai ramené doucement, et pour finir, exténué par sa propre résistance, le sandre s'est laissé aller à la fatalité. On ne meurt pas pour une autre raison.

– Vous ferez attention en le sortant : une denture de brochet...

Mais j'étais bien incapable de le sortir.

– Donnez-moi ça.

Deux secondes plus tard, le sandre avait quitté son élément naturel. Coudrier l'a décroché avec un sourire gourmet.

– Joli garçon, non ?

Et il l'a rejeté à l'eau.

Le sandre, qui était comme mort entre ses doigts, a explosé de vie au contact de la Seine.

– Histoire de lui faire savoir que Dieu existe, a expliqué Coudrier, et qu'il ne faut pas céder à ses appâts.

J'ai montré les gardons, les goujons, les brèmes, toute la blanchaille de notre panier, les deux perches et le poisson-chat, et j'ai demandé :

– Pourquoi lui et pas les autres ?

– C'est exactement le genre de question que Dieu ne se pose pas.

*

Cette séance d'apprentissage durait depuis une bonne heure, quai des Orfèvres, juste sous les anciennes fenêtres du commissaire divisionnaire Coudrier.

– Ce n'est pas parce que vous avez interrompu ma retraite que je dois renoncer à la pêche.

Pendant tout ce temps, j'ai senti le regard de Legendre peser sur nos épaules.

– Vous vous êtes attiré l'inimitié de mon gendre, Benjamin. Ce n'est pas faute de vous avoir prévenu...

Mais il ne m'avait pas fait venir pour faire la nique au gendre.

– C'est le seul coin que je connaisse vraiment pour la pêche. Beaucoup de poissons, par ici. Beaucoup de cadavres au fond, probablement.

Cela dit en m'apprenant à installer l'émerillon, pour empêcher mon fil de vriller.

– C'est ce que j'expliquais jadis à l'inspecteur Pastor. Déposer le mort sous le nez du flic, ce doit être « bandant » pour un vrai tueur. C'est d'ailleurs ce qu'a fait Sainclair avec ce pauvre inspecteur Perret. Aucun de ces salauds ne résiste à la provocation. Nous faire savoir qu'ils sont des artistes... C'est ce qui les perd tous, finalement.

Deux cannes à pêche pour la blanchaille, et deux autres pour le gros. Il m'a fallu empaler des asticots vivants. (« Vous les piquez en bas et vous les enfilez comme une chaussette autour d'un hameçon de dix-huit. »)

– A propos de Pastor, comment se porte votre mère ?

Maman se portait mieux, je le lui ai dit, elle mangeait, elle se faisait belle tous les matins, une sorte de résurrection. Une beauté fluide, presque transparente, prête à l'envol... Elle parlait toute seule, parfois, cachant des petits rires derrière l'écran de sa main.

– Elle sort d'un long deuil, m'annonça Coudrier. Pastor est mort. Le saviez-vous ?

Non, toute la famille se demandait en silence ce que Pastor avait fait à maman. Eh bien voilà, il était mort. Et maintenant maman bavardait avec le fantôme de l'inspecteur Pastor.

– Votre mère est venue me trouver avec le testament de Pastor, et des aveux signés pour la mort de Cercaire. C'est grâce à cette démarche que vous êtes libre. Entre autres.

Coudrier m'a expliqué que Pastor était malade depuis longtemps et qu'il ne blaguait pas quand il confessait les truands, son arme sur leur tempe, en se disant lui-même condamné à mort. Le marché était simple : les salauds parlaient, ou lui, le gentil au gros chandail, il tirait une balle dans leur tête de salaud. Une méthode efficace. A laquelle Cercaire avait eu le tort de ne pas croire.

– Il a cessé de se soigner quand il est parti avec votre mère. Il souhaitait « mourir en amour », selon sa propre expression. Votre mère l'aura prolongé bien au-delà des promesses de la médecine. Voilà.

Voilà.

– Dès le début de leur fugue, elle savait que Pastor était occupé à mourir. Il l'avait prévenue. Elle avait décidé de l'accompagner jusqu'au bout, sans trop savoir comment elle-même supporterait l'épreuve. Elle est rentrée chez vous avec un immense besoin de silence. Elle vous est très reconnaissante d'avoir fichu la paix à son chagrin. Le respect de l'intimité se fait rare, de nos jours...

Un des bouchons gigota.

– Un gardon, prenez-le, on s'en servira pour la pêche au vif. Et puis mettez donc un grain de blé à l'hameçon de la quatre. On le laissera traîner au fond. Pour les tanches. Sait-on jamais...

Sait-on jamais...

Coudrier m'a expliqué le reste. Tous les dossiers de Legendre désamorcés les uns après les autres. Comment Gervaise et Julie avaient retrouvé la vieille mère du ministre Chabotte dans une maison de retraite suisse, par exemple.

– Confite dans la haine du fils mort. Vous devez aussi votre liberté à cette fureur de mère. Sa déposition a été terrible.

Quand Julie lui a demandé ce qui la maintenait en vie, elle a répondu : « Je ne suis pas pressée de le retrouver, ce menteur. »

Et ainsi de suite. Mes mois de prison avaient été leurs mois d'enquête. Legendre avait ouvert le grand livre de mon passé ; Coudrier le lui avait refermé sur les doigts. Sainclair avait levé une armée contre moi ; une armée secrète s'était dressée contre l'armée de Sainclair. Le bon était sauvé, les crétins et les méchants confondus. L'entreprise de Sainclair avait tourné en eau de boudin.

– Le commerce des tatouages, c'était lui, figurez-vous. Probablement pour financer ce magazine, *Affection*, qu'il n'arrivait pas vraiment à imposer à la profession. On a retrouvé chez lui un tatouage prélevé sur l'avant-bras de Matthias Fraenkhel.

Matthias, Matthias ou l'honneur du monde...

– Un esprit créatif, Sainclair... En assassinant Matthias Fraenkhel et en filmant son agonie, il a donné la fin qui allait de soi au film du vieux Job. Quant à la décomposition du cadavre, c'était la cerise sur le gâteau !

Coudrier s'offrait un raisonnement limpide, les yeux posés sur une Seine opaque.

– Si vous voulez mon avis, c'est cette dernière séquence qui a fait déborder le vase. En la projetant au Roi des Morts-Vivants, Sainclair a dû lui flanquer une trouille bleue. Et quand l'autre a fait mine de le balancer, Sainclair l'a éliminé à son tour. Fasciite nécrosante. Dans le même temps, il préparait une batterie d'articles sur ce phénomène de putréfaction éclair qui le ravissait.

La tête de Coudrier dodelinait comme un bouchon sur l'eau.

– Un artiste et un homme de science, je vous dis... Vous l'inspiriez beaucoup, Benjamin...

Oui, au fond, je n'étais qu'un des nombreux sujets d'inspiration de Sainclair, une espèce de collaborateur pour ainsi dire, une sorte de muse, même. Il fallait absolument que je sois le tueur en série du Vercors pour que son article sur la greffe criminelle devînt irréfutable. D'où le traquenard. Il s'était contenté de m'utiliser comme pâte à modeler ses théories... Rien d'extraordinaire, ce Sainclair, après tout. Il était comme le divisionnaire Legendre, et comme le juge Képlin, et comme bien des honnêtes gens, il souffrait d'un furieux besoin de cohérence. Prêt à tout pour que le Grand Extérieur ressemble à l'intérieur de sa tête.

– Et vous, mon garçon, ça va ? Sorti de votre dépression ?

J'ai répondu à Coudrier que ça allait, que, tout compte fait, j'étais heureux de ne pas avoir enfanté dans ce merdier.

– Curieuse conception du bonheur...

C'est alors que le sandre a mordu.

XIV

MONSIEUR MALAUSSÈNE

... fils imprudent du bouc et de la léopparde...

65

Mais si, je suis heureux ! Evidemment, je suis heureux ! Comment peux-tu me soupçonner de mégoter sur notre bonheur ? Tu as vu le visage de ta mère ? L'as-tu vu le visage de Julie, penché sur le ventre de Gervaise ? Quel genre de monstre faudrait-il que je sois pour ne pas me réjouir de cette joie ? Et la bouille de Gervaise, ton autre mère... Sais-tu ce qu'elle m'a dit, Gervaise, en m'apprenant que tu étais revenu par sa fenêtre ? Que tout son calme vient de ce qu'elle te porte comme le vieux Thian l'a portée elle-même, ni plus ni moins. La question du vrai père était très secondaire pour Thian. Ce genre de curiosité n'était pas dans son tempérament : il était le kangourou de service, point final. (Et c'est heureux, parce qu'avec le commerce de la grande Janine, il lui aurait fallu cuisiner toute la rade de Toulon pour remonter à la source de Gervaise.) En te promenant depuis des mois, Gervaise renoue avec sa tradition familiale. Elle te trimballe comme Thian a trimballé Verdun et elle s'en fait un bonheur suffisant. Porter dedans, porter dehors, c'est tout comme, pour elle. De ce point de vue, elle ressemble à Julie : pas le genre de kangourou à faire un opéra de sa maternité. Comment veux-tu que je ne sois pas heureux ? Et fier, même ! Faire en un seul coup le bonheur de deux femmes, n'est-ce pas un légitime sujet de fierté pour tout bouc qui se respecte ?

...

Je noie le poisson ?

...

Comment ça, je noie le poisson ?

...

Je ne noie pas le poisson ! En évoquant le bonheur des femmes, je contourne mes légitimes inquiétudes de père, nuance ! Parce que le bonheur, le bonheur, il n'y a pas que le bonheur dans la vie, il y a la vie ! Naître, c'est à la portée de tout le monde ! Même moi, je suis né ! Mais il faut devenir, ensuite ! *devenir* ! grandir, croître, pousser, grossir (sans enfler), muer (sans muter), mûrir (sans blettir), évoluer (en évaluant), s'abonnir (sans s'abêtir), durer (sans végéter), vieillir (sans trop rajeunir) et mourir sans râler, pour finir... un gigantesque programme, une vigilance de chaque instant... c'est que l'âge se révolte à tout âge contre l'âge, tu sais ! Et s'il n'y avait que l'âge... mais il y a le contexte ! Or, le contexte, mon pauvre petit...

« Père, quand vous serez passé par ce que j'ai vécu avant de naître, vous pourrez l'ouvrir. »

...

...

Qu'est-ce que tu dis ?

...

...

« Père, quand vous serez passé par ce que j'ai vécu avant de naître, vous pourrez l'ouvrir. »

...

...

C'est bien ce que je craignais. Oh ! oui, je les devine les procès à venir, je l'entends déjà ta collection de menus reproches filiaux : « Tant que vous y êtes, dites-moi toute la vérité, mon petit papa : sous couvert de lucidité planétaire, vous n'étiez pas ravi de me voir agrandir le cercle de famille, je me trompe ?... »

Avec la complicité de tes oncles, évidemment.

JÉRÉMY : Faut admettre, Ben, t'étais pas chaud, chaud...

LE PETIT : C'est la vérité...

THÉRÈSE : Un pareil état d'esprit chez le père, je ne sais pas jusqu'à quel point c'est bon pour le « mental » de l'enfant...

CLARA : Arrêtez de taquiner Benjamin...

TOI : Tante Thérèse a raison, papa, mes parois néocorticales sont encore tout imprégnées de vos premiers conseils : « *Et toi, petit con, penses-tu vraiment que ce soit le monde, la famille, l'époque où te poser ? Pas encore là et déjà de mauvaises fréquentations, c'est ça ?* »

JÉRÉMY : Il cite, Ben, il ne fait que te citer.

THÉRÈSE : Charmante façon de lui présenter notre famille...

TOI : Il me semble même vous avoir entendus ajouter : « *Alors, fils imprudent du bouc et de la léoparde, si l'envie te prenait de décrocher avant l'atterrissage, je ne pourrais vraiment pas t'en vouloir.* » C'est bien ce que vous m'avez conseillé, n'est-ce pas ?

LE PETIT : C'est vrai ? Tu lui as conseillé ça, Ben ?

– Ce n'était pas un *conseil*, c'était à peine une autorisation...

TOI : Qui n'a pas simplifié mon existence embryonnaire.

THÉRÈSE : Evidemment !

JÉRÉMY : Pauvre gosse...

TOI (me citant) : « *Laisse-nous seuls, retourne à la béatitude des limbes...* »

JÉRÉMY : C'est beaucoup plus qu'une autorisation, Ben...

THÉRÈSE : En tout cas, il y a mieux comme accueil.

TOI (me citant) : « *Reprends tes ailes et remonte, il n'y aura personne pour t'en vouloir...* »

THÉRÈSE : Ce qui signifie qu'il n'y a pas grand monde pour t'espérer...

LE PETIT : C'est dégueulasse ! Même Julius trouve ça dégueulasse !

– Mais je n'ai pas dit que ça ! C'est très contradictoire un futur père, tout chamboulé ! Vous verrez quand ce sera votre tour ! Ça pense tout et son contraire ! Mon désespoir quand nous avons reçu la fausse lettre de Matthias, par exemple, il compte pour du beurre ?

TOI : Parlons-en ! Vous avez couru comme un dératé en vous accusant de tous les péchés du monde pendant les cinq cents premiers mètres et vous m'avez fait porter le chapeau à l'arrivée.

– Moi ? Moi, je t'ai fait porter le chapeau ?

– Pour la douleur de maman, parfaitement. Je vous entends encore, à sept mois de distance ! *« Mais reviens, putain de ta race ! Ça ne te plume pas les ailes, une douleur pareille ? Quel genre d'ange es-tu, bordel de merde ! »*

JÉRÉMY : Après lui avoir dit et répété de remonter au ciel ? Tu voulais le rendre dingue, ou quoi ?

THÉRÈSE : Non, il voulait juste le culpabiliser, comme tout père qui se respecte. A mon avis, il faudra prévoir un suivi psychologique...

LE PETIT : On va l'aimer, nous. T'inquiète, nous, on va t'aimer ! Hein, Julius, qu'on va l'aimer ?

CLARA : A table ! Le dîner est prêt, et fichez donc la paix à Benjamin !

*

Nous étions deux, maintenant, à parler seuls dans la maison. Maman dialoguait avec un retraité de la vie, et moi avec un postulant. Si nous avions pu vous mettre en relation, Pastor et toi, vous auriez échangé quelques tuyaux utiles, mais l'éternité est ainsi faite que les morts et les zanaître ne se causent pas. Ils communiquent par les prières des vivants. Le chagrin creusé par ceux qui partent fait le nid de ceux qui arrivent dans le cœur de ceux qui espèrent. Il y a lurette que le manège aurait cessé de tourner, sinon.

Bon. Mettons que tu sois le suppléant de Pastor dans l'équipe Malaussène. Tu attendais ton tour sur le banc de touche et voilà que le divin arbitre siffle la permutation. A Pastor de sortir, à toi d'entrer. On ne peut tout de même pas me reprocher de t'expliquer les règles du jeu à un moment pareil ! Tu n'imagines pas comme elles sont tordues, les règles ! A se demander, parfois, s'il y en a. On croit bien faire, on suit le parcours fléché, et, sans savoir pourquoi ni comment, on se retrouve accusé de toutes les vilenies du monde.

Un exemple ?

Tu veux un exemple ?

Pas le mien ?
Un autre, alors ?
Va pour un autre exemple que le mien.

RONALD DE FLORENTIS

Ronald de Florentis est le plus ancien copain du vieux Job. Il n'est absolument pour rien dans son assassinat ni dans le vol de son film. Il s'est fait enfler par le Roi des Morts-Vivants qui lui a présenté un contrat de vente en bonne et due forme. C'est un type solide, un roc à tête de lion, armé dès le berceau pour se tailler un empire dans la jungle pelliculaire. Producteur-distributeur, semeur d'images, c'était sa partition. Il a bien dû marcher sur quelques têtes pour s'asseoir au sommet de sa pyramide, mais c'est la loi du genre, et dans l'ensemble la profession le juge honnête. Ronald a fait un gros chagrin en apprenant l'assassinat de son ami Job et un plus gros encore en découvrant que ce vieux frère lui avait caché l'obsession de toute une vie : le tournage du Film Unique. Mais il s'en est consolé en mesurant le succès du film. Sincèrement heureux du génie de Job et de sa célébration posthume. Tout content de voir les Césars, les Zoscars, les Dellucs, les Zours de Berlin et autres Lions de Venise (la ménagerie des zhonneurs cinématographiques) se poser avec des Palmes d'or sur la tombe de ce pauvre Job. Un ami, je te dis ; de ceux qui se réjouissent de notre bonheur, les seuls vrais. Or, c'est cet ami-là que le commissaire divisionnaire Legendre est venu cravater en l'accusant d'avoir commandité l'élimination du vieux Job, le vol du Film Unique et son exploitation. Le commissaire divisionnaire Legendre, avec son fichu besoin de cohérence, ne s'est posé qu'une seule question : à qui profite le crime, puisque ce n'est pas à Malaussène ? Réponse : au producteur Florentis, évidemment. L'exploitation de ce film représente une pluie de dividendes, le couronnement d'une carrière, une considération internationale... clarté du mobile !

Il a fallu que Coudrier aille de nouveau tirer les oreilles de son incorrigible gendre pour lui faire lâcher prise.

Libéré, Ronald n'est plus le même lion. C'est qu'il a appris une chose affreuse au cours de ces interrogatoires : *Le vieux Job ne destinait pas le Film Unique à l'exploitation publique ; il la réservait à un tout petit nombre d'élus*. Ronald, qui ignorait ce détail, s'est donc retrouvé dans la peau du traître malgré lui. Complice, qu'il le veuille ou non. Et aucun recours à la confession publique. Les ministres de l'Intérieur et de la Culture lui ont fait savoir que cette regrettable arnaque relève désormais du secret d'Etat – du secret de *plusieurs* Etats ! Pas question d'aller faire savoir à des millions d'admirateurs que le Film Unique du vieux Job, ce monument élevé à la mémoire du siècle, est le produit d'une affaire hautement crapuleuse. « On ne désespère pas la planète pour soulager une conscience, monsieur de Florentis ! Même au nom de la Transparence ! La profession ne vous suivrait pas. Et nous démentirions avec la dernière vigueur. »

En d'autres termes : un internement arbitraire est vite arrivé.

La crinière du lion s'en est éteinte. Une canne lui a poussé. Il compte ses pas. Pour la première fois, il lit clairement le mot *fin* sur son écran personnel.

Et ce n'est pas tout.

Tu verras, dans le domaine du pire, ce n'est jamais tout.

Il en reste toujours un morceau.

Le fond de la poêle.

Du gratiné.

Désireux de se racheter, Ronald est venu trouver Suzanne et Julie. Objet de cette visite : sauver le Zèbre. En faire comme prévu la cinémathèque du vieux Job, le temple du cinématographe, comme disait Matthias, une fondation ad vitam aeternam. L'argent ? Le sien. C'est que Ronald a décidé de mettre ses affaires au clair avant de plier bagages, vendre sa collection de tableaux pour que ses héritiers ne se partagent pas les toiles avec leurs dents, et destiner à Suzanne la part nécessaire à la Fondation Job Bernardin. Nous voici donc dans les salons du Grand Hôtel Machin, à écouter le marteau d'un commissaire-priseur scander la valse des millions.

Nous, c'est-à-dire Julie, Suzanne, Jérémy (qui croit devoir se documenter sur tout depuis que Zabo l'a sacré romancier), Clara et moi. Comme ton arrivée est prévue pour les jours qui viennent, Gervaise et le professeur Berthold sont occupés à vérifier une dernière fois ton paquetage. Ils nous ont ordonnés, à ta mère et à moi, d'aller faire les cent pas ailleurs. On dépose donc Gervaise à l'hosto, dans la 4-CV jaune de ta julienne maman, pour aller assister en famille à l'éparpillement des Vlaminck, des Valadon, des Seurat, des Picasso, des Braque et autres Soutine, Jim Dine, Laclavetine, de l'éclectique collection Florentis, sous l'œil écarquillé du Tout-Paris et dans le crépitement des calculettes du Tout-Tokyo. Une somme rondelette, au total.

– Que mes héritiers investiront dans la bêtise, j'ai une immense confiance en eux, grommelle le vieux Ronald, assis entre Julie et Suzanne.

Les chefs-d'œuvre, exposés et filmés, apparaissent sur un écran, au rythme des enchères, et leur évanouissement, quand le dernier coup de maillet les retire du chevalet, produit une curieuse impression : exactement comme s'ils changeaient d'univers. Mine de rien, c'est la vie de Ronald qui s'en va.

Lequel Ronald se penche sur l'épaule de Suzanne :

– La vente qui suit vous intéresse directement, Suzanne, elle donnera largement de quoi faire tourner votre cinémathèque.

Ce que confirme le commissaire-priseur en annonçant une collection « à sa connaissance unique au monde » mise à prix à une altitude appréciable. Cela se présente sous la forme d'un in-octavo à couverture de vieille peau qu'on installe sur un lutrin placé sous l'œil de la caméra. Jumelles braquées, souffle suspendu, sucepince haletant...

– Chouette, la mise en scène, murmure Jérémy.

Un manipulateur à gants blancs ouvre enfin le livre. C'est un vieux parchemin, apparemment, que Ronald aura déniché dans quelque médiévalerie.

– Regardez bien.

– Qu'est-ce que c'est ? demande Julie.

La réponse explose sur l'écran, en même temps que la voix du commissaire-priseur : une sorte de moine devant son écritoire, la main sur la poitrine, lève au ciel un regard à la fois ferme et suppliant qui lui donne une expression composite de puissance et d'humilité.

– Le *Saint Augustin* de Botticelli, annonce la voix du commissaire-priseur, détail de la fresque d'Ognissanti, à Florence.

Et, comme Julie bondit en étouffant une exclamation, la voix du commissaire-priseur continue :

– Il ne s'agit ni d'une reproduction ni d'une esquisse du maître florentin, comme pourrait le laisser croire l'extraordinaire fidélité des couleurs, mais d'un tatouage réalisé sur peau de femme.

Exclamation de la foule. Julie pétrifiée, parvenant à peine à murmurer :

– Ronald, où vous êtes-vous procuré ça ?

– Oh ! c'est une longue histoire...

Que le vieux Ronald n'a pas le loisir de nous raconter car une voix qu'il connaît trop bien murmure à son oreille :

– Je vous arrête, monsieur de Florentis.

Le commissaire divisionnaire Legendre et deux inspecteurs encostardés sont debout derrière nous. Les inspecteurs saisissent discrètement le vieil homme par les coudes.

– Je vous arrête pour complicité d'assassinat sur la personne des jeunes femmes dont les tatouages figurent dans ce volume.

Et, pendant que les flicards entraînent de Florentis vers la sortie, le commissaire divisionnaire Legendre m'adresse un aimable au revoir.

– Je ne suis pas surpris de vous trouver ici, monsieur Malaussène, et j'espère vous revoir très bientôt.

Là-bas, le bonimenteur de luxe qui n'a rien vu ni entendu continue son topo :

– Cette collection de tatouages couvre plusieurs corps de métier. Vous y trouverez des tatouages de compagnons boulangers, datant du XIXe siècle, ou de maîtres verriers, plus anciens, voire même de péripatéticiennes, comme en attestent six pièces reproduisant les œuvres les plus célèbres du Quattrocento ou de l'école flamande, dont cet extraordinaire *Saint Augustin*.

Il s'étendrait volontiers sur le sujet, mais Legendre vient lui faire savoir qu'on ferme la boutique et qu'il emporte le précieux volume comme pièce à conviction.

66

Alors, qu'est-ce que tu dis d'une malchance pareille ? Parce que Ronald de Florentis n'est pas plus coupable dans cette affaire de tatouages qu'il ne l'était de l'assassinat de Job. C'est bien ton avis, j'espère ? Sinon, comment expliquer qu'un tueur en série vende aux enchères des tatouages prélevés sur ses victimes ?

C'est à ce moment précis de notre débat intime, comme nous allons récupérer Gervaise à l'hôpital Saint-Louis, que ta mère interrompt notre conversation secrète en me demandant :

– Qu'est-ce que tu dis ?

Je regarde Julie. Sa 4-CV est une toute petite auto qu'elle conduit avec majesté, comme un transatlantique, ce qui donne aux passants l'impression de voir glisser une Rolls-Royce. Julie répète :

– Qu'est-ce que tu disais, Benjamin ? Tu parlais tout seul ?

J'étais dans ta profondeur, elle me rappelle à sa somptueuse surface.

– Non, je disais que Ronald n'y est évidemment pour rien.

– Pourquoi évidemment ?

– La fille au tailleur rose qui a essayé de me mouiller aura changé de bouc en l'accusant lui, c'est tout.

– Il a bien fallu qu'il les achète à quelqu'un, ces tatouages.

– Pas à Sainclair. A quelqu'un d'autre, peut-être.

Oui, Ronald de Florentis est probablement l'extrémité candide d'une longue chaîne de culpabilité décroissante.

– Drôle de commerce, tout de même... marmonne Julie.

Opinion partagée par Suzanne, qui glisse sa tête entre nos deux sièges.

– C'est vrai, je me vois mal financer une cinémathèque sur un trafic de peau humaine. Le cinéma a beaucoup de défauts, mais ce n'est tout de même pas une industrie anthropophage. Jusqu'ici, il ne dévorait que les âmes. Encore faut-il croire aux âmes...

Et Suzanne de nous annoncer, comme ça, sans sommation, qu'elle lâche ce projet de cinémathèque, qu'elle retourne enseigner le grec et le latin dans son Poitou natal ; elle part ce soir même, et définitivement.

– Je vous enverrai mon adresse. Vous viendrez voir de beaux films à la maison.

– Vous abandonnez le Zèbre ?

Elle nous offre une dernière fois son rire de campanile.

– Je n'ai jamais eu la fibre militante et le Zèbre est très bien défendu par les comités de quartier. Vous me déposez à Colonel-Fabien, avant de passer à l'hôpital ? Je ferai le reste à pied.

Suzanne descend bel et bien place du Colonel-Fabien, contourne la voiture, se penche à la fenêtre de Julie, et nous sort en guise d'adieu une petite phrase dont elle n'a pas dû abuser dans sa vie :

– Je vous ai beaucoup aimés, tous les deux, beaucoup. Continuez.

Un dernier éclat de ses yeux d'Irlandaise, un petit geste de la main, et elle s'éloigne d'un pas si ferme qu'on la jurerait en marche pour le Poitou.

Va savoir pourquoi, je dis :

– Tu savais que cette latiniste est ceinture noire de judo ?

– Et que cette reine des cinéphiles est championne de tennis, oui, je le savais, répond Julie en embrayant.

*

La première personne sur qui nous tombons dans le hall de l'hôpital Saint-Louis est le professeur Berthold, suivi de son éternel troupeau de blouses blanches. Il nous accueille comme seul Berthold sait accueillir. Il nous désigne à sa nichée de canetons savants en gueulant à travers le grand hall :

– Je vous présente le couple Malaussène, bande de nains ! A eux seuls ils contribuent puissamment aux progrès de la médecine. Vous croyez voir un petit ménage comme les autres – un peu plus réussi que la moyenne côté femelle, peut-être – eh bien, vous vous gourez, comme d'habitude ! C'est tout un département de recherche expérimentale qui s'avance vers vous ! Regardez-les, bande de nains, et rendez grâce, vous leur devez tout, vous qui êtes supposés incarner la médecine de demain !

Et, à nous :

– Vous avez oublié quelque chose ? Le petit est né sur vos genoux ? C'est qu'il est en pleine forme, le saloupiot, il ne demande qu'à sauter dans l'arène !

– Où est Gervaise ?

Au ton de Julie, Berthold s'aperçoit que quelque chose cloche :

– Gervaise ? Partie avec vous il y a environ trois quarts d'heure.

– Comment ça, partie avec nous ? On arrive ! dis-je, en utilisant les derniers mots que la terreur laisse à ma disposition.

– Vous arrivez, vous arrivez, s'obstine Berthold, vous l'avez appelée de la cafétéria il y a trois quarts d'heure et elle est descendue vous rejoindre !

– De la cafétéria ? Qui a pris la communication ? C'est vous ?

– Non, c'est ma secrétaire. Gervaise était en train de se rhabiller et ma secrétaire lui a annoncé que M. Malaussène l'attendait à la cafétéria.

*

Nous fonçons chacun dans notre direction, Julie chez Gervaise et moi vers la maison. Comme toujours, je laisse ma terreur s'occuper de mes jambes, et mes jambes avalent Belleville, ses couleurs et son béton, ses façades mortes plus vivantes que les neuves, ses étalages de ferblanterie et ses devantures de fringues déchues... Comme c'est soir de marché, les épluchures volent sous mes pieds, et comme je n'ai que toi en tête je m'efforce de ne glisser sur rien, de ne pas te secouer, promesse redevenue si fragile, espoir si ténu qu'un pas de côté, une pensée de travers, pourraient te décourager à jamais d'éclore, et je ne sais plus que penser, et je ne pense plus rien, je cours sans même prendre la peine de maudire cet abruti de Berthold, je cours sans oser me figurer vers quoi je cours, je cours vers une porte de quincaillerie derrière laquelle je voudrais voir Gervaise occupée à dorloter Verdun, je cours vers une image chère à Gervaise, oui, une vierge du Quattrocento, grosse d'un petit Malaussène et couverte des marmots alentour, je cours et j'ai couru si vite que la porte de la quincaillerie explose sous le choc.

En fait de vierge ronde, c'est une plate vestale qui m'accueille, et froide comme un décret.

Thérèse.

Assise, seule, à la table de la salle à manger.

Et qui me tend un petit magnétophone noir.

– Ne t'affole pas comme ça, Benjamin, tout est expliqué là-dedans.

Bon. Une explication. C'est mieux que rien.

Thérèse ajoute :

– J'ai toujours pensé que ça devait finir comme ça.

Bien que cette situation soit manifestement inédite, j'ai la sensation pénible de l'avoir déjà vécue dans ses moindres détails – une sorte de vertige de la mémoire.

– Comment ça marche, ce truc ?

– Tu appuies là.

J'appuie là.

Une petite bande se met à tourner, et j'entends l'explication.

Ce n'est pas la voix de Gervaise. C'est la voix de maman :

« *Mes tout petits, maintenant que vous ne risquez plus rien...* »

La perspicacité maternelle.

« *... maintenant que vous ne risquez plus rien...* »

Ça y est, je sais où et quand j'ai déjà vécu cette situation : ici même ! L'année où maman nous a quittés pour Pastor.

A ceci près qu'à l'époque je n'écoutais pas une bande magnétique, je lisais une lettre, le cœur en miettes, persuadé qu'elle allait m'annoncer le départ de Julie avec l'inspecteur-tueur-de-charme. Mais non, c'était maman. Et aujourd'hui, alors que je brame après des nouvelles de Gervaise, c'est encore maman !

– Il est tombé amoureux d'elle quand il est venu déposer la première cassette, Benjamin, celle qui t'innocentait, l'enregistrement de la voix de Clément.

Je colle le petit magnéto à mon oreille.

– C'est ce que maman explique ici, oui, merci, je ne suis pas sourd !

Mais la voix de Thérèse s'obstine à doubler les explications de maman :

– Il s'est épris de sa transparence, Benjamin !

En effet, c'est, mot pour mot, la phrase idiote de notre mère :

« *Barnabé s'est épris de ma transparence.* » (*Sic !*)

– Il a été un grand soutien dans son deuil. Il a réussi là où nous avons tous échoué, il l'a guérie, Ben ! C'est avec lui qu'elle parlait en cachette. Il lui avait donné une de ces petites machines...

« *...grand soutien, dans mon deuil...* »

Le fait est qu'il faut l'entendre au moins deux fois pour le croire. A peine ressuscitée, maman s'envole avec Barnabé ! Après le Zèbre et les colonnes de Buren, Barnabooth a escamoté notre mère !

– Et elle ne l'a jamais vu, tu te rends compte ! Elle ne sait même pas à quoi il ressemble ! N'est-ce pas magnifique ?

Thérèse... ô Thérèse... triste fleur bleue séchée sur pied... comme je t'aime et comme je me retiens de t'étrangler...

– Ils ont pour projet de reconstruire la maison du Vercors, d'en faire un temple de la transparence... une maison invisible... comme dans un conte de fées... Ce sera le chef-d'œuvre de Barnabooth !

Et si je l'étranglais, après tout ?

J'en suis là de mes projets quand la porte s'ouvre sur un Jérémy tout beuglant :

– C'est vrai que maman s'est fait la malle avec le Barnabooth ?

Je refile le petit magnéto à Jérémy et fonce décrocher le téléphone, là-haut, dans notre chambre.

Julius, qui s'est réveillé en sursaut à mon arrivée, s'assied sur son cul de chien et attend le résultat avec la même impatience que moi.

Occupé.

Le téléphone de Gervaise est occupé.

Bon signe.

Ce que Julius confirme en claquant des mâchoires.

*

La police ne tenant guère à la vie de ses fonctionnaires, j'ai décidé de rapter votre sainte. C'est une meilleure monnaie d'échange. Si vous voulez la revoir vivante, il faudra libérer ma menteuse dans les plus brefs délais. Au cas où vous douteriez de mes dires, descendez dans le hall et ouvrez la boîte aux lettres, vous y trouverez la preuve que sœur Gervaise est en ma compagnie.

Quand j'arrive chez Gervaise, Julie, Coudrier, les inspecteurs Titus et Silistri, le commissaire divisionnaire Legendre et deux techniciens écoutent le répondeur automatique pour la énième fois. La preuve découverte dans la boîte aux lettres gît devant eux. C'est la première phalange du petit doigt de Gervaise. Le petit doigt à la pulpe tatouée.

Il est emmailloté dans un message qui justifie le silence.

Dans deux jours, le bras suivra. Si le bras ne suffit pas, je vous enverrai le bébé. Je me sens des appétits de sage-femme, ces temps-ci.

Un petit mot que Sainclair a signé de son nom.

67

Elle lut de la tristesse dans le regard de l'inspecteur Titus quand il entra dans sa cellule, ce soir-là.

– C'est la dernière fois que je viens vous voir, Marie-Ange.

Il portait son panier d'osier, comme les fois précédentes. Elle aperçut le goulot doré d'une bouteille de champagne sur laquelle était jeté un torchon de sommelier.

– Caviar, dit-il.

Elle l'aida à dresser le couvert. Argenterie, limoges et deux coupes de cristal.

– Sottise, d'enfermer le champagne dans des flûtes. Le champagne est un vin d'espace.

Le patronyme, sur la boîte de caviar, convenait à Marie-Ange.

L'inspecteur Titus intercepta son regard.

– A chaque fois, je vois votre œil filer en biais pour vérifier sur les étiquettes si je ne me suis pas fichu de vous, dit-il doucement. Pour qui me prenez-vous ? Les flics ne sont pas tous des fonctionnaires de police. Certains savent vivre...

Elle ne put retenir un sourire.

Il déboucha le champagne sans explosion.

La chanson du vin s'épanouit de la coupe à la cellule. Bulles fines et notes ténues.

– Je vous ai rapporté ça.

C'était son tailleur rose d'origine. Sa deuxième peau. D'une toute fraîche propreté. Et, avec lui, la culotte et le soutien-gorge qu'elle portait le jour de son arrestation. Elle ne put résister, se retrouva debout, nue devant lui, les vêtements qu'elle portait, éparpillés dans la cellule. Elle tendait les mains.

Il la regarda, souffle coupé. Il dut rappeler à la rescousse toute l'affection de Tanita pour ne pas sortir du cadre professionnel. Il resta tout de même quelques secondes, le tailleur propre dans les mains, à la contempler. Il dit, une fois de plus :

– Décidément, je hais la prison.

Il remarqua comme une ombre blanche sur cette peau de lumière. Il en suivit doucement le contour avec son index. Cela s'évasait au-dessus des seins, couvrait l'épaule gauche, se rétrécissait dans la gorge et s'épanouissait de nouveau sur le ventre, en direction de la hanche droite. Cette fille promenait sur elle le fantôme d'une image.

– Laissez-moi deviner de quel tatouage il s'agissait...

Elle ne bronchait pas sous le parcours de son doigt. Lui, sentait la vie en fusion dans la densité de ce corps.

– *La Mélancolie,* dit-il enfin. Pas celle de Dürer, celle de Granach.

Il hochait la tête.

– Les pieds de l'ange à la naissance de votre hanche, ici, et sa tête, là, juste sous votre clavicule.

Il lui tendit ses vêtements.

– Pourquoi vous êtes-vous fait ôter ce tatouage ? lui demanda-t-il pendant qu'elle s'habillait.

Toujours émouvante, cette torsion des hanches pour faire glisser le fourreau des tailleurs.

– Laissez-moi deviner...

Le soutien-gorge était de ceux qui épanouissent plus qu'ils ne soutiennent.

– Ça y est. J'y suis. Vous l'avez vendu au vieux Florentis, c'est ça ?

La veste rose s'échancrait à partir de la taille et s'épanouissait jusqu'aux épaules, comme jaillie du col d'un vase rebondi.

– Evidemment! Vous l'avez vendu au vieux Florentis, pour financer le lancement d'*Affection*.

Il ouvrit la boîte de caviar.

– C'est comme ça que tout a commencé, n'est-ce pas ?

Elle était assise à sa place, maintenant, devant une petite montagne de perles grises presque vivantes. Il déplia le papier d'argent où Tanita avait glissé la chaleur des blinis.

Ce faisant, il expliquait. Et ses mots étaient aussi précis que ses gestes :

– Voici comment les choses se sont passées, Marie-Ange. A l'époque, vous travailliez pour les Productions de Florentis. Votre Sainclair vous a chargée de chercher un financement de ce côté-là, et vous avez décidé d'y investir votre capital naturel, si je puis dire. Florentis n'est pas tombé amoureux de vous, mais du Cranach, sur votre peau. Le vieux Ronald est devenu fou de votre *Mélancolie*. Il vous a montré sa collection de tatouages et l'idée vous est venue de la compléter. Vous avez fait monter les prix. Quand ils sont devenus respectables, vous lui avez apporté votre *Mélancolie* sur un plateau, c'est ça ?

C'était ça. Il lisait dans ses yeux que c'était ça. Et c'était, mot pour mot, le récit que leur avait fait le vieux Florentis.

– Ça a dû être douloureux, ce détatouage... Un peu de crème ?

« S'infliger une pareil supplice pour financer une merde comme *Affection*, pensait-il, faut-il qu'elle l'ait dans la peau, ce maquereau de Sainclair ! » Elle tendit son assiette. La crème dessina d'éphémères entrelacs sur les blinis et disparut dans l'épaisseur du sarrasin, comme la neige dans un champ.

– C'est là que l'idée vous est venue de lui vendre d'autres tatouages, hein ? Vous avez présenté les filles de Gervaise à Sainclair. Certaines ont accepté de troquer des bouts de peau contre un bon paquet de fric. De l'autre côté, vous faisiez croire à Ronald qu'en rachetant le tatouage de ces putes repenties il aidait à leur réinsertion. Le pauvre vieux envoyait donc à la mort des filles qu'il croyait sauver du tapin.

Soudain, il lui demanda :

– C'était amusant ?

Il lui avait posé la question en la regardant par-dessus une cuiller pleine, et il lui reconnut une certaine difficulté à avaler. Il reposa sa propre cuiller sans y toucher.

– Mais vous ne saviez peut-être pas que Sainclair tuait purement et simplement vos anciennes copines.

Il cessait de répéter le texte du vieux Ronald. Il commençait à réfléchir par lui-même.

– Elles disparaissaient et vous ne vous posiez pas de question. Vous n'étiez que la rabatteuse, en somme. Une intermédiaire, pas plus.

Cette idée lui était venue d'un coup. Il en fut stupéfait lui-même.

– Et vous ne saviez pas non plus qu'il les suppliciait en tournant des films de snuffers.

Elle avait, elle aussi, reposé sa cuiller.

Il y eut un long silence.

Il demanda :

– Quand l'avez-vous appris, Marie-Ange ?

Elle ne répondit pas.

– Après votre arrestation ?

Elle se taisait.

– Vous le saviez, quand vous avez enlevé le corps du père Beaujeu ?

Elle se taisait.

– Vous ne vouliez pas y croire ? C'est ça ?

Il s'accrochait à cette idée. Ce n'était peut-être pas une idée fausse.

– Qu'est-ce qu'il vous racontait, Sainclair ? Que les filles changeaient de vie ? Que c'est fréquent, la disparition volontaire, chez des radeuses qui décrochent ? Qu'elles suivaient votre exemple, en fait.

Puis, tout à coup :

– Avez-vous déjà flingué quelqu'un, Marie-Ange ? Tué, je veux dire. Volontairement. De sang-froid. Avez-vous déjà joui de l'agonie de quelqu'un ?

Elle semblait fatiguée.

– Bon, dit-il.

Ils étaient tous deux enfermés dans le même cul-de-basse-fosse. Il décida que le moment était venu d'en sortir.

– Sainclair est un bien plus grand menteur que vous, Marie-Ange.

« C'est le moment, pensait-il, c'est le moment », et pourtant il hésitait encore.

– Et autrement fou !

Il la regarda. Il constata les ravages du doute. « Allons-y. »

– C'est lui, le père, dit-il.

Elle leva un regard incrédule.

– Le gosse de Gervaise, c'est lui, confirma-t-il.

Il bafouilla :

– Je suis désolé.

Il savait qu'elle ne le lâcherait plus des yeux, que même s'il quittait à l'instant la cellule, il sentirait jusqu'à la fin de ses jours le regard de cette femme collé à sa conscience. Il se mit à parler :

– Une vieille histoire. Une passion qui vous précède de plusieurs années, Marie-Ange. Absolument dingue. A la mesure de leur folie à tous les deux. Le Diable et le bon Dieu. Quand Gervaise a failli arrêter Sainclair dans cette cave où Mondine servait de chèvre, elle était déjà enceinte. Elle le lui avait dit. Et quand Sainclair a essayé de la faire tuer, c'était autant pour éliminer le flic que pour supprimer la mère. Elle ne l'a pas reconnu sous son masque de chirurgien, et elle n'a pas pensé une seconde que la voiture, c'était lui. Et puis, on vous a arrêtée. Et puis les choses ont commencé à se décanter. On a cravaté Lehmann, Cazo et la fille Dutilleul (aujourd'hui, je ne suis même plus sûr que vous les connaissiez) et Cazo s'est mis à table. Mon copain Silistri l'a un peu aidé. Quand Gervaise a su que tout partait de Sainclair et arrivait à lui, elle a accusé le coup sans moufter. Mais voilà qu'hier, elle est partie le retrouver.

Il ne vit plus la moindre trace de couleur sur le visage de Marie-Ange.

– Aujourd'hui, elle sait pourtant qu'il a essayé de la tuer, une fois dans cette cave et une fois au volant de cette voiture. Elle est partie tout de même. Vous connaissez Gervaise, Marie-Ange. Elle a dû se mettre en tête qu'elle ferait son salut... quelque chose de ce genre... elle nous a juste laissé un message sur son répondeur, sans nous donner d'adresse, évidemment. Voilà. Ça fait des semaines que je me bagarre contre cette idée. J'ai essayé de vous en parler plusieurs fois. J'ai pas pu. Pas osé.

Bon.

C'était fait.

Ils ne finiraient ni le caviar ni le champagne, Titus le savait. Il ne lui restait plus qu'à espérer que le reste se passerait comme il l'avait prévu.

Ce ne fut pas exactement le cas.

Marie-Ange se jeta purement et simplement sur lui.

– On sort d'ici. Vous et moi. On sort !

Elle avait une voix de garçonnet.

Mais le garçonnet avait fauché son arme de service à l'inspecteur Titus, l'avait forcé à se retourner d'une torsion du bras et tenait le canon du revolver contre sa tempe de flic.

– On sort !

68

Non, ce n'était pas exactement ce qu'ils avaient prévu. Une tentative d'évasion, certes, mais plutôt par l'infirmerie de la prison. Simulation d'un malaise, prise d'otage mais pas de l'otage Titus!, évasion dans la nuit, quelque chose de ce genre... c'était à cela qu'ils s'étaient préparés, dans ce but qu'ils avaient placé leurs femmes flics à la place des gardiennes habituelles. Pour faciliter l'évasion de la dingue au tailleur rose. Faire circuler des voitures banalisées devant la maison d'arrêt, dans l'espoir que la fille braque un des chauffeurs. Et la suivre de loin, grâce à l'émetteur caché dans le véhicule, jusqu'à la planque de Sainclair. Incertain et dangereux, mais pas d'autre solution. Se laisser agresser, se laisser maîtriser, servir de bouclier humain jusqu'à la fin, sans jamais être sûr que cette cinglée n'achève l'otage une fois tirée d'affaire.

– Ce n'est pas une tueuse, insistait Titus.

– Bien entendu, c'est une enfant de chœur, avait ironisé le divisionnaire Legendre, il suffit d'interroger la grand-mère et le gosse à qui elle a tenu compagnie.

– Elle jouait un rôle, insistait l'inspecteur Titus. Elle s'amusait. Elle est un peu spéciale.

– Tueuse ou non, la question n'est pas là.

Ils s'étaient tous rangés à l'avis de Coudrier.

– Elle est la seule à connaître la planque de Sainclair, point final.

Il fallait donc qu'elle sortît, et qu'elle les y conduisît, avant que l'inspecteur Gervaise Van Thian ne fût débitée en morceaux d'arc-en-ciel et que l'enfant Malaussène ne fût expulsé une deuxième fois.

Tout le monde y tenait furieusement, à ce gosse. Mais le plus furieux était ce professeur Berthold, que le divisionnaire Legendre avait eu au bout du fil, en décrochant imprudemment le téléphone de Gervaise.

– Vous savez *qui* vous avez laissé kidnapper, commissaire de mes deux ? Je ne parle pas du contenant, mais du contenu ! Sauvez ce moutard, mon vieux, rendez-le-moi en bon état, ou alors ne tombez jamais malade, sinon je veillerai personnellement à m'occuper de vous ! Je ne fais pas faire des pas de géant à la médecine pour que des flics nains la renvoient à l'âge de pierre !

Le commissaire Legendre n'avait encore jamais dialogué avec le professeur Berthold.

– C'est son style, expliqua Coudrier, ne vous frappez pas, mon gendre. Et revenons à nos moutons. Il faut faire sortir cette fille.

Elle était sortie plus vite que prévu.

Et c'était l'inspecteur Titus qu'elle tenait au bout de son flingue.

Titus dont la voiture n'était pas équipée pour être suivie.

Titus, qui se trouvait menotté à l'arrière de sa propre bagnole – même pas une voiture de service ! –, la chaîne des menottes glissée dans la poignée fixe de la portière, les pieds liés à l'autre poignée. Titus enchaîné à son char : incarnation de la connerie prise au piège. Il ne décolérait pas. Il se sentait foncer sur une autoroute et tentait de se remémorer ce qui avait cloché. Il s'était laissé émouvoir par la femme, voilà ce qui avait cloché, il avait perdu le félin des yeux. Il connaissait sa puissance et sa rapidité, pourtant. Elle avait brisé les os de ses codétenues avant d'être placée à l'isolement. Il y avait le témoignage de ce vieil homme aussi, à qui elle avait murmuré des horreurs avant de le rejeter dans le hall de l'immeuble, le soir de l'enlèvement du père Baujeu. « Jamais senti une poigne pareille ! Et vous me dites que c'est pas un gars déguisé en fille ? » Non, c'était une fille, et cela avait ému Titus. Il avait éprouvé la puissance de ses muscles en suivant du doigt la cicatrice de son tatouage, mais la grâce l'avait emporté, la grâce et le fantôme de la *Mélancolie*.

Elle se mit à lui parler :

– Il ne faut pas vous en vouloir, inspecteur...

Pas de doute, elle lui parlait.

– Je vous ai surveillé dès votre première visite. Il y a longtemps que je prépare notre fugue.

Elle poursuivait leur conversation, en somme.

– Vous avez fait beaucoup de gestes depuis que nous nous connaissons. Mettre la table, la défaire, vous pencher, vous redresser, vous retourner... je vous connais comme si je vous habillais tous les matins. Vous êtes très gracieux. D'où ça vous vient, ce petit air tatar ?

A lui la partition du silence, à présent.

– Aujourd'hui, vous portez des chaussettes Loridge, fil d'Ecosse, mi-mollets, vert wagon, douces sur la peau. Vous appréciez le beau linge.

Elle ajouta incidemment :

– Et vous ne portez pas d'arme contre votre mollet.

Et encore :

– Une chemise Kenzo mais pas de holster pectoral. Une ceinture en peau d'autruche et une arme de service sur la fesse gauche, à côté des menottes et du chapelet de Gervaise. A propos, je vous l'ai placé entre les doigts, le chapelet, vous le sentez ?

Bon Dieu, oui, elle l'avait enchapelé en le menottant.

– Et je vous ai emprunté votre blouson... Il est très doux... Et puis, j'ai votre arme, là, sur le cœur, ça réconforte...

Elle conduisait à fond de train. Elle fonçait vers Sainclair à tombeau ouvert. Une bonne occasion de s'offrir tous les Ave et les Pater disponibles sur le chapelet de Gervaise, oui. Elle conduisait en se tenant des propos rassurants.

– Je ne vous crois pas, vous savez, à propos de Sainclair et de Gervaise... Nous allons être fixés très vite, mais je ne vous crois pas. Je ne vous ai pas cru une seconde.

Elle eut son rire de garçonnet.

– Vous aurez vraiment tout essayé pour me faire parler ! C'était touchant. J'aime votre voix, d'ailleurs. Vous avez une voix souriante, on vous l'a déjà dit ? Un peu traînante. Et un petit rire métallique, perché juste sous vos arcades sourcilières.

Apparemment, elle l'avait bien écouté.

– Vous êtes mignon, quoi. C'est inappréciable, pour une femme, en cellule.

Elle l'avait bien regardé, aussi.

– Vous m'avez donné beaucoup de plaisir... après vos départs.

Elle éclata de rire.

– Je ne le dirai pas à Sainclair !

Elle se tut un long moment. Puis elle répéta :

– Je ne vous crois pas, à propos de Gervaise et de Sainclair. Vous avez dit beaucoup de choses justes, sur le vieux Florentis, par exemple, c'était très vrai tout ce que vous avez deviné, je confirme, mais pour ce qui est de Sainclair et de Gervaise, je ne vous crois pas.

Elle hésita :

– Enfin... non... je ne vous crois pas.

C'était cela, aussi, qui avait ému Titus. Cette aptitude au doute, malgré tout. Ce lent voyage vers le doute, pendant toutes ces semaines. Il avait été son professeur de doute.

– Au fond, tout le monde ment...

Un temps.

Elle ajouta :

– C'est pour ça que tout est si passionnant !

Elle ne se retournait pas, en lui parlant, elle ne le cherchait pas dans son rétroviseur. Arrimé comme il l'était à ses deux portières, il ne pouvait absolument rien faire. Juste suivre la route entre l'appui-tête du siège et la carrosserie.

– Mais avoir essayé de me faire croire qu'il était le père du gosse, c'était une bonne idée.

Fameuse, oui...

– C'est ce qui m'a donné la force de vous sauter dessus.

Il aperçut le péage en même temps qu'elle. Et la camionnette bleue, stationnée sur le bas-côté.

– Tiens, vos amis de la gendarmerie sont au péage. Vous allez pouvoir vérifier si je suis une vraie tueuse ou pas. Jouez au con, pour voir.

Elle glissa sa main dans le blouson et déposa l'arme de Titus sur le siège voisin.

Titus ne joua pas au con.

Les gendarmes non plus.

Le péage passé, Titus soupira et prit enfin conscience de la douceur de cette nuit. Une lumineuse nuit de printemps. La première depuis longtemps. Il imagina Hélène et Tanita, trompant leur inquiétude à la terrasse de Nadine, devant un petit porto.

Ils avaient quitté l'autoroute.

– Voilà, on est presque arrivés.

Ils traversaient un de ces petits villages sans lumière qui sont les satellites défunts de la capitale.

– On tourne à droite...

La voiture tourna sur la droite.

– Maintenant, un petit coup à gauche...

Elle était si tendue qu'elle commentait le moindre mouvement de la voiture sur le ton faussement enjoué d'un ordinateur de bord.

– Voilà le portail...

La voiture s'engagea sur une allée de gravier. Des marronniers de chaque côté. Peut-être des platanes. Et l'épaisseur noire d'une forêt tout autour. Un perron, au bout de l'allée. Une demeure de notaire. Les fenêtres du rez-de-chaussée allumées. Une autre à l'étage. Titus pensa vaguement à un tableau connu de Magritte.

La voiture s'immobilisa, à quelques mètres du perron.

Marie-Ange laissa les phares allumés.

Elle coupa le moteur.

Elle replaça l'arme de Titus dans la poche ventrale du blouson.

Enfin, elle klaxonna, selon un code qui devait leur être propre : deux brèves, une longue, une brève.

Titus l'entendit à peine grogner :

– On verra bien.

Quelques secondes passèrent. La porte du perron s'ouvrit et Sainclair apparut. Titus n'en revint pas. Il portait un peignoir et se séchait les cheveux dans une serviette de bain. On aurait dit le fils du notaire surpris sous sa douche, mais si impatient de cette visite que s'il avait fallu se précipiter dehors à poil, c'est à poil qu'il serait sorti. Il ne pouvait pas voir Marie-Ange mais il ne fit rien pour se protéger de l'éblouissement des phares. Il jeta la serviette au loin et descendit les marches du perron avec un grand geste qui embrassait la voiture. Son peignoir s'ouvrit en même temps que ses bras. Non seulement il n'était pas armé, mais il était nu comme un clair de lune et bandait avec certitude. Un type censé se planquer, recherché par toute la police de l'Hexagone !

– Denis !

Elle se rua hors de la voiture.

– Denis !

C'était moins un prénom que l'explosion du désir qui mitonnait depuis des mois dans la touffeur d'un cachot. Elle fut à lui en trois bonds, et si précisément empalée que Titus ne jugea pas la chose possible sans un long entraînement. Le blouson de Titus, le peignoir de Sainclair, le tailleur rose, la culotte et le soutien-gorge gisaient à leurs pieds. La lumière des phares enchâssait le couple dans la nuit. Le dos de Marie-Ange se creusait et s'épanouissait comme une houle océane. Titus imagina l'œil rond des sangliers, à la lisière de la forêt, et crut entendre bramer les cerfs. « Mon salaud, pensa-t-il, quand je t'aurai cravaté, il faudra me remercier pour ce dernier coup ! Des semaines que je te le peaufine ! » Puis il se souvint qu'il n'était pas en position de coffrer qui que ce soit. Il tira de toute ses forces sur les menottes. Rien ne vint. La poignée de la portière résistait. « Ne concluez pas tout de suite, économisez-vous, murmura-t-il éperdument, laissez-moi le temps de trouver une solution ! » Comme s'ils avaient entendu cette prière ils se posèrent doucement en lotus au milieu de leurs vêtements. Amples caresses, à présent, et chuchotis rieurs. Elle parlait dans son cou. Elle l'appelait. Ils échangeaient leurs prénoms. Il enfouit son visage entre ses seins. Elle caressa cette nuque offerte. Attachés à l'autre portière, les pieds de Titus ne valaient pas mieux que ses mains. Où donc cette fille avait-elle appris à faire des nœuds pareils ? L'inspecteur Titus était un inspecteur sans pieds ni mains. Et sans arme de service. Une espérance de vie limitée. La fin d'une courte mais brillante carrière. Par une nuit de printemps où la sève faisait frémir les arbres. Il cherchait de la force dans l'évocation de la Nature, mais la mécanique résistait. « Si je m'en sors, j'achète une bagnole en carton. » Il tirait sur ses menottes comme un renard pris au piège. Il songea à se ronger les poignets. « Nom de Dieu de nom de Dieu ! » Il pensa encore : « Tout va s'illuminer d'un coup, et les copains seront là, Silistri, Caregga, le patron, dans les fourrés, à se rincer l'œil avec les sangliers et les hérissons », mais il savait bien que personne n'avait pu les suivre. Une dernière secousse, et il retomba épuisé sur la banquette, menotté et ligoté. Rien à faire. Il jeta un regard morne sur le couple et vit avec horreur leur plaisir grimper aussi nettement qu'une colonne de mercure. Sainclair explosa le premier. L'onde de choc parcourut le corps de Marie-Ange et Titus entendit son hurlement à travers la carrosserie et les quatre portes closes de la voiture. « Il a joui jusque dans son cerveau ! » Des oiseaux s'envolèrent. La tête de Marie-Ange retomba sur l'épaule de Sainclair. Et Gervaise apparut au sommet du perron.

« Non », pensa Titus.

Gervaise, on ne peut plus sphérique, dans la lumière des phares.

« Oh, non ! » répéta Titus.

Gervaise, paisiblement, sur ce perron de notaire, le reste de son petit doigt dans un gros pansement.

– Planque-toi, Gervaise ! Fous le camp ! hurla-t-il.

Sans autre effet que d'éveiller l'attention de Marie-Ange.

Les deux femmes se regardaient, à présent. Marie-Ange

maintenait le front de Sainclair dans le creux de son épaule. L'autre main s'était glissée dans la poche intérieure du blouson.

– Nooon ! hurla Titus.

La poignée de la porte céda.

Il se rua vers ses pieds mais se brisa les ongles sur les nœuds de ses liens. Il réussit à ouvrir la portière et se jeta hors de la voiture.

– Arrêtez, Marie-Ange, ce n'est pas ce que...

Il y eut deux détonations sourdes.

Là-haut, Gervaise ne s'effondra pas.

Mais le corps de Sainclair s'affaissa imperceptiblement. Marie-Ange le maintenait toujours contre sa poitrine.

Elle se retourna, son arme à la main, et sourit à l'inspecteur Titus.

Il gisait sur le gravier, les pieds en l'air, toujours attachés à la portière.

– Vous aviez raison, Titus, un pareil amour n'était pas fait pour vieillir en cellule.

Avant que Titus n'ait pu répondre, elle s'était refermée sur le cadavre de Sainclair, avait retourné l'arme contre elle, et une troisième détonation retentit, plus étouffée encore que les deux précédentes.

69

C'est là que tu as décidé de naître. Tu as frappé de furieux coups à la porte et Gervaise s'est effondrée. Titus a d'abord cru qu'elle avait été touchée par un des projectiles. Il s'est mis à brailler comme un âne, mais elle s'est relevée, le souffle coupé, en lui faisant signe que ce n'était rien, que c'était toi. Elle est allée le libérer en récupérant la clef des menottes dans son blouson. Au passage, elle a couvert les corps de Sainclair et de Marie-Ange, moins pour la pudeur que pour la fraîcheur de la nuit. Ils se tenaient embrassés comme une allégorie de l'amour. Un liseré de sang les soudait l'un à l'autre. Titus a appelé Silistri au téléphone pour qu'il s'amène avec une ambulance et qu'il prévienne la tribu Malaussène que tu étais à point. Il allait transporter Gervaise dare-dare à l'hôpital Saint-Louis.

– Non, s'est écriée Gervaise, chez Postel-Wagner !

S'en est suivie une brève controverse :

– A la morgue ? Mais bon Dieu, Gervaise, on n'accouche pas dans une morgue !

– Chez Postel ! insista Gervaise.

– Bon, dit Titus dans le téléphone, pas à Saint-Louis, alors, à la morgue !

– A la morgue ? demanda Silistri.

– Chez Postel-Wagner, insista Titus, elle veut accoucher entre les mains de Postel.

C'est là que nous sommes tous venus t'accueillir. Quand je

dis tous, c'est tous, tu peux faire confiance à l'instinct de la tribu. Il y a les Malaussène et les Ben Tayeb, bien entendu, mais il y a Loussa de Casamance, aussi, et Théo, la reine Zabo, l'inspecteur Caregga et le divisionnaire Coudrier, Hélène et Tanita, les femmes des inspecteurs Titus et Silistri, Marty, Berthold et Mondine, il y a les vivants et il y a les morts, les nôtres : Thian, Stojil, Clément, Pastor, Matthias et Cissou, mais aussi, tout autour de nous, les morts de Postel-Wagner, les morts inconnus dressés sur les gradins de leur éternité, très curieux de savoir ce qui va surgir là, entre les cuisses de Gervaise, à quoi va ressembler ce petit nouveau dont l'apparition justifiera leur existence et apaisera leur départ, et les vivants accompagnant Gervaise du geste et de la voix, la reine Zabo, toujours épatante dans ces circonstances : « Respirez ! Poussez ! Respirez ! Poussez ! », entraînant tous les autres comme un vrai maître de chorale tout en se demandant à part soi : « Mais qu'est-ce que je raconte, moi : respirez-poussez... qu'est-ce que je raconte ? », Berthold assistant de très près à la manœuvre : « Fais gaffe, Postel, ne me l'abîme pas surtout, tu ne veux pas me laisser faire ? », et Marty, veillant comme toujours aux justes proportions de Berthold : « La paix, Berthold, ce n'est pas votre gosse, c'est celui de Malaussène... », Mondine confirmant la chose avec une voix de ventre : « T'inquiète, professeur, je vais te le faire, le tien, j'ai mis l'usine en branle... », Jérémy prenant tout ça en note sur le petit calepin du réalisme romanesque, et moi, bien sûr, moi, la main de Julie broyée dans la mienne, l'autre main torturant les oreilles de Julius, moi tellement anxieux de la tête que tu vas nous faire après ces neuf mois d'odyssée... c'est qu'elle pourrait être légitimement courroucée, cette tête, ou blasée affreusement, ou terrifiée à l'extrême, ou mysticoïde, aspirant à l'assomption immédiate, ou capricieuse au-delà du raisonnable : « Encore, encore l'aventure ! encore, les coups de pétards ! encore, les snuffeurs ! encore les baiseurs au clair de lune ! et oncle Titus attaché par les pieds à la portière de la voiture, encore ! » (parce que la banalité nécessaire de ce qui va suivre risque d'être un peu déprimante, forcément... il va falloir que tu entres dans leur vraisemblance, à présent... et que tu « participes », surtout, ils prétendent que c'est l'essentiel, « participer »), très inquiet, donc, je suis, de toutes tes têtes possibles – les têtes auxquelles tu as échappé – lorsque tout à coup, là, maintenant, à quatre heures quarante du matin, à cinq heures moins vingt, si tu préfères, flash de Clara : ta tête à toi ! éternisée à la seconde pile où tu franchis la ligne d'arrivée !

Allez Louïa ! Hourras ! Liesse générale. Envol joyeux des morts de Postel-Wagner dans le ciel de la ville... libres, enfin, filant à grand bruit d'ailes avec les pigeons du petit matin.

Et Postel présentant le champion à l'adoration des foules.

Et la retombée du silence sous le parachute du ravissement.

Ta tête à toi, mon petit être...

Oh ! le beau silence.

Pas cabossée du tout, ta tête, pas une tête de rescapé.

Ni une tête furibarde.

Pas peur, non plus.

Et pas blasé pour deux ronds.

Pas le moindre regret, pas une tête de nostalgie.

Et pas tournée vers le haut, pas une tête d'affidé au Grand Parano.

Aucune idée préconçue, aucune motion préalable, pas une tête de contentieux.

Pas disposé à trouver le monde si logique que ça, pas enclin à le trouver absurde, non plus.

Mais mystérieux, plutôt, intéressant, quoi.

La tête même de la *curiosité* !

– C'est tout à fait vous deux, dit Gervaise, en nous embrassant Julie et moi.

– Avec un petit quelque chose de toi, Gervaise...

Et Postel-Wagner de nous montrer à tous ta main gauche, grande ouverte. Le joli éventail de tes doigts potelés. Cinq doigts, oui, mais cinq doigts *moins une phalange* : la phalange manquante du petit doigt gauche de Gervaise.

– Un petit Monsieur Malaussène, pas de doute possible, commente le divisionnaire Coudrier.

– Et c'est comme ça qu'on va l'appeler, déclare Jérémy.

– Malaussène ? demande Thérèse.

– Monsieur Malaussène, dit Jérémy.

– Monsieur Malaussène ? insiste Thérèse.

– Avec deux majuscules, oui, Monsieur Malaussène.

– Tu l'imagines, à l'école ? Monsieur Malaussène Malaussène...

– L'école en a vu d'autres.

– Non, Monsieur Malaussène, non, c'est pas possible !

– C'est pourtant devant toi. Et en plus, ça fera un joli titre. Pas vrai, Majesté ?

– Monsieur Malaussène ? demande la reine Zabo.

– Monsieur Malaussène, confirme Jérémy.

– Faut voir, dit la reine Zabo.

– C'est tout vu, Majesté.

– Monsieur Malaussène, alors ?

– Monsieur Malaussène.

Composé et achevé d'imprimer
par la Société Nouvelle Firmin-Didot
à Mesnil-sur-l'Estrée, le 13 avril 1995.
Dépôt légal : avril 1995.
Numéro d'imprimeur : 30368
ISBN 2-07-073140-5/Imprimé en France

63433